JN094816

蓼科「落葉松(からまつ)山荘」にて
撮影 松岡恵実

「ランプシェード」手書き原稿
右上から時計まわりに　63 号、68 号、72 号、73 号

ランプシェード

「こどもとしょかん」連載エッセイ

1979～2021

松岡享子

東京子ども図書館

著者が長年愛用したランプ

はじめに

本書は、東京子ども図書館の機関誌「こどもとしょかん」（季刊）の一号（一九七九年・春）から一七〇号（二〇二一年・夏）に連載した松岡享子理事長（二〇一五年より名誉理事長）のエッセイ「ランプシェード」全一六二編を、本人の了解を得て書籍化したものです。

東京子ども図書館は、都内四つの家庭文庫が母体となって一九七四年に設立された、子どもの本と読書を専門とする私立の図書館です。設立当初は、パンフレット状の機関紙「おしらせ」で館の運営について広報していましたが、活動の幅が広がるにつれて、盛り込む内容もふくらみ、冊子形態の「こどもとしょかん」へと成長、幾度かの増ページを経て現在に至っています。

「ランプシェード」というタイトルは、本編冒頭にあるとおり、就寝前に読書するときの枕元の明かりからとったもので、折々に読んだ本の感想を綴るはずでしたが、話題は、お話のこと、さまざまな出会い、海外への旅、社会的な事件、身辺雑記……と、自ずと広がっていったようです。四三年間にわたり書き綴ったものを改めて通読すると、本の力を信じ、その豊かさを子どもに手渡すために精力的に働いた著者の人となりが柔らかに浮かび上がり、一層の親しみを感じるのではないでしょうか。

本書を通じて、より多くの方々が、子どもと本の幸せな出会いに心を寄せていただければ、それこそ著者の願いに叶うことですし、お届けするわたしたちにとってもこの上ない幸せです。

公益財団法人東京子ども図書館 理事長　張替惠子

凡例

・本書は、東京子ども図書館機関誌「こどもとしょかん」（季刊）一号～一七〇号の連載「ランプシェード」を全編収録したものです。（二〇号、三一号、三九号、五三号、五七号、七六号、一〇〇号、一二七号は休載）各号の刊行月は、春＝四月、夏＝七月、秋＝一〇月、冬＝一月です。

・文字遣いは掲載当時のままとしました。

・引用は、必ずしも元の文章通りでなく、著者が大意を記している箇所もありますが、そのままとしました。

・言及されている本や引用文等について、出典の記載のないものは、＊をつけ、各号末に書誌等を補記しました。児童書についての書誌は省略しました。当館刊行の『絵本の庭へ』『物語の森へ』『知識の海へ』（児童図書館基本蔵書目録一～三）をご参照ください。

・本文中の「本誌」は、「こどもとしょかん」のことです。

もくじ

一号　一九七九年・春

ようやく長い間の念願が叶って、私たち東京子ども図書館と館友をつなぐ「おしらせ」を、中身をちょっとふくらませて雑誌の形にもっていくことができるようになりました。世の中が動いていく速さに比べると、自分たちの仕事が前進する速度があまりにも遅々としているので、ときに気が遠くなるような思いにおそわれますが、それでもこうして「こどもとしょかん」の一号を準備するところまでこぎつけたのはうれしくてなりません。この機会に、毎号二ページをいただいて何か書くということになりましたので、いろいろ考えた末、このページに「ランプシェード」という名前をつけました。

「こどもとしょかん」には、毎号何か一篇だけ、あっけないほど短くはなく、負担になるほど長くもない評論や研究を載せたいと思っています。これはもちろん子どもや本に関係のあるテーマをもったものですが、広くいろんな場で仕事をしていらっしゃる方から、なるべく新鮮な見方を出していただけたらと願っています。

そのほかは、いわば私たちの自主製作によるページで、これは書評が中心になります。図書館員の仕事は、なんといっても本を読む（知る）ことに尽きるわけですから、私たちの仕事の量も質も、その産物——私たち自身が生みだす本についての情報——ではかられることになりましょう。当分は四ページしかとれませんが、いずれはこのページがもっと増やせるように、内容も充実させていけるようにとの希望をもっています。

図書館員の仕事は本を読むことだなどといいましたが、私自身やはり思うほどたっぷりとは読めません。一日のうち本を読むのに使える時間もだんだん押されてきて、昨年はじめ新しい家ができて、もったいないほどりっぱな書斎を与えられたのにもかかわらず、ここで昼間から読書三昧にふけることはまずゆるされず、結局少しほっとして本が読めるのは就寝前の床の中ということになってしまいます。そこで、ほとんどの本は、ベッドの片側の壁にとりつけられた明りの下で読んでいますが、この明りには、この家を設計してくれた建築家自身のデザインによる楕円の筒のかさがついており、本を読むにはちょっと暗いのが難ですが、たいへん柔かい光を投げてくれます。

ランプシェードという名前は、実はここから来ているのですが、従ってこのページでは、私がこの明りの下で読んだ本のことを中心にお話ししたいと思っています。なにせ眠りにおちる前のことですから、頭の働きもさほど活発とはいえません。メモをとったり、おもしろいところにしるしをつけたりするわけでもありませんし、著者の方には申しわけないような〝つまみ読み〟をさせてもらうこともあります。というわけで、このページの本の話は、ごく個人的な、断片的感想風のものになるだろうと予想されます。どうぞそのつもりで気楽にお読みいただきたいと思います。

はじめに口上を長々と述べたので今号は残り紙面が少なくなりました。少し前に読んだものになりますが。C・S・ルイスの『別世界にて』（中村妙子訳　みすず書房　一九七八年九月刊）のことでもお話ししましょう。実は、この本も、ほかの多くの本同様、ぜひ読まなければと思って買って来たまま放ってあったのですが、お正月の休みに別の本を読んでいたら、中にルイスのことが出て来たので、そうそうこれをまだ開いていなかったと思い出してとりだしたものです。「エッセー／物語／手紙」という副題がついている通り、この中には、ルイスの短編（SF風のものが多い）や未完の長編の一部、それにいろんな人にあてた手紙がはいっています。文章の書き方について助言を求めてきたアメリカの女学生にあてた一通には思わず笑ってしまいました。全部で八項目からなる箇條書きの助言は、たいへん実際的、かつ真面目なものなのですが、その第一が、「ラジオを止めること。」となっていたからです！

けれどもこの本のいちばん大事な部分は第一部のエッセーのところで、ここには、ルイスが自分のフィクションについて書いたものが九篇——これで全部だそうですが——まとめられています。「児童書の三つの書きかた」や「フェアリー・テールについて」、ナルニア物語をどのようにして書くようになったかという問いに答えたごく短い「すべては絵ではじまった」など、児童文学に関心をもっている者なら見逃せないものもありますが、私は、今回は自分たちの書評の勉強との関連で、「批評について」というのをいちばんおもしろく読みました。

これは作品も書き批評も書くルイスが、自分の作品に対する書評を読んで、批評家としての自分をいかに向上させ得るかについて述べた、ということですが、「自分自身の作品が批評されるときには、ある意味では当人はその批評がいいか、悪いかを判断する上でとくに好都合な立場にいる」と主張するルイスが、その立場から、あまり好ましくない批評を書く人たちをやんわり批判しているといった内容のものです。

批判の第一は、批評する本をまず精読するという手続きをふむ批評家がいかに少ないかということ。いった覚えのないことでほめられたり、いったことをいわなかったとけなされたりしたルイスの不満が、書評家というものは、本を読むよりもそれについて批評を書く方を好むものだといわせています。

またルイスが憤懣とまではいかなくてもかなり迷惑に思っている批評は、その作品が書かれた理由や、短所がなぜ生じたかについて作者自身思いも及ばぬような分析——素人心理研究家よろしく——をしているもので、作家にとっては、そんな臆測や虚構より、どこが、どういう意味で悪いかを指摘してもらう方がよっぽど役に立つといっています。書評を書く立場に立つ私たちにはよい戒めです。

二号　一九七九年・夏

四月の末から五月の初めにかけて、連休をはさんだ十日間ほどを、青森県の蔦(つた)温泉で過ごしました。こんど東京子ども図書館から出す予定の『昔話を絵本にすること*』の原稿をまとめるためでした。いつも旅行に出かけるときは、読めないかもしれないとわかっていても、一冊や二冊の本は必ずかばんの中へ入れるのですが、今回は、仕事のための本がかさばった——当然重くもなった——のと、本を読む時間があれば休むなり、外を歩くなりしようという気持だったのとで、読むものは一切持たずに出かけました。ところが、これがやっぱりだめで、着いたその晩から、はや急性活字欠乏症にかかってしまってどうにもならないのです。(この点自分はだめな人間だとつくづく思いました。)

幸い、売店に土地の出版物が数点そろえてあったので、翌朝さっそくその中から高木恭造の『方言による三つの物語』(津軽書房)をもとめました。百ページそこそこのものです。放っておけばあっという間に読んでしまいますから、よくよく自分に言い聞かせ、一日に一話しか読まぬことに決めました。さあそうなるときょうのお八つはこれっきりですよと小さなあめ玉をひとつ渡された子どものようです。最初の「或るめぐらの話」のページを開くときは舌なめずりという表現がぴったり。そして、読むのも、目にまかせておけば活字の上を走ってしまうので、少しでも長くあめ玉をしゃぶっていられるように、ゆっくり声に出して読むことにしました。

それは、実にいい短編でした。メチール中毒で俄盲(にわかめくら)になった中年の男が、そのために落ちこんだ心の暗闇から、少しずつはい上がっていく過程を一人称で語っていくのですが、なるほどそうもあろうかと思わせられる盲人の感覚と体験が随所に出ており、こういう題材を扱った作品には珍しくユーモアが効いています。それより何より「眼(マナグ)ァ見(メ)ねぐなた始(ハシ)めの頃ァ、独(フト)りコずっとしているのァ、とってもたまらネ気持コでしたじゃ」といった津軽ことばがわたしには大きな魅力で、主人公の気持や、彼をとりまく人たちの人情がこのことばとひとつのものであることに打たれました。ここには、短編の生命ともいうべき表現と表現されるものとの緊密な合致があると思いました。

蔦滞在中、独善流津軽弁でくりかえしこの物語を読みました。そして、旅のしめくくりに十和田から黒石を経て弘前に出た折、主人公が一度は身を投げようとした長勝寺の崖(ガンケ)も、心の平和をとりもどした主人公の、見えない眼(マナグ)に映じた美しいお城のサグラの花も見たので、この一編は、ほんとうに忘れられないものになりました。

第二の物語「雪女(ユギオナゴ)」は、作者の少年の日の体験を描いた、これまたなかなか味わい深い作品でした。非常なる自制心で一日一話を守ったおかげで、これを読んだ日は朝から大雪。あたりの景色はすっかり冬に逆もどり、屋根から雪の落ちるドサッという音が、時折耳を驚かすといった一日で、これを読むにはまたとない舞台を提供してくれました。

三つ目の「男イダコ」の物語は、ややつくりものの感じを受けましたが、いずれにしても、こと活字に関してはたいへん禁欲的に過ごした十日間、わたしは、あめ玉を口の中であっちへころがし、こっちへころがしするように、この三つの物語を存分にたのしみました。そして、久しぶりに、ただたのしみのためだけに本を読むたのしさを満喫したのでした。

東京へ戻って来ると、もう活字に対して禁欲的であることはできません。自制心はきかず、頭がその気になっていないときでさえ、目は活字の上を走るといったことになってしまいました。こうして何冊かの本を手にしましたが、中で印象に残ったのは『人形劇――私の生涯の仕事』（セルゲイ・オブラスツォーフ著　大井数雄訳　晩成書房）です。これは、来日していた国立モスクワ中央人形劇場の公演で、たまたまオブラスツォーフの独演を見た日、それに誘ってくれた友人が貸してくれたものでした。著者その人を舞台で見たすぐその夜から読み始めたので、最初から親しい感じがしたのでしたが、そうでなかったら、分量からいっても、内容からいっても、気軽には手が出せなかったかもしれません。これは人形劇俳優である著者の職業的自伝といった本なのですが、この人が幼児のときの体験を克明に記憶していること、それを後の職業生活上の経験と結びつけて、ひとりの人間の職業人（彼の場合は芸術家）としての歩みを、その内面から、まるでドラマのように見事にあとづけている点に感心しました。

人形劇に経験のないわたしは、書かれていることを、いつのまにか「お話」の領域に引き込んで読んでいるのでしたが、そうすると思い当たることがずいぶんあって、その点でもおもしろさは尽きませんでした。たとえば、幼い日に家族で歌をうたった夜々のことを記した次のような文章は、つねづねうまい語り手がやりすぎて話からはみ出てしまう問題について考えているわたしをはっとさせました。

「私たちが好きだったのは、私たちの『うたうこと』ではなくて、歌そのものだった。……私たちは、私たちの歌にどんな『表現』もつけ加えず、けっして『感情をつけて』歌をうたうことをしなかった――なぜなら歌の気分を私たち自身の気分と結びつけることをしなかったから。もちろん悲しい歌は悲しく感じられたし、こっけいな歌は楽しい感じになったけれども、その悲しい感じや楽しい感じは、歌そのものの中から、メロディや言葉やリズムの中から出てきたものであった。そこに、最大のよろこびがあった」

実は、この本は、まだ読み終えていません。半分ほどいったところで一休みしているのですが、この本とは、これからも長いおつき合いになりそうな気がしています。

＊『昔話を絵本にすること――ホフマンの『七わのからす』をめぐって』松岡享子著　東京子ども図書館　一九八一年／『昔話絵本を考える』日本エディタースクール出版部　一九八五年

三号　一九七九年・秋

今年の夏の終りは、悲しい季節になりました。わたしたちにとってたいそう大事な方の、突然の――と、少なくともわたしたちには思えた――死に、二度も出会ったからです。八月二十一日に瀬田貞二先生が、三日おいて二十四日に中野重治先生が、お亡くなりになりました。

七月初め、瀬田先生ご入院との知らせを受取ったときは、確かに少なからず驚きました。けれども、すぐそのあと、大したことはなかった、ご本人も気分的にたいへんお元気だし、日ならず退院なさるようだと聞かされてすっかり安心したのでした。お見舞いに行った人たちの話から、ヘッドホンでモーツァルトを聴きながらお食事をなさっているところや、大好きなスイカのことで奥さまと冗談をかわしていらっしゃるところなど、わたしは、病院での先生のご様子を、むしろたのしいもののように聞きました。

そんなことですから、二十一日早朝の電話は、どうしてもすぐには心におさまりませんでした。悲しいというのでもない。口惜しいというのでもない。でも、どうにも承服しかねるといった気持でした。暑い中のお葬式から一月経って、再びお訪ねした浦和のお宅の庭前には白い萩の花がこぼれていました。こうして先生のいらっしゃらない時が確実に過ぎていくことを教えられても、どこか心のいちばん芯のところで、先生の死を承服しがたいと思う気持は今も続いています。

瀬田先生のことで、わたしが今思い出しているひとつのこと——それは、二年前のことです。ユネスコ・アジア共同出版計画で子ども向き現代短編集を編むことになり、日本からの候補作品を選ぶためあれこれの本を読みあさっていたわたしは、思いがけず先生がお若いころお書きになった「郵便机*」という短編を見つけたのです。(「新選日本児童文学」小峰書店　昭和三十四年刊)これは、戦後中央公論社から出ていた子ども向け雑誌「少年少女」の昭和二十四年八月号に少年小説として載ったもので、一つの校舎に同居している昼間と夜間の二つの高等学校で、ある机を昼使う生徒と夜使う生徒が、机を郵便箱にして手紙のやりとりをしながら友情を育てていく物語です。

主人公の二人の少年の性質といい、描かれている事柄といい、少し気負ったところのある文章といい、そこには終戦後の人々の、つましい、ひたむきな暮しがよく出ていて、わたしの胸は熱くなりました。そして、巻末にある先生の解説の中に、先生ご自身の戦後の日々を発見して、わたしの胸はさらに熱くなったのです。

「日本がこれからどうなるか?　私はどのように生きたらよいか?」を考えに考えた先生は、「私は、はっきりと決心した。夜間中学の教師だった私は、一応職場に帰るだろう。しかし、解放された機会に私は自らのあらゆる能力と時間を、子どもたちにむかって解放しなくてはならない。これからの時代は、子どもたちに期待するよりないのだから……私は真剣にそう思った。」と、述べていらっしゃいます。

国語学者の大野晋氏は、「語学と文学の間——本居宣長の場合」と題する興味深い文章(『文集日本語について*』日本書籍）の中で、ある人が「青年時代に遭遇した事件、出逢った人、そしてこれが問題だと考えたこと。それは深くその人の生の根柢に根を張る。」と、書いていらっしゃいますが、わたしは、そのとき、瀬田先生の、のちのお仕事の〝根柢に根を張った〟熱い思いにふれた気がしました。このことは、もちろんかくすべきことでも何でもありませんでしたが、わたしは、この文章を見つけたことを、何かひそかに得をしたように思い、このことはだれにも言いませんでした。

たまたま同じ解説の中で、瀬田先生は、戦争で不当に苦しめられた子どもたちに「すべてのたくましさ、すべての悪たれ、すべてのユーモア、すべての夢想がもう一度、そして大規模にとりかえされることが焦眉の急務だ」と訴えた中野重治氏の文章を引用していらっしゃいます。中野先生は、わたしたちの世界に引っぱりこんで何か言うにはあまりにも大きな存在ですけれども、そのお気持の中にたえず子どもと子どもの文学についての真正で温い関心が息づいていたと思います。

思えば二年前、わたしどもの小さな集まりにおいでくださって、長時間、熱心にお話くださったことは*、わたしたちにとっては望外の幸せでした。このとき、わたしたちは、世間で評判になっている児童文学作品で、わたしたち自身どうしても高く評価出来ないものを何冊か前もって先生のお手許にお届けし、それについてのご感想をうかがったのでしたが、のちほどお返しいただいたそれらの本には丹念に書きこみがしてあって、先生はひとつひとつのことばに、まるで一本一本杭を打ち込むようにしてものをお読みになるのだなとわかって、驚きもし、またそれでこそと合点もいきました。

この日、往き帰りの車の中で、先生は日本の子どもと、子どもの文学の状況を憂慮され、自分がもっと元気だったら、この問題でひとつ一大論陣を張って、世の中に自分の思うところを大いに訴えるのだがと、しきりにおっしゃっておいででした。

その中野先生は、また最新刊『沓掛筆記』（河出書房新社）の中で、平凡社の「児童百科事典」を愛用していると記していらっしゃいますが、それは、瀬田先生が戦後アメリカの干渉で教科書の程度が低くなるのに抗して職を退き、「教育は下の方からでもできる」と決意して、八年間心血を注いで完成させたものなのです。

おふたりを送って以来、わたしの頭の中では、学生時代教科書の中に見つけ、それにもかかわらず（！）心に残り、いつしかおぼえてしまった詩の一節がくりかえし響いています。エドナ・セントヴィンセント・ミレーの「嘆き」から、

Life must go on,
Though good men die;　と。

＊「郵便机」余寧金之助の筆名で掲載『新選日本児童文学三 現代編』鳥越信ほか編　小峰書店　一九五九年
＊『文集日本語について』大野晋著　日本書籍　一九七八年／『日本語について』（角川文庫）角川書店　一九七九年／『同』（同時代ライブラリー）岩波書店　一九九四年
＊熱心にお話くださったこと「中野重治氏にきく」一、二　こどもとしょかん五、六号　一九八〇年・春、夏

四号　一九八〇年・冬

読者のみなさんがこれをお読みになるのはお正月ですが、書いている今は年の暮です。このごろのように時間が速く過ぎるようになると、一年にもさほどの厚みがなくなってしまって、本でいえばペラペラのペーパーバックという感じになってしまいました。そのうすいページの間に何が綴じこまれたか――それを自分の仕事ということから考えると身をすくめるしかないのですが、それ以外のことについていうと、やはり一年が終ってみれば、年の初めには予想もしなかったことが起こっていることを思わずにはいられません。わけてもわたしたちにとって大きな出来事だったのは、わたしたちが尊敬し、頼りにしていた先生方を失ったことです。八月の瀬田、中野両先生に続いて、十月には神谷美恵子先生も逝っておしまいになりました。

神谷先生は、わたしが大学で精神衛生とフランス語を教わった先生でした。在学当時は、教室以外でお会いしたこともお話したこともありませんでしたが、卒業後何年も経ってから、ふと思いたってさし上げたお年賀状に、思いがけずお返事をくださったのです。大勢の学生のひとりであるわたしを憶えていてくださるはずもないと思っていましたのに、どこからお聞きになったのかわたしの仕事のことまでご存じで、励ましのことばをくださったのは、大きな驚きと喜びでした。それ以来、時折お便りをさし上げるようになりましたが、東京子ども図書館の機関誌をお送りすると、そのつど短い感想を書き送ってくださいました。

ご病気のことを知ったのは、何年か前、東京子ども図書館で講演をお願いしたときでした。前に心臓の発作を起こし、以後ずっと要注意なので、数ヵ月先のことはお約束できないとのことでした。お書きになったものからだけでご活躍を知っていたのでびっくりしました。でも、これからは専ら書くことを仕事にするとのことだったので、「こどもとしょかん」発刊の計画が出来たとき、他に大きなお仕事がおありなのを承知で原稿*をお願いしました。

最初は、連載の予定でした。子どもと想像力について、殊に先生が他のご著書でちらっとふれていらっしゃる子どもの審美力の芽生えと発達について、十分論じていただくつもりでした。このテーマには先生も強い興味をもってくださったようで、昨年暮のお便りには、そのために「あれこれ本を読んだり、これぞと思う人の意見を聞いたり、四回分のすじがきを作ったり」しているとあります。しかし、結局連載は無理で、創刊号にいただいた原稿も病院のベッドで書いてくださったのでした。

このころから、先生は、わたしが申しわけなく思うほど、まめにお便りをくださるようになりました。そのたびに、今入院中とか、退院したばかりとかあるので心配してはいました。でも、同じ文中に、いつも今書いているもの、これから書くもののことが記されていましたし、「健康も一年に二、三回入院して『手入れ』すれば、もう暫らく『もつ』らしい」とおっしゃっていたので、ある朝、突然、新聞に、横に黒い線の引かれたお名前を拝見することになろうとは思いもしませんでした。「暫らく」とは、少なくとも数年のことと信じていましたのに……。

とはいえ、先生が何冊かのご著書をわたしたちの手に残しておいてくださったことは、なんという慰めでしょう。(それに、三月過ぎには、みすず書房から、スイスでの少女時代に始まって、ご自分の人生に大きく跡を残した人との出会いや出来事を記した自伝風のご本が、新しく出るとのことです。)そして、それらの書物は、それを書いた人がもういないという事実の光に当てられると、どんなにか新しい、深い意味をもって読めてくることでしょう。このことは、先日、瀬田先生追悼お話の会のときにも強く感じました。

わたしたちは、職業柄、書物が友であるとか、書物を通して著者に会うとかいうことを、よく耳にしたり、口にしたりいたします。数ヵ月来、大事な方々を失った悲しみと静かに向き合うために、それらの先生方のご本を開いていて、ときに思いがけぬ近さに、その声を聞き、その人を感じることがあって、右のことばが、あらためてわたしの個人的な真実になりました。そして、ふしぎなことに、この経験は、著者その人を知らず、書かれたものだけに接していた本の場合にも、その著者を近くに感じるのを助けてくれるように思います。

それを書いた人がもういないという事実が、読む者にその意味を新しく、痛切に感じさせるといえば、ここに、神谷先生が一九七九年五月五日付で書いてくださったお葉書があります。

「……しばらく入院。そのあと息子たちの車にのせられて五年ぶりで信州へ行ってまいりました。まっ白なアルプスの峯々にかこまれて、娘時代、登山やスキーに行ったとき以上の感慨をおぼえました。この世もまた美しいと思い、心の中で山々や花々にさよならを言ってきました。あなたやあなたの同志たちが、私たち世代のものの果しえなかったことをやって下さると心強く、また心安らかに思いつつ。どうぞしっかりお願いします」

先生が何を根拠にわたしどもの仕事に対して、これほどまでの信頼をお寄せくださったのか――それを知ることはもうできません。この信頼におこたえしなければという思いがあるだけです。そのためにわたしたちがこれから先どんな仕事をしていくにせよ、その中心は、子どもたちが本を友だちにするように、本を通して人に会うことができるように助けることにあるでしょう。そして、できることなら、よい本を友だちにするように。わたしたちがその出会いを幸いだったと思う人々に子どもたちも出会うように。その人たちが見ていた高さを、子どもたちもまためざすように。

＊原稿「想像力について」神谷美恵子　こどもとしょかん一号　一九七九年・春

五号　一九八〇年・春

二月に行なった「人格形成における空想の意味[＊]」と題する講演会は、幸い大勢の方のご参加を得て無事終了いたしました。その前後数回にわたって講師の小川捷之(かつゆき)先生とお話する機会があったのですが、そのときうかがったことの中に、最近の子どものお話の聞き方――それが浅く、弱くなった事実――に関連して考えさせられることがいくつかありました。

先生は、今の子どもにお話を通して空想する、心の内面に深くはいるということをさせるためには、何か特別の工夫、たとえば、お話を始める前に子どもたちに深呼吸させるとか、しばらく静かに目を閉じさせておくとかいったことが必要かもしれないとおっしゃいました。以前なら「催眠術じゃあるまいし」と一蹴したかもしれないのですが、今回はうなずきながら聞きました。実は自分でも少し前から同じようなことを考えていたからです。お話の部屋にはいって座りさえすれば、自動的に〝期待態勢〟をとった昔の子と違い、話し始めようとしてさてひとわたり顔を見ると、てんで聞く気になっていない子が何人もいるといった状態では、どうしても何か考えないではいられなかったからです。

深呼吸や黙想（？）こそ試していませんが、話の前に主人公や事件のほんの一部を紹介して、話に期待を持たせ、想像を刺激するようなことを言う、あるいは質問を投げかけるというようなことは、何回かやってみました。そして、それなりに効果があったと思います。このことは、お話は単刀直入に始めるのがよいと考え、いわゆる〝導入〟とよばれる前置きを一切避けてきたこれまでのやり方とは逆なのですが……。

おもしろかったのは、ある幼稚園でのこと。ガラス窓のいっぱいある部屋で、朝お話をしたのですが、「くらいくらい」を話す前、子どもたちに、ここが暗い場所だと思ってみようともちかけたのです。すると、子どもたちは、めいめい〝あたりが暗くなる〟工夫をしました。両手で目をおおって指のすき間からこちらを見る子。うす目をあける子。女の子の何人かがスカートのすそをもち上げて顔にかぶったのにはなるほどと感心しました。

小川先生は、邪道かもしれないがとことわりながら、話の途中で、聞いている子どもたちに、物語の人物や情景がどんなふうに見えているかたずねるのも、イメージをはっきりさせ、お話の世界に深くはいりこませる上で効果があるかもしれないともおっしゃいました。話の前の子どもとのやりとり同様、こういうことも原則としては避けたいことですが、子どもの想像力が、すぐにはエンジンがかかる状態にない場合には、ときにはこうした意識的な働きかけも必要かもしれないと思います。空想することも、上手になるには訓練がいるのかもしれません。もっとも、こういうことは不自然でなくやれる条件が整っていなければなりませんが……。

たとえ子どもの想像がこちらの思うほど活発でなくても、想像するのはその子ひとりの作業ですから、頭の中へ手をつっこんで操作するわけにはいきません。しかし、子どもたちが物語を自分の身にひきつけて理解することができるように物語の世界と子どもの経験との間にちょっとした橋わたしをしてやることはできます。ぴったりした例というわけにはいかないかもしれませんが、先日小さい子（学齢前）のお話のじかんで、チェコのわらべうた*（内田莉莎子訳　こどものとも年少版　福音館）を読んだとき、こんな経験をしました。冒頭の「のっぽとうさん　ふとっちょかあさん　にんぎょうみたいなこどもたち」は、子どもたちにもいっぺんでわかり、どの子も――背の低いお父さんや、やせっぽちのお母さんの子も！――このうたをパッと胸にだきとった感じでしたが、中にはただ読んだだけでは反応を示さないうたもありました。チェロを練習している男のそばで、顔をしかめ涙をこぼしている犬の絵がついている「くーちぇるさん　くーちぇるさん　おそろしいおと　なんのおと　めうしかな　おうしかな？」というのもそのひとつです。

そこで、私は状況を少しドラマ化して説明し（残念ながら、ヴァイオリンのおけいこをしている子はいませんでした）、それから、もういちど調子をつけて読んでやりました。こんどは子どもたちはそのユーモアを理解し、「めうしかな　おうしかな？」のところで笑いくずれました。以後この一編は大のお気に入りになり、すっかりおぼえて、たのしそうにとなえるようになりました。

余談になりますが、この本のおしまいのところに、樫の木の下で太鼓を叩き、笛を吹いている狼が登場しますが、子どもたちは、最初その絵を狼とは認めませんでした。「キツネ」「いや犬」はては「カンガルーだ！」といろいろあって、ようやく狼にたどりついたのですが、このとき、じっとよくものを考えるタイプのG君が、大まじめで「その絵かいた人、もしかしたら下手なのかもしれないね」といったのには笑ってしまいました。もしかしたらというところにG君の思いやりと礼儀がこもっているのがいいところです。このことば、その絵をかいたご本人――ラダが聞いたらなんというでしょう！

これでは困る、いやだ、といくら思っても、子どものお話の聞き方が変わってきたのは事実です。話の骨組や根の部分には食いついてこないで、私たちから見ればむしろひらひらの部分に多く反応することや、同じ話をくりかえして聞くことを以前ほどには喜ばなくなったことなども、子どもたちが物語を心の表層のレベルで聞いていて、それが奥深い層まで響いていないことを示しているのかもしれません。お話も情報の一種になって、心を動かすドラマにはならないのでしょう。お話をする私たちの課題は、ますます大きくなりそうです。

＊「人格形成における空想の意味」小川捷之　こどもとしょかん七号　一九八〇年・秋／『昔話と子どもの空想』（TCLブックレット）　東京子ども図書館　二〇一一年

＊チェコのわらべうた『おおきくなったら——チェコのわらべうた』内田莉莎子やく　ヨゼフ・ラダえ　こどものとも年少版三三三号　福音館書店　一九七九年一二月

六号　一九八〇年・夏

前号のこの欄に書いたことについて、何人かの方から、同じお叱り（?）を受けました。おまえは、この頃よく「今の子どもはお話がよく聞けない」とか「昔の子に比べて、聞く力が弱くなった」とか言うが、あまりそういうことは言うな、というお叱りです。たとえそれが事実だとしても、私のように子どもにお話をするようにすすめている者が、とりたててそのことを強調する（ように受けとられる）発言をすることは、今一所懸命にお話をしている者、これからしようと張切っている者には、いっこう励ましにはならないではないかというご意見。いや、今の子も、実によくお話を聞いているという反論。そして、今の子の母親からは、自分の子と、自分の子育てを非難されているように感じるという抗議など。

どのお話にもなるほどと思わせられるところがあり、いろいろ考えさせられました。ここ数年来、目に映る子どもたちの様子が気になって、いわば心配の余り——それに、同じように子どもに接している人が事をそう重大に受けとめていないらしいことへの苛立ちも加わって——ついつい声を高くして、そのことをくりかえして話すことになったのでした。自分の心配を訴えるのに急で、それがほかの人たちにどう受けとめられるか、どんな感じを与えるかというところまでは考えていませんでした。それに、事の責任を子どもにかぶせる気は毛頭ないにもかかわらず、どこかに〝子どもが以前ほどお話を喜んでくれない〟ことへの不満があって、それが（子どもへの）非難がましい口調になって出たのではないかと思います。その点、大いに反省しました。

ここで、正直な告白をしなければなりませんが、私が今の子どもの姿のあれこれから、よくない傾向をかぎつけて心配するのは、私自身の中に同じことが起こりつつあるという自覚があるからです。活字の上を目がなでていくような本の読み方をするのも、見たり聞いたりすることを相対的に軽く受けとめるのも、無邪気に驚く能力を失っているのも、全部我が身のことだからです。それだから、子どもに起こっていることがよくわかるし、それをこわいと思う気持も強いのです。自分は大人だからある程度やむを得ないが、子どものときからああでは困る。自分は自分の感覚が望ましい精度と安定感を失いつつあると自覚できるからいいが、その自覚もなしに大きくなられるのはこわい。そう思うと、どうにかしなければという気持に駆りたてられるのです。

でも、考えてみれば、それも、自分は大学を出ていないから、せめて子どもだけは……と、子どものお尻をたいて塾へ通わせる親の考え方と、どこか似通うところがあるのかもしれません。事は子どもの問題ではなく、むしろ自分の問題なのだということを、はっきりさせなければならないと思いました。

また、自分がものを読むときは、そこに、何か励ましになるようなもの、何か元気が出るようなものを求めるくせに、自分の書くものが、人のやる気をそぐようなものだったということも、考えてみれば、たいへん恥ずかしい、申しわけないことでした。私は今、なんとかして楽天的になりたいと思っています。なんとしても楽天的にならなければいけないと思っています。状況が楽観を許すからというのでなく、状況にかかわらず、です。子どもたちが今見せている現象の奥に、もういちど子どもたちの生来の感覚の健康さや、潜在的な能力の大きさを見ることができるようにしなければならないと思っています。

その点については、前号とこの号のために、中野重治氏のお話の記録[*]を整理している間に、ずいぶん教えられました。くりかえしテープを聞き、必要に応じて全集のあちこちを拾い読みしながら原稿をまとめていく作業は、緊張を強いられるきつい仕事でしたが、おかげで、中野氏の、ことばに対する、また子どもの生来の感受性に対する深い信頼を、ひしひしと感じることができて、ありがたい経験でした。

氏は、ご自分の子ども時代の経験に基いて、その記憶が[*]「いいものは必ず子供にもわかる、また悪いものは本質的な影響は残せないのだという考えを私に抱かせるようになつた」とか、低い精神に毒されている作品のまずさは[*]「子供にもわかるものだ。そのへんのところは、だいたい人間にはそなわつているものだという信用を持つています。その点私は、ことに直接教育の仕事にしたがつてる人たちが、子供の感受性というものに一般的に信頼していていいと信じているものなのです」とかおっしゃっています。

私は、これらのことばに大いに勇気づけられながらも、でも、田んぼの中に立ち並ぶ電柱が一本に重なって見えるのを眺め、ラムネの玉がどうやったらとれるかを考えて半日が過ぎるような少年の日を送ったことが、氏のようなものの感じ方を育てたのではなかったか、と言いたくなるのを懸命にこらえました。そんなふうに考えだすと、考えの輪は、また悲観の方へ回転しはじめます。要注意！　とにかく「にもかかわらず」楽観し、楽天的でなければいけないのですから。

さしあたり、私は、お話を聞く子どもたちの向こうに、昔の子の顔を重ね合わせることを止めようと思います。以前はもっと笑ったのに、しーんとしたのに、と思うことを止めようと思います。なんのかのといっても、とにかくお話のじかんのかねが鳴るのを待ちかねて、戸の前に行列を作る子たちが、私たちの目の前にいるのです。くりかえし聞くお話が子どもたちにとって〝何か〟でないとはだれがいえましょう。現に先週、お話のへやから出て来た女の子が言ったじゃありませんか。「あーあ、胸がはりさけそうにおもしろかった！」って。

＊中野重治氏のお話の記録　「中野重治氏にきく」一、二　こどもとしょかん五、六号　一九八〇年・春、夏
＊いいものは……　「わが文学的自伝」『中野重治全集二二巻』筑摩書房　一九七八年
＊子供にも……　「一作家として文学教育に望む」『中野重治全集二二巻』筑摩書房　一九七八年／こどもとしょかん二一号　一九八四年・春

七号　一九八〇年・秋

お話をしているからだと思いますが、もうずいぶん前から、「見る＝読む」ことと、「聞く」ことのかかわりについて強い興味をもっていました。ことばを耳で聞くと、そのイメージが見えてくるというのはどういうことなのか。またお話の会話の部分などを読んでいると、会話者の声がどうしようもなく聞こえてくるのはどういうわけだろう。ふだんお話の勉強をしている人たちに、イメージを思い浮かべなさいとか、主人公の声が聞こえるでしょうとか言いはするものの、では、そういうことが起こるメカニズムはと考えると、これがよくわかりません。

また、ものごとに、耳で聞いた方がよくわかることと、目で見なければ頭にはいりにくいこととがあるのもおもしろいことだと思います。点字図書館の人から、いくらテープや対面朗読のサービスが普及しても、点字でなければだめなものもあるということを聞いて、なるほどと感心しましたが、どんなものがだめなのかくわしくうかがうことができれば、聞くことと見ることの違いについて考える貴重なヒントが得られそうな気がします。

語られたものをテープにとり、そのテープを起こして文章にするという作業も、聞くことと読むこと（あるいは、話すことと書くこと）の違いを考えさせます。本誌の評論に三号続けて講演記録を載せたので、その原稿を整える作業をするうち、何度も何度もこの問題に直面しました。そして、一方ではほとんど本能的にというか、反射的に、ことばを補わなければならないところ、切り捨てなければいけないところを判断しながら、そのもう一方では、なぜ自分がそう判断するのかをちょっと分析してみたりして――あまり深入りすると作業が進まないので、ほんのちょっとだけ——おもしろいなあと思いつづけていました。

また、この夏は、『昔話を絵本にすること』*の原稿を書いたので、とくにそのことを考えました。これはもう何年も宿題にしたまま放ってあった本で、今年は何が何でもけりをつけなければならないところへ追い込まれ、涼しい夏の助けを得てようやくなんとかまとめあげたのですが、書いているあいだ、どちらかというと視覚は知的な活動に、聴覚は情動的なそれに結びついている感じがするが、脳の中で、このふたつの感覚をつかさどる部位が、どういう関係になっているのだろう、またその発達に段階的な違いがあるのだろうかと考えたりしていました。

今号に掲載したお話*の中で、小川先生は、聞くことは脳の古い部分を刺激することだと言っていらっしゃいますが、こういうこともおもしろい。また、これは先生から直接うかがったことですが、目が見えない人に深い内面性をもつ人は多いが、耳の聞こえない人は教育上よく配慮しないと現世的な考え方に傾くおそれがあるとのことで、こういうことも、見ることと聞くことの働きについて、いろんなことを考えさせてくれます。

それに、見る、聞くといっても、私が興味をもっているのはことばですが、これが映像や音楽のこととなるとどうなるのか。そんなことをいつも頭のすみで気にかけているからでしょう。そういうことにかかわりのありそうな本を見つけたときはつい手が出て、大部分はツンドクになるにもかかわらず買ってしまいます。

先日、『昔話を絵本にすること』を書き上げて一息ついたのを機会に、そうした本の中の一冊『音・ことば・人間』(武満徹、川田順造著　岩波書店)を開いてみました。私は、これまでこのふたりの著者の他の著作を読んだことはなく、この本も、ただ題にひかれて、内容についてはまったく知らぬまま求めてあったのですが、これは、音楽、文化人類学と互いに専門を異にするおふたりの公開往復書簡集でした。川田氏のは、そのほとんどが研究のため滞在している西アフリカのサバンナで書かれており、その風土や人々の暮らしの描写は、それだけでもたいそう興味深いものでした。おふたりの話題は、標題の三つを軸に、自然、時間、日本文化の特質とさまざまな方向に広がり、そのひとつひとつが〝刺激的〟なのですが、私は、ひとつには自分の頭がひとつことを集中して思いめぐらす状態になかったため、またひとつには書簡体の文章から受ける個人的な感じに甘えて、ただおもしろいと思ったところだけを好きなように拾わせてもらいました。

たとえば、川田氏の手紙にあるモシ族の音に対する考え方。ここでは、音は、意味のあるコエガと、雑音であるブーレに分けられており、同じ人間の声でも意味をもったメッセージは前者に、市場の喧騒などは後者に、太鼓でも祭りの踊りのはやしは前者、わけのわからない音として聞こえるものは後者、ふつうブーレとされる動物の鳴き声も、飼犬が人の来たことを知らせるときはコエガにというように区別して、人間の声（言語）、楽器の音（音楽）という区別はない。

また、昔話の「かたり」の中で、登場人物の会話の一部が「うた」になるが、うたになるのはお話全体の要（かなめ）となるようなメッセージで、しかも人間→精霊、人間→樹木といったように異種間のコミュニケーションに限られるらしい。そこには、重要な伝達は日常言語とは異なる抑揚とスタイルで行われるべきだという意識が働いているという指摘。

また、武満氏が、日本人の音感に関して述べておられること。絵巻物の斜投象による空間把握——視点を固定する西洋の透視法と違って、視点を移動させ、それによって時間の要素を導入する——と、時間的に音が移ろいゆくところに音色を感じる日本人の特殊な感受性との結びつきなど。これらのことは、今すぐというわけにはいきませんが、頭の中でくるくるまわっているうちに、どこかでお話をすること、絵本や本を読むことつながっていって、私たちの仕事の意味をいっそう深く感じさせてくれるものになるだろう予感がします。

＊『昔話を絵本にすること――ホフマンの『七わのからす』をめぐって』松岡享子著　東京子ども図書館　一九八一年／『昔話絵本を考える』日本エディタースクール出版部　一九八五年

＊今号に掲載したお話　「人格形成における空想の意味」小川捷之　こどもとしょかん七号　一九八〇年・秋／『昔話と子どもの空想』（TCLブックレット）東京子ども図書館　二〇二一年

八号　一九八一年・冬

毎年九月から二月にかけての半年間は、週に一度大学に出て、将来保育者になる若い学生さんたちに、絵本やお話について、話をしています。

わたしは、つねづね、子どもを相手に仕事をする人は、自分の子どものころのことをよく思い出すように努めるとよいと思っています。自分がものごとを子どもとしてどう思ったか、どう感じたかをはっきり思い出すことができれば、親とか、教師とかいった、現在（いま）の大人としての自分の目からだけ子どもを見るのでなく、かつては自分もそうであった子どもの目からもその子を見ることができる。そうすれば、子どもへの理解も共感も深まり、大人としてのその子への対し方も、より適切なものになると思うからです。

文学についても同じで、もし、自分が子どものとき、どんなお話や本をたのしんだかを生き生きと思い出すことができれば、子どものために本を選ぶ立場に立ったとき、子どもの視点を失わずに本を見ることができるでしょう。というわけで、わたしは、例年、最初の授業のとき、学生さんたちに、子どものころ見た絵本や、聞いたお話のことを思い出して書いてもらうことにしています。

　わたしは、それらの文章を読むとき、ふだん自分が考えたり、言ったりしていることを裏付けする事実ばかりを拾わないように自戒していますが、それでも、わたし自身が好きな本や、子どもにすすめたいと思っている本をたのしんだという記述に出会うと、やはりにっこりしないではいられません。これまで十年近くこの「作文」を続けてきて、いちばん頻繁に書名があがり、またいちばん熱のこもった愛着のことばを捧げられている本は、『いやいやえん』です。授業でいきなり紙をわたして書いて貰うのに、これこれの場面でしげるがこうした、ああした、それがうれしかった、気になったと、さし絵の説明までいれて克明に書いている人が多く、どんなにくりかえし、またお話にはいりこんで読んだかがよくわかります。また、どんなときも本を手離したくなくて、何かの記念写真をとるとき、大事に胸にかかえてカメラの前に立ったとか、もうずっと大きくなってからも、自分の「視界の中にあの表紙の赤い色がうつっていないと気が安まらなくて」机の前の本立てに必ず『いやいやえん』を置いていた、などというほほえましい告白もあります。

『いやいやえん』についで、幼い日のわたしの学生さんたちに愛読されたのは、『ちいさいおうち』です。この本について書かれている文章を読むと、幼い子の気持が、どんなにちいさいおうちとぴったりひとつになっているかがわかります。この本のもつあたたかみ、また静かな力強さといったものが、幼い心にしっかり受けとめられて、成人した今もそこに確かな座を占めていることを知ることは、わたしには大きな励ましになります。

また、学生さんたちの書いたものの中には、読んだ本や、聞いたお話をもとに、さらにその先を空想するのがたのしかったとか、お話をそっくりそのまま遊んだのがおもしろかったという記述がよく出てきます。ジャックが豆の木に登るところがおもしろくて、「やたらと高い所へ登った記憶がある」人や、友だちを集めてくっついたらさいご離れない金のガチョウごっこをした人など。自分が主人公になったつもり、お話の中の場所へ行ったつもりになって遊ぶのが、本を読むことのいちばんのたのしみだったらしいことがうかがわれて、興味があります。

「生まれて初めて、痛くて泣くのでなく感銘を受けて泣く」ことを体験したのも本によってです。「ごんぎつね」や「泣いた赤おに」で、善意が悲劇で報われることもあると知った衝撃を綴った文には、幼い心の痛恨の思いがあふれています。「母をたずねて三千里」を読んだとき、途中でお勝手にお母さんがいることをたしかめに行き、お母さんにそっとさわってから、部屋に戻ってつづきを読み、さめざめと泣いたという人もありました！

学生さんたちの「幼い日の文学とのふれあい」の記録は、どんなに小さなことでも、わたしたち子どもの読書について考えることを仕事にしている者には、貴重な示唆を含んでいます。本をよいものと信じ、本の与えるたのしみを宣伝しなければならないわたしたちとしては、それを証言する事例をふだんから収集しておかなければなりませんが、子どものそれは、ことに貴重だからです。世に数多い読書論や、個人の読書歴、読書体験を記した本を読むときも、わたしなどつい「子どものときのことが書いてないかな」とさがしてしまいます。

最近文春文庫で出た『読書と私』というエッセイ集には、子どものときの読書にふれたものがずいぶんありました。小学六年で、防空壕の中で見つけたトーマス・マンの『魔の山』の文庫本を、空腹にしみ入るように読んだという畑山博氏。ほしくてたまらない雑誌「譚海」を手に入れた夢を見て、しっかりつかんで目がさめたら、机の脚を握りしめていたという野呂邦暢氏。表紙が気に入るか入らないかで読む本を選んだ永井路子氏。残り少なくなっていく頁の薄さが惜しくて、いくら読んでもなくならない本はないものかと思った長部日出雄氏。汗ばむ手に五十銭銀貨を握って、朝暗いうちから書店の前で「少年倶楽部」の到着を待った池波正太郎氏。いずれも、本に心を奪われたその奪われ方の強さが印象に残ります。

この種のエッセイは、なんといっても作家のものが多く、それ以外の職業の人の読書体験を知る文章にはなかなかお目にかかれないのですが、インタビューと写真によって構成された知名人の読書談議ともいうべき好著「私の書斎」（I～III、竹井出版）には、小学校入学前、〃マッチなし〃にともった電燈に驚き、そのとき父親から買い与えられたエジソンの伝記が、本との最初の出会いだったという糸川英夫少年の話を見つけました！

九号　一九八一年・春

一月から三月にかけて、東京は新宿の超高層ビルの中にある朝日カルチャーセンターで、日本女子大の小澤俊夫先生の「グリム童話とその周辺」と題する講座を聴講しました。

わたしも、何年か前から、黒板を背にして立つようになりましたが、なんといっても黒板に向かって座る生活の方がずっと長かったものですから、いまだにそちらの側にいる方が格段に居心地がいいのです。じっとしていて何かを教わることができるなんて、なんとまあ有難いこと、と思います。教室にはいって席につき、ノートを拡げる。それだけでもうわくわくします。その上、今回の講座は、その内容が、わたしにとってはこの上なくおもしろいものでしたから、まったくわくわくのし通しでした。

講座では、まずグリム兄弟の生い立ち、家庭生活、童話集刊行前後の事情等をくわしくお話しいただき、ついで、ふつうはあまりとりあげられることのない、ヤーコブとウィルヘルム以外の弟妹のこと、また、兄弟に昔話を語って聞かせた人々のことをうかがいました。そして、おしまいに、グリム童話そのものをとりあげたのですが、この部分では、版が改まる毎に物語がどう書き変えられたかを、二、三の例について細かく見ていきました。グリム童話は、兄弟が聞き書きをもとに作った最初の原稿から、今日一般に知られている形になるまでに、何回か改訂が加えられているわけですが、それがどの程度、どんな風になされたかを、異なった三つの版について比較検討したのです。

この作業は、ふだん、語るという目的のために、テキストに手を入れるということをしているわたしには実に興味のあることで、書き改められた個所それぞれについて、そのために物語がよくなったか、あるいは、それによって口承の物語本来の表現形式から離れてしまったか等考えていくと、いくらでもおもしろい問題が出てくるのでした。

しかし、こういう作業は、もとになる材料こそ先生から与えられたものの、それがあれば、自分でも考えることができます。教わることの有難さという点からいえば、わたしは、講義の前半、先生がグリム兄弟の人となりや暮しぶりを細かく描いて見せてくださった部分に、より大きなたのしみを味わいました。

以前、子安美知子氏の『ミュンヘンの中学生』（朝日新聞社）を読んだとき、シュタイナー学校の歴史の授業のことが出てきました。そこでは、教師は、戴冠式のごちそうや、王様の衣裳——刀の柄（つか）の飾りに至るまで——の「お話」をし、生徒は、ノートに、王様の燭台の絵を、ついているダイヤモンドの数まで正確に描きます。歴史といえば、列挙された年号や人名や史実を暗記することだと思っていたフミさん（著者のお嬢さん）が、この授業らしくない授業に戸惑う様子が書かれていましたが、わたしは、小澤先生の講義を聴いていて、それを思い出しました。先生が、グリム兄弟の書簡や自伝、その他多くの資料を使って描き出してくださる兄弟の性格や生活の細部が、実におもしろかったからです。

グリム兄弟の父親は、ある地方裁判所の裁判官でしたが、町史の記述によれば、当時の彼の服装は「赤い襟のついた青い上衣、金の縁（へり）のついた皮のズボン、銀色の拍車のついた靴」といったもので、冬、狩りに行くときは「裏に毛皮のついたみどりのマント」を着たとか。また、その父を早くに亡くし、長男としての責任から、懸命に家長の役を勤めようとしたヤーコプに対し、弟妹たちは、必ずしもよい態度を見せなかったらしく、妹のシャーロッテが「兄さん、お金を頂戴。それもたくさん」とお小遣いをせびったとか。こういう話を聞くと、グリム兄弟が、ただ本の向こうにだけいる人ではなくなります。一日働いて帰宅してみれば、食卓に朝食のあとが片付けられもせずそのまま放ってあった……と、ヤーコブが嘆くのを聞けば、ヤーコブは本の向こうどころか、すぐ隣りにいるような、(行って、お皿を洗ってあげたくなるような!)気がしてきます。

また、兄弟に童話集の公刊をすすめたアルニムという人が、その原稿を読みながら部屋の中を歩きまわったとき、「一羽のカナリアが、羽をバタバタさせて重心をとりながら、その頭にとまっていた。アルニムのふさふさした巻き毛が、カナリアにとっては、居心地よさそうに見えた」などと聞くと、まるで自分が童話集の刊行に立ち会っているような興奮を覚えるではありませんか。

このような細部をたっぷり聞かせていただいたおかげで、わたしのグリム兄弟像は人間的な厚みのあるものになり、わたしの心にグリム童話の世界が占めていた空間には、奥行きと彩(いろどり)が加わりました。わたしたちは、何かを学ぶとき、対象を何らかの方法で〝我が身に引きつけ〟なければなりませんが、対象が歴史的なものである場合、具体的な細部が、どんなにそれを助けてくれるでしょう。

王様の燭台の絵に色をぬりこんでいくなんてばかばかしいと思っていたフミさんは、その絵の反対側のページに、その日の授業のテーマについて「目に見えるような描写で」文をつけるようにという宿題を出されて、ハタと行きづまります。そういう文章は、ほんとうに授業の内容を自分のものにし、自分の中に十分確かな意識がなければ書けないと悟るからです。絵だの「お話」だのといった細部は、実は、その意識をつくるためのもの。対象を〝我が身に引きつける〟訓練だったといっていいかもしれません。

授業も、本も同じこと。教師(著者)は、相手がそれを我がことのように感じられるように、くっきりと絵になって見える細部をさし出し、生徒(読者)は想像力の手をのばして、細部の向こうに生き生きした全体像を描く。それで事がおもしろくなるのだといえそうです。

一〇号　一九八一年・夏

六月二十二、二十三の両日にわたって、東京の日本出版クラブで、「アジアの昔話」によるお話の会を開きました。これは、アジア地域共同出版計画の第一期作品である「アジアの昔話」全六巻の日本語版（福音館書店発行）が完結したのを記念して行なったもので、それぞれ七つずつ計十四のお話を、各回とも七十名ほどのお客さまに聞いていただきました。

わたしたちの月例お話の会では、外国の昔話というと、どうしてもヨーロッパのものが多くなり、アジアのお話はたまにしかプログラムにはいりません。それがアジアのものばかり、しかも、バングラデシュ、スリ・ランカといったわたしたちに比較的遠く感じられる国々のものまで含めて、これだけたくさんひとまとめにして聞くことができたので、いろんな点でとてもおもしろく感じました。

そのひとつは、やはりヨーロッパの昔話と味わいが違うなということでした。殊にわたしたちが比較的聞きなれている北欧、東欧の昔話に比べると、物語の筋は基本的には変わらないのに、引きこまれていく精神のレベルというか、話を聞いているときの心のあり場所がずいぶん違うという気がしてならなかったのです。ヨーロッパのお話は、きれいに（図式的に）整っていて、ある透明な感じがあり、こういう言い方が許されるかどうかわかりませんが、形而上の世界のことという感じがします。それにひきかえ、アジアのお話は、もっと生の生活の感じが濃厚で、出て来る植物にしても、食べものにしても、具体的なものの形や色合いが見えてくるような気がします。人間でいえば、その人の体臭や、からだから発せられる熱、肌や髪の毛や汗の感じがするのです。このように、お話に総じて人間臭い、生活臭い感じがあるからでしょうか、(それに、当日の聞き手たちの生き生きした反応の印象が加わっているのかもしれませんが)、わたしは、お話全体に活気というか活力というか、旺盛な生活力を感じました。そして、これがアジア的バイタリティというものかなと思ったりしました。

もうひとつおもしろく思ったのは、このアジア的バイタリティのひとつの源が、わたしたちが用意したプログラムに限っていえば、お話に登場する女の人たちにあったということです。ご亭主とやりあって一歩も後へひかぬ強いおかみさんたち。それぞれ、かしこかったり、美しかったり、若かったり、従順だったりということはあるのですが、全部のお話を聞き終わっての印象は「汝、たくましきアジアの女たちよ！」でした。

タイの「黄太郎青太郎」のお話の中で、娘をかしこい男に嫁がせようという父親に対して、「かしこい男？ふん、男なんてみんなばかですよ」と、一刀のもとに夫の言い分を切り捨てる妻の啖呵の美事さ。ここでは、少数の男性をまじえた聴衆から爆笑が湧きましたが、タイの女の人たちも、このお話を聞きながら溜飲を下げるのでしょうか？　それにしてもこの奥さんのお目がねにかなった婿殿のなんというかしこさ！　ぼんやり者と思われていたこの婿殿の一々理にかなった話しぶりに、当夜の聴衆は笑いの余り大揺れに揺れていましたが、わたしは、それを見て、ここにタイの人がいればよかったのに、そうすれば、「これはお国のお話ですよ」と言ってあげられるのに、と思ったことでした。

実際、お客さまがお話をたのしんでくださったそのたのしみぶりは、それぞれの国の人たちにお見せしたいようでした。たまたま、わたしは、この本の企画(アイデア)が生まれる段階から、この出版計画に携わる機会を与えられて来たので、お話を聞きながら特別深い感慨を味わいました。

アジアの子どもたちに良質、廉価で共通の読み物を提供しようという目的で始められたこの共同出版計画は、九年を経て計十二点の本を出版していますが、昔話集は、その最初のものだったのです。まだこの計画のための組織も整っておらず、趣旨も徹底しておらず、何よりも作られる本についてのイメージが定まっていない時期でしたから、各国から集まって来た原稿の質にもひどく差があって、正直いって当初は、とても現在のような本にまとめ上げられるとは思えませんでした。

わたしは、その不揃いな原稿を携えてイギリスに飛ぶことになりました。英語で世界各国の昔話を語ることにかけては、おそらくいちばん経験豊かなコルウェルさんに、原稿の手直しをお願いすることになったからです。朝から晩まで二人で頭つき合わせての何日間かの作業は、たいへんきついものでしたが、また非常に充実したものでもありました。このとき、コルウェルさんによって文字通り救われたのが、ラオスの「小石投げの名人タオ・カム」でした。

この話のもとの原稿は、今のものの二倍位の長さがあって、その大部分がみなし児の上に足萎えである主人公のあわれさをあわれっぽく語っていたのです。おそらくあとからつけ加えられたと思われるこの感傷的な饒舌をきれいさっぱり切り捨てたあと、このお話は明るく、美しいものに生まれ変わりました。「ほんとうに親指と人差指で小石が飛ばせるかね」と、裏庭に出て、妹のヴェラさんと二人して、しきりに小石を拾っては飛ばしていらしたコルウェルさんの姿を思い出します。

そのコルウェルさんは、最近のご著書 *Storytelling** の中で、背景や主人公の名こそ違え、共通の「物語」

が世界を結びつけていることにふれ、それぞれの物語の背後に名も知れぬ語り手の声があると述べていらっしゃいます。その声のおかげで、その声を文字にした本のおかげで、そしてさらには、その文字を再び声に戻してお話を生き返らせる語り手のおかげで、わたしたちはまだ訪ねたことのない国々の物語をたのしむことができるのです。

＊ ***Storytelling*** by Eileen Colwell, Bodley Head, 1980. 邦訳『子どもたちをお話の世界へ――ストーリーテリングのすすめ』アイリーン・コルウェル著　松岡享子ほか訳　こぐま社　一九九六年

一一号　一九八一年・秋

九月中旬の十日間を北海道で過ごしました。用があって出かけたのを機会に、きれいな空気と、静かな環境の中で、「たのしいお話」シリーズの『選ぶこと』の最後の部分を、集中して書き上げるためでした。「たのしいお話」シリーズは、早くからわたしどもの出版案内に全七冊として予告し、(のちに『質問に答えて』を加えて八冊となりましたが)、もちろん当初の計画としては、半年に一冊、おそくても一年に一冊のペースで刊行して、程なく完結させるつもりでした。ところが、これがそうはいかず、何人もの方からご催促を受けながら、まだ二冊未刊のまま今日に至っています。最初の『お話のリスト』を出したのが、一九七二年の四月ですから、もたもたしていると十年になってしまいます。けっして忘れていたわけでも、放っておいたわけでもないのですが、思わぬ時間がかかってしまい、読者の方々には申しわけなく思っています。

『選ぶこと』も、もうずいぶん長い間ちょっと書いては中断し、ちょっと書いては中断し、してきたのでした。そしてとうとう、思い切って他のことはお預けにしてまとまった時間をつくり、北海道まで出かけたのでした。

北の国の九月は、ほんとうに美しい季節でした。だいたいにおいてお天気に恵まれた十日間でしたが、中に一日、黄金の日とでも呼びたいような、とりわけ美しい一日がありました。空気の軽くて透明なこと。風の清々しさ、快さ。そしてその風に揺られる木の葉からは、金色の光がこぼれているようでした。この九月の光が、わたしの「空」とか、「風」とか、「光」とかいうことばを洗ってくれ、ことば本来の輝きをとり戻してくれたように思われました。

手をとめて机から目を上げるたびに出会うみどりと光に励まされて、仕事はようやく一区切りつきました。いつものことですが、書きはじめる前は、自分がこれから書こうとしていることは大事な、書く値打ちのあることなんだと思えるのに、書いているうちに、こんなこと書いてみたところで何になるかしらという気分になってきて困ります。今回は、とくに、お話のことばについて述べなければならぬ個所で、この〝こんなこと何になるかしら病〟が出て弱りました。ほんのちょっとした語順の違いが、文をわかりやすくもわかりにくくもするのだということを説明しようとして苦労していたのですが、こんなことは、関係のない人から見れば、おそらく重箱の隅を楊枝でほじくっているように見えるのだろう、と思ったからです。

〝病〟と戦って、それでもなんとか最初の原稿を書き上げて帰京したあと、竹内敏晴氏の『話すということ(ドラマ)』(国土社　一九八一年四月刊)の中で、同じことばの問題が論じられていたことを思い出し、もういちど読んでみることにしました。

この本は、「朗読源論への試み」という副題がついていて、さきに著者が『ことばが劈かれるとき』(思想の科学社　一九七五年)で提起されたことばとからだのつながりの問題を、朗読という場面で、さらに具体的に考えようとしたものです。それも、小学校で子どもたちが、教科書を声に出して読む、その読み＝朗読の実践から、問題をひき出しています。

著者のいう朗読、すなわち「他人の文章に触れて、それに触発されたことを語る」という作業は、本質的にはお話と同じですから、この本には、わたしたちお話をしている者にとっては、ハッと胸をつかれるところ、「そうそう!」と同感の声をあげたくなるところが随所にあって、たいそう刺激的です。

わたしが『選ぶこと』の中で、文章のわかりやすさ、落着きのよさという観点からとらえようとした問題は、ここではことばのもつ「イメージの喚起力」ということで論じられており、教科書の文章にその力が乏しいことを、具体例で指摘しているあたり、一々うなずけることばかりです。

ただ、残念なのは、その部分が、わたしから見れば、あまりにも短いこと、それも、著者がストレートに論じているのでなく、対談の中に出てくることです。対談の相手は、中里子さんという小学校の先生で、朗読については、担任の子どもたちとさまざまな試みをし、この問題については、竹内氏の共同研究者、この本の影の共著者といってもいい方です。

実は、この本は、その大きな部分が、著者と中氏の対談、また、他の先生方との座談から成っています。そのために、実際の例にふれるおもしろさはあるものの、本全体から受ける感じは弱く散漫なのです。ことばの問題にしても、朗読のための文章論といった、まとまった論を聞きたかったといううらみが残ります。

著者は、この本では「理論的に整理することを急ぐよりも」実践例をあげて考えることを目ざしたと述べていますが、扱っていることがらが、声とか、からだとかのことであるだけに、たとえ実践例をあげてもらっても、その場に居合わさなかった者にとって、〃ほんとうのところ〃をつかむのは、非常にむつかしい。文章になった記録だけで、読者が同じことを追体験できるわけではないからです。ここには、いみじくも著者自身が、話しことばと文字に書きしるしたものとは全く性質が違うのだといっている、まさにその問題があると思います。実践と書物の違いです。ことが声とか、動きとか、ことばでとらえにくいものであるだけに書物にするなら、問題を「理論的に整理して」、正面から読者に向かって説いてくれたほうがよかった、と思います。この本の構成では、読者は、著者たちがやっている非常におもしろいことを、輪の外からのぞかせてもらっているという感じがぬぐえません。実は、最初に一読したとき、期待にあふれて読んだにもかかわらず、なんとなく満たされぬ読後感が残ったのですが、あれはこういうことだったのかと再読して納得した次第でした。

一二号　一九八二年・冬

四回にわたる吉田新一先生の講座「英米の絵本の系譜をさぐる」は、受講者のみなさんの熱心なご参加を得て無事終了しました。「とにかくご自分でおもしろいとお思いになることを自由にお話しください」とお願いしたのですが、その注文通り、先生は、ご自分でおもしろいと思う絵本作家――コルデコット、ポター、レスリー・ブルック、センダック、バーバラ・クーニーなどの作品を縦横に引いて、先生ご自身がそれらの作品の中に見出した〝愉しみ〟を、わたしたちに頒ってくださいました。その愉しみとは、絵が語る無言のストーリーを読みとることといえばよいでしょうか。そうして読みとられたストーリーが、先生の口から、即興的な、生き生きした物語（ストーリーテリング）になって出てくるのを、ほんとうにおもしろく聞かせていただきました。

先生は、毎回、わたしたちが用意した資料のほかに、持ちきれないほどたくさんの本をかかえていらっしゃいました。そして、あるとき、講義が終って、それらの本を片づけながら、半分ひとりごとのように、「昔、そんなつもりもまったくなく買ってあった本が、今ごろになって急に、あ、あれはこういうことだったのかとお互いに結びついてきたりして、おもしろいものですね」と、洩らしておられました。このことは、わたしにも経験があって、大いに同感しました。

なんとなく買って、読みもせず放ってあった本を、ながいことたってから開いてみると、それがそのときまさに自分が求めていた本だったというような経験は、本好きの方なら、だれでも一度や二度はもっていらっしゃるでしょう。図書館もいいのだけれど、自分で本を買う、本をためこむということをしないと、この種の思いがけないうれしさは味わえないな、と思ったりします。

ふしぎなのは、自分が将来そういう本を必要とするだろうという予想がまったくつかないのに、ある本を買っている。しかも、買ったことさえ憶えていない、というような場合があることです。わたしより、本の方が、先にわたしを知っていたとしか考えられないようなことを、わたしはある本について経験しました。

その本とは、水田光著『お話の研究』（大日本圖書株式会社　大正五年六月発行）と、その姉妹篇『お話の実際』（同　大正六年七月発行）です。わたしは本を手にいれたとき、入手年月日や書店名を本に書きこむという習慣をもちませんので、確かなことは何ひとつ思い出せないのですが、どうも中学か高校のとき神戸の須磨の古本屋でこれを買った記憶があるのです。須磨はふだんわたしが通るところではありませんので、何の用でそんなところへ行ったのかわかりませんし、その古本屋には、もちろん、あとにも先にもそのときだけしかはいっていません。何もかもがぼんやりしている中で、ちょっと安っぽい感じの、小さな店と、この二冊が並んでいた棚の一部が、そこだけ浮き出たように記憶の中で絵になって見えるのもふしぎです。その後、何年もの間、わたしは、自分がそんな本をもっていることさえ忘れていました。それでいて、この本が何回かの引越しと、本棚の大整理を生きのびてこられたのもふしぎです。そして、買ってからほぼ二十年もたってから、ストーリーテリングということばを知り、アメリカの図書館学校で、すぐれた語り手であるブライアントやシェドロックの名前を知ってから、そういう人たちの書物によって触発されて書かれたこの二冊にめぐりあうとは！

わたしは、著者の水田光という人がどういう人か知りません。調べればわかるのかもしれませんが、知りたいという気持と、わからなくてもいいという気持とが相半ばして、まだ調べていません。

『お話の研究』は、語ることの実際については、かなり多くの部分をブライアントに依り、子どもにとってのお話の意義や、語るに向くお話の種類、内容については、チルラー、ユスト、ヒーメッシュ等——いずれも、わたしにはなじみのない名前ですが——ヨーロッパの教育学者の説を参考にして書かれたお話論です。「お話とは何ぞや」に始まって、「異なる種類のお話の意義と内容、お話の教育的價値、優秀なるお話の備うべき條件とそれを得る方法（改作、新作を含む）、お話を授くるための豫備、話し方、お話の種類や児童の年齢から見たお話の取扱方、例話」と、実に行き届いた内容です。『お話の実際』の方は、例話とその解説が大部分を占めていて「お話と科学的智識」あるいは「お話と児童の想像力」さては「現代日本のお話の欠陥」といったテーマについて短い論がまとめられています。

今読んで、わたしがとくに興味深く思うのは、一つは、著者が、文学的な物語と並んで、「歴史譚、自然界の物語、實話」等、いわゆるノン・フィクションを語ることをすすめていること。もう一つは、著者が、お話の価値を「愉悦の賦與、趣味の啓發」に求め、修身教育の手段としてしかお話をみない世の教育者に真向から挑戦していることです。「多くの人士が徳性の涵養と云ふ固くるしい方面のみに眼をつけて、愉悦とか趣味とか云ふ、ふわりとした、ゆとりある光った方面を閑却してゐることは、私の遺憾とするところであります」という、ちょっと気負った著者の口吻に、ほほえましいものを感じつつ、一方で、今でも同じことがいえるなあと思うのです。

それにしても、こんなにまとまったお話の本が出ていながら、水田氏の説くようなお話が、広く実践され、後の世代に受け継がれた形跡がないのはどうしてでしょう。以前、瀬田貞二先生から、日本の児童出版文化の歴史を調べてみると、何度か非常に質のよい作品が生まれた時期があるのに、何故かそれが継続されず、伝統としての力をもつに至っていないという事実を指摘されたことがありますが、お話に於ても、同じことが起っているのでしょうか。

一三号　一九八二年・春

二月上旬、インドに行きました。初めてのインド旅行です。といっても、たった一週間、それも一年中でいちばんすごしやすい季節に、ニューデリーだけに滞在したのですから、とてもインドに触れたとはいえません。せいぜい表皮をひとなめしたというところでしょう。

それでも、やはり行ってよかったと思いました。国内にしろ海外にしろ、旅に出るといつも感じることですが、ふだんとは違う風景や人間関係の中に身を置くと、バランスの感覚が戻ってくるというか、自分のもっている価値基準に適当な修正が加えられる気がします。外の世界でも通じる基準と、外の世界では通じない基準とがはっきりし、そのことが逆に基準そのものの妥当性、普遍性の度を映し出してくれるからでしょう。

ことに、今回のインドでのように、わたしの日常とは大きく違った暮らしをしている人々の姿を目のあたりにすると、自分の考え方に強いゆさぶりをかけられることになります。たとえば、ふだんのわたしの暮らしの中では、本とか読書とかいうことは大きな場所を占めていますが、ニューデリーの街へ一歩出れば、この世界には本などに一切関係なく暮らしている人がいくらでもいることをいやでも思い出させられます。

この人たちとわたしとは、本の話をすることで気持を通わせることはできないでしょう。でも、笑顔である挨拶や、ちょっとした親切などで、言葉の壁を乗りこえることはできます。ゆきずりの子どもにわらいかけ、笑顔でこたえられたときのうれしさは、日本にいても、インドでも、まったく変わりありません。見知らぬ人々と気持を通い合わせるということになれば、人なつこさや、相手に対する信頼こそが鍵で、その人が読書家かどうかは問題になりません。

だから、本は大事ではない……というわけではもちろんないのですが、わたしのような仕事をしている者にとっては、本を読むことだけが大事なのではないことを、ときどき思い知らされるほうがよいのです。人はだれでも、自分の関心事だけが世の中のすべてだと思いこみがちですから。インドへの短い旅は、わたしにはそのためのよい機会でした。

とはいえ、わたしがインドへ出かけたのは、やはり本のためでした。「すべての人に廉価で本を！」と題された、読書推進のための会議に参加したのです。わたしは、その会の終りの方で、子どもの読書習慣の形成について短い話をするように頼まれていたのですが、参加者の大部分は出版関係者で、そこではもっぱら紙不足や、印刷製本費の高騰や、大衆の購買力の低さや、出版事業への政府の補助金の増額や、本の市場としての図書館の必要、等々が論じられていました。

次から次へとくりひろげられる雄弁な演説に耳をあずけながらも、わたしが会議の間中ずっと考えつづけていたのは、会場のすぐ外の道ばたの、小さなさしかけ小屋や、テントで暮らしている子どもたちのことでした。その子たちにとって、本とはいったい何なのでしょう。全体の七〇パーセントを占める農村人口の大半が文盲だといわれるこの国で、読書習慣の必要性というようなことは、何を土台にしていえるのでしょう。

わたしは、何も本（紙に印刷された活字）だけが問題なのではないはずだという気がしきりにしていました。（このことは、今の日本の子どもたちについても、わたしがつねづね考えていることです。）ですから、ある方が立って、口承文芸の復権を訴えたときには、強い共感を覚えました。その方は、いわれたのです。
「かつては識字能力のないことは必ずしも無知を意味しなかった。文盲であっても、知恵をもち、文化――音楽、舞踊、絵画、工芸、そして口承文学――を保っていた人々は数多くいた。ところが、文字による教育が教育の主流になってしまってから、そういう人々が不必要な劣等感のとりこになり、自分たちが継承してきた文化遺産にも誇りを失なって、子どもたちに口伝えに物語を語ることさえやめてしまっている。これは、まことに残念なことだ」と。

わたしは、ほんとうにその通りだと思いました。読書推進運動に励む人たちは、こういう考えも視野にいれておくべきだと思いました。紙の配給や、価格の操作や、補助金の増額と同じレベルで、識字率の向上を問題にされると、それは、出版社の市場の拡大のためなのかと問いたくなるからです。出版社のおえら方にも、たまには、本を読まなくても幸せな生活を送っている人が大勢いることを思い出してもらったほうがいいかもしれません。

本の力を、相対的に低く見ようとするような話ばかりしましたが、実は、インドにいて、もうひとつわたしが感じていたのは、今回わたしをインドまで引っぱってきたほんとうの招待者は、会議の主催者ではなく、二十五年前に読んだ堀田善衞の『インドで考えたこと』（岩波新書）だということでした。あれを最初に読んだときの興奮！　あれは、書物によって受けた強烈なカルチャーショックだったのでしょう。会議場にいて、天井の穴から自由に出はいりする小鳥を見ていると、あのうすい一冊から、現にインドにいる自分まで、確かに一本の線が続いていることがはっきりわかるのでした。

『インドで考えたこと』以来、題にインドとつくとつい手をのばすようになって買いためた本と、旅先で求めた本を合わせると、わたしの書棚のインドコーナーには都合三十冊近い本が並ぶことになりました。二月のニューデリーの、目を射る強い日ざしと、肌をさす冷い風の取り合わせの奇妙な感覚がまだわたしのからだから消えないうちにと、今、せっせとそれらの本に読みふけっています。――こうして読む本の一冊から、今はそれとわからなくても、また次の旅、次の関心、次の探究へと、目に見えぬ線がのびていくことを思いつつ。

一四号　一九八二年・夏

二月に講演していただいてから五ヵ月経って、ようやく子安美知子先生のお話を記録*にまとめることができました。いつものことながら、語られたものを文章にするという作業をしてみると、「読むこと」と「聞くこと」の違いがまた新しく見えてきて、おもしろくてなりません。

お話を聞いていたときは、語られることのひとつひとつが――事例であれ、考えであれ、感想であれ――同じ強さで印象づけられ、どのことがらも全部正面から一列に並んで聞き手であるわたしの頭に押し寄せてきては、通りすぎていくという感じでした。ところが字になったものを読むと、どの部分が前面に来て、どの部分が背後にいくか、どれが土台で、どれがその上に乗っているのかということがおのずと見えてきて、お話が全体としてまとまってそこにある、という感じなのです。

そして、今回の講演に限っていえば、わたしは、読むことによってはじめて、子安先生がお話になったことがそっくり胸に落ちたという感じがあって、文字というもののありがたさを思いました。でも、テープ起こしの作業をした者にいわせると、文字にしたのでは、あの〝お話〟は十分伝わらない、第一、迫力がなくなってしまう、というのです。実際、その通りだと思います。当夜、わたしたちをとらえたのは、まさにその迫力だったと思いますから。

内側から充実した感じの力強い声。しっかり念を押していく話し方。あいまいさを残さない、きっぱりした物いい。わたしたちは、そこにいさぎよさや、訴えてくる力の感じを味わいました。もし、当日、お話を聞き終ってすぐ、それが文になったものを渡されて読んだら、おそらくそれはかすのように見えたに違いありません。

曽野綾子氏が『贈られた眼の記録』（朝日新聞社）の中で、聞くことは情動を刺激し、見ることは理知に訴えるという意味のことを述べていらっしゃいますが、おそらくそれは当っているでしょう。そして、人の話には、両方の面があるのですから、わたしたちにとっては、聞くことも、読むことも、どちらもよいことなのだと思います。

ところで、講演会に関して思い出すのは、録音のことです。当日は会場での録音をご遠慮くださるようお願いいたしましたが、そうしましたら、あとで、アンケートに、録音をさせないなどというケチな根性はだめだと書いておられた方がありました。

ケチな根性はもちたくないと思いますが、録音のことについては、これまでずーっと――自分が話をする立場に立つときは、ことに――気になっていたことですので、この機会に、ちょっとふれておきたいと思います。

我が国の電気製品、なかんずく音響関係の製品の普及と、質の向上によるのでしょうか。このごろは、講演会などでは録音するのがまるで当然といった傾向が見られます。そのことで、わたしが非常に不愉快に思いますのは、まず第一に、ほとんどの方が、あらかじめ、話をする人にことわらずに録音をなさることです。これは、礼儀の問題です。旅先で見知らぬ人の写真を撮るときでさえ、ひとことことわるのがふつうでしょう。先に「録音してもいいでしょうか」と相手の了解を得るのは最低限の礼儀だと思います。

第二の問題は、著作権の問題といってもよいでしょうか。勝手な録音は、海賊版の出版のように違法だということです。講演は、文化的、精神的な性質の行為かもしれませんが、これを経済行為として見るならば、講師は話すという労働によって、あるいはその話の内容（なんらかの価値）を相手に提供することによってその代価を得ます。つまり講演料ですが、これは人が自分のもっているもの（知識や考え方）を売って収入を得る行為だと考えてよいでしょう。それに対し、聴衆は、聴講料を払って、それを受取ります。ですから、だまってとった録音をただで聞くことは、文字通りの〝盗み聞き〟になりましょう。物としての財産同様、精神的な財産であることばも、盗んではならないものと思います。

著作権などということに関してはいちばん敏感であるべきはずの図書館の集りで、こうしたことがルーズにされているのは残念なことだと思います。

録音について、もう一つのことは、所詮録音は声のぬけがらにすぎず、人との出会いである講演の代りにはならないということです。かくいうわたし自身、時折、ラジオの文化講演会を聞いたりして、触発されたり、たのしませてもらったりということはあります。けれども、よくよくつきつめてみれば、そのようにして耳にはいったことは、子安先生のお話でいえば、つまりは頭にとどまる雑多な情報の一つでしかあり得ません。

ラジオの話が、ほんとうに血肉になるとすれば、それは、自分が、別に本を読むなり、考えるなりしたことによるのであって、自分が頭と心と時間を用いてその問題と取組むことをしなければ、録音を聞くことだけが意味のある経験になることはけっしてないでしょう。そして、録音は、あまりにも手軽にできて、楽に聞けるために、わたしたちにこのことを忘れさせてしまう点で危険だと思います。

ぜひとも録音したいとおっしゃる方にうかがうと、来たがっていながら来られなかった友人のために、とおっしゃる方がほとんどです。わたしはいつもいうのですが、来られなかったということは、どんな理由があるにせよ、結局は縁がなかったということです。わたしたちは、その種の〝縁のなさ〟をきっぱり受けとめて大切にすることを学ばなければならないと思います。いろんなことが便利になりすぎ、チャンスがありすぎて、わたしたちは、逆に、人と出会える縁を大切にしなくなってしまっているのではないでしょうか。

＊記録　「頭で読むこと　心で読むこと」子安美知子　こどもとしょかん一四号　一九八二年・夏

一五号　一九八二年・秋

今年の夏は、大旅行をいたしました。出かけるときは、それほどの大旅行とも思わず、ふらっと出かけてしまったのでしたが、帰ってきて、我が家の地球儀の上に指をすべらせて旅の道すじをたどってみると、ぐるっと地球をひとまわりということになって、自分でもびっくりしました。つまり、東京――ホノルル――シアトル――カラマズー――ヒューストン――ニューオーリンズ――ラリー――ボルティモア――ニューヨーク――ケンブリッジ（イギリス）――パリ――モスクワ――東京を一ヵ月で、ということだったのですから。

このごろは、旅というと、「お仕事ですか？」と、きかれるようになってしまいましたが、今回の旅は、終り近くの四日間を、国際児童図書評議会の大会で過ごしたほかは、まったくの個人的な旅行でした。もっとはっきりいえば、古い友人たちと、久方ぶりの再会をたのしむための旅でした。今年は、わたしが、アメリカの図書館学校での勉強を終え、ボルティモアの市立図書館で児童図書館員として働きはじめてから、ちょうど二十年になるのです。実は、このことに気がついたときから、当時お世話になっただれかれに会ってみたい、という気持が急に強くなり、わがままをゆるしてもらって旅に出た、というわけでした。

アメリカは、八年ぶりでした。こわい、あぶないという話を、ずいぶん聞かされていたので、東京を離れた瞬間から、ハンドバッグをもつ手にも思わず力がはいる有様でしたが、旅を続けるうちに過度の緊張はとれました。空港や、レストランや、お店などで接した人は、みな驚くほどにこやかで、街を往き来する人にも、落着きが見られ、前回の旅で感じた、何ともいえずトゲトゲした気分が、こちらの皮膚につきささってくるような感じは消えていました。あのときは、戦争（ベトナムでの）が、こんなにも人の心を荒らすものかと感じ入ったのでしたが、今回は、同じことを、逆の面から、つまり、ほかにいろいろ問題があるにせよ、少なくとも、目下戦争をしていないというだけで、これだけ明るい気分がもどってくるのか、という感じをもちました。

こんどの旅の最大のお目当ては、カラマズーでのジムとグレイスとの再会でした。カラマズーは、シカゴから飛行機で二十分、ミシガン湖のそばの小さな町で、わたしは、ここの大学で図書館学を学びました。ジムは、そのときのクラスメートで、奥さんのグレイスは、同じとき、大学院で歴史を専攻しており、ふたりは学内の夫婦寮に住んでいて、わたしや、ビルマから来ていたK、ベトナムのCなどの面倒を実によく見てくれたのでした。

おおよそ飾り気がなく、実際的で、非感傷的で、人間のまん中に肝ッ玉がドンとすわっているようなグレイス。その気になれば非常にシニカルになれる鋭い感受性と洞察力をもちながら、いつもは奥にひっこんでいて、何かあるとひょいと表に出てきて、短い警句を吐き、またすぐにはにかんでしりぞいてしまうジム。わたしは、このふたりが大好きで、ことに、二十年前、就職を控えてのひと夏を、ふたりのうちで過させてもらってからは、お互いにほんとうにくつろいでいられる間柄となっていました。

それなのに——というか、それ故にというか——ここ十数年、わたしたちは、全然手紙のやりとりをしていませんでした。ですから、今回の再会は、ちょっとしたスリルだったのです。でも、いざ会ってみると、万事は、〝昨日の続き〟でした。空港で出会って、車に乗りこみ、席に腰をおろしたとたん、グレイスがこともなげに、「それで、あなた、この二十年何してたの？」ときき、三人で笑い出してしまったときから、たのしい〝続き〟ははじまりました。

ジムたちは、以前、草原（馬の放牧場）が視界いっぱいに広がる場所に、小さい、白い、居心地のよい家をもっていたのでしたが、ソーローに傾倒しているジムが自分たちも「森の生活」をと願ったのでしょうか、今は、森の中に、小さい、茶色い、居心地のいい家を建てて、移り住んでいました。壁いっぱいの本棚と、大きなまきストーブ。ベランダのすぐ下には、シダにおおわれた小川が流れ、森を一部ひらいて作った野菜畑には、ジムの古シャツと古帽子に身を固めたかかしが、ジムの丹精した作物を自慢しています。木蔭にはハンモックが、畑のそばには〝哲学のいす〟がひとつ。みどりと、木もれ日と、小鳥の声にすっぽり包まれた、この家は、わたしたちが、二十年前の〝昨日〟から今日までを、急がずに埋めていくのに申し分ない場所でした。

この二十年、ジムは図書室の主任として、グレイスは歴史の教師として、同じ高校で働いてきて、今では町の人口の大半が、自分たちの教え子か、その父兄になったといって笑いました。そんなふうに、この土地にも、教育者という仕事にも、すっかり根を下しているかに見えるグレイスが、今、自分が出会っているようなことが起こると前もってわかっていたら、教師にならなかったかもしれないといい出したのには驚きました。落第点をつけた学生に告訴されたり、授業中に電話をかけたいというのを許可しなかったところ、いきなり学生にナイフをつきつけられたりといった事件が、最近になって起こったらしいのです。しかし、根っから教えることの好きなグレイスに、教師以外の職業は考えられないし、本をさわっていないと幸せでないジムに、図書館員以上にぴったりの職があろうとは思えません。

わたしの二十年にも——「二十年」などと気軽に口にできるようになったことの驚き！——いくつか予想もしなかったことが起こったとはいえ、やはり自分の身に合った仕事を続けてきたのだという感慨があります。過ぎ去った年月に苦い思いを抱くことなく、古い友に再会できたことを、幸せに思いました。

一六号　一九八三年・冬

暮は十二月十六日に、第Ⅵ期お話の講習会の修了式が行なわれました。それに先だつ二週間、都合六回にわたって開かれた修了お話の会で、〝卒業公演〟を終えられた五十名の方が、この日、めでたく修了証書を手になさいました。

この日は、受講生のみなさんにとってだけでなく、主催者であるわたしたちにとっても、たいそううれしい日でした。二年に近い勉強を終えてほっと一息つかれたみなさんが、こもごも講習中の思い出や、講習を受けての感想などを話してくださるのを聞いていると、たいへんだけれど、やっぱり講習会をやってよかったという気持が湧いてきます。もちろん受講生のみなさんが、何かこの講習から得たものがあるとお感じになったとしたら、それは大半「自分でやってみる」ことと、「人の話を聞く」ことから得たもので、教えられたものはごくわずかでしょう。しかし、やってみたり、聞いたりする場を設けたことについては、わたしたちもいささか手柄顔をすることがゆるされよう、と思うのです。

Ⅵ期を終えて、これまでにわたしたちの講習会を修了なさった方は、全部で二百三十六名になりました。これは、考えようによっては、悲しいほど少ない人数かもしれませんが、考えようによっては、実に頼もしい数です。とにかくこれだけの方が、お話に興味をもち、けっして楽とはいえない勉強を最後まで続けられたのですから。そして、そのほとんどの方が、その後も、図書館で、保育園で、学校で、あるいは小児病院で、子どもたちにお話を語りつづけ、しかも、語り手としてどんどん成長していらっしゃるのですから。これは、わたしたちが望み得る以上にすばらしいことといえます。

が、それにしても、お話を始めた人たちがお話に対して抱く熱意は、いつもわたしをふしぎがらせます。この熱心さはどこから来るのだろう、と。もちろん、語る物語そのもののおもしろさがありましょう。聞き手と心が響き合うたのしさもありましょう。けれども、お話には、それらをひっくるめた上に、まだ何か——はっきりとは分析できない魅力——がついてまわるように思えます。それはいったい何なのか——

もしかすると、その秘密のひとつは、単に「声を出す」ことにあるのかもしれない——最近ふとそんなことを思いました。考えてみると、わたしたちは、日常ほとんど声らしい声を出していません。もちろん、しゃべることはしますし、人によっては職業上かなり声を使う人もいるでしょう。けれども、声を出すことで自分の中にある何かが解放されるような、そういう声の出し方をしている人がどれほどいるでしょう。

たいていの人は、浅い息で、何かに遠慮しているかのような声をしています。その証拠に、お話をしてみると、わずかの聴衆を前にしてさえ、声が聞こえないということになるのです。VI期の講習では、初めからしまいまで、実にやかましく「声、声」ということが言われました。実際、こんなに執拗に声のことを問題にしたのは、かつてなかったことかもしれません。相手に届くきちんとした声の出せる人がへってきたのか、それともわたしたちが以前より声に対して敏感になってきたのか。たぶんその両方なのでしょうが、とにかくスカスカしたささやき声でなく、中心のある安定した声を出すようにということが、くりかえし言われました。

ただ、わたしが、そういう注意をしながら、心苦しく、またもどかしく思っていたのは、そうした声の弱さ、足りなさを指摘することはできても、さて、それでは具体的にどうすればその人がもっとらくに、十分な声が出せるかについて、その人その人に合った、的確なアドバイスがしてあげられないことでした。それができるほど、わたし自身に、声や、声を出すからだのしくみ、声と心のかかわりについての知識や経験がないからです。

わたしは、自分自身、自分の声について、ながい間コンプレックスをもちつづけてきたので、声については人一倍関心があり、声の悩みをもつ人への同情も強いのです。それで、いつか折を見て、声についてもっとよく勉強してみたいと願っていました。ところが、たまたま、暮にそのひとつの機会が与えられました。シュッツ合唱団の主宰者である淡野弓子さんのご好意で、ギゼラ・ケップさんとおっしゃるドイツ人の方から、発声のもとである呼吸について、興味深いお話をうかがうことができたのです。

ケップさんは、シュラフホルスト＝アンデルゼン学校という「呼吸と声」の専門学校（この学校の存在自体たいへん興味をそそられますが）を卒業なさって、いろんな場で、いろんな人たち――教師、保育者、福祉関係者、あるいは、オペラ歌手、音楽教師、俳優――に、「息をすること、話すこと、歌うこと、及びリズム運動」を教えていらっしゃる方なのです。

ケップさんのお話は、ことばで言ってしまえば、呼吸は、のびる、ちぢむ、くつろぐの三つの動きから成り立っていること、人には、それぞれこの三つのくりかえしによって生みだされている生命のリズムがあり、まずそのリズムを感じとることからすべてが始まる、ということになるのですが、ほんの短い時間のケップさんのご指導にふれて、わたしがいちばん痛感したのは、わたしたちが、からだを（ということは、とりもなおさず心を）いかにコチコチにかたくしているかということでした。ケップさんに言わせれば、「息をつめて」いるのです。

ですから逆に、お話のとき声が出ていれば、少なくとも「息を抜く」ことができているわけで、そのことは、もしかすると、わたしたちが気がついている以上に、深いところでわたしたちを解放してくれているのかもしれない。そのことから来る快さが、わたしたちをお話へ誘っているのかもしれない、と思います。

一七号　一九八三年・春

夜道で、向こうから皮ジャンパー姿の男がやってきます。よくふとって、がっしりした〝オッサン〟風の男です。すれ違うのがいやだな、と思ったとたん、足は、はや道の端寄りに動きます。ハンドバッグのとっ手をにぎりなおし、少々からだをこわばらせ、身構えて通りすぎようとしていると、すぐ近くまできたオッサンが、いきなりニコッと笑いました。

「こんばんは！」

ふとい、低い、聞きなれない声が、ひどく親しげに呼びかけてきました。

ギョッとして、それから「あァ――」と気がついて、「なんだ、Aちゃんなの！」というまでに、少々時間がかかりました。小さいころ、ずっと文庫に来ていたAだったのです。

わたしの、最初の「Aちゃんのイメージ」は、短いパンツの下から、ややX脚気味の足をつき出して、文庫の庭に立っているところです。はじめのころは、まだものもよくいえないで、何かというと奇声を発していました。

「きょうは、はやく帰るの。だから、ちょっとしかお話聞けないの。ちょっとだけなの」と、しきりに「ちょっと」を強調するので、「ちょっとってどのくらい？」とたずねると、大真面目に「このくらい」と答えて、両方の人差し指で五ミリくらいのすきまをつくって見せてくれたあのちっちゃな手と、かわいい声。そんなことも、この皮ジャンパーのオッサンは、もう憶えていないでしょう。

近ごろ、こんな経験をよくするようになりました。バスの中で、向いの席からはずかしそうにお辞儀をする女子学生。匂うように美しい笑顔を見せて、自転車で走っていく娘さん。一瞬「おや？」と思い、それからしばらくして、ああ、あれは、だまってきて、だまって帰っていったKさんだ。あれ？ 今のは、たしかFちゃんだけど、すっかり明るくなって見違えた。文庫に来ていたころは、いつも口をへの字にして、ぶすっとしてたのに……などと思うのです。

三月、四月は、進級、卒業のシーズンだからでしょうか。今、文庫に来ている子どもたちにも、ひとつの区切り、成長のあとを感じます。大人のわたしたちにとって、ああ、また一年たったのか、というだけにしかすぎない一年も、子どもたちにとっては、めざましい変化と成長のときです。「うさこちゃん」を読んでもらうあいだ静かにすわっているのがやっとだった子どもたちが、気がつくと「心臓がからだの中にない巨人」や、「一つ目二つ目三つ目」を、じっと聞くようになっているし、絵本のたなの前にしかいかなかった子どもたちが、いつのまにかお話の本のたなで本さがしをするようになっているのですから。そして、部厚い本をかりた子は、いうのです。「あたし、きょう、漢字で名まえ書いたよ！」

こんなふうにして、子どもたちは、ぐんぐん大きくなっていくのだ、わたしたちの文庫は、その子どもたちの一年、一年に、つきあってきたのだ、ということを、今、あらためて思っています。土屋文庫は二十七年、かつら文庫は、二十五年、松の実文庫も十六年という年月にわたって。

子どもたちに本を読ませたい、本を読んでたのしい思いを味わってもらいたい、また子どもたちの本を読む姿から、子どもの本について学びたいという素朴な願いから始められた文庫は、こうしてときを重ねました。そして、その中から、わたしたちの東京子ども図書館が生まれ、思いもしなかった幅広い活動へと広がっていきました。今、ふりかえってみると、ひとつひとつのことを、懸命に自分たちの手でやってきたことは確かなのに、全体としては、何かひとつの大きな流れに乗せられていた、というような感じがしてなりません。

今、しきりにこのような感慨にふけるのは、ひとつには、東京子ども図書館が来年（一九八四年）一月で、財団設立の認可を得てからまる十年になり、その記念の事業を計画し、将来にそなえて基金増額の方途を考えているところだからです。新しくことを始めるということは、いずれの場合もそうなのでしょうが、よく先のことがわからないからこそ〝勇敢に〟一歩を踏み出すのではないでしょうか。わたしたちもまた、そのようにしてことを始め、夢中でここまでやってきました。予想もしない苦労があったとはいえ、たとえ小規模でも、また、財政上の理由から、思うような場所や設備を整えられなくても、私立の図書館には、それなりの存在理由はある、という信念は、強められました。次の十年、その次の十年に、内容的にはより充実した活動ができるように、運営面ではより安定した状態が確保できるように、こんどは少し先の見通しをつけて、しかし、やはり〝勇敢に〟歩み続けたいと思っています。

わたしたちの歩みにひとつの区切りが来たことを否応なしにわたしに感じさせたもうひとつの理由——こ

ちらの方が、もっと直接で、もっと痛切なのですが——は、この三月末で、設立当初からずっと一緒に働いてきた仲間が、いちどにふたりも仕事を離れることになったことです。それぞれにやむを得ない事情があってのことですが、館の組織としては、設立以来初めて大きくゆさぶられたといってよい出来事でした。十年という歳月は、ひとりひとりの人生にも大きく働きかけていることを思わずにはいられません。

わたしたちのようにごく少人数の組織では、人がそのまま仕事であり、仕事すなわち人ですから、人の交替の意味するところは、ほんとうに大きいのです。でも、その痛手を乗りこえて、仕事が続いていくように道をつけてくれたのもまたこの仲間たちであり、十年という歳月だという気がいたします。

四月。新しい名札をつけた一年生が文庫にやってきます。わたしたちの仕事が文庫から出発したことを思い、わたしたちもまた、この一年生といっしょに、新しく元気に仕事をしようと思っています。

一八号　一九八三年・夏

四月から〝お勤め〟を始めました。勤め先は、他でもない東京子ども図書館です。もちろん、それまでもわたしの仕事がそこにあることには違いなかったのですが、練馬区のビルの一室にある事務所兼資料室へ、毎日〝出勤〟するということはしていなかったのです。というのが、三十坪余りのスペースを、資料室と、事務室と、倉庫とに分けて用い、事務室には七人から八人の人間がぴったり机を並べているという場所では、主として書くことと考えることが仕事のわたしは、あまり能率よく働くことができなかったからです。そこで、わたしは、ふだんは事務所から歩いて五分足らずの自宅で仕事をし、必要なときに事務所に出かけるという暮らしをしていました。

こういう状態は、実は、わたしには宙ぶらりんで、あまり心地よくありませんでした。事務所にいけば肝心の仕事はすすまないし、うちにいれば事務所のことが気にかかるという有様でしたから。

それも理由のひとつですが、もっと大きい理由は、資料室が手狭で、このままでは資料もふやすわけにはいかず、これ以上の利用を期待するのがむつかしいということで、この四月、思い切って事務室と資料室を広げることにしました。隣室——ここは住宅用につくられたスペースでしたが——をもうひと部屋借りることにしたのです。これには、来年一月、設立十周年を迎えるわたしたちの館の、次の十年の発展への足場の整備という意味がこめられています。

拡張にともなう内装の工事や、新しい本棚の搬入がすみ、実際に今の状態で仕事ができるようになったのは六月からですが、おかげさまで、館のみんなにとっては、今までよりずっと働きやすい環境が整いました。わたしにも、集中して書きもののできる机と、ひとりふたりのお客さまとならゆっくりお話のできる応接いすが与えられ、落ち着いて事務所にいられるようになりました。

資料室にいらっしゃる利用者の方にも、使いやすくなったと喜んでいただいています。これまでは、狭いということや、そこからくる乱雑さということもありましたが、お昼どきにかかると、職員たちが食事をしているところが入口からまる見えだということや、電話の応対がまる聞こえだということがあって、利用者の方にしてみれば、なんとなくプライバシーを侵害しているような、居心地の悪さがあったろうと思います。短時日で工事を行ないましたので、借りていた本を返しにいらした方が、部屋の様子がすっかり変わっているのに、思わず「まあ！」と驚きの声をあげられ、それから「よくなりましたね」と喜んでくださるのが、わたしたちにもうれしくてなりません。

考えてみれば、東京子ども図書館の仕事の場＝いれものが新しくなったのは、これで四度目です。最初の事務所は、中野区の江原町にある富士ビルという小さなビル――大家さんのお宅をいれて八世帯――の三階にありました。わたしの家のすぐそばで、バスの乗り降りに必ず通るところでした。道路に面したベランダの手すりに、ある日「貸室」という札がぶらさがったのを見たときから、ことが始まったのです。

非常に具体的な、はっきりした計画、構想があったわけではありません。いくつかの「こういうことがしたい」という願いがあっただけでした。今から思うと冒険だったと思うのですが、でも、ときの勢いというものでしょうか、心配するより先に、一歩踏み出していたというわけでした。２ＬＤＫのその住宅の六畳の和室で、数人の仲間たちが集まってあれこれ話し合ったのが、東京子ども図書館の実質的な始まりでした。一九七一年十月のことだったとおぼえています。

机も本棚もないときはよかったのですが、ものがふえてきますと、月例お話の会のたびに、何もかも片づけて、二十名内外のお客さまのすわる場所をつくるのがたいへんになってきました。そこで、同じビルの同じ階のもう一部屋を借り、図書室兼集会室にあてることにしたのが二年後の七三年十月のことでした。翌七四年一月には、東京都教育委員会から財団法人の認可をうけ、設立準備委員会時代は終りました。新しい部屋には、木製の書架に、机、いすがはいり、ここで最初のお話の講習会が開かれました。部屋がふえたおかげで、一々机を片づけなくても、お話の会ができるようになって、どんなにうれしく思ったことでしょう。

富士ビルのこの二部屋には、一九七八年の二月までお世話になりました。けれども、このときまでにどんどん出版点数をふやしていた小冊子が、和室の押入れと、お風呂場につくった棚だけでは収まらなくなり、なんとかもう少し広い場所に移らなくては……という状況になりました。そこで、「ここを出て、別のところへ移っていかれた方は、みなさんお仕事が発展していかれるんですよ」という富士ビルの大家さんのことばを、はなむけにちょうだいして、わたしたちはわたしたちの仕事の三番目のいれものであるここフォレストハイツに引越してきたのでした。

それから五年。今回の拡張と模様がえが、四番目のいれものをつくってくれたことになります。思えばこのように次々と、しかもその都度前よりも大きないれものが与えられてきたのは、なんという幸運でしょう。このことが、わたしたちのしている仕事が、今の世の中で、ある役目を果していることの間接的証明であればよいが……と願っています。

戦争中に子ども時代をすごしたわたしは、一方で快適な住環境を強く求めながらも、さて実際それが与えられると、なんとはなしにそれをぜいたくだと思わずにいられないようなところがあります。気持よく整えられた事務所に一歩はいるたびに、うれしさにちょっぴりまじるもったいなさを感じつつ、今日も自家用二輪車で事務所に〝通勤〟しています。

一九号　一九八三年・秋

最近のこと。若い図書館員の人たちの集まりで、いろんな話をしていたとき、中のひとりの方が、いきなり「(気分が) 落ち込んだときはどうなさいますか?」と、わたしに質問を向けてこられました。話の流れとは関係なく、突然出てきた質問だったので、わたしは不意を突かれ、驚くことも驚きましたが、大勢人のいるところで、初対面に近いわたしに、他ならぬそのことを訊かずにはいられないのにはそれなりのわけがあろう、もしかしたら、この人は、今、何らかの理由で、生きていくことをつらいと感じているのではないだろうか……と思い、心配と同情とで胸がいっぱいになりました。

わたしは、すぐさま、そして深刻にならずに、「苦しいときは、『ああ、これも死ぬまでの辛抱』と思うことにしているの」と答えて、その場をきりぬけました。けれども、そのあとも、この問いと、それを問いかけた人のことは、気がかりになって残りました。そして、何日もたってから、ああ、あのときは思い出さなかったけれど、落ち込んだとき、わたしがよくやることがあるな、と気がついたことがありました。

それは、声に出して詩を読むことです。落ち込んだときとは限りませんが、くたびれて、本を読む——気分転換のための——だけの元気もなく、さりとてすぐ眠るには脳細胞に多少興奮が残っているという状態のとき、わたしは、何か調子のいいものを、そのときいちばん力をぬいた、きばらない声で——となると、たいてい押し殺したようなかすれ声になってしまいますが——読むことにしています。日本語のものを読むこともありますが、日本語のものだと、すぐに意味がわかって(!)、イメージが浮かび、連想が始まるので、たいていは英語のものにしています。それだと、意味より音に気持がいくので、内容に深く立ち入らないで

（？）読みすすめることができますし、それに、ことばそのものに調子があるので、読むのにらくだからです。

そういうとき、わたしがよく手にとる本に、カーリル・ジブランの『予言者』という詩集があります。（*The Prophet* by Kahlil Gibran）この本は、今から二十一年前の八月末、アメリカの友人ジム（「こどもとしょかん一五号」参照）から贈られたものです。一夏をジムのうちで過ごし、いよいよ就職先のボルティモアへ向けて発つ日、ジムとグレイスは、長距離バスの乗り場まで、わたしを送ってくれました。一年後にはおそらくもう一度会えるだろうと思ってはいたものの、この日のふたりとの別れは、ほんとうに悲しく、わたしは、バスに乗り込む前から、涙で足もとも見えない有様でした。窓ガラスの向こうにぼやけて見えるジムとグレイスに手を振りつづけ、ふたりの姿がすっかり見えなくなってからも、ずいぶん長い間ぼんやりしていたわたしでしたが、ふと気がつくと、ひざの上に、一冊の黒い表紙の本が乗っているのに気がつきました。それは、別れ際に、ジムがわたしの手に押しつけたものでした。角も少しすれ、題の文字の金箔もところどころ落ちた（ジムは、古本漁りの名人なのです）その本には、前につんのめるように傾いたジムの特徴のある字体で、のちにこの本の一節の引用であるとわかった「友情の喜びの中に、笑いと愉しみのわかち合いを」という句が記されていました。

このときの旅のいつからこの本を読み始めたか、今はよく憶えていません。いきなりアルムスタファという人名や、オルファリーズという地名やらが現われて何やらよくわからないところもありましたが、読みすすむうちに、わたしは、何かふしぎな大きさと慰めを感じはじめました。宗教的なものだとはいうことはわかりましたが、仏教やキリスト教など、わたしが多少とも知っている宗教とは違うようです。不可解で神秘的な要素を多く残しつつも、わたしは、わかる部分だけでも十分この本と出会えたという気がしたのです。

ずっとのちになって、わたしは、ジブランがレバノン生まれの詩人であり哲学者であること、ロダンによってウイリアム・ブレイクに比せられた画家でもあること、生涯の後半をアメリカで過ごし、『予言者』は、彼が英語で書いた数多くの詩――その多くは散文詩らしい――のひとつであること、一九三一年に四十八歳で亡くなったこと、等を知るようになりました。また、周郷博先生や、神谷美恵子先生が、この『予言者』の詩のいくつかを日本語に訳して紹介していらっしゃることも知りました。

『予言者』は、ひとりの智者が、ある町を離れるに当たって、人々から求められるままに、愛、結婚、子ども、労働、自由、痛み、善と悪、理性と情熱、友情、祈り、美など二十余りのテーマについて語った〝智恵のことば〟を記したものです。

有名な「子どもについて」の中の、「おまえたちの子どもは、おまえたちの子どもではない。子どもたちは、生命(いのち)の生命自体への渇望が生んだ息子や娘たちなのだ。子どもたちは、おまえを通して来るが、おまえから来るのではない。おまえと共にいるが、おまえに属してはいない。」という一節を読むと、わたしはいつも目の前の子どもの上に固定しがちな自分の眼が、はるかに――いわば生命の地平線にまで――導びかれる気がします。

「喜びと悲しみについて」では、予言者はこう語っています。

「……おまえたちの喜びは、仮面をはずした悲しみなのだ。おまえたちの笑いが湧き上がってくるその同じ井戸は、幾度も涙であふれていた……おまえたちの存在を悲しみが深くえぐればえぐるほど、そこにより多くの喜びをたたえることができるのだ。おまえが今、うま酒を満たして手にしている杯は、陶工の窯の中で焼かれたのではなかったか？　おまえの心をなぐさめるたてごとは、木であったときナイフでうつろになるまでくりぬかれたのではなかったか?……」

二〇号　ランプシェード休載

二一号　一九八四年・春

長い、寒い冬でした。この原稿を書いている今も、外はまだみぞれまじりの雨ですが、読者のみなさまがこれをお読みくださるときは、もう冬があったことなど忘れてしまうくらい暖かくて、よいお天気であるように願っています。そして、装いを(やや)新しくした「こどもとしょかん」春号が、みなさまにご満足いただけるように、と。

前号でお知らせしたように、「こどもとしょかん」は、今号から大幅にページ数をふやしました。大幅にといっても、もともとたった二十四ページの雑誌です。三十六ページにふえても、まだまだやせっぽち。すみからすみまで読んでいただける薄いものをという方針は変わりません。

ページのふえた分は、主に新刊案内と書評にあてられます。資料室にはいった本や、洋雑誌の記事の紹介も始めますので、これで本誌の書評誌としての性格はいちだんと強められると思います。このことは、発刊当時からの願いでしたので、その方向に一歩前進したことをうれしく思っています。

また、この機会に、本誌を通じて、館と――ということは、館で働くわたしたちと――読者のみなさまとの結びつきをより親密にしたいと願いました。わたしたちが、ふだん文庫や資料室でしていること、また書評の会やお話の講習会などで経験したことをできるだけ誌上で紹介し、また読者のみなさまからのご意見、ご注文なども載せていきたいと思っています。「こどものとしょしつ・としょしつのこども」や「読者のページ」は、その目的のために新しく設けたページです。

ランプシェードも、同じ目的にそって内容や書き方を少し変えようと思っています。そもそもこのページに「ランプシェード」というタイトルをつけたのは、ここでは、夜やすむ前の短い時間に、わたしが枕もとの灯りの下で読んだあれこれの本について断片的な感想を述べる、ということだったからです。けれども、実際始めてみると、本以外のことを書かなければならない、また書きたいという場合が出てきました。それは、やはり、わたしが館の仕事をしていく上で感じたこと、考えたことを、本に事寄せてではなく、直接に読者のみなさまに訴える必要を感じたからでした。

ぎりぎり二十四ページのこの雑誌には、めも欄以外に館の動きをお知らせする場所がなく、読者の方々に舞台裏をちょっとお見せする編集後記もありません。めもは、文字通りのメモ、催物にしてもその外側をお伝えするにすぎません。そこで、これからは、ランプシェードを、館の仕事を内側からお伝えする、いわばわたくしから読者のみなさまへのお手紙として書いてみたいと思っています。もちろん業務日誌風館の近況報告にするつもりはありません。むしろこれまで以上に自由にテーマを選んで、しかも東京子ども図書館を動かしている人や、考え方について読者のみなさまが親しみを感じてくださるように工夫しようと思っています。（この際、ひとこと打ち明け話をすれば、わたしは、なかなか原稿が書けないのです。このページも、わたしにとっては、ランプシェードの下で呻吟するからこの名があるというのが実状です！）

ところで、みなさまへのお手紙ということになれば、どうしてもまっさきに申し上げなければならないのが、一月から始まった十周年記念募金へのご協力に対する御礼です。カンパ用紙を埋めたお名前を見ても、振替用紙にそえられた一、二行のお便りを読んでも、ありがたいという思いでいっぱいで、実際、今はまわり中どちらを向いても、深く頭を下げずにはいられない気持です。

わたくしは、この募金のお願いをいたしますとき、そのお金は、東京子ども図書館にいただいたものとは考えず、子どもたちが書物に親しむことによって幸せになるようにとの多くの人の願いが、お金という形でわたくしどもに託されたと考えたいと申し上げました。そして、今お心のこもったお金が送られてくる毎に、その思いを深くしております。

わたくしどもに願いを託してくださった方々の間でも、個々の本の評価ということになれば、あるいは意見の相違があるでしょう。けれども、子どもや、子どもの本のことをいい加減に扱いたくない、できるだけ子どもの立場から見て質のよい本が子どもの手に届くようにと願う点では一致しています。それだからこそ、その姿勢を懸命に保って、しかも公けの助けを借りず、私の力でそれをやろうとしているわたしたちを、みなさんが応援してくださるのだと感じました。

実際、二〇号にも書きましたが、今までは夢中でした。そして、夢中だっただけにわたしのイメージの視野には、自分や仲間たちが仕事をする姿しか見えませんでした。十周年ということを云々するようになって、自分でもひとつはっきり違ってきたと思うことは、わたしたちの手を離れたあとも続いていく仕事のイメージが見えるようになったことです。

五ミリや一センチの線では、その延長線を思い浮かべることはむつかしい。でも、十センチの線をひけば、その線ののびる先が少しは見えてきます。たかだか十年で、こんなことばを口にするのは恥ずかしい気もするのですが、東京子ども図書館が、現在のわたしたちスタッフが築き上げることができる以上に、大きく成長していくであろうイメージを、十年の〝延長線上〟に思い描いています。このように、わたしの目が、少し高く、少し遠くへのびるようになったのも、この一月以来の思いもかけぬ多くの方々からのお励ましのおかげと思います。

ありがとうございました！

二二号　一九八四年・夏

「わあ、おぼえていてくださったんですか？」電話の向こうの声は、急に元気がよくなりました。ある晩おそく、ちょっとかしこまって電話をかけてきた若い女の人。それが、昔、文庫に来ていたMさんだとわかったときのことです。

あのころ――もう十五年近く前になるのです！――小学生だったMさんは、今は大学の四年生。児童教育学を専攻していて、実は卒業論文に文庫のことをとりあげたいのだが……というのです。

次の土曜日、さっそく文庫に現われたMさんは、お話のじかんがすんで、人が少なくなった文庫で、しばらくの間、なつかしそうに棚の本をながめていました。記憶にある小学生のMさんと、電話の声のイメージとがどうしてもうまく結びつかないで困っていたわたしは、そのまに、目の前にいるすっかり大人になったMさんと、電話の声とをちゃんと重ね合わせて一安心したのでした。

その後、何度か文庫を訪ねてきて、わたしの意見もきき、担当の先生とも相談をした結果、Mさんは、(一)会員番号が五〇〇番以内(ということは、昭和四十七年までに入会したということになります)、(二)現在二十歳以上、(三)個人貸出カードが五枚以上(ということは、少くとも都合五年くらい文庫に通ったということでしょう)をめどに、古い文庫の会員を選び、その人たちに面接をして、文庫のことや、本のことで、どんなことをおぼえているか、それを現在どんなふうに意味づけているかをさぐり、その結果を論文にまとめるという計画をたてました。

Mさんは着々と、作業をすすめ、今、手紙による予備調査の結果を待っているところです。Mさんのリストにあがっている面接候補者の名前は、当時文庫の世話をしていた大人にとっては、どれもなつかしいものばかりです。十代から二十代へ、変化の大きい時代をくぐりぬけた〝あの子たち〟は今いったいどんな大人になっているのでしょう。ごく近所にいて、今でもときどきことばをかわす数人をのぞいては、すっかりかかわりの断たれた人、十年以上も会っていない人(Mさんもそのひとりでしたが)がほとんどですから、もし、その子たちのその後を知ることができたら、そして、文庫がその子たちの子ども時代の記憶の中にどんなふうに残っているのか(あるいは残っていないのか)を知ることができたら、どんなに興味深いでしょう。

というわけで、今わたしは、おそらく当事者よりずっと胸をドキドキさせながら、来たるべき面接を待っているところです。そして、事が首尾よく運んで、論文が立派に完成したら、連絡のついた古い会員たちを招待して、文庫の同窓会を開きたいと思っています。

もしかしたら、パリッとした背広姿で現われるかもしれないY、やっぱりやせっぽちのままかもしれないK、さぞかしきれいな娘さんになっているだろうA……と、そのとき集まるかもしれないだれかれの姿を想像すると、今からわくわくしてきます。そして、そこではいったいどんな話題に花が咲くものやら……。

わたしが、おそるおそるながら、Mさんの論文を通して知りたいと思っていることのひとつは、文庫に来ていた当時の子どもたちの目に、わたしたち大人がどう映っていたかということです。親でもなく、先生でもなく、さりとて、道ですれ違う近所のおばさんよりは、自分たちに対して強い関心を寄せていてくれる、ちょっとかわった存在である大人を子どもたちはどう受けとめていたのでしょう。そして、そういう大人の存在の意味を、今はどう見ているでしょうか。

比較的個人的なかかわりをもちやすい文庫でも、また長い間一ヵ所で文庫を続けていても、わたしたちとほんとうに深い、永続的な人間関係をもつに至る子どもは、ごくごく限られています。たいていの子どもにとって、わたしたちは、子ども時代の思い出のほんの一部として、いずれは忘れられていくでしょう。それでも、その短いふれあいを通して、子どもたちとわたしたちは、お互いに影響しあっているのだと思います。

人と人とのかかわりあいということを考えるとき、わたしはいつも、「私たちは一人残らず教師なのである。好きであろうと嫌いであろうと、俸給を貰おうと貰うまいと、意識していようといまいと。」というケネス・ボールディングのことばを思い出します。わたしたちは、「会話、文字、日常生活の平凡な活動の中で、絶えず他の人々とコミュニケーションを行ない、」その結果として、相手の「世界に関するイメージ」を変化させていく。その意味で、わたしたちは、みな、精神圏に影響を与える教師なのだ、とボールディングはいうのです。（『二十世紀の意味*』一七七ページ）

文庫という場でのふれあいを通して、子どもたちとわたしたちは、お互いに、肩書きのない〝教師〟として、それぞれの「世界に関するイメージ」を変えているのです……どんなふうに？　Mさんの論文がきっかけで、そんなことをいろいろ考えています。

折も折、図書館情報大学の竹内悊（さとる）教授をはじめ、何人かの方々の非常な努力で実施された日本の家庭文庫の実態調査の結果が、いよいよまとめられ、近いうちに日本図書館協会から刊行されるとのニュースがはいりました。初めての大規模で綿密な調査です。これによって、日本の多様な文庫活動が、全体として見通せるようになるでしょう。十周年記念事業のひとつとして、秋に家庭文庫と公立図書館の関係を論じるシンポジウムを計画しているわたしたちとしては、その刊行を首を長くして待っているところですが、おそらくそこにも互いの精神圏に影響を及ぼし合っている〝教師たちと生徒たち〟の姿が、別の角度から浮かび上がっていることでしょう。

＊『二十世紀の意味——偉大なる転換』（岩波新書）K・ボールディング著　清水幾太郎訳　岩波書店　一九六七年

二三号　一九八四年・秋

文庫に来る子どもたちの何人かは、わたしのことを、「おだんごおばさん」もしくは「おだんご先生」と呼びます。おだんごというのは、わたしが頭にくっつけているまげのことで、長い髪をうしろでひとつにまとめて、くるくる巻きにしたこのヘヤースタイルは、それがもう二十五年以上続いているということもあって、わたしのトレードマークになっているのです。

ところで、唐突な話になりますが、もし、ここに、ひとりの俊敏なる名探偵がいて、彼（もしくは彼女）が、わたしのことを、ある重大な犯罪（ということになれば、それは、もちろん、殺人でなければならないでしょうが！）の犯人ではないかと疑っていて、ここ数ヵ月間というもの、連日わたしを尾行し、細心、かつ克明にわたしを観察していたとしたら、彼（もしくは彼女）は、わたしの「おだんご」がこのところ微妙に変化していることに気づいたはずです。（気づかないなら俊敏なる名探偵とはいえません。）

彼（もしくは彼女）は、報告書に記します。「……問題のおだんごは、一九八四年三月初めより、少しずつ右に寄りはじめた。同時に、下にもさがりはじめた。五月に至ると、この傾向は、ますます顕著となり、素人目にもおかしいとわかる程度になった。ところが、月末に至って、突如三月以前の定位置よりはるかに高い位置にしっかりと固定された。（もし、これが児童文学にくわしい名探偵だったら、さしづめ『スプーンおばさん風』とでも表現したことでしょう。）しかし、その状態は一週間しか続かず、その後、おだんごは、ふたたび落下し、日によって不安定なゆれ方をし、位置が定まらなかった。が、七月もすぎ、八月にはいると、徐々にもちなおし、八月中旬より、ほぼ定位置に復帰した。ところで、おだんごのこの移動は、果して何を意味するものであろうか……？」

俊敏なる名探偵は、ここで深く考えこんでしまったようですので、読者のみなさまには、わたくしから、こっそりとそのわけをお知らせしましょう。

実は、ちょうど昨年の今ごろからその兆を見せていた五十肩が、春先からどんどん進行して、髪を結うのに手が上がらなくなったのです！　右腕が痛むので、たばねた髪をゆわえるためのゴムがどうしてもうまくむすべず、ために、おだんごは右に、下にずれていったというわけです。一時期ぴょんとはねあがったのは、見るに見かねた母が、髪を結ってくれたからで、母に髪を結ってもらうなどというのは、いったい何年ぶりのことだったでしょう。子どものころ、母に髪をとかしてもらっていて、ちょっと強く引っ張られると、すぐ必要以上に大きな声で「いたいッ！」と叫んだこと、すると、母が、祖母が自分の髪を結ってくれたときはもっと乱暴だったという話をし、よくうしろであんまりキリキリしばるので目がつりあがってしまったものだといっていたことなどを思い出しました。わたしは、それを聞くと、「上がり目、下がり目……」の遊びのときの「上がり目」のように、目尻のつり上がった母の顔を想像して笑い出すのが常でしたが、その祖母ゆずりの母がつくるおだんごは、実にかっちりとできていて、朝結ってもらうと、夜床にはいるまで少しもくずれないのでした。ともあれ、この年齢になって、母に髪を結ってもらうのは、ちょっと妙な気分のするものでした。

幸い、夏になって、痛みはおさまり、おだんごをつくるのに支障のない程度には、手も上がるようになりました。名探偵の観察通りです。小さなことですが、ここ数ヵ月の不自由のあとでは、自分の手でキュッとゴムを引張れるのもうれしいし、痛みがとれて、四六時中、自分に肩と腕がついていることを思い出させられずにすむことが、実にありがたくてなりません。

たまたまわたしの五十肩（お医者さんは、「四十肩です。さばを読んではいけません」と、おっしゃいますが！）が、十周年記念事業とほぼ同時にスタートしましたので、身近にいる者たちは、ずいぶん心配してくれました。とくに、「お話のたのしみを子どもたちに」のキャンペーンで、遠くへ出かけるのを気づかってくれました。けれども、今、予定した事業の約半分が終ったところでふりかえってみると、「行けてよかった！」という思いが強いのです。痛いのはそのときが過ぎれば、すぐ忘れてしまいますけれど、各地の講習会で大勢の方にお会いできた喜びや、活発で充実した交流と学習の時間がもてた満足感は、そのまま残って、大事な財産になっているからです。

近いところでは、神奈川、千葉、埼玉、遠いところでは、奈良、山形、新潟、そして長崎。いずれの場所でも、わたしが会いたいと思うような人にお会いできましたし、「お話」もたくさん聞かせていただきました。今回の事業は、わたくしどもの主催ではなく、地元の有志の方々の主催でしたので、その方々のご苦労はたいへんだったと思います。ほんとうにありがたく思っています。うれしいのは、このことがきっかけで、それぞれの地域の人のつながりが強められ、グループの活動も盛んになる様子が見えることです。そのことが、その人たちが接する子どもひとりひとりの心に、実質的な、よい働きかけをする力になっていくようにと願わずにはいられません。

ところで、俊敏なるわが名探偵は、おだんごの謎が解明したところで、わたしの容疑を晴らしてくれるのではないでしょうか。「致命傷は、右利きの犯人による、かなり高い位置からの一撃と見られるが、M容疑者は、当時五十肩を患っており、肩の高さ以上に兇器をふり上げることは不可能であったと判断される。加うるに、

M容疑者の日常は、十周年記念事業の為多忙をきわめており、あまり殺人をする暇はなさそうである」と。

二四号　一九八五年・冬

読者のみなさんがこのページをごらんになるころ、カレンダーもまた新しいページが繰られ、一九八四年は、すでに去年となっていましょう。たくさんの仕事と、大きな責任を抱えて、どうなることかと思われたわたしの一九八四年も、もう過去のことになっているわけです。どんなに心配し、頭を悩ませたことも、あるいは期待し、胸はずませたことも、結局は終ってしまう――まことに「時は過ぎゆく」との感を深くしています。

たまたまこの年は、わたしの四十代最後の年に当りました。そこへ、からだが早とちりをして、五十肩などをやらかしたものですから、ただでさえいそがしい仕事の上に、非協力的なからだをなだめすかす仕事が加わり、ひいては、来たるべき「老い」といちはやく対面させられる気ぜわしさまでがつけ加わって、平らかならぬ年になってしまいました。

次々にかぶさってくる「しなければならないこと」の大波を、なんとか乗り切ろうと、懸命に泳いでいるような毎日でしたが、その間、気持の方も「無理をしてはいけない」から「なんのこれしき」までの間を振子のように揺れ動き、重心をとるのに苦労しました。

忙しいという字は、「心を亡す」と書くなどとよくいわれますので、できれば口にしたくないのですが、でも、実際のところ忙しかった……。そして、この忙しさの中身を少していねいに分析してみると、もちろんわたし自身に用が多いとか、時間の使い方がまずいということがあるにせよ、この忙しさの大きな部分は、今の時代の忙しさなのではないかという気がするのです。その証拠に、まわりを見まわしても、忙しくない人を見つけるのがむつかしい。わたしたちは、しょっちゅうお互いに、「ごめんなさい。なにやかやでバタバタしてたもんだから」と、するべきことをしなかった、あるいはそれをもっと早くしなかったいいわけをします。あっちでもバタバタ。こっちでもバタバタ。これでは、まるで無理に空へ舞い上がろうとしているアヒルの集団ではありませんか！　どうしてこうだれもかれもが忙しくしていなければいけないのでしょう。どうして「落着いていること」が、こんなにむつかしいのでしょう。

「我々は微生物に対する戦いには大体勝利をおさめたが、精神的安静をかち得るための戦いには敗北をつづけている。我々をいためつけているのは、我々の外部の混雑——人間と観念と事件との混雑——だけではなくて、心の中の混雑、過労もそれに加わっている。捌き切れないほどの経験が四方八方から攻め寄せてくるから、消化吸収どころか、整理さえつかない。その結果は紛糾と混乱とである。我々は感覚を食べすぎに、感受性を飢餓におとしいれている。」とは、アメリカのジャーナリスト、ノーマン・カズンズ氏のことばですが（『死の淵からの生還』* 講談社、一九八一年）、まったくその通りと、深くうなずかずにはいられません。

実際、今日の世界に生きていると、些細なことから、重大なことまで、どんなにたくさんのことが、わたしたちに、そのことについて関心をもち、そのことのために時間を使うよう要求してくることでしょう。家族や、仕事のことだけでなく、核のことも、アフリカの飢えの問題も、わたしたちの目の前につきつけられるのですから。そのために、わたしたちは、つい、あれもしなければ、これもしなければと、おばかさんのアヒルのように、同時に二つ以上の方向に走り出そうとしてバタバタする破目になるのです。

わたしたちは、自分の能力に限界があることは知っています。でも、どこがその限界かを正確に見きわめることはほとんどできません。わたしたちにつきつけられる要求が、わたしたちの能力を上まわるとき、わたしたちは消耗する。その消耗率をストレスという、というのがセリエ博士の説だそうですが、今日のようにこんなに多くの複雑きわまりない要求が押し寄せてくるのでは、ストレスなしに生きるのは至難の業でしょう。

世の中から隠遁し、もろもろの要求を断ち切って生きるというのは、昔から学者や僧のしてきたことですが、今日では、たとえそうしたとしても、ある種の要求に応えないことは、心の負い目になるでしょうし、それに、もしかすると、雑事を生活の中に、雑念を心の中に入れまいとする努力のほうが、研究や瞑想に費すより大きなエネルギーを必要とするかもしれません。

わたし自身のことを考えてみても、ここ何年か「忙しい」暮らしをしてきて、人間一時にひとつことしかできないということはよくわかってきたのですが、そのひとつことをやりながら、同時にまだ応えていない他の要求について思いわずらうという悪癖から逃れられません。できないことをできないと自分に納得させるにも、エネルギーがいるのですね。

荒松雄氏によれば、ヒンドゥー教では、人間が生まれてから死ぬまでを四つの住期に分けているそうです。第一は「学生（がくしょう）期」、勉学と修行の時期。次は、「家住（かじゅう）期」、結婚し、子を育て、職業に励む時期。その次が「林住（りんじゅう）期」、森や林へ行って瞑想にふけり、人生を考える時期。最後は「遊行（ゆぎょう）期」、聖地の巡礼などをして来世に備える時期、と。（『インドとまじわる』未来社、一九八二年）

この考え方に従えば、わたしは、さしずめ「林住期」にさしかかった、といえそうです。今から森や林へひきこもることは許されないでしょうが、今年は、少しまとまったお休みをいただいて、わたしの五十代、東京子ども図書館の十代への思いを深めたい、そして、今の世の中にあっても、少しでも心の平安を保ち、「忙しく」しないで働ける方法、消耗感でなく充足感を味わえる仕事の仕方をさぐり、館やわたしに寄せられる要求の中のどれがいちばん大事なのかを正しく見定めたいと願っています。

＊『死の淵からの生還――現代医療の見失っているもの』ノーマン・カズンズ著　松田銑訳　講談社　一九八一年／『笑いと治癒力』（同時代ライブラリー）一九九六年／『同』（岩波現代文庫）岩波書店　二〇〇一年

二五号　一九八五年・春

三月は、わたしの好きな月です。冬と春とが綱引きをしているようなこの季節。びっくりするほど寒い日があっても、もう往くひとのものと思えば、その厳しさがむしろ好ましく、冷たい風が自分の中にかきたてる凛々しさをたのしむ気持になります。そして、その寒さをも外側からすっぽり包むように、空気の中に芽吹きの気配が満ちてきて、あっちの地面、こっちの庭木にと、毎日のようにその確かな証拠を見つけるようになるのです。

でも、今年の三月は雨ばかりでした。おかげで、日ざしのやわらかさが一日一日と増してゆくのをたのしむということができませんでした。この季節らしからぬうっとうしさが続いていて、せっかくわたしが肩の荷をひとつおろして、うんと伸びをしようと両手をあげるのに、迎えてくれる青空が見えないのは残念です。

三月二十四日の日曜日、新築開館から半年余りの三鷹市立図書館をお訪ねして「お話」をしたのを以て、十周年記念事業「お話のたのしみを子どもたちに」は、すべて終了しました！　昨年の四月十三日、川崎市の中原公民館で第一回を開いてから、四国、九州を含めて全国で三十四ヵ所。講演会三十六回、講習会二十六回、お話の会十三回の大事業でした。勿論これは、わたしひとりの仕事ではなく、館の職員もそのいくつかを分担し、また、お話の講習会の修了生、わけても第Ⅲ期の修了生を中心とした「おはなしぶくろ」のメムバーの方にずいぶん助けていただきました。こうした方々と、主催者側として、わたしたちを招き、会の企画、運営に当たられた多くの方々のご尽力によって、初めてこれだけの仕事をなし遂げることができたのです。今、記録のファイルを読みかえしつつ、改めて感謝の思いを強くしております。

それにしても、「お話」に的をしぼって、これだけの事業ができたということは、それだけ「お話」が広まり、子どもたちにお話を語っている人の数が増えたということでしょう。実際、この事業を終えてわたしの中にいちばん大きく残っている印象は、そのことです。それと、お話を語りはじめた方々の熱心さ！

語り手のほとんどは女の人で、やってみるまでは自分にそんなことができるとは思ってもみなかったという人も少なくありません。子どもが喜んでくれるのがたまらなくうれしい、物語を聞くのがおもしろい、ということに加えて、自分の中に知らないでいた才能を発見した喜びが、この人たちを生き生きさせ、わくわくさせているのだろうと思われました。

こうして語ることをたのしみにする大人が増えることは、そのまわりに「語られるお話」に接することのできる子どもたちが増えることを意味します。今日、ことばやコミュニケーションのあり方が、あまりに空疎化、巨大化、没個性化していて、子どもたちにとって必ずしも望ましい状況でないことを考えるとき、小さい「お話」の輪が、あちこちに作られ、そこで、子どもたちが実のあることばを通して物語や語り手にふれることは、どんなに貴重でしょう。熱心にお話と取り組んでいてくださる語り手の方々には、そのご努力にお礼を申し上げ、これからもどうかうんとたのしいときを、子どもたちといっしょに長くもちつづけてくださるよう願わずにはいられません。

ただ、今回の事業を通して、とくに各地で受けた質問を通して、わたしが抱いたひとつの心配は、お話を語る人の中には、ときとしてお話をかたく考えすぎ、何か目に見えない枠を設定して、そこからはみ出してはいけないと思いこんでいる向きがありはしないかということでした。そして、その枠が「東京子ども図書館流」と考えられているらしいとわかって、ひどく落着かない気持にさせられました。

確かに、「たのしいお話」シリーズに「お話を聞くのに適当な人数は二十名前後」「部屋は明るすぎない方がよい」と書いたのはわたくしですが、これは、六十人ではお話はできないとか、部屋を暗くしなければいけないとかいうことではありません。いつも「ことばを大切に」といっているのは事実ですが、これは、口に出していいにくく、耳で聞いてもわかりにくいことばを、「大切に」本の通りおぼえることではありません。「かざり気なく」語ることをすすめてはいますが、これとて無表情に、コチコチになって語ることではありません。

こういうことは、すべてわたしたちがお話でめざしているもの――身も心もくつろいで物語をたのしみ、美しい、質のいいことばにふれて心を豊かにする――を実現するために心がけていることであって、もし、別のやり方が、よりよくその目的にかなうなら、そうしたほうがいいのです。

話し方のスタイルにしても、話の性質、聞き手、語り手の個性、その話をどれだけ長く語ってきたかによって、変わって来ます。変わるのが自然で、だれもが、どの話も同じように語ったとしたら、そのほうが不自然で、問題ではないでしょうか。語り方にも枠をはめようとせず、その人らしい、その話らしい語りをたのしんで貰いたいものと思います。

お話の選び方にしても、「おはなしのろうそく」を使ってくださるのはうれしいのですが、「この話が好きだから」ではなく、「ろうそくのなら間違いないと人にいわれたから」では、苦労して作っている者としてはさびしい気がしますし、ましてや「うしろに書いてある所要時間に合うようにスピードを調整しているがうまくいかない」などといわれると、目を白黒させてしまいます。

小澤俊夫氏のことばによれば、お話は「文芸的なもてなし」です。枠にこだわってお話をかたくるしい作業にしてしまってはならないと思います。自分もたのしみ、人もたのしませ、常に生き生きしたものがそこに流れるようにしたいものと思います。

二六号　一九八五年・夏

わたしは、日記をつけるという習慣をもたないできた人間ですが、一昨年の暮ある書店の日記売場で、ふと気持が動いて、三年連用日記というのを求めました。書ければよし、書けなければそれでもよし……と最初から気張らずにいたのが却ってよかったのでしょうか、最初の年、つまり昨年は、ところどころに白い部分を残しつつも、全体としてはまあまあという埋まり具合となりました。

今年は、これまでのところ、なかなか成績はよろしい。そして、連用日記のおもしろさ。今日の分を記しながら、去年の今日の分を読み、ちょっとした感慨にふけります。百五十字くらいのスペース、感想は抜きで、あったこと、したことだけを記しているにすぎませんが、たった一年でもすっかり忘れていることもあって、「ああ、そうだった」とか、「あれは一年前のことだったのか」とか思い出させられています。

「今日は記念すべき日、というのは、老眼鏡をあつらえたのだ」という文字が見えるのが六月十七日。ちょうど一年前です。そのころは、さし迫って必要というわけではなく、半分は新しいおもちゃを得たようなもので、かけてみては「わあ、よく見える！」と喜んでいたその眼鏡も、このごろはもう手離せないものになってしまいました。

そして、去年の今ごろの日記に頻繁に出てくるのが、指圧に行ったの、湿布をしたのという文字。五十肩の痛みがいちばんひどい時期だったからです。もうすっかりよくなって、今はそれをまるで他人事のように読める幸せ！　一日とその次の日との間には、大して違いはないのに、一年が経ってみると、はっきり違ってくるところに、時の不思議を感じます。

仕事についても同じことがいえそうです。毎日同じことのくりかえしのようでいて、一年経つとはっきり違ってくる。毎年同じことのくりかえしのようでいて（そういえば、眼鏡屋へ行った三日後の日記には「やっと書き上げたランプシェードを夕方事務所にもっていくが、やっぱり気にいらなくてまた持ってかえる」などという記述が見えます！）十年経つとはっきり違いが見えてくる、ということが。

もし、その〝違い〟が、仕事の蓄積が外からでもはっきり見えるようになった、仕事をしている本人の中に自信や安定感ができた、ということであればうれしいことです。しかし、同じことを長く続けることは、どうしても馴れからくる心の鈍りをさそいます。時を経ても仕事の積み重ねは見えず、それをしている人間が、心を動かすことが少なくなったという事実だけが明らかに見えてくるとすれば、それは悲しいことだといわなければなりません。

一年という時間の物指しを当てることによって、今日という日が少しはよく見えるようになるというのが連用日記の効用のひとつでしょうが、仕事についても、自分が生きていくということについても何かの区切りを機会に、時間が貯えていったもの、持ち去ってしまったものを点検することは大事です。それに助けられて、現在がよく見えてくるのですから。東京子ども図書館の十周年というのも、結局は、その機会だったと思います。

記念事業と募金が、多くの方々のお力で無事に終った今、やはり、一日一日の仕事の中では見えてこなかった大きな違いが、十年経ったあとではっきり見えるようになったと思うからです。特に、わたしが強く感じていることは、最初は、私（わたくし）の思いから出発したわたしたちの仕事が、着実に公（おおやけ）のものになりつつあるという事実です。個人的に始められた家庭文庫が、それにかかわる人たちを結びつけて集団を育て、その集団が法人になる――というふうにわたしたちの館は進んで来たわけですが、その段階で、東京子ども図書館は、それを生み出すことにかかわったどの私（個人）とも違う、法人としての〝人格〟をもつようになりました。そして、それから十年目、三千を越す人たちから、精神的にも経済的にも大きな力をいただくことにより、わたしたちの館が公益法人であることの意味が、いちだんとはっきりしてきたと思います。つまり、わたしたちの館は公（多くの人々）のものであり、従って公に奉仕しなければいけないということです。十年の区切りは、わたしたちの前におかれている、このより大きな責任をはっきりと見せてくれました。

その新たな責任をしっかり背負う元気をつけるため、わたしは、この夏の二ヵ月、お休みをいただくことになりました。日本を離れて少し旅をし、静かな、ひとりの時間をもちたいと思っています。

最初はイギリスに行き、コルウェルさんにお目にかかり、それからアイルランドの田舎で、しばらくぼんやりしていたいと思っています。後半は、ドイツにわたり、（運がよければ本号の評論*をお書きくださった、ルジュモン夫人の語りをお聞きできるかもわかりません）十数年前、東京子ども図書館の仕事を始める前に旅したことのあるオーストリアの田舎を、もういちど歩いてみようかと思っています。

こんなふうに書くと、とても贅沢なことのように思えて申しわけない気がしてなりませんが、今度の旅では、まず深い休息をとること。そして、その上で、時間の物指しと、生活の場から離れているという距離の物指しの両方を使って、自分の今いるところを、よく見たいと思っています。旅に冒険と思いがけない出会いとはつきもの。今度の旅でも、何かみなさまにお土産にもって帰れるものがあるでしょうか？

*本号の評論「メルヒェンの語り手として私が歩んだ道」シャルロッテ・ルジュモン　高野享子訳　こどもとしょかん二六号　一九八五年・夏

二七号　一九八五年・秋

ものすごい暑さに閉口したり、急に涼しくなったのにびっくりしたりで、わたしの九月は始まりました。見なれた風景の中に身を置き、なじんだ物に囲まれ、親しい人の輪にすべりこんでしまうと、この夏、外国で過ごした日々が、なんとあっけなく遠のいてしまうことでしょう。さして数多くもない旅の写真をアルバムに収めながら、そこに記録されている出来事が、はやまるで昔のことのように思えるのに少々驚いています。

写真の一枚は、裏庭に置かれた折たたみ式のいすに、ゆったり腰をおろしたコルウェルさんです。八十歳を越したコルウェルさんが、この前お目にかかった三年前と殆んど変りなくお元気でいらっしゃったことは、今度の旅行でうれしかったことの一つです。変ったのは、御髪。うすくなったご自分の髪をカバーするためでしょう。マッシュルームカット風に、ふんわりと丸く作られたかつらを、頭の上にチョンとのせていらっしゃるのが、何ともかわいらしく見えました！

病弱な妹さんのお世話をなさりながら、月に一、二回は講演やお話にお出かけになり、その合間には、ファージョンやメイスフィールド、あるいはイエラ・レップマンなど、今はもう亡くなられた方の思い出を、少しずつ書き綴っていらっしゃるとか。今世紀の子どもの本の歴史を作ったこれらの人物が、ながい間親しくしてこられたコルウェルさんの眼を通してどんなふうに描かれるのか、今から予約読者の申込みをしたい気がします。

コルウェルさんと短いときをご一緒したあと、フェリーでアイルランドへ渡り、ローカルバスを使っての一人旅をいたしました。名所旧蹟は避け、職業的関心はお預けにして、ただ田舎の風景にひたるだけの旅でしたが、なんとあるところでは、「お話して！　ねえ、お話して！」という子どもの声に、一日中責めたてられるという目に遭いました！

夏の間を除けば人口七百人という小さな海辺の村でのこと。持主の名がサリバンさんというのにひかれて予約した宿は、所謂「脱サラ」のご夫婦の経営する、古い農家を改装した家庭的なところ。それをいやが上にも家庭的にしたのが、この家の二人の子どもたちでした！

ブライアン、七歳。メーブ、五歳。すばらしく美しい自然の中で、元気いっぱい育っているこの兄妹は、なんといい聞き手であったことでしょう。こちらが口に出すことばが、ほんの一かけらもこぼれず、まるごと、まっすぐ受けとめられる、その手ごたえのたしかさ。二人がどんなにしっかりお話を聞いたか——たとえば「かしこいモリー」の冒頭は、こんなふうに始まりました。

「昔むかし、あるところに、男とおかみさんがいましたが、あんまり子どもがたくさんいて——」「何人いたの？」「みんなに食べさせるだけのお金がなかったので——」「お金はいくらもっていたの？」という具合！

話が進んで、首に巻かれた金の鎖と、ワラの縄をとりかえることで、危うく大男の魔の手を逃れたモリーたちが、夜が明けるまで走りつづけるところ。すっかりその身になって、息切れせんばかりのわたしに向かって、ブライアンは、「モリーたちは、金の鎖をもって逃げたんだね」と、念を押すのでした！

そのブライアンが、わたしにしてくれたお話——「むかしむかし、まだみんなが生まれていなかったころ、アメリカが爆弾を落としました、ヒロシマに」

八月六日が近づいていたとはいえ、こんなところで、こんな幼い者の口から、正確に発音されたヒロシマの名を聞くとは、まったく思いもかけぬことでした。

幸か不幸か、二ヵ月にわたる旅の間、お話をせがまれたのは、このときだけでした。けれども、お話を聞く機会はありました。これもまた思いがけないことでしたが、旅の後半、ドイツはゲッチンゲンに滞在していたとき、町はずれの丘の上にある古いお城で、「メルヒェンの夕」が催されたのです。

黄金色の麦畑と、みどりの草地を縫って半時間余りドライブして着いたお城は美しい森の中、今はレストランとなっている城の一室では、大きな暖炉に薪が燃え、壁のくぼみには、ろうそくの炎が柔かく揺れています。おそい夕暮れの、ほのあかりの中を、三三、五五集った五十人ばかりの聴衆の前に、うすみどりのロングドレスに、白いショールという民俗衣裳に身を包んだ初老の婦人が現われました。この夜の語り手です。大きな、黒ずんだ木の揺りいすに腰をおろしたかの女は、「ツグミひげの王さま」を皮切りに三つのお話を語りました。

雰囲気といい、道具立てといい、グリムのお話を聞くのに、これ以上の場所はないと思われましたが、残念ながら、肝心のお話は、わたしの心に深くは響きませんでした。畳のお部屋で、日本語で語られても、もっと話そのものが自分に近く感じられる語りを、わたしが体験していたからです。そのことを、わたしは、何かひそかな誇りのように思いました。

ことばの違いを越えて感じられる語りの実質について、わたしがしきりに考えたのは、そのとき丁度、本誌夏号で紹介したルジュモン夫人のご本*をよんでいる最中だったからでしょう。そもそもゲッチンゲンに行ったのは、訳者の高野さんと、この本の日本での出版について、相談するためだったのですから。

高野さんの非常な頑張りのおかげで、翻訳は、ほぼおしまいまで来ています。まだお清書もすんでいない原稿を、ひったくるようにして読ませていただきながら、わたしは何度も泣いたり、笑ったり、深くうなずいたりしました。

日本語版を世に出すお手伝いができたのは、今度の旅のもう一つの喜びでした。ルジュモンさんの言葉を本当に心に響くものとして受けとめるであろう大勢の予約読者が、わたしには見えていますから。

＊ルジュモン夫人のご本　『〝グリムおばさん〟とよばれて――メルヒェンを語りつづけた日々』シャルロッテ・ルジュモン著　高野享子訳　こぐま社　一九八六年

二八号　一九八六年・冬

冬号の原稿を書くときは、いつも少々悩みます。書くのは暮のあわただしさのまっ最中。読まれるのは、お正月も過ぎて一段落したころ……というわけで、双方の気分にかなりのギャップが予想されるからです。現にこれを書いているわたしの目下の関心事は、暮の大掃除のこと。今年は、本棚の大々的整理をもくろんでいるからです。でも、お読みになるみなさまのほうは、おそらく清々しく片附いたお部屋にいて、もっと新年にふさわしい思いを胸にしていらっしゃる……。

もし、そうだとしたらおゆるし願わねばなりませんが、大掃除、とくに本棚の大整理というのは、これでなかなかたのしいものです。どなたも経験なさることだと思いますけれど、本棚を整理すると、いろんな形で旧知の本たちと再会するからです。長いこと見ないから失くしたかと思っていたらこんなところにあった、というのから、ああ、これ初めて読んだときこうだったなあ、という思い出。毎日背文字だけは何となく視野にはいっていたが、へぇー、これこういう本だったのか、という発見など。その中に、久しく開いてはみないけれど、大整理のたびに、それがまだそこにあることを確かめて、それだけで安心する、といったたぐいの本との再会があります。

今号に訳した「もっとも静かなることのひとつ」*は、実は、その種の再会を何回となくくりかえしてきたものなのです。ホッチキスで二ヵ所をとめた、たった十六ページのこの小冊子は、書棚の隅に立っているときは、ほとんど目にはいりません。棚の本をすっかり出す大整理のときだけ、その小豆色の表紙を見せるのです。そして、わたしは、そこに印刷されたQuietestという文字を見て、何故かほっとするのです。

思うに、わたしは、このQuietということばが、昔からひどく気にいっていたのでしょう。今回、訳をするにあたって、もういちど辞書をひいてみましたら、そこには、「騒ぎを起こさない、事を荒だてない、平和を好む、落ち着いた、平穏な、心安らかな、じっとしている、忙しい仕事から解放された、ゆったりした、くつろいだ、うるさい音をたてない、物静かな、沈黙した、内密の、隠れた、動かない、でしゃばらない、控え目にいわれた、目だたぬようになされた、じみな、なめらかな、ぎくしゃくしない……」等々、実にたくさんの訳語があがっていて、今更のように、このことばの本来の意味と、守備範囲を教えられ、Quietなるものへの憧れを、いっそう強く感じました。(図書館はQuietな場、図書館員はQuietな人であってほしいと思いますが、右に列挙した訳語を、この二つのことばにかぶせてみると、いろいろなことを考えさせられます。但、Quietには、これ以外に、「活気のない、不活発な、閑散とした」という意味もあるのです!)

よく憶えていませんが、わたしは、この「目立たない」小冊子を、たしか慶應の図書館学科にいたときに手にいれたと思います。この開校の辞が述べられた、当のカリフォルニア大ロスアンゼルス校図書館学校の校長であるローレンス・パウエル氏が来日され、わたしたち学生にお話してくださったことがあったのです。おそらくこのとき、パウエル氏が、ホーガン氏のことも、この小冊子のこともご紹介くださったのではないかと思います。そして、考えてみれば、それは、ホーガン氏のスピーチが実際に行なわれてまもない時期だったのです。

ちなみにこのパウエル氏は、熱烈に「平和を愛し」、本に対して「動かない」信念をもっている方でしたが、話しぶりは「物静か」から程遠く、当時の木造校舎の教壇の上を、右から左、左から右へと動きまわり、腕をふり、こぶしをあげての熱弁で、きわめて「活気に満ちた」方だったとの印象が残っています。

わたしが、そのとき、またそれ以後もこの「じみな」本をくり返して読んだことは、「控え目に」つけられた鉛筆のしるしでわかるのですが、そのうちに「忙しい仕事から解放された、ゆったりした」時間がもてなくなり、この「でしゃばらない」小冊子は、長い間、書棚の隅に「隠れて」いることになったのでした。

そして、今回、実はこれを訳していてハッとすることがあったのです……。

土地とお金があって、好きなように東京子ども図書館を建てられたら……とはわたしたちが常に「内密に」描いている夢ですが、いつの頃からかわたしの中に芽生えたのは、「本がたくさんある家(うち)」のイメージでした。一見して公共建築物とわかるものでなく、「落ち着いた」住宅の感じ。「目立たない」表札のかかっている門をはいり、植込みを抜けて玄関へ。子どものためのスペースは、個人の住宅と同じで、違うのはどの部屋にも本があること。畳に掘ごたつの部屋には昔話、地誌、歴史の本、日当りのいい子ども部屋には絵本たくさん、応接間にはちょっと高価な画集に立派な装丁の古典全集、お父さんの書斎にはむづかしそうな本いろいろ、台所には勿論お料理の本、居間はもう本でいっぱい、廊下のつき当りには納戸があり、ここには雑多な古本がぎゅうぎゅうづめ、探せば飛び切りの掘出し物あり……。

空想の手綱をゆるめて、勝手にさせておくと、部屋々々の様子や家具調度（何故かこれがみな昔風になるのですが！）、庭の木や、窓からさしこむ日ざしの具合まで見えてきます。子どもたちは、好みとその日の気分でどこへいくのも自由。どこででも「心安らかに、くつろいで」本が読める。但「うるさい音はたてない」……そんな夢が、（少なくともその一部は）どこから来ていたか……今回、ホーガン氏の文章を訳していて、ハッとしたのでした。二十五年前にわたしの頭の中にすべりこんだ氏のことばは、そこで「静かに、じっとしていた」のです。

「騒がしくない、沈黙した」ことばの中にある「隠れた」力を思います。

＊「もっとも静かなることのひとつ」ポール・ホーガン　こどもとしょかん二八号　一九八六年・冬

二九号　一九八六年・春

近頃たいそううれしかったこと。それは、うちから歩いて行けるところに、やっと区立の図書館が出来たことです。ほんとうに、や・っ・と……という感じです。

新しい図書館は、人口三十数万のわたしたちの区で七番目の図書館で、蔵書の規模も三万冊程度。場所も住宅街の中にあり、小ぢんまりした地域図書館といえます。日常生活圏内に、この図書館と、昨年春オープンしたスポーツクラブ（こちらは私企業）と、両方が揃って、我が地域の社会教育環境も、これでようやく最低ラインを確保できたかな、と思っています。

わたしは、これまで、公立図書館の協議会の委員をしたり、図書館員の集まりで講師や助言者を務めたりしてきましたが、実は、そういう立場に身をおくことに、いつも少なからぬ気おくれとためらいを感じてきました。そのひとつの――しかも大きな――理由は、わたしがほんとうに自分の図書館と呼べる図書館をもっていないことでした。図書館の会合で何か問題があってみんなで考えようとするとき、だれしもやはり自分の経験したあれやこれやの具体的な図書館のイメージをもとに考えるものだと思うのですが、わたしの場合、それが、三十数年前のアメリカの図書館だったり、今日のように地域にとけこんだ、貸出中心の図書館になる以前の日本の大規模図書館だったり、そうでなければ、自分のやっている超ミニ児童図書館であったりするものですから、我ながら困惑しておりました。

これでは、頭の中で絶えずイメージに大幅な修正を加えなければなりませんし、それより何より、わたしがこれでは困ると思っていたのは、わたしのイメージのもとになる図書館は、どれもわたしが職員としてかかわったもので、利用者としてなじんだものではないという点でした。

同じ図書館でも、職員としてそこで働くのと、利用者としてそこを利用するのとでは、見えてくるものがずいぶん違います。そして、図書館は、どんな図書館でも、当然利用者のためにあるのですから、何か問題があるときは、まず利用者の目から見てどうか、という問いかけがされるべきでしょう。その意味でも、何かと「助言者」の立場に押し上げられるわたしが、利用者として使いこなしているわたしの公立図書館をもっていないのは、まことに困ったことだったのです。

そこへ、区立図書館開館の知らせ！

ほんとうにわくわくしました。

開館日は二月一日。それに先だって、開館式が行なわれましたが、きっと、わたしの他にも、この地域に新しい図書館をと待ちこがれていた人が大勢いたのでしょう。参列者が会場に溢れるほどだったのに驚きました。

建物は、アイボリーのタイルで外装した二階建で、通りに面した壁面には、ガラスをたっぷり使っていて、明るい感じです。夜になると、逆に、この窓から館内の明かりが、通りを明るく照らします。道を曲って、図書館のある通りへはいったとたん、この光が目にとびこんでくるのは、それだけでなかなかいい気分のものです。

わたしが、最初に、ここへ出かけたのも夜でした。夜の館内には、一種の雰囲気があって、わたしは好きです。昔、アメリカの小さな分館で働いていたときも、夜の勤務が好きでした。とくに、金曜日。週末を控えたこの夜には、どことなくゆったりと、くつろいだ気分があって、このときに来る〝お客さま〟には、特別親しい気持が湧いたものです。

建物も、書架も、そこに並べられている本も、まだ新しくてピカピカのこの図書館には、あの古い図書館の落着きはありません。でも、それは、これから、利用者たちが時間をかけて創り出していくもの。わたしには、真剣な目つきで本の背とにらめっこしている実年男性や、数少いテーブルの上に何やら部厚い本を拡げて熱心にノートをとっている若い女の人や、制服姿のまま棚の間をあっちへいったりこっちへいったりして何かを見つけては、互いにささやきあっている三人組の中学生など、そのどの姿も好ましく、知らない人ばかりなのに親しみを感じました。そして、そういう人たちが絵としても・・・ちゃんと・・・きまって・・・いて、新しい図書館という額の中へ、きちんと収まっているのが、不思議なような、当り前のような、妙な気がするのでした。

わたしは貸出票を作ってもらい、浮き浮きした気分で棚の間を歩きまわり、五冊の本を選んで借りました。バーコードの上をペンが走り、コンピューターがピーと音をたてるのも、「返却は○日です」という係りの人のことばも、自分の図書館、自分が借りた本と思うとうれしくてなりません。思わず顔がほころんでくるのでした。応待する館員の方は、〝ふつうの〟顔（？）をしているわけですから、そのちぐはぐなのが自分でもおかしくて内心笑ってしまいました。

そんなわけで、わたしは、目下、初々しい気分で、利用者一年生の日々をたのしんでいます。わたしの場合、仕事の上で必要な本は、自分で買うか、資料室のを利用するかなので、図書館で借りるのは、さし当り読む必要のない本ということになります。これがまた一種贅沢な気分でなかなかよろしい。その意味でも、図書館へ行くのがうれしいのです。（ちなみに、これまでに借りた十七冊のうち、いちばん面白く読んだのは、吉武輝子著、文藝春秋刊の『女人吉屋信子』でした。わたしは、吉屋氏の作品は何ひとつ読んだことがないのですが！）

この図書館が、ほんとうに自分の図書館と思えるようになるまでには、まだずいぶん時間がかかることでしょう。でも、ひとりの利用者として、末長く十分にその有難味を味わいたいと思っています。

三〇号　一九八六年・夏

五月は外へ出る月と決めてありましたので、ずいぶんあちこちへ出かけました。外へ出るというのは、講演や、講習会の講師をお引受けするということです。一昨年は、十周年記念事業で、まめに外へ出ました。昨年は、その反動で、まったく外へ出ませんでした。今年は、五月と十一月に限り外へ出ることにしたのです。外へ出るについては、頭の痛いことが多いのです。まず、ご依頼の半分くらいは、お断りしなければなりません。これが、時としてひどく心の負担になります。ご依頼があるところへ全部うかがうとなると、どうしても他の仕事とのバランスがとれなくなりますので、これまでは一年のうち、決まった時期だけにまとめてお引受けすることにしてきました。その間、ご依頼のあった順に、自分がこなせる数だけお約束するということに。

だいたい年に何回も外へ出ないのですから、そうなると、かなり早くから予定が決まってしまいます。こちらとしては行ってさし上げたいと思っても、先約があるためにそうはできないというのもつらいことですし、先まで予定が決まっているというと、何だか「えらい先生」のように聞こえるのもいやでなりません。「お忙しい方」と決めてかかられるのも、困ります。わたしの忙しさなど、世の中の大方の忙しい人の、時間刻み分刻みの忙しさに比べたら、何程のこともありません。よく講師紹介のときに、「お忙しい中を無理に来ていただいて……」とか、「一年も前からお願いしてやっと……」などといわれることがありますが、恥しくて、身がちぢみます。これでは、うちで猫のノミをとったり、きょうは頭の調子が悪いなどといって昼寝をしたり、つまらない本を読んで夜更しをしたり（その結果、朝寝坊をしたり）していては相済まないではありませんか。わたしが外へ出ることをあまりお引受けしないのは、忙しいからではなく、むしろ忙しくしたくないからですのに。

それに、人前で話すときに強いられる緊張は、ずいぶん慣れた今でも、やはり苦痛です。聴衆が少ないと少し楽ですし、講演でなくて「お話」だと、ずっと楽になるのですが。いつだったか、講演の中で一部「お話」をしたとき、「昔、あるところに……」と始めたとたん、二、三人の方がスーッと眠ってしまわれたのにはびっくりしました。このときは、語りのことばにそんな効果があるとわかって、内心大いにうれしく思いましたが、講演では、ふつう話す方も聞く方もそこまでくつろぐことはできません！

正直いって、恥しいのと、気の重いのとが先に立つ講演ですが、出かけていってよかったと思えるのは、その機会に、いろんな方に直接お目にかかれるからです。ことに地方へ行くと、必ずひとりかふたり、ほんとうに土地に根を下ろしてその人らしく生き、まわりの人をいい意味で教育していらっしゃる方々にお会いします。こういう方とは短い時間ご一緒するだけでも、励まされます。

ある図書館の館長さんは、以前開拓村の分教場の先生だったとか。その方が、「今でもときどき訪ねるんですがね。子どもらがはだしで走りまわって遊んどるのを見ると、ああ、日本もまだ大丈夫という気がして……」と、ポツンともらされたりするのです。おそらくその子たちの親が昔の教え子なのでしょう……。

こういう方々は、また、過不足のない、美しいことばで話されます。しっかり身についたことしかお話しにならないからでしょう。こういう方こそが実質的に文化を支えているのだと思います。そして、この方たちは、どういう修練を積んでこられたのだろう、この方たちに共通する柔軟さとつつしみ深さはどこから来るのだろうと考えずにはいられません。この頃では、それがどうも幼いときの読書とはあまり関係がなさそう……に思えて、少々あわてているのですが！

地方で、「こどもとしょかん」の読者の方にお目にかかるのも、外へ出ることのたのしみです。今回は、遠いところでは沖縄と福岡へ行ったのですが、それぞれ何人かの方にお会いすることができました。福岡へは、ながくかつら文庫をやっていた佐々と一緒に出かけたのですが、なんとボランティアとして図書館でお話をしているお母さんのひとりが、以前文庫へ通っていたT子ちゃんだとわかって、思わぬ再会を喜びました。

福岡では、もと松の実文庫のおねえさんとも、もと書評の会の通信会員の方々とも、お会いすることができました。これまでお手紙のやりとりだけで来た方とたとえ短い時間でも直接お話できて、双方共に満足しました。通信だけの参加では、あるいは隔靴掻痒の感があるのではとこちらで心配していたのですが、非常によい刺激になったとうかがって安心しました。

今回とくにうれしかったのは、読者の方々が、書評と新刊案内を活用してくださっていることを、直接その口からお聞きできたことです。

締切りぎりぎりまで書店に行き、取次に行き、出版社に電話をかけして、本を選び、手分けして、時には夜おそくまでかかって解題を書き……と、毎号苦労しているものですから、それが役に立っていることを知ると、仕事をするにもまた新たな元気が湧くというものです。

いずれにせよ、読者の方々とお目にかかることは、これまで封筒の上のお名前だけだった方に、お顔がつく結果になります！　「こどもとしょかん」をつくるときも、発送するときも、これがあの方のところに届くのだな、と思えることは、うれしいことです。

マスコミ全盛の今の時代にあっても、人と人とが直接会うことには、他のことによっては得られない意味があります。外へ出るのは、わたしにとってはいささか億劫なことではありますけれど、人に会う意味は大事にしたいと思っています。

三一号　ランプシェード休載

三二号　一九八七年・冬

目覚しが鳴ってから、あるいは、自然に目が覚めてからならなおいいのですが、もうしばらくふとんの中でじっとしているのがたのしみという季節になりました。このごろは、うちの中もあたたかで、寝巻をぬいで、つめたい下着を着るのに一大決心を要するということはなくなりました。それでも、ちゃんと起きるまでの数分間、ふとんの中でぐずぐずするときのあの気分は、やっぱり捨て難い。

子どものころ、わたしは、そういう朝の「あとちょっとの時間」のために、自作のうたをもっていました。いつだったかふと思い出して若い人に話したら、ひどく面白がられたので、ここでも披露しますと、それは、

ひとつ、ひるまでねむたいな
ふたつ、ふとんがあったかい
みっつ、みっちりねむたいな

よっつ、よるまでねむたいな
いつつ、いつまでもねむたいな
むっつ、むりやりねむたいな
ななつ、なにがなんでもねむたいな
やっつ、やっぱりおきましょか
ここのつ、こりゃこりゃもうおそい
　とうでとうとうおきました！

というものでした。

それにしても、なにがなんでももう少し寝ていたいような朝がなんどあったことでしょう！　それを、このおまじないのおかげでなんとかきりぬけてきたのです。子どもは子どもなりに、困難（？）を乗りこえる工夫をこらすものなのですね。どんなにながくひきのばしてとなえてもいいから、最後の「た」のところでは、完全に身を起こしていなければいけないのよと自分にいいきかせ、そうしないとおまじないの効力が消えてしまうと半分本気で信じていたのを、なつかしく思い出します。

困難を乗りこえる子どもなりの工夫といえば、こんなこともありました。小学校五年生のときだったと思います。朝の一時間目、国語だったか、社会だったか、とにかく好きな科目の時間で、わたしは、非常にさわやかな、意欲的な気分で、一日の始まりを迎えようとしていました。と、そこへ「はい、では宿題を出して」という先生の声が聞こえました。

「宿題……!?」わたしは、うろたえました。宿題と聞いても、それがどんな宿題だったかも思い出せないくらい、きれいさっぱり記憶がないのです。胸がドキドキしはじめました。宿題ってどんな……思い出そうとノートをひらいているまに、先生がだれかを指しました。するとその子は「……忘れました」と答えました。

その朝、わたしがさわやかで意欲的な気分でいた分だけ、先生はごきげんが悪かったのかもしれません。それを聞いたとたん、先生はいつになくきびしい声でその子を叱りつけ、続いてクラス中にいったのです。「宿題をしてこなかった人は立ちなさいッ！」

立つよりほかありません。からだ中の毛穴という毛穴から汗が吹き出しそうなくらい恥しい思いで、わたしは立ちあがりました。知っていればちゃんとしてきたでしょう。どうして気がつかなかったのか。まるでだまされたみたいに、その部分だけ、まるっきり記憶がないのです。

立ったのは、いつも宿題をやってこない子と、わたしのふたりだけでした。わたしが立ったので、クラスの人たちは、びっくりしたようでした。先生も、おやとお思いになったようでした。それでも、さっき出した大声をすぐにはひっこめられなかったのでしょう。同じ調子でふたりを叱り、わたしに向かっては、とくに「あなたは、ふだんは宿題を忘れるような人じゃないでしょう。それが、どうしたんです」と、詰問されました。

これは、わたしにとって、恥しいということを、ことばの最も痛切な意味で体験させられた出来事でした。宿題なんて……と思うようになったのはもっとずっとあとのことですし、そのころは文字通り自他共に許す優等生だったのですから。

わたしは、ひどいショックをうけました。そして、それから立ちなおるために、十歳のわたしが、知恵をしぼって考えた工夫というのが、次のようなものでした。

――この宇宙は、ものすごく、ものすごく広い。それはもう考えられないくらい広い。その広い、広い宇宙から見れば、太陽系なんてほんのちっちゃいもの。その中の地球なんて、もう針でついた点みたいなもの。その地球の中で、日本なんていったら、もうその点の中の点にもならないくらい。その日本から見たら神戸なんて……(という具合に、このロジックは進展し)……わたしなんて、もう目にも見えないくらい、ちっちゃいちっちゃいもの。だから、そんなわたしが宿題を忘れても、それは、宇宙から見れば大したことはない!

わたしは、こう説いて、自分を慰めたのです。(これより前、『自然のめがね』[*]という本で、落下した隕石を見つけたことから、宇宙について学んだ子どものお話を読んでいたのは幸いでした!)

わたしは、これを頭の中で思っただけではなく、口に出していっていたようです。針とか、点とか、ちっちゃいとかいうことばに力をこめて。そのたびに、教室のうしろの壁が、まっ暗な宇宙空間になり、そこに何故か黄色い頭のついたまち針で点をうつイメージが浮かびました。

この説得は効目がありました。いささか釈然としないところを残しながらも、とにかくこれで窮地を脱したのです。そして、正直にいえば、ずっとあとになっても、いえ、今でもときどきは、この手で我と我が身を励ます(?)ことがあります――ときにあのふとんの中のおまじないを活用するように。

ただ、もし今こんな工夫を考えついて、わたしに打ちあけてくれる子がいたら、わたしはその子にいうでしょう。わたしたちの存在がとるに足らないのはほんとう。でも、その針の先でついた点のような人がこう思うか、ああ思うかで、世の中が大きく動くのもまたほんとうよ、と。

＊『自然のめがね』白井喬二編著　小學館　一九四二年

三三号　一九八七年・春

三月五日から十二日まで、シンガポールに行ってきました。シンガポール図書開発協議会（National Book Development Council of Singapore 以下ＮＢＤＣと略）の招きで、同協議会の主催する読書週間の諸行事に参加するためです。

シンガポールは、成田から直行便で約七時間、マレー半島の突端にある小さな島国です。面積は神戸より少し広く、人口は大阪より少し少ないといったところで、国全体がひとつの都会という感じです。七年振り、二度目の訪問でしたが、街は、以前よりいちだんと緑濃く、美しくなっており、あちらでもこちらでも大規模な建築工事が進行中で、万事に活気があふれている印象を受けました。

滞在中にお会いした方々が、みな若くて元気のいい人たちばかりだったので、よけいそう思ったのかもしれません。ちなみに、お目にかかったのは女の人ばかり。シンガポールはビジネスの国で、男の人は、まずその方面へ進むので、教育、芸術、ジャーナリズムは、もっぱら女の世界だということでした。

当然ＮＢＤＣも女性中心。読書週間の実行委員も全員女性、それも図書館員が中心です。シンガポールの図書館は、現在七館あって、全部国立です。読書週間（実際は二週間）は、この図書館を拠点に、地域開発省、文部省、新聞社、放送局、出版社、教員組合、保育連盟など、官民両方を巻きこんで大々的に行なう全国的行事なのです。

今回で四回目だとのことでしたが、毎回子どもの読書に焦点を当てており、今年の標語も Tell Me a Story。子どもへの語り聞かせ、読み聞かせをもっと盛んに、というのがねらいでした。

さて、私のお役目ですが、まず、大人にお話（講演）をすること。次に、デモンストレーションをかねて子どもたちにお話（こちらは文字通りのお話）をすること。それから、子どもたちによるお話のコンクールの審査員をすること、およびその入賞者に賞を手渡すこと。その他に、ラジオ、新聞のインタビューに答えること、などが含まれていました。

講演は、保母さんたちに二回、先生方に一回、図書館員や出版関係者に二回、一般のお母さんに一回の計六回で、それぞれ「三歳から五歳の子どもの、言語による自己表現を助けるには」「四歳から六歳の子どもの心とことば」「読めるのに読みたがらない子の指導法」「日本に於けるお話の現状」「文学の入門としてのお話」「読書への愛を育てるには」という題が与えられていました。何とも頭の痛いことでしたが、結局は、子どもたちにお話をし、本を読んでやることの大事さを、違った角度から述べることになり、題は変われど結論変らず、といったところでした。

有難かったのは、各会場共、聴衆の数が五十名前後と比較的少なく、肩肘はらない雰囲気で、思ったよりずっと楽に話せたことです。質問も活発に出ました。とくに、日本の子どもをとりまいている諸問題には、強い関心が寄せられました。国の政策で子どもの数が二人以下におさえられてきたこともあって、シンガポールでも教育は過熱気味のようです。

同じ絵本ばかりくり返し読んでいる五つの女の子に、「もう少し程度の高い」本を読ませようとしたら、「ママは、あたしにプレッシャーをかけるのね」といわれた話。初めての算数の試験に九十四点とった一年生の息子から「ママ、百点でなくてごめんなさい」と謝られた話など。当のお母さんは、「うちの子がプレッシャーなどということばを知っていたなんて……」「うちでは成績のことなど、いっぺんも口にしたことはないのに……」と驚いておられましたが、いずれも成績一辺倒の競争社会の重圧(プレッシャー)を、幼い子どもがいち早く感じとっている例のように思えました。

とはいえ、お話をした感じでは、シンガポールの子どもたちは、まだまだ素朴で、全体におっとりしています。保育園と図書館で、都合八回ほどお話をしたのですが、いずれも、素直な、子どもらしい聞き方でよく聞いてくれました。日本の「鳥呑爺」を、「アヤチュウチュウ……」で始まる歌の部分だけは日本語のままで話したところ、その歌が大受けで、話がすんでから、「もういっぺん鳥の歌を歌って」とせがまれたりしました！　図書館で夜開かれたお話の会では、赤ん坊からお年寄りまで、なんと百五十人位も集っていたのですが、前の方の床に座っていた、まだ三つになるかならないかの男の子が、「アヤチュウチュウ……」が始まった途端、パッと顔がはじけたように笑い出し、歌のたびにのどをゴロゴロいわせ、首をすくめて、いかにもうれしそうにしていたのが忘れられません。

お話コンクールの審査をしたので、子どもたちの語るお話も聞きました。あるショッピングセンターの催物場で開かれた会では、三十人もの小学生が、アジアの昔話を語りました。「小石投げの名人タオ・カム」を語った五年生の女の子もいました。すでに、何度かの予選を通過してきただけあって、この子たちの語りは実に堂々たるものでしたが、先生の徹底した悪しきコーチのせい（？）か、不自然なまでに声をはり上げ、ことばに一々動作をつける語り方で、これには閉口しました。あんな型にはまったやり方を教え込まれなければ、もっと上手に語れたでしょうに——新聞記者に感想をきかれて、そう答えたら、彼女は笑い出して、大いに賛意を表していました。

というようなことで、一週間は、あっというまに過ぎました。寒いところから暑いところへ行って、ちぢこまった筋肉をほぐしたいと思っていたのですが、冷房のよくきいた建物から建物へ、それも冷房車で移動させられるだけの毎日で、暑いと思う暇もありませんでした。こんど行くときは、暑いシンガポールを体験したいと思っています。

三四号　一九八七年・夏

二ヵ月ほど前のことになりましょうか。朝、新聞を開いたとたん、最下段の本の広告の欄に、コールバーグという文字を見つけて「おや?」と思いました。続けて『道徳性の形成』*、更に小さく『道徳性の発達と教育』*（新曜社）という書名が目にはいったので、ああ、間違いない、あのコールバーグだ、日本語訳が出ていたんだ、と思ったのでした。

コールバーグの名をわたしに最初に教えてくれたのは、アン・ペロウスキーでした。一九八〇年、彼女が、日本国際児童図書評議会主催の講演会のため来日した折であったか、あるいは、それ以前に海外で会ったときだったか。当時ニューヨークのユニセフ児童文化センターの所長であったアンは、とにかく博識。数ヵ国語を自由に駆使して、およそ子どもに関する研究は読み漁り、子どもに関する国際会議には出席し……という人でしたが、そのアンが、とても熱っぽい口調で紹介してくれたのが、ハーバード大学のコールバーグ教授の道徳性の発達に関する理論なるものだったのです。

当初、私が、アンの話から理解したところによれば、コ教授の説というのは、人が生まれてから道徳性（善悪の判断の規準をもち、それに従って行動できる能力をさすと考えてよいでしょう）を身につけていくのに一定の段階があり、人はその段階を順を追って進んでいく。その順序は、どんな民族、どんな社会に於ても、変らないというものでした。

アンがメモをして渡してくれたその段階表には、たしか大きく分けて三つの道徳的水準があり、それぞれが更に二段階に分かれて、全部で六段階になっていました。わたし流のごくだいた解釈をすれば、第一段階は、権力や腕力のある人に従うのがよいことであるという段階、第二は、世の中の大半の人がよいと見なしていることをよしとする段階、第三は、権力に逆らい、社会の秩序に反することであっても、良心、あるいは普遍性をもつ道徳的価値をよしとする段階ということができるかと思います。

そして、実は、わたしが、アンの話の中でいちばん興味を惹かれたのは、たとえどんなに先進的といわれる、いわゆる文明国であっても、六歳以下の子どもは、第一段階から先へ行くことはまずないという指摘でした。つまり、この年齢の子どもは、力は正義なりと信じている――逆からいえば、この世で成功し、権力を手にしているものの中に善を見ようとしている、といえましょうか。

この点が強く印象に残ったのは、わたしが常々、なぜ昔話のきまりきった勧善懲悪主義が幼い子をあれほど満足させるのか、なぜ、たとえば「八郎」や「花さき山」など、主人公の自己犠牲をテーマにした物語が、肝心の結末のところで、子どもの心からそれていってしまう感じがするのかについて、疑問をもちつづけていたからだと思います。

発達の順序からいって、すべての子どもたちが、どの文化で育っても、この第一段階から出発するとすれば、この時期の子どもには、よい人は、この世でえらい人でもあることを示すたぐいの物語を聞かせるのが、むしろ善の原理を強めることにつながるのではないか。わたしは、コ教授の理論が、その点で、ふだんわたしがぼんやり感じていたことに後盾を与えてくれる気がして、うれしかったのです。

が、それにしても、この話は、まったくの聞きかじり。機会があったら、その論文をきちんと読んでみたい。あるいは、それによって、もっと別の面でも、いろいろ面白いことが学べるかもしれない、そう思いつづけてきたところへ、件の新聞広告があった、というわけです。

わたしは、さっそく広告にあった二冊の本をとり寄せました。そして、その一冊に、このところ約一ヵ月、何度も攻撃（?）を試みています。が、いまだに通読することができないでいます。学術書というものは、どうしてこうむずかしいのでしょう!

「認知発達理論を社会化の問題に適用することを検討する前に、認知領域に関して認知発達理論がもつ基本的な特徴を概観しよう……『認知』理論とは、刺激と反応の間に介在する表象的過程、あるいはコード化する過程を仮定する理論である……（この理論は、）精神分析のような心的—連合的な理論や刺激—反応媒介理論のような行動主義的—連合主義的な理論も含む……」という風に始まる第一ページに、ボールドウィン、アロンフリード、パンデューラ、ゲヴァーツと知らない学者の名前が次々と出てきます。

「?」「?」「…?」「……?……」

読んでいるときのわたしの頭の中の過程を符号化(コード)すれば、こうもなろうかという有様で、攻撃の度毎に、無残な敗退をくりかえして今日に至っています!　が、それにしても恐しいのは、聞きかじりです。せめて、我が田に水を引くための理論的根拠を見つけることができるまで、コ教授のご高説に近づきたいものと思いますが、さて、どうなりますか……。

ちなみに、コ教授によって道徳判断の発達測定に用いられた質問というのは、次のようなものです。

——一人の女性が、ガンで死にかけていた。ある薬を飲めば助かるかもしれないが、その薬は、同じ町に住む薬屋が発見し、作るためにかかった金の十倍の金額で売っている。女性の夫は、その薬を購入しようと、あらゆる知人からお金を借りたが、薬価の半分にしかならなかった。彼は、薬屋に事情を話し、安くするか、後払いにするかしてくれるよう頼んだ。だが、薬屋は、それを聞き入れなかった。そこで、彼は、絶望的になり、妻を助けたい一心で、薬屋の倉庫に押し入り、薬を盗んだ。

彼は、そうすべきであったか？

どうして、そう思うのか？

さて、みなさんのお答えは？

＊『道徳性の形成——認知発達的アプローチ』Ｌ・コールバーグ著　永野重史監訳　新曜社　一九八七年

＊『道徳性の発達と教育——コールバーグ理論の展開』永野重史編　新曜社　一九八五年

三五号　一九八七年・秋

ことしの夏は、わたしにとってはたいへんな夏でした。我が家が〝築十年〟になり、壁、天井にしみ、汚れが目立つようになってきたので、内外とも塗りかえをしようということになったからです。我が家の二階は、松の実ホール（と呼ぶにはいささか気のひける狭さですが）になっていて、毎月東京子ども図書館のお話の講習会や、月例お話の会をはじめ、いくつかの勉強グループの集まりに使われています。ですから、塗装工事をするとすれば、それらの集まりがすべてお休みになる八月にしなければなりません。

というわけで、八月にはいると同時に工事がはじまりました。壁を塗りかえようと考えたときには、きれいになった壁のイメージだけがあって、そこへいくまでの過程には思いが及ばなかったのですが、実際工事がはじまってみると、きれいになる（する）のは、並たいていのことではないことがわかりました。家具はすべて動かされ、うち中のものにビニールのおおいがかけられ、窓はふさがれ、床には布が敷きつめられ、そこかしこにいくつものペンキの缶と道具類が並べられ、その上シンナーの匂いもするとあって、到底うちでは暮せず、家中で近くのアパートに一時避難。わたしは、そこから我が家に出勤する毎日となりました。

数人の職人さんたちがせっせと働くそばで、わたしも負けずに精を出す……ものをあっちへ動かし、こっちへ動かし、動かしたあとに現われる積年のほこりと汚れを掃除し、これを機会に不用品一括大処分を行ない、ふだん気になっていたひっかかる網戸その他の小修理をし……という次第。といっても、あの暑さ。そうシャキシャキ身体が動くわけではありません。荷物の山の中にへたりこんで、ビニールのかかったテレビ画面で高校野球を観戦しているうちに半日はすぎ……ということもあって、いつまでたってもうちの中はひっくりかえったまま。仕事は際限なくあって、一時はどうなることかと思いました。

それでも、室内のおおいがとれ、職人さんたちが家具をもとの位置に戻してくれるころには、見た目には同じように雑然とした部屋でも、わたしの頭の中では最終的に何がどこへ収まるかが見えてきて、ようやく一息つくことができました。

予定より日数はだいぶオーバーしましたが、九月のはじめには外壁の足場もとれ、一大事業は終りました。我が家は、今、外壁はカスタードプリンのような黄色に、内壁と天井はチーズケーキのような白に、ドアや格子はチョコレート色になって、ピンシャンしています。部屋の中にも秩序が戻りました。表面上は変ったと見えない部分――押入れや戸棚の中――も、すべて整理したことがわかっているので、非常に気持よく、肉体的にはきつかったものの、八月の大片づけは、精神衛生上は好結果だったといえます。

この徹底的整理整頓事業を通して、ひとつ気がついたことがあります。それはわたしの分類癖が相当ひどいということです。図書館員の習いが性となったものかと苦笑せざるを得なかったのですが。たとえば、テーブル掛とランチョンマットを別々に二つの引出しに収納します。そのあとで、別にもう一枚テーブル掛が出てくる。が、テーブル掛の引出しはいっぱい、マットの引出しにはまだ余裕がある、といったときに、便宜上、そのテーブル掛をマットの引出しに押しこんでおくということができないのですね。テーブル掛とマットという〝形態による〟分類がだめなら、よそゆきとふだんという〝使用機会による〟分類にして、二つの引出しにぴったり収まらないかと考える……。実に下らない一例ですが、万事この調子で、ただものが片づいている、収まっている、だけでは気がすまなくて、何を規準に分類するかを、いささか強迫的に考えてしまうのです。

そういえば、その昔、慶應大学の図書館学科を受験したとき、推薦状がいるというので、大学生活の三年間をすごした寄宿舎の舎監の先生にお願いしたことがありました。そのとき、先生は、この学生はものをきちんと整理する性質（たち）だから図書館で働くには向いている、という意味の推薦文を書いてくださいました。自分では、そんな風に思ったことがなかったので、意外な気がしたのを憶えています。

それにしても、図書館学がどんな学問なのかおわかりにならなかったはずの先生が（当時「図書館学科」などというと、誰にも「へえー、なあに、それ？」ときかれたものです）、まず整理＝分類能力をそれに必要なものとお考えになったのは面白いことだと、今にして思います。実は、今号の評論を書くために読んだ二、三の文献でも、整理整頓能力は、図書館員の基礎条件とされていました。

元日野市立図書館長の前川恒雄氏の書かれた『図書館で何をすべきか』（図書館問題研究会大阪支部発行）には、知的好奇心と秩序の感覚（sense of order）が図書館員の資質だとする、あるイギリスの図書館長の意見が紹介されています。

一八七六年、アメリカ図書館協会の第一回大会では、ロイド・スミスなる人物が、学問と書物への愛、基礎学歴、収集癖、礼儀正しさと並んで、秩序感覚が図書館員の資格であるとの演説をしています。一九〇二年、図書館史上の巨人メルビル・デューイも、「整理整頓癖（Orderly habit）を図書館員の資格のひとつに数えて曰く、「置き散らかされし書物の一冊は、わら山の中の一本の針なり。他の職業にありては、整頓癖の欠如も、あるいは寛恕さるべし。図書館員にてはさにあらず。みぞ掘人夫には喫煙は可なり。されど、花火職人には不可なり」と。

どうやらわたしは、整理＝分類癖に於ては、図書館員の資格十分ということになりそうです。が、それにしても、三十度を越す室内で、母の貯めこんだ割り箸を、一々そば屋のとすし屋のとに分類することもあるまいと思うのですが!

三六号　一九八八年・冬

八七年は海外へ出かける巡り合わせになっていたのでしょうか、三月のシンガポールについで、十一月にはアメリカの首都ワシントンへ行って参りました。議会図書館の児童文学センターが主催した「日本への窓——子ども、本、テレビの現在」と題するシンポジウムに発言者のひとりとして参加するためです。

議会図書館は、日本でいえば国立国会図書館に相当するアメリカ最大の、いえ世界最大の図書館です。(なんと職員数五〇〇〇人とのこと!) 館の始まりは、一八一〇年代に遡りますが、児童部ができたのは比較的新しく、一九六三年のことです。現在は児童文学センターと名称が変わり、その豊富な資料(本だけでなく、絵や、地図や、レコード、フィルム、それにゲームなども含めて約三〇万点)を用いて、国内外の児童図書館員や、児童文学関係者の調査、研究を助けています。

また、センターでは四年前から、毎年十一月の子どもの読書週間に、国全体の子どもの本への関心を高めるためのシンポジウムを開いており、今年は、そのテーマが日本ということになったのでした。特に日本が取り上げられた背景には、最近アメリカで日本に対する関心が非常に高まっていることがありますが、それがあまりにも経済、貿易面一辺倒で、もっとバランスのとれた日本理解のためには、他の分野のことも知る必要があると関係者たちが考えたのでしょう。そして、この点に関しては、発言者のひとりでもあった島多代さんが、今回の企画の日本側の実質的プロモーターとして、献身的にお働きくださった功績が大きいと思います。まさに民間外交の実を挙げるご活動でした。

さて、シンポジウムは、議会図書館の三つある建物のうち、いちばん新しいマジソン記念ビルの中の集会室のひとつで、十一月十九日まる一日かけて行なわれました。発言者は、午前三人、午後二人の計五人で、発言内容は次の通りです。

（一）変化する時代の中の子ども・松岡享子
（二）戦後の児童出版について・栗田明子
（三）議会図書館の蔵書の中の日本の子どもの本について・島多代
（四）日本のテレビの子ども向け教育番組について・野田宏一郎
（五）絵本に見る美術、イメージ、文化・安野光雅

（一）は、全般的な紹介の意味で、ここ二十五年間の子どもの読書の実態を述べました。図書館や文庫のめざましい発達と普及、豊かになった子どもの本の出版、それと同時に子どもたちの上に起った変化といったことについてです。

（二）では、日本著作権センター代表の栗田さんが、戦後の児童書出版の大きな流れをいくつかの時期に区切ってとらえ、現時点は、全体として〝過度に成長した〟わが国の児童出版のひとつの分岐点であると指摘されました。また、永年翻訳権の売買に携ってきたお立場から、文化面ではこれまで全面的な輸入超過であった我が国が、今少しずつ輸出へ向かって動いており、バランスのとれた交流が真の相互理解のために望まれ

ることを強調されました。

(三)では、島さんが、日本の古い物語の伝統を十世紀前後から説きおこして、非常に要領よく児童読物の歴史を概観し、その流れに織り込むように、どの時代のどんな作品が議会図書館の蔵書にあるかを紹介されました。また、島さんはこの機会に、同蔵書の中から、戦後の出版物三〇四点を選んで解説した書誌を作成なさいました。安野さんの影絵で美しく装丁されたこの労作は、当日参加者に配布されてたいそう喜ばれました。

さて、幕の内弁当風のジャパニーズランチのあと、(四)では、フジテレビの「ひらけ!ポンキッキ」のディレクターであった野田さんが、日本の子どものテレビ視聴状況を概略説明し、そのあとスライドとビデオを使って、様々の子ども向け番組の実態を上手に紹介されました。野田さんが体験に即して強調なさったのは、子どもは決してあてがいぶちで満足するものではないこと、自分たちの要求に基づいて選択する力をもっていることでした。

(五)は、参加者がおそらくいちばんたのしみにしていたミスター・アンノとの出会いです。「旅の絵本」のアメリカ編をスライドにしたものを映しながら、そこここに隠された小さなストーリーを説き明かしていく安野さんのユーモアと暖かさに満ちたお話しぶりに、みなさんすっかり堪能なさったようでした。

参加者は一五〇名。全員議会図書館のご招待によるもので、児童図書館員、出版社の人を中心に、子どもや読書に関する団体の代表、ジャーナリスト、研究者等々広範囲にわたっていたようです。シンポジウム全体をとりしきった児童文学センターの、若いシビル・ヤグーシュ主任の、魅力あふれるお人柄と、巧みな司会によるのでしょう。会の雰囲気はたいへんくつろいだ暖かいもので、しかも聴衆の態度は非常に真面目。

質疑応答の時間はとらなかったのですが、コーヒーブレイクの間に、熱心な質問を数多く受けました。このとき、子どもたちをとりまく状況に、日米共通の問題を見るともらされた方が何人もいらっしゃいました。その後のヤグーシュさんからのお手紙によれば、すでにセンターには参加者からの礼状が数多く届いている由。今回の企画が成功だったことを心から喜んでいるとありました。とかくよくわからない、良くいえば神秘的、悪くいえば、不気味と思われている日本（人）に、この会が小さなのぞき窓のひとつを開ける役割を果たしたとすれば、かかわった者のひとりとして、ほんとうにうれしく思います。

シンポジウムのあと、大急ぎで大西洋をひとつ飛び、イギリスにコルウェルさんを訪ねました。コルウェルさんも、もう八十三歳。病弱のお妹さんとの暮らしはいかがかとお案じして伺ったのですが、予想以上にお元気で一安心致しました。

三七号　一九八八年・春

「松岡さんのお書きになったり、お訳しになったりするものには、ユーモアがありますね。あのユーモアのセンスは、どこからきているのですか？」

先日、正面きってこんな質問を受けてちょっと答えに困りました。

私は、自分では格別ユーモアのセンスがあるとは思っていません。とくに、座談の場で当意即妙な受け答えをして人を笑わせる、といった才能は持ち合わせていないので、そういうことのできる人には常々尊敬と羨望の念を抱いています。ただ、笑うことが好きなのは確かです。ふつう人が「二」ぐらいおかしがることを「三・五」ぐらいおかしがる能力はあるかもしれません。

しかも、その笑い方に、ちょっとした特技（?）があります。吐く息でだけでなく、吸う息でも笑うことです。人はふつう「ハハハ」と吐く息で笑います。ところが、私は、「ヒィーッ、ヒィーッ」と吸う息で笑う。吐くのを往、吸うのを復とすると、私の笑いは、むしろ復が主体です。泣くときには、すすり泣きとか、しゃくり上げるとか、息を吸うときに声を出すのは珍しくありませんが、笑うときに「吸い笑い」をするのは、だれもができることではないようです。

私が、自分のこの〝特技〟を自覚するようになったのは、高校二年のときでした。転校生で友だちもなく、少々いじけていた私は、クラスでは意識して引込んでいたのですが、あるとき、先生が授業中に何かおかしいことをおっしゃったので、思わず心おきなく笑ってしまいました。クラスのみんなも、もちろん笑ったのですが、もう笑い止めてもよさそうなころになっても、まだ笑っています。それほどおかしいことかなあといぶかしく思いながらも、おつきあいで私も笑いつづけました。ところが、あとでクラスメートのひとりが教えてくれたところによると、私がひときわ抜きん出た大声で、「ヒィーッ、ヒィーッ」と〝変な笑い方〟をしたので、みんなはそれがおかしくて笑っていたのだそうです！　（それを教えてくれてたWさんは、転校先での数少ない友だちのひとりとなりました。）

変な笑い方であれ何であれ、笑うのが好きなように生まれついたのは幸せでした。冒頭の質問をした人は、私には身辺にユーモアのセンスのある人がいて、その影響を受けたのかと思われたようですが、とくにそういうことはありません。ただ、母にはあるいはその種の才能が、少しあったかもしれません。

たとえば、姉が結婚して家を出てから何年もたったある年の暮。お正月に使う祝箸の袋の表に、例年のように家族の名前を筆で書き入れていた母は、私の分に「準子」と姉の名を書いてしまいました。私が間違いを指摘すると、母は、いささかもあわてず、すぐその下につづけて「の妹」と書いて、すましてそれを私によこしました！

こんなふうですから、母が〝まじめ国日本〟に生まれず、もっと違った環境に育っていたら、その方の才能をぐんと伸ばせたかもしれないな、と思います。実際、私の知っている人の中で、笑ったり笑わせたりするのが好きな人、上手な人を考えてみると、みな外国の人です。それも、その昔アメリカで知りあった人の顔がまず浮かびます。二年という短い滞在ではありましたけれども、ユーモアということに関していえば、このときの体験が存外大きいのではないかと思います。

それに、もし、私に多少なりともユーモアのセンスがあると人が認めるなら、それを養うのに与って力があったのは、何といっても本でしょう。それも、子どもの本です。あしながおじさんやトム・ソーヤーに始まって、ドリトル先生やメアリー・ポピンズ。エーミールに点子ちゃん、ピッピにスプーンおばさん。海外の目ぼしい児童文学作品には、ユーモアの要素に欠けているものを探すほうがむつかしいくらいです。初めてこれらの本を読んだときには、どんなによく笑ったことか！　何度も途中で本をとじて、笑うのに〝専念〟しなければならなかったことを思い出します。

笑いをさそう本の中でも、私は、日常の暮らしの中で、子どもの無邪気がひきおこすおかしな出来事をあたたかく描いた作品がとくに好きです。『やかまし村の子どもたち』『小さい牛追い』『ふくろ小路一番地』『すえっ子Oちゃん』、そして「ゆかいなヘンリーくん」など。日本にも『たぬき学校』の例などありますが、ここでも、外国の作品がまず浮かんできてしまうのは、くやしい話です。

このくやしさがあるので、私は、もし自分に何か書けるとしたら、おかしいものを書きたいと思いつづけてきました。それと、もうひとつ。外国語に訳せないものを書いてやろう、という気がありました。というのも、語呂合わせなど、ことばのおかしみが鍵になるような作品を訳すのに苦労することが多く、こういう作品を自分のことばで読める子はいいなあという羨ましさがあったからです。

「お書きになるものにユーモアがある……」といっていただけたのは、もしかしたら、このくやしさと羨ましさのバネが少しはきいている、ということでしょうか。もっとも、これまでのところ、私に何か書けたのは、すべて偶然の賜物で、意識して、努力した結果というわけではないので、大きな口はきけません。

自分の作品ということで思い出すひとつの出来事があります。あるお話の会で、『くしゃみくしゃみ天のめぐみ』の中の一話が語られました。とてもおもしろくて、私は、うしろの方にすわって、声を立てて笑っていました。（例によってヒイヒイ笑いだったに違いありません。）そのあとです。ひとりの人が私のところへ来て、大まじめでおききになりました。

「ご自分でお作りになったのに、なぜあんなにお笑いになれるのですか？」

これこそ返答に困りました！

三八号　一九八八年・夏

私どもでは、「こどもとしょかん」の読者の方に、毎号アンケートをお願いしております。一五〇〇名を越す定期購読者の方に、本誌を発送する作業は、私どもがする仕事の中で、いちばん活気のあるうれしい作業ですが、封筒に本誌をつめ終り、さて糊づけにかかるというとき、たくさん並んだ封筒の中から、無作為に二十を選んで、本誌に対するご意見をおたずねする葉書をいれるのです。（もしあなたのところにそれがはいっていましたら「大当り！」どうぞ、ぜひご回答をお願いします。）

戻ってくる葉書は、けっして多くはありません。けれども、一枚一枚が私たちにとっては貴重です。わずか四十ページ足らずの雑誌ですが、作る方としては毎号精一杯です。出来上ったものを読者のみなさんがどう受けとめてくださっているか——それを直接知ることは、大きな刺激と励みになるからです。

先日いただいた一通は、本誌を一号から保存しているという読者の方のものでした。その方は、「こどもとしょかん」は、その時時の子どもの本についての情報と、あとになっても折にふれて読み返す記事とが、バランスを保っていると思う、とお書きくださっていました。そのご指摘もうれしかったのですが、それよりもっとうれしかったのは、その方が時折読み返す記事の例として、「中野重治氏の評論」を挙げておられたことです。ああ、あれをくり返し読んでくださる方がやはりいるんだ！と思いました。

実は、私も、よくあれを読むのです。そして、もう何度も読んでいるのに、そのたびに説得され、納得し、大笑いし、涙が出そうになり、……勇気づけられます。氏が逝かれた後、私たちの手に、このような文章が残されたことを、ほんとうにありがたい、と思います。

今から八年前、「中野重治全集」全二十八巻*（筑摩書房）が完結したとき、氏が子どもや、子どもの本にふれてお書きになったものがどれだけあるか調べたいと思い、目次で大まかな見当をつけながら、小説と詩を除くすべての巻に一通り目を通したことがあります。このときつくったリストは、一部本誌第六号*で紹介しましたがその数はずいぶん多くありました。

今回、今号の評論*を決める必要があって、ふたたび全集を机のかたわらに積み上げ、リストを前において、あちらを開き、こちらを開きしたのですが、ついひきこまれて夢中で読みふけってしまい、気がついたら何時間も経っていた、ということのくり返しでした。おかげで、仕事は何日もかかりましたが、でも、それは実にたのしい時間でした。

以前にも感じたことですが、ごく短いものまで含めて、氏の文章に表われている子どもへ寄せる心の深さ、温（ぬく）さには、ほんとうに打たれます。そして、今回は、お書きになったものを年代順に並べて読んでみたせいか、子どもの本に関する氏の主張が終始一貫変らないことに、とくに打たれました。

全集の中で、子どもにふれたもののうちいちばん古いのは、一九三六年の「子供の藝術と大人の指導」（28巻、以下数字は全集の巻数）です。これは、ある児童劇を見ての感想を述べた短い文章ですが、それでも子どもと子どもの文学に対する氏の考え方の基本がすでにはっきりと示されています。

大人は子どもを指導しなければならない。しかし、それはある出来上ったものを子どもに与えるということではない。子どもが内にもつ特性を十分伸ばして、自ずからそこへ到達するように導くことだ、という主張。子どもに問題を教えこもうという精神は、「しばしばその問題の解決のための自己の実践責任の回避として現われてくる」という指摘。さらには、生活に即した教育、あるいは文学という名のもとに、子どもに生活のしめっぽさ、暗さだけを押しつけてはならない。子どもには、それらを吹きとばす、ほんとうの楽天主義が必要だ、という訴え。これらは、いずれもこれ以降の文章でくり返し説かれるところです。これに、ことばの問題が加わると、氏が、子どもと子どもの文学に関連して論じている主要な問題点は、すべて揃います。子どもにとっての教育の大切さ。文学の大切さ。文学教育の大切さ。文学と教育にとってのことばの大切さ。そして、子どもが育つ上での空想と、ユーモアと、楽天主義の大切さ。一九三〇年代から約五十年にわたる大きな変化の時代にあって、氏は、変わることなくそのことを語りつづけてこられたのです。

これらの文章は、全集のそこかしこに別々に収められているので、ふつうにはなかなか見られないと思います。でも、もし、近くに図書館があって、全集を手にする機会がおありでしたら、ぜひお読みいただきたいと思います。文学教育については、「今日の文学と今日の教育」(13)「子供のための文学のこと」「子供のための、少年少女のための文学について」「藝術の心」(以上21)がまとまっていて、読みごたえがあります。ことばの問題に関しては、たくさんありすぎて、選ぶのがたいへんですが、「文学と言葉」「愛と教育——国語教育私見」「言葉の問題雑談」のうちの「言葉と文章」(以上22)にとくに多くを教えられます。児童図書館員にとっては、「子供の本雑談」(25)や、「はじめての感覚はじめての考え方」(22)が面白い。それと、「二つの本」のうち、『君たちはどう生きるか』(25)と、「子供のための詩」(11)。この二編は、短いものですが、話が非常に具体的で、本の評価のよい指標になります。国語の先生には、「便宜と実例——作者の立場」(22)や「試験問題に使われることについて」(28)が耳の痛いことでしょう……などと書きながら、ふと本誌五号に目をやってハッとしました。私たちが中野氏のお話をお聞きしたのは、一九七七年六月十七日。そして、きょうは一九八八年六月十七日！

＊「中野重治全集」全二十八巻　筑摩書房　一九七六〜一九八〇年
＊本誌第六号「中野重治氏にきく二」こどもとしょかん六号　一九八〇年・夏
＊今号の評論「文学教育に望む」中野重治　こどもとしょかん三八号　一九八八年・夏

三九号　ランプシェード休載

四〇号　一九八九年・冬

一九八八年十月末から十一月初めにかけて、思いがけず中国へ行く機会が与えられました。三年程前からユネスコアジア太平洋共同出版計画（Asian/Pacific Copublication Programme　略してＡＣＰ）に積極的に参加している中国が、このほど初めてＡＣＰの中国語版を刊行。それを小、中学校、図書館、少年宮（児童館）などに贈呈する式を行なうので、ＡＣＰの推進母体である東京のユネスコアジア文化センターからも式典に参加してほしいとの招待が、中国出版工作者協会から寄せられたのです。ＡＣＰには十七年前の発足当初からずっと関わってきたということで、わたしにもお声がかかり、センターの笹岡常務理事とふたり、このお招きを受けることになりました。

ご存じのように、ＡＣＰは、アジア太平洋地域のユネスコ加盟国が合同して廉価で質のよい子どもの本を作り、本の少ない地域の出版活動を助け、併せて国際理解をすすめようという事業です。参加国は協力してまず英語で親版（マスター）を作り、各国はそれをもとにそれぞれの言語で自国語版を製作します。中国は今回ＡＣＰの既刊本二十点のうち、十二点を一挙に刊行しました。

この刊行に当ったのは、湖南省と広東省の教育出版社でした。その関係で、贈呈式は北京のほか、両出版社の地元である長沙（有名な馬王堆（まおうたい）のミイラの出土したところです）と広州でも行なわれました。おかげで、わたしは短い旅ながら、寒気の来る直前の青空の美しい北京から、街路樹の緑にも南の国らしさが感じられる広州まで、広い中国の三つの都市を訪ねることができました。

移動に一日、休息と観光に一日、贈呈式と関係者との懇親に一日と、出版工作者協会が用意してくださった日程にはおのずとひとつのリズムがあり、動きまわる割にはせきたてられる感じがありません。それに、国内の旅行と違い、万事主人側にお任せしていればよい客の身の気楽さ。わたしは、久しぶりで子どものように好奇心を全開にして、見たり聞いたりすることに〝専念〟しました。十日間で目が少し大きくなるほどに。

さて、そのようにしていっぱいに見開いたわたしの目に映ったこの国の印象はというと、それがちょっと複雑なのです。たしかに初めての国で、見るもの聞くもの珍しく、未知の場所へ来たというような、興奮と緊張が一方にありながら、もう一方には、昔からよく知っているところへやっと戻ってきたというような、奇妙ななつかしさがあって、心がどんどんほどけていく感じがするのです。この感じは、最初北京空港へ降り立ったときからありました。時差が少ないからかな（一時間）、人の顔つきや肌の色が似ているからかな、それとも、やはりここがわたしたちの文化のふるさとともいうべきところだからだろうか、と考えたりしましたが、よくわかりません。とにかく旅の間中、わたしは不思議にアットホームな気分を味わっていました。

帰国してからあれこれ考えてみるに、このなつかしさの少なくとも一部は、子どものころに読んだ本に関係があるのかも知れないという気がしてきました。幼いわたしに、最初に中国という国の存在を知らせ、いわばそのイメージのもとを作ったのは、アルスの「日本児童文庫」の中の『支那童話集』でした。わたしは、小学生のころ、この本をくり返し読みました。といっても、大好き、というのとはちょっと違います。この中のいくつかのお話は、わたしには刺激が強すぎて少々気味が悪く、さし当りほかに読むものが何もなくなったときにだけこの本に手をのばしていたように思います。

中でもよく憶えているのは、天から桃の実をとってくる男の子の話です。大道芸のひとつらしいのですが、手品師が空中に縄を投げ、それをはしごに彼の息子が天に登っていきます。やがて子どもは雲の中にかくれ、しばらくして桃がひとつ落ちてくる。と、縄が切れ、男の子の首が、胴が、手足がバラバラに落ちてきます。手品師は泣きながら、それを拾って箱に入れ蓋をする。ところが同情した見物人からお金を集めたあと、彼が箱を叩くと、蓋を押し開けてさっきの子が元気に現われる……という話です。

首が落ちてきたときのショックは、最後に当人が箱から出てきたあとも消えず、やっぱりあの子はほんとうは死んでしまったのではないだろうかという疑いを捨てきれなかった記憶があります。この本には、他にも摩訶不思議な話がいろいろあって、子どもごころに、その空想の質とスケールの途方もなさには、魅惑と不安を同時に感じていました。

それはさておき、わたしが不思議に思うのは、子どものわたしが物語の世界で中国を知ったとき、そこに流れていた空気と、実際吸った中国のそれとが同じだったこと。それがなつかしさのひとつの理由ではないかと思えることです。旅をして、そこで幼い日に自分が本で作り上げたイメージと出会うとは！

北京、長沙、広州のそれぞれの贈呈式場に集った、いかにも利発そうな少年少女たち。その子たちに手渡された『アジアの昔話』や『現代アジア児童文学選』。輸入紙に四色刷で見事に印刷され、ハードカバーの立派な本に仕立て上げられたこれらの本は、どのように読まれ、どんなイメージを子どもたちの中に作り上げるのでしょう。

「私たちは、これらの本によって近隣の国々をよく知ることができます。」

代表でお礼の言葉を述べた子どもたちは、いずれもそういいました。けれども物語に親しむことによってよその国を知るということが、どんなに深い意味のあることなのか、その子たちはまだ知らないでしょう。ACPが刺激になって、中国にもよい子どもの本が豊かになるように。なにしろこの国には、本を待っている子どもが四億もいるのです！

四一号　一九八九年・春

四月二日は、アンデルセンの誕生日です。この日は、国際児童図書評議会（IBBY）によって、「国際子どもの本の日」と定められています。IBBYが出している世界的な子どもの本の賞もまた、この作家の名をとって、「国際アンデルセン賞」と呼ばれています。

ポール・アザールは、その著『本・子ども・大人』（紀伊國屋書店）の中で、もしも児童作家の王様を選ばなければならないとしたら、わたしが票をいれるのはアンデルセンだと明言しています。IBBYの関係者たちも、国境をとりはらって、子どもの本の世界をひとつの王国にまとめるとすれば、アンデルセン以外に、みんなが一致して推せる王様はいないと判断したのでしょう。

ところで、そのアンデルセンの作品は、今、子どもたちにどのように読まれているでしょうか。どこの図書館にも必ずおいてあると思いますが、他の古典と同じで、あまり手にとられることがないのではないでしょうか。わたしたちにしても、あまりにもよく知っているために、かえって、子どもたちに「何か面白い本ない？」ときかれたとき、すすめることを思いつかなくなってしまっています。

けれども、たまに、年齢の上の子が珍しく時間がありそうなときに、思いたって読んでやると、実によく聞いて、その聞き方の、一種特別の深さに驚かされることがあります。さすがは〝王様〟の作品と、感心させられます。そして、子どものわたしがアンデルセンを読んで思い浮かべたイメージが、どんなに強烈だったかを、改めて思い出したりするのです。

ところが、それでいて、今、おとなとしてアンデルセンを読むと、何かもうひとつしっくりこない感じ、作品の真髄に触れていないもどかしさを感じるのです。それは、ことばの問題ではないかと思います。おそらく原文には、文体のリズム、音のひびき、言いまわし（ことに作中人物の会話）などに、アンデルセンならではの独特の魅力、人をうならせるうまさがあるのではないかと思われますが、残念ながら、翻訳ではそれが十分つかめません。特に、かれの特長である諧謔が、いまひとつ生き生きしてこないのです。

もう何年も前になりますが、ある児童図書館員の集りで、「ほんとうのお姫さま」のことが話題になったことがあります。二十枚の敷ぶとんと、二十枚の羽ぶとんを通してなおたった一粒のエンドウ豆が気になるというのはどういうことだろうか、と。そのとき、それは、宮中にいて、ふつうの人の暮らしから遠くへだてられていてさえ、なおその人たちの悩み苦しみを感じることができるという意味で、ほんとうのお姫さまとは、そういう人でなければならない、ということをこの話は教えているのだといった人がありました。（これは、たしかある研究者の論文を引用してのことでしたが。）

しかし、わたしには、どうもそのようには思えません。そういう願いが、あるいは背後にあるかもしれませんが、これは取るに足りないことを大袈裟に騒ぎたてる上流階級の人々への痛烈な皮肉だと思います。そうでなかったら、そのエンドウ豆が、今も博物館に飾ってあるよ、などという結びにはならなかったと思うのです。そして、もし、お姫さまのことばの口調に彼女の性格があからさまに出ていたら（原作はそうに違いないのですが）、さきにあげたような解釈は出てこなかったのではないでしょうか。

実は、わたしは今、アンデルセンの「うぐいす」を語ろうと練習している最中なのですが、くり返し読めば読むほど、宮中の人々に対するかれの軽蔑と焦立ちが強く感じられてきて、そのために、幼い日にいちばん印象に残った皇帝と本当のうぐいすとの友情がかすんでしまうくらいです。それほど、かれらを揶揄し、戯画化するアンデルセンの口調は激しいのです。

もちろん、わたしは、日本語の翻訳を通してこのような気持に導かれたわけですが、お話に深くはいりこんでいけばいくほど、こんどは逆に、ことばがもっと自分の気持にぴったりのものであってほしいとの欲がわいてきます。自分が語りに使っていることばは、お行儀がよすぎて、話そのもののように躍動していないと感じられるときがあるからです。

大畑末吉氏をはじめ、何人かの訳者の方々のおかげで、アンデルセンの作品を日本語で読むことができるのは、たいへんありがたいことです。けれども、わたしは、日本人が手にいれることのできるアンデルセンの翻訳は、もっともっとよくなる余地があるように思います。わたしの願いは、ひとつは、デンマーク語をよく解する才能ある日本人の作家か、あるいは、日本語をよく解する才能あるデンマーク人の作家か、さらには、その両者が協力して、新しい翻訳がなされることです。それこそ、わたしたちがほんとうのアンデルセンに触れることができるように。二〇〇五年の、かれの生誕二百年までに、それが実現するでしょうか？

わたしのもうひとつの願いは、天性の語り手であったかれの作品が、もっと広く語られてほしいということです。（そのためにも、よい翻訳がほしいということを思います）訳文が原文より長くなる、というのはどの言語についてもいえることのようですが、そのために、かれの有名な作品の数々は、邦文では、一息で語るにはちょっときつすぎる長さになっています。アンデルセンを愛する語り手たちが集って、実際に語ってみて、お互いに聞きあいながら、短くできるところは短くし、聞き手の耳にも、語り手の口にもなじむ、よいテキストをつくりあげていけたら、と思います。それができれば、もっと多くの語り手たちに、かれの作品を語ってもらえるでしょう。

そんなことを考えながら、「うぐいす」の練習に励んでいると、我が家の生け垣で、たった今、ほんとうのうぐいすが鳴きました——まるで相槌を打つように！

四二号　一九八九年・夏

――「こどもとしょかん」が届いて、中に何かはいっていないかナ？　と、ペラペラめくってみたら、アンケートの葉書が出てきました。「やった!!　やっと当った！」と、思ったのですが、今号は、全員当たりだったのですね。

大当りでなくてちょっとがっかり……といった口ぶりのこのお便りは、四一号にいれたアンケートへのお返事のひとつです。この方のほかにも「やっと当った」と思ってくださった方が大勢いらっしゃったのでしょうか。春号が読者のみなさまのお手許に届いた四月末あたりから、毎日の郵便物の中に、一枚、二枚と、お返事の葉書がまじるようになり、一ヵ月半ほどの間に六十通を越えました。

お寄せくださったお便りは、いずれも私どもにとっては〝ありがたい〟というしかない内容のものでした。三ヵ月に一度の、四十ページにも満たぬこの雑誌を心待ちにし、実に丹念に読んでいてくださることがよくわかったからです。

「丹念に」というのは、ひとつは、「くり返し」ということです。ことに評論はくり返し読むとお書きくださった方が何人もありました。ときどきバックナンバーを取り出して読む。春号に前年度の記事の索引が出るので、それを見て、また思い出して読む。文庫の〝改革〟を計画した機会に一号から全部読み返した。気に入ったものは、あとで取り出して読むときのために、その場で表紙にタイトルを書きこんでおく……等々。

次から次へと読むものが新しく現れる時代に、前のものをくり返して読んでいただけるなんて、ほんとうに〝ありがたい〟ことと思います。その上、時間を経て読んでも「古くない」といってくださった方があって感激しました。評論にはあえて古い（何年も前に書かれた）ものをとりあげることが多いのですが、それは、私たち自身がそれらの文章によって励まされるからです。今、目の前にある問題を考えるのに力になってくれるものはけっして古くないのだと思います。

古くならない文章を書くのは、そう容易にできることではありませんが、くり返し読んでくださる読者の方がいらっしゃる以上、私たちも再読、再々読に耐える雑誌を作り出すよう頑張りたいという気持を強くもちました。

「丹念に」ということのもうひとつの意味は、「自分（の仕事）とかかわりをもたせて」読むということです。ただの読みものとして読み流すのでなく、実際に活用してくださっているのだな、とわかるお便りが多く、この点でも〝ありがたい〟と思わずにはいられませんでした。

新刊案内と書評は、ことに利用度が高いようです。現物を手にして本選びのできる人は限られているからでしょう。それだけに、この欄については、ご要望も多く寄せられています。推薦できるものだけをというのもあれば、もっと辛口でもいいというのもあり、ご注文はまちまちです。具体的な注文の形をとっていないものもあります。けれども丹念に読んでいくと、それぞれの方のいわんとするところが、おのずとつかめてきます。私どもに、その求めに応じる力が十分あるとは思えませんが、なおいっそう工夫をこらして、実用の面でも、もっとお役に立つ内容にしていきたいと思いました。

アンケートの中に、本誌のことを「三ヵ月に一度の楽しみ」です、とお書きくださった方がありましたが、私にとっては、本誌は「三ヵ月に一度の大波」です。それも、終始水の上に頭を出して乗り切れる——早くから企画がたち、時間の余裕があるうちに原稿が集まる——ことの滅多にない大波です。ほとんど毎回、水面下に巻きこまれてアップアップし、もうダメか、と思うこともしばしば。「これまで一度も出せなかったことはないのだから、こんども何とかなる」と、自分に言いきかせて、やっと切り抜ける大波なのです！　そして、そんな思いでひとつの波をやりすごしたと思ったら、すぐまた次の大波が……。

とはいえ、オオナミも読者のところへ打ち寄せたときにはオタノシミになると知っては、元気を出さないわけにはいきません！　実際、本誌について、これだけまとまった感想が、これだけたくさん寄せられたことは、今までにはなかったことでした。ひとつひとつのご意見が参考になるのはもちろんですが、読者の存在をこれまでになく身近に感じることができたことをうれしく思っています。お返事をお寄せくださった方々に、心から御礼申しあげます。

今号の評論*を書くために読んでいた識字問題の本の中に、識字教育の成功の決め手にふれて、こんなことばが書かれているのが目にとまりました。

――（識字教育は）、その対象となる人たちが、自分の属している社会(コミュニティ)の中で、ものごとを決定する過程に参加する（発言権をもつ）ためには、ぜひとも読み書きができなければならないと感じたときに、はじめて効力を発揮する。

――対話(ダイアローグ)なしには、コミュニケーションは成り立たない。コミュニケーションなしには、教育は成り立たない。

「参加」と「対話」は、識字教育に限らず、どんな事業の場合も、成功のかぎとなるものでしょう。「こどもとしょかん」がよりよいものになるためには、読者のみなさまが本誌の内容を決定する過程に参加してくださることが望まれますし、そのためには、みなさまと私どもの間に対話が必要です。アンケートは、そのためのひとつの手だてです。今年度は、毎号、全員に、葉書をお入れすることにしました（総当り！）。本誌へのご感想だけでなく、新しい企画へのお知恵拝借や、もっと気軽にお答えいただける話題なども取りあげたいと思っています。切手代をご負担いただかなくてはならないのがまことに心苦しいのですが、どうか大勢の方がご回答をお寄せくださるよう、お待ちしています。

＊今号の評論「識字への旅 一」松岡享子　こどもとしょかん四二号　一九八九年・夏

四三号　一九八九年・秋

今回は私事で申しわけないのですが、最近わたしにとってとてもうれしかったある出来事をお話しさせていただきます。

話は十九年前にさかのぼります。ある日、わたしのところに知らない人から一通の手紙が届きました。封を切ると、中から出てきたのは、小学生用の枡目の大きな原稿用紙に2Bくらいの濃い鉛筆で勢いよく書かれた、一目で子どものものとわかる手紙でした。「一年三組田中たく治」君なるその筆者の言い分はこうでした。

「松岡享子さんこんにちは、がんばれヘンリーくんをやくしてばかりいないでいそいでくまのパディントンをやくしてください。おもしろくておもしろくてやめられません。はやくあと7さつともやくしてください。松岡享子さんはやくはやくやくしてください。はやくあと7さつみんなよみたいからはやくしてください。さようなら。大さかふ　すいたし……」

わたしは思わず声をあげて笑っていました。何とよく書けた手紙でしょう。達意の文というのは、こういれることにしましょう。）

うときに使いたいことばだと思いました。（将来模範手紙文例集を編む機会があれば、まっさきにこれを入れることにしましょう。）

あんまり笑って出てしまった涙をふいてから、わたしはこの迫力溢れる督促状に返事を書きました。以来この年若い読者とわたしの文通がはじまったのです。手紙は長い間をおいて、しかしとだえることなく続きました。大学受験を控えた春、久しぶりに来た年賀状には胸をつかれました。文字と文面だけから思い描いていた幼い日の活力満々の男の子とはおよそイメージの違う、筆圧の弱い、三ミリ四方くらいのいじけた字が、はがきのすみに不規則に並んでいたからです。日本の教育が子どもに何をしているのか、このはがきが何よりも雄弁に物語っている……と、わたしは慨嘆しました！

しかし、琢治君は無事大学に進学し、あるとき上京して、はじめてわたしを訪ねてくれました。お兄さんと弟さんと、三人揃っての訪問でした。無口ではにかみ屋で、自分が兄弟をつれてきたというよりは、兄弟につれてこられたという感じでした。「松岡享子さんはやくはやく……」の元気のよさ、くったくのなさからは程遠い物静かな青年を目の前にして、わたしは、少年から青年へ移行するときに動く心の振幅の大きさを思いました。

それからも、時折の便りが続きました。（字は少し大きくなりましたが、子どものころの勢いには戻りません。）何年か前、たまたま琢治君の通う大学でわたしが集中講義をする機会があり、二度ほど会うこともできました。自然科学、それも今注目の遺伝子工学を専攻する彼は、毎夜遅くまで実験室にこもる生活をたのしんでいるようでした。

それからまた年月がたち（あっというまに）、今年になって届いた手紙はなんと彼の婚約を知らせるものでした！　はやくはやくとパディントンの続きを読みたがった男の子は、いつのまにかそんな年齢になっていたのです。結婚式の日取りが決まると、彼はわたしにも喜びの席に加わるよう招いてくれました。

わたしの場合、読者から手紙をもらうことは、そう多くありません。返事は必ず出すようにしていますが、それが文通に発展することはめったにありません。琢治君の例は、ですからほんとうに稀な、幸せなご縁だったのです。そのようなご縁で若い人たちの門出に立会うことができるとは。わたしは大喜びで披露宴への出席を知らせました。

ところで、結婚の通知を受取ったとき、すぐわたしの頭に浮かんだことがありました。あれをお祝いにできたら……。実は、わたしの脇机の上には、もう何年も前に下訳をした七冊目のパディントンの原稿が、そのままになっていたのです。あれを仕上げて本にできたら……。

福音館書店の編集部にたずねてみると、五月の連休明けに原稿をくれたら、八月末の式の日までになんとか間に合わせられると思う、との返事です。幸い今年の連休は、まる一週間休めます。わたしはこのチャンスに何が何でもこの仕事を仕上げてしまおうと決心しました。

休みの初日、ヨーイドン！　とばかりに原稿と取組んだわたしは、朝から晩まで、晩から朝まで頑張って、どうにか一通り手直しを終えました。結局は、清書に手間どって、原稿をわたすのはそれから何日もあとになったのですが、それでも緊急パディントン態勢を組んで事に当ってくれた編集部のおかげで、式の三日前にはめでたく見本刷りが出来上ってきたのです。前作『パディントンの煙突掃除』から実に十二年ぶりのことでした。

八月二十七日。結婚式の当日は、南の海から台風十七号までがお祝いにかけつける騒ぎで、わたしの乗った新幹線が、途中「パンタグラフに飛来物が附着したため」一時間近く停車するスリルもありました。最悪の事態に備え、車中でお召しかえなどという探偵小説もどきの一幕も演じたのでしたが、幸い時間までに式場に着き、お祝いの席上で、出来たてホヤホヤの『パディントン妙技公開』を、無事花婿の手にわたすことができました。

それは真心にあふれた、ほんとうに気持のよい披露宴でした。人が幸せでいるのはなんていいことだろう、とわたしは思いました。そして、好きな本を訳したおかげで、このような出会いに恵まれ、その幸せの分け前に与ることができるなんてなんとありがたいことだろう、と。

この日は、ほかにも思いがけない出会いが二つありました。一つは、わたしが大阪市立中央図書館で働いていたとき、当時中学一年で「一日館長」を務めたSさんに再会したこと。もう一つは、子どもの頃ひたすらパディントンを愛読したというもうひとりの青年に会ったことです。二人とも新郎側の客として、披露宴に出席していたのです。まことに我が身は果報者……といった一日でした。

四四号　一九九〇年・冬

今回は、本誌四二号、四三号の二回にわたって掲載した「識字への旅」のその後と申しましょうか、旅のきっかけとなった国際識字年記念絵本の進捗状況をご報告させていただきたいと思います。

一九八九年四月、アジア四ヵ国の訪問と、ユネスコ本部での打合せを終えて帰ってきたあと、ユネスコアジア文化センター（以下ACCUと略）では、すぐに絵本の企画にとりかかりました。この仕事には、ACCUの図書開発課と、アジア太平洋地域共同出版のための委員会が当りました。福音館書店の松居直会長や、児童文学者の百々佑利子氏もこの委員会のメムバーです。

旅行中に各国の関係者から出された要望や提案をとりいれ、また主として時間の制約から来るさまざまな問題を考慮して、まず基本的な方針と、大まかな枠組みを決めました。読者対象は小学校の中低学年におき、未就学、中途退学の子どもたちにも楽しんでもらえるものにする。コストを押さえ、また本になれていない子に負担にならぬよう全体を四十四ページ以内にする。構成は地域（アジア、ヨーロッパ、中近東、アフリカ、北米、中南米、太平洋）を単位とし、国を前面に出さない。画家は、野間コンクールの入賞者を中心にACCU側で選び、直接本人に依頼する、等々。

さて、この絵本の構想は、もともとアジア太平洋共同出版計画で刊行した絵本『どこにいるかわかる？』（日本語版こぐま社刊）のアイデアを世界全体に広げてみたら、というところから出発したので、基本的にはその考えを踏襲することになりました。つまりひとつの地域でひとりの主人公を設定し、その子が生活している場を絵にして、読者に絵の中の主人公を見つけてもらうという趣向です。

しかし、これだけでは識字の要素を盛り込むことができません。そこで、主人公さがしのあと、その主人公がしていることを描く第二の場面をもってきて、そこで読み書きそろばんの能力が必要とされる状況が出てくるように考えることにしました。ただし、〝教える〟本ではなく〝楽しむ〟本にしたいので、第二場面にはできるだけゲームの要素をとりいれ、その場その場で遊んでもらうことにしました。たとえば、識字学級へいくお母さんについていった主人公が、そこですご六をしたとすると、第二場面では、すご六そのものが見開きいっぱいに出ていて、サイコロを使えば、そこですぐ遊べるという具合です。

アジア共同出版計画で散々経験したことですが、各ページ毎に別の画家に依頼して作るこうしたアンソロジータイプの本では、全体の流れを出すのがたいへんむつかしいのです。ことにページをめくることで動きが出てくる絵本の場合、このような〝寄せ集め〟方式では、なかなかうまくいきません。今回のように下書きを頼む時間の余裕のない場合はなおさらです。それに、これを手にとる子どもたちも、本をはじめからしまいまで一続きに読むことになれているとは限りません。そこで、今回は一ページでも、一場面でも子どもたちが興味をひきつけられて見てくれるなら、それでよしと考えたのです。読者の子どもたちに本に親しみをもってもらうこと、面白いと思ってもらうことがまず第一歩だからです。

こうして、さきにあげた七つの地域から、それぞれ地理的に特徴のある場所を十一選び、そこで主人公の子どもたちに何か識字に関係したことをしてもらい、それを読者の子どもたちが一緒に楽しむという構成が決まりました。題は『なにをしているかわかる？』。

中近東の砂漠で羊の世話をする子、東ヨーロッパの雪の森をそりで子ども劇場へと向かう子、アジアの山の村の青空教室で字を習う子、太平洋の島でおどりをおどる子、アフリカの平地の村でおじいさんからお話を聞く子、アメリカの大都会で子ども国際会議に出席する子……。

場面割が決まると、それをイメージしやすいように、林明子さんがスケッチを描き、本の見本を作ってくださいました。これで作業がどんなにやりやすくなったかわかりません。世界各地にいる、見ず知らずの画家の人たちに、手紙だけで仕事を依頼するのは無謀な企てです。この見本がなかったら、とても文章だけでは関係者に本のイメージを把握してもらうことはできなかったでしょう。

いろんな方のご助力を得て、依頼する画家が決まり、正式の依頼状を出したのは、もう九月の末でした。時間的な理由で断りをよこす人、連絡のつかない人、中近東の場合のように最後まで画家が決まらないところ、などなど、ハラハラすることばかりでしたが、一九八九年の十二月二十日現在、既に送ったという連絡ははいったものの未着の一点を除いて、画稿はすべて揃いました。いろんな事情を考えると、これは快挙といえます。

絵の出来もなかなかです。もっと時間の余裕があり、画家と細かいやりとりが出来ていたら、もっとよくなったのに……という点は多々あります。けれども、これはやむを得ません。アジア共同出版計画にもテスト版があったように、これが子どものための世界共同出版のテストケースになれば、それだけでも意義のあることですから。

さて、画稿が揃ったあとは、暮からお正月にかけて、テキストを完成させ、製作の準備をすることになります。そして、万事うまくいけば、本は二月末に出来上がり、三月初め「すべての人に教育を」をテーマに行なわれる国連の会議で、関係者に披露されることになっています。

そして、その英語版をもとに、世界各国で（願わくば子どもの本がほとんどない国でも）それぞれの国語版が刊行されることが期待されています。日本語版は、英語版と共に朝日新聞社から刊行される予定です。どうぞおたのしみに。

四五号　一九九〇年・春

ランプシェードの弁・その三

古い読者の方はご存じかもしれませんが、本誌第一号はたった二十四ページの薄い薄い雑誌でした。読みものは巻頭エッセイと評論と「語り手のために」と、「ランプシェード」の四つだけ。それに書評と、「私たちの文庫に入れた本」と題した新刊案内が合わさって、ようやく厚さ一ミリというところでした。

ところで、その第一号の「ランプシェード」で、わたしはこのページの命名の由来を説明し、これはわたしが就寝前に本を読むときの枕もとの電燈のかさからとったもので、ここでは、そうして読んだ本の感想を、ごく個人的に断片的に綴ってみたい、と申し上げました。ランプシェードの弁・その一というわけです。

ところが、いざ連載をはじめてみますと、本のことばかり書くわけにはいかないことがわかりました。適当な時期に適当な本を読んでいるとは限らない、という事情もあったのですが、なにしろスペースがぎりぎりで、読者と編集部を直接結ぶ役割をもつページを他にとることができず、ランプシェードでそれをしたいという願いや必要が生じたからでした。

そこで、第二一号の増ページのとき、わたしはランプシェードの弁・その二を書き、これからはこのページをわたしから読者のみなさんへのお手紙のつもりで書きたい、と申し上げました。そして、その中で、できるだけ東京子ども図書館の仕事を内側からお知らせするようにしたい、と。

以来、このページではかなり自由に話題を選んで書いてきました。〝お手紙〟と性格づけたおかげで、わたしの気持の中で読者の存在が以前よりずっと近くなり、文章を書く苦労は別として、このページを書くことは、わたしにとってひとつの張りともたのしみともなってきています。

今回、本誌が二度目の増ページに踏み切り――わずか四ページとはいえ！――「東京子ども図書館のページ」をとることができるようになりましたので、ランプシェードは館の〝広報〟のお役目から解放され、ますます身軽に（?）なれそうです。もしかすると、本来の〝枕もとの明り〟に戻って、これまでより頻繁に本のことを話題にできるかもしれません。いずれにしても、これをわたしから読者のみなさんへの〝お手紙〟にしようという気持は変りません。

手紙といえば、本誌全体が年に四回の東京子ども図書館から読者への手紙と考えられなくはありません。手紙というのは、書き手が特定の受け手に向かって何か伝えたいことがらや気持があって書くものです。この、受け手をはっきり意識していること、伝えたい内容と意志を明確にもっていることは、しかし、考えてみると、文字によるコミュニケーションのすべてが本来備えていなければならない条件ではないでしょうか。

手紙を意味する英語の Letter も、日本語の古いことば文(ふみ)も、そういえば、文字そのものを意味しています。そこから発して文書や書物、あるいは文学、学問、学識を意味するところも両者同じです。辞書をちらちら眺めてみますと、英語で teach a child his letters というのは、いわゆるＡＢＣを教えることだとあります。Teach every child his letters! といえば、そのまま国際識字年の標語になりそうですね。また、日本語の辞書には「文は遣りたし書く手はもたず」に見られるように、近世以後は文といえば恋文をさすようになったという記述も見えて、思わずほほえんでしまいます。とにかく手紙は、文字による伝達のもっとも基本的な、個人的な形といえるでしょう。

しかし、電話の普及で手紙を書く人が減ったと同様、活字や大量印刷の技術の進歩で、手紙的要素をもった文書、つまり〝書かれた文字を相手に届けることによって、相手と何かを共有しよう、相手に近づこう、つながりをもとう〟とする文書も少なくなってきました。不特定多数を相手に、どう受けとられようが構わないといった調子のひとりよがりの文書がたくさんわたしたちの身のまわりをゆきかうようになりました。

哲学者のマックス・ピカートは、その著『沈黙の世界』(みすず書房刊)の中で、相手に〝傾聴〟を求めず一方的に流すラジオなどのことばを騒音語と呼びました。今日、騒音語は、音声のメディアだけでなく、活字のメディアにも氾濫しているのではないでしょうか。ピカートは、本を読むことをラジオを聞くのとはまるで違った行為だと見なし、ラジオによる伝達には〝人格的要素〟がないけれども、読書では、読者は「著者がすでに完結した精神的行為を読むことの中でもう一度なし遂げるように」要請され、そうすることによって、両者の間には「直接のつながりが保存される」のだといっているのですが……。

実は、今号から、わたしは館全体の責任者の立場からだけでなく、実際の仕事の上でも直接〝編集長〟の任に当ることになりました。そうなってみて何か今までと違ったことがあるかといわれれば、それはわたしの意識の中で読者の存在がこれまで以上に大きく近く感じられてきたこと、そして、読者との間に「自然で直接のつながりが保存される」ようでありたいとの願いがいちだんと強まったことです。そのために、ランプシェードや、本誌のページを埋めることばが、騒音語にならないように、本来のよい意味での文(手紙のことば）になるように努力したいとの思いを新たにしています。

四六号　一九九〇年・夏

五月の末、「グリーン・ノウの子どもたち」の作者ルーシー・ボストンさんが亡くなったというニュースが新聞に小さく報じられました。九十七歳とのことでした。その記事を目にした瞬間、わたしの頭の中に何種類ものバラの咲き匂う美しい庭と、そこに立つボストンさんの姿が浮かびました。

ちょうど十年前、季節も今と同じ六月の終りから七月の初めにかけて、わたしは子どもの本が好きな何人かの仲間と一緒にイギリスの旅をたのしみました。その折、アイリーン・コルウェルさんのご案内でボストンさんをお訪ねしたのです。

ボストンさんのお宅のあるヘミングフォードグレイは、ケンブリッジの近く、みどりの田園の中にある、村ともいえない小さな村です。ゆったり流れる掘割のような川にそった小道。そこから小さな木戸を開けて中にはいると、広い芝生の前庭。チェスの駒の形に刈り込んだイチイの木が、きちんと間をおいて整列しています。そして、その向こうには〝グリーン・ノウのお屋敷〟と、お庭！

どれほどの時間と丹精が注ぎこまれたか、とため息の出るそのお庭には、バラを中心に色とりどりの花があふれ、大勢の訪問者とその歓声を中に包みこんでしまうほどでした。

今でも忘れられない、そのときのボストンさんのひとこと。「この頃は一日六時間以上続けて庭仕事をするのは無理になってしまって……」それが八十七歳のときでした！　よくはわかりませんが、ボストンさんは、最後まで、執筆と庭仕事と、この、ふたつながらいちばん好きなお仕事を、精力的に、密度濃くお続けになったのではないでしょうか。ちょっと私のまわりには見ることのできない類(たぐい)のつよさを感じさせる方でした。

　ボストンさんのことを思い出していると、つい手がのびた一冊の本があります。その旅のとき見つけて求めたもので、帰ってすぐ読んで、あまり面白かったので旅仲間に吹聴した憶えがあります。それはボストンさんのお書きになった*Memory in a House*＊——ある家の記憶とでも訳しましょうか——という本で、ボストンさんの自伝『意地っぱりのおばかさん』（立花美乃里訳　福音館書店　一九八二年）の続篇といってもよい半自伝風の作品です。ただ、こちらはあくまでも家が中心。ボストンさんが愛し、亡くなるまで五十年住み、彼女に作品を書かせたといえる古いお屋敷の思い出の記録です。

　ボストンさんは、一九一五年、二十三歳のとき、ボート遊びに来てこの家を見ています。悲しげで、誰かを待っているように見えたとか。自分を待っているとは、そのときは知る由もなかったと述べていますが、結婚に破れ、イタリアとオーストリアへ絵の修業に出かけ、再びケンブリッジへ戻ってきたボストンさんは、ヘミングフォードグレイに売家があると聞いて、すぐこの家にかけつけます。二十年以上見もしていなかったのに。しかも、あとでわかったことですが、売りに出ていたのは別の家でした。ただ、この家の持主も内心売ることを考えていたので、どうしてそれがわかったのかと不思議がりながら家を見せてくれます。

　それは一一二〇年に建てられたというマナーハウス（荘園領主の館）でした。ボストンさんは家に一歩足を踏み入れた瞬間から、その家のもつ雰囲気に胸をしめつけられるような興奮を覚えます。家が自分を歓迎してくれたと感じたのです。

四十代後半からの独り暮らし、近くに知人は一人もなし、家は風変りで、排水設備なし、水は手押しポンプ……。それでもボストンさんは、その場でこの家を買うのです——まるで恋におちたように。

以来、この家とボストンさんの不思議な交流が始まります。まさしく「壁が口をきいて」ボストンさんに建物本来の姿を教えてくれるのです。というのは、この家にはのちの時代に大幅な改造がされ、もとのノルマン時代のマナーハウスとはまるで違う作りになっていたからです。

ボストンさんは、息子さんのピーターとふたり、つるはしをふるい、ノミを使って家のあちこちを〝探査〟し、壁の下に古い家がかくれていることをつきとめます。そして、その元の姿を取り戻すために、二年にわたる〝修復〟工事が行なわれるのです。それはボストンさんの生涯の中で「ほかと比較にならないくらい幸せな」時期だったといいます。

塗りこめられた壁の下から、古い煖炉が現れ、窓が形をとり戻し、はりや木組みが見えてくる過程は、まったく謎解きをする面白さです。そして、その間中、家には〝何か〟が出没し、家自身が〝魂〟をもっていることを示すのです。

ベルの音、足音、ほうきの音、ドアを打つ音、重いものが落ちるものすごい音、人の声……。工事が終っても〝何か〟は出没しつづけ、ボストンさんと家との対話は深みと奥行きを増していきます。

ボストンさんは逃れようもなくはっきりと家の魔法を感じます。こんなに強く感じているものを書けない筈がない——その思いが六十近くなったボストンさんを創作活動へ向かわせたのでした。

家と心を交すということは、とりもなおさずこの家に生きた幾世代もの人々と心を交すということでしょう。この本に記されたボストンさんと家との不思議な結びつきと、生き生きとした交流を知ると、グリーン・ノウでトリーが三百年前の子どもたちと親しくなったのは、ごくごく自然なことに思えてきます。

＊ ***Memory in a House*** by L. M. Boston, The Bodley Head, 1973.

四七号　一九九〇年・秋

今年の暑さは九月にはいってもずっと居据わり続けました。月末もいよいよおしまいの三十日。いくら何でももう日本列島からお立ち退きください、というように南から北へ台風が吹き抜けました。その雨風の中、我が家には次々とお客さまがお着きになり、そこかしこで「まあ」「あらァ」と、お客さま同志の歓声があがりました。佐賀から、新潟から、大阪から。久しぶりの懐しい顔です。

実は、この日、急に思い立って、十四年前の一九七六年十月に、イギリスからアイリーン・コルウェルさんをお招きして当館が行なった「児童図書館員のためのセミナー」の同窓会を開いたのです。

箱根で開かれた三泊四日の、そのセミナーには、女性図書館員ばかり、三十二名が参加しました。ほとんどの人が当時二十代から三十代の前半という若さでした。二倍近い応募者の中から、児童奉仕にかける熱意をアピールして選ばれただけあって、参加者の方たちは、その後のいろいろと苦労の多い時期を頑張りぬいて、ほとんどの方が今も図書館で働いていらっしゃいます。そのうちの五人は、館長職にあり、その他にも、実質的には館運営の責任の大きな部分を背負っていらっしゃる方が少なくありません。

それぞれの場で力いっぱい仕事をしてこられたからでしょうか、みなさんの話しぶりには、控え目ながら落着きと自信がにじみ出ていて、全体にどこか〝お互いの健闘を称え合う〟といった空気が流れていました。そして、あの時はみんな一所懸命だったわねえ。あの時のノートは今も大事にしているの。私は三日間でノートまる一冊使い切ったわ、など、セミナーでの熱心な勉強ぶりを懐しむ声が次々にあがりました。

ローテーションや異動、また他の業務の負担で、児童奉仕だけに専念できない悩みや、自分の能力に対する自信のなさなど、児童図書館員の抱えている問題は、十四年前も今も、ほとんど変わりません。折角少しなれてきたところで配置転換になる日本の状況を「訓練と才能と経験の何という浪費！」と、コルウェルさんが嘆いておられたことや、いつかまた児童室に復帰できるかも……と望みをつないで別の仕事をしているという人に、「それではまるで先で楽しいことをするために何年も刑務所にはいるみたいね」とおっしゃったことを思い出します。

先の見通しが必ずしも明るいといえない、そんな状況の中でも、セミナーの参加者は、学ぶことにかけてはほんとうに熱心でした。熱心だったからこそ、短い時間の間に、その後の職業生活の支えになるような大きな収穫をもちかえったのではないかと思います。

考えてみると、セミナーで私たちがコルウェルさんから受けたものは、ひとつは図書館の児童奉仕についての信念、もうひとつは、問題に対処していく姿勢についての極めて実際的なアドバイスでした。質のよい本を選び、それをたのしむ能力を子どもの中からひき出し、その両者を結びつけることが児童図書館員の特典である、との信念を、コルウェルさんは、ことばでというより、生涯その信念にのっとって働いてきた自分自身を私たちの目の前にさし出すことで伝えてくださいました。また、どんなときにも、自分の能力ぎりぎりのところで正しいと思うことをすればよいのだ、ユーモアとバランスの感覚を大切にして、とおっしゃって、ともすれば、〝あるべき姿〟にとらわれすぎて、悲観的になったり、いたずらに自分の力不足を嘆いたりしがちな私たちの気持を軽くしてくださいました。このことは、のちのち、私たちにとって大きな励ましになったことを感じます。

若い、まだ職業生活を始めて間もない時期に、こうしたセミナーに参加し、学習の機会を与えられたことがどんなに幸運だったか、という述懐が、この日何人もの〝同窓生〟の口から聞かれました。コルウェルさんが来日された一九七六年は、また、セミナーにもご出席くださった瀬田貞二さんを講師に迎えて、日比谷図書館で、児童図書館講座が開かれた年でもあります。ここでも、受講生全員が「魔法の時間」と感じたような、たのしい、そしてまた真剣で熱のこもった学びの時がもたれたのです。（この講座の記録は、のちに『幼い子の文学*』と題する中公新書にまとめられて、私たちの大切な財産となりました。）

久しぶりに集った仲間たちの話を聞いているうちに、私は、こうしたほんとうにあとあとまで支えと励ましになるような学習の機会をまたもちたいものだと強く思いました。コルウェルさんが『子どもと本の世界に生きて――一児童図書館員のあゆんだ道*』（石井桃子訳　日本図書館協会）の中でおっしゃっているように、室内装飾は美々しく、書架にはびっしりと本の並ぶ児童室がふえる一方で、専門の児童図書館員養成の道は、なかなか開けてこないからです。

「だいじなことは、私たちが、自分の仕事に確信をもつことです。確信さえもっていれば、子どもたちに、本の喜びを発見するカギを与えるチャンスは、私たちの手の中にあります。そして、その喜びは、その子の一生を通じての心の刺激となり、たのしみとなれるのです。子どもと本を結びつける仕事は、報いのある仕事です。」

お客さまのお帰りになったあと、もういちど開いたコルウェルさんの本から、なつかしいお声が聞こえてきました。

＊『幼い子の文学』（中公新書）瀬田貞二著　中央公論社　一九八〇年
＊『子どもと本の世界に生きて——一児童図書館員のあゆんだ道』アイリーン・コルウェル著　石井桃子訳　福音館書店
一九六八年／日本図書館協会　一九七四年／こぐま社　一九九四年

四八号　一九九一年・冬

お正月にいただいたたくさんの賀状の中に、一年の過ぎるのがあまりにもはやいことを嘆いたものが一枚ならずありました。おそらく年の区切り目に同じ感慨をおもちになった方は多いのではないでしょうか。そして、わたしが思うに、嘆きたいのは単なる〝はやさ〟だけではなく〝時が自分の中にこれといった刻印を残さず、うやむやに過ぎていくように感じられること〟なのではないでしょうか。

毎日をそんなにいいかげんにやりすごしているわけではない。それなりに与えられた仕事を一所懸命やっている。それなのに、一日一日が、自分の中に蓄積されていくというよりは、流れ去っていくという感じがしてならない……。スピードがはやすぎ、変化が多すぎる、この時代にあっては、ほとんどの人が、そのような不安と、向けどころのない苛立ちを感じているのではないかと思われます。

そういうわたしも同じこと。時の区切り目に立たずとも、賀状の指摘を待たずとも、そうした不安と苛立ちは心の底にたえずあり、それが大きく頭をもたげてこぬよう、どこかでうんとふんばって抑えこもうとしているふしがある……。自分でもそう感じているわたしにとって、昨秋のマーシャ・ブラウンとの出会いは、ほんとうに大きな出来事でした。マーシャの来日は、わたしにとっては、いわばするっと抜けていく時の流れに、しっかりと打ち込まれた杭のようなものだったからです。

今回のマーシャ・ブラウンの訪日は、ブック・グローブ社の伊藤元雄さんの招待によるものでした。十月の末から十一月の初めにかけて、約三週間の滞在。その間に、東京で、マーシャが、図書館員をはじめ、子どもの本の関係者と会えるように、東京子ども図書館の方で場を設定してほしいとの依頼が、伊藤さんから寄せられました。

七十二歳という年齢や、このところ必ずしも体調がよくないと聞いていたこと、それに、こんどの旅は、もともとはプライベートなものだということから考えて、大きな集りは無理かとも思ったのですが、マーシャ・ブラウンの人に触れたいと願っている方が大勢いらっしゃることと思い、何回かの手紙のやりとりでご本人のご承諾を得た上で、私たちは、定員五百五十人の会場での講演会を企画しました。

そして、この企画は成功だったと思います。会場にあふれるほどのお客さまが来てくださったという点でもそうですが、その方々がマーシャ・ブラウンの人に触れて得てくださったものが、きっと大きかったろうと思えるからです。

わたしは、今回、マーシャとかなり長い時間をご一緒に過ごす幸いに恵まれました。十一年前の来日のときにもお会いしてはいたのですが、マーシャの人に出会ったのは、こんどが初めてという気がします。今日の子どもたちが置かれている状況を憂う気持や、物語の好みや、昔話に寄せる深い関心、語ることの大切さに対する認識など、お話ししていて共感を覚えることは多々あったのですけれども、それより何より、わたしがご一緒している間に感じつづけていたものはマーシャという人間の確かさです。ことばよりも、そのことからわたしは無言の大きな励ましを受けた気がします。

マーシャの中の〝大きくてしっかりしたもの〟は、作家としての長いキャリアからも来ているでしょう。相当な数の、しかも水準の高い作品を生み出してきた自信からも来ているでしょう。しかも、その間、いわゆる〝時流〟に乗らず、商業主義とは離れた場所に身を置いて、たえず読者である子どもと向き合ってきたことも力になっているでしょう。ことばという頭の中だけで操作できるものだけでなく、絵という眼と手の修練を必要とする芸術を追求しつづけてきたことの強みもあるでしょう。とにかくマーシャには、人に確かなものを感じさせ、励ます力があるように思えました。

マーシャ自身、講演の中で、次のようにいっています。

「私たちは、いくつになっても、力のあるパーソナリティ、才能のある人たちと出会う幸せに恵まれています。若いときには、そのような人たちは、私たちの人生の方向を決めるのを助けてくれます。喜んでおまえを教えようといってくれる最高の先生について勉強しなさい。その人の理想を吸収しなさい。あなた自身の理想を育てる勇気を得るために」と。

このことばは、そっくりマーシャ・ブラウンというパーソナリティに出会えたわたしたちの幸せを語っているように思えます。わたしの通訳の至らなさの言い逃れをするわけではありませんが、講演会に来てくださった方がおもち帰りくださった最大のものは、個々のことばではなく、マーシャのパーソナリティそのものの中にある確かさと力ではなかったか、そして、多くの方が、わたしと同じように、そこから励ましを得てくださったのではないか、と思うのです。

マーシャが帰って、二ヵ月が過ぎました。日本から帰国したあと、体調がよくなって〝焦点が合ってきた〟感じがする。これならまた新しい仕事に取組めそうだとの、うれしいお便りも届きました。

こちらはこちらで、本誌次号に掲載するために、大阪での講演の通訳をなさった上田由美子さんと協力して、マーシャの講演の翻訳にとりかからなければなりません。文字になったことばを通しても多くの方が彼女と出会えることを願って。

四九号　一九九一年・春

昨日は明るく晴れわたって、まるで五月のような暖かさだったのに、今日は打って変って、みぞれかと思うばかりの冷たい雨……。春先のお天気の動きの激しさには、毎年のことながら、やはり驚かされます。

その雨の一日、戸外に気持が誘われないのを幸いと、朝から晩まで——そして晩から朝近くまで！——机に向かい、ようやくマーシャ・ブラウンの講演録*の翻訳の最後の仕上げを終えました。スイスイと楽にできる翻訳というのは、私の場合、ほとんどないのですが、それにしても、この翻訳には苦労をしました！

お会いしてお話しているときに感じたことですが、マーシャは、ひとつのことから、多方面に、すばやく連想の働く人なのです。きっと脳の中にたくさんの回線をもっているのでしょう。お話しているときは、こちらの気持も軽いので、マーシャの連想の飛躍に、比較的楽についていけます。けれども、書かれたものを読むとなると、どうしても前後のつながりに目がいきますから、それほど軽くは飛べません。これをマーシャ流にいうなら、聞くのは主に右脳の働きで、読むのは左脳ということなのかもしれません！　とにかく、マーシャの原稿には、行間に、ことばになっていない、もうひとつの原稿がつまっているようで、私の頭は、何度もそこで立往生するのでした。

苦労の末、とにもかくにもひとつの形をつけたあと、私が出した結論は、やはり、これは、右脳で読むべきものだということでした！　これを論文と考えると、私たちの頭の中にはすぐひとつの枠組が出来上って、一の次には二、二の次には三と、積木のように論点が積み上げられていく道すじを辿ろうと構えてしまいます。しかし、マーシャがこの講演でしようとしたのは、何らかの説や、主義主張を論に構築して見せることではなかったのだ、と思います。仕事や人生に対する自分の姿勢、態度を、私たちと頒ち合おうとしてくれたのです。いってみれば、自分の人間(パーソナリティ)をさし出してくださったのだ、と。

来日前、講演の題をおたずねした手紙に対して、マーシャから「まだ内容がかたまっていないのですが『左と右』というのは突飛すぎるかしら？　物事の二つの面、相反するものの存在とその必要性といったことにふれたいのです……」というお返事があったときは、「左と右」だなんて、いったいどんなお話だろう？と好奇心をそそられたものでした。今、お話をうかがったあとで考えてみると、マーシャは、きっとずいぶん長い間、自分の中にある、自分の歩いてきた道の中にある、また、まわりの社会の中にある〝相反するもの〟の存在についてあれこれと思いをめぐらせていたのでしょう。実際、お話の中には、数々の〝左と右〟が取り上げられています。左脳と右脳に始まって、東洋と西洋、光と闇、都会と田舎、テレビと本、時流とその外に立つもの、絵画とさし絵、How と Why、諦めと希望、そして、シニシズム（人生に対する冷笑的態度）とアイデアリズム（理想主義）……。

マーシャは、こうした数多くの〝左と右〟にふれながら、絵本作家としての自分の歩みを振り返り、後進に真情のこもったアドバイスをくださっています。講演のあと、自分の話が暗すぎはしなかったか、悲観的に聞こえはしなかったかと心配していたマーシャでした。たしかに、お話の中には、悲しむべき状況が述べられています。しかし、その中にあって、マーシャ自身は、けっしてシニシズムに陥っていません。お話の中から立ち現れてくるのは、自分の選びとった職業を通して、自分の中にある最上のものを追求しようとするマーシャの姿です。講演をお聞きになった方から、励まされた、元気が出た、という感想が寄せられたのも、その姿に打たれて、のことと思います。

実は、翻訳にとりかかる直前、私はジョセフ・キャンベルの『宇宙意識』（人文書院）を読んでいました。キャンベルは、講演の中にも出てきますが、マーシャが傾倒している神話学者です。十一年前の来日のとき、昔話のことを話していて、私がまだキャンベルを読んでいないとわかると、マーシャは、帰国後すぐに *The Masks of God** という彼の比較神話学の本を送ってくれました。全四巻、各巻六百ページという大部なもので、私はいまだに手がつけられずにいますが、『宇宙意識』の方は、一九八七年に亡くなったキャンベルが最晩年に行なった四つの講演をまとめたもので、分量だけからいえば、読めなくはありません。

キャンベルが、その驚くべき該博な知識を縦横に駆使して、世界各地、各民族の神話を〝比較論的に解釈〟して、人間という存在や、今という時代について、この本の中で述べていることは（私にそれが十分理解できたとは到底いえませんが）、マーシャの講演の中に出てくる考え方と、深く響き合っているように思えます。

ここには、ひとりの人間（著者）が、本を通して、もうひとりの人間（読者）に影響を与えるという、ほんとうの意味での教育の力が、純度の高い形で働いていることを感じました。

おりしも湾岸戦争の最中で、キャンベルが中近東の神話や宗教について言及している部分が、私には、ニュース解説とはまったく別の次元と角度からなされた洞察に富む〝解説〟に思え、強い印象を受けたのですが……。

＊講演録「左と右――マーシャ・ブラウン女史講演録」こどもとしょかん四九号　一九九一年・春／訳文を見直し、下記に収録。『庭園の中の三人／左と右』（レクチャーブックス◆マーシャ・ブラウン）松岡享子・高鷲志子訳　東京子ども図書館　二〇一三年

＊ ***The Masks of God** : Vol.1 Primitive Mythology, Vol.2 Oriental Mythology, Vol.3 Occidental Mythology, Vol.4 Creative Mythology* by Joseph Campbell.

五〇号　一九九一年・夏

読者のみなさんの中にはご記憶の方もおありでしょう。三年前、私どもは、キャシー・スパグノーリというアメリカのプロの語り手の方をお迎えして、「インドにおける語りについて」と題する講演会を開きました。（講演全文は本誌三七号に掲載）キャシーさんは、シアトルにお住まいですが、ご夫君がインドのタミール・ナドゥ州の出身なので、たびたびインドに行き、そこでインドの伝統的、職業的語りについて、見聞を広められたのです。そして、インドへの往き帰りに何度か訪れた日本にも大いに興味をひかれ、本年三月上

旬から三ヵ月、国際交流基金の援助を受けて日本に滞在し、日本における**現在**の語りの種々相について、調査、研究されました。

短い期間に九州から北海道まで、精力的に旅をし、四十五のお話のグループの活動に参加し、五十人以上の関係者にインタビューなさったというキャシーさんは、当然ながら各地の文庫や図書館で活動している大勢の語り手たちと接触されました。おそらく、今日本で子どもを対象に行なわれている語りについて、個人で直接これだけのデータを集めた人はいないのではないでしょうか。

そのキャシーさんが、帰国を三日後に控えた六月五日、我が家を訪れて、三ヵ月の滞在中に感じたことをいろいろ話していかれました。このとき述べられたキャシーさんの〝観察〟には私もなるほどと思うものがあり、私たちがこれからお話を続けていく上で、心にとめておいていいことではないかと思いました。

キャシーさんが日本の語りについて不満に思ったこと——キャシーさん自身は「不満」ということばを使わず「もっとあればよいと思ったこと」と表現しておられましたが——は、大きくいって五つあったようです。そのうちの三つは、語るお話の種類についてです。お話の会のプログラムを調べ、語り手たちにレパートリーをたずねて、キャシーさんが発見したのは、語られる話が全国ほぼ共通していること。日本の昔話が多いのは当然としても、それ以外はグリム、あるいはヨーロッパの昔話や創作が圧倒的に多いという事実でした。なぜ、アジアのお話、アラブ、アフリカ、そして中南米のお話をもっと取り上げないのか、というのが、キャシーさんの第一の不満（疑問）でした。

第二の不満（指摘）は、語られるお話の中に、今日の社会問題への関心を反映したものが少ないということです。戦争と平和の問題を扱ったものはたしかにいくつか語られているけれど、それ以外のテーマ、たとえば環境問題とか、婦人問題、人権問題などは、語りの中ではほとんどといってよいほど扱われない。それはなぜか、というのです。もちろんキャシーさん自身、語りをある目的のためのプロパガンダに用いることをよしと見ているわけではありません。しかし、語りがメッセージを伝達する強力な手段である以上、今日の社会の緊急な課題について人々の関心を喚起するのに、もっと語りを活用してもよいのではないかというのがキャシーさんのご意見のようでした。

キャシーさんが、日本の語り手がなぜもっとレパートリーの中に取り入れないのかと不思議に思った第三の話のタイプは、ノンフィクション、つまり事実に基く物語です。歴史上のエピソード、人物伝、科学、工学上の発明発見物語、あるいは語り手自身の身の上に起こった話、子どもの頃の思い出などは、みな語りのよい材料になるからです。

実は、このことについては、私も以前から考えていました。とくに学校でお話する場合、海や山での冒険(あるいは遭難!)談や、利口な動物の話など、よい材料さえあれば、中・高学年の子どもたちがどんなに喜んで聞くだろうと思うからです。また、私たち自身、『雪の夜に語りつぐ』*の笠原政雄さんのような伝承の語り手の語る思い出話を昔話同様楽しんで聞くことを思えば、子どもたちも、昔ほんとにあったことを当事者の口から聞くのを喜ぶに違いないと思うのです。実際、口演童話ではこうした話が語られたと聞きます。この点は、今後私たちの宿題にしてよいことではないでしょうか。

さて、キャシーさんが日本でもっと広く行なわれてもよいのではないかと感じた第四のことは、子どもたち自身による語りです。「語り手たちの会」ではこれが実現しているようで、とてもよいことだと思います。お話をくり返し楽しんで聞いた子どもたちの中からは、必ず次の世代の語り手が自然に育つと思いますが、あるいは、もう少し積極的に奨励するといいのかもしれません。キャシーさんは、アメリカで暮すインドシナ難民の子どもたちが、自分たちの昔話を語ることによって、自信をつけ、ことばの力もいちだんと伸びて、社会への定着に大きな効果をあげている例などひいて、子どもの語りのよさを強調していらっしゃいました。

ところで、キャシーさんの第五の不満――そして、どうやらこれが最大の不満と見受けられましたが――は、日本の語り手たちの語りのスタイルが画一的だということです。何か一定のやり方に従わなければいけないように思い込んでいるふしがある。もっと自由で、多様であってもよいのに、というご意見でした。

総じてキャシーさんの目に映った日本の語り手たちは、真面目だが冒険心に欠ける、という結論だったようですが、さて、これに対して、みなさんはどうお考えになりますか？

＊『雪の夜に語りつぐ――ある語りじさの昔話と人生』笠原政雄語り　中村とも子編　福音館書店　一九八六年

五一号　一九九一年・秋

ただあれよあれよと見つめるしかなかったソ連の〝革命〟で、今年八月下旬の日々は興奮の連続でした。世界の歴史にながく記憶されるだろう事件が、今この瞬間に起こっているのだという思いに身震いしながら、テレビを見、新聞を読み、急に思い立って本棚からソルジェニーツィンを取り出してみたりなどして、連日の夜更しが続きました。

実は、こんな大歴史ドラマがなくても、この夏は、わたし個人にとっては記念すべき夏だったのです。というのは、もう二十年来（！）引きずってきた、「たのしいお話」シリーズの第五巻『話すことⅠ』の原稿をようやく書き上げたからです。

「『話すことⅠ』はまだでしょうか？」「いつ出ますか？」というお問い合わせの電話に、担当者が何度も頭を下げつつ答えているのを側で聞きながら、身の細る思いでいたのも、もう今年限り。「我ながらよくやった」八月でした！

同時にいくつかの仕事を抱えていることが多いわたしは、書きかけの原稿やメモ、参考資料などが散逸しないように、それぞれの仕事毎に関係書類をひとまとめにして大きな茶封筒にいれて持ち歩いて（あるいは机の脇に積んで）いるのですが、『話すことⅠ』の、遂に大きく破れてしまった封筒には「一九八二年六月末しめ切り」と大書してあります。「たのしいお話」シリーズの第一巻である『お話のリスト』が刊行されたのが一九七二年。全体の構想はこのときすでに出来ていたのですから、それから数えると二十年、かなりの部分を書き上げて、しめ切りの目標をたててからでも、もう十年になるのかと、我ながら驚くほかありません。

「たのしいお話」シリーズ*は、当初全八冊で計画されました。（現在は、『お話の本のリスト』を加えて九冊になっています）既刊分を刊行の順に並べてみると、『話すことⅡ』（一九七二年十一月）、『絵本を読むこと』（七三年一月）、『お話とは』（七四年九月）、『質問に答えて』（七五年七月）、『おぼえること』（七九年一月）、『選ぶこと』（八二年三月）となり、『話すことⅠ』が、内容からいって書きにくいために後まわしになったことがわかります。

もちろん、遅れたのはそれだけではありません。わたしの日常がどんどん忙しくなって、書きものをするためのまとまった時間がとりにくくなったこともありますし、お話の講習会を続けているうちに、新しい問題や材料が出てきて、まとめるのに時間がかかったということもあります。しかし、そういう外側の理由ではなくて、内側にも、これが書けない理由があったのだということが、おかしないい方をするようですが、書き上げた後になって、よくわかりました。

外出の予定のない夏休み、天も味方して例年にない涼しさ。この機を外してはまたいつ書けるかわからないと覚悟を決めて机に向かい、ともかく筆を前へすすめたのですが、書いている間じゅう何か気持が後へ引き戻される感じがするのです。それは、ひとつは扱っている事柄がことばになりにくいからだと思われました。声のこと、速さのこと、間のこと、どれをとってもことばで説明するのは容易なことではありません。そこを何とか説明しようとあれこれことばを重ねていると、こんどは書き上がったものがひどく複雑でめんどうなことのように見えてきます。その場にいて聞けば何でもなくわかることなのに、これでは読んだ人がお話を必要以上にむつかしく思うのではないかと心配になり、その心配が筆の勢いをそぐ結果となります。

また、実際の語りではけっして矛盾しないことが、文章にすると矛盾しているように見えるのも困りものでした。片方で「飾り気なくすなおに」といい、もう片方で「抑揚や緩急が大事」というようなことです。なにしろ本を頼りにお話をする人の中には、「淡々と」イコール「一本調子で無表情に」と思いこむ人もないわけではないので、そのあたりの感じを誤解を招かないように伝えるにはどうすればいいか頭が痛いのでした。

それより何より気持の上でわたしの足を引っ張ったのは、こういうことはすべて「言わでもがな」のことではないかという思いが頭を離れなかったことです。語りについてのこれらの説明は、自然に気持よく語っている人には必要のないことですし、また説明を必要とする人にとっては、説明がかえって問題をむつかしくするのではないかと思われるからです。

それに、「語り方」の説明は、語りにとっていちばん大事なもの——語り手の心——の領域に踏みこむことはできません。なぜなら、それは、ルジュモン夫人がいうように、「＊語り手を志す人に、刺戟や助言を与えることはできる。間違いや廻り道を避ける手助けをすることもできる。しかし、語る話と本人が内面でどう関わり合うかは、教えることも習うこともできないことだ」からです。

書き終えた今思うのですが、結局わたしは、本来ことばでとらえられない語りというものを、何とかことばにしようと悪あがき（?）していたのかもしれません。その無理を心のどこかで知っていたから、今日まで書かずにいたのかもしれません。

結果がどうあれ、書いてしまったものは、わたしの手を離れます。代りに今わたしが手にしているのは、永年の宿題の重荷から解放された安堵感です。記念すべきわたしの夏は終りました!

＊「たのしいお話」シリーズ『お話のリスト』は単行本として『新装版 お話のリスト』に、そのほかは、レクチャーブックス◆お話入門シリーズ一～七へ移行した。各巻タイトルは、一『お話とは』、二『選ぶこと』、三『おぼえること』、四『よい語り——話すこと 一』、五『お話の実際——話すこと 二』、六『語る人の質問にこたえて』、七『語るためのテキストをととのえる——長い話を短くする』。

＊**語り手を志す人**……『〝グリムおばさん〟とよばれて——メルヘンを語りつづけた日々』シャルロッテ・ルジュモン著　高野享子訳　こぐま社　一九八六年

五二号　一九九二年・冬

一九九一年の十一月末の一週間、私はユネスコ・アジア文化センターの主催するアジア太平洋地域共同出版計画*の企画会議に出席しました。毎年一回、夏か冬に開かれるこの会議への出席は、今では私の年中行事となっています。

先年、ちょっと必要があって調べたところ、私が最初に共同出版計画の会議に参加したのは、一九七〇年七月のことだったとわかりました。この事業と私のかかわりも、もう二十年をこえたことになります。思えば、そのときの私は、アジアの子どもの本の出版状況はおろか、言語や宗教、識字率など、参加各国のごく基本的な国情も知らず、共同出版計画についても、そのアイデアが生まれた背景や、目ざしているところをよく理解していたとはいえませんでした。そんな頼りない状態でこの事業の一端を担うことになった私でしたが、その後、この共同出版計画は、おそらく関係者のだれひとり予想もしなかっただろう発展を見せ、私自身にとっても、これは生涯の仕事のひとつといってもよいほどの重みをもつに至りました。自分が意識して選びとったというのでなく、知らないまにそうなっていたという意味でも、この仕事には一種〝不思議なご縁〟を感じています。

最初に出た「アジアの昔話」全六巻（福音館書店　一九七五〜八一　現在絶版）から、『アジアの笑いばなし』（東京書籍　一九八七）、『どこにいるかわかる？』（こぐま社　一九八八）を経て、現在刊行準備中の幼い子向けのお話集*まで、共同出版計画の本は、これまでに十二点になります。もと・・は英語版で、それを各国が自分の国の言語に訳し、同じさし絵を使って出版するわけですが、十一月の会議の際の報告によると、これまでに共同出版計画の本を刊行した国は二十六、言語の数は三十七、出版された本の総数は、三百三十九万三千二百十六冊に及ぶとのことです。

この〝成果〟は、会議の度毎に一覧表にして発表されるのですが、第一回の企画会議からずっと、立案、編集の実務に深くかかわってきた私としては、この表を見るたびに、ある感慨を覚えずにはいられません。「アジアの昔話」が、インドのカンナダ語、マラヤラム語、モルディヴのディヴェヒ語、デンマークのファローズ語等に訳されていると知ると、昔、自分がその誕生に立ち会った子どもが、思いもよらぬ遠くへ旅していったような気になるのです。

旅といえば、「アジアの昔話」を編集したときは、私が原稿を携えてイギリスへ旅をしたのでした。お話の語り手コルウェルさんに、英語の原文を見ていただくためです。今、語り手のみなさんがよく取り上げてくださる「小石投げの名人タオ・カム」というラオスのお話は、このとき、コルウェルさんの手にかかって約三分の一の長さに縮められ、面目を一新しました。けずりとられた三分の二は、お話ではなく、みなし児のタオ・カムがどんなにあわれだったかを綿々と語るお涙頂戴の描写と、人に親切にすることの大事さを説くお説教の部分でした！

朝から晩まで、コルウェルさんと二人、向き合って、お話を声に出して読みながら原稿に手を入れていく。そして、夜、まだ記憶の新しいうちに、私がそれをタイプでお清書する——ということをくり返した、あの勤勉この上ない数日がなつかしく思い出されます。お茶のとき、庭に出て、コルウェルさんと妹さんの三人で、タオ・カムよろしく小石を指にはさんで飛ばしっこして遊んだことも。それにしても、タオ・カムのお話は、ディヴェヒ語や、ファローズ語ではいったいどんな風に響くのでしょう？

今回の企画会議では、一九九三年度に刊行する本の内容を細かく決めるのが主な議題でした。テーマをエコロジーとすることは、すでに前回の会議で決定していましたが、具体的な本のイメージを描く段階にまで至っていなかったからです。

長い時間をかけて、根気よく討議した結果、主題を「木」にすることで意見が一致し、エコロジーの観点から、木をめぐるさまざまな話題を拾い上げて、面白い本を作ろうということになりました。

アジア各国の環境問題――とりわけ森林の保全――に寄せる関心は、並々ならぬものがあります。エコロジーをテーマにした本を作ろうという提案が、即座に満場一致で採択されたときも驚きましたが、今回、参考のために国内で出ている環境問題に関する出版物をもってきてほしいという主催者の要請に対して、実に数多くの本やポスターが集まったのにも驚きました。こうしたテーマの本には、特別の助成金が出るという事情もあるようですが、年間の子どもの本の出版点数がごくわずかな国々で、環境を扱った本がこれだけ出るというのは、よほどのことだといわなければなりません。

問題がそれほど〝緊急な〟ものと受けとめられていることは、会議での参加者の発言からもうかがえました。ただ、私にとって興味深かったのは、参加者たちが、科学的知識の必要性よりも、むしろ伝統的な習俗、儀礼、昔話などに言及して、その中に含まれる、祖先たちの〝自然と共生する知恵〟の大切さを強調したことでした。パプア・ニューギニアの代表曰く「この本を作るにもたくさんの木を使うのだから、それらの木に申しわけが立つ本にしなくちゃ。」新しい「木の本」が、アジアの知恵を生かした、ユニークなものになるよう願っています。

＊アジア太平洋地域共同出版計画　こどもとしょかん一五七号　二〇一八年・春　特集参照

＊お話集『ライオンとやぎ――アジア・太平洋の楽しいお話』ユネスコ・アジア文化センター編　駒田和訳　こぐま社　一九九四年

五三号　ランプシェード休載

五四号　一九九二年・夏

アイリーン・コルウェルという名前は、読者のみなさんにとって親しいものでしょうか。イギリスの児童図書館界の大先達ともいうべきコルウェルさんのお名前は、多くの児童図書館員にとっては『子どもと本の世界に生きて――一児童図書館員のあゆんだ道』＊（石井桃子訳　日本図書館協会刊）の著者として記憶に刻まれていることでしょう。この本を読んで、児童図書館員への道を志した方も一人や二人ではないはずです。子どものときから「本の虫」だったひとりの少女が図書館員となり、当時まだ確立されていなかった児童奉仕の分野を開拓していった道すじを、気負わず、親しみのこもった口調で語りすすめていくこの本は、新書判たった二百ページの小さな本でありながら、子どもと本に関わる仕事をする者には、大きな示唆と励ましを与えてくれる大切な一冊です。

古い読者の方はご存じでしょうが、東京子ども図書館ができて二年目の一九七六年、私たちは、伊藤忠記念財団の助成を受けてコルウェルさんを日本にお招きし、東京、大阪での二回の講演会と、箱根での児童図書館員のためのセミナーを開きました。このセミナーに参加した図書館員たちは、今ではそれぞれの館で責任ある地位につき、児童奉仕の分野では指導者の役割を果している方ばかりですが、「あのコルウェル・セミナーが私の仕事の原点になりました」とおっしゃる方が多いのです。

来日されたとき、コルウェルさんは七十二歳。ちょうど辰年で、年女だったわけです。そのことをお話すると、たいそう興がられ、お帰りになってから、赤いドラゴンのお人形を送ってくださったりしました。あれからはや十六年、コルウェルさんも、今年はもう八十八歳になられました。(六月十六日がお誕生日。)たいへんお元気で、最近まで子どもの本の書評を書いたり、いろいろな集りでお話を語ったり、長年の経験を生かしてお話集の編纂をしたりと、〝職業的活動〟も負担にならない程度にお続けになっておられたコルウェルさんでしたが、二年ほど前から視力にかげりが見えはじめ、昨年の暮からは、とうとう文字は一切読めなくなっておしまいになりました。

その知らせを受け取ったときはショックで、すぐにはお返事も書けないほどでした。生涯を本と共に生きて来て、今も本が最大のたのしみであるコルウェルさんに、何という酷なことでしょう。それに、お元気とはいえ、もうお年。不自由な目が、読書だけでなく日常生活もむつかしくしているのではと、心配がつのります。そこで、アンデルセン賞の仕事でスイスに行くのをよい機会に、とにかく自分の目でご様子を見てこようと、会議のあとイギリスに飛びました。

四月のイギリスにしては珍しいというお天気のいい日、黄水仙とクロッカスが美しい前庭で、私が着くのを待っていてくださったコルウェルさんは、思ったよりずっとお元気そうで、そのいつもと変らぬピンクの頬と、おだやかな灰色の目を見たとたん、私の〝余分な〟心配はふっとびました。

それからまる四日ご一緒に過ごしましたが、電話で「まあ、来て見てごらん。人が思うほどみじめに暮してるわけじゃないんだから」とおっしゃっていたのがうなずけました。長年、非常に規則正しい生活をしてこられたのが幸いしているのでしょう。一日の生活時間割や、食事をはじめとする細ごました物事の手順、それに必要な物の置き場所などが、すべてきちんと決まっていることが、見えないことから来る不都合や不自由を最少限に喰い止めているという気がしました。

それにコルウェルさんの強靭な精神！「自分の身に起こり得るあらゆることの中で最悪のことが起こった」とおっしゃりながらも、少しの〝恨みがましさ〟もなく事態を受け入れるいさぎよさ。しかも、その障害（ハンディ）に生活のすべてを支配されまいとする揺るがない意志。けっして衰えない好奇心と、ユーモアのセンス。それがみじめになっても仕方がない状況をみじめにさせないでいるかぎだと思いました。

手さぐりでペアを探してイヤリングをつけ、盲人用の腕時計（竜頭の部分を押すと音声が時刻を知らせる）のくぐもった声の真似をして「只今○時○分○秒です」といっては面白そうに笑うコルウェルさんを見ていると、困難に直面しても、強がりも力みもせず、それでいてけっしてへこたれない精神というものを感じました。コルウェルさんの楽天性や、健康なバランス感覚は、天性のものですが、それが長い人生の中で鍛えぬかれた強さを見る思いでした。

実は、コルウェルさんは、ご自分の全蔵書を東京子ども図書館へ寄贈することをお約束くださいました。すでに一部は、私たちの手許に届いています。私たちはこのご好意に応えるために、設立二十周年の記念事業の一環として、コルウェルさん記念事業を計画しています。改装する資料室の一部にコルウェル・コーナーを設け、コルウェルさんの蔵書をおさめる、コルウェル基金を創設して、それを用いて海外の児童図書館員や、語り手を招へいする、といったことです。

計画の詳細は、いずれ決まり次第、読者のみなさまにお知らせするつもりでいますが、こうした事業を通して、多くの――願わくば若い――方々が刺激(インスピレーション)を受け、コルウェルさんが目ざした道を、続いて歩んでくださるように願っています。

＊『子どもと本の世界に生きて――一児童図書館員のあゆんだ道』アイリーン・コルウェル著　石井桃子訳　福音館書店　一九六八年／日本図書館協会　一九七四年／こぐま社　一九九四年

五五号　一九九二年・秋

九月七日から十四日まで、ベルリンに行ってきました。国際児童図書評議会（ＩＢＢＹ）の二年に一度の世界大会に参加するためです。はじめは、とてもそれだけの時間の余裕はとれないのではないかと思い、参加を見合わせていたのですが、アンデルセン賞の授賞式に、選考委員としてぜひ出席するようにと、主催者から熱心なお誘いを受け、間際になって出かけることにきめたのでした。

大会は、旧東ベルリンで、世界中から五百名程の参加者を集めて開かれました。会全体については別の機会にご報告することにして、ここでは大会の期間中に、市内の小さな子どもの本専門店で催されたヴァージニア・ハミルトンを囲む会のことをお話しようと思います。

この本屋さんは、フェミニスト運動に携わっていた数人の女の人たちが、一般の書店には自分たちの子どもに読ませたい本を置いていないことに不満をもち、自分たちの手で選んだ本を売る本屋を……と開いたものです。日本のその種の本屋さんと違うところは、「お金持の友だちが出資してくれて」実現したというところでしょうか。旧西独側の、表通りからちょっと引込んだ集合住宅の一階に、その書店「クロイツベルク」はありました。

狭い店内の凸凹した書架の間に、折りたたみ式のいすやスツールをつめこめるだけつめこんだ会場に、お店の常連やＩＢＢＹ大会の参加者たち四十人ばかりがどうにか腰をおろしたころ、ヴァージニアが、ご主人と若い女性編集者と一緒に現われました。ラフな感じの黒いジャケットに黒いスパッツ。エスニック調のマフラーを前に長く垂らした服装もそうなら、表情も、前日の授賞式とはうって変ってすっかりくつろいだ様子です。

ある人が「彼女は自分自身に満足しているわね」といいましたが、誠にその通り。小さいときからみんなに大事にされ、女王さまのように思いのままに生きてきたのではないか、と思わせるほど自信に満ちた感じです。それに、今まで顔写真しか知らなかった私にとって意外だったのが、顔の下に続く〝真ん中〟部分のボリューム！　椅子に座るとせり出してくるその部分が、自信溢れる人物との印象をことさら強くする感じ（？）でした。

会は、ドイツ語版『偉大なるＭ・Ｃ』*の朗読ではじまりました。朗読者はこの本の訳者であるブラントさん。彼女は書店の経営者のひとりでもあります。かなり長く朗読が続いたところで、ヴァージニアがストップをかけ、そのあと自由な質疑応答にはいりました。

書架に隠れて顔は見えなかったのですが、質問者はあるいは中高生だったのかもしれません。「これまでに何冊本を書きましたか」「何冊売れましたか」「いくらお金を得ていますか」といった素朴（？）な質問も出ました。答は「三十冊。この秋に『人間だって空を飛べる』*の続篇が出ます。」「わかりません。とてもたくさん」（編集者が代って、彼女の本はハードカバーもペーパーバックもよく売れて、絶版になっているものはないと発言。）「たくさん。でも、書くことは、子どものときから大好きなことだから、それでお金を貰うのは、私にとってはステーキの上のグレービーみたいなもの」ということでした！

もちろん、もっと文学的（？）な質問もありました。『わたしはアリラ』*についてのコメントを求められたときは、あれは自分としては書き方に特別の工夫をこらしたもので、芸術的トロフィーをめざして書いたと答えていました。過去と現実を綯（な）うという試みを成功させた、自分としては〝偉大な作品〟と思っているとのこと。『偉大なるM・C』については、舞台の設定に意味があるのだといっていました。つまり、何か（具体的には山）に囲まれ、外界から孤立していながら、そこで起こることは、外界から影響を受けているという状況を選んだのだ、と。

当夜のお客さんにとって思いがけない〝おたのしみ〟は、ヴァージニアが作中の歌をうたってくれたことでした！　一つは『偉大なるM・C』の中の、母親が歌うヨーデル。実は『……M・C』はレコードになっているそうで、ヴァージニアはその中で母親の役を演じた由。全然構えず自然に澄んだ声を響かせて、私たちの耳をたのしませてくれました。

もう一つは邦訳の出ていない *The magical adventures of Pretty Pearl* *の中の歌。この歌は、ヴァージニアの義兄に当る人がそのお祖父さんから教わったもので、黒人奴隷たちが故郷のアフリカからもってきたものらしいが、歌詞の意味は調べたがわからないとのことでした。歌はうたう（うたえる）が意味はわからないというのは、アメリカにいる黒人とアフリカの関係を象徴的に表わしている、とヴァージニアはいっていました。アメリカの黒人は、アフリカに対して憧れと郷愁を抱いているが、彼らにとってアフリカは、もはや決して手の届かない存在なのだ、と。

彼女の歌を聞きながら、私はアンデルセン賞の資料の中にあった、彼女のインタビュー記事を思い出しました。それには、「学校を出るとすぐ私は名もないナイトクラブの歌手になりました。それから、一風変ったフォークシンガーに。そしてさらにモダンダンスグループのギタリストに」とありました。

歌が終ったとき、誰かがさっと赤いバラを一本さし出しました。ヴァージニアはすぐさまそれを口にくわえ、両手を顔の横でヒラヒラふってみせたのでした！

＊『偉大なるM・C』ヴァジニア・ハミルトン作　橋本福夫訳　岩波書店　一九八〇年
＊『人間だって空を飛べる――アメリカ黒人民話集』ヴァージニア・ハミルトン語り・編　金関寿夫訳　福音館書店　一九八九年
＊『わたしはアリラ』ヴァジニア・ハミルトン作　掛川恭子訳　岩波書店　一九八五年
＊ ***The magical adventures of Pretty Pearl*** by Virginia Hamilton, 1984. 邦訳『プリティ・パールのふしぎな冒険』ヴァジニア・ハミルトン作　荒このみ訳　岩波書店　一九九六年

五六号　一九九三年・冬

暮には例年職員からプレゼントを頂戴します。昨年のそれは見事なバラの花束でした。紫がかったピンクといえばよいか、ピンクがかった紫といえばよいか、華やかさと落着きがひとつになったような色合いで、なんとも美しいバラでした。そしてまた、このバラが、最近のバラには珍しく、香りのよいバラでした。近くを通ると、ふわっといい匂いがして、思わず花にひきよせられるのです。顔を近づけて息を吸い込むと、上品な香りがやわらかく身を包んでくれました。

バラが届いたのと同じ日に、アメリカの友人からクリスマスカードが届きました。この友人とは、大学三年のとき、国際学生ワークキャンプで知り合って以来のおつきあいなので、友情歴（?）はかれこれ四十年になります。奥さんとも親しく、例年クリスマスカードは奥さんが書いて寄越します。今年の分も、もう二、三日前にすでに届いていました。

あら、また?　と思いながら封を切ると、こちらはクリスマスの挨拶ぬきの近況を知らせる手紙で、最近生まれた三人目のお孫さんをまじえた一家十人の写真がはいっていました。長いおつきあいなのに、手紙はいつも奥さんだったので、私には彼の筆跡さえ珍しく、ああ、こんな勢いのある字を書く人だったのか……などと感心しながら読んでいったのですが、最後の文章のところで、ハッと目が止まりました。忙しく働いているそうだがと私を気遣うことばを記したあとに、ちょっと茶目っ気をまじえて、「きみは、どこかの時点で、今のそのモーレツなペースをスローダウンしなくちゃいけないよ——そして、バラの香りをかぐことをはじめなきゃ、ね」とあったからです。

Start smelling the roses か！　私は、ふだんまったく文学的な物言いをしない彼の口からこんなことばが出てきたのに驚き、しかもその便りが香りのよいバラと同時に届いたことの不思議に打たれました。こういうのを偶然の一致というのでしょうか。しかし、私がもっと深い驚きをおぼえていたのは、この忠告とバラが、私自身、今のペースを落とさなければ、と思い定めた、まさにそのときに届いたことです。

いつも「すること」が目の前にあって、せきたてられるように暮すのはよくない、もう少しのんびりできないものか、とはもう長い間ずっと思ってきたことでしたが、これまでなかなかそうはできませんでした。しかし、ここへ来て、こと仕事に関しては、スローダウンしなければならない、というか、せざるを得ない事態が生じました――バラの香りをかぐためではなく、老いの日を懸命に生きる両親と、もっと多くの時間をすごすためです。

幸いなことに、これまでの長い年月、元気に、またおだやかにすごしてきた父と母でしたが、さすがに九十一歳、八十七歳という年齢に達すると、老いもこれまでにない厳しさを見せはじめたようで、日々の生活にひとの助けを必要とするようになったからです。

こうしたことがあって、世にいう高齢者問題が、にわかに我が身のことになったのですが、そうしてみると、人の姿がずいぶん今までと違ったふうに見えてくるのに驚いています。老いというところから見ると、人生のそれぞれの時期のありようが、新しい意味をもって見えてくるのですね。

職業柄さまざまの老いの姿を見つめていらしたある方は、『〝グリムおばさん〟とよばれて』（ルジュモン著　高野享子訳　こぐま社）の中で引用されている、ある詩人のことば――もし、お前が老人を慰めたいと願うなら、子どもを幸せにしなければならぬ。なんとなれば、老人は、もう、慰めようがないのだから――の苛酷な真実を痛感するといわれました。

そういわれるとすぐ思い出すのは、ポール・アザールの『本・子ども・大人』(矢崎源九郎他訳　紀伊國屋書店)の中の——子ども時代は、人生の重みを引きずらないで生き、人生の分け前の最もよい部分をまず受取るべき時代だ——というあのことばです。

老いをいちばん手前に置き、そこに至る長い物語のはじまりとして子どもを見るとき、子どものいとしさがいちだんと痛切味を増します。人生の最もよい分け前を、それこそ取れるだけ取らせてやりたいと。それと同時に、よくいわれることながら、老人と子どもの共通点が見えてきます。両者には、働き盛り、元気盛りの人にはかくされている何かが見えているのかもしれません。

そういえば、老人と子どもは、昔から仲がよいものでした。いっしょにいることで、お互いにとてもいいことがおこるのでしょう。でも、今の日本では、子どもと老人がいっしょにいる場は、ほとんどありません。それは、社会全体としてはひどく損をしているというか、もったいないことのような気がします。

老人病院の廊下にある「お子さまづれの面会はご遠慮ください」というはり紙を、もっともなことと見ながらも、頭の中で、病室のあちこちに子どもがいる情景を空想したりします。反対に、子どものいる場に、どうやってお年寄りを招き入れることができるだろう、と考えはじめたりもします——たとえば、図書館の児童室には?

クリスマスのバラは、お正月まで生き生きと咲きつづけました。そばを通るたびごとに、その香りをかぎながら、こんなことを思ったことでした。

五七号　ランプシェード休載

五八号　一九九三年・夏

読者のみなさまはすでにご存じのことと思いますが、石井桃子さんが、五月に芸術院賞をお受けになりました。新聞にそのことが報じられて以来、私たちのところへも、何人もの方から喜びの声が寄せられました。館への送金の振替用紙の通信欄にひとこと書きそえてくださった方もあれば、長いお手紙をくださった方もあります。本棚から『たのしい川べ』を取り出して、大好きな個所を声に出して読み、それでわたしひとりのお祝いにしました、という方もありました。

そして、みなさんが異口同音におっしゃったのは、受賞は、石井先生のために喜ばしいのはもちろんだけれども、これで児童文学が正当に認められるという気がしてうれしいということでした。ほんとうにその通りだと思います。私たちは、そのうれしさを表わすために、六月末のある午後、東京子ども図書館に石井先生をお招きして、ごく内輪のお祝いの会をいたしました。

石井先生は、お元気なご様子で、受賞の知らせの電話を受け取ったところから、授賞式、宮中でのお茶に至るまでの次第を、ユーモラスにお話しくださいました。受賞までの手続きや、受賞者がしなければならない準備はたいへんなものだということがお話を聞いてわかったのですが、私たちは、ともかく先生がお元気で、この〝一大事〟を無事乗り切ってくださったことを喜びました。

当日おいでくださった渡辺茂男先生は、その昔、石井先生と湯河原の旅館で『子どもと文学』（昭和三十五年　中央公論社刊）の原稿書きをしたときの思い出話をなさいました。「あのとき、先生は、たしかピンクのセーターを着ていらして……」などとお聞きして、考えてみれば、そのころの先生は今の私よりずっとお若かったのだと気がつきました。それは何だかふしぎな気持でした。

また山脇百合子さんは、岩波少年文庫のない自分の子ども時代など考えられもしないとおっしゃり、子どもとして石井先生のお訳しくださったり、編集なさったりした本に親しむことのできた幸せを述べられました。そういえば、私も、大学時代、同じキャンパス内にある中高部の図書室まで足をのばし、岩波少年文庫を片っ端から読んだことを思い出しました。あんなにして夢中で読んだ『小さい牛追い』や『ハンス・ブリンカー』が、今の私につながっていることを思うと、これまたふしぎな気がするのでした。

二十周年を迎えることで、ここ一年ほどものごとのはじまりやつながり、時間の経過と人の関係について、考え続けてきたせいかもしれません。あるいは、老いた両親と暮しているために、人生を終りの時点から見るくせがついてしまったからかもしれません。このごろは、何かにつけて、ものごとがはじまって続いていくこと、または消えていくこと、さらには時や場所や形を変えて受けつがれていくことの諸相を特別の興味をもって見るようになりました。今流行のことばでいえば、目下の私のキーワードは「持続」と「継承」です。

持続と継承といえば、それについて考えさせられる出来事が、最近もうひとつありました。母校である大学から、入学案内をつくるのに、卒業生からのメッセージというページを設けてあるので、そこに登場するようにという依頼が来たのです。私で役に立つことならとお引受けしましたが、このときも卒業して三十数年も経つと、入学するときや在学中には考えもしなかったことを考えるようになるものだなあという感慨をもちました。

私の母校は明治八年（一八七五年）の創立なので、もうすぐ百二十年を迎えます。それだけ長く続けば、誰が見ても〝安定〟ということになるのでしょうけれど、そのはじまりは、二人の婦人宣教師による生徒三十人ほどの私塾でした。創設者のひとりは性格が控え目にすぎることや、年齢をとりすぎていること（来日時三十八歳）などの理由で、外国での任務には不適格とされたこともあったとか。また、開校のための費用は、すべて募金でまかなわれたのですが、その計画が話し合われた会議では、「席上委員たちは沈黙し、かなり重苦しい雰囲気」であったとか。校史の中に散見されるそうした記述を見ると、現在の安定からは想像しにくい初期の〝不安定さ〟が見えてきて、母校に対する思いがぐんと近くなります。（おそらく学生時代には、こうした記述は目に留まらなかったのではないかと思いますが。）

こんな風にしてはじまった学校に、八十年を経過した時点で私が学び、それからまた三十年を経て、こんどは新しい学生さんに呼びかける側に立つことになったわけですが、それも私に一種ふしぎな思いを起こさせます。

先日来、私が何かにつけて感じているこのふしぎな思いは、ひとつには人のつながりのふしぎ、もうひとつは、時間や場所を超えて、人の思いがつながっていくことのふしぎです。ひとりの人を時間と空間の大きな広がりの中においてとらえることのできる俯瞰カメラのようなものがあって、それでその人を写したとしたら、そこには、人と思いのつながりが網の目のように張りめぐらされているのが見えてくるのではないかと思います。その網の目の延びる先には、今はまだお互いの存在すら知らない人とも、つながりができていくかもしれない……そう思うとふしぎはたのしみに変ります！

五九号　一九九三年・秋

設立二十周年記念募金のお願いをみなさまに発送してから、そろそろ二ヵ月になろうとしています。以来多くの方からお寄せいただくご芳志にひたすら感謝しつつ、おひとりおひとりにお礼状を認めておりますが、きょうは、領収書と一緒にお送りしている小さな栞のことをお話しさせていただきたいと思います。

募金委員会でいろいろなことが話し合われたとき、ご寄附をいただいた方に、何かささやかな感謝のしるしをさし上げられないだろうかという声があがりました。いろんな案が出たのですが、私たちはことばを伝える仕事をしているのだから、何か心に残ることばを記した栞を作って、それをさし上げてはということに意見が一致しました。そのことばの選択は、結局私にまかせられることになり、私は、二十年の東京子ども図書館の歩みの中から印象に残ったことば、また私自身が励まされたことばを、そう、ちょうど子どもがポケットの中の宝ものをとり出すように、選び出しました。子どもについて二つ、本について二つ、お話について二つ、計六つのことばは、それぞれ違う色の小さな紙に印刷されて、今みなさまのお手もとに届けられています。栞自体はまことにちっぽけな紙切れにしかすぎませんが、そこに記されたことばは、読む人の心に、何かハッと思い当るものを呼びさますのではないか、どうかそうあってほしいと願っています。

六枚のうちの三枚について、少し説明をつけ加えさせていただきますと――「子供というものはもっと大きな可能性を持っているもので、非常にけちな人間に育たねばならん義理はないんだ……」は、今から十六年前、中野重治氏が、私たちの主催した図書館員の集りでお話しくださったときのことばです。いかにも氏らしい口ぶりで、お聞きしたときは思わず笑い出してしまったものでしたが、このときのお話の中で示された氏の子どもの文学についての〝憂国の情〟は、私たちの胸を熱くするものがありました。

どんな可能性を持って生まれても、だんだん大きくなっていけば、なかなかそれがすくすくと伸びていけない。まわりからいじめられるのだから。それに耐えていくためには、子供のときに伸びるものは伸ばせるだけ伸ばしてやるのが大人のつとめだ。……よってたかって非常にけちくさい人間を子供のときからつくりあげるように大人が朝から晩まで心を砕くというようなことは本当によくない……「そういうことは不道徳だ」と、氏は述べておられました。（このときの氏のお話は、「こどもとしょかん」*五号、六号に収録されています。）

実際に本を選ぶときは迷うことばかりで、子どもをけちくさい人間に仕立て上げる作品を、すぐそれと判断できない悲しさを味わうことの多い私たちですが、それでも氏が子どもの文学についてお書きになったものを読むと、いつもからだの中の血が勢いよく流れ出すような感じがして元気が出ます。

さて、次の一枚はお話について述べたジョージ・パパシヴァリのことばです。

「あなたが聞く物語は、昨日からあなたに届いた手紙です。それは、たくさんの手を経て届けられ、受け取った人は、それぞれ自分の追伸を書きそえます。『兄弟よ、私にとってもこの通りでした』と。そして、あなたがたがそれを語るとき、あなたは明日へ手紙を送っているのです。『兄弟よ、そちらではどうですか？』と」

これは何年か前、ある方からいただいたカレンダーに載っていたことばで、そこだけ切りとって大事にしまっておいたものです。パパシヴァリは、一八九八年グルジア生まれ。アメリカに渡って、ロシア料理店の女主人と結婚。二人で何冊かの本を書き、そのうちの何冊かはベストセラーになったという面白い経歴の人物ですが、このことばがどこからとられたかはわかりません。著書の中にグルジア民話集も一冊はいっているので、お話を聞いて育った人なのでは、と想像します。お話を、過去から受けついだことばを未来へつないでいく営みととらえ、それを昨日から受けとって明日へ手渡す手紙に見立てているのは心にくい限りです。この〝ことばの受けわたし〟を本についてとらえ、それを〝読書のくさり〟と呼んだのはエドウィン・カスタニャ氏でした。

「マーチン・ルーサー・キング・ジュニアは、彼の使命を遂行する道を、ガンジーの著作を読むことによって見出した。そのガンジーは、ヘンリー・ソーローによって、彼の平和運動のインスピレーションを得た。ソーローは、ヒンズーの聖典バガヴァッド・ギーターの影響を受けていた。この長い読書のくさりは、人を変えることによって歴史を変えていく活字の底力を示す古典的一例である。」

カスタニャ氏は、三十年前、私が児童図書館員としての第一歩を踏み出したボルチモア市立図書館の当時の館長でした。このことばは、氏が亡くなる直前に刊行なさった、著名人の読書記録を集めた書物*の中にあったものです。この本を読んでいて、読書のくさり――chain of reading ということばに出会ったときは衝撃を受けました。ああ、本を読むというのは、世界中に無数にはりめぐらされ、無限にのびていることばのくさりの中にとらえられるということなんだ、私たちの仕事はこのくさりの中に子どもたちを招き入れることなんだ、と瞬時に確認できた気がしたからです。

＊「こどもとしょかん」「中野重治氏にきく 一 ――子供はけちな人間に育たねばならぬ義理はない」 こどもとしょかん五号
一九八〇年・春、「中野重治氏に聞く 二 ――子供に真実を与えるやり方にあんまり愛敬がなさすぎる」 こどもとしょかん六号
一九八〇年・夏

＊読書記録を集めた書物 *Caught in the Act : The Decisive Reading of Some Notable Men and Women and Its Influence on Their*

Actions and Attitudes by Edwin Castagna, The Scarecrow Press, Inc., 1982. 内容は下記を参照。「長い鎖と時限爆弾――二〇〇三年度研修生の報告より」山口由美・中野百合子 監修 松岡享子 こどもとしょかん一〇一号 二〇〇四年・春

六〇号 一九九四年・冬

外国語のことばの中には、どうしてもうまく日本語に置き換えられないものがあります。英語の commit もそのひとつです。このことばを、辞書でひくと、委託する、（罪を）犯す、（精神病院に）収容する、危険にさらす、義務づける、見解を述べる……等々、互いに関連のなさそうな訳語がいくつもあがっていて、いったいこのことばの真意は那辺にありや？ と疑問に思ってしまいます。

しかし、このことばが実際に使われている場面を見ると、be committed to という受身の形や、commit oneself to という形で、何かに「関わり合う」という意味に使われていることが多いのです。それも、関わる本人の方に、相当の覚悟があって、一歩も二歩も踏みこんで関わる、本気で取組む、身を捧げる、といったニュアンスをもっているように感じます。ことに to のあとに続くことばが、世界平和とか、子どもの幸せとか、障害者の福祉とか、誰もがその実現を願う高い目標である場合には、その意味合いが強くなります。

ところで、世の中には、いろいろな目標を掲げて活動をしているさまざまな機関や集団があります。（子どもと本の幸せな出会いを願う私たち東京子ども図書館もそのひとつですが）親に育てられない子どものために養親を探す、医者のいない地域に医師や保健婦を派遣する、目の不自由な人のために朗読サービスをす

る、乱開発から自然を守る、学校へ行けない人に読み書きを教える、思想や信仰の故に捕えられ不当な扱いを受けている囚人を助ける、難民に自立のための職業訓練を行なう、等々。私が多少ともその実態を知り得たものだけでも、どんなに数多くの、多様な活動が行なわれていることでしょう。そして、それらは、どれもが必要とされ、やる価値のある活動なのです。できれば、私自身そのどれにもcommitしたいという気がします。

しかし、悲しいかな身体はひとつ、一日は二十四時間、よいと信じる活動のすべてに深く関わることはできません。そこで、私がするのは——私にできるのは——私に代ってそれらの活動に身を捧げてくださっている人に感謝の思いを込めて、いくばくかの会費をそれらの団体や機関に送ることです。でも、それはいちばんたやすいことです。私は、いくつかの活動にこうした形で参加してきましたが、お金、それも自分の生活を脅かす恐れのまったくないわずかな額を送る度に、仕事のいちばんしんどい部分を担わないでいる自分の関わり方に、いささかのうしろめたさを感じないではいられませんでした。いくつもというわけにはいかないにしても、せめてひとつはほんとうにcommitしたい。以前からそう思っていたのが、ここへきてようやくそのひとつを心に定めることができました。

それは、死刑廃止運動です。存続論、廃止論にはそれぞれの主張がありますが、私が死刑に反対する理由は単純です。我が国では、死刑になるのは殺人罪ですが、殺人が極刑に値する大罪であるなら、なおのこと国家がその大罪を犯すべきでないということです。(国家といっても、実際に死刑囚に目隠しをし、手錠をはめ、その首に縄をかけ、執行後の遺体の世話をするのは、それを職務と定められた公務員です。その人たちの精神的重荷は、想像に余りあるものがあります。)

それにもうひとつ、死刑を論じるとき、ほとんどの人は、自分も死刑囚になり得る、あるいはなり得たかもしれないという前提には立っていません。しかし、自分にその可能性がないというのは、それほど確かなことなのでしょうか。また、よしんばないとしても、それは自分の功績でしょうか。

このことを考えるとき、いつも私の耳に響いてくるのは、レバノンの詩人ハリール・ジブラーンの『預言者』という作品の中の「罪と罰」という詩です。ジブラーンは、この詩の中で、善と悪、正と邪は人間の中で分かち難くからまりあっており、悪事を働く者を自分たちのうちのひとりでないと見るのは当っていないことを、いろんな比喩を用いてくり返し述べています。中でも私が忘れられないのは次の数行です。

——たとえ一枚の木の葉といえども、樹全体の沈黙の知識なくして黄ばむことはない。と同様に、悪事を働く者は、あなた方すべての隠された意志なしには、悪事を行なうことはできないのだ——

同じ樹につらなり、同じ樹液に養われている葉が、黄色くなった一枚をどうして排除できるでしょうか。

ところで、私に黒い表紙の『預言者』*の一冊を贈ってくれたのは、アメリカの図書館学校で同級生だったひとりの友人でした。三十年も前のことです。以来ひとりで、また英語を勉強したいという若い人たちと一緒に、何度くり返しこの本を読んだことでしょう。そして、死刑についてもそうであったように、何かについて考えるとき、ふとこの中の一節が頭の中で響きはじめるのです。

私があたかも自分の考えであるかのように思うものも、実は、この一冊をはじめ、数多くの本が私の心に届き、そこに根を下ろし、私を養ってくれた結果なのです。この世に本があり、友情のしるしとして私に本を贈ってくれる友人がいることの幸せを思うとき、私が全面的にcommitする最大の対象は、やはり子どもと本に尽きる——私の気持はぐるっとひとまわりして、結局はここに落着くのです。

＊『預言者』*The Prophet* by Kahlil Gibran.

六一号　一九九四年・春

「……人が青年時代に遭遇した事件、出逢った人、そしてこれが問題だと考えたこと。それは深くその人の生の根柢に根を張る。……（人は）それを自分の課題として一生背負って歩く。……」

この文章は、以前、国語学者大野晋氏の書かれた「語学と文学の間――本居宣長の場合」（『文集日本語について』＊日本書籍　一九七八年）のなかに見つけたものです。講演の記録であるらしいこの一文のなかで、大野氏は、大槻文彦がなぜ五十年もの長い間、『大言海』という辞書を作る仕事に精魂を傾けることができたのか、上田万年（かずとし）がなぜ表音文字の採用にあれほどの情熱を注いだのか、という疑問を解き明かすことからはじめて、本居宣長がなぜ「源氏物語」を深く読むことができたのかという問いに迫ります。これは非常に興味ある文章なので、みなさんにもお読みいただくとよいと思い、ここで〝答え〟は明かしませんが（!・）、大野氏は、学問とは、「人間が、青年期に自分に対して荷物として課したものを運びきろうとして努力を重ねて成しとげることであり、あるいはまた、青年期に自分の中に傷として受けたことを癒そうとし、あるいは傷を浄化しようとして、さまざまな形を与えて世の中に現わして行く制作物であるのです」といっています。

私は学問に従事してきたわけではありませんし、決定的なひとつの事件、ひとりの人との出会いによって、現在の道を選びとったわけではありません。しかし、東京子ども図書館が二十周年を迎えた今、館の歩みと自分の人生を重ね合わせ、何が今日まで私を支えてきたのかと考えると、それはやはり私が青年期に抱いた願いであり、決意であったことに思い至ります。わけても、二十代の後半に、児童図書館員一年生としての日々を過ごしたアメリカのボルチモア市立イーノック・プラット公共図書館での体験がすべての始まりであったことを思います。あれこそが、文字どおり職業人としての私の人生の根底に根を張り、以後私に仕事へのエネルギーを供給しつづけてくれたもとだったのだ、と。

今年一年「こどもとしょかん」を二十周年記念特集号として編むことになり、私の「ランプシェード」もいつもの二倍の字数をいただけることになったので、私がまず考えたのは、この機会にもういちどプラットでの日々をふりかえり、そこでの体験を綴ってみようということでした。私がプラットで働いたのは、一九六二年九月から翌年の十月にかけてです。信じられない気がしますが、もう三十年も昔のこと。これはいささか旧聞に属します。プラットも今はずいぶん変わったでしょうし、当時のやり方が、現在の日本の図書館事情にどこまで通用するかもわかりません。しかし、一九五〇年代から六〇年代にかけてのアメリカの公共図書館の児童奉仕は、たしかに図書館奉仕の達し得るひとつの頂点にあったと思いますし、イーノック・プラットは、その動きのなかで指導的な役割を果たした館のひとつだったことに間違いはありません。事柄の古い新しいは別として、そこには、極東の敗戦国からやってきたひとりの女子学生に、〝一生背負って歩く課題〟を与えるだけの何かがあったのです。仕事の実際にできるだけ具体的にふれながら、四回にわたって、その何かをもういちどさぐり、この手につかみなおしてみたいと思います。

さて、一回目の今回は、もし題をつけるとすれば、「職業に対する忠誠心について」ということになりましょうか。忠誠心などということばは、今ではもうめったに耳にすることのないものになってしまいました。忠誠を誓うべき対象がなくなったからかもしれませんが、やや古めかしい忠節、忠実といったことばを含めて、尊敬と愛情、それに誇りのまじりあった熱い気持を表わすこのことばを私は好ましく思っています。私がプラットでの日々をとおして、図書館員や図書館、さらにはそこで扱う書物全般に対して抱くようになった気持は、まさにそれだからです。私はその気持を、就職一日目にして、はやくもしっかりと植えつけられたのでした。

それは一九六二年九月四日のことでした。同じ日に仕事をはじめることになった六人の新採用者——全員女性、児童図書館員は私ひとり——は、まず人事部長のミス・ヒューバーから事務手続上の事柄について種々説明を受け、何通かの書類にサインをし——そのなかには、政府転覆をもくろむ政治活動には参加しないという誓約書もありました！——それから館長室へつれていかれました。当時の館長は、エドウィン・キャスタニヤ氏。後に、アメリカ図書館協会の会長にもなった方で、公共図書館一筋に歩んでこられた方でした。人事部長が六人をひとりひとり紹介し、私たちは次々に館長と握手をかわしました。それがすむと、キャスタニヤ館長は、顔つきと同じ温かさとおだやかさを湛えた声で、こういわれたのです。

「私たちは、本はよいものであると信じる人々の集団に属しています。私たちの任務は、できるだけ多くの人をこの集団に招き入れることです。どうかしっかり働いてください」

たったこれだけの短い挨拶でした。ほかにも何かおっしゃったのかもしれませんが覚えていません。最初のひとことが、大袈裟でなく雷のように私を打ったからです。まず「私たち」ということば。これは、ここではもちろん「図書館員」を意味していましたが、不思議なことに、キャスタニヤ館長が「私たち」とおっしゃった瞬間、私はこの職業集団に抱きとられた気がしました。そして、その集団は、本がよいものであると信じる人々の集団だと館長はいわれるのです！　なんと明確で、納得のいく、そしてうれしい定義でしょう。児童図書館員としての私の仕事は、子どもたちを、本がよいものであると信じる人々の仲間に引き入れることなんだということが、これで瞬時に、はっきりわかりました。目の前に、白い道がのびているのが見えたような気がしたのを覚えています。

館長のこのときのことばに、なぜ私が雷に打たれたような衝撃を受けたかといえば、私がこのとき、働くという自覚をまったくもっていなかったからだと思います。学生ビザで渡航した私は、ほんとうは、アメリカで働くことは許されていませんでした。ただ、学校で勉強した分野の仕事に、学校に在籍した期間を越えない範囲で従事するなら労働許可を与えてもよいという規定があり、図書館学を専攻した私は、図書館でなら働いてもよいことになっていたのです。これは、お医者さんの場合のように、インターンと呼ばれていました。つまり、私にとって、プラットで働くことは、勉強の続きという意識しかなかったのです。

私の頭のなかには、学校で学んだことが実際はどんな風に行われているのか、ひとつ見てみましょうということしかなくて、自分が市民にサービスをする立場にあることなど考えてみたこともなく、ましてや、利用者の前では、自分がプラットの〝顔〟になるのだということなど思ってもみませんでした。

キャスタニヤ氏のことばは、職業意識のまったく欠落したこの空白状態に降ってきたので、それで雷のように私のからだのまん中を貫いてしまったのだと思います。とにかくこのとき、このことばによって、私のなかに職業人としての背骨（バックボーン）が、すっと一本通った気がしました。その後、このことばは、事あるごとに、私を支えてくれました。仕事の上で何か決めなければならないとき、どちらを選択するか迷うとき、このことばに立ちかえって、自分がしようとしていることが、人を〝本がよいものだと信じる〟方向へ向かわせるかどうか問いかけると、自ずととるべき道が明らかになったからです。

ともあれ、私はこうして当時パートタイムを入れると七百六十人もいたプラットの職員のひとりになり、市内に二十五ある分館のうち、いちばん規模の小さいセントポール街分館で働くことになりました。（ちなみに当時のボルチモアは、人口九十八万。本館の蔵書数百五十万冊。フルタイムの職員は五三六人、うち専門職は二〇三人でした）

分館に配属される前の四日間、私は中央館の児童室にいて、そこの室長のケイプルスさんと、児童部の部長ジンネットさんから、児童奉仕のオリエンテーションを受けました。このとき、おふたりにいわれたことで、今でもはっきり覚えていることがあります。中央児童室に足を踏みいれた日、ケイプルスさんが、最初に私におっしゃったのは、次のことばでした。

「子どもが、あなたに『本読んで』といってきたら、何はさておいても読んでやらなくちゃいけませんよ。あなたがここでする仕事のなかで、本を読んでもらいたがっている子に本を読んでやること以上に重要な仕事は何ひとつないのですから」

また、ジンネットさんが、児童図書館員の心得として話してくださったことのなかには、こんなことばがありました。

「子どもに愛されたいと努めてはいけませんよ。子どもに尊敬される人になるように努めなさい。愛情は、尊敬に必ずついてくるものですから」

（私は、何年も後に、日本のある図書館で、児童奉仕担当者が、「子どもと仲よくなろうと思ってね」といって、机のひき出しに貯えてあるキャラメルを見せてくれたとき、突如としてこのジンネットさんのことばを思い出したのでした！）

私が配属された第六分館は、一八九六年、イーノック・プラットによって建てられた赤いレンガ造りの平屋建。部屋は一部屋で、児童室はその一隅を書架で仕切っただけのものです。スタッフは分館長と私の二人の専門職員に、二人の事務職員（主に貸出し業務を担当）、それに用務員の五人世帯です。ほかに本を書架に戻す作業をするペイジと呼ばれるアルバイト（これは高校生）がひとりいました。組織としては最小単位であるこの分館でさえ、ちゃんと児童図書館員を確保していることに、私はまず感心しました。

分館長のクックさんは、五十代後半の女性で、毎年夏にはカナダのブリティッシュコロンビア大学の図書館学校で参考業務を教え、参考図書についてのガイドブックも著しているベテラン中のベテラン図書館員でした。専門職が二人しかいないこの分館では、金曜日はそのどちらかがひとりで夜勤をせねばならず、そのこともあって、私は、子どもの蔵書だけでなく、おとなの蔵書にも関心をもつように、クックさんから仕込まれました。

クックさんは、毎週木曜日、本館へ新刊書の注文にいくのですが、帰ってくると、控えのカードを私に見せて、何と何を買ったかということをくわしく説明してくれました。このとき、彼女が「これは○○さんに、こっちは○○さんに」と、その本を喜びそうな利用者の名前を一々あげるのが、私には驚きでした。常連の利用者と館員は、本をとおしてそれほど親密に結びついているのか、と。

利用者といえば、プラットでは利用者のことを、patron（ペイトロン）と呼んでいました。これは、商店などでは常連の顧客を意味することばですが、ご存じのように芸術家や慈善事業の後援者、保護者をも意味します。ここにも、図書館が〝お客〟を大切にし、自分たちの仕事の本質が奉仕（サービス）にあることを認識している事実が表われていると思いました。

今考えてみると、こうして私は、就職して一週間もたたないうちに、はや図書館員精神ともいうべきものをしっかり教えられ、この職業に愛着と誇り——忠誠心をもつよう導かれていたのでした。

＊『文集日本語について』大野晋著　日本書籍　一九七八年／『日本語について』角川文庫　一九七九年／岩波書店（同時代ライブラリー）一九九四年

六二号　一九九四年・夏

さて、前回にひき続き、イーノック・プラット公共図書館での私の体験談を続けさせていただきましょう。今回は、蔵書のことや、本の選択のことなどを中心にお話ししたいと思います。

前にも申し上げたように、私は、中央図書館の児童室での短い研修のあと、すぐに小さな分館に配属されました。そこでは、児童図書館員は私ひとりですから、働きはじめたその日から、児童奉仕に関する仕事は、全責任を私が負わねばなりません。厳しいことには違いありませんが、新参図書館員にとって強い味方が三つありました。

第一は、完備した「スタッフ・マニュアル」です。児童奉仕の理念、目的にはじまって、日常業務の細かい手順に至るまで、事細かに、しっかりと記されたこの仕事の手引きは、いつどんな問題にも指針を与えてくれる大きな助けです。それに加えて、歴代のこの分館の児童図書館員が残しておいてくれた年次報告があります。それによって、地域の特性や、最近の状況、近隣の学校との関係などをかなり具体的につかむことができます。

第二は、毎日直接共に働く分館長と、貸出係です。幸い、私の場合、この方たちは、公共図書館についての超ベテランであるばかりでなく、この分館に長く勤めていて、地域の事情と常連のお客さまにくわしいので、ほんとうに助かりました。貸出係は、非専門職員ですが、始終本に触れているので、子どもの本についても、基本的なものはちゃんと頭にはいっているのでした。

そして、第三が、児童奉仕部。正式の名は、Office of Work with Children。中央館、分館を合わせて約四十人近くいるプラット図書館の児童図書館員の総元締めです。ここには、児童奉仕部長、副部長（主として学校との関係を担当）、それに部長補佐（ストーリーテリング担当）と三人の役職者がおり、全館に於ける子どもへの奉仕（サービス）を監督し、その水準を維持するべく努めています。未経験の児童図書館員は、万事につけて児童奉仕部の助言を受けて仕事をすすめるのです。逆にいえば、こうしたバックアップ体制が整っているからこそ、私のような留学生にも、思いきって一館の児童奉仕をすべて任せることができるのでしょう。

私に与えられた仕事の中でも、分館の児童書の予算をどう使うかは、もっとも責任の重いものでした。私の分館は蔵書規模が小さく（六千冊）、かつ本のいたみが激しいので、児童奉仕部は私に、全予算の約六割を基本的な本の買い替えに、残りを新刊購入に当てるよう助言してくれました。買い替えは、まとめて年に三回、新刊は毎月注文しますが、一回当りに使える金額を計算して、買いたいものをリストアップし、児童奉仕部長と分館長に見てもらってから決定するようにしていました。

新刊書の選定は、児童奉仕部で組織全体として行うことになっていました。児童奉仕部には「図書選定室（ブックセレクションルーム）」

と呼ばれる部屋があり、そこに、新刊書、及び出版社から刊行以前に送られてくる見本書が、それぞれ評価票(レビュースリップ)をはさみこんで並べられています。

選書委員会は、月一回、通常第一火曜日の午前半日を使って行われます。正規の児童図書館員は、十人前後の三グループに分けられ、十〜十二月、一〜三月、四〜六月の、いずれか三か月間、選書委員をつとめます。(七〜九月は夏休み)

選書委員になると、最低月三冊、本を読み、評価票にその結果を記入しなければなりません。担当する本は、毎週部長補佐から送られてきて、一週間以内に返すことになっています。部長補佐と副部長は必ず、部長は必要に応じて、選書の対象になる本すべてに目を通します。

選書委員会の当日は、各自が担当した本について報告し、奉仕部の三人からもコメントが加えられ、討論が行われます。そして、プラット図書館全体としてその本を受け入れるかどうかを決めるのです。意見が分かれたときは、別の人に読んでもらい(場合によっては、常連の子どもに読んでもらって感想を聞き)、次回の委員会で再度検討しなおします。

こうして受け入れが決定した本は、注文票(それぞれの分館が何冊購入するか書き込むようになったもの)をはさんで一定の棚に別置され、児童図書館員は、その月の締切り日前までに、本館に足を運んで、本を直接手にとって、評価票を参考に検討し、注文するのです。

選書委員会のメムバーは、経験年数、配属されている分館の地域(住宅街、ビジネス街、スラム等)、本人の得意なジャンルなどによって、バランスよく構成されています。一年生館員の私などは、特にこの会で二十年以上のベテラン館員の話を聞くのがたのしみでした。

新人は、選書委員になっても、最初の二ヵ月は評価票を記入する義務はありません。しかし、就職の際、あらかじめ自己申告しておいた特別の領域（個人の趣味も含めて特別の知識や関心のあるテーマ）に関する本が評価の対象となった場合は、児童、成人にかかわらず、意見を求められることがあります。たとえば、日本についての本は私に、というふうに。

ところで、蔵書を生き生きしたよい状態に保つためには、常時新刊を入れることと同時に、汚れたりいたんだりした本や、読まれない本――これは「座り屋（シェルフ・シッター）」と呼ばれていました――を取り除くことが必要です。私の知る限り、プラット図書館では、休館して曝書を行うことはしませんでしたが、weeding（雑草抜き）と呼ばれる除籍作業は、まめに行っていました。そして、私の分館では、年に一回、児童奉仕部から副部長さんが来て、児童書の総点検が行われました。

この蔵書点検では、棚にある本を一冊一冊抜き出して、汚れ、いたみ、貸出状況を調べ、全体のバランス――フィクションならば同じ作家の作品、ノンフィクションなら同じテーマの本が多すぎはしないかといったこと――などを見ていきます。副部長のMさんが、このとき、一冊一冊の本について、さりげなく、それがどんな本で、どんな子に向くか、どんな質問に答えるときに便利か、といったことを、次から次へ話してくださいました。これには、心底驚きました。いったいどれだけの知識が、彼女の頭の中に蓄えられているのだろうと、舌を巻く思いでした。

こうして一年にかなり多数の本が除籍されます。その際、除籍される本を、それと同じ本で買い替えるかどうかを決めるための道具（ツール）として「補充リスト（Replacement List）」というものがあります。これは、ことばをかえていえば、プラット図書館の基本蔵書目録といってもよいもので、このリストに載っている本は、除籍と同時に補充することになっているのです。

このリスト自体も、今年はノンフィクション、翌年は昔話、詩、その次はフィクションというふうにジャンル別に分けて、毎年改訂されます。ベテランの児童図書館員をチェアマンに、中堅を二、三人、それに必ず新人を加えた作業部会が八つほど作られ、その年検討することになっている補充リストのある部分を割り当てられます。メムバーは、その部分の本を読みなおし、部会で討論した結果、補充リストから落したほうがよい本、つけ加えるべき本を提案するのです。

作業部会からの提案が出揃ったところで、月一回中央館で開かれる児童図書館員のミーティングを、補充リストの検討会に当て、全員による討論が行なわれます。面白いのは、このとき、リストからはずすよう提案された本でも、たったひとりでも支持する人がいれば、リストに残すことになっていたことでした。

さて、わずか一年ながら、こうしたシステムで運営されている蔵書管理の実際を体験して、私が学んだのは、図書館の蔵書は、時間と手間ひまをかけて育てていくものだということでした。それまで図書選択というと、新刊書を選んで購入することだけを考えていたのですが、そうして受け入れた本のその後を見守り、利用の状況を見極めて、取り除いたり、補充したりすることも、また図書選択なのです。そのように本の入り口から出口までを見届けて、常に蔵書に手を入れていくことで、年月を経るうちに、蔵書が作り上げられていくのだと思いました。

もうひとつ私が羨ましく思ったのは、実際に本の選択に当る館員の層の厚さと、質の高さです。システムがどのように整備されていても、結局判断を下すのは個々の館員なのですから、その識見や、感性が選択の質を決めていきます。プラット図書館の場合、全体で四十人近い児童図書館員を擁しており、その中には児童奉仕部の三人をはじめ、二十年、三十年という経験の持ち主がいて、その人たちの総力で、館全体の蔵書の水準が維持されていることを感じました。新人館員は、この集団の中で、選書委員会や、補充リスト改訂の作業部会等、実際の仕事を通じて訓練されていくのです。

訓練といえば、新任の児童図書館員には、子どもの本を見る目を養うための特別レッスンの機会が与えられています。勤めはじめて二年以内の専門職員には、勤務時間中に、かなりの時間を割いて現場研修が行われるのですが、そのひとつに、児童奉仕部長による「個人教授」があるのです。新しく就職した児童図書館員は、約三百冊の本からなる基本読書リスト（Basic Reading List　通称ベーシック）をわたされます。それには、児童文学や子どもの読書、図書館に関する本（スミスの『児童文学論*』や、アザールの『本・子ども・大人*』も含まれる）約二十冊、絵本約四十冊、昔話・神話・伝説・ファンタジー五十冊、字を読みはじめた子どものための本六冊、ノンフィクション（伝記、科学の本など）六十五冊、索引、目録などの参考資料八種のほか、フィクションが七〜九歳、九〜十一歳、十一〜十四歳の三段階に分けて約百冊あげられています。

これらの本は、「図書館学校の児童文学のコースですでに読んだはずの基礎を補足し」、「比較的新しい作品を紹介し」、「それを完全に頭に入れることによって、館の蔵書を十分に使いこなせるようになる」ことを目的にリストアップされています。新任者は、自分で児童奉仕部長のアポイントメントをとって、六週間に一度の割合いで部長と面接し、このリストに載っている本について話し合うように、そして、就職後二年以内に、すべての本についての討論を終えるようにと、申しわたされます。

残念ながら、私は、在職中に、二回しかベーシックの「授業」をとることができませんでした。学校でさえ、これほど徹底した、これほど個人的な勉強の機会はなかったことを思うと、もっと頑張って多くの本について話し合えばよかったのに、そしてそれをきちんとノートしておけばよかったのにと、今にして悔まれます。

一回の「授業」は、約一時間で、学校と違ってすぐ成績がつくわけではなく、思ったよりずっとくつろいだ話し合いでした。私の感想に対して、部長さんが、その本に対する子どもの反応がどうだったかを、多くの例をひいて話してくださったことが特に印象に残っています。「子どもがどう読むか」を常に考えるようにと強調なさりたかったのでしょう。

思えば贅沢な状況でした。児童奉仕部が対外的にもたくさんの仕事を抱えながら、新人の教育に、これだけ多くの時間と心をかけてくれたのは驚くべきことでした。しかし、これも、館が組織全体として、蔵書と奉仕（サービス）の質の水準を高く維持しようとする姿勢をもっていることの現われだと思います。

＊『児童文学論』リリアン・H・スミス著　石井桃子、瀬田貞二、渡辺茂男訳　岩波書店　一九六四年／『同』（岩波現代文庫）二〇一六年

＊『本・子ども・大人』ポール・アザール著　矢崎源九郎、横山正矢訳　紀伊國屋書店　一九五七年

六三号　一九九四年・秋

今回は、イーノック・プラット図書館の児童奉仕の一年間の活動暦についてお話ししましょう。児童図書館員の仕事としては、まず毎日やって来る利用者に対して、本を読んでやったり、本を探すのを手伝ったり、調べものの相談に乗ったりという基本的な奉仕活動がありますが、そのほかに、本を読む、選ぶ、購入する、古くなったり、いたんだりした本を取除き、蔵書をいい状態に保つといった、常時、あるいは月ごとに必ずしなければならない通常業務があります。（プラット図書館では、目録をとったり、カードを作ったり、本を貸出すために装備したり、あるいは貸出、返却、登録の手続きをしたりといったことは、それぞれの担当者が別におり、児童図書館員の仕事の中には含まれていません）

そして、それ以外に、年間を通じて、季節ごとの活動が、児童奉仕暦ともいうべきものの中に組み込まれています。私は九月に就職しましたので、秋からの一年を追ってみましょう。

全市の分館で、十月末のハロウィーンを期して一斉にはじまるのが「お話のじかん」です。プラット図書館では、秋のハロウィーンから、翌年春のイースターまでをお話のシーズンと定めており、この約半年間、毎週一回お話をすることになっていました。これは、六歳から十二歳を対象にしたお話のじかんで、それ以下の子どもを対象にした学齢前のプログラム（Pre-School Story Hour）は、その必要があり、館員にも余力のある分館のみ、独自に計画して行っていました。

曜日と時間は、分館で決めてよく、それを児童奉仕部に報告すると、全分館共通に製作されたポスターとチラシ（しおり）に、それぞれの分館のお話のじかんの曜日、時間を書き入れたものが、十月早々配布されます。館のよく見える場所にポスターを貼り、子どもたちにはチラシを配って、お話のじかんのはじまりを知らせます。

児童図書館員は、シーズンに備えて、〝お話の仕込み〟にはいります。そして、シーズンのはじまる前に、プログラムを一覧表にして、お話担当の児童奉仕部長補佐に提出します。私のような未経験の館員は、それだけではなく、事前に部長補佐の〝特訓〟を受けます。このときは、実際に、一回分（三十分）のプログラムを部長補佐の前で語らなければなりません。それでよしとなってはじめて、お話のじかんを開くことができるのです。

児童図書館員が、月一回中央図書館でミーティングを開くことは前にも申し上げましたが、お話のシーズン直前のミーティングは、ベテランから新人まで、何人かの館員によるお話大会で、みな同僚の語るお話を楽しんで気分を盛り上げます。これはお話シーズンの幕開けを祝うお祭りのようなものでした。

私の分館は全館一室の小さなもので、児童コーナーは書架で仕切られているだけです。もちろん、お話のへやはありません。お話は、コーナーの入口をつい立てで仕切ってやりました。少ないときは二十人、多いときは四十人くらい子どもたちは床にビニールのクッションを敷いて座ります。私は低いスツールに腰かけ、の子どもたちが集まったでしょうか。元気な男の子が多く、生き生きと反応するよい聞き手でした。

面白かったのは、私のお話のじかんには、もうひとり、大人の聞き手がいたことです。あるとき分館長さんに教えられてわかったのですが、お話のじかんになると、児童コーナーと大人のそれとをへだてている書架の向こうに、いつも同じ色の帽子が――てっぺんだけですが――見えるようになったのです！「あの人、本を探すようなふりをして、いつもお話聞いてるのよ」と、分館長さんは、おかしそうに笑いました。そんな風にして、私の拙いお話をたのしんでくれた人がいたなんて。気がつかないふりをした方がよいと思い、ついにお顔を見ることはしませんでしたが、今でもそのことを思い出すと、口もとがほころんでしまいます。

子どもにお話するのがたのしい分、お話を準備するのはたいへんでした！　シーズン前におぼえたお話はたちまち底をつき、週ごとにめぐってくる金曜日を、まるで大波が押し寄せてくる思いで乗り越えました。昔話にはきまりきった三つのくり返しがあることでどんなに救われたでしょう！　私を外国人扱いせず、信・頼・し・て聞いてくれた子どもたちにも大いに助けられました。おかげでなんとかイースターまで無事語り終えることができたのでした。

部長補佐は、シーズン中に各分館のお話のじかんを、最低一度は見てまわります。お話や、お話のじかんの運営方法についてアドバイスをするのが目的ですが、子どもたちにお話もしてくれます。南部なまりの柔らかな物言いが特徴の彼女のユーモラスなお話を、子ども私もたのしんで聞きました。

お話のシーズンが終ると、次は「学校訪問」です。学校訪問というのは、毎年五月と六月の二ヵ月間に、プラット図書館の児童図書館員が、市内の全小学校の全クラスを訪ね、子どもたちに図書館が編集したLet's Read（さあ、読もう）という学年別の本のリストを手わたし、図書館の紹介や活動の説明をするものです。このため、私立を含む全市の小学校がいずれかの分館の担当と定められています。

私の分館の場合は、地域の私立二、公立六の計八校が受持となっていました。四月にはいると、これらの小学校に電話をかけ、訪問の日程を決めていきます。一校に二日がふつうですが、午前中に十ないし十五のクラスを訪ねます。十分刻みのスケジュールで、教室から教室へ本を抱えて走ったものです。

クラスでは、自己紹介をし、分館の場所を説明し、ブックリストを配ってから、その中に出ている本を数冊、実物を見せながら紹介します。そして、ぜひ図書館へいらっしゃい、待っていますよ、と〝勧誘〟するのです。

この学校訪問では、校長先生のお人柄によって校内の雰囲気がずいぶん違うことや、カトリックの学校は、一クラスの人数が多く、全員が黒板の方を向いて座っており、はじめと終りに「起立」「礼！」があるなど、日本の学校によく似ていることを興味深く思いました。帰るとき、全員が起立して、声を揃えて「神（ゴッド）のご祝（ブレス）福を（ユー）、ミス・マツオカ！」と送り出してくれたクラスもありました！

学校で、図書館の常連の子どもに会うのはうれしいことでしたが、ひとり、馬のお話が大好きで、図書館ではとても明るく、活発に振舞っていた女の子が、学校では、いわゆる特殊学級におり、まるで別人のように暗い顔つきをしていたのにはショックを受けました。図書館が、その子にとって、どんなに大切な場なのかを知らされた思いでした。

八校全部の学校訪問が終る六月下旬には、もう夏休みがはじまります。そして、それは図書館の「夏の読書クラブ」の季節です。クラブに参加し、六週間に八冊、あるいは八週間に十冊、図書館の本を読み、その内容を図書館員に口頭でレポートした子には図書館から〝お免状〟が出るのです。それには「(子どもの名前)は、イーノック・プラット公共図書館の夏の読書クラブのメムバーとして、一九六二年夏、六週間の間に八冊の本を読み、それについて満足すべき報告をしたことを証明します」とあって、館長と、分館児童図書館員の署名があります。

クラブは、毎年違うテーマで行われます。私が働いた年は「救出者クラブ」でした。この行事に参加する分館には、タテヨコ一メートルくらいのボードに、巨人、魔女、竜、ガラスの山など、昔話や神話に出てくる恐しいものの絵が描かれたものが送られてきます。一方、クラブに参加する子どもたちには、自分の名前を書いた男の子か女の子の紙人形がわたされます。一冊読んで報告した子は、巨人なら巨人から主人公を救出したとして、巨人の絵の上に自分の人形をピンでとめます。こうしてひとつずつ危険を克服しながら、最終のお城まで人形をすすめる……という趣向なのです。

前年度は「ダイバーズクラブ」で、深くなるほど色の濃くなる青い海の絵に、水深××フィートと線が引かれ、水着姿の紙人形が、水面からどんどん深くもぐっていくという趣向でした。

夏休みは、来館者の数が減りますので、館内は、どことなくゆったりした感じになります。ですから、読んだ本の報告に来る子どもと、ゆっくりおしゃべりすることもできるのです。これは、本についての子どもの反応を直接知ることのできる貴重な機会なのですが、残念ながら、私の場合、知らない本が多く、一方的に子どもの話――それも、かなりたどたどしく要領を得ない――を聞くだけで、的確な質問もできず、もどかしい思いでした。こうした子どもとの接触から、実質的に内容のある話を引き出すには、やはり十分な本の知識と、かなりの年月にわたる経験が必要だと思わせられました。

分館によっては、夏休みの終りに、読書クラブの打ち上げパーティを開くところもあります。庭の樹かげで、レモネードとクッキーなどをたのしみ、例の認定証の授与式をするのです。残念ながら、私の分館には、庭も、集会室もなく、パーティはありませんでした。七月後半から、八月にかけては、長期休暇をとる館員が多く、図書館もお休み気分、みんな一息入れて九月の新学期に備えるのです。

児童奉仕についていえば、以上がプラット図書館での活動暦です。この他に、学校からクラス単位で図書館を訪れる学級訪問や、児童図書館員が特定のクラスを訪問して、担任の先生の要望によって、そのとき子どもたちが学習しているテーマにそってブックトークをしたりといった仕事が、不定期にはいります。経験のある児童図書館員は、ＰＴＡなどの集まりに招かれて、子どもの読書について話をする機会も少なくありません。

こうしてみると、児童図書館員の仕事の負担は、相当大きいことがわかると思います。しかし、これだけの仕事をこなせるのは、前にも述べたように、プラット図書館が組織全体で四十人に及ぶフルタイムの児童奉仕専門の職員集団——その中には、経験二十年、三十年のベテランが含まれる——を擁し、それが児童奉仕部の調整、指導、援助によって、有機的に動くシステムになっていたからだと思います。

Let's Readというブックリストの作成や、夏の読書クラブのテーマの選定、ポスター、しおりの発注等は、ベテランが中心になってつくる小委員会がその任に当ります。ひとりでは、ましてや私のような一年生では到底できないことが、こうして全市の図書館の人的資源を上手に活用することによって可能になるのです。

さらに、羨ましいと思ったのは、中央館に、ポスターやチラシのデザインや製作に当る美術部と、館の印刷所があったことです。ここでは、本館はじめ、大きな分館のウィンドウディスプレイから、室内装飾、各種ポスターの製作、多様な印刷物のデザイン等を一手に引受けていたようです。（今、当時の職員名簿を見てみますと、「展示・広報部」には、七人のスタッフの名があがっています）

広報といえば、図書館のことを、地元の新聞がこと細かに報道してくれることも羨ましく思いました。図書館で子どもたちのためのお話のじかんのシーズンが開幕することも、夏の読書クラブの今年のテーマが決定したことも、そのつど、市民の注意をひくような記事になって紙面を飾るのです。こういうところにも、情報・教育機関としての図書館と新聞社のよい連携を見ることができました。

六四号　一九九五年・冬

これまで三回にわたって、三十年前の私の体験をもとに、イーノック・プラット公共図書館の児童奉仕の実際について述べてきました。書きながら、私自身改めて強く思ったのは、大きくて、かつよく整備された組織の力でした。当時のプラットでは、全市二十五の分館と、本館中央児童室で働く四十人近い児童奉仕専門の図書館員が、その調整の任に当る児童奉仕部の三人の指導者の下に、実にうまく組織されていました。しかも、日本の状況から見て羨ましいのは、児童図書館員は、すでに図書館学校（大学院修士課程）で、児童文学や子どもの読書、児童室の運営やストーリーテリングなど、専門の勉強をしてきており、自分から望んでこの職業を選んできた人たちだということです。同じ目的と理想を共有する人たちの集団であることが、組織の力をいっそう強めているのは明らかでした。

さらにつけ加えるならば、プラットでは、実に行き届いたIn-service training（現場研修）の制度が整っていたことです。すでに述べたように、新人には、児童奉仕部長による基本図書リストの本についての話し合いや、部長補佐によるストーリーテリングの講習が行われますが、そのほかに副部長によるブックトークの講習もあります。（私自身は、その後ブックトークを実践する機会をほとんどもたずに来てしまいましたが、帰国後、ブックトークの説明を求められたとき、プラットでの講習のノートがどんなに役に立ったか。簡にして要を得ていて、しかも長年の経験あってこその実際的アドバイスがつまっていて、ほんとうに助かりました）しかも、児童奉仕部の三人によるこれらの講習は、すべて一対一（マンツーマン）で行われるという贅沢さでした。

研修を目的とする講習だけではありません。本の選択をする選書委員会や、補充リストを改訂する作業部会は、新人にとっては、ベテランの同僚から、本の評価について学ぶまたとない勉強の場ですし、「お話のじかん」のシーズン開幕前の、児童図書館員の月例ミーティングでのお話会は、仲間の中にいるすぐれた語り手の話を聞くよい機会でした。

月例のミーティングは、もちろん〝業務連絡〟と親睦の場でもありましたが、毎月何らかのプログラムが用意された研修の場でもありました。朝九時からの会合に先だって、たいてい新しい視聴覚資料——スライドや映画など——の試写会があり（こちらは参加自由）、そのあと会合がはじまります。児童奉仕部の三人からの訓話（?）、報告に続いて、その日のプログラムがあるわけですが、それは特別のテーマについて外部から講師を呼んで話を聞くこともあれば、同じボルティモア市内の他の機関から、子どもに関する仕事をしている人たちを招いて意見を交換することもあり、また館員がブックトークをしたり、各種の大会や研究会に参加した報告をすることもあります。私のように外国から来ている者が、その国の図書館事情を紹介する機会も設けられていました。（プラット図書館には、交換図書館員の制度があり、私が在籍した時期には、スウェーデンの児童図書館員がひとり、〝交換図書館員〟として滞在していました）今から考えると、月例のミーティングは、そのまま充実した研修プログラムだったのです。

このほかにも、児童奉仕部の三人からは、折にふれてメモがまわってきました。児童図書館員全員にあてたものの場合もあるし、特定の分館の担当者あての場合もありますが、これらのメモには、新聞や雑誌にこれこれの興味ある記事や論文が載っているから目を通しておくようにとか、どこそこでこういう集りがあるそうだから事情が許せば参加するようにとかいったことが記されています。ほんのちょっとしたこのようなメモも、館員たちに、地域社会や、職業集団である図書館界で起こっていることに注目させ、自分たちの仕事を館内のことだけでなく、もっと広い視野から見るように、絶えず刺激してくれたように思います。

さらに、プラット図書館では、児童奉仕の研修とは別に、新任者は、他の部門の館員と一緒に一般の研修――プラット図書館の組織や、館の規則、館員の心得等について――も受ける仕組みになっていました。この研修も、数週間に一回、就労時間中に、本館で行われました。

今から思うに、おそらくプラット図書館は、当時、同程度の規模の他の公立図書館に比べ、特に充実した現場研修制度をもっていたのではないでしょうか。少なくとも私にとって、プラット図書館は、図書館学校をはるかに上まわる実質的な教育機関でした。

このような研修制度と、よく機能する組織の力があってこそ、私のような新参の図書館員でも安心して仕事ができたわけですし、本館分館を通し、組織全体の児童奉仕の質を一定の水準に保つことができたのだと思います。館員の層の厚いこと、ベテランの館員の知識と経験が生かされ、それが若い館員に仕事を通して伝えられる仕組みになっていることは、ほんとうにすばらしいことだと思いました。

ところが、これだけ至れり尽くせりの研修の機会を提供される以上、館員の側でも、職業人としての成長をめざして努力することが要求されているのだ、ということを思い知らされる機会がやってきました。それはProgress Reportつまり勤務評定です。就職して六ヵ月目だったでしょうか、分館長に呼ばれて、「あなたについての第一回勤務状況報告を出すことになったので、このように記入しました。あなたから見て正当でないと思われる点、不服な点があれば申し出てください」といわれて、一通の書類を見せられました。それは、九項目にわたって五段階の評価を記入するようになった〝成績表〟でした！　その九項目はといいますと、

一、仕事の知識――職務上必要な業務に関する知識

二、その他の知識や関心――一般教養、業務以外の領域に関する知識、特別な興味や才能
三、仕事の質――館、及び所属部の水準に照らして、仕事をやり遂げる能力
四、仕事の量――生みだす仕事の量、仕事を手早く完成させる能力
五、精神的適応性――指示に従うとき、訓練や経験から学ぶとき、判断力を働かせるときの態度、やり方
六、信頼性――時間を守るか、出勤状況、仕事を最後までやり遂げるか、当てにできるか
七、自発性、独創性――仕事をする際の意欲、創造力、想像力
八、人間関係――同僚及び利用者との関係（周囲の人間に対する本人の振舞い方と、周囲の人間の本人に対する態度を含む）
九、身だしなみ――服装が適切か、清潔できちんとした身なりをしているか

となっています。

これらには、五段階評価のほかにコメントをつける欄があり、それ以外に「本人は、（前回の報告時から今回までの間に）向上したか、前回の成績を維持したか、下げたか？」という質問や、特に附記すべき点という項目もあります。

評価を受けた当人がコメントする欄もあり、評価者の評価が不当と思われるときは、その旨記せるようになっています。そして、最後に当人と、評価者の双方がサインをして提出ということになるのです。

この勤務評定は、勤めはじめて六ヵ月目、一年目、二年目、三年目に行われ、その後は、三年おき、五年おきと間があくものの、勤続二十年までは続くと聞きました。もちろん評価は昇進、従って昇給と関係してくるわけで、なかなか厳しいものだと思いました。（ご承知のように、アメリカの給与体系は、年功序列で

はありませんから、昇進しない限り昇給は望めません）

幸い、私は第一回の勤務評定には、満足すべき成績でパス（！）することができました。ことばのハンディを気にしていただけに、お話のことをほめられたのは、ことにうれしく思いました。（コメントの中に「彼女はenthralling storytellerである」という文章があり、私はそのenthralということばをまだ知らなかったので、あとで辞書をひき、それが「心を魅了する」という意味だと知ってびっくりしました。おかげで、ほかのことは忘れましたが、このことだけはよく憶えています！　自慢話になりますが……）

勤務評定のあと、成人、児童の両方を含む分館全体の奉仕部長さんから、「今回の報告をどんなに喜んでいらっしゃるでしょう。私たちも、あなたがプラットのスタッフであることをとてもうれしく思っています。できれば、もうしばらくここにとどまってくださるといいのですが」というメモをいただきました。

前にもお話ししたように、私は学生ビザで滞在しており、専攻学科の延長のインターンとして、特例により一年に限って就労許可を得ていたのです。延長を申請すれば認められる可能性はあったと思いますし、今にして思えば、せめてもう一年滞在すれば、もっといろいろ学べたのにと残念な気もしますが、若くて、早く日本へ帰って働きたいと気がはやっていた私は、最初の予定通り、一年で退職することに決めました。

夏休みが終り、みんなが休暇から戻ってくるころには、私のプラットでの時間も残り少なくなりました。この短い時間を利用して、私は、中央図書館児童室の学齢前の子どもたちの「お話のじかん」を見学させてもらったり、当時の連邦政府の貧乏追放の政策に合わせて、プラット図書館で新しく展開しつつあったスラムでの巡回図書館サービスに同行させてもらったりしました。帰国前にできるだけ多くのことを学びたいからという希望を出すと、児童奉仕部以外の部署も、私の希望が叶うように便宜をはかってくれ、その機会をつくってくれたのです。ありがたいというほかはありませんでした。

こうしてプラットでの充実した学びの一年は終り、いよいよお別れの日がきました。そして、この日、私は、最初の日と同じように、大きく心を揺さぶられる出来事を体験したのです。

それは、人事部長のヒューバーさんにお別れのご挨拶に行ったときのことでした。ヒューバーさんは、私にプラットに来て働かないかと最初に声をかけて下さった方でした。私は、プラットでの日々がたいへんたのしく、また有益だったことを述べて心から感謝しましたが、続けてお詫びのことばを口にしないではいられませんでした。この一年、私を訓練するために、館がどれだけの時間とお金をかけてくれたか、児童奉仕部の三人や、分館長がどんなにエネルギーを費やしてくれたかを思うと、それだけの恩恵を受けておきながら、一人前に働けるようになって館に〝ご恩返し〟ができる前に帰国してしまうのは、何とも心苦しくてならなかったからです。申しわけありませんと頭を下げる私に、ヒューバーさんは、きっぱりとおっしゃったのです。

「そんなことを気にする必要はこれっぽっちもありませんよ。もし、あなたがここで働いたことが有益だったとお思いになるなら、それは私たちの喜びです。何もここで受けたものはここで返さなければいけないということはないのです。ここでの訓練や経験が、どこであれ、これから先あなたが働く職場で生かされるなら、それは私たちの誇りなのですから。お元気で、ご幸運を祈ります！」と。

最初の日の館長のことば同様、私は、今日まで三十年間、このことばを忘れたことはありません。

六五号　一九九五年・春

昨年の暮れから国立の子ども図書館を設立しようという動きが報道されるようになりました。もちろんそうした動きがあることは耳にしておりましたが、ある朝、食事をしながら見ていたテレビニュースの画面に、突然てっぺんにドームのある建物の絵が現われ、それにかぶせて上野の国立国会図書館に「国際子ども図書館」ができるというアナウンサーの声が聞こえてきたときには、びっくりしてしまいました。画面には、続けて館内の様子をイメージした絵が映り、丸い、天井の高い、広々とした館内に、カラフルな本が並び、人も大勢いて、思い思い本を楽しんでいる姿が描き出されました。まるでもう設計図もでき上がっているような感じで、ことの進み方の速いのには驚きのほかありませんでした。

伝え聞くところによると、これは戦後五十年の記念事業で、一九九七年の五月五日に開館を予定しているとか。それならば、もう設計図もできていて当然でしょうけれど、私たちのように、小さなパンフレット一冊出すにしても、少人数の講習会ひとつ開くにしても、計画から実現まですぐに半年や一年経ってしまうペースで仕事をしている者にとっては、やはり信じられない思いでした。

ものごとには、ひとり、あるいは数人の人の胸の中で芽生え、少しずつ育って目に見える形をとり、さらに成長して、その成長に見合う器を獲得していくものもあれば、ある組織の中から生まれ、最初に大きな器を用意されて、そこから動きはじめるものもあります。そのどちらにも必要や意味があり、ことの性質に合ったやり方が選ばれていくのだと思いますが、前者のやり方で仕事をすることに慣れている（それしか知らない）者にとっては、後者の仕事が実際にどのように進むのか、ちょっと想像できない面があります。

国立子ども図書館――まだ名称は決まっていないようですが――ができることについて、私は基本的に大賛成です。一昨年、私たちがお招きして講演していただいたアメリカの議会図書館児童文学センター長のシビル・ヤグッシュさんは、アメリカの児童図書館の発達は、歴史的に見て四つの段階を経ていると話されました。すなわち、(一)全国に公立図書館ができ児童奉仕が行われるようになる、(二)児童奉仕に携わる専門の児童図書館員を養成する機関(大学、大学院レベル)ができる、(三)良質の児童書を生み出すための児童出版が盛んになる、(四)国のセンターができる、の四段階です。

アメリカの場合、公共図書館の児童奉仕は、十九世紀後半に始まり、今世紀の初頭には、すでに全国に広まっていました。議会の図書館の中に児童文学センターが創設されたのは一九六三年ですから、児童奉仕の始まりから国レベルのセンターの設立まで、ほぼ一世紀が経過していたことがわかります。

もちろん、国によって事情は違いますから、どの国でもアメリカと同じ段階を経て児童奉仕が進展していくとは限りません。ただ、アメリカでは、児童奉仕開始の直後から児童図書館員養成のための手だてが講じられていたこと、児童図書館と児童出版の間に交流があったことは注目しておいてよいでしょう。

日本の場合、ここ四半世紀のうちに公立図書館の児童奉仕は目ざましい発展を遂げました。また、我が国には、世界中の関係者から賛嘆されている子ども文庫があります。直接子どもにサービスする拠点がこれだけでき、積極的に活動をするようになった現状では、それをバックアップするセンターの存在が望まれるのは自然のなりゆきでしょう。年々出版される子どもの本が多彩になり、児童文学への興味も高まり、研究者が増えつつある点からも、十分な資料をもち、作家や画家、出版関係者の要求に応えられるセンターが求められています。さらには、これからその必要がますます増大することが明らかな、子どもの本の世界での国際協力を推し進める場としてのセンターも待たれています。

その意味で、国立子ども図書館設立の機は熟していると思います。右にあげたような機能をもつ館ができ、本当に国全体の、また特にアジア地域の子どものための出版・読書活動を支えてくれるようになったら、どんなにいいでしょう。

ただ、民間で、何事も自分たちの手でひとつひとつ確かめつつ仕事をしてきた者には、ことの進み方の速さが心配です。たしかに建物は二年あれば建つかもしれません。しかし、今ことを進めている人たちの頭の中に、建物のイメージしかないとしたら問題です。できたものを維持し運営していくのは、建物を建てるよりずっと大変な仕事なのですし、それをよくやり遂げるには、現在の状況に根ざし、進むべき方向を見定めた上での目標や方針がなければならないからです。

今、私の心を占めているのは、もしこの計画が実現することになれば、この仕事を実際に担当することになる人たちのご苦労です。内外の多くの人たちの期待や要望を背に、自分たちの与り知らないところで決められた構想に従い、これまた動かすことのむつかしい枠組みの中で、大小さまざまの問題にいちいち判断を下していかなければならない悩みは同情に余りあります。もし、この計画が既定のものとして速いスピードで進められるのだとしたら、この大変な大仕事を担当する人たちをできるだけ応援することを考えねばなるまいと思っています。

六六号　一九九五年・夏

「こんどのランプシェードには、何かうんとたのしいことを書いてください」と、職員たちから注文が出ました。実は、注文が来る前に、何か愉快な、気持が明るくなるようなことが書けないかと、何度も書きはじめていたのです。でも、どうしてもうまくいきませんでした。気持がついていかないのです。

明るい話題を求めたくなるのも当然なら、気軽にそれに乗ることができないのもまた当然というのが、このところ私たちみんながおかれていた状況でした。年明けの大震災に続く、数々のオウム真理教関連の事件……ショックに次ぐショックで、顔を洗ったり、食事をしたりという自分たちのふだんの暮らしが、ふいにうそのように思えてきたりしたこともあったほどでした。

自分がその上に立っている地面が揺れ動き、自分の安全を守ってくれているはずの家が崩壊し、人が自分の理解を超えた行動に出る――そんな事実を次々に目の前につきつけられて、私たちはだれも自分の存在が根元のところで揺さぶられる思いを味わったのではないでしょうか。子どもたちの心に、こうしたことがどのように作用したかを思います。

私が、今、しきりに思い出しているのは、K・ボールディングの『二十世紀の意味』(岩波新書　一九六七)の中に出てくる「人間に関する人間のイメージ」ということばです。二つの大きな戦争と、いくつもの紛争を経験した二十世紀は、人間が人間についてもっているイメージを、マイナスの方向へ向けて大きく拡大した時代だったといえるかもしれません。

人間が他の人間に対してどこまで残虐、冷酷になり得るか、自然や自分自身に対してどれほど傲慢、貪欲であり得るか？　私たちが漠然と設定していたその限界は、くり返しくり返し破られ、人間の〝非人間性〟のイメージは、今世紀中に、飛躍的に拡大してしまいました。人は昔から悪行を重ねてきたといわれるかもしれませんが、それを大規模に、組織的、機械的に、しかも当事者が感情を強く動かすことなしにやってのけたという点では、現代は他の時代を圧倒しています。

しかし、これまでは明るみに出された数々の残虐行為に身震いしながらも、まだ幾分遠いこと、戦時下のことと思う気持が働いていたのが、今回の事件では、足もとに穴があいた思いで、わが身と、周りを見つめ直さざるを得ませんでした。人間の悪や、非人間性についてのイメージだけでなく、弱さや愚かさ、頼りなさについてのイメージも大幅に修正させられる中で、私がもうひとつ、くり返し思い浮かべていたのは、ハリール・ジブラーンの詩『預言者*』の一節でした。

ある裁判官が「罪と罰」について語ってくださいと頼んだのに答えて、預言者は語ります。あなた方は、悪事を犯す者を、自分たちの仲間のひとりと見なさず、外から自分たちの世界に侵入してきた者のごとくに見る。しかし、それは間違っている。実を結ぶよい木も、実を結ばぬ悪い木も、その根をたぐっていけば、黙した大地の胸の中で、すべて共にからまりあっているのがわかるはずだ、と。

私が特にひかれているのは、次のことばです。

……as a single leaf turns not yellow but with the silent knowledge of the whole tree,
So the wrong-doer cannot do wrong without the hidden will of you all.

(樹全体の暗黙の了解なしには一枚の木の葉も黄色く変わらぬように、あなた方すべての隠された意思なしには、悪事を働く者は、悪をなすことはできぬのだ。）

樹のイメージと、音の響きが美しいだけに、メッセージの刃先の鋭さが身をすくませます。

今回の一連の出来事――まだ終ってはいませんが――について、何人もの人が教育を考え直さねばといっています。それは確かにその通りでしょうけれども、自分をまともな人間の側におき、事件を起こす〝連中〟を向こう側において考える、さらにいえば、子どもを教育される側におき、自分たちを教育する側において考えるのでは、だめではないかと思います。教育を考え直すというとき、この上何かを「教え込もう」という方向ではなく、もうこれ以上教えないこと、希望をもって待つこと、子どもたちから元気をもらって、自分たちが元気になることを目指さなければ、と思うのです。

まだ、いろいろな考えが断片的に浮かぶだけで、じっくり考え抜くことができていないのですが、これからの自分の仕事についていえば、本誌二一号の中野重治氏の文にあるように、五感を通して「肉感的」にものを認識するしかた、自分で空想する力、そして「雨戸[*]がはずれるほど大笑いしないではいられないようなはつらつとした精神」を、より強く求めていかなければ、と感じています。（空想力について、氏が、ヴィジョンを他動的に与えられると人間は駄目になる、たとえばファシズムにひどく弱くなると述べておられるのが胸にこたえます。）

特に、私は笑いを大切にしたいと思います。バランス感覚が働いて内的な歯止めが自然に機能するには、ユーモアが欠かせないと信じるからです。それこそ、私たちの暮らしの中に「うんとたのしいこと」が、たっぷりほしい。そして、毎日の生活にも、本にも、人間についての私たちのイメージを、プラスの方向に向けて拡大する材料を見つけだしていきたいと願います。

＊『預言者』*The Prophet* by Kahlil Gibran.

＊雨戸がはずれるほど……　「一作家として文学教育に望む」中野重治　こどもとしょかん二一号　一九八四年・春

六七号　一九九五年・秋

三年前の十月、青森市で開かれた第二十六回児童に対する図書館奉仕全国研究集会で、私は、特別プログラムという時間割を与えられて、約一時間お話をしなければならないことになりました。例によって何をお話しようかと頭を悩ませた末、その年の初めごろから思い立って、いつか語ってみたいと準備をはじめていた、あるお話を語ることに決めました。それは「花仙人」という中国のお話で、私はそれを子どものころ――おそらく小学校の二年か三年のときに――読んで強い印象を受けていたのです。

私の記憶では、その物語は、姉の蔵書であった『小學讀本六年生』（？）という、地味な茶色の表紙の本の中に載っていた四つのお話の三番目のものでした。一番目はジャンヌダルクの話、二番目はベートーベンの少年時代の話、四番目は日本のお話で、夕刊売りをして家計を助けなければならない貧しい家庭の少年と、インテリでお金持ちの家庭の少年の友情物語でした。

それぞれに面白く読んだのですが、「花仙人」を除く三編は、ノンフィクションかそれに近かったので、実際にあったことのような語り口でいながら、非常に空想的な出来事を含んだ「花仙人」は、お話としてはいちばん満足のゆくもので、間をおいて、何度もくり返し読んだことを覚えています。

「花仙人」は、秋先という名の老人の物語です。人から〝花きちがい〟と呼ばれるほどの花好きで、また花を育てる名人だった秋先は、自分の庭を丹精こめた花々が季節毎に咲き匂う見事な花園につくりあげていました。そこへ、張委というならず者がやってきます。張委は、父親が宮廷の役人をしているのをかさにきて威張りちらし、無法な振舞いを重ねている悪党ですが、秋先の庭のぼたんが、いちばん見事に咲いた日、手下を大勢ひきつれてここを訪れ、花たちに狼藉の限りをつくします。

一本残らずへし折られ、花びらをむしりとられたぼたん。泥靴で踏みにじられた花びらが散り敷く見るも無残な庭に、「落花返枝の術」という不思議な術を心得た美しい娘が現れて……と、物語はすすんでいくのですが、今考えてみると、この話が子どもの私の心をいちばん大きく揺さぶったのは、理不尽な行為に対する憤りだったと思います。

この憤りは、当時の私はもちろんそんなことばは知りませんでしたが、義憤とか公憤とか呼ばれる類のものでした。私が自分の身に起ったことに対してでなく、世の中の不正というものに対して怒りを感じた、それも、からだがカッカと燃えるほどの怒りを感じたのは、このときが初めてだったと思います。物理的に花が痛めつけられたところでは、張委たちへの怒りより、むしろ花への同情のほうを強く感じたのでしたが、後段張委がその悪だくみで秋先を無実の罪に陥れようとするところでは、「こんなことがあってよいものか」という驚きと絶望に似た気持ちを味わったのを思い出します。

しかし、張委の邪悪なたくらみは実現しませんでした。不正に抗して立ち上がったのは、いちばん無力に見える花たちでした。風にあおられて吹き上げられた花びらの一枚一枚が美しい乙女に姿を変え、長い裳裾をひるがえしながら、悪者たちを追いまわす場面では、彼女たちの吐く氷の息が、自分の首すじに吹きつけてくるように感じたのを覚えています。私の中に残っているそうした感覚と、まだ記憶の中ではっきりと見えている絵をもとに、いつかこの物語を語ってみたいと願っていたのですが、とうの昔に失くなった『小學讀本六年生』に代わって、このお話の載っている二冊の本を見つけたことから、それが実現することになりました。一冊は、昭和二年に世界童話大系刊行会から出た『世界童話大系・第十五巻　支那・臺灣篇』、もう一冊は、同四年にアルスから出た「日本児童文庫」の十三巻目『支那童話集』です。前者は及川恒忠が、後者は佐藤春夫が書いていて、それぞれ題は「花癡（きちがひ）」と、「百花村物語」となっています。

二編とも描写が細かく、長すぎて、とてもそのままでは語れません。話の雰囲気も、子どものとき私が受けた印象と少し違います。私は、このふたつをつき合わせ、記憶の中のイメージを一所懸命辿りながら、三十分以内で語れるように自分なりのテキストを作りあげました。

そして、青森での語りを皮切りに、これまでに何回か、子どもにも、おとなにも、この話を聞いてもらいました。自分がおとなになった今、――それも、なりたてのホヤホヤでなく、少し古い方（！）に――これを語ると、自分の気持ちが、子どものときとは少し違うところに重心を移していることがわかります。つまり、自分の好きなことを一筋に追求する秋先の生き方や、それがもたらした生涯の終わりの姿に心をひかれるのです。

しかし、もちろん、語りながら思い浮かべている絵は、子どものとき描いたものと変わりません。その絵を見ながら語ることは、子どもの時間をもういちど生きているような、物語を通して今の自分と子どもの自分が繋がって輪になったような、不思議な気持ちです。

「花仙人」を語ることは、この年月、私を支えてきたものの中に、子どものときに読んだ本があることを、自分自身で証しているようで、私の中にいる児童図書館員はそのことをちょっぴり誇らしく思っています。

六八号　一九九六年・冬

今、ひとつの仕事を終えてほっとしています。『子どもと本の世界に生きて』*の著者、アイリーン・コルウェルさんがお書きになった *Storytelling* という本の翻訳です。これを日本の読者に届けることは、一九八〇年にこの本が出版されたときからの願いでした。このほど、その願いがようやく形になり、こぐま社から『子どもたちをお話の世界へ――ストーリーテリングのすすめ』として刊行されました。

『子どもと本の世界に生きて』の中でも、「図書館におけるストーリー・テリング」という一章を設けてお話について述べておられますが、お話を語ることは、その長い生涯を通して、コルウェルさんの特別の興味であり、たのしみでした。

コルウェルさんの語るお話に魅せられたジョン・メイスフィールドが、コルウェルさんにお話の入門書を書くことをすすめ、そのすすめに応じて書かれたのがこの本です。初版は、ハードカバーでボドリー・ヘッド社から出版され、残念ながら刊行後しばらくして絶版になり、その後もういちどシンプル・プレス社というところから一部を省略したペーパーバックで刊行されました。そのペーパーバック版に「こんな本は必要のない享子へ、アイリーン」と、サインしてくださったことを思い出します。

原書が刊行された翌年だったでしょうか、新宿のカルチャーセンターで、四ヵ月にわたって原書を講読する講座をもちました。受講生のひとりだった都立中央図書館の佐藤苑生さんが、引用されている本の邦訳をこまめに探し出してリストアップしてくださるなど、みなさんで知恵と力を出し合って、たのしく読み、多くを学びました。このとき、一回一回訳文をノートにとっておいたら、翻訳は、もっとずっと早く出来上がっていたのかもしれません。

その後も、職員たちと部分的な講読をしたり、一部の章に限って、要旨をお話の勉強会で発表したりしましたが、全体を訳す作業は、なかなか手がつけられませんでした。幸い関西に住む図書館員のグループが、その作業に手をつけてくださることになり、私がそれをチェックして文章を整えるということで、翻訳権の交渉もすすめられました。

関西の図書館員のグループは熱心に作業をすすめ、原稿用紙にきれいに清書された原稿が私の手もとに届けられたのは、もう五年近くも前のことだったでしょうか。ところが、私の方の作業は中断に次ぐ中断で、いたずらに日ばかり経っていきます。催促する出版社の方も困ったことでしょうが、私も気が気ではありません。とうとう実際に仕事をするのと、しなければならないと思うことのたいへんさを比べると、後者の負担がずっと大きいと思われるところまできました！

そこで、手紙の返事や、そのほかの用には目をつぶって、この秋は、使えるだけの時間を、この作業にあてることにしたのです。苦しい時間ではありましたが、毎日をコルウェルさんと一緒に過ごしているような充実した時間でもありました。

コルウェルさんの文章を読んでいると、お声が聞こえてくるようで、お会いしたときのことが次々に思い出されました。ユネスコアジア共同出版計画の「アジアの昔話」の英語版の監修をお願いしたとき、「小石投げの名人タオ・カム」の原稿を読んだあと、さっそく庭に出て、一緒に指で小石をはじきとばしてみたことや、私がかいつまんであらすじだけを話した「番ねずみのヤカちゃん」に笑い興じていらしたご様子など。

そして、ちょうど注を含めてすべての原稿を編集部に渡して一息ついたその日、ある方のお書きになった文章を目にしたのです。それは、亡くなった外国人のお友だちの思い出を綴ったもので、自分がいつも手紙の結びに書く"Be happy!"ということばに対し、あるとき、その方が"What is happiness?"と、返してこられたことがあった、というものでした。それを読んで、私はまたコルウェルさんを思い出しました。「幸せとは何か」については、コルウェルさんからうかがった忘れられないことばがあったからです。

一九七六年、東京子ども図書館は、伊藤忠記念財団の助成金を受けて、コルウェルさんを日本にお招きし、講演会や、児童図書館員のためのセミナーを開催しました。すべての日程が無事終わって、明日は帰国されるという前夜、職員だけでコルウェルさんを囲んでお食事をしました。そのとき、コルウェルさんは、こんなお話をなさったのです。

「エリナー・ファージョンが亡くなる直前に彼女を訪ねたときのことです。私たちはお互いに、会うのはこれが最後だということを知っていました。別れるとき、エリナーは、私にいいました。"Be happy, my dear."と。私は、幸せは充実した生活から来ると思います。」

Happiness comes from full life.

コルウェルさんのこのことばは、そのとき以来、折にふれて私の耳の中で響いています。とりあえず「充実した生活」と訳しましたが、full life の full には、それこそもっとたっぷりした意味があるでしょう。することがいっぱいあり、何かに没頭して、もてる力を最大限に発揮して生き、多くの経験をする生活。あるいは、あくせくせずゆったりした生活も。

コルウェルさんは、文字通り full な人生を生きてこられました。二冊のご本は、私たちに Be happy!——full life を生きるようにと呼びかけている気がします。

＊『子どもと本の世界に生きて——児童図書館員のあゆんだ道』アイリーン・コルウェル著　石井桃子訳　福音館書店　一九六八年／日本図書館協会　一九七四年／こぐま社　一九九四年

六九号　一九九六年・春

ちょうど本誌冬号の発送を目前にした去る一月二十九日、私どもの理事である布川角左衛門氏がお亡くなりになりました。布川先生は、岩波書店編集部長、栗田出版販売株式会社社長、筑摩書房管財人など、大きな出版社の要職を歴任され、同時に、日本書籍出版協会相談役、出版倫理協議会議長、日本出版学会会長など、出版界全体に関わるいくつもの団体や機関の長をつとめるなど、まさに我が国の出版界の重鎮でいらっしゃいました。

ご自身は、このように出版の世界に生きてこられたのですが、図書館や、読書推進運動に並々ならぬ関心を寄せ、著者、出版社など本を生み出す側と、読者、図書館など、本を活用する側とが、互いに協力することの必要を常に訴えておられました。国立国会図書館や、都立中央図書館の協議会委員に加えて、私どもの評議員や理事を長くおつとめくださったのも、その意味からでした。

先生はまた、若い人を育てることにも心を砕いておられました。日本エディタースクールや、共立女子大で教鞭をとられたほか、ユネスコ・アジア文化センターでも、アジアの出版界の人材を育成するための活動に力を尽くされました。

そして、その多方面にわたる長いご活躍の一方で、もう三十年近く、先生が心血を注いでこられたのが「布川文庫」です。布川文庫については、本誌六七号の巻頭エッセイ*で、先生ご自身が、その経緯や、それに打ち込んでいるお気持ちを述べておられます。（このエッセイは、先生が公表された最後の文章となり、ご葬儀のとき、参列者に配られた式次第の中に収められました。）布川文庫に集められた資料をもとに、出版業界の人も、図書館の人も、共に利用できる「出版情報センター」あるいは「出版資料館」をつくるのが、先生の終生の夢でした。

先生は、公の立場では、たいそうえらい存在でしたが、じかに接すると、ほんとうにやさしい、そして心から頼れる方でした。新しい出版物や、毎月の定例連絡会の記録、役員の先生方への事務だよりなどをお送りすると、毎回ていねいに読み、必ず――しかも、すぐに――お手紙かお電話でコメントをくださいました。そして結びのことばは、いつも「いやあ、よくやっているよ」でした。先生のこのひとことに、これまでどんなに励まされてきたかわかりません。ほんとうにありがたいことでした。

ご葬儀から帰ったとき、私はそのまま本棚に直行して、先生のご著書『本の周辺』（日本エディタースクール出版部　一九七九年）を取り出して読みはじめました。ずっと以前に先生から頂戴したのに、まだ読んでいなかったものでした。その後幾日かにわたって、私は就寝前の静かな時間をこの本とともに過ごし、大きな慰めを得ることができました。

『本の周辺』は、筑摩書房のPR誌「ちくま」に、一九六九年五月の創刊号から九十回にわたって連載したエッセイをまとめたものです。懇意の編集者から依頼を受けて、「その時折に思いつくままな題材を選び」「軽い気持で書き始めた」とあとがきにありますが、ここには、版権や印税の話、本の大きさや装丁の話、あるいは書名の話、さらには検閲やポルノの問題等、出版にまつわるさまざまなトピックスが取り上げられています。一編一編はそう長くはありませんが、何回かのシリーズで、日本の雑誌の歴史や、編集という仕事について、まとまった形で述べた部分もあります。

これが読んでいてとても面白いのです。それは、よく「物の本によれば……」などというときの「物の本とは何か」を論じた一文のように題材が意表をついて面白いものもあれば、超悪筆作家の読めない「文字原稿の話」のように、紹介されているエピソードが面白いのもあり、どれをとっても、なるほど、へぇー、そうだったのか……と、知らなかったことを教わる面白さがあふれているのです。

加えて、随所にけれん味なく表されている先生のユーモア。たとえば、書名をつけるに当たっては、著者も、出版社も、生まれた子に名前をつけるように頭をひねり、知恵をしぼるものだと述べたあと、続けて「しかし、人名の場合ならば、いかつい顔で、にこりともしない一女性の名が笑子(えみこ)であっても、それは当人の責任ではない……が、書名となると、いささかわけが違う」というあたり。一寸見には謹厳と見える先生の中にある遊び心に思わず笑ってしまいます。

こうして毎晩少しずつ読みすすめながら、私は終始先生のお声を耳もとで聞くような思いでした。こういうこともあるんだよ、こんなこともあったんだよ、ね、面白いでしょう。おっしゃるお顔も目に浮かびました。そして、本全体を貫いて流れている先生の〝出版人魂〟にふれて、からだが内側から温められる気がしたのでした。

九十四歳という年齢であってみれば、天に向かって恨みのことばを投げるわけにはいきません。それに、これほど充実し、完結した生涯を前にしては、その人間に直接ふれることを許された我が身の幸せをただ感謝するほかありません。

それにしても、ありがたいのは、先生のご著書が遺されていることです。本（ことば）の中にその人が生きていることを、今回は文字通り実感しました。先生に出会うため、今夜は、枕もとに、先生がご親友の美作太郎氏と共訳されたアンウィンの『出版概論』（日本エディタースクール出版部）を置きました。

＊巻頭エッセイ　「私の生涯と布川文庫」布川角左衛門　こどもとしょかん六七号　一九九五年・秋

七〇号　一九九六年・夏

結局は与党間の意見の調整がつかず見送られましたが、こんどの国会には「市民活動推進法案（NPO法案）」が上程されるはずでした。阪神・淡路大震災の折のボランティアのめざましい活躍によって自発的な市民活動に多くの関心が集まり、現行の民法（ちょうど百年前の明治二十九年に制定されたもの）では、こうした活動を法的に支援するのがむつかしいことから、急速に立案への動きが出てきたのでした。「市民活動団体に幅広く法人格を付与し、その活動を支援する」のが、法案の趣旨です。

ひとりの主婦が自宅を開放してはじめた家庭文庫を母体とする東京子ども図書館は、まさに「自発的な市民活動」であり、営利を目的としないどころか、費用も自分たちで負担して活動を続けた点で、文字通り非営利団体（Nonprofit Organization ＝ＮＰＯ）です。

しかし、私たちは、これまで、自分たちをＮＰＯと意識することなしにすごしてきました。私たちにとっては、子どもと一緒に本を読んだり、お話をおぼえたり語ったり、という目の前の仕事が関心の的で、そういう仕事をしている自分たちの存在が、社会の中でどんな意味をもっているのか、社会のどんな流れに与しているのか、といったことはあまり考えませんでした。仕事に夢中でまわりを見る余裕がなかったともいえます。

そんな私たちに、日本中の子ども文庫活動を含めて、私たちのしている仕事の市民活動としての意味を指摘してくださったのは、出口正之氏でした。出口氏は、私たちの機関誌の、設立二十周年特集号（「こどもとしょかん」六一号）に、「オープン・トゥ・ザ・パブリック！」と題する一文を寄せ、価値観が多様化するこれからの社会において、ＮＰＯがどんなに大きな役割を果たすかをわかりやすく説き、自発的な意思と、ある価値観に支えられた私立図書館は、「市民ひとりひとりが身近な世界で民主主義を実現していくためのひとつの道である」と、その存在意義を明らかにしてくださいました。私自身、氏の論文で何か目の前が開けたような思いを味わい、他の分野のＮＰＯに対して抱いていた連帯感がいちだんと強められた気がしました。

ＮＰＯやＮＧＯ（Non-governmental Organization　非政府組織）が勢力を伸ばしているのは世界的な傾向です。その背景として――新聞からの孫引きになりますが――アメリカのジョンス・ホプキンス大学のサラモン教授は、高齢化社会、先進国の援助疲れ、地球環境の悪化をあげています。多様なニーズにきめ細かく対処することが求められる高齢者問題には行政よりもＮＰＯが、もともと国境のない大気や水の汚染の問題、国際紛争や内戦の際の人道的支援、政治のからんだ人権問題などには、国の立場や外交方針の制限を受けないＮＧＯが、より適切で、効果的かつ早急な対応ができることは、すでに多くの実績が証明しているところです。

ＮＰＯ法案をめぐる新聞紙上の論議を読んでいても、将来は、公権力を背景にした政府でもなく、営利を追求する企業でもない第三のセクターとしてのＮＰＯが、社会を動かす力として、いっそう重みを増すと多くの人が予想しています。ＮＰＯは、個人のエネルギーやアイデアが生かせる場だから、ＮＰＯが盛んに活動している社会は、それだけ生き甲斐のある社会といえる、そうした市民活動を、社会がどこまで支援できるかが、市民社会としてのその国の成熟度をはかるものさしになると指摘する人もいます。

その一方で、ＮＰＯ自体も、経営能力、統治能力をもった専門集団にならなければだめだということがいわれています。ボランティアの歴史が浅く、そのノウハウの積み重ねのない日本では、志をもって何かをはじめても、その活動を継続し、質を高め、財政的にも健全に組織を維持運営していくことは容易ではありません。志と仕事の質を高く保つことと、組織の維持運営をはかることを両立させるむつかしさは、私たちがこの二十年身にしみて味わってきたところです。

幸い私たちはＮＰＯ法案を待たず、すでに発足後まもなく法人格を得ました。当時は、法人であることの意味をまったくといってよいほど理解していなかった私たちですが、ここへきて、ようやくそれがつかめるようになりました。

法人格をもつというのは、自分たちの志を形にする枠組みをもつこと、それが個人に属するものでなく、社会の存在になること、そして、それが世代を超えて受け継がれる可能性をもつこと、です。

国際的なＮＧＯであるアムネスティの日本支部長イーデス・ハンソンさんは、「多くのＮＰＯは、時代のニーズの産物です。組織されて、思い切り活動して、時代の使命を終えたら消えていく。そのことによって、社会の新陳代謝が活発に行われるという面があると思います」と述べています。

これからも「思い切り活動し」たい気持ちはいっぱいですが、私たちに課せられた時代の使命は何でしょうか。子どもの数が減り、電子メディアがコミュニケーションを大きく変えるといわれている今、私たちの仕事を支える社会のニーズはどこにあるのでしょう。

二十周年記念募金のおかげで土地を取得でき、仕事の永続性を保証する物理的な条件が整った今、私たちはこれから展開する仕事について、それこそ頭の新陳代謝を活発にして立ち向かわねばならない新たな挑戦を受けています。

七一号 一九九六年・秋

東京子ども図書館が、創立二十周年記念募金でみなさまからお寄せいただいたお金をもとに土地を取得することができ、目下自分たちの建物を建設する計画をすすめていることは、すでにお知らせした通りです。七月には古い建物の取り壊しとボーリングが、八月には埋蔵文化財の試掘調査が行われました。

ボーリングは、建物の基礎を安全なものとするための地質、地盤調査ですが、なんと地表から三十九メートル四十四センチの深さまで掘ったのだそうです。詳しい報告書をもらいましたが、土質や地盤の強度についての分析や力学的説明は、私にはほとんどちんぷんかんぷん。ただ非常に印象に残ったのは、三十四メートル付近から下は細かい砂で、それはここが昔海だったこと、二十メートル辺りにも砂の層があって、それはここが河だったことを示しているといわれたことです。

へー、ここは海だったのか？ それはいったい何万年位前の話だろう。いや、何百万年、何千万年？ とにかく気の遠くなるような昔の話だ。それからまた何万年かたったころ、ここを河が流れていたこともあったんだ。ふーん……。

自分が立っている地面の真下に、地球と日本列島の歴史が、そんなふうにちゃんと〝記録〟されているなんて。きれいにガラスびんにつめられた各地層からの土のサンプルを見ながら、悠久の歴史が一挙に身近になるというか、自分のもっている時間の感覚が急にぐっと引き伸ばされるような感じを味わいました。

ボーリングにつづいて埋蔵文化財の試掘調査が行われました。新しい建物が建つ予定の敷地一帯に、縄文時代の遺跡があるかもしれないといわれていたからです。「マイク・マリガン*」に出てくるようなパワーショベルが来て、幅二メートル、長さ二十一メートルの溝を東西に二本掘りました。深さは、関東ローム層といわれる黄土色の地層が見えるところまで。だいたい五、六十センチといったところです。つまり、そのあたりが縄文時代なのです。紀元前三世紀から一万年といった時代が、地表からそんなに浅いところに埋もれているなんて！

元区立歴史民俗資料館の学芸員で、今はフリーで遺跡の発掘調査をしているという方がそばにいらしたので、「こんなに浅くていいのですか？」ときくと、「ここから下は旧石器ですから」と、事もなげにおっしゃいます。また、掘った溝の側面は、特殊な鍬できれいにならし、土質の違いが層になっているところは釘で線を入れて写真にとるのですが、地表から十センチくらいの線を指さして、「ここで室町ですね」とのこと。以下、その方のお話を憶えている限り再現すると、

「平安時代、都は立派だったかもしれないが、このあたりの庶民は、まだみんな竪穴に住んでいたんですよ。掘ると、住居跡は土の色ですぐわかります。」

「関東ローム層は、富士山やなんかの噴火の火山灰が降りつもってるわけですが、竹取物語のおしまいのところで、不死の薬を山に捨てて燃やすでしょう。それでいつまでも煙がのぼってたって。そのころもまだ火口から煙がでていた記憶があったんでしょうねえ。」

「なぜ、ものが土に埋もれるかって？　ひとつは上から降ってきたものが積もるってことですね。このあたりだと、赤城、榛名、筑波の山から、土や砂やほこりが風で運ばれてきて堆積するんです。もうひとつの説は、土自体の中で上下が入れかわるというものでね。ダーウィン、あの進化論のダーウィンが『土壌形成とモグラ』（ミミズの間違いか？　あとの話は全部ミミズのことだった——松岡）という研究を発表している

んですよ。

ダーウィンはビーグル号に乗る前、イギリスでローマ遺跡の発掘作業に参加したことがありましてね。一日の作業を終えて、浴場のモザイクなんかがきれいに露出した状態で帰って、翌日来てみると、その上に土がのっている。よく見ると、それがミミズのふんでね。それで興味をもって、ある牧草地を借りてそこに石灰をまいたんですよ。そして十年たってから——気が長いねえ、昔の人は——調べてみたら、その石灰は何センチかの土の層に覆われていた。それがミミズのふんだったんですよ。ミミズは下で土を食べ、上から吐き出します（と、手で垂直に土中のミミズの様子を示しながら）。だから、土が上下に入れかわって、ものが埋もれていくっていうわけですね。」

ふーん、なるほど！　発掘に立ち会って、大いに耳学問をした一日でした。

肝心の調査の方は、ローム層の黄色い土の上に、昔畠だったときの畝のあとだという黒い筋をくっきりと残した溝が掘られたところで終わりました。目ぼしい出土品はなく、本格的な調査の必要なしとの結論が出ました。これは、私たちにはたいへんありがたいことでした。そうでなかったら、工事は何ヵ月も先送り、調査の費用も負担しなければならなくなって頭の痛い事態が生じたでしょうから。

こうした調査のおかげで、敷地の下の土の中に蓄えこまれた長い長い時間を思いやることができたのは幸いでした。海だったとき、河だったとき、富士山が噴火したとき、縄文人が生きていたとき、畠だったとき……。それらすべてを記憶している土地の上に、私たちの建物は建つのです。大きな時間の流れの中の小さな存在でしかない私たち。埋もれてしまえば一ミリにも満たない時間を生きている私たちですが、それでも私たちにとって大事な歴史がはじまります！

*『マイク・マリガンとスチーム・ショベル』バージニア・リー・バートンぶん・え　いしいももこやく　福音館書店　一九七八年／童話館　一九九五年

七二号　一九九七年・冬

毎年十一月二十三日の勤労感謝の日は、東京子ども図書館のオープンハウスと、〝手づくりはたのし〟工房のバザーときまっています。これは、館がまだ設立準備委員会だった二十五年前から続いています。（もっとも、オープンハウスの方は、当時は、文庫の運営などについてご相談のある方や、子どもの事についておしゃべりしたい方のために、月二回設けていました。）

一九九六年も、オープンハウスは資料室と児童室で、バザーは松の実文庫で、それぞれ例年通り開かれました。午後の数時間ですが、いつもはおいでいただけない地方の方、これをたのしみに毎年お顔を見せてくださる方、久しぶりに――大きくなったお子さんを見せに！――来てくださる方などで、せまい会場は、はずんだ声に包まれました。

「せまい」といいましたが、私たちの館は（名前は大きいのですが！）、ほんとうのところ、とても小さいのです。地方で、機関誌や出版物だけを通して館のイメージをつくりあげていらっしゃる方は、実際に来てみて、たいていびっくりなさいます。「東京子ども図書館」という建物があるように思っていたのに、それがマンションの一部屋で、しかも、児童室は一階、資料室は三階、事務室はまた別……という風にバラバラになっており、広さも、児童室は十五坪、資料室は三十二坪足らずなのですから。

講習会やお話会の会場に使っている松の実文庫も、実は松岡の自宅の一部で、「松の実ホール」などと称している部屋も、広さは二十畳しかありません。家具を置かず天井が高いので、人が大勢はいってても圧迫感は少ないのですが、バザー当日は、そこへ数十人のお客さまがつめかけるということになりますから、ほんとうに「せまい」のです。

九六年のオープンハウス、バザーのときは、建設予定の新館の計画案なども図示してみなさんに見ていただき、「来年は、新しい、もっと広いところでいたしますから……」と、お話ししたのでしたが、このごろは、何かにつけて、「来年は……」「来年の今ごろは……」と思ったり、口にしたりしています。（この機関誌がお手もとに届くときには、来年はもう今年になっているわけですね！）

新しい建物の計画がもちあがったとき、私たちの願望は、こんどの場所があたかも今よりずっと広いかのようなイメージを私たちに抱かせました。でも、現実はそうでもないのです。トレーシングペーパーに描かれた現在の各部屋の見取図を、同じ縮尺のこんどの建物のそれの上にのせてみて、広くなるといっても、それはほんのわずかのことだということがはっきりしたときには、ちょっとがっかりしました。

でも、設計者は、児童室、資料室、事務室が一ヵ所にまとまること、階段やエレベーターも自分たち専用のものとして使えること、室内のレイアウトも思い通りにできること、等々で、実際にはずっと使いやすくなるし、広くも感じるようになるだろうといってくれます。

そして、今回の新館でいちばんうれしいのは、松の実ホールよりもう少しホールという名にふさわしいスペースが、確保できることです。机を入れて教室風に使えば四十人近く、いすだけで講演会場にすれば八十人くらいはいれるようになるこの部屋は、小規模の展覧会や、音楽会にも使えます。もちろんお話会にも。

自分たちの建物をもつことは、いろいろな意味で、私たちの活動を新しく展開させることでしょうが、まずは、この、これまでなかったスペースの活用方法が課題になるでしょう。今、私の頭の中では、このスペースを使ってできるさまざまな活動の計画が、あれこれと浮かんでは、ぐるぐるまわっています。

館が企画し、運営する催しだけでなく、自主的なグループの勉強会などにも、このスペースを活用してもらいたいと思います。ここで行われる研究や学習のための、あるいはたのしみのための諸活動の中から、次の時代につながる新しい動きが生まれてきてほしいというのが私の願いです。

新しい館の建設に向けて、また完成後の活動について、さまざまに思いをめぐらし、「来年の今ごろは……」をくりかえしている私ですが、ふと、「これはぜんぶほんとうかしら？」と、信じられない気がすることもあります。それほど今回の事の運びは夢のようなのです。

一九七一年の設立準備委員会発足前後からの記録や、メモをくってみると、むしろ初めのころの方が、建物をもつことを強く願っていたことがわかります。職員の話し合いの記録にも、何度かその話題が出ています。

正確な日付はないのですが、おそらく一九七八年のものと思われるひとつのメモが、私のファイルにあります。それは、建物をもつことについての、私の〝施政方針演説〟とでもいうべきもので、そこには、「建物が最終目的になってはいけない。建物を建てる夢を捨てたわけではないが、土地探し、資金集めには多大のエネルギーがいる。今、建物のために奔走するのが得策か。するべき仕事を先にして時期を待とう……」といった文字が並んでいます。そして、そのメモのしまいの方に、「建物は、時が来れば必ず与えられる」と、私の手で記してありました！　これを書いたとき、私はほんとうにそう信じていたのだろうか、と不思議な

思いにかられています。（九六年十二月十八日 記）

七三号 一九九七年・春

新館建設予定地では、三月五日に地鎮祭が行われました。当日はすばらしいお天気で、暦の上では啓蟄に当っていたのですが、まさにいのちがふたたび活動をはじめる気配が、大気中に満ち満ちているように感じられる一日でした。

近くの北野神社から来てくださった宮司さんは、初々しいといいたいほどお若い方で、声がよいだけでなく口跡がはっきりしていて、祝詞がすみずみまでよくわかりました。七一号の本欄に記したように、この土地では、地下四十メートルに及ぶボーリング調査や、埋蔵文化財の発掘調査などを行ったので、ここに〝悠久の時間〟が埋もれていることを教えられていたせいでしょうか、祝詞を聞きながら、その気の遠くなるような長い歴史を思い、またふとしたことからこの土地を手に入れるに至ったこの一年の事の運びを思いかえしていると、何かいつもとは別の時の流れに身を置いているような、不思議な思いにとらわれました。

こんな感慨を抱いたのは、もしかしたら、その前から読んでいたジョーゼフ・キャンベルとビル・モイヤーズの『神話の力』（飛田茂雄訳　早川書房　一九九二年）の影響もあったのかもしれません。この本の中では、儀式を神話の再現、あるいは実体化と呼び、人は儀式に参加することで神話の生活を体験できると、くりかえし説かれていたからです。

実際、細い四本の竹で聖なる空間をつくりだすことからはじまって、海のもの、山のもの、米、塩、水、酒とお供えするものの種類や並べ方、式の中で発せられる声など、ひとつひとつにこめられた、キャンベルのいう象徴的意味を考えていくと、何もかもが興味深く、またありがたく思われました。

ご存じの方も多いと思いますが、『神話の力』は、昨年でしたか、NHKの教育テレビで放映された連続番組の「書物版」です。再放送もあったのですが、私は六回全部を見ることができませんでした。見ることのできた部分は非常に面白く、大きな刺激を受けたのですが、やはりテレビはその場限りで流れてしまい、あとでゆっくり考えたいと思っても手もとに材料が残りません。どこかでビデオを入手できないかと思っていた矢先に、本の広告を見、飛びついて買ったのでした。

キャンベルの名を最初に私に教えてくれたのは、マーシャ・ブラウンでした。もう二十年近く前のことです。「昔話のことを考えるなら、キャンベルを読まなければだめ」と、マーシャは断言し、わざわざペンギンブックスの『神の仮面』*四部作を送ってきてくれたのです。原始神話、東洋神話、西洋神話、創造的神話に分かれたこの四冊は、どれも三センチから五センチの厚みのあるすごい本です。(西洋神話*のみ山室静氏の訳が上下二冊で青土社から出ています。)

以来、この四冊は、私の昔話関係の本の棚の端に不動の(!)位置を占め、その隣りにはキャンベルの他の著作が、日本語のも英語のも次々に加わってきました。けれども、どの一冊も開かれることなしに今日まできたのです。テレビでキャンベルの温顔に接し、彼の声を耳にしたことが、ようやく彼のことばに手をのばすきっかけを与えてくれました。

『神話の力』は、ジャーナリスト、ビル・モイヤーズとの対談の記録です。かなり広い範囲に話題がとぶのと、話しことばの気安さにだまされてわかったような気にさせられるものの、実際はちょっとしたことばの中にすごい内容がこめられているのとで、一気に読むと消化不良を起こします。私は、本に傍線をひいたり、書き込みをしたりしない人間なのですが、この本に限っては、鉛筆で小さな印をつけながら、立ち止まり、立ち止まりして読んでいます。

この本の中でキャンベルが試みていることのひとつは、古今東西の神話が私たちに語りかけているものと、現在の私たちの日常生活とを関連づけることだと思いますが、彼は、たとえば超越的な無我の境地などとは無縁のごくふつうの人間が、自然の神性を知るにはどうすればいいかとたずねられて、こう答えています。

「とてもいい方法を教えましょう。部屋に座って本を読む——ひたすら読む。然るべき人たちが書いたまともな本ですよ。すると知性がその本と同じ高さまで運ばれ、あなたはそのあいだずっと、穏やかな、静かに燃える喜びを感じ続けるでしょう。こういう生命の自覚は、あなたの日常生活のなかで常に持てるはずです。あなたをほんとうにとらえて離さない作者を見つけたら、その人の全著作をお読みなさい。……これと決めたひとりの作者があなたに与えてくれるものを読む。次には、その作者が読んだ本を読んでいくのもよい。こうするうちに、あるひとつの観点から見た世界像が見えてくるのです。ところがいまこの作者を読んだかと思えば次はあの作者、という具合に移り気な読み方をしたら……どの作者もあなたになにひとつ語ってはくれません。」

キャンベルの本は、まさにこのようにして読むべき本と思います。それにしてもこのふたりの対談者は、それぞれ子どものときに生涯のテーマに出会っています。ひとりは「ぶらっと入り込んだ」故郷の小さな町の公共図書館で、もうひとりはニューヨークの自然史博物館で。

地鎮祭の祝詞を聞きながら、私が念じていたもうひとつのことは、やがてできる新しい図書館がそこに来る子どもたちに、そんな出会いを用意する場であってほしいということでした。

＊『神の仮面』 *The Masks of God : Vol. 1 Primitive Mythology, Vol. 2 Oriental Mythology, Vol. 3 Occidental Mythology, Vol. 4 Creative Mythology* by Joseph Campbell.

＊西洋神話 『神の仮面――西洋神話の構造』上・下 ジョゼフ・キャンベル著 山室静訳 青土社 一九八五年

七四号 一九九七年・夏

新館建設工事現場では、日に日に建物が形をとりつつあります。二、三日見ないでいる間に、あ、もう地下室への階段ができた、一階の床ができた……という具合で本誌がみなさまのお手もとに届くころには、建物の軀体部分のほぼ全容が姿を見せているのではないでしょうか。

こうして目の前にそれをはっきりと見ているのに、私にはまだそれが夢のように思えてなりません。建物がほしいと願っていたことはほんとうと思えるのに、建物が現にできつつあることはほんとうとは思えない……この奇妙な感じは、いったい何でしょうか。しかも、この気持は、おそらく建物が完成したあとも、しばらく続きそうな予感がします。

先日来、年次報告の準備をするために、昨年のノートやメモ類を読み返していて、土地を入手するためにあれこれと走りまわり、一喜一憂していたのが、つい一年前のことなのに驚きました。もうずっと昔のことのように思えていましたから。

実は、今回私たちの建物が建つ土地は、不動産業者の仲介で、ビジネスライクにさっと事が運んで入手できたというものではありません。不思議なご縁で、ある方からある方へと私たちの希望が伝えられていくうちに、願っていた地域に、土地を売りたいという方がいるという情報が突然はいってきたのです。

持主は、二年前まで現職で服飾デザイナーをしておられたという八十二歳の婦人で、同じ仕事をなさってこられた末の妹さんと、ピアノ教師をしてこられた中の妹さんと、それぞれ二つずつ年の違う三人姉妹で、ずっとそこに住んでいらしたのでした。そして、三人は、土地を売ってカリフォルニアに移り住み、老後をサンディエゴで過ごしたいという計画をもっておられたのでした！

何度もお伺いするうち、私たちはいつしかこの三姉妹のライフヒストリーをくわしく知ることになったのですが、それぞれ個性のある三人のお話はどれも非常に面白く、それだけで物語が書けそうでした。中でも長姉のS子さんは、終戦直後に、服を縫ってさしあげた占領軍の将校夫人のすすめでアメリカに留学、彼地でデザイナーの勉強をしたとのことで、一種豪放な、それでいて可愛らしさを感じさせる魅力的な方でした。「そのころ留学なさるなんてずいぶん進取の気性がおありになったんですね」と、私が申し上げると、「いえ、進取の気性というのではないんですよ。ただ、私は自分の道をさぐりさぐり今日まで来ましたでしょ。さぐりながら前へ進むということになると、日本の社会より、アメリカ社会のほうが、それをしやすいということだったんだと思います」という答えがさらっとかえってくるのでした。

仕事がすきで、仕事をしていると、からだに血がめぐって生き生きしてくるというS子さんは、末の妹さんと一緒に、一時は大きな縫製工場を経営するなど、手広く事業をしてこられたようでしたが、その過程で、女であることの不利や困難を味わったことが少なくなかったのでしょう。私たちが女だけで私立の図書館を運営してきたということに、並々ならぬ共感を抱いてくださったように思います。

こうして最初から私たちの仕事には理解と好意を示してくださったのでしたが、だからといって交渉がトントンと運んだわけではありませんでした。ごく限られた予算しかもっていない私たちに対し、もっと高額を提示するライバルも現れて、途中で諦めなければならないかと思わせられたことも何度かありました。それでも、要所要所でこのことに関わった多くの方々が必要な助けを出してくださって、話がもちあがってから三ヵ月目の五月十四日、めでたく契約にこぎつけたのです。そして、三姉妹は、すぐその翌日、サンディエゴへ向けて出発されました！

別れ際に「いちばんいい方に買ってもらえた。どうぞ頑張って！」と、私の手を握って励ましてくださったS子さんは、実は今年春、あんなにたのしみにしていらしたサンディエゴでの暮らしを長く味わうことなく他界されました。新館を見ていただきたいと願っていたのに、残念でなりません。

聞けば、三姉妹の米国移住の計画は、もう二十年来のもので、実際土地を売ろうとしたことも何度もあったとか。契約直前でやめたことも、一度や二度ではなかったようです。というのは、契約のとき、司法書士の方が、私に「きょうは書類に日付を入れてきませんでした。どうなるかわからないから」と、そっと耳打ちされたことでもわかります！　今になって考えると、S子さんは、私たちのために、この土地をもちこたえていてくださったのだ、という気がしてなりません。

余談になりますが、中の妹さんは姓名判断にこっていたことがあるらしく、私が名刺をお出しするとすぐに字画を数え、あなたはとても運がいい、これは「一文無しの百握り」といって、何ももたずに多くをつかむ人だとおっしゃったので、大笑いになったことがありました。

実は私が生まれるとき、両親は男の子と信じて疑わず「亨」という名を用意していたそうです。ところが案に相違して女の子だったので、よく働くようにたすきがけをして「亨」にしたのだとか。そのおかげかどうか(!)、何もないところから出発した私たちが、今、建物をもつところまできました。いろいろな人の人生に、いろいろなことが起こり、それがいつしか縒り合わさって、物事が運ばれていく不思議をしみじみと感じています。

七五号　一九九七年・秋

ちょうど本誌夏号がみなさまのお手もとに届いたころ、新館工事現場では、最後のコンクリート打ちが行われました。つまり、建物に屋根ができたわけです。木造の建物の場合ですと、ここでめでたく棟上げということになるのですが、コンクリートの場合は、人が危なくない状態で集まれるように、上棟式は、型枠や足場などがとれ、ある程度内部が片づいてからするとのこと。私たちの場合も、それから一ヵ月経った八月十九日に、事務室になるはずの二階で行いました。

地鎮祭と違って、上棟式には宗教的な要素はありません。関係者が集まって、それまでの工事が無事運んだことを祝い、関係者の労苦をねぎらうのが、いちばんの目的なのです。

紅白の幕など張りめぐらしては、暑い盛りに風通しがわるくて困る、という設計者の意見で、幕はやめ。

その代り、テーブルの上に、たっぷりお花を飾りました。それも、ワレモコウ、リンドウ、ケイトウ、セイタカアワダチソウ、ミニバラなど、野山の花や、それに合う可憐な花々。花器は、種を明かせば、ペットボトルや牛乳パックを包装紙で包んで、色のついたひもで結んだ即製品だったのですが、なかなか見事。工務店のお兄さんの口から「このまま結婚式してもいいくらいだな」という声がもれたほどでした！ そして、たしかに、幕を張らなかったおかげで、四方に開いた窓——ガラスはまだはいっていない——を、たえず風が吹きぬけ、真夏の昼下がりも、けっしてしのぎにくくはありませんでした。

工事関係者が十六人、館からも十六人、全部で四十人に満たぬ内輪の者ばかりの集まりです。堅苦しいことは何もなく、館と、工務店と、設計事務所のそれぞれの代表の短い挨拶のあとは、揃って乾杯して上棟を祝いました。

設計者の挨拶の中で注目をひいたのは、「七百八十九」という数字でした。何の数かおわかりになりますか？工事開始から上棟までに、現場で働いた人の総数だそうです。古い建物の撤去にはじまって、地下を掘る、土止めをする、鉄筋を組む……と、順次に、あるいは同時に並行して、何種類もの作業が行われ、これだけ大人数の人の力が注ぎ込まれたのです。これには、一種の感慨をおぼえました。建物の完成までに、この数字はいったいどのくらいになるのでしょう。

もちろん、すでにすっかり終わってしまった作業もあり、上棟式に出席したのは工事関係者のごく一部です。人数が少なかったこともあって、あまり例のないことだそうですが、この日は、設計者から全員の紹介があり、それぞれが担当している仕事の説明がありました。

実は、私が今回の工事について、いちばんうれしく、またありがたく思っているのは、現場によい人を得ていることです。総監督のTさんは、設計者の絶大の信頼を得ていることからいって、技能、経験は申し分ないのでしょうが、お人柄がおだやかで、そこにいるだけで安心感がある方です。現場の空気がいつもなごやかで、時間と競争の根をつめた作業が続いているにもかかわらず、いらいらした感じが少しもないのは、おそらくTさんのお人柄によるのでしょう。

そして、私がことに喜ばしく思っているのは、現場の主要戦力が若者だということです。Tさんの右腕として仕事全体の進行をとりしきっているS君は二十五歳、電気関係を一手に引き受けているN君は二十四歳、配管担当のK君は二十二歳。ほんとうに若々しいトリオです。

生活の実感がもてないというのが多くの若い人たちの悩みで、何をしていいのかわからない、自分が何をしたいのかもわからないという訴えを聞くことが珍しくない昨今、ここにはまた別の若者たちの一群がいることを見せられて、何かほっとします。

建物に限らず、ものをつくる仕事、からだ、とくに手を使ってする仕事は、結果が目に見えるし、それに、仕事の性質上、どうしても自分の裁量で手順をたてる、やり方を工夫する、仕上げを吟味するといったことが必要で、しかも、建築では他の職種の人たちと協調してうまくやっていく器量も要求されます。ですから、自然に人間が鍛えられていくのでしょう。

外から見ていても、若い人たちが、彼らにとっては、ひとつの挑戦ともいえる大仕事に正面から取り組み、力いっぱい働くことで、ぐんぐん成長していることが見てとれます。S君などは、工事にかかってから半年余りの間に、顔つきや身のこなしまで驚くほどしっかりしてきて、見るからに頼もしくなりました。

『ちいさいおうち』ではありませんが、こんどの建物は、しっかりとじょうぶにつくり、百年もつものにしよう、とは、設計者がくり返し口にしていることばです。彼はそのときいつも「ぼくたちはそのころはみんな死んじゃって、いないわけだけど」と、つけ加えるのですが……。

たしかに今から百年後、私たちはもうみんないません。それに、それまでに世界がどんなに大きく変わるか想像もつきません。けれども、建物はそのときまできっと「りっぱにたって」いることでしょう。そして、もしかしたら、Tさんや S君、N君、K君たちの「まごのまご」が、「これ、うちのおじいちゃん(のおじいちゃん)がたてたんだよ」と、誇らしげにこの建物を指さすことがあるかもしれません。もしかしたら「そのまたまご」まで!

七六号　ランプシェード休載

七七号　一九九八年・春

一月末、インドの友人を訪ねてニューデリーに行き、彼女の家で数日を過ごしました。ユネスコ・アジア太平洋共同出版計画を通して親しくなったこの友人は、二年ほど前、長く勤めた児童書編集者としての職を退き、時間にゆとりができたことから、遊びにくるようにとしきりにさそってくれていたのです。

大きな仕事のあと、くたびれているので観光に歩きまわる元気はない。ゆっくりおしゃべりできればそれでいいのだからと念を押して出かけたので、彼女の暮らしにすべりこんで、ふだんのように過ごすだけの数日でした。けれども、ひとりで出版社を経営するご主人と、インド古典文学を専攻する大学院生のお嬢さんと、大勢の友人といとこたちに囲まれた彼女の暮らしは、毎日何かしら出来事があり、ふだんとはいえ、なかなかいろどり豊かなものでした。

ひとつはいとこの結婚式。残念ながら式は私の帰国の日に当たっていて出席はかないませんでしたが、式の前日、花嫁の女友だちと、女のいとこやおばさんたちで開くパーティに招かれて、仲間に加えてもらいました。このパーティのいちばんの〝目玉〟は、花嫁をはじめお客たちの手（人によっては足も）に、ヘンナという草の染料で絵をかくことです。

『アジアの昔話』の中のイランのお話「ちっちゃなゴキブリのべっぴんさん」*に、主人公が念入りにお化粧する場面がありますが、このゴキブリさんが両の手のひらにつけるのがヘンナのべになのです。かねてからそれがどんなものか知りたいと思っていた私は、たのしみにして出かけました。

パーティの会場は花嫁の家の庭。花で飾られたブランコに花嫁が腰かけ、子どもからお年寄りまで四、五十人のお客たちが、そのまわりで挨拶をかわし、歌い、踊っています。おじいさんと若いのと二人のヘンナの絵かき職人（?）が、この賑わいの中で黙々と女たちの手足に細かいデザインを染めつけていきます。

私も両手にしてもらいましたが、まず手に油を塗ります。そこへ、ケーキの飾りに使うのと同じ円錐形のしぼりだし袋に入れたヘンナで絵を描いていくのです。ヘンナはよもぎ色のクリーム状で、糸になってしぼり出され、実に細かな絵が描かれます。私のはスカラップを多用したデザインでしたが、三ミリ四方の市松模様や、尾羽根を広げた孔雀など凝った絵もありました。

描き終わると、日なたで三十分ほど乾かします。それから絵の上にレモンをしぼり、もう一度油を塗ってからヘンナを落とします。すると、手のひらにくっきりとオレンジ色の絵が残るという寸法です。こうして染付けられた模様はすっかり消えるまで一週間ほどかかりました。

お話の中に出てくるものを実際にためすことができた、といえば、ちびくろサンボが食べたに違いないホットケーキを食べることもできました！　友人の友人で、紙の輸入で財をなした人が、個人でテラコッタを中心にした民芸館をもっているというので見せてもらいに出かけました。そこは広大な敷地に、展示館や、芸術家が滞在して創作に従事するための宿舎、オーナーの邸宅など、簡素で品のよい建物が散在する夢のように美しい場所でしたが、展示を見たあと、木かげにしつらえられたテーブルで、豪華なお昼をいただきました。その時のごちそうのひとつがそれだったのです。トラのバターとしかいいようのない黄色い油でこんがりと揚げ、ところどころに黒いこげ目のはいっているパンケーキ。直径は七、八センチの小さなもので、これなら私だって二十枚くらいはかるく食べられるな、と思いました。もっともこのときはほかのお料理がとてもおいしかったので二枚しか食べられませんでしたが……。

ご存じの方も多いでしょうが、『ちびくろ・さんぼ*』に出てくるバターは、インドでギー（ghee）と呼ばれているものです。ところで、このギーについては、別の日に見に行ったインドの古典舞踊（この踊り手も友人の家族ぐるみの友人なのです）のプログラム解説の中に、興味深い記述がありました。

この日のプログラムはガーバという、中に明かりをともした素焼きの壺を頭の上に乗せて踊るグジャラティ地方の伝統的な踊りから始まりました。これは儀式の踊りで、壺は万物を産み出す創造の母、デヴィの子宮を象徴するものだとのこと。

ガーバに限らずインド舞踊は、すべて宗教的基盤をもち、神々への捧げものと考えられているということですが、通常は動物を犠牲に捧げて行う古来の礼拝の儀式には、必ずひしゃくですくったギーを火に注ぐ行為が含まれているといいます。そして、ギーにはインド神話に根ざす深い象徴的意味があるというのです。インドには、ヴィシュヌ神のすすめにより、神々が乳の大海をかきまわして、太陽や月をはじめとする多くの美しい存在を生んだとする創世神話があります。乳は人間の意識の象徴で、乳を撹拌してバターができるように、意識と知性を動かすことから、愛やその他の高貴な感情が生じ、さらにバターを熱すると透明なギーになるように、高貴な感情は修行を経て透徹した悟りに至る。つまりギーは澄み切った意識の状態を象徴するもので、聖なる儀式で火にギーを注ぐことには、そういう深い意味があったのです。

ほんの短い滞在ながら、サンボのトラバターからインドの神話へ、思わぬ橋がかけられた貴重な旅の経験でした。

＊「ちっちゃなゴキブリのべっぴんさん」『アジアの昔話五』アジア地域共同出版計画会議企画　ユネスコ・アジア文化センター編　松岡享子訳　福音館書店　一九八〇年／『子どもに語るアジアの昔話一』松岡享子訳　こぐま社　一九九七年

＊『ちびくろ・さんぼ』（岩波の子どもの本）へれん・ばんなーまん ぶん　ふらんく・どびあすえ　光吉夏弥やく　岩波書店　一九五三年　ほか

七八号　一九九八年・夏

去る五月二十八日、川崎みさをさんが亡くなられたという知らせが届きました。川崎さんは——みさをおばあちゃんとお呼びしたほうが私にはしっくりくるのですが——は、山形県小国(おぐに)に住む伝承の語り手でした。記憶が定かでないのですが、新潟の野の花文庫の真壁さんのご紹介で、小国のキリスト教独立学園高校の生徒さんにお話をしにいったとき、初めてお会いしたのではなかったかと思います。

教室でのお話とは別に、小さなお部屋でくつろいでお話をしたとき、私はおばあちゃんの昔を聞きました。「なら梨とり」のバリエーションである「行けざんざん」が特に印象に残りました。昔話はお父さんから聞いたので「男語り」だという語り口は飾り気がなくてさっぱりしており、そこへお人柄のあたたかみがとけこんで、なんとも味のあるものでした。

このとき、私は「金の不死鳥」と、「とんだぬけさく」を語ったのですが、何年かあとでおばあちゃんと再会したときおばあちゃんが、この話を語っておられたのに驚きました。「金の不死鳥」は、語るのに四十数分かかる話なのに、一回聞いただけでおぼえてしまったのです。「とんだぬけさく」は、エチオピアの昔話ですが、おばあちゃんは「昔、オランダに、ひとりの百姓がいてあっだど……」と語っていました！　知らぬ間に話がエチオピアからオランダへ引越してしまったと大笑いになりましたが、私はおばあちゃんが、主人公が牛をつれて山の洞穴へ坊さんを訪ねていく場面で、つれていった牛を「木につないでから」坊さんに話しかけたと語ったのに感心してしまいました。これは本には書いていないのです。でも、情景をつぶさに思い描きながら語っていったおばあちゃんとしては、目に見えている牛を木につないでからでなくては、洞穴にはいることができなかったのでしょう。イメージをつなぎ目として人から人へ伝わっていくうちに、物語がよりよく見える形に磨き上げられていく過程を垣間見る思いでした。

今から十一年前の十一月、そのみさをおばあちゃんを東京子ども図書館へお招きして昔語りをしていただいたことがありました。おばあちゃん七十七歳のときです。松の実ホールで、部屋いっぱいのお客さまを前に、おばあちゃんは、二日にわたって、次から次へいくつもの昔を語ってくれました。

お話に堪能したのはもちろんですが、お別れのとき、私には忘れられないことがありました。おばあちゃんの旅につきそってくださったIさんや、私の母をまじえて、我が家の茶の間で、みんなで最後にお茶を飲んでいたときです。二日間一緒にすごしておばあちゃんが大好きになっていた私は、できることなら「さよなら」を先へのばしたい気分でした。

お互いに感謝のことばを交わしあいながら、席を立ちかねていると、おばあちゃんが一息いれて、「ほんでは、お世話になりましたお礼にひとつご和讃を……」といって、いすの上でちょっと居住まいを正し、語りのときとは違うやや高めの澄んだ声で、ご詠歌のような歌をうたってくださったのです。

のちにご本人に確かめて教えていただいたのによると、それは梅花流詠讃歌の報謝御和讃というものでした。

一樹の影の宿りさえ
奇しき縁(えにし)と知るものを
人の情(なさけ)に宿借りて
暫(しば)し休らう嬉しさよ

一河の流れ汲むにさえ
深き恵みと知るものを
真心こもる熱き茶に
疲れを癒す有り難さ

一期一会の人の世は
尊きものと知るものを
御厚き今日のおもてなし
如何で忘れむもろともに

おばあちゃんがかなで記してくださった文字では「影」は「かァげ」、「人」は「ひィと」となっています。音を長くのばし、ゆったりと流れるようにうたわれたその歌は、そこに居合わせた者の心にしみ通り、その場の空気が一瞬にして清められたというか、思いの深いところでみんなをかたくひとつに結び合わせたという感じがしました。

どんなに感謝していても、ただ「ありがとう」としかいえなかったら、みんなの気持ちがこれほど一体となって深みに届くことはなかったでしょう。これこそうた（ことばと音楽）の力だと思いました。心と身体の中に伝承の物語や歌をたくわえていて、然るべきときと場でそれを生かし、生活を豊かにできる能力、大袈裟にいえば、それが文化というものだと思いました。

あとで聞けば、みさをおばあちゃんは九歳のときから子守奉公に出され、若いころはずいぶんとご苦労なさったとのことです。でも、その苦労は、お人柄に歪みを残したようには見えませんでした。情の深い、よく耕された心の持ち主だというのが私の受けた印象でした。

おばあちゃんにいただいた手づくりのあけびのかごや、草でつくった姉様人形をかたわらに置き、テープからはじけ出るような愛らしい笑い声を耳にしながら、人生には、一、二度しか会うことがなくても、自分にとって大切な存在になる人があることを思わせられています。

七九号　一九九八年・秋

七月の末、今年も例年通り夏期お話の講習会を開きました。これまでは埼玉県武蔵嵐山の国立婦人教育会館を会場に借りていたのですが、今回は初めて自館で行いました。六十名の定員には少し狭すぎ、宿泊施設も別の場所だったので、参加者のみなさまにはご不便をおかけしたと思いますが、自分たちの場所で講習会ができることは、私たちにとっては、それだけで感激に価する出来事でした。

夏休みが終わり、九月に入ると、こんどは新企画である二つの連続講座がはじまりました。「子どもの図書館講座」と「語るためのテキストをととのえる講座」です。これも、自分たちの場所があればこそ、実行に踏み切ることができたのです。

設立からほぼ四半世紀、東京子ども図書館は、間借り生活を続けてきました。昨年までいたのは、一階が店舗、二階から上は、一部事務所を除いて住居になっている建物で、私たちは、一階に児童室、三階に資料室と事務室を、それぞれ一部屋ずつ借りて仕事をしてきました。集会用に使えるスペースがないため、講習会などは、その都度会場を借りなければなりませんでした。申込手続の面倒なこと、使用料の高いこと、人と物の移動にともなう手間の数々……と、よそで開く催しには心労がついてまわります。資料室と事務室のちょうど間にあたる一部屋が空いたときには、そこを集会専用に借りようかと、真剣に考えたこともありました。

幸い、そのプランを実現させるより先に、自分たちの建物を建てる計画が動きはじめました。土地探しに先だって、設計者の助言により、ボリューム算定というものを行いました。児童室、資料室、事務室、集会室のそれぞれにどれだけの面積がほしいか希望を出し、平米数の合計を出すのです。

出た数字を何度も検討しては縮小した結果、「必要にして実現可能な」線として出て来たのは五九〇平米でした。それを建ぺい率や容積率に当てはめると、求める土地の坪数がはじきだされます。こうして土地探しがはじまり、何とも不思議なご縁で、建ぺい率六〇、容積率一五〇パーセントなら一一八・九坪という算定数字にほぼぴったりの現在地が得られたのでした。

新しい児童室や資料室は、平米数だけで厳密に比較すると、従来借りていた部屋とあまり変わりません。新しいところに行けば広くなるかのように思っていたのは、結局私たちの希望的幻想でした。

しかし、なんといっても大きいことは、館の中に集会用のスペースを確保できたことです。そして、そのスペースは、一階の入口をはいってすぐのところに位置しています。これは、ここを活用しての諸活動が、これからの館の発展の支えになるようにとの設計者の見通し及び期待の表現といえます。

建築は、すでに行われている活動をいれるうつわを作るという用の面と、これから先の新しい展開を刺激するという、いわば考え方や方向の表現としての面をもっています。新しい館ができて十ヵ月、私たちは、通りに向って開かれているこの集会スペースを、まだ十分には使いこなすことができずにいます。職員数の限界から、入口に来館者を迎える人を、常時配置できずにいることが、私たちの大きな心の痛みになっています。すべての要（かなめ）が人であるにもかかわらず……。

こうした課題を克服し、このスペースがもっている潜在的能力――つまり、ここが、人と人とが出会い、刺激を受けたり、励まされたり、あるいはくつろいだり休んだりするために、さまざまな使われ方をする可能性――を十分生かせるかどうか、私たちは、ある意味で、このスペースから挑戦を受けている気がします。

夏の講習会、秋からの連続講座は、その挑戦にこたえる一歩でもありました。幸いどの講座も、多くの熱心な参加者が、それも高知や新潟、仙台といった遠くからも来てくださって、活気のあふれる集まりとなりました。みなさんのエネルギーに、主催者である私たちが圧倒されるくらいです。ことに、秋にスタートした二つの講座は、これから、半年、そして、そのあとも第二期、第三期と続いていくことを目指しているので、これからの展開がたのしみです。

ところで、いくらスペースを生かしたいと思っても、そういくつも講座が開けるわけではありません。スタッフの事務処理能力にも限りがあり、講師に人材を得ることも容易ではないからです。自館に講習会用のスペースができたからといって、そこで働いている私たちが、急に講師として成長するわけでもないのですから！

そのことを考えると、講習会は、たしかに私たちには心理的な負担となります。しかし、それを越えて私たちを前進させてくれるのは、参加者のみなさんのエネルギーです。また、みなさんが講座の場で惜しみなく出してくださる経験や、洞察、考え方などです。

とくに、秋からはじまった二つの講座では、参加者の「持てるもの」を最大限出していただき、講座自体を参加者相互の実質的な共同作業にすることを目指しています。そして、その成果を、できるだけ印刷物の形で、多くの方に届けることができるよう願っています。そうなってはじめて、館が地域だけでなく、もっと広い世界に向けて何かを発信できる存在になるようにとの〝建物からの挑戦〟に少しはこたえられるでしょう。

八〇号　一九九九年・冬

新館が開館して一年が経ちました。

この一年、夏の暑い盛りには、去年の今ごろ上棟式をしたのだったわねといい、近くの公園の木の葉が散りはじめたときには、今ごろは外まわりのレンガを積んでいたわねと話し、折々に一年前のことを思い出してはいたのですが、それがもう遠い昔のことのように思えるほど、私たちは新しい建物になじんでしまいました。建物に出入りする人たちも、もうここに図書館があることが当たり前という顔をしています。

館では、建物ができたからこそ可能になったいくつかの活動がはじまりましたし、従来の仕事にも、新しい発展が見えてきました。開館一年目ということでお客さまも多く、人の交流の輪も広がろうとしています。そして、昨年十一月八日には、皇后さまを館にお迎えするという、思いがけない出来事がありました。

今回のご訪問は、昨年九月にニューデリーで開かれたＩＢＢＹ（国際児童図書評議会）世界大会と、大会初日にビデオにより行われた皇后さまの基調講演*という大きな出来事の流れの中で生じたことでした。実は、資料室がご講演の英訳について、いくつかの書名や作者名の英文綴りをチェックするなど、ほんの少しお手伝いをしたため、私たちはひとより早くお原稿を入手しました。

最初に一読したときは、ほんとうに驚きました。そして、強く心を打たれました。与えられたテーマにこれほど真正面から取り組み、長年内にじっと蓄えておられたものを、これほど惜しみなくさし出す内容であろうとは予想していなかったからです。

私たち図書館員は、ややもすれば繁雑な日常の中に埋もれて見えなくなる自分の仕事の意味を再確認するために、折にふれて、本が人に何をもたらすかを証しする記録にふれる必要があります。ことに児童図書館員にとっては、それが大きな励ましとも力ともなります。そのためのきわめて貴重な文献が、ここにひとつ出現したという感じをもちました。

皇后さまのご講演については、その内容に見合うだけの時間をとって、ゆっくり読み、じっくり考えなければならないでしょう。ただ、小さなことですが、私には、同世代だからこそ抱いた感慨があったことを記しておきたいと思います。

皇后さまは、戦時中、疎開先で、ゲンノショーコとカラマツ草の干草をそれぞれ四キロずつ供出するという宿題に挑戦したと語っていらっしゃいます。同じ時期、ひとりで和歌山の祖母のもとに疎開していた私にも、夏休み、干草二貫目の宿題が出ました。夏中せっせと刈りましたが、草というものは、乾くとどんなに目方が軽くなるかを知らない私でした。

休みが終わってその「宿題」を学校へもっていく朝、これでは目方が足りぬと見てとったのでしょう。祖母は、私の干草に、パッパと水をかけたのです！　こうやってはかりの目をごまかすんだ、ずるい！　私の胸は痛みました。ところが、祖母はてんとして私の抗議に動じる気配がありません。

悪いことをしたという気持と、祖母があまりにも堂々と（！）それをやってのけた当惑とで、頭が混乱したことを思い出します。今思えば、私にとって、これが、世の中には学校で説くそれとは違う行動規範もあるのだと感じた最初の体験だったのかもしれません。ご講演を読んで、忘れていたそんな出来事を急に思い出しました。同じ時代、同じような体験を共有した世代の人は、皇后さまに対して、私が感じたような特別の親近感を抱いたのではないかと思います。

皇后さまが館へおいでになったのは、ＩＢＢＹインド大会に参加した人たちのお集まりにご出席になるためでしたが、よい機会だからと館内をご覧いただき、石井桃子名誉理事や、中川李枝子理事ともお話しいただきました。子どもの本の関係者ばかりのなごやかな会で、皇后さまも終始くつろいで、たのしそうにおすごしになりました。

この日、ひとつびっくりしたのは、皇后さまが荒井督子理事とお話しになっているとき、「こたついくらからはじまったのですものね。あのこたつはわすれられないわ」とおっしゃったことです。

東京子ども図書館が法人の申請をしたとき、手続に必要だからと弁護士にいわれて財産目録なるものを作成したのですが、そこには「こたつ一〇、〇〇〇円　まほうびん三、九〇〇円……」と、当時の私たちの財産が一々記されていたのです。

そのことを私が「こどもとしょかん」*に書いたのが、どこかでお目にとまっていたのでしょうか。新館建設までの苦労をねぎらうのに、私たちが三十年前「こたつ一〇、〇〇〇円」からはじまったことをちゃんと憶えていてくださったとは！

私は、IBBYインド大会における皇后さまのビデオによる基調講演が実現するについて、また、それが一冊の本になるについて、その背後に何人もの人の、長い時間をかけた非常な努力があることを、たまたまその人たちの近くにいたおかげで、垣間見ることができました。ものごとはすべてそうだと思います。人から見れば、あるとき突然建物が建ったと見え、できてしまえばまるで当たり前と思えるかもしれない私たちの図書館にも、「こたつ」から今日に至る長い道のりがあったように。

開館一年目に、その道のりを心にとめて祝ってくださるお客さまをお迎えできて幸せでした。

＊基調講演 Building bridges : reminiscences of childhood readings by Michiko. 邦訳『橋をかける——子供時代の読書の思い出』美智子［著］ すえもりブックス 一九九八年／『同』（文春文庫）文藝春秋 二〇〇九年

＊「こどもとしょかん」「東京子ども図書館十年の歩みをふりかえって」 こどもとしょかん二〇号 一九八四年・冬

八一号　一九九九年・春

昨年秋、本誌七九号のこのページで紹介した二つの新しい講座が、この三月で無事終了しました。「子どもの図書館講座」と、「語るためのテキストをととのえる講座」です。九月にはじまって月一回、十二月をお休みしての全六回のコースでした。私が言うと手前味噌になりますが、どちらも参加者の熱意に支えられて、なかなか充実したものになりました。

図書館講座は、今後いろいろなテーマで長く続けていきたいとの願いがあって「第一期」とし、初回は「子どものための図書館の使命と役割を考える」をテーマにしました。参加者は、六十名を越す応募者の中から選ばれた二十五名。今回は、すでに実務経験があり、後進を指導する責任を負う立場にある方に主軸となっていただきました。公共図書館だけでなく、学校図書館の方、児童サービスを教える大学教師、ボランティアなど、いろいろな方がまじったことがよい効果をもたらしたと思います。

この講座は、当初から、ただ講師の話を聞くだけのものにはしたくないと考えていました。むしろ参加者が共同で問題をさぐり、考え、互いに刺激し合い、励まし合うものにしたいと。そこで、毎回、各回のテーマにそって自分の考えをまとめたり、文献を探して読んだり、資料を集めたりして、口頭やレポートで発表していただきました。

その課題は、現在仕事をしていく上で自分を支えている信念は何か、それが何によって培われたかを、考えなおすことからはじまって、望ましい児童図書館員像を描くために、実体験や本の中から、子どもと図書館員の出会いを示すエピソードを集める、アメリカ、フランス、日本の児童図書館サービスに関する文献を読み、心惹かれる個所を抜き書きして感想を述べる、といったことに及びました。

望ましい児童図書館員像について話し合う回は、番外編として一日かけてKJ法（思いつくままを小さな紙切れにできるだけたくさん書き、これを似た内容のものごとに集約していくことで、ひとつの考えを導き出すやり方）を行い、興味ある結果を得ることができました。また、日本の児童奉仕の歴史を調べることとの関連で、地元の資料を集めてもらったところ、各地で古くから、また戦時中にも、子どものための活動が行われていた事実がわかるなど思わぬ発見もありました。

さらに、参加者の方々には、各回毎の〝宿題〟とは別に、全体を通した課題――各自、それぞれの現場で役に立ちそうなもの――を選んで期間中にまとまったレポートを作っていただきました。三月の最終日には、その要点を一人五分で発表していただいたのですが、どれも五分ではなく五十分さしあげたいと思うくらい内容があっておもしろく、これだけの方が、これだけの熱意をもって仕事に取り組んでいらっしゃると知っただけで、私自身大いに励まされました。

さいわいこの講座は、私たちのねらい通り、主催者は機会を提供し、参加者が自分で学習するというものになりましたが、その結果、私どもの手許には、みなさんの学習の成果であるレポートがたくさん集まりました。これをどう整理し、多くの人に役立ててもらえる形にするかが新しい課題です。

第一期は文字通りのはじまりです。ここで扱われたテーマは、児童図書館の歴史にしても、望ましい児童図書館員像にしても、まだまだ学習を重ね、発展させていかなければなりません。みなさんのレポートは、そのための貴重な資料です。これを活用し、講座を場として今後も共同学習を続けたいと思っています。

さて、もうひとつのテキスト講座の方は、今回は「長い話を短くする」という課題に取り組みました。語りたいお話があるのだけれど、長すぎて……と思っている方に、そのお話をもって集まってもらい、語るという視点からどこをどう縮めるか、一緒に検討してみようというのがねらいでした。

応募者は十四名。定員を四名越えましたが、全員にご参加いただくことにしました。ただ、参加者の提出されたお話を共同の勉強の材料に使うのはむつかしいとわかり、講師の側で二話を指定しました。昔話の例として「子どもと馬」（ユーゴスラビアの昔話　ほるぷ出版刊『三本の金の髪の毛』）、創作の例としてアンデルセンの「白鳥」（福音館書店刊『白鳥』）です。参加者は「子どもと馬」組と「白鳥」組に分かれ、それぞれ〝実験〟に取りかかりました。

「語る」ということから考えると、三十分に収めるのがひとつの目安です。となると、「子どもと馬」は約三分の二に、「白鳥」は半分に縮めなければなりません。はじめは「そんなことできない」と思っていたことが、何度もテキストを読み、お話の中のどの要素を自分としては大切にするか、耳で聞くということが要求するものは何かを考えていくうちに、少しずつ道が見えてきました。同じ訳文を用い、話し合いの結果得られた共通の認識に基づいて作業しても、出来上がったものにその人の個性がはっきり出るのもおもしろいと思いました。

縮めたテキストで実際に語ってみて、もういちど検討したいという参加者の希望で、講座は七月まで延長されました。九月には縮めたテキストによる公開のお話会も予定されています。

それにしても、こうした講座が行えるのは自分たちの建物が与えられたおかげと、改めて感謝の思いです。

八二号　一九九九年・夏

まったく予定になかったことですが、五月初め数日間イギリスに行ってきました。ことの起りは、四月末、英国ストーリーテリング協会の会員だという知らない方から届いた一通の手紙でした。それは「当会では、顧問アイリーン・コルウェル女史が、今年九十五歳になられるのを記念して、彼女の業績を称える文集の発行を計画している。ついては彼女の国際的な活動のひとつとして、日本に於けるコルウェル女史について一文を寄せてもらえないだろうか」という内容でした。

喜んでお引受けしたいと即座に思ったのですが、そのとき、私の目は「参考までに」と同封されていた一枚のチラシの方にひきよせられました。それは、五月八日に、ラフバラ大学で、コルウェルさんのお誕生日をお祝いする会を開くという案内でした。ラフバラ大学は、コルウェルさんが退職後しばらく教鞭をとっておられたところで、現在もそのすぐ近くにお住まいなのです。

ご高齢のひとり暮らし、そのうえ七年前からお目が不自由とあって、どうお過ごしかとずっと心にかかっていたので、これはよい機会、行って、自分の目でご様子をたしかめてこようと、急に思い立って出かけることにしたのでした。

五月のイギリスは、家々の庭が花で美しく彩られる季節。その日は、晴れたかと思えばかげり、ときどき強い風に小雨がまじるといったイギリスらしいお天気でした。ストーリーテリング協会は、会員が五百名前後と聞きましたが、当日会場に集まったのは七十名くらい。お話の好きな人たちだけあって、気取らない、服装などもくつろいだ、親しみのもてる人たちの集団でした。

会は十時にはじまり、午前中は会員による意見発表、テーマは「次の千年紀に向けたストーリーテリング――技術時代に於ける語りの意義」ということでしたが、それほど大上段にかまえた内容ではなく、スコットランド、アイルランド、ウェールズと各地のストーリーテリングの実状を交換しあうものでした。

午後は語りで、まず六人のプロの語り手が登場しました（うち四人は男性で、その一人はギターや手風琴を弾きながらバラードをうたいます）。語られた物語は、妖精や死神、魔女などが登場し、変身やあの世への旅があって、伝承に根ざしたものではあるのですが、かなり語り手の手が加わっているようで、素朴な昔話というよりは、劇的、技巧的な再創造という印象でした。スピードがあり、抑揚が大きく、メリハリのきいた語り口は流石と思わせられましたが……。

そのあと、プロではない語り手たち（協会の会員には、元児童図書館員が多いのです）の、もっと素朴なお話もいくつかあり、私も引っ張り出されて、日本語で「ちいちゃいちいちゃい」を語りました。イギリスの語り手たちの集りで、「ちいちゃいちいちゃい」を語るなんてと思われるでしょうが、なんと会場にいた人たちのほとんどが「ちいちゃいちいちゃい」を知らなかったのです！

さて、午後の後半がいよいよお祝いのプログラムです。もちろん前半のお話はすべてコルウェルさんへのお祝いだったのですが、そのうえに、花束と、当日の出席者のメッセージとサインのはいったノートが贈られました。ノートはＡ４版のお手製で、表紙には縄とびの縄をもった女の子の人形がはりつけてあります。いわずとしれたエルシー・ピドックです。そして「ハッピー・バースデー」の大合唱と共に、特大のバースデーケーキ（一辺五十センチ以上ありそうな四角いの）が運びこまれ、会場は大きな拍手に包まれました。

長い拍手の鳴り止むのを待って、コルウェルさんは、壇上に立ち、短い感謝のご挨拶をなさいました。そのあと、司会者の「みなさん、コルウェルさんのお話が聞きたいですか？」との問いに、大声で「イェース！」と答える聴衆の要求を受けて、数あるレパートリーの中でもいちばん好きな、いちばん得意な「エルシー・ピドック夢で縄とびをする」を語ってくださいました。作者のエリナー・ファージョンとの十数年にわたる友情の思い出話をまじえて。

すすめられたいすを断り、立ったまま、深みのある声で、静かに語られるその語りは、それこそエルシーの「軽とび」のように自在で、初対面のときファージョンから「うん、あんたはたしかにエルシー・ピドックだ」といわれたという小柄なコルウェルさんは、それから半世紀近くを経た今、いよいよエルシーその人と重なって見えました。

ご本人が「あふれるほどの善意に包まれた一日だった」とおっしゃったこのお祝いのあと、私は三日間コルウェルさんのお宅でご一緒に過ごしました。字が読めないので、書き上げた自伝を推敲できないのが残念とはおっしゃっていたものの、盲人協会から送られてくるテープでディッケンズをたのしみ、お天気のいい日は庭に出て「さわった感じでわかるよ」といいながら、草引きもするなど、この前お会いした五年前に比べてむしろもっとお元気そうなご様子に、すっかり安心して戻ってきました。

もし、読者の中で、コルウェルさんやエルシーの名を今初めて目にするという方がいらっしゃったら、どうぞ『子どもと本の世界に生きて』*と『子どもたちをお話の世界へ』*（いずれもこぐま社）、そして『ヒナギク野のマーティン・ピピン』*（岩波書店）をお読みください。

＊『子どもと本の世界に生きて――児童図書館員のあゆんだ道』アイリーン・コルウェル著　石井桃子訳　福音館書店
一九六八年／日本図書館協会　一九七四年／こぐま社　一九九四年

＊『子どもたちをお話の世界へ――ストーリーテリングのすすめ』 アイリーン・コルウェル著　松岡享子ほか訳　こぐま社　一九九六年
＊『ヒナギク野のマーティン・ピピン』 エリナー・ファージョン作　石井桃子訳　岩波書店　一九七四年

八三号　一九九九年・秋

サバティカル・イヤー（Sabbatical year）ということばがあります。七年毎の休息の年という意味で、現在は、主に大学教授に与えられる一年間の休暇のことをこう呼んでいます。

もともとは古代ユダヤの風習で、旧約聖書のレビ記には、シナイ山で、神がモーセに次のように命じたことが記されています。すなわち、

「……わたしの与える土地に入ったならば、主のための安息をその土地にも与えなさい。六年の間は畑に種を蒔き、ぶどう畑の手入れをし、収穫することができるが、七年目には全き安息を土地に与えねばならない。これは主のための安息である。畑に種を蒔いてはならない。ぶどう畑の手入れをしてはならない。休閑中の畑に生じた穀物を収穫したり、手入れせずにおいたぶどう畑の実を集めてはならない。土地に全き安息を与えねばならない。」（新共同訳聖書による）というのです。

ずいぶん徹底した休息です。サバティカル・イヤーがここからはじまったとすれば、教授先生方も休暇中は、「本を読んではならない。研究をしてはならない。論文を書いてはならない」のでしょうが、実態はどうで

しょうか？

ところで、なぜサバティカルの話をはじめたかというと、来年度、つまり二〇〇〇年四月から二〇〇一年三月まで、私もサバティカルをとりたいと思っているからです。私の場合、東京子ども図書館の仕事に手をつけたときから数えると、七の四倍、二十八年目の休暇ということになりますが。

考えてみれば、この三十年に近い年月、ほんとうによく働いてきました。図書館の仕事を目いっぱいこなしながら、十数年間は、大学で教えることもしましたし、ユネスコのアジア太平洋共同出版の仕事を一九七〇年来ずっと続け、国際的な場でのお役目も折々に引き受けてきました。本を書いたり、訳したりの仕事も、ほとんど切れ目なしにありました。それに両親の介護が加わるという年月も、ほぼ七年に及んだでしょうか。我ながらよく頑張ったと思います。

土地の購入に建物の建築という大事業も無事すみました。まだ二年しか経ってはいませんが、借金を返しながら館を運営するめども、なんとかたちました。職員が気をそろえて、もてる力を存分に出してくれることも期待できます。今がチャンスです。

子どもたちが忙しすぎる生活をするのはよくない、ぼーっとする時間をもたなくてはといい続けてきた当の人間が、ぼーっとする間もなく日をすごすのはよくありません。

というわけで、先日来、大きな声で、休む、休むと宣言しています。ほんとのことをいって、休もうと決心したときは、自分でもそれが実現できるかどうか半信半疑だったのですが、人にいっているうちにだんだん可能性が出てきた気がします。たのしみになってきました。

休みをとることで、心苦しい思いをしているのは、講演をとご依頼のあったところを全部おことわりしたことです。もう何年も前、講演のご依頼をすべてお引き受けすることは不可能だとわかったときから、そのことについては何らかのポリシーをもたなければならないと考え、いくつかのことを決めました。年間の回数を五回程度に抑えること、年度前に一年分の予定をたて、途中ではお引き受けしないこと、できれば図書館員や先生方など職業人の集まりを優先させたいこと、などです。そして、何年もその原則を崩さずにやってきました。

また、講演は、私個人の仕事として引き受けることはしておりません。すべて東京子ども図書館の事業として行っています。年度前に年間の予定を決めるのも、予算をたてる必要からですし、調整役の担当者を決めているのも、館全体の活動とのバランスをとるためです。

全く個人的な気持ちをいえば、講演は、私がする仕事のうちで、いちばん心理的な負担が大きく、できればせずにすませたい種類のことです。おことわりするのに心苦しくはあったけれど、来年はお引き受けしないと決めたことで、それだけでずいぶん気の休まる思いがしています。

人は忙しくしていると、目の前のことに追われて先のことを考えることができなくなります。そのために結局無駄な時間とエネルギーを使い、疲れてしまう結果になります。

これから先の時間を、願わくば無駄なくゆったりとすごすことができるように、来年のサバティカルをこれから先のことを考える機会にしたいと思います。

「人の中で『何かが起こる』のは、ぼんやりしているときだ。休閑地は、作物をみのらせるより、作物をみのらせることを夢みることの方に、よっぽど時間をかけるものだ」といったのは、詩人のロバート・フロストでした。

エリーズ・ボールディングは『子どもが孤独でいる時間』（こぐま社）の中で、「創造的活動には、途中で妨げられることのない、大きなかたまりとしての時間がいるのです」と、述べています。

私のサバティカルは、まず押入れや物置の片づけといった、〃非創造的〃活動からスタートすることになるでしょうが、それもまた必要なこと。手がせっせと動いているとき、頭は休んで、休閑地のように次にみのる作物の夢をみてくれるかもしれません。そのことが「何かが起こる」ことにつながるでしょうか？

八四号　二〇〇〇年・冬

一九九九年の秋は、十月のタイ、十一月のマレーシアと、海外へ出かけることが続きました。いずれも地元の子どもの読書に関する団体や機関が企画した催しに招かれてのことでしたが、マレーシアのは、小学校の先生たちと、教員養成大学の先生たち約五十名のストーリーテリングに関するワークショップでした。

マレーシアでは、実は子どもたちのカリキュラムには、従来から「ストーリーテリング」がちゃんとふくまれているのだそうです。毎年子どもたちによる発表会や、コンクールもあり、これには学校も子どもたちもかなり熱を入れているとのことでした。

もう何年か前、私はシンガポールで、こうした子どもたちによるストーリーテリングのコンクールを見たことがあります。それは大きなショッピングセンターの吹き抜けの広場で行われ、出場した子どもたちは、それぞれにこった衣裳をつけ、メークアップをして、張り切っていました。語りも堂々としていたのですが、不自然に声をはり上げ、わざとらしい身ぶりをする子が多く、私は感心しませんでした。

古くからの友人で、今回のワークショップの主催者であるイザーにその話をすると、「そうなの、そうなの。マレーシアの子どものストーリーテリング・コンクールは、衣裳どころか舞台装置にもこって、魚の話をするのに水槽まで持ち出す子もあり、語りのスタイルもオーバーで、よくないの。私もときどき審査員を頼まれることがあるんだけど、素朴で自然な語り方をする子によい点をつけると、熱心な先生たちににらまれてしまうのよ」ということでした。

こうした問題はあるにしても、子どもがお話を語ることは、文部省の定めたカリキュラムの中にきちんと位置付けがされているのだそうですが、先生が子どもたちにお話をすることは、これまで考えられもしなかったというのです。

今回、国立言語文学研究所が先生方のためのワークショップを企画したのは、読書や、その他の学習活動への導入として有効なストーリーテリングを教授法のひとつとして先生方の間に広く普及することを目的に、ベテランの先生たち何人かにそれを〝実体験〟してもらい、その結果をもとに、文部省に対して提言をするためだったのです。

ワークショップは、十一月十日から十八日まで、マラッカ海峡に面した保養地ポートディクソンの洒落たリゾートホテルで行われました。私はその後半三日間のみの参加で、ワークショップ全体を指導する講師は、アメリカから招待されたアン・ペロウスキーでした。アンは、ニューヨーク公共図書館、ユニセフの児童文化センターなどで、そのすぐれた語学力を駆使して幅広い活動を続けてきた人で、*The World of Storytelling*＊をはじめ、ストーリーテリング関連の著書もたくさんあり、今回のようなワークショップにはまさに最高の講師でした。

私が会場に到着したとき、もう夜の九時半をまわっていましたが、まだセミナー室には明りがついていて、大きな笑い声がもれていました。参加者が代る代る前に出て、おぼえたてのお話を語っているところだったのです。実は、参加者たちは、ワークショップの最終日に近くの小学校に出かけて、実際に子どもたちにお話を語ることになっており、その予行演習を兼ねた実習をしていたのでした。

ストレートな語りはむしろ少数派で、あやとり、折り紙、ハンケチ、新聞等を用いたお話が続きます。表情豊かな演技派もいれば、つっかえつっかえ苦労する人もあり、その両方に笑いが湧き、声援がとびます。なんともなごやかに見えたこの光景も、あとで聞けば、その日の午後、みんなで伝統的な影絵の物語をOHP用に共同制作、実演をしたときに起こった劇的な変化の結果で、実はそれまで、ワークショップの雰囲気はたいへん気づまりなものだったというのです。

それというのも、先生方、とくに教員養成大学の教授たちは、ストーリーテリングは子どもがするものという先入観から抜けられず、それを子どもの前でするなんて……と、自尊心を傷つけられたように思ったらしいのです。でも、いったんそういう沽券の壁がこわれたあと、先生たちは次の日も夜おそくまでリハーサルを重ね、訪問先の小学校では、全員すばらしい語りをして、子どもたちをたのしませていました。

短期間のワークショップでそこまでもっていくのですから、実習は、アンが一度英語で語ったお話を、すぐマレー語にして、その場で、あるいは翌日人の前で語るという、日本の講習会でなら受講生から拒否反応が出そうな方法で行われました。しかし、お話はやってみなければわからないことが多いのですから、無理を押しても、とにかく実体験をもったことは大きかったでしょう。

またこの機会に、自分が子どもの頃に聞いた昔話を思い出して語った人もありました。夜な夜な庭の果物を盗みにくるいたずらおばけの話や、お米が実ることを待ちかまえている鳥とお百姓のやりとりなど、歌や韻文で語られる伝承の物語はとても面白く、先生方もその価値を再認識されたのではないかと思います。ここからまた何か新しい動きが芽生えそうです。

マレーシアの学校での先生たちによるストーリーテリングの今後を関心をもって見守りたいと思います。

＊ *The World of Storytelling* by Anne Pellowski, H. W. Wilson, 1990.

八五号　二〇〇〇年・春

私たちの月例お話の会が二〇〇〇年三月で三百回を迎えることになりました。第一回は一九七二年一月、東京子ども図書館設立準備委員会が発足して三ヵ月目のことでした。以来二十八年間、八月（年によっては十二月も）をお休みにしながら、毎月第四火曜日の夜をそれと定め、回を重ねてきたのです。（同じお話の会でも、お昼に開いているのは、この回数に含まれていません。）

いよいよ三百回が近いとなった昨年夏ごろから、記念の会には何をしようかと相談がはじまりました。そして、東京子ども図書館設立準備委員会がスタートするよりさらに四年前、当時お話の勉強をはじめてまだ間がなかった仲間たちが合同で開いた「第一回お話をたのしむ会」を、プログラムもそっくりそのままで再現しようということになりました。

会は一九六七年十二月十八日、東京は六本木の国際文化会館で開かれました。間に休憩をはさんで全部で十四のお話が語られています。語り手の顔ぶれを見ていくと、当時私が関係していたお話の勉強会から、それぞれメムバーが、そのとき練習していて、みんなが面白いと思ったお話を出し合ってプログラムをつくったことが思い出されます。

まず、児童図書館研究会。研究会では一九五八年から、渡辺茂男先生を講師にお話の勉強会をはじめていましたが、その後、大月ルリ子さんを経て、私が講師をつとめるようになったのは一九六七年からだったでしょうか。ほとんどが公立の図書館員だったメムバーの中から桜井（植田）たい子さんと大倉玲子さんが、そして、遠く青森から月一回お仕事のための上京に合わせて勉強会に参加していらっしゃった棟方春一さんがプログラムに名をつらねています。当時まだ品川図書館におられた会長の小河内芳子さんも、なんとも味のある「夢見息子」で語り手に加わってくださいました。

次が雙葉小学校の先生方の勉強会。とても熱心にグループを引張っておられた石竹光江さんと、おそらく先生になりたてだった上野由紀子さんのおふたりが参加されました。

さらに、のちに「くにたちお話の会」の中心メムバーになられた平塚ミヨさんと光野トミさん。当時はそれぞれ水よう文庫、ふたば文庫で子どもたちへのお話をはじめようと勉強中でした。

そして、私たち文庫の仲間。かつら文庫の荒井督子、佐々梨代子。土屋入船文庫の中野訓枝、岡（根岸）貴子、松の実文庫の植木（中尾）幸、それに私です。

今から考えれば盛り沢山、午後の時間をほとんど使っての、ぜいたくなお話会でした。そして、これがおとなの聞き手のために開かれた、おそらくは戦後最初のお話会だろうと思います。今日の全国的なお話の広まりを考えるとき、これはほんとうに記念すべき第一歩だったといえるのではないでしょうか。この会を、プログラムはもちろん、語り手の顔ぶれもほとんどそのままに、三十三年の年月を経た今年、東京子ども図書館の月例お話の会三百回記念お話の会として再現できる幸せを思い、今から胸がわくわくしています。

私は細かいことはもうあまりよくおぼえていないのですが、トップバッターの棟方さんが、絵本を使って「おおきなかぶ」を語ってくださったときの会場のどよめきはよくおぼえています。こんどの三百回記念のお話のことを聞いて「夢かと思うくらいうれしかった」という植木幸さんは、そのときのことを「あのお話会は、ほんとうに印象的です。語られたお話もそうですが、聞き手の人たちが、いっせいにワッと笑ったり、またシーンとしたりと、会場全体が波のように動くのを不思議な気持ちで感じていました」と、お手紙をくださいました。

また、くにたちの平塚ミヨさんは、このときお話をはじめてまだ二ヵ月目、その日語った「ふるやのもり」がたったひとつのお話だったとか。私はすっかり忘れていたのですが、この会のために、私の家でリハーサルをしたのだそうです。いつもは、たたみのへやで、聞き手は座布団に、語り手は低いスツールに座って勉強会をしていたのが、国際文化会館では靴をはいて立ったままお話をするというので、わざわざ当日はく靴をもってきて、たたみの上に新聞紙を敷き、その上に靴をはいて立ち、リハーサルをしたのだと平塚さんから聞いて、大笑いをしてしまいました！ 勉強をはじめて間もない者たちが、五十人ものおとなの前で、初めてお話をするのですから、みんな緊張して、一所懸命だったのですね。

この日、私は「金の不死鳥」を語りました。長い話で、当時はまだ語りこんでいませんでしたから、おそらくたっぷり四十五分はかかったと思います。ちょうど夕刻にかかっていて、語る私はまったく気づいてはいませんでしたが、うしろがガラス戸になっていて、私が語っている間に、空がピンクからあかね色に、紫にと刻々と変化していったのだそうです。それがお話の世界のできごととないまぜになって夢の中にいるようだったと、平塚さんは話してくださいました。お話が終わったときには日もすっかり落ちていて、なんとも不思議な満足感と興奮とで家路についた、とも。

私がこの日のことではっきりおぼえていることはひとつ。会が終わってから、石井桃子先生が、ひどく思い入れのこもった声で、「やっぱり女でなくちゃだめねえ」と、おっしゃったことです！

八六号　二〇〇〇年・夏

昨年秋、本誌八三号で、私が二〇〇〇年四月から一年間休暇をとることにしたと宣言したことは、読者のみなさんの間にさまざまな波紋を起こしたようでした。そんなに長いこと休まなければならないほど身体の具合が悪いのかと心配してくださった人あり、休むのは「講演」だけであとはふつうに館の仕事をするのだろうと思った人あり、何もかも休むからには「ランプシェード」も休載になるのかとのお問い合わせあり、暇があるならぜひ当地へ遊びにとのお招きあり……。

でも、ありがたいことに、休むなんてけしからんという声はひとつもなくて、休むのはよいことだ、思い切ってそう決めてよかったと、ねぎらいの気持をこめておっしゃってくださる方がほとんどでした。羨ましいという声も何度も聞きましたが、相手が若い人だと、「あなたも三十年一所懸命働いたらね」と答えてきました。

休暇はいよいよ四月から、正確には四月二日から（というのは、四月一日には二〇〇〇年度の事業計画と予算を決める理事会がありましたので）はじまりました。そして実際のところ、この一年をどう過ごすかという計画をたてる間もなく、四月三日にはパキスタンへ向かう飛行機に乗っていました。

どうしてパキスタンに？　と、お思いでしょうが、これは私が長い間ユネスコアジア太平洋地域共同出版計画の仕事を一緒にしてきた田島伸二さんのお招きによるものです。東京子ども図書館の評議員でもある田島さんは、二年前からパキスタン政府の識字推進のための特別委員会のアドバイザーとしてイスラマバードに滞在していらっしゃるのですが、パキスタンの北、中国との国境に近い秘境フンザに私をつれていきたいと以前から何度も声をかけてくださっていたのです。

よく知りもせず「私、フンザに行くの」と、まわりにふれて出かけたのでしたが、このフンザなる土地、実は容易に行けるところではなかったのです。「フンザに行く」と言うには二秒もかかりませんが、実際に到達するには、イスラマバードから車で、日のあるうちはずっとドライブして丸二日かかったのですから！　それもカラコルムハイウェイなる想像を絶する道路を通って。

カラコルムハイウェイは、パキスタンと中国が協力して十六年以上かけて（八万トン以上のダイナマイトを使って！）つくりあげたという、世界第八の不思議とも、土木工事としては万里の長城に匹敵するともいわれる道路です。パキスタンの北端、中国との国境から首都イスラマバードまで八百五十キロ、ヒマラヤ、ヒンズークシ、パミール、カラコルムといった世界の屋根を縫って、その急斜面に刻みを入れながら伸びています。

両側は数千メートル級の山また山、それに挟まれた深い谷の底にはインダス河（チグリス、ユーフラテスと並んで世界史の教科書の中の名前でしかなかった河が、雪解けの氷河の泥で濁った水を見せて眼下に流れている！）……という風景の中をどこまでもどこまでも行くのです。

雄大とか壮大とかいうことばがかすんでしまうような、一生に一度見れば十分というような景色が次から次へと展けていくドライブを続けてようやく辿りついたフンザは、前後を七千メートルを越す峰に守られた、フンザ河の谷あいにあるかつては小さな王国だった村。私が訪れた四月中旬は、杏の花盛り、白に近いものから紅色に染まったものまで、濃淡の度の異なるピンクがまじりあって谷を埋めつくしていました！

見るたびに息をのむような景観の中、人なつこい子どもたちと日本のわらべうたをうたって遊ぶ、シャーマンと呼ばれる古老の語る身上話を聞く、ここの山で遭難した日本人登山家長谷川恒男氏を記念してできた小学校で三年生の子どもたちにお話をする、フンザに図書館をつくろうと計画している若い人たちの集まりに出る……と、人々の暮らしに直にふれる体験もすることができました。

五日間のフンザを含めたこのたびのパキスタンへの旅については、稿を改めなければとても十分には書けませんが、ただ一年の休暇がこんなすばらしい旅ではじまったことを心底感謝しています。

「休む」ということについてのひとつの課題は、たとえ物理的に仕事の場から離れても、心から仕事を切り離すことができなければ、ほんとうの休みにはならないはず。それができるか？　ということでした。それが、のっけからフンザなどというこの世ならぬような場所へ身を置いたために、自然に、楽にできてしまった感があります。

その後も、家の中でのもろもろの片付け作業を間にはさみつつ、五月は、青森、山形へ、六月はイギリスへと、いずれもたのしく印象深い旅を重ねて、私のサバティカルはこれまでのところこれ以上は望めないほど幸せに経緯しています。

もちろん、ときどきは館に顔を出し、あれこれの用はしています。休暇中もランプシェードは続けますし、お休みを兼ねてできることは何でもするつもりです。現に六月のイギリス旅行では、編集部の依頼により、コルウェルさんのところへ本号巻頭のメッセージをいただきに行ってきました。コルウェルさんは、むしろ数年前よりもお元気で、ご自分で手入れしているという美しい花に囲まれたお庭で、私のパキスタン旅行の話をとてもたのしんで聞いてくださいました。急ぐことのない、平和な時間でした。

八七号　二〇〇〇年・秋

私の家と図書館は、歩いて五、六分の距離ですが、目下この近所のあちこちで古い家の取りこわしと新築工事が進行中です。相続にまつわる場合が多いようですが、毎日ポストに投げ込まれるチラシからいって、近くに新しい地下鉄線の駅ができたことが、この近辺の住宅需要を刺激しているように思えます。

いずれにしろ機械を使った仕事は速いので、昨日あった建物が今日はもう廃材の山に、朝立っていた木が夕方はもう消えてない……といったことがくりかえされ、歩きなれた道の風景が突然様変わりする驚きを毎日のように味わっています。

またたく間にいわゆる更地になった土地の前に立つと、それまでそこに存在していたものの記憶があまりにもきれいさっぱりと払拭されているのに呆然とします。つい数日前までそこにあったもの、そこに住んでいた人の暮らし――おそらくは数十年にわたってつづいたはずの――はどこへ行ってしまったのだろう、そこに家があって人が生活していたという事実はどこへ行ってしまうのだろう、という思いにとらわれます。

たとえば今、四つに区切られてそれぞれに新しい住宅が建つことになっている我が家のすぐ近くの土地は、四十年ほど前、私たちが引越してきたときは、三百坪ほどの敷地に建つ一軒のお宅でした。実は、我が家は、その一角を譲り受けて建ったものなのです。

かやぶきでこそなかったものの、古い農家のようなつくりの平屋のそのお宅には、北側にこんもりとした竹藪があり、南東の角には、毎年見事な花をつける八重桜の大木がありました。庭には井戸があり、そのまわりには、三本の柿の木が立っていました。若葉の季節には、その新芽の初々しい輝きにいつも魅せられたものです。そういえばこの家のご主人は、三柿という俳号をもつ俳人でした。

人が年をとり、やがて死ぬのは自然のなりゆきでしょうが、主のいなくなったこの土地は細分割され、庭の木は一本残らず切られ（一日で十四本の木が処理されたこともありました）、たくさんのオナガたちが宿にしていたヒマラヤ杉も、季節のめぐり毎によい香りと花とで近くの住人をたのしませてくれた梅もライラックも、もうそれを知っている人の記憶の中にしか姿をとどめていません。

新しい家が建ち、新しい人たちが引越してきて、新しい生活がはじまる――それはいいことには違いないのでしょうが、同じ場所で長年営まれてきた生活の記憶を一切抜きにした生活というものが、私にはなにか頼りない、薄っぺらなものに思えてなりません。

こんなことを考えるのは、私が年をとったせいでしょうか。あるいは、このところ、世代の違う人の間で、「教養」ということばでくくられる知識の内容や量に大きな差があること、またその世代の幅が実に小刻みに寸断されていることを知らされることが多く、人がもっている記憶の意味について、しきりに考えさせられていたからかもしれません。

そして、このことは、私たちが本を読むことの意味にもつながってきます。本を読むことは、他の人の記憶を自分の内に取り込むことだといえるでしょうから。

私たちはみな、更地に建った新しい家へ引越してきた住人のようにしてこの世にやってきます。山や川、池や森など、土地の自然は、自分たちより先にそこに住んでいた人たちの生活の記憶のよすがになるものですが、それらから隔てられ、自分より長生きしている木の一本さえ身のまわりにもたずに生きることは、それだけで私たちの生きることの根を浅いものにしてしまいます。

そんな私たちに、今目に見えていないかもしれないけれど、ここにはこんな木が生えていたんだよ、こんな人が暮らして、こんなことを考えて、こんな出来事があったんだよと教えてくれ、想像の中ではあるけれど私たちに記憶を与え、私たちの根を深くのばしてくれるもの、それが（少なくともそのひとつが）本です。

話は飛びますが、私はもうすぐＩＢＢＹ（国際児童図書評議会）大会に出席するため、コロンビアのカルタヘナというところに出かけます。中南米はこれまで全く縁のなかったところで、中南米といわれて私の頭に浮かんだのは、もう何年も前に読んで大きな衝撃を受けた一冊の岩波文庫だけでした。

ラス・カサス著『インディアスの破壊についての簡潔な報告』* というその本は、ひとりの司教がスペインの皇太子に対し、新大陸の征服者たちが、いかに残虐非道なやり方でインディオの殺戮を行っているかの実態を知らせ、征服の許可を与えないよう訴えた書簡です。

今回の旅行のためにもういちど読み返し（前回よりさらに耐え難い思いでしたが）、五百年前にこの地域で何があったかの記憶を改めて自分のものにすることができました。これがなければ、私は、カルタヘナに立っても、ただ美しいリゾート地しか見なかったかもしれません。

それにしても、ほしいままの略奪と虐殺を重ねる人たちがいる一方で、こうした報告を記す人がいた。その小さい本を一五四二年から今日まで読みついだ人たちがいた。さらにそれを訳し、出版する人がいた。そのおかげで、スペインからも、カルタヘナからも遠く離れた日本で、私たちも、この重く苦しい、しかし大切な人類の記憶に与することができる……こうした事実そのものに、私は、本の力と、人間への希望を感じます。

＊『インディアスの破壊についての簡潔な報告』（岩波文庫）　ラス・カサス著　染田秀藤訳　岩波書店　一九七六年

八八号　二〇〇一年・冬

「私はこれまで数々の公的機関の運営に携わってきましたが、その経験から、公的機関を永久的な資産によって運営するのはよくないという固い信念をもつに至りました。そのような資産は、それ自体の内に、当該機関が道徳的に堕落する種を宿しています。公的機関は、一般の人々の自発的な賛同と資金提供によって運営されるべきものです。もし、一般の人々の支援が得られなくなったら、それはその機関が存在する権利を失ったということです。資産で維持されている機関は、しばしば一般の人々の意向を無視し、それに反する活動を行います。……理事たちはオーナーと化し、だれに対しても責任をとらなくなります。公的機関の理想的なありようは、自然界に生きているものと同様に、その日その日で生きていくことです。一般の人々の支えを勝ちとることができないなら、公的機関として存続する資格はありません。ある機関が年毎に受けとる会費、機関誌の購読申込み等はその機関が正直に運営されているか、一般の人々の支持を得ているかのテストです。どの公的機関もこのテストを受けるべきだと私は思っています。」

さて、右の文章は、だれのことばだとお思いになりますか?

きっとなかなかおわかりにならないでしょうね。私も、最初目にしたときは、「へぇーっ!」と、驚きの声をあげましたから。正解は『自伝』の中に出てくるガンジーのことばです。

一年間のサバティカル休暇も後半にはいった九月から十二月にかけての三ヵ月間、私は、アメリカ東部フィラデルフィア近郊にある小さな学校で、四十年ぶりの〝学生々活〟を送りました。そこで履修した課目のひとつが「ガンジーを知る」というもので、『自伝』は、そのコースで出された〝宿題〟でした。

どうしてまたガンジーを? と、お思いになる方もいらっしゃるかもしれませんね。どんどん遡って考えれば、二十代の初め、堀田善衞の『インドで考えたこと』(岩波新書)を読んで、よくわけがわからぬままに大いに心動かされ、以来インドという国が、私の中では特別の場所を占めてきたということがあります。

しかし、もっと近くは、ユネスコ・アジア共同出版計画を通して知り合ったインドの友人から、三年ほど前だったでしょうか、『モーハン・アラ』という小冊子を贈られたことにあります。粗末な紙に印刷されたハガキよりもっと小さいこの冊子は、一日にひとことずつ、ガンジーの残したことばを引いて、一年三百六十五日を数珠のようにつないだ、いわばガンジー語録なのですが、折にふれて目にしていると、実に胸に落ちるというか、心に響くことばが多くて、いつかもっとガンジーのことをよく知りたいと思うようになっていたのです。

そこへチャンス到来、というわけで、私はこの三ヵ月、マーガレット・チャタルジーというインド人の先生のクラスでガンジーについて学ぶ幸せを得たのです。チャタルジー先生は、驚くほど学識豊かで、しかも、お友だちのひとりに、ガンジーの晩年、側にいて仕事を助けた人がいることもあって、ガンジーの人となりを示すたくさんのエピソードをご存じで、それをまた実に生き生きと――声色、口調、身ぶりまでまじえて！――語ってくださるのです。おかげで、この三ヵ月間に、ガンジーは、私にとって「遠くにいる偉い人」から、尊敬の念は飛躍的に深まったものの、「その存在が身近に感じられる、親しい人」に変わりました。

そして、必読課題図書である『自伝』。五十六歳のときに書かれ、「真理についての私の実験の物語」という副題のついたこの本を私は今回初めて手にしたのですが、面白くて、面白くて夢中で読みました。一気に、といいたいところですが、なにしろ五百ページをこす厚い本なので、実際は十日ほどかかりました。それにしても、夜昼かまわず、すっぽり椅子にはまりこんで、他のことを忘れて本が読めるのも、サバティカル休暇なればこそ。なんとありがたかったことでしょう。

休暇のねらいは、ふだんしないことをする、子どもと本に直接関係のない世界にふれる、仕事から頭を切り離す……ということだったわけですが、そして、これまでのところおおむね成功といえるのですが、それでいて、冒頭のような文章に出会うと、頭の中の針がピンと動いて東京子ども図書館を指してしまうのも、またやむを得ないことでした。

私の頭は、ここでしばし当時のガンジーの活躍の場南アフリカから離れ、東京に戻ります。そして、わが館が無きに等しい基本財産から出発したことや、今日まで少しずつ賛助会員や購読者が増えつづけていることを思って、ちょっとほっとすると同時に、今後も存続する資格があるかどうかが、一年一年の仕事でテストされなければならぬことを思って、身がひきしまります。

ガンジーについて学んだことの中で、もっとも印象に残っているのは、彼の一般の人々に寄せる信頼の深さと、自分に対する厳しさ、そして徹底した謙虚さです。このことは、私たちがこれから仕事をしていく上で、常に見習いたいものだと思いました。

余談になりますが、『自伝』の中には、ガンジーの教育論ともいうべきものが、随所に披瀝されています。たとえば目で読むことより耳で聴くことが大事という主張など。いつかまた、それらを拾い上げて、ご一緒に読んでみたいと思います。

八九号　二〇〇一年・春

たっぷりあると思われた一年の休暇も過ぎてしまえば、あっという間でした。わけても最後の三月は、四月からの仕事のために、決めておかなければならないこと、準備すべきことがたくさんあって、頭はもうフル回転。出勤する日も多く、ときどきまわりを見まわしては、「あたし、ほんとはまだ休暇中なんだよ」と、叫んだりしていました。

そんなわけで、徹底した休暇とは申せませんでしたが、この休暇は、私にとっては〝人生の大事件〟といってもいいくらい貴重なものとなりました——というか、正確にいえば、休暇中に芽生えたいくつかの考えの種を、今後上手に育てていくことができれば、貴重なものだったといえるようになるでしょう。

東京子ども図書館の仕事についていえば、設立三十周年に当る二〇〇四年をピークにして、これからの数年で、ひとつのまとまった事業を展開することができればと思っています。具体的には、日本の各地で、子どもと本をつなぐ仕事をしている人や、団体や、施設を訪ねて歩くこと、そして、いくつかの場所で、子どもと本をつなぐ仕事の将来によい方向が見出せるような話し合いや、勉強会、講習会などを開くことを想定しています。

社会が急激に変化したために、子どもたちの生活も、子どもの本の出版状況も大きく変わりました。その上電子出版やインターネットなど、情報伝達の分野では、五十年前には考えもしなかったことが日常生活の中にはいりこんできて、これからの子どもと読書をめぐる状況に、さらに大きな変化の波が押し寄せることが予想されます。

一方、日本の子どもの本の世界で大きな役割を果たしてきた文庫の多くは、一九七〇年代に誕生しており、ほぼ三十年を経過した現在、世代交代の時期にさしかかっています。長年文庫活動に携わってきた人たちの中には、少子化をはじめとする状況の大きな変化に、戸惑いを感じたり、従来通りのやり方では不十分だと思いつつも、それを打破する新しい道を見出しあぐねている人たちが少なくありません。長い間の仕事の疲れが出てきた人もいるでしょう。バトンタッチすべき次の世代の人たちへ、うまく橋がかけられないと悩んでいる人もいます。

外国の関係者からの指摘を待つまでもなく、日本の子ども文庫活動は、実にユニークな〝社会運動〟です。読書や、教育の面からだけでなく、純粋に自発的(ボランタリー)に生まれ、発展してきたＮＧＯ活動としても、女性の社会参加と自己表現の一分野としても、十分興味のある研究テーマになり得る現象です。

今、この時点で、数や、蔵書数や、活動内容といった外からとらえられるものによってでなく、文庫に関わっている人たちのエネルギーがどこから生じているのか、文庫がその人たちの人生にどんな意味をもっているのか、といった内側の観点から文庫活動をとらえ、文庫活動の種々相や、それが果たしてきた役割、活動の成果といったことを整理してみたいと（大それた願いですが）思っています。

文庫はまた、公立図書館の推進役も果たしてきました。ところによっては、図書館の前線基地ともなってきました。その公立図書館は、ここへ来て経済状況の悪化により、新館建設の動きは鈍り、資料費のカットと人員削減の波にさらされています。そして、貸出しを重視するサービスが定着したかに見える今、「図書館は貸本屋でいいのか？」という批判もあがりはじめました。図書館員たち、中でも児童奉仕を一生の仕事にと思い定めた人たちは、こうした状況の下で、さまざまな問題を抱えています。司書教諭の配置で状況が変わろうとしている学校図書館にも、課題は多いでしょう。

大きな時代の変り目にあって、みんなが、もういちど、子どもにとって本は何なのか、文庫や図書館は何をすべきか、と問い直す必要を感じているように思えます。この時期に、いろいろな場所を訪ね、いろいろな人にお会いして、ご一緒にそれを考えてみたい、という願いが、今回の事業の構想を生みました。

新しい事業は、長年文庫助成を続けてこられた伊藤忠記念財団と共同で行うことになります。私どもと同じく、二〇〇四年に設立三十周年を迎える同財団が、記念事業として、七百件を超すこれまでの助成先文庫の相互交流と協力のためのネットワークづくりを計画しておられたのが、私どものそれとぴったり重なったからです。

現在仮にBUNKOプロジェクトと名づけられているこの事業は、アンケートや聞き取りによる文庫調査と、データベースの構築を一方の柱に、各地での交流や研修の集まりをもう一方の柱にすすめたいと思っています。

ひとつ私がはっきり心に定めていることは、後者の、いわば〝行脚の旅〟は、東京子ども図書館が何かを発信する場にはしない、ということです。従来館が行ってきた講習会、講演会などを各地で行うのではなく、むしろ私たちが受信者となって、地域に根をおろして活動を続けてこられた方々の体験に学び、その方々にとっていちばん痛切な課題を共に考える機会にしたいのです。

発信者から受信者へのこの転換は、実は長期休暇のひとつの効果です。休暇中の体験が私に与えた挑戦といってもいいかもしれません。私自身、今回の活動の中に、新しいエネルギーと発想のもとを得たいと願っています。

九〇号　二〇〇一年・夏

四月から第18期のお話の講習会がはじまりました。受講生二十五名、期間は二年、その間に各自五つお話を語る……という基本的な枠組は従来通りですが、今期は、会のやり方を思い切って変えました。ひとことでいえば、受講生による〝自主運営方式〟といいましょうか、会をすすめるのに必要な仕事を、全員に分担してもらうことにしたのです。

これは二十七年に及ぶ講習会の歴史の中で初めての試みですが、直接のきっかけは職員不足です。常時手いっぱいの仕事を抱えている我が館のスタッフに、さらに教務係の責務を負わせるのは無理という情況がありました。それならば、それを逆手にとって、新しい方法を考えよう。受講生を受講生とせず、参加者として、会の進行に積極的に加わってもらおう、ということになったのです。

こうした考え方の転換の背景には、私が昨年の休暇中、短い学生生活を送った小さな学校での体験がありました。三十名に満たぬ学生と、それとほぼ同数の教職員から成るこの〝生活共同体〟では、建物の維持管理、清掃から、食事の支度と後片付け、菜園での畑仕事、キャンパスの樹木、植栽の世話、学内のブックショップの店番、来客の接待まで、全員が分担してその任に当ります。集会室では床に掃除機を走らせている学長の姿があり、台所ではじゃがいもの皮むきに精を出す講師がいる……といった具合です。

東京子ども図書館でも、講習生を「お客さま」扱いにするのでなく、みなさんに館の事業を自分たちの活動ととらえていただいて、個人的な事情に合わせて応分の責任を分担していただいてもいいのではないだろうか、と考えたのです。

ものはためし。四月のオリエンテーションで館の考えを説明し、参加者のご賛同を得て、新しいやり方がスタートしました。半時間早くきて会場の準備をする人。受付当番に司会者。お話の順番をきめ、プログラムを印刷するのも、その日の勉強の内容を日誌に記録するのも、参加者が代わりあって担当します。

記録といえば、18期では、講習会でノートをとることを一切禁止しました。二時間の勉強時間中は、ひたすら〝聴く〟ことに集中し、ノートはそれが終わってから、各自いちばん印象に残ったことを中心に「自分用の記録」をとり、それを提出する。期日までに提出されたノートには講師がコメントをつけて返却する、ということにしました。

まだはじまって二ヵ月余りしか経っていませんが、この新しい会のすすめ方は、すばらしくうまくいっています。講習会に活気が満ちていますし、何よりみなさんがとてもたのしそうです。仕事を一緒にすることで参加者同志も急速に親しくなっているようですし、ノートがあるおかげで、講師も参加者ひとりひとりをより深く理解することができます。講習時間内に筆記用具が姿を消したことで、聴くことへの集中度が高まり、あとでノートをとることで、自然に学んだことの整理がつく……と、今のところいいことづくめで、どうしてもっと早くからこうしなかったのかと悔やまれるくらいです。

18期のもうひとつの新しい試みは、課外のセミナーです。私どものお話の講習会は、元来これからお話をはじめようという方のために企画されたのですが、お話が広まるにつれて、応募者の要求も多様化してきました。語ることだけでなく、それに関連したテーマについて、もう少し深く勉強したいという人たちがふえてきたのです。

私どもがすでに行った二期にわたる「語るためのテキストをととのえる」講座は、そうした要求に応える試みでしたが、18期は午前のクラスで、しかも、事前のアンケートで午後にプログラムがあれば参加可能という人たちがかなりの数にのぼることがわかりましたので、参加者を対象に、同じ日の午後の時間帯に課外セミナーを実施することにしたのです。

セミナーは、あくまで参加者が「自分が興味をもっているテーマについて、自主的に勉強する」もので、講師は英語でいうfacilitator（字義通りにいえば「ものごとを容易にする役」）をつとめます。

今期は、参加者の希望により二つのセミナーが誕生しました。ひとつは「季節や、自分が語るお話に関連づけて使える詩、わらべうた、ことばあそびうたなどを集めて、自分用の詩選集を編む」という課題に取組むグループ。もうひとつは、「自分の住んでいる土地の伝説、昔話などを語りやすいテキストに仕上げる」ことに挑戦するグループです。

二つのグループは、二年の講習期間中、三ヵ月に一度集まり、それぞれが勉強してきたことを持ち寄って、お互いに検討し合いながら作業をすすめることになります。講習の終りに近い二〇〇三年の一月には、例年の「修了お話の会」とは別に発表会を開き、参加者以外の人たちにもセミナーの成果を見ていただきたいと思っています。

このほかにも、18期ではとくに心がけていることがあります。講習中、参加者のみなさんに、できるだけ自由に、活発に発言してもらうことです。教わるという受身の姿勢でなく、自ら学び取るという積極的な態度で講習に臨んでいただきたいと願うからです。そして、みなさんの姿から、これこそほんとうはみなさんが願っていたことなのだと知らされています。私が長期休暇で得た刺激とゆとりが、こんなふうに、新しいアイデアとなって仕事にもどっています。休暇万歳！

九一号　二〇〇一年・秋

今年の夏の終わりは、落ち着かないものになりました。七月の猛暑のあと、少し鳴りをひそめていた暑さが戻ってくるかと見えたときには、立て続けの台風。そのあとは、一気に初冬につっこんだかのような冷えがやってきました。

その間、台風と時を合わせてアメリカでの大事件が起こり、日々の暮らしがその上に立っている地面が、突然、実はその下に何もないのだとわかったような、衝撃を受けました。写真のネガとポジが瞬時に入れかわったといえばいいのでしょうか。日常の生活から急に現実感が消え失せた気がしました。その後の報道を見ていると、この地球上では、私たちの存在が、他の人たち――どんなに遠く離れたところにいる人たちでも――のそれと、じつに複雑にからみあっていること、しかも、それが全体として非常に危ういものであることを思い知らされます。

まわりでは表面何事もなかったように日が過ぎていきます。夏休みが終わって館では講座もはじまり、新しい仕事の計画も進んでいます。そのことでは自分でも勇ましく号令をかけたりしているのですが、それでいて私自身どこかボーッとしているのを感じています。無力感というか、脱力感というか……。

平凡な一日の暮らしを終えて、安心して（少なくともそう思って）眠ったのに、一夜明ければ世界が昨日とは違っていた、というほどのことが起こったのですから、無力感もいたしかたないでしょう。そして、脱力感もまた無理からぬことかな……と思うのは、実は今、大仕事を終えたばかりだからです。

ことは七月の末、国際児童図書評議会の国際アンデルセン賞の国内選考委員会が開かれたことにはじまります。この会で、作家賞には石井桃子さんが、画家賞には太田大八さんが、日本からの候補者に選ばれました。そして、石井桃子さんについて、候補者を推薦し、その業績を紹介する書類——ドシエ（dossier）と呼ばれるもの——を作成する責任が私に託されたのです。

締め切りは九月末日。南アフリカからブラジルと世界各地にわたる選考委員のもとへ、この日までにドシエと本（英訳つき）を揃えて送らなければなりません。必要なもの（情報を含めて）を集めること、それを英訳すること、ドシエの構成を考えること、紹介文（候補者の何をポイントに紹介するかを考えて）を書くこと、そのために文献を読むこと、調べること等、しなければならないことが一時に山のように押し寄せてきて、頭の中は最初からもうパニックに近い状態でした。

あれこれの考えは浮かび、頭の中で渦を巻きはするのですが、具体的には何ひとつ形にならないまま時間ばかりが過ぎました。私の心にいちばん重くのしかかっていた課題は、推薦文の骨子となるキーワードを決めることでした。つまり、日本の子どもの本の世界における石井桃子さんの存在をひとことで言い表すことばを何にするか、という問題です。

作家賞とはいえ、石井先生の場合、作家としての業績だけですませるわけにはいきません。ドシエの構成については、一昨年完結した「石井桃子集」（岩波書店）の第五巻の解説に私が書いたように、作家、翻訳者、編集者、批評家、子ども図書館の推進者と、五つの領域にわたる先生の活動のそれぞれを取り上げて論じ、その全体の大きさを浮かび上がらせるものにしたいと、早い段階から決めていました。でもＡ４一枚乃至二枚と要求されている短い推薦文を、何を軸にまとめるかはいちばんの難題でした。

調べれば調べるほどそのお仕事の広がりと影響力の深さがはっきりしてくる先生の存在は、ふつうなら

「偉大な」とか「聳え立つ峰」とか言いたくなるところですが、先生のお仕事ぶりや、人としてのありようは、そのような形容詞や比喩とはおよそ相容れません。また、そうするこちらの気持ちにうそはなくても、ただ誉め称えることは、先生のお気持ちにそぐわないでしょう。

作業を続けながら、考えに考えて私がたどりついたのは「地下水」ということばでした。わたしたちがそれと知らずに恩恵を受けている存在、すみずみまでしみとおり、ゆきわたっている影響を表すのにふさわしいと思えたのです。

もう半世紀以上、おそらくは三世代にもわたって、数え切れないほど多くの子どもたちが、先生の本を読んでもらい、自分でも読んで成長しました。その子たちの耳に残った先生の日本語の文体、そのリズムや語感、美しさや、ものの価値基準など。先生のお仕事の影響の、いちばんのすごさは、おそらくそういうところにあるのではないか、と思ったのです。

出版に与えた影響にしても、戦後の歴史の中の要所要所で先生の取られた選択や、果たされた役割は大きいのですが、むしろ、のちに編集者に育った人たちが、子どものころに親しんだ先生の本によって養われた「面白さ」の基準や、著者として接した先生から受け取ったものが、それと自覚されぬまま大きな影響力を発揮しているのだろうと思われました。

土壇場ではまわりの多くの人の助けをかりて、ドシエは完成しました。ドシエをつくることで、先生のお仕事の全体——その稀に見る密度の濃さと長さ！——をたどることができ、苦労はしましたが、かつてない充実感を味わった幸せな夏でした。

それにしても、人が営々としていとなむ日々の暮らしと、テロのこの隔たり！

九二号　二〇〇二年・冬

読者のみなさんが、これをお読みになるのは新しい年があけてからのことになりますが、書いている今は二〇〇一年の年の暮れです。このところ、年々時間が速く過ぎるようになり、ここ数年は、年末に改まって一年を振り返ることもしなくなっていました。でも、秋の大事件があった今年は、やはりいつもとは違う痛切さで、私たちが生きているこの世界の「来し方」を思い、「行く末」を案じないではいられません。年のはじめには想像だにしなかったことが、年のおわりには現実になっている。それも、世界に対する私たちの認識が根底から揺さぶられるような出来事が現実になったのですから、九月十一日からの三ヵ月は、なんとも気持ちの落ち込みを避けようがありませんでした。

今にして考えますと、私自身は、子どもであることによってショックから遠ざけられていたのですが、広島、長崎に原子爆弾が落とされたとき、心あるおとなは、今回と同じような深い衝撃を受け、未来に対して巨きな不安を抱いたにちがいありません。（私がそうであったように、子どもたちが、今回のショックから守られていてほしいと願うものの、子どもの私は、広島の空をおおうキノコ雲も、傷つき、逃げまどう人々の姿も、くり返しくり返しテレビの映像で見せつけられたわけではなかったのです。）

多発テロ事件の数日後に刊行された『非暴力の精神と対話』（第三文明社）の中で、ガンジーは、「原子爆弾のために、久しく人類を支えてきた高尚な感情が滅ぼされてしまった」といっています。（この小さな書物は、その後のアフガン情勢そのものに言及しているかのような内容です。）それでも、人々は、暮らしを前に進めようとする意思に支えられた、小さな営みに望みをつないでここまできたのです。暮れ近くなって、私のまわりでも、そのような営みのいくつかが動きはじめ、ようやく気持ちを上向きにすることができるようになりました。ひとつは、十一月に訪ねたタイ東北部のコンケーンという町で、子どもと家族のための図書館をつくろうと張り切っているNGOグループの若い人たちに会ったこと（これについては、また別にお話しする機会があるでしょう）。もうひとつは、おなじ東京の、それも銀座のまん中に、新しい子どもの本の拠点、「教文館子どもの本新刊コーナー」ができたことです。

実はこのコーナーの誕生には、東京子ども図書館も浅からぬ関わりをもったのです。私たちは、本誌の「新刊あんない」に載せるため、常時新刊児童書を検討していますが、そのためには新しい本を実際に手にとって見る必要があります。これまでは、長い間、新宿の山下書店、渋谷の童話屋、子どもの本の店等にお世話になり、立ち読みならぬ座り読みをさせていただいて、本選びを続けてきました。ところが、これらの書店が閉店などの理由で利用できなくなったのです。事情を知って、図書館流通センターの新刊児童書展示室が親切にお声をかけてくださいましたが、開室日時の関係で、そちらを利用することも無理とわかりました。

教文館には、すでに三年前から「ナルニア国」という児童書専門店がありましたが、こちらはロングセラー中心の品揃えで、私たちが検討したい最新刊のものはありません。新刊が揃っていて、しかもゆっくり座って選べる場所がほしい。その強い願いが、サンタクロースならぬ教文館社長中村氏のお耳に届いて、なんとクリスマスに、まさに願いどおりの場所ができることになったのです！

銀座四丁目にある教文館ビルの六階にできたこの「新刊コーナー」には、ここ一年間に刊行された児童書がすべて展示されることになりました。テーブルといすも用意され、落ち着いて本を見ることができますし、その場で購入することもできます。足の便がよいので、おそらく出版社の方々はもちろん、作家、画家の方々も多数訪れ、おのずと情報交換と交流の場にもなるでしょう。見計らいの便宜をもたない公共図書館や学校図書館の司書や、文庫の方々にとっては、本選びのまたとない場所になるでしょう。

ほとんどの書店で、児童書の売り場が縮小され、新刊書もまたたくまに姿を消す状況の中、私たちだけでなく、図書館や、文庫の方々をはじめ、多くの人が、このような場所を待ちのぞんでいたのではないでしょうか。子どもの本に詳しい担当者がいて、相談にものってくれる、このコーナーは、一般の親たちにも大いに歓迎されると思います。

うまくいけば、ここは、書店でありながら、図書館でもあり、子どもの本の情報センターでもあるような、これまでになかった、総合的な機能をもつ場所として大きな役割を果たすことが期待できます。この新しい場所を、子どもの本に関係するいろいろな立場の人たちが、それぞれの目的にあわせて活用し、そうすることによってここを育てていけば、結果として、日本の子どもの本の状況全体によい影響をおよぼすのではないか、そうなってほしいと願っています。

一年のうちには、年のはじめには思いもしなかった恐ろしい出来事が起こった反面、予想以上のよいことも生まれました。現実の社会では、望みにつながることは、気落ちさせることより、はるかに小さくて、目立たないのが普通ですが、このような時代であればこそ、小さな試みにかける私たちの希望は大きく、思いは深くなります。

九三号　二〇〇二年・春

昨年の秋から半年あまりのあいだ、私の仕事のいちばん大事な部分は、人を選ぶということにあったような気がします。職員の募集があり、石井桃子奨学研修助成金の募集があり、研修生の募集があり、さらには第19期のお話の講習会の募集がありました。

人を選ぶというのは、責任のある、従って気の重い仕事です。結果をまるごと自分たちで引き受けなければならないという意味で、緊張を強いられるのはもちろんですが、そのことが選ばれた、あるいは選ばれなかった人に対してもつ意味を考えると、ときとして足のすくむ思いがするのも事実です。とくに、熱意をこめて出された願いを退けなければならないときは、ほんとうにつらいものです。

人には、それぞれの道があり、本人のそのときの切なる希望がいれられなかったことが、逆に、のちの人生に、別の、より豊かな可能性を開くことになるのはよくあることです。私自身も、そのことを一回ならず経験しています。ですから、お断りの手紙を書くときは、この決定がこの先、この方々のよりよいステップにつながりますようにと祈っています。正直なところ、すべての選考が終わった今、これほどエネルギーを消耗する仕事は当分したくない、という思いでいます。

それほど苦しいことではあったのですが、反面、この仕事を通して励まされもし、また私たちがこれからすすめていく仕事について、多くのヒントを与えられもしました。というのは、こんどの募集を通して、世の中に、子どもと本のことを大切に考え、そのために働きたいと願っている人が予想以上に大勢いることが確認できたからです。ことに、研修生の募集では、そのことを強く感じました。

研修生の制度は、今年四月から新しく発足したものです。この制度をはじめようと思ったのは、もう数年前からですが、これは将来当館で働いてくれる職員を確保するという意味からではなく（そういう可能性がでてくれば、もちろん喜ばしいことには違いありませんが）、それよりもむしろ、私個人の今後の仕事を考えたとき、残りの時間を使ってやるべき大事なこととして、若い図書館員の養成の仕事が浮かび上がってきたからです。

財政難で公立図書館の事情が厳しくなりつつあること、学校図書館で近い将来専門の担当者が多数必要となること等、現在子どもの本の世界で人材が求められているのは事実です。しかし、社会的な要求を満たすには、一、二名を訓練してもどうなるものではありません。とはいえ、ひとりの意志と力もまたあなどれないものがあります。研修生制度を通してそういう意志と力の持ち主に出会いたいという願いもありました。

私自身、一児童図書館員としては十分な働きができないまま ここまできてしまいましたが、それでもこの四十年間、子どもの本のいろいろな面に携わりながら経験したことの中には、次の世代の人たちに伝えたいこと、できれば受け継いでもらいたいものがあります。これからは、それを少し意識的に、まとまった形で若い人たちに手わたしていく作業を、私の仕事の中心にすえていかなければならないと思うようになりました。研修生制度は、私にとっては、このことをいわば実験的に行う試みともいえるのですが、さてどうなりますか。気ばかりはやって、勇み足にならないように、若い研修生と向き合うことで、自分がこの仕事をはじめた二十代に立ち返って、もういちど自分が得てきたものを確かめたいと思っています。

そんな思いで迎える研修生なので、選考には心を使いました。四十名の応募者の書類を丁寧に読み、できるだけ大勢の人に直接会って話をすることにしました。これは選考のための面接というよりは、若い人たちの進路をともに考える機会となりましたが。

この経験から、児童図書館員や学校図書館員を志す真面目な若者が思っていた以上に多いこと、しかもその人たちに必要な研修の機会がほとんどないことが、はっきり見えてきました。こうした若い人たちの希望をしっかり受け止める何らかの事業ができないか、目下担当者のあいだで話し合っているところです。館のマンパワーには限りがあるので、非常に小規模な試みしかできないとは思いますが、なんとか時間をかけて、もう少し広範囲の人に働きかけることのできる研修プログラムを企画したいと思っています。

この研修生制度について、もうひとつ特筆すべきことは、これがある方のご芳志で実現したということです。私たちが研修生へのプログラムを計画していることを知り、三十七年間教育の場で働いた結果手にした貴重な果実を、次代の働き手を育てることに使ってくださいと、私どもにゆだねてくださったのです。ただただありがたく、どうお礼を申し上げてよいか、ことばにできないほどです。

このほかにも、退職金の中から、ご両親が遺されたものの中からと、折々に私どもにご寄付くださる方がいらっしゃいます。一仕事終えた方が多いからでしょうか、次の世代を育てるためにと、使途を指定してくださる例が目立ちます。

世の中が、不況、不況と騒いでいる今、私どものような小さな財団が、とにもかくにも活動を続けていけるのは、こうした方々のお支えがあってのことです。ほんとうに感謝のほかありません。こうした方々の思いを背に、春から若い人たちと向き合っていきたいと思います。

九四号　二〇〇二年・夏

それは、留守中に三度もかかってきたという電話からはじまりました。Tさんという方から、とても急を要する用件のようだったとのこと。Tという名前にも、京都らしいその電話番号にも心当たりはなく、いぶかりながら、ともかく電話をかけてみました。

相手は、やはり知らない方で、用件というのは、六月八日にヨーヨー・マが東京のSホールで子どものためのコンサートをする、お話と音楽を組み合わせたプログラムなので、だれかお話をしてくれる人を探してほしい、というのです。

六月八日といえば、あと三週間しかありません！　シルクロードがテーマなので、お話は、モンゴル、アゼルバイジャン、ペルシャ、中国などの昔話で、短いものだけれど六つある。朗読ではだめで、語ってほしいのだ、と。

急にそんなことをいわれたって！　どういう事情でTさんが私にそんなことを頼む羽目になったのかわかりませんでしたが（これは最後までわかりませんでした！）、電話の向こうでTさんがひどく困っていらっしゃるのはわかりました。わかりはしましたが、私たちの語りは、少人数の子どもたちを身近に集めてのものですから、そのままステージにもっていくことはできません。仲間の語り手のだれかれの顔を思い浮かべても、引き受けてくれそうな人はひとりもいません。申し訳ないけれど、どう考えてもお役にたてそうにありませんと、いったんは電話を切りました。

ところが、どこかの劇団の若い俳優さんにお頼みになったらどうかしら、と提案した自分のことばが頭の隅に引っかかっていたのでしょうか。夜になって、ふとそんな俳優さんのひとりを自分も知っていることに気がついたのです。（これは、あとで考えると、実に不思議な、天啓ともいうべきひらめきでした。）

それからあとのことは、はしょりますが、何本もの電話と、ファックスと、電子メールが、東京と京都とニューヨークの間をめまぐるしく行き交い、関係者一同、自分がどうして突如こんな渦の中に巻き込まれたかわからないままに、やみくもに働く羽目になってしまったのです。私は、コンサートで語られる六つの物語を、語るための日本語にする仕事を引き受け、若い俳優氏は、それを五日間で憶えるのに精魂を注ぎ……という具合に。

なかなか全貌はつかめなかったのですが、コンサートは、フォード財団の支援を受けた子どものための文化活動で、東西交流のシンボルであるシルクロードをテーマに、シルクロード沿いの国々の物語と音楽を組み合わせたプログラムを世界各国の子どもたちに聞かせるというもの。すでに、アメリカ、イギリス、ドイツ、オランダで開かれたとか。今回の東京でのコンサートは非公開だということでしたが、子ども中心に特別に招待された千五百人ほどの聴衆が集まりました。

演奏陣は、ヨーヨー・マのチェロと馬頭琴、中国の二胡、琵琶、尺八、バイオリン、パーカッション、それにモンゴルの女性歌手が加わって、全部で九人。ほとんどが二十代後半から三十代前半の若い音楽家たちです。本番の前日、それも午後になって、ニューヨークから、モンゴルから、たまたま滞在中の日本各地から馳せ参じたということでした。翌日は、朝八時からリハーサル、十時半から本番というきついスケジュールです。若い人だからできることなのかもしれません。

コンサートは、全体の枠組みを紹介する語り手の語りからはじまりました。昔、シルクロードを端から端まで旅した有名な絹商人がいた。この人は語りの名手として知られていた。不思議なことに、語る前、必ず鞍に下げた古ぼけた袋の中をちらっとのぞくのだったが……と。

そして、この商人の語ったという物語——スーホとは別の、馬頭琴にまつわるモンゴルの話、アラビアンナイトを思わせるイランの話、月についての中国の神話など——が語られ、それに、モンゴル、アゼルバイジャン、日本、中国、イタリアなどの作曲家による曲が先にあげた楽器のさまざまな取り合わせによるアンサンブルで演奏されます。

音楽ホールなので、語りには残響がありすぎ、ことばが鮮明に聞き取れないところがあったのは残念でしたが、物語と音楽の融合の試みとしては成功だったと思います。選ばれた曲は、クラシックとは違ったエキゾチックな魅力に満ち、若い演奏家たちのけれん味のない演奏にも好感がもてました。ヨーヨー・マのソロと、尺八とのアンサンブルは、とりわけ深く心にしみました。

思いがけないいきさつで、この演奏会を舞台裏からも見せてもらった私ですが、ディレクターを含めて、ほとんど全員が四十前のこの人たちの活気と、相手に対してまったく構えるところのない、開かれた人とのつきあい方に感心しました。とくに、ヨーヨー・マご本人の、初対面の相手をも瞬時にくつろがせる独特の才能と、まっすぐ人の真中にとびこんでくる真摯さには強く打たれました。おかげで、レセプションの短い時間にも、わたしの仕事について核心にふれる話ができ、子どもの問題に寄せる彼の関心の深さを垣間見ることができました。「想像力の未来のために」と杯をあげていた彼の姿が記憶に残ります。

ひょんなことからはじまって、わけがわからぬまま（！）に大騒ぎさせられた出来事でしたが、こういうこともあるから人生って面白いと思いました。

九五号　二〇〇二年・秋

九月十九日の夜、アイリーン・コルウェルさんがお亡くなりになったという知らせがはいりました。十七日のあけがたおやすみになっていらっしゃる間に逝かれたとのこと。九十八歳と三ヵ月のほんとうに充実した、見事なご生涯でした。

最後にお目にかかったのは、昨年の六月でした。コルウェルさんのお誕生日は六月十六日なのですが、私は幸いにもこのところ三年つづけて、お誕生日かその前後にお訪ねすることができたのです。

一九九九年、九十五歳のお誕生日には、以前教鞭をとっておられたラフバロ大学で、イギリスのストーリーテリング協会が主催するお祝いの会がありました。国内はもとより、遠くジャマイカからも、長年のお友だちがかけつけて、それぞれが贈りものに得意のお話を語りました。

コルウェルさんご自身も、ファージョンの「エルシー・ピドック夢で縄とびをする」*のさわりを語られました。さしだされたいすを断って、立ったまま、いつものように無駄のないことばでお礼をのべたあと、たくさんの拍手に促されてお話がはじまったのですが、ほっぺたをピンクに輝かせ、軽やかに語る小さなコルウェルさんはエルシーさながら。私はそれを見ていて、もしかしたらコルウェルさんは、エルシーと同じ一〇九歳まで生きられるかもしれない、と思いました。うちに帰ってからそう申し上げると、「とんでもない！ごめんこうむるわ」と、いわれてしまいましたが。

九十六歳の六月も、九十七歳の六月も、ご様子にはほとんど変わりがありませんでした。目がご不自由な中でも、子どものころの思い出などを題材に書きものをつづけておられ、クリスマスにそれを小さな冊子にして親しい人たちに送っていらっしゃいました。

昨年は、お気に入りの指人形のおさるさんジャッコを主人公にしたお話を書いておられ、お清書がすんだばかりという第一章を読ませていただきました。ふたりの年とった女の人（コルウェルさんとお妹さん）の住む家にやってきたジャッコが、同じ棚の上で出会った小さなクマのお人形に身の上話をするところからお話ははじまっていました。

「頭があるんだもの。使わなきゃね」と、物語のつづきを考えていることを、たのしそうに話しておられたのを思い出します。このときは、洋服代りにタオルの切れ端を巻きつけて安全ピンでとめてある、その小さなクマさんに、ワンピースを縫ってあげて、とても喜ばれました。

視野の中央部はほとんど見えないというご不自由にもかかわらず、何十年もつづけてきた暮らしのリズムを守り――その中には、日に三度、庭で小鳥にパンくずをまくことも含まれています――そのご高齢でひとり暮らしをつづけておられることには驚きのほかなく、それでいてご本人を目の前にすると、それがなんでもないことのように見えて、私などついお茶の世話までしていただく始末でした。

コルウェルさんが八十代のころは、お会いしてお別れするとき、これが最後かもしれないと思って胸がつまり、帰りの列車の中で涙が止まらなくなったりしたこともあったのですが、不思議なことに、昨年、一昨年はそんな気はまったくせず、また何度もお目にかかれるように思って〝元気に〟お別れしてきました。

けれども、そのあと、おそらく軽い脳梗塞を起こされたのでしょう。近親の方々が、これ以上のひとり暮らしは無理と判断されて、ナーシング・ホームに生活の場を移されました。そして、結局、ヘンドン図書館を退職されて以来ずっとお住まいだったラフバロを離れ、チェシャー州のホームで、甥御さんと、その娘さんのご家族のお世話を受けて、最後の日々を過ごされたのです。

コルウェルさんと日本との関係は、一九五五年、石井桃子さんがコルウェルさんをヘンドンの図書館に訪ねられて以来のことです。石井さんの「私はどのようにして図書館員になったか」が翻訳されて、児童図書館研究会の機関誌「こどもの図書館」に連載されたのが一九六六年。それが『子どもと本の世界に生きて』*と題する本になったのが一九六八年のことでした。この本は、のちに訳された『子どもたちをお話の世界へ』*と併せて、今でも児童図書館員や、子どもたちにお話を語る人がくり返し手にとる大切な本になっています。

そして、一九七六年の来日。発足間もない東京子ども図書館が、伊藤忠記念財団の助成を受けて、コルウェルさんをお招きし、東京、大阪での講演会と、箱根での児童図書館員のセミナーを開催しました。自分たちのことだから言うのではありませんが、このときコルウェルさんが日本に残していってくださったものは、ほんとうに大きかったと思います。

コルウェルさんのことばは、お人柄そのままに、静かで控え目ですが、実質がこもっていて、深いところで人を動かし、支えます。直接お声を聞いて、あるいはご本を通して、そのことばに触れ、児童図書館員という職業や、子どもへの語りに対する興味や思いをかきたてられ、励まされ、また数々の実際的なヒントを与えられた人がどんなに大勢いるでしょう。

私ども東京子ども図書館では、文字通り「子どもと本の世界に生き」たコルウェルさんのご生涯を、敬愛と感謝をもって追悼する会を開きたいと思っています。いずれ、本誌上で近いうちにご案内いたしますので、そのときはぜひご参加くださいますように。

＊「エルシー・ピドック夢で縄とびをする」『ヒナギクの野のマーティン・ピピン』エリナー・ファージョン作　石井桃子訳　岩波書店　一九七四年

＊『子どもと本の世界に生きて——一児童図書館員のあゆんだ道』アイリーン・コルウェル著　石井桃子訳　福音館書店　一九六八年／日本図書館協会　一九七四年／こぐま社　一九九四年

＊『子どもたちをお話の世界へ——ストーリーテリングのすすめ』アイリーン・コルウェル著　松岡享子ほか訳　こぐま社　一九九六年

九六号　二〇〇三年・冬

コルウェルさんが、引退なさってはいたものの、まだとてもお元気で、お話に、講演にと、あちこちにお出かけになっていらしたころのことです。私は、ある国際的な会合で、食事のとき、たまたまイギリスの若い児童図書館員と同じテーブルになりました。話の糸口にとコルウェルさんのお名前を口にしたのですが、その方はコルウェルさんをご存じない様子。これには少なからず驚きました。

そのあと、コルウェルさんにお目にかかったとき、私が言いつけがましくその話をすると、コルウェルさんはやわらかく笑って「どうやら私は、だいぶ前から、伝説上の人物になっているらしいのよ」とおかしそうにおっしゃいました。でも、伝説なら伝説として知っていてもいいはずではありませんか。イギリスで児童図書館員として働く人が、そもそもイギリスの図書館で、初めて児童奉仕という仕事を創出した開拓者であるコルウェルさんを知らないなんて！

とはいえ、考えてみると、私たち自身、その恩恵を大きく受けていながら、それを生み出した人、それを発展させた人のことを知らない場合が多くあります。道具であれ、制度であれ、それが広くゆきわたって、当たり前になっていればいるほど、創始者のことは忘れられるのかもしれません。そして、忘れられることが、創始者にとっては幸せであり、名誉であるのかも。

図書館の児童奉仕についていえば、子どもたちは、そのサービスの恩恵をたっぷり受ければそれでよいのです。その活動をはじめた人や、続けるのに苦労している人のことを知る必要はありません。しかし、サービスを提供する側の図書館員はどうでしょうか。児童奉仕の歴史や、それに貢献した人物のことを知る必要があるのではないでしょうか。学ぶことで、自分のしていることの意味がより深くつかめるからですし、何よりも勇気づけられ、仕事がもっとおもしろくなるからです。

先だって児童図書館員歴五年以上の人たちを対象にした研修の集まりで、瀬田貞二という名前を知らない人がいることがわかってショックを受けました。瀬田先生は、コルウェルさんとは違って、六十三歳ではやくも逝っておしまいになりました。一九七九年のことですから、もう二十年余も前のことです。このスピードの速い、あわただしい世の中では、それはもう昔々のことなのかもしれません。それにしても……私は、嘆きのため息をつかずにはいられませんでした。

さらにショックだったのは、そのとき受講生に書いてもらった瀬田先生の『幼い子の文学』（中公新書）の紹介文に、何人もの人が「内容が古くない」「二十年前に書かれたとは思えない」などと述べていたことです。（青菜や生魚ではあるまいし、人の経験や考えは、そんなに早く活きが悪くなるものでしょうか！　第一、ほとんどの〝まともな〟本は、本になるまでに、二十年やそこらの年月を費やすのがふつうです。）

二十年前に書かれたことが今通用するというのは、そんなに驚くべきことなのかと長嘆息する私に、受講生のひとりは、「先生はそうおっしゃるけれど、二十年前、私はまだ小学生でした」といって、私の年齢を思い出させてくれました！

新聞のニュースなら三日で古くなるでしょう。そのニュースのもつ意味を、もっと長い時間の流れの中に置いて正しく読み解くためにこそ本があります。図書館は、長く読み継がれてきた書物を保存することによって、その時間のパースペクティブを最も長くとり、人に最も安定したものの見方ができるよう助ける機関といってもいいのです。その図書館で働いているのなら、たとえ二十年と少ししか生きていなくても、せめて「二百年前に書かれているが古くない」というくらいの時間感覚をもってもらいたい、といったのでしたが……。

これは自戒をこめていうのですが、歴史を知らないということは、自分の足場の不安定を意味します。人間を一本の柱にたとえ、それが多くの綱で引っ張られてバランスをとって立っているとイメージするとしましょう。縦（あるいは南北）に伸びる時間の綱と、横（あるいは東西）に伸びる空間の綱。それらが長く丈夫で、ピンと張られていればいるほど、柱はまっすぐにしっかりと高く立ちます。ということは、歴史に学ぶことができていれば、未来へ伸びる視線が遠くまで届くということですし、自分の身の回りだけでなく、広い社会や世界の知識があれば、自分が立っている位置をよく見定めることができるということです。

逆に、現在をはさんで前後数年の時間と、自分が見聞きする範囲の空間にしか意識も関心も及ばないとなると、柱は弱くなります。問題が起きればすぐぺしゃんこになるし、発想も限定されます。自分を支える綱を一本でも多く、しっかりと張るためにも、やはり仕事の背景になる本を読んでほしいと思います。

コルウェルさんの『子どもと本の世界に生きて』[*]も、瀬田貞二先生の『幼い子の文学』も、たのしく読めて、しかも、子どもと本に関わる仕事をしている限り、何度でも帰っていって、新しい発見をすることのできる本です。

私たちの現在をつくってくれた先達のことばが、私たちの中で生き、それがまたつぎの世代の人たちに受け継がれていく。願わくばそのくさりの輪のひとつになりたいものです……失われた生命が失われたままで終わらないために。

＊『子どもと本の世界に生きて――児童図書館員のあゆんだ道』アイリーン・コルウェル著　石井桃子訳　福音館書店　一九六八年／日本図書館協会　一九七四年／こぐま社　一九九四年

九七号　二〇〇三年・春

今年のお正月。もちろん、だれかに会えば「明けましておめでとう」と挨拶し、賀状には祝詞こそ書きましたが、正直、私には、新しい年を喜び迎える気持はありませんでした。むしろ年が明けてくれなければよいのにと思っていたくらいです。年が明ければ、二月か三月にイラクで戦争がはじまるに違いないと思われたからです。それは何も国際政治の状況を見て判断した上でのことではなく、ただ「そう思った」にすぎないのですが。

それから三ヵ月、途中、国連や国際世論の動きにかすかな望みを託した時期もありましたが、結局戦争ははじまってしまいました。以来、多くの人にとってそうであるように、私にとっても重苦しい日が続いています。何をしていても、どんなにたのしいことをしていても、笑い声をたてているときでさえ、心の一方では、爆音が響き、炎があがり、その下で今を生きている人々が見えるからです。

どうしてこんなことにならなければならないのか！ どうして「殺し合いからは憎悪以外何も生まれない」という、これ以上ない自明のことが自明にならないのか……戦争が長びくにつれて、重苦しさはつのるばかりです。

空爆の開始と同時に、ほかならぬ私の中で、もうひとつの戦いがはじまりました。無力感との戦いです。なんとしてもこの〝敵〟との戦争は戦い抜かねばなりません。

そう決心して、日をすごしているうちに、この戦いに有効な武器のひとつは、ふだんの暮らしにいつもより深く目を止めることだと気がつきました。なんでもないことがなんでもなくくりかえされる「平常な」日々は、戦争という「異常な」状況の反対の極にあるからでしょう。

私たちがあたりまえのこととして受け取っているもの。それをよく見ていると、その中に、美しいもの、大切なもの、貴重なものがたくさん見えてきます。季節のめぐりに応えて咲く花も、毎日食べる食べ物も、人が人に見せる笑顔や、かけることばも。それらが、私たちのまわりに、私たちが思っている以上にふんだんにあること、そして、それらは、爆弾や戦車によっては破壊することのできないものだと考えていくと、少しは心のじたばたが落ち着いてくるのです。

去年から今年にかけての私の「日常」を考えてみると、私は、仕事柄、おそらくほかの人たちよりずっとたくさん、美しいものや貴重なものを目にする機会を与えられていることに気づきます。とくに昨年四月からはじまったBUNKOプロジェクトの行脚の体験や、一年間私たちといっしょにすごした研修生との関わりは、私にたえず「大切なもの」を思い出させてくれ、大きな力となりました。

行脚では、これまでに十八の道・県に足を運び、三十年か、それ近く活動を続けておられる文庫をお訪ねしました。そして、行く先々で、どんなに大勢のいい方たちにお会いできたことでしょう！

住まいをふくめて、自分の持ち物と時間のほとんどを子どもたちのために差し出している人。雪で子どもたちが文庫に来られないときは、ダンボール箱に本を入れて届けて歩く人。クリスマス、ひなまつりと行事のたびに、寝る間も惜しんで、手作りのプレゼントと出し物を用意する人たち。自分たちで運営費を捻出しようと、バス停の清掃を買って出たグループ。片道三時間かけて町へ本を買いに行くのを何よりのたのしみにしている人。それがそんなにうれしいなら、ほしいだけ買えるように、本代をなんとか工面してやろうと走りまわる男性応援団。文庫の子どもに芋ほりをさせたいと、せっせと畑仕事をする近所のお年寄、等々。

各地の文庫には、返ってくる子どもたちの笑顔以外にはまったく見返りを求めず、自分が味わうたのしさだけをエネルギー源に活動している人たち、またそれを助ける人たちが大勢いるのです。その姿に触れると、その人たちのしている小さなことのひとつひとつが、地域の暮らしをつくっているのだと実感します。大げさないい方になりますが、ここにこそ人間のほんとうの生活がある、と。

日常を生きているこうした人たちを片方に置き、もう一方の端に、現在ニュースに登場して、戦況を報じたり、戦略を論じたりして、世界を牛耳っている（かのごとく振舞っている）人たちを置くと、ほんとうの生活がどちらにあるかはおのずと明らかです。

爆撃と銃撃戦が続く内戦下のレバノンで、避難壕の中にいる子どもたちにお話をし、本を読んでやったジュリンダ・アブ・ナセルさんの話*（本誌六二号）を思い出します。子どもたちの不安を取り除こうと、同じことをしている人は、今も世界中に大勢いることでしょう。行脚でお会いした文庫の人たちの存在が、その人たちに重なります。そうしたからといって、戦争の理不尽が減じるわけではありませんが、少なくとも子どもに心を配ることの方が、銃の引き金に手をかけるより、ほんとうの人間につながる行為だということを、この人たちは深く信じていてくださるでしょう。

私たちが無力感に陥るのは、人間が長いことかかって自分のものにした文化や知恵、道義や自己抑制力など、私たちがそこに価値をおいていたものが、戦争によって、あまりにも簡単になぎ倒されたかに見えるからです。〝敵〟に勝利させないために、「日常」を大切にしながら、内なる戦いを戦い続けなければならないと決意しています。

（四月四日 記）

＊ナセルさんの話 「避難壕の中で」（本との出会い一二）ジュリンダ・アブ・ナセル こどもとしょかん六二号 一九九四年・夏

九八号 二〇〇三年・夏

子どものころ、本というものは、手にした瞬間から存在しはじめるものでした。それが私のところへ来るまでに、どんな道筋をたどってきたのか、だれによってつくられたのかなど、考えてみたこともありませんでした。

けれども、図書館員という職業に就き、子どものころには、本の彼方にあってその存在が見えなかった作者や、訳者というものにもなり、零細とはいえ東京子ども図書館という「出版社」を経営するようになった今は、むしろ本が生み出される過程――出版という仕事に関心が向くようになりました。（ほんとうのところ、図書館は出版に全面的に依存して成り立っている存在なのです。）

私が図書館と出版（社）との密接な相互依存の関係について、初めて注意を喚起されたのは、アメリカで図書館員として働きはじめたころでした。まず驚いたのは、主だった児童書出版社から、刊行に先立って、書評用の見本本が図書館に送られてくることでした。（新刊書が人より早く読めるのは、図書館員の特権だったのです！）また、ベテランの児童図書館員は、児童書の編集者と個人的にも親しい間柄なのでした。

そのころ、福音館書店の松居直さんのお供をして、ニューヨークの著名な児童書出版社を訪ね歩いたことがありました。そこでくりかえし聞かされたのは、良質の出版を支えるのは図書館だということばでした。自社の出版物の八割が図書館行きだというとき、出版社の人は、いかにも誇らしげでした。一九六〇年代の初め、アメリカの図書館と出版社はまだ蜜月時代で、おそらくは書店と読者も、また同様に幸せな関係にあったのでしょう。

ところが、何年か前から、どうも様子が違ってきたらしい、と感じていました。慣れ親しんだ出版社の名が消えてなくなる、定番中の定番だった本が、ペーパーバック以外は手にはいらなくなる、など、おや？と思うようなことが、次々起こるようになったからです。

アメリカの出版界（当然図書館界も）が、大きな変化の波をくぐっていることは察しがつきました。それが、主として大資本による中・小出版社の買収、合併によることも、情報としては知っていました。けれども、その実態がはっきりと見え、その変貌の意味するところを深く考えさせられたのは、先日手にしたアンドレ・シフレンの『理想なき出版』（勝貴子訳　柏書房）によってでした。

著者シフレンは、五月に来日して東京と大阪で講演し、新聞でもかなり広く取り上げられたので、お目にとまっているかもしれません。父ジャック・シフレンは、第二次大戦中、フランスから亡命した出版人で、同じくドイツから亡命してきたクルト・ヴォルフと、ニューヨークでパンセオンという出版社を創設します。パンセオンは、「この出版社には、儲かることを期待して刊行された本が、ただの一冊もない。どの本をとっても、知性と精神が窮地にたつこの難しい時代にあって解決の糸口を見出そうとする誠実な努力が示されている」と評されるような出版社でした。息子は、父の死後何年も経って、思いがけず父がはじめたこの出版社に職を得ますが、このときには、パンセオンは、すでに大出版社ランダムハウスの傘下にはいっていました。シフレンは、入社後ほどなく編集担当役員に、ついで社長となり、一九九〇年に社を去るまで三十年間、創設者たちの理想を追って出版活動をつづけます。この時期、アメリカ出版界は買収につぐ買収で急激に寡占化がすすみ、親会社のランダムハウスも、六五年にはＲＣＡに、八〇年にはニューハウスにと、より巨大な資本に吸収されていきます。そして、一九九九年には、書籍総売上の八割を五大メディア・コングロマリット（映画、放送、出版、新聞、インターネット、電気機器メーカーまでを含む巨大企業）が占めるという徹底的な寡占状況になります。

それが何を意味するか、『理想なき出版』は、志をもつ小さな出版体が利益最優先の巨大企業体にひねり潰されていく過程をつぶさに描き、この半世紀の出版界の変貌と、それのもたらす危険を、気負わず、しかし、こちらの胸が熱くなるほどの迫真力をもって訴えています。

（たまたまこのとき、同じような状況を扱ったＪ・エプスタインの『出版、わが天職』（堀江洪訳　新曜社）と、リン・ティルマンの『ブックストア――ニューヨークで最も愛された書店』（宮家あゆみ訳　晶文社）をたてつづけに読んだので、その間、私は、まるで自分がアメリカの出版業界の激動の渦中に身を置いているかのような緊張感の下で暮らしました！）

結局、これらの本が示しているのは、私たちが現在日本の出版、いや、出版に限らず、生活のあらゆる場面で直面しているのと同じこと。つまり、利益と効率のみが追求され、万事に画一化がすすみ、人間と人間の関わりが切り捨てられ、暮らしの中から、温かみや充足感、知的喜びや人間的価値が奪われていく状況です。

この状況をよしとしない者すべてが、今挑戦を受けているのです。著者は、「問題を徹底して論じ、考察する手段は、書籍にしか求め」られない、本には読者を信じて「待つ力」があるとの信念に基づいて、非営利法人による新しい出版に乗り出しています。私たちも、「待たれている読者」を育てる仕事を根気よくつづけたい、そうすることで、この挑戦に立ち向かいたい、との思いを深くしました。大きな刺激と、励ましを受けた本でした。

九九号　二〇〇三年・秋

このところ「かれい」ということばを耳にすることが多くなりました。音だけ聞いてカレーライスのカレーだの、華麗だの、鰈だのが頭に浮かぶ人は、まず若い人だと思っていいでしょう。これがすぐ「加齢」に結びつくなら、私と同年輩か、それより上の人ということになるでしょうか。

実は、私もつい最近までカレーライス組でした。ところが、今ではこのことばは私の辞書の中にしっかりと場所を占め、そればかりか、時折耳元で小さな鈴音を響かせ（カランカランでなく、カレイカレイと！）、それが私に大いに関係があることを思い出させます。

東京子ども図書館が設立三十周年を迎えるということが話題に上りはじめてから、この鈴はいっそう頻繁に鳴りだしました。館のこれからを考えるとき、設立に関わった者たち、最初の三十年の歩みに加わった者たちが、これから先どんどん加齢していくことを頭に入れなければならないからです。

思えば私が理事長という、いかにも身にそぐわない衣を着せられたのは、三十代の終わりでした。それからの年月は、すぐ目の前だけを見て、ひたすら走りつづけるといった感じの毎日でしたが、三十年の節目が近づき、加齢の鈴の音が聞こえるようになると、視線をもう少し先まで延ばす必要が出てきますし、またそれができるようにもなりました。

そこではっきりしたのは、これからの私たち、少なくとも私の仕事の中心は、私たちのしてきたことの中で、大切だと思うことを次の世代の人たちに伝えることだということでした。すでに研修生制度の発足など、それに向けての取り組みもはじまりました。

その一方で、ここ数年、もうひとつ私の頭にあったのは、加齢者対策（？）です。まわりを見回しても、長く図書館で児童奉仕に携わってきた、いわば同志ともいうべき人たちが退職の時期を迎えています。まだ元気いっぱい、働く意欲も十分と見受けられる人たちです。その人たちの身に蓄えられた知識や経験を活用しない手はありません。そういう人たちが、創設時の図書館や、運営に問題を抱えている文庫などに直接出かけて行って、必要に応じて助けることのできる仕組みをつくれないかと、ずっと考えていたのです。

最初私の頭にあったのは、人材プール、専門家派遣システムといった、ややかたいイメージでした。それが今、もっとゆるやかな、遊び心のある仕組みとして、構想がまとまりつつあります。三十周年を機にはじめたいこの新しい事業は、その名を「おばあさんのいす」といいます。

この構想は、はじめ私自身の将来の姿としてぼんやりイメージしていたものです。年をとって、あまり動けなくなったら、児童室の隅にいすをひとつ置いてもらって、子どもの来る時間はそこに座っていたい。ただ子どもを見ているだけでもいいし、聞きたい子がいれば本を読んでやったり、お話をしてやってもいい。ときには編み物や刺繡を教えてやることもできる。あるいは、もっぱら子どもの話を聞いてやるのもいい。つまりは家庭の中にお年寄りがいたらするであろうようなことを、ときに応じて、ゆったりと、思いのままに、（そして邪魔にならないように）させてもらえたらいいな、というものだったのです。

はじめは、自分が座ることだけを考えていたのでしたが、伝えることと、世代間に橋を架けることを考えているうちに、そうだ、ほかの加齢者仲間にも座ってもらえばいいのだ、と気がつきました。図書館ですから、本が中心になるのはもちろんですが、お手玉やあやとりの得意な人は、それをする。子どもといっしょに歌をうたう人もいる。手遊びをする人もいる、でいいのです。人と関わる、手を動かす、たのしい体験をする、などは、みんな読書につながる大切なことなのですから。

さらに、子どもBUNKOプロジェクトの行脚で旅を重ねているうちに、なにもこのいすを東京子ども図書館にだけ置いておくことはないのだ、と思うようになりました。「おばあさんのいす in ○○」というように、あちこちにいすがあってもいいのだ、と。私自身ここ一年半、一ヵ月に一回、行脚の旅をつづけてきて、それがひとつのリズムになってきた感があり、健康状態が許せば、もうしばらく旅をつづけて、あちこちのいすに座ってみたいという気がしています。

新事業では、まず「かれい」が「加齢」とピンと来る年代の人で、おばあさんのいすに座りたい人、座って子どもたちになにか伝えたい人を募ります。お話の講習会の申込みに、「年をとったら、お話おばあさんになるのが、私の夢です」と書いてくる人が毎回必ずいるので、供給に問題はないでしょう。つぎに、いすを用意しておばあさんを迎えたいというところに、手を挙げてもらいます。需要のほうも、プログラムの内容がはっきりすれば、かなり見込めるのではないでしょうか。その上で、私たちが間を取り持って、求めているところに、求めに応じる人を送るシステムをつくりあげることができれば、そこからまたなにかいいことが生まれてくる気がします。

おじいさんはどうなの？　にはじまって、これにはいろいろ問題は出てくるでしょう。これから、具体的な検討にはいります。佳麗なおばあさんと、同予備軍のみなさんのご提案を歓迎します。

一〇〇号　ランプシェード休載

一〇一号　二〇〇四年・春

ひそやかなつながり

五月からはじまる「第9期子どもの図書館講座」では、若い人たちに、私が、児童図書館員を志してから、どんなふうにしてここまで来たかをお話しすることになっています。その準備のために、このところ、意識的に〝昔〟のことをあれこれ思い出しています。すると、昔はなんとも思わなかったことで、ふしぎだな、どうしてああだったんだろう、と思うようなことが、いくつか出てきました。

そのひとつは、私が籍を置いた大学の図書館の開架書架に、当時刊行がはじまって間もない岩波少年文庫が並んでいたこと、また、児童文学に関する英米の参考書の、それもごく基本的なものが何点か揃っていたことです。いったいだれが、だれに読ませようと選んでいたのでしょう？　五十年近くも前のことで、もちろん大学に児童文学の講座はなく、それが研究のテーマになるなどとはだれも考えてはいませんでした。私の知る限り、個人的に児童文学に興味をもっている先生もいらっしゃらなかったと思います。

今から考えるとふしぎですが、とにかくそこに本があったおかげで、私は指導教授なしに、独断でイギリスの児童文学を卒業論文のテーマに選び、それらの参考書の助けを借りて論文を書き上げました。そして、その過程で、目に止まった図書館ということば――それらの書物の発行元のひとつが「アメリカ図書館協会」であったり、著者のひとりが「図書館学校教授」であったり、といったことから――に好奇心を抱き、遂には慶應義塾大学の「図書館学科」へと、導かれる結果になったのでした。

私のほかにも、これらの本を活用していた学生がいたのかどうかわかりません。あったとしても、きっとそう多くはなかったでしょう。利用が見込まれない本を購入することが、はたしていい選択だったのかどうか、図書館の立場からすれば、考えていいところです。でも、私はそれによって恩恵を受けましたし、だれだったのかわかりませんが、それらの本をそこに備えておいてくれた人に、感謝しています。

もしかしたら、それはYさんだったのかな、と今懐かしく思い浮かべる人があります。何人かいる図書館員のうちで、Yさんは、多くの学生から、規則に厳しい人と思われてちょっと煙たがられていました。返却日が遅れたときなど、私たちは、そっとカウンターを偵察して、Yさんが当番でないのを確かめてから返しにいく、などということをしていました。でも、今思い返すと、さりげなく新着図書を紹介してくれたり、私たちがたくさん本を借りるとうれしそうだったりと、ちょっと離れたところから、心にかけて私たちを見ていてくださったのだなあ、という気がします。

そのときは何も思わず、当たり前のことのように享受していたことが、実は、だれかの配慮の賜物だったと、あとになって気づくことがあります。私のような年齢になると、そういうことに思いが至ることが多くなるのですが、最近、若くてもちゃんとそのことを自覚している人たちがいると知って、たのもしく思ったことがありました。それは、冒頭にあげた「子どもの図書館講座」に応募した人たちが、申込書にそえた作文を読んでのことです。

応募者には、「子ども時代の読書の思い出」か「児童図書館員を志す理由」か、どちらかの題で作文を書いてもらったのですが、どちらを選んでも、作文を書くことは、これら若い人たちにとって、自分の子どものころの読書体験を振り返るよい機会になったことがうかがえました。本と関わった場面をひとつひとつ思い出していくうち、ほとんどの人が、その背後に人が存在していることに気づいたのです。

限られた数の応募者たちの背後だけでも、大勢のおとなの姿が見えてきます。毎晩三冊ずつ本を読んでくれたお父さん、今でも耳に残る声で絵本を読んでくれたお母さん、新しい本を神棚からおろして、特別の贈り物にしてくれたお母さん、本の話をゆっくり聞いてくれた文庫のおばさん、あの本をすすめてくれた先生……こうして、自分は生来本好きだと思っていた人も、よく考えてみると、それがまわりにいたおとなの配慮や、影響があってのことだったと気がつくのです。

特定の個人に結びつく思い出をもっていなくても、近くに文庫があったこと、図書館があったことが幸いだったという人は、それが単なる偶然ではないこと、そこにだれかの意思が働いていることを感じ取っています。たいへんうれしかったのは、それに気づいた若い人たちが、こんどは自分たちが子どもと本の仲立ちをする番だ、子どもが本と出会える場をつくる側にまわるのだと、書いてくれていたことです。

本号の評論*で、読書の鎖ということばが出てきますが、その鎖はまた、サービスの鎖で結ばれてもいるのです。ひとりの読者が、文庫、あるいは学校、図書館などで、その人にとって大きな意味をもつある本に出会うとき、その本をそこに置いた人――いつかだれかに読まれることを願って、それを選び、蔵書に加えた図書館員――との鎖がつながります。もしかしたら、その図書館員は、本が手にとられた瞬間、本の背後から、読者ににっこり笑いかけているのかもしれません。

＊本号の評論「長い鎖と時限爆弾――二〇〇三年度研修生の報告より」山口由美・中野百合子　監修松岡享子　こどもとしょかん一〇一号　二〇〇四年・春

一〇二号　二〇〇四年・夏

もうひとつの行脚

子どもBUNKOプロジェクトの一環として、全国の長く活動をつづけている文庫を訪ねて歩く行脚の旅は、五月に関東近県の六つの文庫を訪問したのを最後に、無事四十七都道府県すべてをカバーして終わりました。その印象は、まだ私の中で、ぐるぐるまわっていて、とてもまとまったことをお話しするところまではいかないのですが、山奥にある文庫を訪ねるため、何時間も車を走らせているとき、むかし、これに似た経験をしたことがあったと、忘れかけていたあることを思い出しました。

あれは、もう四十年も前のことになるでしょうか、私が大阪の図書館を退職して、自宅で文庫をはじめる準備をしていたころのことだったかと思います。広島の婦人会が、組織を挙げて子ども文庫活動――幼児文庫と名づけられていましたが――に取り組んだことがありました。おそらく石井桃子さんの『子どもの図書館』*（岩波新書）をお読みになって、ヒントを得られたのでしょう。役員の方が、石井先生のところに相談に来られ、その結果、事業をはじめるにあたって、私が、何度か広島に出向いて、会員の方たちに子どもの読書についてお話をし、いわばこの活動の動機付けをすることになったのです。

古いことですし、記録をとっていないので、たしかなことはいえないのですが、この仕事のために、島根県との県境にある山奥の村から瀬戸内海の小さな島まで、婦人会の支部のあるところには全部足を運んだと思います。本部である広島市内の婦人会館の中には、かなりの数の絵本と低学年向けを中心とした読み物を揃えた幼児文庫が設けてあって、支部への〝行脚〟に出かけるときは、そこから五十冊から百冊程度の本をもっていき、会場で展示します。今のように立派な公民館があるわけでなく、婦人会の集まりに使われる場所も粗末なところが多く、ござの上に本を並べたりしたことを憶えていますが、たいていの人たちにとって、私たちがもっていった本は、はじめて見るものだったのでしょう。新鮮な驚きと興味をもって迎えられました。

私は、そこで、本を読むことのたのしさと大切さについて話をし――とにかくここにある本を借りて帰ってお子さんに読んであげてくださいとすすめて――、その場で何冊かを集まった方々に読んであげました。子どもたちが味わうたのしさを、まず先に体験してもらおうというわけでした。そのあと、もっていった本は、一定期間そこに置かれ、会員たちが自由に借りていける仕組みでした。

そもそも幼児文庫の発想は、婦人会に若い会員が少ないことを憂えた幹部の人たちが、幼児を抱えた年齢の人たちの関心を惹く事業をして、若い会員を増やそうというところから出たようでしたが、実際には子育て最中のお母さんたちは農作業に忙しくて出てこられず、集まりに参加するのはもっぱらおばあちゃんたちでした。

このときの〝行脚〟でもっとも強く印象に残っているのは、物語が人をひきつける力です。子どもにとっての読書の意味云々といったことを話しているときは、ただ礼儀正しく耳を傾けているおばあちゃんたちが、私が、ひとたび絵本を手にして、『かにむかし』や『きかんしゃやえもん』を読みはじめると、まるで顔から覆いがとれたように生き生きとした表情を見せ、文字通り目が輝いてくるのです。ああ、物語というのはこんなに人をとらえる力が強いのか、とこちらが教えられる思いでした。

それと、もうひとつ、このときの行脚を通して胸にしみたのは、人に知られないところで、実に立派に生きている女の人たちがいるという事実でした。その人たちの多くは、婦人会の役員をしている方々でしたが、おそらく実生活では多くの苦労を味わってこられたに違いないのに、それを人柄のゆがみに残さず、いかにも暮らしの中にしっかりと根を下ろして生きていると感じさせるのです。周りの人たちに頼られ、地域の核になっているのは、もちろんのことなのですが、私は、これらの人たちが、身についた教養をもっていて、内面の世界を豊かに育てていることに、尊敬の念を抱かずにはいられませんでした。たとえば、少しもひけらかす風ではなく、話の中で古今の名歌とか古典の一節をさっと引用したり、ご自分でも和歌を詠んだり、またあとでくださるお手紙の字や文章が驚くほど美しく、気品があったりとか、です。

今から考えると、若い私が、こういう人たちを前にして、子どもの読書について話をしたりして、恥ずかしいことだったと思います。（でも、とてもよく聞いてくださったのです。）この行脚のおかげで、山奥の小さな村にも、ほんとうにしっかりと、また心豊かに生きている人がいることを知らされたのは、まだ二十代の私にとっては、得がたい経験でした。

今回の文庫行脚でも、実は同じようなことを感じました。どこへ行っても、ほんとうに尊敬できる人たちにお会いできたからです。地域の求心力となって、その土地に根を下ろして生きていらっしゃるそれらの方々は、四十年前の広島の婦人たち同様、私にとって「人間についてのプラスのイメージ」を示す貴重な存在です。その意味で、行脚は希望の旅でした。

＊『子どもの図書館』（岩波新書）石井桃子著　岩波書店　一九六五年／『新編子どもの図書館』（岩波現代文庫）二〇一五年

一〇三号　二〇〇四年・秋

マンデラの国への旅

九月のはじめ、国際児童図書評議会の第二十九回大会に参加するため、南アフリカのケープタウンに出かけました。シンガポール経由で飛んだのですが、飛行時間だけで二十一時間余り、乗り継ぎの待ち合わせをいれると二十八時間を越す長旅で、つくづく遠いなあと実感しました。

機内で隣り合わせた方が、「あそこは美しいところです。きっとお気に召しますよ」とおっしゃったことば通り、ケープタウンはテーブルマウンテンの威容が間近に迫る、ほんとうに美しい街でした。季節は春のはじめ、花が咲き、木々が芽を吹き、湿度は低く、空気もきれいで、暑い日本の夏をあとにしてきた身には、まことに気持のよい二週間でした。

大会そのものについては、別に報告する機会があるでしょうから、ここでは記しません。私にとって、南アフリカは、まずネルソン・マンデラの国、あの悪名高い人種隔離政策アパルトヘイトと闘い、南アを今日に導いた人物の国です。その彼の国に身を置くことができるというのが、私に初めてのアフリカ行きを決心させたいちばんの理由でした。今年は、そのアパルトヘイトが終わり、すべての民族が参加した総選挙の結果マンデラ大統領が誕生してから十年目。国を挙げて「自由十周年」を祝っているときでした。

十年前といえば、つい昨日のようなものです。そんな最近まで、人種（肌の色）によって、国民の大半を占める人々を政治や日常生活のさまざまな場面から疎外する政策が、公然と行われていたとは、信じがたいことです。その人種というのが、法律上「白人とは、外見において明らかにそうであるか、または通常白人として受け入れられている人を意味する。ただし、外見において明らかに白人であっても、通常カラード（有色人種）として受け入れられている人は、これに含めない」などと定義されていたというのですから、驚きます。

けれども、もっと驚くべきことは、政府が二十七年間獄中に閉じ込めておいたマンデラと話し合いをはじめ、遂には釈放したこと、さらには、黒人が政権の座についたあとも、流血をともなう報復が行われなかったことです。あれだけ長年にわたって不当に虐げられてきたのです。その犠牲者たちが怒りと恨みにまかせて暴力に走っても、少しもふしぎではなかったでしょうに。そうならなかったのは奇跡といってもよく、その奇跡を現実のものにしたのが、マンデラの人となりと、リーダーシップにあったことは間違いありません。

ずっと以前、大学生や社会人になった文庫の〝子どもたち〟が何人か、私と一緒に英語の本を読みたいといったことがあって、そのとき、みんなで読んだのが、*Part of My Soul*＊という、マンデラの妻ウィニーの本でした。これが非常におもしろく、読む者の胸を熱くするような本だったので、そのときから、いつかぜひマンデラ自身の伝記も読んでみたいと思っていたのです。南アへの旅はそのよい機会でした。

大統領に就任してまもなくマンデラは自伝 *Long Walk to Freedom*＊を発表します。これは第一級の伝記です。往きの機中で読みはじめたのですが、とても読みやすく、冒頭からすっかり引き込まれてしまいました。でも、なにしろペーパーバック版で上下二巻、各五百ページ近いものですから、なかなか進みません。会議がはじまると、勿論本を読んでいる時間はなくなり、頭の一部をマンデラが少年時代を過ごしたクヌの村に残したまま、あとは帰るまでお預けとなりました。

帰国すると、なんと親切な人が絶版になっていた日本語版『自由への長い道』上・下（東江一紀訳　日本

放送出版協会　一九九六年刊）を、インターネットの古書店で手に入れてくれていました。ありがたい！　日本語なら読む早さが違います。帰国後ちょっと熱を出して、用心のため横になることが多かったのと、連休があったのを幸い、憑かれたように一気に読んでしまいました。大満足でした。続いてケープタウンの書店で手に入れた、マンデラの少年時代についての本も読みはじめ（これがまたおもしろい！）、今私の頭は、半分南アにあって、マンデラさんの歩いたところをさまよっています。

これらの本から得たもののことは、ひとことではいい尽せませんが、本誌の読者にとって興味があると思われるのは、マンデラさんが幼い日に、母親からは昔話や伝説を、父親や長老からは部族の歴史や英雄の物語をたっぷり聞いて育ったことです。彼自身も伝記作者も、このことが彼をアフリカの文化に根を下ろし、アフリカ人としての誇りをもった人間に育て上げるのに重要な要素だったことを認めています。

実は、私は、ケープタウンからフェリーで二十分ばかり、マンデラが十八年間収監されていた刑務所があることで有名なロベン島で、全部で二十人足らずの島の小学校の子どもたちにお話をすることができたのです。忘れられない体験でした。「鳥呑爺」や「ふしぎなたいこ」になんとも愛らしい笑顔を見せてくれた子どもたちのひとり、七歳のビアンカは、そのあと私に抱きついて「また来てね！」といってくれました。おそらくアフリカに行くことはもうないでしょう。でも、マンデラの伝記を読みとおす機会をつくってくれただけでも充分意味のある、「虹の国」への旅でした。

＊ ***Part of My Soul Went with Him*** by Winnie Mandela, Norton, 1985.　邦訳『わが魂はネルソンとともに』ウィニー・マンデラ著　阿部登ほか訳　新日本出版社　一九八七年

＊ ***Long Walk to Freedom*** by Nelson Mandela, Little, Brown, 1994.

一〇四号　二〇〇五年・冬

おはなしのふくろ

私が、ひょんなことから、シルクロードをテーマにしたヨーヨー・マの子どものためのコンサートを手伝うことになった話を覚えておいでのでしょうか（本誌九四号のランプシェード）。本号の評論*を書いている最中に、あのコンサートのプロローグとエピローグが「お話の袋」だったことを思い出しました。もういちど読み返してみましたら、とてもいい話で、読者、わけても語り手のみなさんに、そのさわりをぜひご紹介したいと思いました。こんな話です。

「昔、シルクロードをたくさんの隊商が行き来していたころ、ひとりの有名な絹商人がいた。彼は、シルクロードをはしからはしまで旅したことで知られていたが、商人たちの間では、何よりもすばらしい物語の語り手として人気があった。夜であれ、昼であれ、砂漠であれ、山であれ、立ち止まるそれぞれの場所で、物語を語り、歌をうたい、あるいはことわざや言い伝えを面白く披露して、旅仲間をたのしませてくれたからだ。商人たちは、彼が隊商に加わるのを、この上ない幸運と喜んだものだった。男の語る物語はそれはすばらしく、聞き終わって、そのままうとうととまどろむと、夢の中で音楽が聞こえ、物語の中の情景が鮮やかに動き出すのだった。

ところで、この男は、物語をはじめる前、きまって馬の鞍からさがっている、小さな、使い古した袋を手にとって、その口をちょっと開けて中をのぞき、またすぐ閉める。そして、いつも冗談まじりに、『盗賊に出会ったら、ほかの何をくれてやってもいいが、この袋だけはわたすなよ。こいつの中には、おれのいちばん値打ちのある財産がはいっているんだから』といっていた。」

つまり、これが「お話の袋」だったんですね。コンサートは、この袋から出てきた物語四つを音楽に織り込んで語り、おしまいに再び男の話に戻ります。あるとき、どうしてそんなにたくさんの物語を知っているのかとたずねられて、男がこう答えたというのです。

「ずうっと、ずうっと昔、わたしがまだ子どもだったときのこと。父はいつも旅に出ていたので、わたしは、兄や姉と一緒に、おばあちゃんのところで暮らしていた。おばあちゃんは、よくわたしたちに、市場へ行って買い物をしてくるようにと使いに出した――干した果物、お茶、ざくろ、針、糸、そんなものを買ってこいってね。そして、お使いから帰ってくると、自分のまわりにわたしたちを座らせ、腰に巻いたひもにさげてある小さな袋をちょっとのぞきこんでから、お話をしてくれた。

わたしが、六つのときだった。兄が、ちょっと来いと合図をするので行ってみると、おばあちゃんが、杏の木の下で昼寝をしていた。そばにあの袋がおいてある。兄貴は、中をのぞいてみようという。ぼくたちは、こっそり袋に近づき、それをつかんでしげみのかげへ持っていって、開けてみた。ところが、中には何にもはいっていなかった！　骨でできたボタンがひとつ。木の皮のきれっぱし。より合わせた糸が少し。それに、ちっちゃな石ころ。それきりだった。これにはがっかりした。ぼくたちは、そうっと引き返して、袋を元のところに戻した。おばあちゃんは、まだ眠っていた。

その日、あとになって、おばあちゃんは目を覚まし、ぼくたちを市場へ使いにやった。帰ってから、ぼくたちはいつものようにお話を聞こうと、おばあちゃんのまわりに集まった。ところが、袋を開けたとたん、おばあちゃんの顔がくもった。『だれかが、お話をみんな逃がしちまった！』と、おばあちゃんはいった。『もうひとつもなくなってしまった。』

そして、そのときから、おばあちゃんは、もうだれにもお話をしなくなった。兄貴とわたしは、自分たちのしたことが恥ずかしくてならなかった。でも、ぼくたちがしたということは、だれにもいわなかった。

それから何年もたって、おばあちゃんは病気になり、いつ死ぬかわからない状態になった。わたしは、あの秘密をこれ以上胸にしまっておくことができなくなって、おばあちゃんに話した。おばあちゃんは、にっこりしておまえが袋を開けたことは、はじめから知っていたよ、といった。そして、心配するんじゃない、おまえがしなければならないのは、新しい袋をつくること、そして、それを持って世界中を旅して歩いて、もういちどお話を見つけることだ、そうすると約束しておくれ、と、おばあちゃんはいった。

だから、わたしは、それ以来、その約束を守って、どこへ行っても、だれに会っても、お話をせがみ、この袋をいっぱいにしてきたのさ。あんたがたも同じことができるはずだ。お話を聞いて、それが気に入ったら、袋に入れて、だれかに話してあげるといい。話は、自分ひとりでしまっておいてはいけない。でないと、袋がぱんぱんになって、お話が化けて出るかもしれないからね。お話は生きものなのだから、ほかの生きものと同じように息をする必要があるんだよ。人に語ってあげているかぎり、袋ははちきれもしないし、からになることもない。そして、お話の魂はずうっとあんたがたのところにとどまるのだよ。」

＊本号の評論　「質問に答えて二――お話の現場にいる方たちへ」松岡享子、内藤直子、加藤節子、森本真実　こどもとしょかん一〇四号　二〇〇五年・冬

一〇五号　二〇〇五年・春

おばあさんのいす

二〇〇四年一月の設立三十周年をはさんで一年余りにわたって行われた三十周年記念募金は、二〇〇四年度末で一応の締めくくりをいたしました。この間、延べ一八八三名の方々から、総額にして二千万円を超えるご寄付をいただきました。私どものように子どもの読書だけに領域を限って活動している小さな法人が、このように大きなご支持を得るのは、今の世の中では、むしろ奇跡といっていいことではないかと思います。

今から十年前、設立二十年のときに、私は「もういちど夢を見ることができるか」という文章を書き（本誌五七号）、その中で、次のように述べました。

「二十年前、館を発足させたとき、私たちは、自分たちがことを起こしたのだと思っていた。しかし、仕事が動きはじめ、それを利用してくれる人が現れ、その人たちとの関係ができてくると、私は少しずつ、私たちの仕事がその人たちによって存在させられているという感じをもつようになった。……世の中には、ほんとうに子どもと本を大切に思う人たちがいて、その人たちが社会のある地層を成している。東京子ども図書館のような存在を、そこに土台をおいた家にたとえるか、そこに根をおろした植物にたとえるか、どちらが適切かわからないが、その地層あっての私たちという気がするのである。……私は折にふれてこの地層の存在を実感し、私たちがそれに支えられていることを思わずにはいられなかった。」

私にとって、三十周年募金は、もういちどこの地層の力を感じる機会となりました。

同じ文章の中で、私は世代交代と、仕事の継承がこれからの課題になることを述べたのですが、その課題は十年たった今もっと切実なものになりました。

幸いなことに、三年前からはじまった研修生制度は、若い世代へ仕事を伝えるという点では、私たちの将来に、たいへんよい道をつけてくれました。意欲に満ちた若い人たちを迎えて、館に活気が出てきましたし、時を重ねるうちに、この人たちが、それぞれの場で力を蓄え、子どもの本の世界を支える力になってくれるだろうことが信じられるからです。

若い人たちと同時に、齢を加えつつある人たちのことも忘れてはいません。本誌九九号のランプシェードで、私の心の中で少しずつ形をとりはじめていた「おばあさんのいす」プロジェクトのことをお話ししましたが、このアイデアは、多くの方の賛同を得たようで、読者の中にはゆくゆくは自分もこのいすに座りたいという希望者が少なからずいることがわかりました！　とくに募金の際、この事業のために使ってほしいと指定された方が七十四名あり、そのご寄付の総額は百二十二万八千円になりました。

これを基金に早急にプロジェクトチームを発足させ、具体的に動きはじめたいと思っていますが、ただこの事業は、これまでの私たちの活動と違って、館側で組織やプログラムをつくって、特定の人たちが、特定の場所でそれを行うという形でなく、いわばだれにでも、自由に、自発的に行動してもらえるものにしたいのです。つまり、どこでもよい、だれでもよい、おばあさん（おじいさんでも、もちろんけっこう）がいて、その人が、自分のまわりにいる子どもたちに、何か世代をつなぐことをする——本を読むことでも、お話をすることでも、歌をうたうことでも、遊びや手仕事を教えることでも、あるいは子どものことばに耳を傾けることでも——それがすなわち「おばあさんのいす」（ざぶとんでも、ひざでもけっこう）活動なのだ、と。年取った人たちが、幼い者たちと時間を共にして、何かを伝えたり、受け取ったりしながら世代をつないでいく、そういう営みを私たちの生活の中にもっとふやしていこうという、ひとつの運動にしたいのです。

もちろん世の中のおばあさんたちは、ご自分のお孫さんたちにはそうしていらっしゃるでしょう。その方たちには、同じことをもう少し心をこめてする、目をもう少し先までのばして、自分の孫以外の子どもたちにも向ける、ということをお願いしたいと思います。時間を線としてとらえず、循環する円としてとらえる私たちの祖先の考え方では、人生のはじまりにいる幼い子どもと、終わりにいる老人とはいちばん近い存在です。いっしょにいることが自然なのです。

さしあたって東京子ども図書館は、その運動の推進本部の役割を果たそうというわけですが、仕事は、まずおばあさんと、おばあさん予備軍への呼びかけ、それから、おそらくは全国各地で、実際にいす（もしくはざぶとん）に坐った人たちから体験談をお寄せいただき、それを広くお知らせすることになるでしょうか。少し足を延ばして、よその地域の子どもたちを訪ねたいという元気なおばあさんと、おばあさんを待っている子どもたちを出会わせるお手伝いもできるといいと思います。世代をつなぐこと、同じ志をもっている人たちをつなぐこと、それが私たちの仕事になるでしょう。なにしろおばあさんのことですから、仕事はゆっくりすすめることになるでしょうが。

私たちの館にも、いすが置かれるでしょう。そして、そこに最初に坐るのは、もちろんめでたく古希を迎えた私です！

一〇六号　二〇〇五年・夏

アンデルセンのお話会

ごぞんじのように、今年はアンデルセン生誕二百年にあたります。昨年のことでしたが、記念に何かイベントを行いたいが、何をすればいいだろうと、「子どもの本のみせナルニア国」から相談をうけました。「ナルニア国」は、東京銀座の真ん中にある、「教文館」という、今年創設百二十年を迎えようという老舗の書店の中にある子どもの本専門店です。ここは私たちにとって特別縁の深いお店なのです。というのは、私たちが長年新刊書を検討するために通っていた書店がつぎつぎに閉店し、たいへん困っていたとき、それを知った教文館の先代社長故中村義治氏が、すでにあったロングセラー中心の児童書売り場に加えて、品揃えした新刊をゆっくり「座り読み」できる場を設けてくださったからです。おかげで、私たちは、毎月ここへ出向いて、新刊書に目を通すことができるようになりました。

このようにお世話になっているお店なので、私たちもお店の役に立つことがあれば喜んでしたいと常々思っているものですから、記念事業のご相談を受けたときも、何かいいことを考えたいと思いました。

ふつうこういうときに、人がまず考えるのは展覧会とか、絵本の原画展です。でも、それは準備がたいへんな割には、お客さまはただそれを「見て通り過ぎる」だけのように、私には思えました。そこで、アンデルセンのお話ばかりでお話会をしたらどうかしら、と提案しました。

「ナルニア国」では、これまでも定期的に子どもたちにお話会を行ってきました。会の運営は、東京子ども図書館の第三期お話の講習会の修了生を中心にした「おはなしアンサンブル」の担当で、このメンバーたちは、折々には、おとなのためのお話会も開いてきました。この語り手に私たちの館の職員が加われば、きっといいプログラムが組めるだろうと思ったのです。

アンデルセンが生まれたのは、一八〇五年四月二日。お話会は、その日から数えて二百年と十日経った二〇〇五年四月十二日から三日間、午前午後一回ずつ、計六回、教文館のウェンライト・ホールで行われることになりました。アンデルセンの作品をレパートリーにもっている語り手を集め、(あるいはこの機会に語れるようにしてもらい)、出揃ったお話に、詩や自伝からの抜粋の朗読を加えて、各回四話ずつのプログラムを組みました。語られた作品は以下の九話です。「一つさやから出た五つのエンドウ豆」、「おやゆび姫」、「皇帝の新しい着物」、「白鳥(野の白鳥)」、「豆の上に寝たお姫さま」、「小クラウスと大クラウス」、「豚飼い王子」、「天使」、「うぐいす(ナイチンゲール)」。

お話会は予想をはるかに超える大成功でした。お客さまも語り手も、心を全開にしてアンデルセンの作品に向き合い、この天才ストーリーテラーの話材の豊かさ、表現の美しさと巧みさ、ユーモアと皮肉、心を動かす感情の振幅の大きさ等に圧倒され、ほんとうに堪能しました。参加した人たちは、絵や、資料を見るだけの展覧会とはまったくレベルの違う、深いところで、アンデルセンと出会ったと思います。企画としては、あちこちで行われている生誕二百年行事の中で、おそらく出色のものではなかったかと自画自賛しています。

アンデルセンは、自伝*の中で、自分の童話のことを「実際に子供を集めて話してやった通り、そっくりそのまま紙に書いた」と記しています。また日記には、友人たちに朗読したときの回想が頻繁につづられ、「たいていのひとは、これでわたしの物語がほんとうにわかったと言った……。わたしが朗読するのを聴いて、はじめて物語を精確に評価できると」と、述べているそうです。もちろん、今回は、語り手たちが、それぞれ思いをこめ、物語のエッセンスをまっすぐ聞き手に届ける語りをしてくれたことが大きいでしょうが、ほんとうにアンデルセンは語られるべきものとの感を深くしました。だからこそ、ダイジェストで題を知っているだけの子どもたち――あるいはそれすら知らない子どもたちに、もっとアンデルセンを語ってやりたいと、強く思いました。

語り手の数がこれだけ増え、語りの場も広がっているのに、アンデルセンの作品があまり語られていないのは、ひとつには語りやすいテキストがないから、もうひとつは作品が長すぎるからだと思います。今回のお話会で語られた「おやゆび姫」と「白鳥」のテキストは、東京子ども図書館が先年行ったセミナー「語るためのテキストをととのえる――長い話を短くする――」[*]に参加した受講生が、試行錯誤を重ねてつくりあげた成果でした。あのときの勉強が、こういう形で実ったことをとてもうれしく思いました。

お話会の興奮がまださめやらぬとき、この会で語られたテキストを本にしたら、という話が急遽もちあがりました。話はとんとんと進み、こぐま社の「子どもに語る」昔話シリーズの番外編として、『子どもに語るアンデルセンのお話』の同社からの刊行が決まりました。できれば生誕二百年である今年のうちに本になればと、関係者一同頑張っているところです。どうぞおたのしみに。

＊自伝　『アンデルセン自伝――わが生涯の物語』（岩波文庫）　大畑末吉訳　岩波書店　一九三六年／改訳版　一九八一年

＊「語るためのテキストをととのえる」の講座名でセミナーは行われたが、後に以下を刊行　『語るためのテキストをととのえる――長い話を短くする』松岡享子［編］著　東京子ども図書館　一九九九年／『同』新装改訂版（レクチャーブックス◆お話入門七）二〇一四年

一〇七号　二〇〇五年・秋

Jinneeee の手紙

最近、必要があって、バージニア・リー・バートンの『ちいさいおうち』や、この本が一九四三年にコルデコット賞を受賞したときの、彼女の受賞スピーチを、読み返す機会がありました。読んでいるうちに、一九六四年に彼女が日本に来たときのこと、六七年に私が彼女をボストン近郊のお宅に訪ねたときのことなどが次々になつかしく思い出されました。

「絵本をつくる」*と題したこの受賞スピーチにしても、今読むと、堂々としたスピーチに思えますが、私が彼女のお宅に滞在中、親しいお友だちのところであったパーティの席での話では、あのスピーチをするのがひどく〝こわかった〟というのです。「全員大学を出た、教養のある人たちを前にして」とか、「ブルブルだった」とかいうことばが彼女の口から出てきたのに、私は心底驚いたのでした。

『ちいさいおうち』が、実際彼女の家を町の大通りから、通りからずっと奥にはいった、りんごの木のある丘の上に移動させた経験をもとにつくられたことはよく知られていますが、その「おうち」は、私がお訪ねしたときも、そのまま美しい丘のなかほどにありました。そのすぐそばに大きな納屋があり、そこが「スタジオ」と呼ばれる彼女の仕事場でした。そこには、絵を描くコーナーとは別に、彼女が地元の女の人たちと作っていた「フォリーコーブ・デザイナース」の仕事場もあり、自分たちがデザインし、自分たちが彫ったリノリュームのブロックを使って布を染める捺染の器械も置いてありました。大きなねじをまわして布に染料をつけたブロックを押し付けていくやり方を、バートンさんは、実際に器械を動かしながら、ていねいに説明してくれました。

このデザイナーグループの活動は、当時バートンさんが情熱を注いでいたもので、短い滞在期間の間に、私にも熱心に速成講座をしてくれました。まず自然界の中から自分のモチーフを選ぶ。それをくり返しデッサンして、シンプルな形に磨き上げていく。そのモチーフをさまざまに展開していくのだが、その際、一対二対四の比率を基本にすること、それがいちばん均整が取れて美しいものだから、というのが、バートンさんのレッスンの極意でした。今書こうと思っているデザインの教習書が出来上がったら送ってあげるから、と何度もおっしゃっていましたが、それは未完に終わりました。

バートンさんが亡くなられたのは、一九六八年の秋、まだ還暦にもならないお歳でした。肺がんだったとお聞きしましたが、そういえばたいへんなヘビースモーカーでいらっしゃいました。短いパイプを使って一本を根元の根元まで吸い尽くし、しかも一日中ほとんど手からパイプを離さないくらいでした。私がいただいた最後のお手紙は、亡くなられるほぼ一ヵ月前のものですが、その中には「多分、これを知ったら喜ぶと思うけれど、煙草を止めました。これっぽっちも気になりません……生活がずっとシンプルになりました。ふたりでギャンブルをして『ピース』を手にいれたことを憶えていますか？」と、あります。

ギャンブルというのは、その四年前、ご一緒に岐阜、下呂、高山、京都、奈良と旅行した折に、パチンコにひどく興味をもたれたので、二度ばかり試してみたときのことをさしています。ビギナーズラックというのでしょうか、初めてはいったパチンコ屋では、「チンジャラ」がたてつづけにくり返され、私たちがその都度あまりキャーキャーと大声をあげたので、お店の人がパチンコ台の上から、けげんそうにのぞいたほどでした。私たちはその成果をたくさんの紙巻煙草「ピース」と、ほんの少しのチョコレートと交換して、意気揚々と引き上げたのでした……。

この手紙には、次男のマイク一家が来て、夫婦がグルノーブルへ冬季オリンピックを見に行っている間、三週間孫のマイク・ジュニアを預かってへとへとになったことが書かれています。「私はどうもベビーシッターには向いていないらしいの。マイクは、大西洋の向こうから、五十ドルも払って国際電話をかけてきて、もうしばらく帰るのを延ばしていいかときいてきたけれど、私は『だめ、だめ、だーめー』って声をはりあげました。そんなことをしたら、おまえのおかあさんは、お医者へ行って、それから病院へ行って、それから老人ホームへ行くことになるからね、って……。マイクにいったことはほんとうになり、そのあと、私はひどく具合が悪くなって、医者に行き、病院に行きました。でも、まだホームへ行く時期ではないと思うので、医者の手を離れたら仕事に戻るつもりです」とあり、そこにも「元気になったら、デザインのレッスンを送ってあげます」と、書き添えてあります。

バートンさんは、手紙にはいつもおしまいにeを五つも六つもつけて、「Jinneeeee（ジニー）」とサインしていました。最初にいただいた一九六四年四月十五日付けのお手紙には、「私はこれからあなたを日本の娘と思うことにします。どんな娘も、臆病な旅行者である母親の面倒を、あなたほどよくみてくれることはできなかったでしょう」と、記してくださっています。考えてみると、ご一緒に旅をしたのは、バートンさんが五十五歳、私が二十九歳のときでした。

＊『絵本をつくる――コールデコット賞受賞のことば』イギリス児童文学会編　中部日本教育文化会　一九八七年

一〇八号　二〇〇六年・冬

ラモーナとの四十年

昨年秋、訳者として長年つきあってきたラモーナの、おそらくは最後の（？）作品『ラモーナ、明日へ』の訳稿がようやく完成し、新年早々刊行の運びとなりました。（ラモーナがだれか、まだご存じない方は、どうか今すぐ本屋さんへお急ぎください！）

著者のベバリイ・クリアリーさんが、ラモーナやおねえさんのビーザス、ビーザスの友だちのヘンリーなどを登場人物とする一連の物語の第一作『がんばれヘンリーくん』を発表したのは一九五〇年です。その後ほぼ二年おきに続編を出し、私がボルティモア市のイーノック・プラット公共図書館で、児童図書館員としての第一歩を踏み出した一九六二年には、すでに「ヘンリーくん」シリーズは六冊を数え、児童室に不動の位置を占めていました。

新人研修の第一日、中央児童室長のケイプルスさんは、書架を案内しながら、フィクションCの棚の前で足を止めました。そこには、クリアリーさんの本が、たくさんの複本を揃えて、ずら一っと並んでいました。よく借りられ、よく読まれている証拠に、手ずれしたそれらの本の背を軽くなでながら、ケイプルスさんは、「これは、子どもたちに圧倒的に人気のある本なのよ」と、教えてくれました。

ケイプルスさんのことばの正しさは、分館に配属されてすぐわかりました。ヘンリーくんの本は、毎日のようにだれかがとっかえひっかえ借りていくのです。私も、子どもたちに負けじと、アパートの、いささかくたびれてスプリングのきかなくなった安楽いすにからだを沈めて、毎夜、ヘンリーくんたちの住むクリッキタット通りを訪ねました。そして、ひとりきりの部屋のなかで、何度声をあげて大笑いしたことか。

学校の児童文学の授業で習う古典と違い、これらの本では、読者——私が図書館で毎日出会う子どもたち——の日常生活と作品世界がぴったり重なり、現実と物語が同時に進行しているようでした。そして、図書館の書架の、少しもじっとしていないクリアリー・コーナーからは、今書かれ、今読まれている本のもつ、独特の活気が放射されているように思えました。

私は、今でも、きちんとした筋立てのある冒険小説のたぐいよりも、『やかまし村の子どもたち』や、『小さい牛追い』のような、子どもの、なんでもない日常を描いたお話がすきなのですが、この「ヘンリーくん」シリーズには、アメリカの、ある時期、ある場所の子どもの日常が、鮮度を落とさずとらえられていて、私自身が体験したアメリカ生活の明るさ、くったくのなさ、ユーモア、開放感など、好ましい部分がたっぷりと盛られていました。

帰国して、その「ヘンリーくん」シリーズを訳すことになったのは、今から思うとたいへん幸運なことでした。クリアリーさんは、その後もクリッキタット通りから目を離さず、八冊目の『ラモーナは豆台風』と九冊目の『ゆうかんな女の子ラモーナ』の間が七年あいたほかは、ほぼ二年毎に続編を刊行し、一九八四年までに、シリーズは合計十三冊になりました。そして私は、一九六七年の『がんばれヘンリーくん』を皮切りに、ずっとそのあとを追ってきたのです。

当初シリーズの中心人物だったヘンリーくんは、『ラモーナは豆台風』のなかで、泥にはまったラモーナを救い出したあとシリーズからは姿を消し（感謝したラモーナは、そのとき、くにゃくにゃと動いているピンクのミミズを拾って指に巻き、「あたし、あんたと結婚するわ、ヘンリー＝ハギンス！」「あたし、婚約指輪もってるの」と、叫んだのでしたが……)、それ以後の作品はラモーナの独壇場になりました。天衣無縫のラモーナも、小学校にはいってからはいろいろと悩みも多くなり、一九七〇年代のアメリカ社会の変化が作品にも影を落とすようになって、このシリーズも、初期のように底抜けに楽天的なものではなくなりました。が、それもまた現実と作品の同時進行を感じさせるものでした。

シリーズ十三冊目の『ラモーナとあたらしい家族』は、原題を *Ramona Forever*[*] といいます。「ラモーナよ、永遠に」などというからには、いよいよこれでシリーズ完結だと思ったのですが、クリアリーさんは、それから十五年経った一九九九年に、再び新しいラモーナを世に送り出しました。それが、今回の『ラモーナ、明日へ』です。クリアリーさんは、このシリーズを三十四歳のときから八十三歳まで五十年間書きつづけたことになります。あとを追ってきた私も、ちょうど四十年間、ラモーナとそれをとりまく人たちとつきあってきたことになります。『ラモーナ、明日へ』の終わりで、われらのラモーナは十歳の誕生日を迎えますが、訳者としても、ああここまで来たかという感慨をもちました。

年が明けてから、著者の子ども時代の回想録 *A Girl from Yambill*[*] を読みはじめました。まだほんの最初の部分しか読んでいませんが、クリアリーさんも、最近出た『遊んで、遊んで、遊びました』[*](ラトルズ)に記録されているリンドグレンの子ども時代同様、オレゴンの田舎で、のびのびと遊んで、遊んで育ったようです。

未来のよい児童文学作家を育てるためにも、幸せな子ども時代は必要なのです!

＊ *Ramona Forever* by Beverly Cleary, Morrow, 1984.

＊ *A Girl from Yambill* by Beverly Cleary, Morrow, 1988. 「クリアリーさんの子ども時代」松岡享子　こどもとしょかん一七二号

二〇二二年・冬参照

＊『遊んで、遊んで、遊びました――リンドグレーンからの贈りもの』シャスティーン・ユンググレーン著　うらたあつこ訳
ラトルズ　二〇〇五年

一〇九号　二〇〇六年・春

石井桃子先生、九十九歳のお誕生日おめでとう！

本誌前号に、私たちは「ないしょのお願い」というアンケートをはさみこみました。それは、二〇〇六年三月十日に九十九歳のお誕生日をお迎えになる石井桃子さんへのお祝いに、本誌購読者や、賛助会員のみなさんにもご参加いただこうというお誘いでした。アンケートでは、みなさんに、石井桃子さんの数多くの翻訳、創作の中から、ご自分にとっていちばん大切な作品を三点選び、短いコメントをつけていただくようお願いしました。

うすいピンクの回答はがきは、一〇八号の発送直後から、つぎつぎと届きはじめました。その数は、お誕生日の前日までに、三百四十四通になりました。（その後もつづいて来ています！）　私たちは、ぎりぎりまで待って、集計にかかり、回答の多いものから順に九十九冊を選びました。その結果第一位になったのはどの本だったとお思いになりますか？

なるほどとお思いになる方、意外だとお思いになる方に分かれるかもしれませんが、いちばん多くの方が

いちばん大切な作品としてあげられたのは、『イギリスとアイルランドの昔話』（七十五名）でした。本誌の読者の中には、お話の語り手が大勢いらっしゃるからでしょう。そのあとは『ノンちゃん雲に乗る』（七十二）、『クマのプーさん』（七十）、『ちいさいおうち』（六十四）、『子どもの図書館*』（五十一）、『ムギと王さま』（四十五）、『ちいさなうさこちゃん』（三十六）、『ピーターラビットのおはなし』（三十二）、『三月ひなのつき』（三十一）と、つづきます。

このまま九十九冊を列挙していけば、みなさんは、きっと「ああ、あれも石井先生、これも石井先生！」と、いまさらながら、先生の手になる本が、どんなに私たちの読書生活を豊かにしてきたかを知って、驚かれることでしょう。「石井さんには、わたしも子どももどれほどお世話になったか言い表せません」とか、「石井先生がいらっしゃらなかったら、今私の中に住んでいる数々の愛すべき者たちに出会えていなかった」というコメントは、そのまま回答をお寄せくださったみなさんのお気持を代表したものと思います。

私の目を引いたのは（そして、おそらく先生がお喜びになったと思うのは）、大人向けの小説『幻の朱い実*』が、二十五名の方から深く心に残った作品としてあげられ、第十一位にはいったことでした。また、地味で、おそらく図書館でも書店でも人目を引かないのでは、と思われる『やまのたけちゃん』や『やまのこどもたち』が、それぞれ強い愛着を示すコメントをともなって、四十一位と五十二位を占めたことです。さらには、今ではその存在を知っている方はほとんどないのではと思われる『子どもの読書の導きかた*』をあげてくださった方がいたのもうれしいことでした。

「三つにしぼるなんてとても無理」というのが大方のみなさんのご不満でしたが、それでも苦労してお書きくださった回答には、どれも思いが溢れていて、読みながら一々うなずかずにはいられませんでした。ここではくわしくご紹介できないのが残念ですが、全体を通していちばん強く浮かび上がってきたのは、親子、家族が、本を通してたのしみを共有し、幸せな時間を過ごしている姿です。先生の作品が、二世代、三世代にわたって愛読されている様子は、そのまま本そのもの、あるいは読書への讃歌となっていました。

私たちは、みなさんのアンケートをもとに、一冊のアルバムをつくることにしました。まず、三×三で、九つの桝目（一辺九センチ！）をもつ紙を十一枚用意し、その桝目の中に、〝得票数〟の多い順に本の表紙の絵を貼りこんでいきました（もっとも、実際の仕事はコンピューターにしてもらいましたが）。それから、その上に別の紙を重ね、ドアのような切込みをいれて、開けると下の表紙の絵が見えるようにしました。〝ドア〟の上には、その本について、みなさんから寄せられたコメントの一部を抜き出した、短いことばを印刷し、それをヒントにそれが何の本か当てられるようにしました。「主人は小さいときにこの本に出会って、獣医になろうと決めたそうです」は『くいしんぼうのはなこさん』、「転校していじめられた私に、憎しみではない心のもちようを教えてくれました」は『百まいのきもの』*、「『たんぽぽよこちょう、つくしのはずれ』ということばが、石井先生のイメージとぴったりくっついて離れません」は『いっすんぼうし』という具合に。

こうしてできた十一シートに『三月ひなのつき』の桃の花をあしらった表紙をつけ、かざりひもで綴じ合わせて、美しいアルバムができました。お誕生日当日には、このアルバムに、お寄せいただいたおはがきのうち、これまたお年の数の九十九枚を選んでうすいピンクの紙に包み、リボンをかけたものをあわせて、朝いちばんにお届けしました。

実は先生は、一月ほど前に肋骨を痛められたので、お案じ申し上げていたのですが、その日は、お顔の色もよく、前触れなしの訪問を驚きながらも、喜んで受けてくださいました。

こんなふうに多くの方々のお祝いの気持をこめてお誕生日をお祝いできて、なんと幸せなことだったでしょう！　さて、来年の百歳はどのようにお祝いいたしましょうか？

＊『子どもの図書館』（岩波新書）石井桃子著　岩波書店　一九六五年／『新編子どもの図書館』（岩波現代文庫）二〇一五年
＊『幻の朱い実』上・下　石井桃子著　岩波書店　一九九四年／『同』上・下（岩波現代文庫）二〇一五年
＊『子どもの読書の導きかた』（子どものもんだいシリーズ六）石井桃子著　国土社　一九六〇年
＊『百まいのきもの』は、二〇〇六年に改訳『百まいのドレス』岩波書店

一一〇号　二〇〇六年・夏

「はやくはやく」の琢治君

古くからの読者の方は、記憶のどこかにとどめていてくださるかもしれません。本誌四三号のランプシェードに、「私事で申しわけないのですが」とお断りして、とても心温まる結婚式に参列できた幸せを記したことがありました。

四三号といえば一九八九年の秋号です。その時点で「話は十九年前にさかのぼります」とありますから、今からいえばもう三十六年前になるのですね。そう、その三十六年前のある日、私は見知らぬ人から一通の手紙を受け取ったのです。封筒の中から出てきたのは、便箋ではなく、コクヨの茶色の四百字詰め原稿用紙。そこに、2Bくらいの濃い鉛筆で、筆圧強く書かれていたのは、つぎのような文章でした。

「松岡享子さんこんにちは、がんばれヘンリーくんをやくしてばかりいないでいそいでくまのパディントンをやくしてください。おもしろくておもしろくてやめられません。はやくあと7さつともやくしてください。松岡享子さんはやくはやくやくしてください。はやくあと7さつみんなよみたいからはやくしてください。さようなら。」　差出人は、「二年三組田中たく治」なる人物でした。

一九六五年の『しろいうさぎとくろいうさぎ』を皮切りに、私は翻訳に手をそめるようになっていましたが、たまたま六七年にヘンリーくんシリーズの最初の巻『がんばれヘンリーくん』と、パディントンシリーズの一冊目『くまのパディントン』がほぼ同時に刊行されたのです。そのときは、その後、これがシリーズとして、どんどんつづくとは予想していませんでした。が、事実はこの両シリーズの作者が、つぎつぎと続編を出しつづけたため、私もそれを追いかけることになりました。「たく治君」が手紙をくれたころ、ヘンリーくんは八冊、パディントンは四冊出ていたと思います。そこで「ヘンリーくんばかりやくしていないで」ということになったのでしょう。ということは、「たく治君」は両方とも読んでいたということでしょうか。

この迫力満点の達意の文章を読んで、私がどんなに笑ったか、またうれしく思ったかおわかりでしょう。パディントンの愛読者、小学生のたく治君こと田中琢治君との交流はこうしてはじまりました。間を置きながらも文通はつづき、琢治君は高校生になり、大学生になり、就職し、やがて冒頭に記した一九八九年の結婚式へとつながったのです。

披露宴への招待状が届いたとき、まっさきに私の頭に浮かんだのは、下訳をしたまま何年もそのままになっているつぎのパディントンを完成させてお祝いにできたら、ということでした。結婚式まで五ヵ月。私も猛烈に頑張りましたが、編集部にも無理をいって突貫態勢で仕事に当たってもらい、七冊目の『パディントン妙技公開』は、式の三日前に無事見本刷りが出来上がりました。六冊目『パディントンの煙突掃除』の刊行から数えて、実に十二年ぶりのことでした。披露宴の席で新郎新婦に手渡された七冊目は、あるいは「航海中入用手荷物」として新婚旅行のスーツケースの中にはいり、おふたりの旅に笑いをそえたのでしょうか。

それからまた十七年がすぎました。この間、琢治君はカナダに移り住み、大学で教鞭をとるようになりました。専門は、私にはよくわからない酵素の研究だそうです。そして、かつての元気あふれる小学生は、今や元気あふれる四人の子どもたち——三人の女の子とひとりの男の子——のお父さんになりました！　六年前、トロント近郊にあるゲルフの田中家を訪ねた私は、彼のすばらしいお父さんぶりに、心底感心しました。でも、大学の先生になっても、お父さんになっても、パディントン好きは変わらないらしく、帰るとき、ちゃんと製本し、厚紙の表紙をつけた、私家版のパディントンをおみやげにくれました。彼の手になる八冊目の新訳でした。

一九六七年の日本初登場から四十年近く、ヘンリーくんの方は、シリーズの主人公をヘンリーからその女友だちビーザスの妹ラモーナに移して十四冊になりましたが、パディントンは、あの結婚祝いの「妙技公開」以後、沈黙を守ったままでした。作者の方では、その後もつぎつぎに新刊を加えていたのですが、図書館の仕事でいそがしくなった私は、出版社からの催促がないのをよいことに、すっかりパディントンから遠ざかっていたのです。ところが、四年前、パディントンの文庫版での出版がはじまり、編集部から久しぶりに新刊をとの声がかかりました。私は編集部に琢治君の私家版の話をし、八冊目は琢治君との共訳でと提案しました。

しばらくごぶさたしていたパディントンですが、おつきあいを再開するとたのしいこと！　本人も、彼をとりまく人たちも健在で、いつもながらの珍事件と、けっしてコマらないクマの、意表をつく一件落着も変わりません。琢治君の科学者らしい綿密なチェックに助けられながら、翻訳作業はすすみ、『パディントン街へ行く』は、このほどめでたく本になりました。明るいピンクの表紙に並んだ二人の共訳者の名前を、琢治君は、どんな思いで眺めていることでしょう。

さて、この本は、またかつての琢治君のような「はやくはやく」の読者を見つけることができるのでしょうか。

一一一号　二〇〇六年・秋

食わずぎらい

講習会などに招かれて地方へ行きますと、懇親をかねて受講生のみなさんとごいっしょにお食事をすることがあります。そんなとき係りの方がお気遣いくださって、前もって食べものの好みをたしかめられることがあります。「なにかおきらいなものはありますか?」という問いに、「はい、こんにゃくです」と答えると、たいてい大笑いになります。私のこんにゃくぎらいは、館ではみんなのからかいの種になっていて、あの手この手で、それとわからぬように料理されたものや、ゼリー菓子になったものをすすめられますが、よく気をつけてその手に乗らないようにしています。

「どうして?」と、たびたびふしぎそうにたずねられるのですが、「どうしても、あれは食べるものだと思えないの」というのが私の答えです。思い返してみますと、子どものころ、我が家で「びわのおばさん」と呼んでいた人がありました。薬局、それも漢方の薬屋さんだったのでしょうか。たしか指圧もしてくれたように思います。とにかく我が家の健康相談相手だったのでしょう。私は三歳か四歳のころ、疫痢（赤痢だったか？　母のいなくなった今は確かめようがありませんが）にかかり、二階に「隔離」されて、かなりながいあいだ床についていたことがあります。そんなこともあって、母が私の胃腸の調子に神経質になっていたのかもしれません。おなかが痛いというとすぐ、（おそらく「びわのおばさん」の処方で）、こんにゃくでおなかをあたためるのでした。お湯で熱くしたのをタオルに包んで、それをおなかに当てます。ずいぶん長時間温いものでした。

というわけで、こんにゃくは、私にとって、「大きな、四角い、ねずみ色の、ベロンベロンした、おなかを温めるもの」として刷り込まれてしまっていて、いまだにどうしても「食べるもの」という気がしないのです。もちろん、おとなになって、大きくも、四角くも、ねずみ色でもないこんにゃくにもお目にかかりました。ふぐかと見まがうお刺身も、うすいみどりや、クリーム色、あるいは真っ赤なものも。でも、いまだに宗旨替えするにはいたっていません。

こんにゃくだけでなく、子どものころは、あれもだめ、これもだめと、たいへんすききらいの多い子でした。お肉は牛以外はだめ。お魚は、鮭、鯛の切り身くらいしか食べない。小骨のあるようなものはだめ。海老、蟹、烏賊、蛸、それに牡蠣をはじめとする貝類まったくだめ。うなぎだめ。お野菜は、三つ葉、春菊などにおいのするものはいや。蕗、筍、茗荷など野性味のあるものも食べない。きのこ類は一切だめ。とくに香りの強い松茸はごめん……という有様。「いったいなにを食べて大きくなったの？」とか、「じゃあ、なにがすきなの？」ときかれて、「じゃがいも」と、答えては、「安上がりでいいね」と、笑われる始末でした。しかも、これが全部食わずぎらいだったのです！

お刺身や握りずし、うなぎを初めて口にしたのは二十歳を過ぎてからで、お客に行って出されたものを断ることができず、無理をして食べたのがはじまりでした。そして、食べてみたら食べられた、いや、それどころかおいしかった、ということをくり返しているうちに、少しずついろんなものが食べられるようになったのです。中にはすきになったものもあり、あの子どものころのかたくなな「あれもいや、これもいや」はいったいなんだったのだろう、と思うくらいです。

本にも食わずぎらいはあるようです。題も、作者もよく知っているけれど、自分から手を出すことはない本というものがあるのですね。本誌前号で特集*した古典には、それが多いのではないでしょうか。館の本読み会でも課題になって読んでみたら、とてもおもしろかったという人が続出しました。

それで思い出すのですが、東京子ども図書館の母体となった土屋児童文庫に通ってきていた子で、ほんとうに本のすきな女の子がいました。文庫だけでは足りなくて、公立の図書館にもせっせと通って本を借りていました。その子があるときこんなことをいったのです。

「図書館では自分の借りたい本だけを借りるけれど、文庫では、おねえさんがすすめてくれるので、自分では読もうと思っていなかった本を借りることがある。そうしたら、それがすごくおもしろくてびっくりすることがある」と。

このことばは、文庫のおとなたちをいたく喜ばせました。そこに本があるというだけでなく、本と子どもをつなぐ人がいるというのが、図書館や文庫の存在意義だと信じていましたから。「子どもは自分がなにをすきか、どのようなものを味わう能力をもっているかに気がついていないことが多い」といったのは、イギリスの児童図書館界の大先輩、アイリーン・コルウェルさんでした。「だから、目につきやすい、読むのに苦労しなくてすむ本に手を出すのだ」と。

自分の内に隠れていた能力に気づき、眠っていた感情を呼び起こされ、高みを目指す意欲をかきたてられ、世界が広がる本。食べてみたらおいしいとわかる本があることを子どもたちに知らせたい。（私に関していえば、こんにゃくを食べたからといって、新しい世界が広がるとは思えませんが！）

＊特集「何が本を古典にするのか」　こどもとしょかん一一〇号　二〇〇六年・夏

一一二号　二〇〇七年・冬

往復書簡

昨年秋、アメリカ議会図書館の児童文学センター長シビル・ヤグッシュさんから、こんなお話がありました。「実は、自分は、あるいきさつから、亡くなった前任者のヴァージニア・ハヴィランドさんと、アイリーン・コルウェルさんとの間に交わされた手紙を託されたのだが、これは自分がもっているより、キョウコがもっていたほうがいいのではないかと思う。預かってくれるだろうか」というのです。

ご存じのように、コルウェルさんは、子どもの本に関わる日本人の多くが敬愛する児童図書館員の大先達です。東京子ども図書館とは、石井桃子さんからはじまる長い、親しい関係があり、何より私にとっては、いちばん大切な、大好きな方です。そのお名前が出たものですから、一も二もなく「うん、預かる、預かる」と、答えていました。

暮近くなって、ヤグッシュさんからひとつ、またひとつと茶封筒が届きはじめました。これまでに七通来ています。とりあえず「1」と番号の振ってある封筒を開いてみました。なつかしいコルウェルさんの筆跡！それだけでもう胸がわくわくしました。この中には、コルウェルさんからハヴィランドさん宛てのもの八通、ハヴィランドさんからコルウェルさん宛てのもの（カーボン紙でとったコピー）十通、それに、なんとローズマリー・サトクリフからコルウェルさん宛ての自筆の手紙一通、ハヴィランドさんからエリナー・ファージョン宛ての、コピーではあるけれどアメリカ図書館協会青少年部の正式のレターヘッドを使った、アンデルセン賞受賞を祝う手紙一通がはいっていました。

日付は、一九五六年十月から十二月の間で、ぽつんと離れて、一月一日付けのコルウェルさんのが一通ありました。ほぼ毎週、まめに手紙を交わしていたことがわかります。この当時、コルウェルさんはヘンドンの図書館で、ハヴィランドさんはボストンの図書館で働いており、ともに五十代の働き盛り。責任ある地位にあり、国際的にも活躍しているおふたりの充実した仕事ぶりが、手紙から生き生き伝わってきます。

「これから選書委員会なの」「今、ブックリスト作成中」「ホーンブックの書評を書かなきゃ」「高校生と親たちにブックトークをしてきたの。とてもいい聞き手だった」「大学での特別講義の準備中」「月一回日曜学校でお話をしてるんだけど、あっという間に一月がめぐってくるのね」等々。

忙しい日常をこまごまつづった手紙に出てくるのは、会った人の話（著名な人物の名前が次々に出てくる）、見たお芝居の話、そして、必ず多くの行数が割かれているのが、今読んでいる本の話。心を許した友人の間の遠慮抜きの批評です。

一九五六年一月一日付けのコルウェルさんの手紙。

「モモキ・イシイに会いました。午後をともに過ごし、刺激的で、心弾む会話をしました。そのあと手紙をもらいましたが、彼女の新しい冒険（かつら文庫のこと）についてもっと知りたいと思っています。とても魅力ある、知的な方。」

十月一日付けのハヴィランドさんの手紙。

「マーシャ・ブラウンの新しい絵本『そらとぶじゅうたん』はあらゆる点からいって際立ってすぐれた作品だと思います。まばゆいばかりのペルシャじゅうたんと、ページのレイアウトがあまり美しいので、図版部の主任に見せに行きました。彼はほんもののアーティストで、この前『シンデレラ』を見せたとき、コルデコットをとるに違いないと予言したのよ。今シーズンの新刊中、これほど私をわくわくさせたものはありません。これで新しい熱をもって、ブックリストつくりに取り組めます。」

この時期は、コルウェルさんの『子どもと本の世界に生きて』*が出版されたときでもありました。出版社が予告を出しながら刊行せず、著者をやきもきさせた経緯があちこちに記され、結局、本ができたときも、本屋で見たという知人の知らせを受けて、何度も出版社に電話をしたあげく、やっと手に入れたということだったようです。

「あなたに気に入られなくても、傷ついたりしません」という手紙と前後して本を受け取ったハヴィランドさんの返事。

「アイリーン、……あなたはほんとにすばらしい仕事をしたわ。私は、あなたという人がようく見えるように書かれているので、特別の喜びをもって読んだけれど、客観的に見て、本の中で、あなたが終始児童図書館員の使命に、明快で生き生きした位置づけをしている点に感服しました。そうでなければ、一篇の楽しい自伝になっていたでしょうから……あなたは、人生でとるひとつひとつのステップが冒険であることを強調することで、有無をいわさず人をひきつける才能をもっているのね……大急ぎで出版社に、今すぐ私のところに十冊送るよういってください。これを書いてくれてうれしい！」

同じ志を抱いてすばらしい活躍をしたふたりの大児童図書館員（おふたりとも一五〇センチそこそこの小柄な方でした！）が、こうして大西洋越しに親愛の情あふれる手紙を交わしていたころ、日本では、石井先生がかつら文庫を開設し、大学生だった私は、児童文学で卒業論文が書けないものかと、思案していたのでした。

＊『子どもと本の世界に生きて——一児童図書館員のあゆんだ道』アイリーン・コルウェル著　石井桃子訳　福音館書店　一九六八年／日本図書館協会　一九七四年／こぐま社　一九九四年

一一三号　二〇〇七年・春

石井桃子さん　100歳おめでとう！

一年前、石井桃子さんの九十九歳のお祝いに、東京子ども図書館では、読者のみなさんからのアンケートをもとにアルバムをつくってお贈りしました。一〇九号のこの欄に、そのことを記したのを憶えていらっしゃるでしょうか。私は、その文章を「さて、来年の百歳はどのようにお祝いしましょうか？」と締めくくったのでしたが、そのときは思ったよりずっと早くやって来ました！

いいアイデアが思い浮かばぬままときが迫って、少々焦りかけたころ、ちょうど銀座の書店・教文館子どもの本のみせナルニア国でも、石井桃子さん百歳を記念するイベントをしたいと思っておられることがわかりました。それなら、今回は全面的にナルニア国に協力して、いっしょにお祝いをしましょう、ということになり、「石井桃子さん一〇〇歳おめでとう！」フェアの計画がスタートしました。

期間は、三月十日のお誕生日をはさんで、二月十日から三月十五日までの約一ヵ月間と決まりました。その間に、ナルニア国では、書店として当然のことながら、石井先生の本を集中的に販売する。また、昨年東京子ども図書館で行ったのと同様のアンケートを店頭でも行う。付設するナルニアホールの展示では、石井桃子先生の全作品を紹介する。それに、講演会を二回、おはなし会を十回開く、という催しの骨子が、暮れのうちに決まりました。かなり大掛かりなものになりそうでした。

お互いに通常業務だけで手一杯の状況ながら、ナルニア国の関係者と私たちは、頻繁に打ち合わせを重ね、準備をすすめました。広報用チラシその他の印刷物の作成と、ナルニアホールの展示は、主に東京子ども図書館で担当し、館の専属デザイナー、職員の古賀由紀子が中心になってその任にあたりました。

アンケートは年明け早々からはじまり、二月にはいっていよいよ銀座通りに面した教文館ビルの壁には、淡いピンクの地に深みのあるえんじ色の字で大書された「子どもの本の世界に生きた 石井桃子さん 100歳おめでとう！」の垂れ幕がさがりました。それに目を留めてご来店の方もあったでしょうか。新聞数紙が石井桃子さん百歳を報じたことも誘い水になったのでしょう。桃の花で飾られた店内は、連日大勢のお客さまで賑わいました。岩波書店と福音館書店が、フェアに合わせて品切れになっていた数点を復刊したこともあって品揃えも充実、この機会にと、何冊もまとめてお買い上げの方が目立ったと聞きました。

ホールの展示は、ほんとうは本そのものを並べたかったのですが、それはかなわず、全作品の表紙（できるだけ初版のもの）の写真をパネルにしました。小さなホールの壁をいっぱいに埋めたパネルは、先生のお仕事の量と質を一望させてくれ、圧巻でした。「プーさん」や「ノンちゃん」の古い版や、先生の作品の外国語訳も並べられました。

人々の目をひいたのは、深沢紅子さんの描かれた先生の肖像画（油彩、一九八四年）と、今回の催しのために、とくに先生がお書きになった色紙です。色紙には、力強い筆跡で、つぎのことばが記されていました。「本は友だち、一生の友だち。子ども時代に友だちになる本、そして大人になって友だちになる本。本の友だちは一生その人と共にある。こうして生涯話し合える本と出会えた人は仕あわせである。」

講演会は、二回行われました。一回目の講師は、鈴木晋一氏。現在は食物史研究家でいらっしゃる鈴木さんが最初に石井先生の名を心にとめたのは、召集を受けて入隊し、最初の外出許可をもらって帰宅する途中、書店で見つけた『熊のプーさん』*だった由。その後、一九六〇年代に、石井先生や故瀬田貞二氏らとともに日本の児童文学を勉強するお仲間となられますが、その成果を『子どもと文学』*として世に問うたころのことをお話しくださいました。

二回目は元岩波書店の編集者山田馨氏でした。山田氏は、先生の八十代、九十代の大作、『幻の朱い実』*や、『今からでは遅すぎる』*を担当された方で、仕事を通して接した石井先生について、また先生の作品について、親愛の念をこめてお話しくださいました。

おふたりとも、飾らないお人柄のにじむ、生き生きしたお話しぶりで、とてもたのしく聞くことができました。また、いずれのお話からも、石井先生のお仕事やお人柄だけでなく、先生が生きてこられた「時代」というものが浮かび上がってきて、興味深く感じました。

さて、私たちとしては、こんどの一連の催しでいちばん力がはいったのは、なんといってもおはなし会でした。当初、ナルニア国で五回、東京子ども図書館で五回、全部で十回を計画し、百歳にちなんで、先生の作品を百話語ろうと計画したのですが、実際にプログラムをたてはじめてみると、それは容易なことではないことがわかりました。

そこで、この期間、ナルニア国と東京子ども図書館で、子どもたちのために定期的に行っている「おはなしのじかん」のプログラムをすべて石井作品でかため、これも数に入れる、物語だけでなくエッセイもとりあげ、語りだけでなく朗読も入れる、と決め、プログラムを再構成しました。こうしてみると、最終回までに百をこえる作品をカバーすることが可能になりました。（どんなお話をなさったの？　というおたずねが、遠くにお住まいの方から寄せられましたので、このあとに一覧表*をそえました。）

お話を語ったのは、ナルニア国で定期的にお話をしている「おはなしアンサンブル」のメンバーと、東京子ども図書館の職員、お話の講習会の修了生など、ふだんから子どもたちに石井先生の作品を届けている者たちです。

こうした試みをやってみて、つくづく思ったのは、先生が手がけられた作品世界のなんと豊かなこと、日本語のなんと耳に快くひびくこと、ということでした。また、あまり取りあげられることのない『ようちゃんともぐら』や『かえるのいえさがし』など、地味で古いと思われている絵本が、子どもたちにとても喜ばれたのも新鮮な感動でした。

とくに印象に残ったのは、三月三日ひなまつりの当日にかつら文庫で行われた、子どもたちのと、大人のと、二つのおはなし会です。子どもの会では、会員のお父さんで、五十年前、かつら文庫に通っていた吉本亜土さんが、当時大好きだった『やまのこどもたち』をみんなに読み聞かせてくれました。五十年間愛読した者にしか出せない味のある読み方で、聞いている子どもたちも、ときおり声をあげて笑うなど、すっかり本のなかにはいりきっていました。

大人の会では、おはなしアンサンブルの茨木啓子さんが『三月ひなのつき』を全編朗読してくださいました。ほんとうにむだのないことばで、しっかりと紡ぎだされていく物語。その静かな力に魅了されたひとときでした。

先生のお誕生日当日の、二つの会も忘れがたいものとなりました。午前中、東京子ども図書館で開かれた大人もいっしょの子どもの会では、大人たちも子どもにおとらずお話をたのしみましたし、子どもたちの何人かは、今幼稚園でやっているという「応援」を、チアガールよろしく、元気一杯、みんなの前で披露してくれました。「フレー、フレー、イシイモモコサーン！」と。

午後、教文館のウェンライトホールで開かれた会は、最後ということで、作品で先生の百年をたどることにしました。プーさんとの出会いにはじまる、子どもの本の世界で歩まれた石井先生の長い道を、そのときどきを刻んだ作品で追っていくのは、私たちにとって、大小さまざまな発見の連続でした。そして、いまさらながら、自分たちの読書体験が、先生の作品によって豊かにされてきたことを思わずにはいられませんでした。

この日、最後のお話は、ファージョンの「エルシー・ピドック夢で縄とびをする」*でした。「くにたちお話の会」の光野トミさんの語りに耳を傾けながら、石井先生にも、このエルシーのように、子どもの本の世界で、これからもかろやかにとびつづけていただきたいと願ったことでした。

＊『熊のプーさん』Ａ・Ａ・ミルン作　石井桃子訳　岩波書店　一九四〇年
＊『子どもと文学』石井桃子ほか著　中央公論社　一九六〇年／福音館書店　一九六七年
＊『幻の朱い実』上・下　石井桃子著　岩波書店　一九九四年／『同』上・下（岩波現代文庫）二〇一五年
＊『今からでは遅すぎる——ミルン自伝』Ａ・Ａ・ミルン著　石井桃子訳　岩波書店　二〇〇三年
＊一覧表「石井桃子さん100歳おめでとう！　記念おはなし会プログラム」こどもとしょかん一一三号　二〇〇七年・春
＊「エルシー・ピドック夢で縄とびをする」『ヒナギク野のマーティン・ピピン』エリナー・ファージョン作　石井桃子訳　岩波書店　一九七四年

一一四号　二〇〇七年・夏

「中国のフェアリー・テイル」

私がこのお話の題を初めて心に留めたのは、石井桃子さんの『子どもの図書館』*の中でした。一九六五年のことです。本の終わり近くに、リリアン・スミスさんと、彼女が児童部長をしていたカナダのトロント市公共図書館の児童室「少年少女の家」のことを記した箇所がありますが、一九六一年にそこで開かれた「ストーリー・テリング大会」で語られたお話のひとつがこれだったのです。

その大会は、イギリスの桂冠詩人ジョン・メイスフィールドが、トロント放送局のために書いた詩の原稿料を、「古くから伝わるおとなと子どものための芸術、ストーリー・テリングのために使うように」と「少年少女の家」に寄付したことからはじまったもので、このときの来賓の語り手は、イギリスから招かれたアイリーン・コルウェルさんでした。コルウェルさんは、メイスフィールドと親しい交流のあった方で、詩人のメッセージを携えての出席でした。石井先生はこのときのことをつぎのように記しておられます。

「コルウェルさんが、一週間の大会のあいだに話したいくつかのうちでは、イギリスの詩人、ローレンス・ハウスマン作の『中国のフェアリー・テイル』という話が、圧巻でした。それは、美しいものにあこがれる心は、何ものにもまして尊く、守られなければならない、それを妨げるものは、その罪、死に価するというテーマの、絵画に志す中国の少年の話でした。はじめからおしまいまで静かな口調で語られたこの話がおわった時、会場は、それこそ水をうったようにしずまりかえって、しばらくは、だれも動きませんでした。おそらく、大部分の人が、涙をうかべていたと思います。」

いったいどんなお話だろう？　私はこのときから、まだ見ぬ景色にあこがれるように、まだ耳にしたことのないお話に、心を惹かれていました。そのあと、コルウェルさんのお得意のレパートリーを集めたお話集『ある語り手の選択』（*A Storyteller's Choice*）*の中に、このお話を見つけました。不思議な力をもつ物語だと思いましたが、自分が語ることなどとても考えられませんでした。コルウェルさん自身、解説に「語るのに難しい話」と記していらっしゃいましたから。

それから、何年も過ぎました。その間に、私は、ローレンス・ハウスマンのもうひとつのお話「ネズミ捕り屋の娘」を語るようになり、ある方の助けで古書店からハウスマンのお話集を何冊も手に入れ、この作家の一種不思議な雰囲気をもつ物語に親しむようになりました。そして、ハウスマンがもともとは画家だったこと、それもエッチングの画家で、細かい仕事で目を悪くしてから作家活動にはいったことなどを、ぽつりぽつりと知るようになりました。

題を知ってからほぼ四十年経った二〇〇二年の九月、コルウェルさんが九十八歳でお亡くなりになりました。そして、翌年の二月、東京子ども図書館ではささやかな追悼式を行いました。私は、なぜかこのとき、コルウェルさんへの感謝の捧げものとしてこのお話を語ってみようという気持ちになったのです。そう決心してから、私は時間との競争のようにして、お話を訳し、語るために手を入れ、（コルウェルさんも、語るためには何箇所かカットしたほうがいいとアドバイスしていらっしゃいます）おぼえる作業にはいりました。（そのあいだ、私は、なんだかコルウェルさんがそうっと背中を押していてくださるように感じていました。そうでなければ、途中で諦めていたかもしれません。）追悼式は、お話がまだ私の胸にしっくりおさまらないうちに来てしまいました。それでも、私はとにかく「献花」に代わる「献話」として、コルウェルさんへのしゃってくださったのはうれしいことでした。

感謝の思いをこめて一所懸命語りました。あとで石井先生が「(あのときのことを)思い出しました」と、おっしゃってくださったのはうれしいことでした。

語り終わって感じたのは、だれよりも私自身がいちばんこのお話に慰められたのではないか、という思いでした。このお話の主人公、魂の奥底から絵を描きたいと願った少年は、三百年の時を経て、少年が敬愛してやまないある偉大な画家に、彼の絵の中に招き入れられ、「画家としてのすべてのわざ」を教わります。同じ思い、同じ志をもつ芸術家の師弟の美しくも不思議な交流……。それは、芸術の世界だけでなく、どの世界でも起こりうることだと思いました。子どもと本に対する思いを共有することで、私もまたコルウェルさんと共にあることができる。善いもの、美しいもの、真実なものは、時を隔てても、世代を超えても、伝えられていく。この物語が(そして、この物語を愛したコルウェルさんが)、私にそう語りかけてくれたようで、大きな慰めを与えられたのです。

それ以来、これは私の大事な物語になりました。語るたびにこのお話がすきになり、語っていると、これを書いた作者にも、これを語ったコルウェルさんにも近くなる気がします。

先日、あるところでこれを語る予定の日の直前に、子ども文庫の大事なお仲間・瀬林杏子さんの訃報を聞きました。コルウェルさん同様、九十七歳まで子どもと本に捧げきったご生涯でした。瀬林さんの清らかでまっすぐなお人柄を思いつつ、これを語った私は、再び深い慰めを得ることができました。

＊『子どもの図書館』(岩波新書) 石井桃子著　岩波書店　一九六五年／『新編子どもの図書館』(岩波現代文庫) 二〇一五年

＊ *A Storyteller's Choice : a selection of stories, with notes on how to tell them* by Eileen Colwell, Bodley Head, 1963.

一一五号　二〇〇七年・秋

人魚姫の夏

この夏は、「人魚姫」に明け暮れました。というのは、一昨年、アンデルセンの生誕二百年を記念してこぐま社から刊行された『子どもに語るアンデルセンのお話』の続刊を出したいという話がもちあがり、それにはぜひとも「人魚姫」を入れたいという編集者の強い希望で、私がそれを担当することになっていたからです。正直いって、これは気の重い仕事でした。私は、子どものころから、なんとなくこの話を避けてきたきらいがあり（その理由は、こんど仕事をしてみてわかりましたが）、この仕事は私がするべきものかという迷いがあったからです。けれども、一昨年、生誕二百年の記念お話会をして、アンデルセンのお話をたくさん耳で聞き、そのおもしろさ、美しさ、豊かさに改めて感嘆し、どうにかして子どもたちにもっと彼のお話を届けたいと強く願うようになっていました。そして、日本中にたくさんの語り手が活躍するようになった今も、アンデルセンがあまり語られていないのは、よいテキストがないことが一因とわかっていましたから、「語りやすい」テキストづくりなら、少しは私にできることがあるのではと、お引き受けしたのでした。

ぎりぎりになって、ようやく重い腰をあげて取り組んだのでしたが、はじめてみると、なんとふしぎなことに、すっと話の中にすべりこんでしまったのです。あとは、物語の強力な磁場に吸いつけられたようで、ときには海の底にいて、青暗い水を通して、薄明るい月の光を見ている気分になり、ときには魔女の森のあまりの気味悪さに鳥肌が立ち……といったふうで、起きている時間のほとんどを〝向こう〟の世界で過ごすようなことになってしまいました。そのあいだも、人魚姫の心情に身を重ねて、胸は痛いほどしめつけられっぱなしでした。五感のすべてに訴える描写のすごさ。徐々に緊迫の度を盛り上げていく緻密な構成。かぎりなく甘美で、この上なく残酷なストーリー。ことばだけで、よくこれだけの世界がつくりだせるものだと思いました。長編小説にも匹敵する、圧倒的な力をもつ物語だと感じ入りました。そして、子どものとき、この話がすきになれなかったのは、おそらく子どもの本能的感覚で、この物語のあまりの底の深さ、描かれた真実のあまりの厳しさに怖れと不安を感じ、逃げようとしていたのだと思いました。

ところで、語るためのテキストづくりといっても、「人魚姫」は、そのまま語るには長すぎます。語るに向く話の条件は、事柄が動くことであって、心理描写や、情景描写は不用というのが原則ですが、この「人魚姫」は、全編これ描写です。でも、この話では、描写にこそ物語の生命があるので、話を部分的にカットすることは最初から考えず、語るよりは、朗読することを前提に作業をすすめることにしました。そのまま使える訳文があればどんなにいいかと、何種類もの翻訳を読み比べてみましたが、やはり、声に出したとき、うまく流れてくれません。やむを得ず、英訳から新しく訳すことにしました。使ったのは R. P. Keigwin の翻訳*です。

一九六三年、私は、留学先のアメリカからヨーロッパ経由で帰国したのですが、そのとき、立ち寄ったデンマークで、コペンハーゲンの公立図書館の児童奉仕部長にお訊ねして、アンデルセンの英訳でいちばんいいのはこれ、と薦めていただいたのが Keigwin 訳です。そのとき求めたワインレッドの革表紙の文庫版四冊本は、以来私の宝物のひとつとなって、本棚に特別の場所を占めてきました。

さて、その Keigwin 訳ですが、初版は、一九五〇年の発行。当時ケンブリッジ大学のデンマーク文学の教授であったブレッズドルフ氏が序文を寄せて、これこそ待ちに待っていた、もっとも信頼できる英訳だと絶賛しています。ブ氏の言によれば、それまでの英訳は、アンデルセンの名を広く世に知らせる役割は果したかもしれないが、同時に、彼の作品をお子さま向けのものであるかのように矮小化して、アンデルセンの文学的名声を著しく傷つけた。この訳で初めて、英語圏の人にも、この稀有な詩人の天才が正当に評価されるだろう、というのです。たしかに、この訳文には、リズムと力があり、読みこめば読みこむほど、ことばの背後にある作者と訳者の思いが迫ってくる感じがします。

ブ氏は、序文の中で、アンデルセンの訳者がもっていなければならない資質、わきまえておかなければならない条件について、つぎのようにいっています。すなわち、アンデルセンの文体を十分理解していること。とくに、彼の天才のおそらく中心的鍵となるユーモアを十分理解していること。また、彼の伝記的背景を知り、それぞれの話に投影されている、彼の個人的体験を理解していること。さらには、彼が子どもに語りかけると同時に、熟慮した上で、意識的に大人に向けても語っていることを十分認識していること、等々。これは、アンデルセンの語り手にもあてはまることのように思えます。

物語は、ゆっくり声に出して読むと、一時間二十分はかかります。子どもたちに読んでやる機会は、めったにないでしょう。でも、なんとかその機会をつくりたい、と願います。きっと忘れられない体験になるでしょうから。

＊**R. P. Keigwin** の翻訳　*Fairy Tales Vol. 1-4* by Hans Christian Andersen, translated by Richard Prescott Keigwin, Flensted.

一一六号　二〇〇八年・冬

お話をしようかね

お話を語っている人、昔話に興味をもっている人にとってアファナーシエフの名は、親しいものです。ロシアのグリムと呼ばれる彼は、グリム兄弟から四十年ほど遅れて、ヴォローネシに近い地方都市で生まれ育ち、グリム兄弟と似たような道筋を経て、昔話の収集と研究に手を染め、その成果を『ロシア昔話集*』にまとめました。今日私たちが、「魔法の馬」や「かえるの王女」「空をとぶ船」など、起伏に富み、彩り豊かな、たくさんのロシアの昔話を子どもたちとともにたのしめるのは、アファナーシエフのおかげなのです。

そのアファナーシエフは、どんな人だったのでしょう。どういう経緯で昔話に興味をもつようになったのでしょう。実は二年ほど前だったでしょうか。和歌山で図書館員をしているOさんから、ソビエトで、一九七一年、アファナーシエフの没後百年を記念して、ポルドミンスキイという人の書いた青少年向けの伝記が出ていることを知らされました。Oさんは、それを勤めを終えた夜の時間に、こつこつと少しずつ訳しておられたのですが、昨年の暮になって、翻訳が一応の完成を見たとのお手紙をいただきましたので、ぜひにとお願いして原稿を読ませていただきました。

そのおもしろかったこと！　「お話をしようかね*」という題も魅力的なら、目次がまた興味をかきたてます。「イワーシェチコと魔女」「おおきなかぶ」「きつねとオオカミ」「おだんごぱん」などという章の題の下には、「ぼくの白い鳥たちよ……」「子どもの読書」「バーバ・ヤガーとは何者か」「グリム兄弟」といった見出しが見えます。これでは、読む気をそそられずにはいられません。結局、大晦日の夜から、元日にかけて、静かなのをよいことに一気に読んでしまいました。

著者のポルドミンスキイのことはよくわかりませんが、文学者や芸術家の伝記を手がけている作家のようです。没後記念ということで、あるいは依頼を受けて書かれたものかもしれませんが、被伝者への共感と敬愛の念が溢れていて、とても気持ちよく読める作品になっています。ふつうの伝記のように、過去形で時間の流れにそって話をすすめるのでなく、読者に語りかけるように時代背景の説明や、関係者の動きの描写を挿入しながら、現在形を多用する、一風変わった書き方です。「この一日は、アファナーシエフとともに過ごして、彼の書斎をのぞいてみよう。机には、やがて本になる昔話が几帳面に清書されてのっている。彼は肘掛椅子に座って、もう何度目だろう、原稿をめくっている。そして、いつものことだが、こらえきれなくなって、また昔話を読みはじめる……」と、いったふうに。青少年に向けて書くための工夫なのかもしれませんが、とても臨場感があり、アファナーシエフの人をすぐ近くに感じます。

読んでいる間中、ロシアの歴史に暗いのを悔やみましたが、アファナーシエフの生きた十九世紀は、権力の側に身を置いていない者にとって、実に過酷な時代でした。子ども時代、どこかのお屋敷の女の人から、冬の夜、「喜びとおののきを覚えながら」お話を聞いた体験はあったものの、学校は鞭をはじめとする体罰一色。「個の破壊」が目的の教育でした。その中でかろうじて「自分を大事にする術」を身につけていく少年の姿は痛々しいかぎりです。読書だけが彼の支えでした。

奇跡的に入学できたモスクワ大学で、彼は著名な教授陣から強い知的刺激を受け、「独自に考える技術」を学び取ります。しかし、それは決して政治的ではない彼をも、反体制の側に立たせる結果となり、自分の学問に忠実であろうとした彼は、文部大臣の不興をこうむって、約束されていた教授への道を棒に振ります。

その後の彼は、公文書館に職を得ていた比較的安定した十三年間を除き、好きな学問や著述に専念できる幸運には恵まれませんでした。それでも、昔話の研究を続け、専制下、「進歩的なロシア人の自由で無検閲な言葉の代弁者」たろうとして、ロンドンに自由ロシア出版所を開いたゲルツェンと呼応、連携して、国内での反体制の言論活動を展開するのです。当局の厳しい監視のもと、薄氷を踏むような活動。そして、ついに司直の手にかかり、職を追われる……。

そのあと、肺結核を病み、四十五歳の若さでひとり逝く彼の生涯は、家庭生活の暖かさを知るグリム兄弟とは違って、さびしさの色濃いものですが、その彼によって、ロシア各地からの六百話に及ぶ純正な昔話が、後世に託されたのでした。アファナーシエフの昔話では、「おおきなかぶ」は、犬のあと、猫と鼠の代わりに足が一本、二本……とやってきて、ひっぱるのだそうです。著者は「ロシア昔話という甘くてみずみずしいかぶを大地から抜こうとした」人たちは、彼以前にもいたけれど、彼がそれを抜いたのはタイミングだといいます。たしかに、アファナーシエフは、時代の要請によって、かぶの抜ける瞬間にそこにいさせられた、というべきなのかもしれません。が、その彼が、昔話の美に魅せられ、昔話には「詩的真実性、純粋さ、幼子のあどけなさと信じやすさ、絵になる明確な言葉、他者への暖かな情愛」があり、「気高い意思を目覚めさせ、感性をみずみずしくする」と信じていた人物であったことの僥倖を思わずにはいられません。

※この原稿は訳者のご好意により当館資料室でご覧になれます。

＊ロシア昔話集　『ロシア民話集』一～五巻　アファナーシェフ編　中村白葉訳　現代思潮社　一九七七年ほか

＊『お話をしようかね』はその後下記として刊行　『昔話を語ろうか――ロシアのグリム、アファナーシエフの物語』ポルドミンスキイ著　尾家順子訳　群像社　二〇〇九年

一一七号　二〇〇八年・春

選ばずして、選び取られた存在

四月二日午後三時半、一一七号の編集、校正をすべて終え、印刷を待つばかりのところへ、名誉理事石井桃子さんがお亡くなりになったとの知らせがはいりました。そこで、いつものことながら、後から遅れて入稿することになっていたランプシェードを急遽さしかえて、本年一月二十九日、石井先生が朝日賞を受賞された折、私が先生に代わってするはずだったご挨拶を、ここに収録することにいたしました。先生は、この日、予定を変更して、ご自分の口から、力強いお声で、受賞の喜びと感謝のことばを述べられました。その結びに「六つ、七つの星に美しく頭の上を飾られて次の世に行きたい」とおっしゃったことばが、今甦ります。頭の上の星をイメージするとき、私の中の石井先生は、百一歳ではなく、童女の姿です。そして、実際は、文字通りの桜吹雪の中を旅立ってゆかれました。

私どもは、生前、先生から、自分のために、コルウェルさんの追悼会と同じような、お別れの会をするようにといいつかっておりました。少し準備のための時間をいただいて、秋以降に行いたいと思っております。読者のみなさまには、次号の本誌上で、会の詳細をお知らせいたします。

石井桃子先生の朝日賞ご受賞に際して

昨年三月、満百歳を迎えられた石井先生は、岩波の「図書」にお寄せになった文章*の中で、自分が子どもの本を生涯の仕事として選んだという意識はちっともない。時々の偶然の縁(えにし)に導かれ、今日まで歩みつづけてきただけだと述べておられます。

その縁は、幼い日に、お祖父さまの大きなあぐらの中で昔話を聞いたことにはじまり、小学校時代、当時としてはまだ珍しかった学校図書室でたくさんの本に読みふけったこと、さらには二十六歳のとき、犬養家で「クマのプーさん」と運命的な出会いをしたことへとつづきます。このとき、先生は、まだ子どもだった犬養道子さん、康彦さんに、その夜初めて手にした本を、訳しながら読んであげているうちに、まるで「魔法にかかったように」、プーの世界にはいりこんだのでした。

さらに戦時中、山本有三、吉野源三郎氏らの元で、「日本少国民文庫*」の編集に携わるなどの道筋を経て、先生は、いつしかご自分でも子どものための物語を書くようになられました。

その後の先生のご活躍を辿ると、子どもの本の仕事は、先生が選んだものではなかったにせよ、子どもの本の世界は、石井桃子を選び取ったという思いを深くいたします。

子どもの本の世界における先生のお仕事は多岐にわたっています。まずは「クマのプーさん」「ピーターラビット」をはじめとする、数多くの海外のすぐれた児童文学作品の翻訳者として。つぎには『ノンちゃん雲に乗る』『三月ひなのつき』など長く読み継がれている作品の作者として。さらには、「岩波少年文庫」や、「岩波の子どもの本」を創刊し、古典から現代の創作まで、内外の質の高い作品を、日本の子どもたちの本棚へ送り届けた編集者として。また、『子どもと文学*』の発表や、折々の新聞雑誌への寄稿、ブックリスト『私たちの選んだ子どもの本*』の刊行を通して、児童文学の評論、啓蒙活動を行った批評家として。

さらに大きいのは、子どものための図書館活動の推進者としての業績です。子どもの本について、読者である子どもから直接学ぼうとご自宅に設けられたかつら文庫は、その後他の文庫と合体して東京子ども図書館となり、現在まで変わらず活動をつづけて、本年五十周年を迎えます。

このささやかな子どものための図書室と、その歩みを記録した岩波新書『子どもの図書館』*は、子どもの読書に関心を寄せる全国の多くの人々にインスピレーションを与え、各地にたくさんの子ども文庫を誕生させました。盛んになった文庫活動は、公立図書館の設立を促し、児童サービスの向上にも大きく寄与しました。

このように、どの領域ひとつとっても、ひとりの人間としては傑出した業績を残されたわけですけれども、先生の日本の子どもの本の世界への最大の貢献は、創作であれ、翻訳であれ、編集であれ、手がけられるあらゆるお仕事を通して、常にわたくしどもに、子どもの本の求めるべき質の高さを示してくださったことにある、とわたくしは考えております。

ご自身子ども時代の感覚をみずみずしく保っていらっしゃるからでしょう。子どもの感受性に深い信頼を置いておられる先生は、事ある毎に「子どもはどう受け止めるかしらね」と問いかけ、子どもの本の特質に迫ろうと研究心を燃やしつづけておられます。

先生のご受賞は、わたくしども子どもの本に関わっている者すべてにとっても、子どもの本の大切さが、今いちど注目されるという意味で大きな励ましになりました。この機会に、「子どもの本は、根源的な人間の本である」という先生の信念が、広く世に知られることを願っております。本日は、まことにありがとうございました。

二〇〇八年一月二十九日

＊お寄せになった文章　「三ツ子の魂」石井桃子　図書六九五号　二〇〇七年三月　岩波書店／『新しいおとな』石井桃子著

河出書房新社　二〇一四年／『同』（河出文庫）二〇一八年
＊「日本少國民文庫」全一六巻　新潮社　一九三五～三七年
＊『子どもと文学』石井桃子ほか著　中央公論社　一九六〇年／福音館書店　一九六七年
＊『私たちの選んだ子どもの本』子どもの本研究会編・刊　一九六六年
＊『子どもの図書館』（岩波新書）石井桃子著　岩波書店　一九六五年／『新編子どもの図書館』（岩波現代文庫）二〇一五年

一一八号　二〇〇八年・夏

美しい旅立ち

どういうわけでしょう。まったく何の根拠もないのに、私は、石井先生は百七歳までお元気でいらっしゃるものと決めていました。ですから、三度目の月命日を過ぎた今も、どこかはぐらかされたような思いから抜けられないでいます。むしろ、先生の存在を以前より強く感じているくらいです。ちょっとした瞬間、たとえば辞書でことばを探しているとき、花を生けているとき、お皿を洗っているとき、とても鮮明に、とても近くに先生を感じます。不思議な気持ちです。

四月一日の午後二時すぎ、ちょうど人に会う約束をしていた時刻に、石井先生のご様子がおかしい、すぐ来るようにという電話がはいりました。その日の朝、研修生たちの始業式があったため、たまたま館に来ていた荒井さんとふたり、お約束の相手の方にお詫びをして、先生が入居していらっしゃるホームに向いました。

先生は、静かに休んでおられ、苦しそうなご様子はありませんでした。それでも、私たちの呼びかけにはお答えにはなりません。朝からそのような状態だということでした。前日は、ホームのお誕生会で、お祝いのお食事を、いつもどおり召し上がったというのに。この日は、二時間ほどおそばにいて帰りました。私の感じでは、それほど重篤な状態とは見えず、しばらくして目を覚まされ、お話もなさるのでは、と思われました。

けれども、翌日、お話の当番だった私が、小さい人の「おはなしのじかん」をすませて「おはなしのへや」の外に出ると、荒井さんが待っていて、今、知らせがはいったとのことでした。ふたりで、すぐホームにかけつけ、最後までおそばでお世話に当たっておられた秘書のOさんと、ご親戚のFさんと、お見送りの手はずについてご相談をしました。

先生は、酸素吸入の管がとれ、実に美しい、若々しいといいたいほどのお顔で、眠っておられました。そのご様子からすると、いつ起き上がって、お話をはじめられても、ふしぎとは思わなかったでしょう。

通夜と葬儀はごくごく内輪ですませ、できることなら、自分の死は、一月くらい伏せておいてほしい、というのが生前の先生の強いご希望でした。Oさんたちは、先生のそのご希望をなんとかして叶えてさしあげようと、心を砕いておられました。もちろん、私たちもそのために、全面的に協力しました。万事、思い通りに運びそうに見えました。ところが、どこでどう漏れたのか、その夜、メディアにニュースが流れたのです。石井先生ほどの社会的にも大きな存在であれば、致し方のないことだったかもしれません。でも、夜中から明け方にかけてのメディアの騒ぎようは、のちに阿川尚之さんが「『マスコミの常識』は非常識*」と題して産経新聞に寄稿されたように、度が過ぎていると思われました。なによりも、先生のご意志を貫いてさしあげられなかったと、ただでさえ緊張と疲労の重なる中で、ひどく落胆し、自分を責めているOさんたちがお気の毒でなりませんでした。

しかし、心配していたような事態にはならず、かつら文庫でのお通夜も、堀ノ内斎場でのご葬儀も、近親者だけで、心静かに行うことができました。お花に囲まれた先生のお顔の、なんともいえぬ美しさが、強く心に刻まれました。おりしも、かつら文庫のお庭にはさまざまの花が咲き乱れ、斎場の桜は文字通りの花吹雪を見せてくれ、ほんとうに美しいお見送りとなりました。それからほぼ二ヵ月後の五月二十五日には、納骨式が行われ、お骨は、生前、先生がご自分で用意されていた都内の墓所へ、無事納められました。ご逝去にともなう行事は、これでとどこおりなく終わったことになります。

のちにある方が思い出させてくださったように、四月二日は、アンデルセンのお誕生日を記念して制定された「世界子どもの本の日」です。先生は、この日を選んで、旅立たれたのでしょうか。いずれにしても、これから毎年、美しい花の季節に、花とともに先生をしのぶことができるのは、残された私たちには、たいへん幸せなことだと思います。

ご葬儀の翌日は土曜日、文庫を開く日でした。花に飾られたご遺影があることをのぞけば、ふだんと変わりない文庫で、やってきた子どもたちは、ふだんと変わりなく本を読み、読んでもらい、本を借りていきました。五十年前に、先生が文庫をはじめられたときと変わりない、静かで、充実した時間が、子どもたちの上にも、世話をする私たちの上にも流れていたように思います。文庫の空気の中に、先生の存在がたしかに感じられましたから。

先生のご遺志で、かつら文庫の建物は東京子ども図書館に託され、今後もこれまでどおりの活動がつづけられることになりました。私たちとしては、この場所を、これまで以上の活動の場として活用したいと願っています。終生学ぶことに熱心で、新しい考え方や、やり方に心を開いていらっしゃった先生を憶え、私たちも、ただ従来のやり方を守るだけでなく、学ぶ心を忘れず、冒険心を失わず、私たちなりの研究と、実践に挑戦していきたいと思います。

＊「『マスコミの常識』は非常識」阿川尚之　産経新聞　二〇〇八年五月八日

一一九号　二〇〇八年・秋

魔法はつづく

二〇〇八年は、東京子ども図書館にとって、大きな出来事がつづく年になりました。三月には「かつら文庫の50年」が待っていました。一年ほど前から準備をはじめてはいましたが、行事というものは、日が近づくと次々にしなければならないことが出てくるものです。年明け早々から、大忙しの日をすごして、関係者一同総力をあげて一連の行事を行い、すべてを無事終えてほっとしているところに、石井桃子さんのご他界という思いがけないことが起こりました。百一歳というお年を考えれば、もとより覚悟していなければならないことでしたが、前々日までお元気でいらっしゃったので、私たちにとっては、やはり予想外というしかない出来事でした。

ご逝去にともなうさまざまな用が押し寄せてくる中、急遽「こどもとしょかん」の追悼号＊を編集しなければばならず、それと平行して、当初から予定していた別冊*「かつら文庫の50年記念行事報告」の編集もすすめなければなりません。加えて、生前、先生から、東京子ども図書館でしてほしい、と言い渡されていたお別れの会の準備もしなければならない、ということで、職員にも私にも、気を抜く暇のない日がつづきました。お別れの会は、個人的に石井先生を存じ上げている方のためではなく、ご著書を通して「石井桃子」という名に親しんでこられた一般の読者の方々のための会として、十月十二、十三の両日にわたって行うことにいたしました。（これを書いている今は、その準備の最終段階です。）会の名称にお別れとか、追悼とかいうことばをあえて使わず、「石井桃子さんに感謝する会」としたのは、読者の方々の先生に対するお気持ちは、まず感謝であろうと考えたからです。先生がお書きになったり、お訳しになったりした、たくさんの本で、どれほどたのしい時間をすごしたか。どれほど心を動かされ、豊かにされたか。この会が、みなさんの、そうした感謝の気持ちを形に表す機会になれば、と願ってのことです。

直接会場においでになれない方も、紙上でご参加くださるよう呼びかけたところ、たくさんの方からお心のこもった文章をお寄せいただきました。ありがとうございました。私たちの予想したとおり、これらの文章には、たくさんの書名があがっており、それぞれの本にまつわる思い出が綴られていました。幼い日に手にした本、読んでもらった本、読んでやった本、あるいは闘病の日々、病床のかたわらにあった本。興味深かったのは、何人もの人が、それと知らずにたのしんできた本が、石井桃子さんの手になるものだったと、あとになって気がついたと書いておられたことです。子どもは、本がおもしろければいいので、だれが書いたか、訳したかということは気にとめないのがふつうですから、これは少しも驚くことではないのですが。

たんすと窓との間のわずかな隙間に座って、一日かけてノンちゃんを読み通したこと。うちじゅうに行き交う「おてまみ、おたじゃうひ、おやわい」といったプー語が、「我が家の幸福感のシンボル」となったこと。担任する一年生のクラスで『ちいさなねこ』を読んだとき、二十八人の目が「ちいさなねこ」一点にしゅっ！　と集まって、最後までぴたっとついてきたこと。お父さんが「ピーターラビット」を読んでくれたとき、「マクレガー」というアクセントが変だったので、「まくれ母さんなのに、どうして絵はおじさんなの？」と、きいて大笑いされたこと、などなど。家庭で、保育園で、学校でくりひろげられる、こうした数々のエピソードを読むと、大勢の子どもたち、また子どもに関わっているおとなたちの、幸せそうな姿が目に浮かびます。

「子ども時代は、どの子も幸せでなければなりません。本は、子どもを幸せにするひとつの手だてなのです」といったのは、アイリーン・コルウェルさんですが、ここに記された、幸せな子ども時代の証言を読むと、改めて本のもつ力に打たれ、そのような力のある本を数多く私たちに届けてくださった方への尊敬の念が深まります。また、寄せられたことばには、感謝の気持ちと同時に、これからは子どもたちへ本のたのしみを伝えていきたいという決意が述べられているものが少なくありませんでした。その人たちのお力で、この先も本と幸せな出会いをする子どもたちがいることを思うと、うれしく励まされます。数多くの「感謝のことば」の中から、筆者のお許しを得て、ここに一編を紹介させていただきます。

「いしいももこ」という名前は
魔法の名前でした。
この名前の記された本は
まちがいなくわくわくする楽しさと喜びを

与えてくれました。
きっとこれからも
たくさんの子どもたちが
この名前を道しるべに
本の世界へのとびらをあけるでしょう。
魔法はまだまだおわりません。

（小林よう子）

＊追悼号　こどもとしょかん一一八号　二〇〇八年・夏
＊別冊『石井桃子さんがはじめた小さな子ども図書室 かつら文庫の50年――記念行事報告』（別冊こどもとしょかん）　東京子ども図書館　二〇〇八年十月

一二〇号　二〇〇九年・冬

自分たちの現在（いま）

二〇〇八年は、いくつかの痛切な別れを心に刻む年となりました。いちばん大きかったのは、いうまでもなく四月二日の石井先生とのお別れです。百一歳というお年であってみれば、もとより覚悟はしていなければならないところですが、そして、ある程度覚悟はしていたつもりでしたが、実際にはそれは思いがけない衝撃として訪れました。

そのあと、さまざまなことがありました。生涯をおひとりで過ごされた先生が、東京子ども図書館をいわば「あとつぎ」にと指定されたことから、いろいろな責任が生じたからです。法律や規則にからめとられた社会の中では、心の問題とはまったく別に、残された者が対応しなければならない問題が数々あるのだと、あらためて思わせられました。

それでも、十月に館の主催で「石井桃子さんに感謝する会」を行い、それが無事終わったことで、私としては、先生とのお約束が果たせて、肩の荷をひとつおろすことができました。ご参列のみなさんから、よい会だった、参加できて幸せだったと、お礼やねぎらいのことばをいただけたのは、なによりのなぐさめになりました。

この会で私が個人的にとてもうれしく思ったのは、音楽です。実は、三月のかつら文庫の五十周年のとき、かつての文庫の子どもとして思い出を語ってくださった鵜飼博史さんが、もし、会の中で音楽を演奏することがあれば、妻がチェリストだから協力します、と申し出てくださったのです。けれども、そのときはプログラムに時間の余裕がなく、おことわりするしかありませんでした。そのことがあったので、もしかして感謝の会では……とお願いしたところ、快く引き受けてくださいました。おかげで、短い黙祷の時間が、チェロの響きに支えられ、深く思いのこもったものとなりました。

石井先生のことを思ったら自然に浮かんだという佐藤恵実さんの曲も、この場と私たちの気持ちにふさわしく、最後、コルウェルさんのお好きだったブルーベルのうたのメロディへと融けこんで終わる塩崎美幸さんの編曲も、天上での石井先生とコルウェルさんの再会を思わせて、安らぎを与えてくれました。出席された中川李枝子さんから、「石井先生は、楽器の中でチェロがいちばんお好きだった」とお聞きして、演奏者共々、ふしぎな一致を喜びました。音楽に特別の趣味はないとおっしゃっていた先生でしたが、ご満足いただけたに違いないという気がしました。

八月にはいってショックだったのが、アフガニスタンで働いていた青年伊藤和也さんの死です。伊藤さんが属していたペシャワール会と、代表中村哲医師の活動には、以前から深い関心と尊敬の念を抱き、常々、中村医師のような方がいてくださることで、私の「日本人であることの誇り」が支えられていると感じてきました。会の長年にわたる地についた活動で、地元の人たちとの間に深い信頼関係が育っていると知っていましたから、誘拐されてもけっして殺害されることはないと信じていましたのに……。その後の会報、とくに十二月号の、お母さんの手記*には涙をこらえることができませんでした。平穏な暮らしが許されている者と、それが脅かされている者との間に連帯の糸をかけようと、気負わず遠い地へ出かけていった和也さんには、どうあっても殺されてほしくなかった、との思いを今も捨てることができません。

そして十一月七日の夜おそく、スイッチをいれたとたんテレビから流れてきた筑紫哲也さんの死を伝えるニュース。がんを病んでいることは知っていましたが、それほど重篤な状態とは思っていなかったので、足元をすくわれたような衝撃を受けました。

東大の立花隆ゼミの学生から受けた「二十代」をテーマにしたインタビューの中で、筑紫さんは、もっぱら学生時代に深く関わったワークキャンプのことを語っています。これは今でいうボランティア——労働奉仕活動ですが、戦後、アメリカの平和推進団体「アメリカフレンズ奉仕団」が日本に紹介したこの活動を、日本人の手で運営しようと立ち上がったのが当時二十代の学生たちで、筑紫さんも私もその仲間でした。

当時の仲間は、社会人になってからも交流をつづけ、最近は間遠になりながらも、顔を合わせては、昔と変わらず時局を論じたりしていました。職業柄、また、その社会的存在の大きさから、筑紫さんは、いつもこの輪の中心にいました。

赤坂プリンスホテルで開かれた「お別れの会」では、多くの人が、広い会場に置かれた何台ものテレビにくりかえし映しだされる「多事争論」に見入っていました。画面の彼と対面していると、生(せい)の証(あかし)を、活字になったことばだけでなく、映像に残すことの意味を考えさせられました。また、途切れることなくつづく人の列は、今さらのように、彼が私たちの仲間よりはるかに大きな世界に属していたことを感じさせました。それでも、彼のジャーナリスト・編集者としての出発が、私たちのワークキャンプの機関誌「もっこ」にあったという私の考えは変わりませんが。

七十代であれ、三十代であれ、たとえ百歳代でも、人の死は生きている者に大きな揺さぶりをかけます。揺さぶられ、突き動かされて、私たちは、「自分たちの現在(いま)」を考えます。

＊手記「我が子　伊藤和也へ」伊藤順子　ペシャワール会報九八号　二〇〇八年十二月十七日

一二一号　二〇〇九年・春

ノロウェイの花嫁の花束

今年（二〇〇九年）は丑年だというので、一月の月例お話の会では、牛のお話をしようということになりました。日本の「牛方とやまんば」、朝鮮の「牛になったなまけ者」、アイスランドの「雌牛のブーコラ」など、いくつもの牛の出てくる昔話があがりましたが、もうひとつ、全体をしめくくる、重みのある話がほしいというので、昔わたしが語ったことのある、イギリスの昔話「ノロウェイの黒牛」を〝戻して〟みようかということになりました。ながい間――そう、かれこれ三十年ほどもお蔵入りしていた話です。

物語は、美しい三人姉妹が、どんな人と結婚したいかと話し合っているとき、ふたりの姉たちが、伯爵の男爵のと身分にこだわるのをおかしがって、陽気な末娘が、「わたしはノロウェイの黒牛でもいいわ」と、宣言するところからはじまります。ことばは事実を誘い、みんなから怪物と怖れられている黒牛が、花嫁を迎えにやってきます。そして、娘と黒牛の「ふしぎなふたりづれ」は、そのあと、共にながい、ながい旅をつづけることになるのです。やがて物語は、魔法が解けて、美しい王子に戻った黒牛と娘の愛へと発展し、ふとしたことで互いを見失ったふたりが、曲折を経て結ばれるまでを描いていきます……。

同じ話を、ながい時間をおいてふたたび語るというのは、おもしろい経験で、自分のなかでお話のとらえ方が違ってきているのを随所で感じました。第一、牛の体重が前よりずっと重くなりましたし（！）、ふたりの旅のながさも身にこたえました。以前は、ただ単純に物語のロマンチックな雰囲気をたのしんでいたように思いますが、今回は、この物語が、シンボリックな表現ながら、かなり重く、また生々しく、人と人とが近づき、心を通い合わせることの難しさを語っているように思いました。

それはさておき、月例お話の会からあまり間をおかず、もういちどこの話を語る機会がありました。マミフラワーデザインスクールの専攻科の学生さんたちにです。実は、わたしは、数年前から、ここで年に二度、「教育学」を講じているのです。十数年前に、ある友人を通して、マミフラワーデザインの創始者マミ・川崎さんとお近づきになり、マミさんのご依頼でそのようなお役目を担うことになったのですが、もとよりわたしに「教育学」が講じられるはずはなく、まったく自由に何を話してもよい、ということでお引き受けしたのです。そこで、私は、毎回、好きなお話をひとつ語らせてもらって、そのあと学生さんたちに自由に作文を書いてもらい、それについて話し合うことにしています。

専攻科は、フラワーデザインの講師の資格を得るためのコースで、毎回六十名から八十名くらいの、幅広い年齢の受講生（ほとんど全員女性）が全国各地から集まって来られます。植物学だの、色彩学だの、造形論だのというまともな授業の間に、わたしの教室にはいってきた学生さんは、いきなり「むかしむかし、あるところに……」と、お話がはじまるのに、さぞびっくりなさることでしょう。でも、そこは物語のもつ力。みなさん、いつもとてもよく聞いてくださいます。

「ノロウェイの黒牛」を語ったあと、わたしは学生さんたちに、「最後に王子と結婚式をあげる花嫁のために、花束をデザインしてください」という課題を出しました。それに応えて出された花束のアイデアの多様で美しかったこと！

王子への一途な思いを忘れな草で。自らのことばを最後まで守り通した信念を真っ白なバラで。ひたむきに歩んだ娘にふさわしいマーガレットを。清らかさと忍耐のシンボルとしてスノードロップを。天からふりそそがれる幸せをイメージしてレースフラワーを、と花材も様々で、多くの方が、物語で重要な役割を果たす木の実と、旅の途中で目にしたであろう野の草や花を用いることを提案していました。

形にも工夫があります。コケで真ん丸いボールを作り、それにイバラをらせん状に巻きつける（牛が辿った道のイメージ）。下半分は痛みと苦しみを表して棘のあるイバラを、上半分は実りと幸せを表す棘のないものを。そこに白と薄い色の小花を何種類か植え付け、トップには青い木の実を飾り、持ち手のリボンをつける。あるいは、結婚に到るながい道のりにたとえたつるを軸に、白と淡い色調の何種類もの花と、みどりの葉を巻きつけていく（そのひとつひとつが旅の途中に出会った人と、彼らから受けた愛や援助、それに対する感謝を表す）。腕にかけて、ドレスのすそ近くまで流れるように……など、など。デッサンをそえたもの、王子の胸につける花まで考えてくれた人、いずれもが目に見えるようで、わたしのなかにあった、ふたりの結婚式のイメージがいっぺんに美しく、喜ばしいものになりました。

たったいちど聞いただけの物語から、これほど豊かなアイデアが生まれること、みなさんが、物語の意味、娘や牛（王子）の気持を実に深く、的確にとらえておられることに感心しました。そして、花束の説明にそえた文章を拝見して、まさに「昔話は、登場人物の心の内を描かない。しかし、聞き手の心のなかに強い感情を引き起こす」ことを実感したのでした。

一二二号　二〇〇九年・夏

買い物あれど、会話なし

I have a story to tell you!　ねえ、聞いて、聞いて！

五月なかばのある朝、図書館の朝の会で、私は興奮して叫びました。前の晩の出来事をみんなに話さずにはいられなかったのです。

前の日まで、私は山へ行っていました。山というのは、三年前につくった、八ヶ岳のふもとのセカンドハウスのことで、このごろは、書く仕事はできるだけそこでするようにしているのです。なにしろ、山では、まるで魔法にかかったように仕事がはかどるものですから。

今回の山行きは、夏に刊行が予定されている講演録『ことばの贈りもの』*の原稿の、最後の推敲をするためでした。落葉松と白樺の若葉の輝やきに元気づけられて、仕事は気持ちよく進みました。その成果を収めたＵＳＢメモリーをかばんにいれて、私は満足して、中央線特急あずさに乗り、〝安らかに〟帰宅したのでした……が——

帰ってすぐ、かばんの中身を出してみると、なんとあのメモリーがないのです！　ええっ？　だれにでも憶えのあることでしょうが、どうしよう！　という背筋がヒヤーッとする気持ちと、そんなはずがない！　これはなにかの間違いだという気持ちがまじりあったまま、わたしは、メモリーを入れておいた小さな巾着や、それを入れたかばんを何度も何度もひっくりかえし、もしやと、あるはずのないところまで隈なく調べました。でも、ないのです。ああー。

講演録の原稿の本体は、編集部にあります。まるっきりなくなったわけではありません。でも、二日かけて、いいまわしや、句読点など、細かいところに手を入れたものを、全部すぐに思い出してやりなおすことはできそうにありません。

親指ほどの、あんな小さなものです。きっとどこかで滑り落ちたのでしょう。それにしても、どうしてファスナーのついたリュックのポケットに入れておかなかったのか。頭の中では、後悔と、このあとどうするかという考えが、まじりあってぐるぐる回りつづけました。

私は、山の家を出てからうちに着くまでの道筋を入念にたどり、あのちっちゃな物体がかばんから滑り落ちる可能性のある場面をあれこれ思い描き、一縷の望みをかけて、まずJR新宿駅遺失物係に、ついで新宿から乗ったタクシー会社に電話をかけました。時刻はもう夜の九時半を回っていました。

これからさきの、ハラハラドキドキの詳細は、残念ながら割愛せざるをえませんが、しばらくたって、ほぼ諦めかけたとき、電話が鳴りました。それはタクシーの運転手さんからで、「お客さん、ありましたよ。シートベルトのすきまにはさまってました」というではありませんか！

運転手さんは、明け方、勤務が終わったら本社に届けるから、そこから郵送してもらってあげるといいます。なんとか今夜のうちに届けてもらえないか、とおそるおそる頼む私。そこからいろいろやりとりがあった（おかげで、運転手さんの勤務状況を垣間見ることができた）のですが、とうとう彼がいいました。「いいや。お客さん、感じのいい人だったから、ぼく、今からもってってあげるよ。」

実は、そのタクシーの中で、運転手さんと私は、ちょっとした話題で盛り上がっていたのです。話は、昔ながらの八百屋の横を通ったとき、彼が「こういう店は、今たいへんなんだよねえ」といったことからはじまりました。大きなスーパーに客を奪われて経営がたちゆかないからです。

私が、ああいう小さなお店は、子どもたちがお使いにいって、お店のおじさん、おばさんと話をするいい機会だったのにねえ、といったのが話にはずみをつけました。私のことばに大いに共鳴した彼は、「菜っ葉一束買うにも、昔の八百屋なら、『これはどこそこ産で、さっとゆがいて酢味噌で食べるとうめえんだよ』とかなんとかいって、客と話したもんだ」といい、私はそれを受けて「今はスーパーのレジが、こちらの顔も見ないで、マニュアル通り『ありがとうございます。また、おいでくださいませ』というだけだものねえ」と、（調子に乗ってレジ嬢の声色まで真似て）こたえる……ということになって、ふたりは、うちに着くまで、「一昔前の地域の小商店におけるコミュニケーションのあり方、および、それが子どもの社会性を育てる上で果たす役割」について大いに論じ合ったのです！

もううちのすぐ近くまで来たときに彼がいったひとこと——「今じゃ、買い物はあるけど、会話がないもんねえ。」

……というわけで、私の大事なＵＳＢメモリーは、あまんきみこさんにいただいたちっちゃなこけしをつけたまま、その夜、タクシーがかぼちゃにならないうちに、無事わたしの手元に戻ってきたのでした。めでたし、めでたし。

話が終わると、職員からいっせいに拍手が起こりました。そして、だれかのお誕生日に私たちがうたう歌が「おめでとう、ユー・エス・ビー」と歌詞をかえて合唱され、しばし失われた小さなＵＳＢの帰還が祝われました。『ことばの贈りもの』は、おかげで、予定通り八月末に刊行されます。

＊『ことばの贈りもの』（レクチャーブックス◆松岡享子の本二）松岡享子著　東京子ども図書館　二〇〇九年

一二三号 二〇〇九年・秋

お隣りの国の新しい友

二〇〇九年五月末から六月はじめにかけて、初めて韓国を訪れました。ソウルに近い竜仁市（ヨンイン）にあるヌティナム図書館のお招きを受け、韓日交流図書館シンポジウムに参加するためです。ヌティナム図書館は、東京子ども図書館と同様、財団法人組織による私立の図書館です。ヌティナムとは、欅（けやき）の木のこと。その木陰に人々が集い、憩い、情報を交換し、語り合う。村を離れた人は望郷の念を抱いて思い浮かべ、村へ帰ってくる人は、まずその木の姿を目にとめて安堵する。そのような地域の人々の心のよりどころとなるような、村のシンボルとしての図書館をイメージして名づけられたようです。

来年設立十周年を迎えるというヌティナム図書館は、その名の通りの大きさと、やすらぎと、交流の可能性を感じさせる場所として、生き生きと成長しつつあるように見えました。創設者で館長の朴英淑（パクヨンスク）さんは、まだ四十代前半の働き盛り。数少ない職員と、驚くべき数のボランティア（自願活動家）の協力を得て、この図書館を運営していらっしゃいます。

現在、この図書館には「子ども」という文字がはずされていますが、最初は「ヌティナム子ども図書館」として発足しました。社会福祉を専攻した学生時代、困難を背負って生きる子どもたちに接した経験が、朴館長さんの、その後の生き方の根っこにあるように思われます。たとえば、朴さんが接した子どもたちの中には、電車の車内で、ハーモニカなどを吹きながら物乞いをする盲人の親に、（哀れみをさそう役を負って）ついていくことを強いられる子どもたちがいました。朴さんは、その子たちは、将来に希望をもたず、親が見ている世界の中に閉じ込められている、と感じました。子どもたちにその限界を超えさせるものは何か。朴さんは、本――本によって喚起され、養われるもろもろの力、なかんずく想像力――にその鍵を見、本に希望を託します。その結果、自由な子どもたちのたまり場としてイメージされた空間が、子ども図書館に成長していくのです。

最初の訪問で、わたしは、朴館長さんの人にも、その考え方の具現である図書館にも、深い感銘を受けました。ことばが自由で、突っ込んだ話ができたらどんなにいいだろうと残念に思う一方、朴さんにも、朴さんのまわりにいる人たちにも、ことばを超える友情を感じることができました。

その朴さんと、十数人の韓国の図書館員のお仲間が、先日、東京に来られました。朴さんが、十月三日に、親子読書地域文庫全国連絡会の主催する全国交流集会で、ヌティナム図書館について報告なさるのを機に、日本の図書館事情を視察する旅を計画、実行されたのです。盛りだくさんの日程で、東京子ども図書館での時間は、ごく限られたものになってしまいましたが、四ヵ月ぶりの再会のうれしかったこと！ いっしょに過ごす時間の短い分、目いっぱいの笑顔と握手と抱擁で埋め合わせをしました。

親地連の集会での、「誰もが夢みる権利を行使する社会のために」と題する朴館長の報告は、すばらしいものでした。それは、一民間図書館の十年の歩みの報告というよりは、図書館というものの存在意義についての朴館長の哲学を披瀝するものでした。歴史と社会の現状に目配りをし、生の人間とのふれあいの体験から離れることのない、その哲学は、わたしたちの仕事の意味を、もういちど深く考えさせるものでした。（そのくわしい内容は、いずれ主催者から文書として公刊*されるものと期待しています。そうなればぜひ多くの人に読んでもらいたいと願っています。）

自発性と自由をキーワードにして、朴さんは、ご自身の公共図書館論を展開し、すべての人に等しく開かれたという意味の「公」からさらに一歩進めて、人々が参加し、交流し、「共」に市民社会をつくりあげていく拠点としての図書館へ、力点を移して活動していきたい、と述べられました。その議論は、すでにヌティナムに関わる人々の間で起こっている変化に裏付けられて、自信に満ちていました。

わたしが強い刺激を受けたのは、朴さんが、人々が図書館で本と出会ったところで、図書館の役目が完了したとみなさず、その先を見ていることです。わたしたちの場合、子どもが本を読むことによって、どういう人間になってほしいか、どんな社会をつくっていってほしいかについて、漠とした希望や願いをもってはいても、それを、大きな歴史の流れの中にきちんと位置づけて、自分のことばにするということをしてきませんでした。子どもが本を読むところで、わたしたちの仕事が輪を閉じるように完結したように思い、そのあとのことは、本が子どもに働きかけてくれるだろうと「まかせっきり」にしていたきらいはないか。本との出会いの先に、わたしたちが何を見るかがもっと深く自覚されていれば、それによって、仕事のやり方が違ってくるのではないか。朴さんのお話を聞きながら、しきりにそんなことを考えました。

この若い友人からは、これからも多くを学べそうです。それにしても、新しくお隣りの国に、このような若い友人を与えられたことは、なんという幸せでしょう。

＊主催者から文書として公刊　『けやきの木陰につどう――韓国・ヌティナム図書館からの報告』朴英淑〔述〕　朴鍾振訳
親子読書地域文庫全国連絡会編・刊　二〇一一年

一二四号　二〇一〇年・冬

公益財団法人をめざす

二〇一〇年は、東京子ども図書館にとって、ひとつの刻み目を刻む年になりそうです。新たに公益財団法人の認定を得るための取り組みに着手したからです。

東京子ども図書館は、これまで、法的な身分としては、財団法人として存続してきました。一九七四年に、東京都の教育委員会の許可を受けてのことですが、それは「民法第三十四条による」ものでした。実は、この条項は、明治二十九年に制定されたもので、以来百二十年間、そのままで来ていたのです。それが昨今の「政府を小さくし、民間の活力を生かす」という時代の動きに合わせて改正されることになり、二〇〇八年の末に新しい法律が施行されました。それによって、わたしたちも、五年以内に、新しい制度による法人へ移行しなければならなくなったのです。

問題は、わたしたちが、公益法人か、一般法人かどちらかを選ばなくてはならない、ということでした。このふたつの違いは、ごくかいつまんでいってしまえば、寄付をした人が税の優遇措置を受けられるかどうか、です。公益性が高いと認められた「公益法人」への寄付は、寄付者がその分、税金を控除されます。その代わり、法人側には運営の透明性が求められ、各種の報告、とくに詳細な収支報告が義務付けられます。そのため、事務量の負担が相当なものになることが予想されます。それに対し、「一般法人」の場合は、これまでに比べてずっと運営が自由になります。これまでのように管轄官庁に仕事の内容やお金の使い方を一々指図されることはなくなります。

わたしたちは、熟慮の末、「公益」法人格の取得をめざすことにしました。東京子ども図書館のしていることには、「公益」でないものは微塵もないし、ご寄付くださった方が税法上の優遇措置を受けられるようになることは、長年の悲願だったからです。必要な事務手続きをこなすのは容易なことではないと思いますが、なんとか頑張って、三月末をめどに申請を行いたいと計画しています。

考えてみれば、わたしが初めて「財団法人」なることばを頭に刻んだのは、四十年前のある日、突然、石井桃子先生に呼び出され、連れていかれた、ある弁護士事務所でのことでした。先生の年譜を見ると、これが一九七〇年四月のことだとあります。石井先生は、ご自分がはじめられた「かつら文庫」や、「家庭文庫研究会」、「子どもの本研究会」などの活動を統合して、ひとつの組織にする構想を、すでにその数年前からあたためておられたようです。わたしには晴天の霹靂に思えたこの日の弁護士事務所訪問も、先生には予定の上のことだったのでしょう。

わたしは、ここで、弁護士さんから、「公益を目的とする法人には、財団法人と社団法人の二種があり、前者はあるまとまった財産を生かして、後者は人の集まりの力を生かして、世の中のためになる活動をするもの（団体、組織、機関）」だということを教わりました。そして、そのときから「財団法人東京子ども図書館」設立へ向けての準備がはじまり、四年後どうにか法人格を得、以来今日まで法人としての歩みがつづいてきたというわけです。財団法人のなんたるかも知らない人間が、財団法人をつくり、運営したのですから、これほど向こう見ずなことはありません。実現できたのは、ただただ無知の強みが幸いしたというしかありません。

それにしても、こういうことをやってきて、わたしは、わたしたちのすることなすことが、一々法律の網の目の中にとりこまれ、有無を言わさず縛られていることを、いやというほど思い知らされました。世の中は、ただ、わたしたちがいいと思うことを、いいと思うやり方でやる、ということでは通らない仕組みになっているのですね。

わたしは、管轄官庁や、法務局との折衝は、必要悪でつまらない仕事だと信じていたので、他の人には、もっともまともで本来的な仕事をしてもらいたいと思い、ずっとこうした「雑務」をほとんどひとりで引き受けてきました。

慣れない書類を書き上げて法務局へ届けにいったら、理事の「就任」と「重任」は違う、書き直して来いといわれ、書き直してもっていけば、一足違いで、一時間の昼休み！　窓口に降りたブラインドを恨めしく眺めたこともありました。東京都の管轄する法人なのに、都外で講習をするなど、他県を活動地域に含めるのは適切でないといわれ、二の句がつげなかったこともあります。なぜわたしたちのしていることの本質を理解していない人に、監督され、指導されなければならないのか。管轄官庁の仕事は、わたしたちの仕事を法律に合わせて規制することでなく、仕事がよりしやすくなるように援助することでないのか、と、体内のアドレナリンが噴出する思いを味わったことが幾度あったでしょう。

新しい制度の法人になることで、このような事態はどう変わっていくのでしょう。幸い今回はわたしを助けてくださる方がまわりにいてくれます。ことがほんとうに民間の力を伸ばし、育てる方向へ向かうのか。新「公益法人」への取り組みを通じて、この点をしっかり見極めたいと思っています。

一二五号　二〇一〇年・春

うさこちゃんにまなぶ

あれはたしか一九六三年のことでしたから、もう五十年近くも前のことになるのですね。二年間のアメリカ留学を終えて、帰国の途につこうとしていたわたしに、願ってもない幸運が舞い込みました。ちょうどそのとき、当時福音館書店で意欲的に絵本の編集をしておられた松居直さんが、ヨーロッパの出版社や、子どもの本の関係者を訪ねる旅をなさるのに、通訳として同道することになったのです。

そのときの旅では、イギリス、フランス、スイス、ドイツなどずいぶん多くの国を訪れ、いくつもの出版社や図書館を見学したのですが、オランダで、アムステルダムの図書館を訪ねたとき、児童室で、子どもたちにたいそう人気がある本として紹介されたのがブルーナの絵本でした。その中には出版されたばかりの「うさこちゃん」があり、松居さんとわたしは、最初にそれを目にした日本人だったのではないでしょうか。松居さんは、おそらくその場で、翻訳出版を決意され、帰国後すぐに石井桃子さんにご相談されたのだと思います。

先日、松居さんとそのときのことを思い出してお話しする機会があったのですが、松居さんが、あのときの児童図書館員は、ダーンさんというお名前で、『100まんびきのねこ』をオランダ語に訳した方でしたよね、とおっしゃったのには驚きました。わたしは、その方が、やや年配の大柄な方だったこと以外は、まるで憶えていなかったからです。

今回、新刊の二冊とあわせて、全部で四十四冊ものブルーナの絵本が、作者のご要望により、特定のブルーナ・カラーのインクで新しく印刷しなおされることになりました。それにあわせて、テキストの活字も新しくデザインされ、より原書の感じに近いゴチック体になりました。

ご存じのように、ブルーナの絵本は、最初石井桃子さんの訳で出ました。幼い日にその訳文を愛読し（正しくは、くり返し読んでもらって）、あの独特のリズムをもつ文体をからだの中に刻みこんで育った子どもたちがどれほど大勢いることでしょう。石井先生に「あとはあなたに」といわれて、途中から訳を引き受けた者としては、責任重大。先生の文体をできるだけ踏襲するように心がけて、それ以来、ブルーナの絵本と取り組んできました。

そんなご縁で、先般書店員の方々に「訳者の弁」を述べる機会があり、改めて数多くのブルーナ絵本を読み返しました。そして抱いた感想のひとつは、ああ、これはやっぱりオランダが生んだ絵本だなあ、ということでした。読んでいるうちに、健康、質実、清潔、勤勉、実直、親切といったオランダ的徳を表すことばが何度も頭に浮かびました。

そういえば、一九六三年の初めてのヨーロッパ旅行のときも、オランダにはいったとたん、お化粧をしている女の人が少ないこと、自転車で町を行く人たちの元気がいいこと、あたたかみのある清潔な家並みなどが強く印象に残ったことを思い出しました。風車やチューリップこそ出てこないけれど、ブルーナの絵本には、オランダの人たちが好ましく思う暮らしぶり、固いことばでいえば価値観や社会規範、文化や伝統などがしっかりと底に流れていることを感じました。

たとえば、わたしのお気に入りの『ぶたのうたこさん』。今回改版された四十四冊の中にははいっていませんが、この元気なこぶたは、窓辺にお花を飾った家に住み、早起きして、「きりりとえぷろんをしめ」、掃き掃除に拭き掃除。壁にかけた額も拭いて、「きちんとまっすぐに」かけて、そのあとは汚れた雑巾を洗って干します。「おもいのほかくたびれ」て「なにかひとくちたべたいきぶん」になると、元気が出るにんじんを食べ、食べたあとは「おさらも、ふぉーくもきれいにあらって」から、安楽いすにすわり、うちの中がきれいなのは「なんていいきもち」と、満足して休むのです。なるほど、うたこさんは、オランダ的徳の典型的表現者だなと思いました。

手でものを作ることを楽しむ習慣も、さりげなくすすめられています。これをうさこちゃんに教えるのは、主におじいちゃんとおばあちゃんです。おばあちゃんに編み物を教わって、おじいちゃんにマフラーを編んであげるうさこちゃん。雪の日に寒がっている小鳥のために、お家を作ってあげるうさこちゃん。おじいちゃんが森で拾った木の枝で作った笛をじょうずに吹いて、おじいちゃんを喜ばせてあげるうさこちゃん。ものを作る喜びは、人を喜ばす喜びへつながります。

家族のあたたかい関係がもたらす安定感は、ブルーナ絵本が子どもに愛されるひとつの理由だと思われますが、ここにも自発性と自主性を尊ぶオランダ流生き方が表れているように感じられました。海へ行くときも、美術館へ行くときも、まず「いきたいひとだあれ?」と、呼びかけるおとうさん、おかあさん。行きたいと本人が意思表明してから、ことははじまるのですね。こまかく見ていくと、このシンプルな絵本から学ぶべきことをつぎつぎに発見することができました。

つい昨日も、『うさこちゃんとじてんしゃ』で、うちについたうさこちゃんが、柔らかい布で自転車をピカピカになるまで拭くところを読んで、雨の中に放置したあと、そのままにしているわが自転車を思い、ちょっぴり胸が痛んだのでした。

一二六号　二〇一〇年・夏

お話とのご縁

わたしが、最初に、定期的に子どもにお話を語ったのは、アメリカのボルティモア市立図書館に勤務していたときのことでした。十月末のハロウィンから四月初めのイースターまでのほぼ五ヵ月間が、全市の図書館の「お話のシーズン」なのです。わたしの分館での「お話の時間」は、毎週金曜日三時半からと決められました。

初めの二、三回分は、シーズン前に準備していましたが、はじまってしまうと、お話の蓄えはたちまち底をつきます。金曜日をめざして、毎週、必死になって新しいお話を仕入れる日々がつづきました。どうやってそんなことができたのか、今考えてもふしぎなのですが、若かったからでしょうが、なんとかやってのけたのです。

短時間でおぼえて、一回しか語らないと、お話は語り手のレパートリーとしては定着しません。それでも、そのように、毎週、毎週、新しいお話を平均して二話ずつつくらいおぼえていると、こうして年を重ねていけば、いずれは〝膨大な数の〟もち話ができるだろうという〝幻想〟を抱くようになります！

帰国して図書館で働いていたときも、うちで文庫をはじめたときも、お話を語るのはわたしひとりでしたから、「お話の時間」は、毎回わたしの担当でした。語りたいお話がなくなることはありませんでしたから、わたしは、長い間、せわしなくお話をおぼえながら、まったく無邪気に、その〝幻想〟を抱きつづけていました……。

そして、あるとき、ふと気がついてみると、結局わたしの中に落着いて、自分のもち話といえるものは、ごくわずかだということがはっきりしました！　それに、わたしはもう若くはありません。これからどんどん新しいお話をものにすることはないでしょう。この厳粛な事実をつきつけられたときは、正直小さくないショックを受けました。

伝承の語り手は、三百話くらい語れる人が少なくありません。六百以上語る人もいます。子どものころに何度も何度も聞いて、からだの奥に貯めこんだのでしょうから、おとなになって本からおぼえるのとはわけが違います。それにしても、四十年近くお話を語ってきて、おさらいをせずとも、すぐに出る話の数が、両手の指で足りてしまうというのは少々悲しい。少し時間をかけて〝戻せば〟語れるものも、せいぜい両手両足の指の数です。

それらのお話の題を書き出して表にして、じっと眺めていると、お話と自分の関わりについて、いろいろな発見があります。おもしろい！　と思って勇んでおぼえたのに、一、二回語ったきりで、放り出した話もあれば、必ずしも気に入って選んだのでないのに、なぜかわたしのもち話の中では、いちばんの古顔になってしまった話もあります。ある時期しょっちゅう語っていたのに、ぷっつり語らなくなってときがすぎ、それが別のときに急に復活するふしぎ。

どうしてそうなるのかはわかりませんが、人生で出会う人と同じように、お話とも、親しく交わる時期があれば、疎遠になる時期もあることがわかります。お話は、聞き手に何かを伝えるのでしょうが、同時に語り手にも働きかけている気がします。お話との関係は、わたしの中の何かが、お話の中の何かを求めている結果なのかもしれないという気がするのです。そして、その〝何か〟が自分でもまったくわからないということが、わたしにはとてもおもしろいことに思えます。

このところ、わたしは、古いおなじみとのご縁を戻そうとしています。(これまた、なぜかわかりませんが。)昨年のクリスマスには、二十八年ぶりに、トルストイの「人は何によって生きるか」[*]を戻しました。語ったのはこれが二度目です。初めて語ったとき、あとになって「まるで自分のために語ってくれたように感じた」と手紙をくれた人がいました。一時間もかかる、たいへんな話をどうして語る気になったのか、自分でもよくわからなかったわたしは、その手紙をもらって、もしかしたら、この人のために語るよう何かに促されていたのではないかと、妙に納得しました。手紙の主は、その後、ほどなくして亡くなられたと聞きました。

四月には、これも、何年かぶりに、レアンダーの「ふしぎなオルガン」[*]を語りました。学生さんたちのお話の勉強におつきあいするために訪れた恵泉女学園大学で、パイプオルガンのあるチャペルに案内され、ふと心を動かされてのことでした。わたしの不確かな記憶によれば、これを最後に語ったのは、山の中にある全寮制の小さな高校の教室でのことで、もしかしたら、これも三十年ぶりのことかもしれません。

そして、先月から今月にかけては、アメリカインディアンの昔話「美しいおとめ」[*]を語っています。十三年ぶりです。語っていると、このお話が、長い間訪ねもしなかったのに、少しも心変わりすることなく待っていてくれた友人のように、わたしを迎えてくれているのを感じます。

このなつかしい感じはなんでしょう。お話とのご縁は、ほんとうにふしぎです。数は少なくても、ご縁をつないだお話は、いつのまにか、わたしの人生の旅の道連れ――もっといえば〝戦友〟のような存在になっているのだと感じます。

*「人は何によって生きるか」『イワンのばか』(岩波少年文庫) レフ・ニコラーエヴィッチ・トルストイ作　金子幸彦訳

岩波書店　一九五五年 参照
＊「ふしぎなオルガン」『ふしぎなオルガン』（岩波少年文庫）リヒャルト・レアンダー作　國松孝二訳　岩波書店　一九五二年
＊「美しいおとめ」松岡享子編・訳『おはなしのろうそく二八』東京子ども図書館　二〇一一年

一二七号　ランプシェード休載

一二八号　二〇一一年・冬

しきたりと形式

二〇一一年、わたしのお正月は、まったくお正月らしくないお正月でした。元旦は、いつもよりおそく七時半すぎに起床。まずは前日に仕残したお掃除にとりかかり、見苦しくない程度に机の上も片付けてから朝食。これが、玄米のオートミールに、ほうれん草とベーコンいため、りんごにコーヒーというもので、おせちはもとより、お雑煮さえありません。

考えてみると、お雑煮抜きの元日は、アメリカに留学していたとき以来、五十年ぶりのことです！　あの年は、たしか休暇で出かけた知人の家に、留守番として泊りこんでいたのでした。宿題がたまっていて、朝から必死でタイプライターに向かって一日を過ごし、「ああ、これがお正月か！」と、嘆いた記憶があります。

その時も感じたのですが、しきたりってふしぎなものですね。ずっとしてきたことをしないとなると、妙に拍子抜けしたような、変な感じがあります。その中には、ほんの少し解放感といったものもまじっていますが、その一方で、何か頼りないような、さびしいような、さらには、何かにとがめられているような、うしろめたいような気もします。いったいこの感じは何なのでしょう。

しきたりには外的な強制力はありませんから、反発して、ある覚悟のもとに破ったとしても、ふつう格別のことは起こりません。たぶん「なあんだ、やめてもどうってことはないや」と思う人が多いのでしょう。そのせいかどうか、わたしたちは、ここ数年、家庭や社会の中で数多くのしきたりが破られ、崩れていくのを目の当たりにしてきました。その結果、個人の自由が拡大したように見えますが、人の気持ちの安定度や、社会の結束はどうなったでしょうか。

こんなことをしきりに思うのは、お正月早々、去年訳した『わたしのなかの子ども』*という本の校正をしていたからかもしれません。これは、『かさどろぼう』や『きつねのホイティ』、『ねこのくにのおきゃくさま』などで知られるスリランカの絵本作家シビル・ウェッタシンハさんが、六歳までの子ども時代の思い出を綴った本ですが、この中に、彼女の体験したお正月がこと細かに描かれているからです。

お正月といっても、スリランカのそれは四月です。一九三〇年代の初め、電気もまだ来ていない、「全体がみどりの隠れ家」といっていいような、田舎の小さな村でのお正月は、「大がかりな結婚披露宴のような」村をあげての一大行事です。準備は何ヵ月も前からはじまりますが、その最初が子どもたちのためのブランコ作りというのもおもしろい。ウェッタシンハさんが愛情をこめて記録しているのは、お正月のしきたりの数々です。大晦日から元旦にかけては、すべてがあらかじめ占星術師が占って定めた縁起のよい時刻に行われなければなりません。かまどの火を落とすのも、新しく入れるのも、食事をはじめるのも、おふろにはいるのも。人々は新年に先立って白い着物に身を包んでお寺にお参りをし、そのあと、晴れ着を着てごちそうでいっぱいのテーブルを囲みます。でも、食べる前に、めいめいお皿にとりわけられた食べものの中から、全種類を一口ずつとってバナナの葉に入れ、家の外へもっていって、犬や猫の手の届かない高いところに置きます――亡くなった人の霊のために。

ウェッタシンハさんが描くスリランカの新年のしきたりの中で、とりわけ美しい光景としてわたしの心に残るのは、子どもたちが親に、妻が夫に、キンマの葉を捧げて、足もとにひれふして礼拝することです。（夫も妻に同様のことをすれば、なおすばらしいのに、といいたくなりますが！）

こうしたしきたりは、日本人のわたしたちにもけっしてなじみのないことではありません。でも、現在しきたり通りにお正月を守る家庭や村落は、どんどん少なくなっています。少子化、核家族化、人口の高齢化がすすみ、やむを得ないこととはいえ、ウェッタシンハさんのこの本を読んでいると、彼女が今までの人生でいちばん幸せだったという、その子ども時代の幸せが、家族の愛だけでなく、村の共同体の存在、さらには、人々によって誠実に守られている、暮らしの中の数々のしきたりによって保障されていたのだと思わずにはいられません。

しきたりや形式には、たしかにわたしたちを縛るものがあります。わたしも、若いころは、それを厭い、大切なのは中身だと考え、形式にとらわれることを軽蔑していたものでした。しかし、あるとき、ふと形式は、弱い人間がそれにつかまって立つ枠のようなものではないか、と思い至りました。宗教における儀式なども、人がそれを単なる形として行うときは、その意味の大半は失われるでしょうが、別の見方をすれば、形式は、むしろ、それを行う者に、その形に見合う内的なものの充実と高揚を促し、求めるものだと考えられます。ことばと同様、しきたりや形式も、わたしたち自身がそこにこめる思いや意味があってこそ生きてくるものなのだといえましょう。

ともあれ、来年のお正月は（鬼さん、笑わば笑え！）、しきたり通りに食卓を整えて祝いたいものだと願っています。

＊『わたしのなかの子ども』シビル・ウェッタシンハ著　松岡享子訳　福音館書店　二〇一一年

一二九号　二〇一一年・春

足がなくても走るもの

二〇一一年三月十一日午後、東京子ども図書館では、藤本朝巳氏の講演会が開かれていました。昨秋こぐま社から刊行された『子どもに語るイギリスの昔話』を記念しての催しで、これまで、同社から「子どもに語る昔話」シリーズが刊行されるたびに行ってきたように、今回もお話と講義を組み合わせたプログラムでした。まず、本の中から三つの昔話が語られました。それが終わって、藤本先生のお話に移ってまもなく、地震が来ました。相当ひどい揺れ。しかも、それが長くつづきます。まだ飾ったままにしてあったおひなさまのぼんぼりが倒れました。

一階のホールは、九十人余りの参加者でほぼいっぱいでした。（なにしろ、この講演会はいつも好評で、定員の倍近いお申込みがあるのです。）でも、大声をあげたり、立ちあがったりする方はひとりもいらっしゃいませんでした。これはただならぬ揺れだということはわかりましたが、わたし自身はあまり地震がこわくない性質なのと、東京子ども図書館の建物がしっかり建てられていて、むしろ室内にいたほうが安全だと信じていたので、うろたえはしませんでした。

わたしは、「この建物は大丈夫です。ご安心ください」とみなさんに申しあげ、藤本先生もさほど動揺したご様子でなく、最初の揺れがおさまったあと、そのままお話をつづけられました。揺れは、その後も何度かくり返されましたが、席を立とうとする人もなく、わたしたちは全員、おしまいまで先生のお話を聞きました。わたしたちが、ジョセフ・ジェイコブズがどのように物語を再話したかというお話に耳を傾けていたその時間に、数百キロ離れたところで、なんということが起こっていたのでしょう！　わかっていれば、全員ひざまずいて祈っていなければならないところでしたのに……。

さすがに、質疑応答の時間は割愛して会は終わり、参加者のみなさんは、あわただしく家路につかれました。でも、この時点で、すべての交通機関がストップしていることが判明しました。ちょうど、館では、その日、講演会にひきつづき、こぐま社の主催で『子どもに語るイギリスの昔話』の出版記念会が行われることになっていました。そのために、たくさんの食べものが用意されていたのは、予想外の幸運というしかありません。足止めをくった人たちも交えて、簡略にはなりましたが、会は平常心のままますすめられ、わたしは、大きなケーキで一日早い誕生日さえ祝っていただきました。にぎやかな話し声と笑い声がホールを包んでいました。

くわしい状況を知らぬまま過ごした時間も、九時近くなると帰れない人たちのことが問題になりました。

会には、北海道、奈良、大阪、長野など遠くからの参加者があり、近郊とはいえ栃木、千葉、茨城の人たちも、帰宅手段がない点では同じでした。結局、その日は、図書館に十九人、松の実文庫に十人、近くのYさんのお宅に二人と、三十人余りが泊まることになりました。電気が来ていたのと、パーティのごちそうが残っていたのとで、ともかく、みんなあたたかく、ひもじくもなく過ごせたことは、後に知ることになった被災地のみなさんの状況に比べて、なんという贅沢だったでしょう。

そのあとのことは、まだことばにはなりません。何をしたわけでもないのに、夜になるとぐったりと疲れ、まるでからだの芯が萎えたように感じる日がつづきました。職員もわたしも無事、館のある地域では停電もなく、ライフラインも確保され、ごみの収集もいつも通り、店にも品物があって、これまでと変わりなく暮らせています。でも、春らしい日差しを浴び、咲きはじめた花を見るとき、この日常とニュースで見るすさまじい非日常との差があまりにも大きく、目の前の日常から現実感が遠のいていくのを感じます。

震災の直後から、東京子ども図書館としては何をしますか、何かわたしたちのできることを企画してください、という声が何人もの方から寄せられました。館としてできることは、当然、お話と本を軸とした活動になるでしょう。気持ちははやりますが、これは長期にわたる活動になるはずです。資金や人材の面でも長い期間もちこたえられるように、本腰を入れて動ける体制をつくらねばなりません。わたくしたちの計画は、まだ模索、立案の段階から、本誌の読者のみなさんにお知らせし、とくに被災地の方々からのご意見や、ご助言をいただきながら、具体化していきたいと思っています。

偶然というべきでしょうか、二〇一一年度の研修生は、ひとりが福島、もうひとりが宮城の出身で、そのひとりは、住まいのある多賀城市で被災しました。一時は辞退も考えたけれど、「図書館のみなさんが待っていてくれる!」と、思いなおしたという彼女は、家の後片付けを済ませてから、半月遅れで上京することになっています。彼女にとっても、わたしたちにとっても、この一年は、特別な年になるでしょう。

大地震の起こる直前、わたしが語ったイギリスの昔話「脳みそを買う」には、なぞなぞが三つ出てきます。テレビの画面に映る津波のすごさをくり返し見せつけられた数日あと、ふいにそのひとつが、ガーンと頭を打ちました。なぞは、「足がなくても走るもの」で、答えは「水」です。

一三〇号　二〇一一年・夏

ひとりひとりの物語……

3・11のあと、わたしが受け取る手紙には、用向きの如何にかかわらず、どれにも大震災にふれた何行かが含まれています。「あれ以来ぼーっとしていて」、「なんにも手につかず」、「どうにも気が落ち込んで」というものから、「よほどの覚悟で今後のことを考えなければ」、「これからは本気で生きようと思う」というものまで。被災地から遠く離れた地域から届くおたよりにも切迫した感じがあり、こんどのことを受け止め、これからに向かおうとする人々の真剣さに、距離の違いはないことを知らされます。今回の大地震は、ひとりひとりの存在を、深いところで強く揺さぶっています。

心の中にどんなに大きな動揺があっても、一方には日々の暮らしがあります。三度の食事はせねばならず、汚れたものは洗わねばならず、必要なものがあれば買い物にも行かねばならず、病人がいれば看護もせねばならず……というわけです。こうして目の前に〝すること〟があるおかげで、生活のバランスがとれるのかもしれません。

わたし自身も、重いかたまりを胸のなかに抱えたまま、予定した仕事は片づけねばならず、約束は果たさねばならず……といった毎日を過ごしています。果たさねばならぬ約束というわけではありませんでしたが、五月には旅の予定がありました。一二八号の本欄でも紹介した、シビル・ウェッタシンハさんの自伝『わたしのなかの子ども*』の日本語版の出版を記念して、スリランカにウェッタシンハさんをお訪ねすることになっていたのです。地震後を気遣いながらも、たのしみに待っていてくださるウェッタシンハさんに会うため、わたしは、毎時、原発のニュースが流れる日本を離れて、五月下旬の一週間をスリランカで過ごしました。

ウェッタシンハさんとの二十五年ぶり（！）の再会は、一刻一刻が充実した、喜びに溢れるものでした。『わたしのなかの子ども』の舞台である場所を訪れ、本のなかで初めて名まえを知った木や花の実物を見、おいしそうに描かれていた食べものを味わい、何より子ども時代に劣らぬ幸せな今を過ごしていらっしゃる八十三歳のウェッタシンハさんと、思う存分たのしいおしゃべりをかわすことができたのですから。

旅のあいだ、それでも、わたしは、日本の災害から思いをそらすことはできませんでした。海ぞいの道路を車で走ると、あちこちで二〇〇四年のスマトラ沖大地震のときの津波の被害跡を見ることになったからです。そういえば、絵本『かさどろぼう』を最初に日本に紹介した編集者米田佳代子さんも、あのとき、休暇先のタイのプーケットで津波の犠牲になったのでした。ウェッタシンハさんが、「わたしと日本を結んでくれた恩人」と思っていらっしゃる人ですが。

ウェッタシンハさんは、滞在中、わたしに何人ものお友だちを紹介してくれました。ほとんどが女の作家、教育家でしたが、そのおひとりがクスマ・カルナーラトゥナさんでした。コロンボ大学名誉教授で、多くの日本人にシンハラ語を教え、日本文学をシンハラ語に訳すなど、日本とスリランカの文化交流に功績があったとして旭日章を受けておられる方です。

お会いしたとき、カルナーラトゥナさんは、わたしに小さな冊子をくださいました。それは彼女がシンハラ語で書いて、日本人の〝生徒さんたち〟が訳したという『津波』と題する短編集でした。収められた十二編の物語は、二〇〇四年、大津波がスリランカに押し寄せたとき、この悲劇のただなかに身を置いていた人ひとりひとりにどんなことが起こったかを、まるでドキュメンタリーのようにつぶさに描いたものでした。

アメリカで成功し、両親の法事を営むため、家族をつれて久々に帰国した男は、恩師である老僧に、ご出座を願う。かつての愛弟子のたっての頼みに病をおして法事に向かった僧は黄色い僧衣を漂わせて波間に消えた……。スリランカが大好きな若い英国人夫婦は、思い出の新婚旅行先に、ひとり娘を連れてやってくる。ランカーと愛称で呼ぶ娘に象を見せてやるためだ。たのしい家族旅行になるはずが、海辺のホテルに突如水が流れ込み……。車で帰る婚約者を「じゃあ」と見送った娘は、愛する人が見つからない今も、まだ結婚衣装に飾りを加えることを考えている……。父親の運転手だった男と駆け落ちをした良家の娘は、定職のない夫との生活で、持っていた装身具を残らず手放した。そのことをいつも負い目に感じている夫は、救援隊の一員として活動しているとき、ある遺体の首に金のネックレスがからまっているのを見つけ、思わずそれに手がのびる……。

全土で三万人を超す死者をだしたスリランカ。この小さな短編集は、そのひとりひとりに物語があり、残された家族にもまた、それぞれの物語があることを教えてくれます。警察庁の発表によれば、六月二十八日の時点で、今回の災害による死者は一五、五〇六人、行方不明七、二九七人とあります。そのひとりひとりに物語があり、残された者たちにも、それぞれの物語があることを思います。そして、残された者たちの物語は、これからもつづくのです。幼くしてこのような大きな出来事に出会った子どもたちは、これから先、どのような物語を紡ぎながら生きていくのでしょうか。

＊『わたしのなかの子ども』シビル・ウェッタシンハ著　松岡享子訳　福音館書店　二〇一一年

一三一号　二〇一一年・秋

十二年目のサバティカル

十二年前、一九九九年の秋号の本欄で、わたしはサバティカルをとるのだと宣言しました。サバティカルというのは、ふつう大学の先生たちに与えられる七年目毎の長期休暇をさします。わたしの場合は、七年目ならぬ二十八年目にして初めていただく長期休暇でした。

翌年四月から一年間の休暇は、まず春四月、パキスタンのフンザへの忘れられない旅にはじまり、秋から冬へかけての三ヵ月のアメリカ滞在を含む、貴重な休養と充電の時間となりました。この休暇は、わたし自身にも、館にもよい結果をもたらしたと思います。（そのあと、わたしが張り切りすぎて、まわりは少々当てられ気味だったかもしれませんが？）

あれから十二年が経ちました。わたしは、それだけ年をとったわけですが、それでも、ありがたいことに健康を支えられて、ほぼそれ以前と同じペースで働いてきました。が、今年は、膝、肩、目などの、ちょっとした故障に見舞われました。いずれもお医者さまには、「様子をみましょう」といわれるだけで、さしたる治療もせずにすむものばかりでしたが、そこでくり返される「加齢」ということばが、十年前より真実味をもって聞こえてくるようになったのは事実です。

そこへもってきて、職員たちが、来年三月のお誕生日には喜寿のお祝いをするといいはじめました。（たしかA・A・ミルンのエッセイに、「わたしは今年七十四歳になった。これは、若い人にしては、非常に珍しい年齢（extraordinary age）である」ということばがあったように記憶しています。）

だれしもが辿る道だと思いますが、人は、自分のなかにあるセルフイメージ——それは、当然のことながら、これまでの、より若かったころの自分に基づいて作られているものですが——と、世間から貼りつけられる年相応のイメージとのあいだのギャップをなかなかのみこむことができないものなのですね。

喜寿といわれたとき、最初は、自分ではあまり納得しているとはいえないが、そういうことならそうなのでしょう、というくらいの気持ちで、みんなの提案を受け入れたのですが、そのうちに、これはいい区切りだ、この機会に、二度目のサバティカルをとろうという気になりました。

前回の休暇のときは、そんなことができるかどうか心配だったので、前々から「休む、休む」といいふらし、まわりをだんだんとその気にさせて、お休みをとることに成功しました。しかし、今回は、喜寿のお祝いに一年間の休暇を、というわたしからの提案は、難なくというより、あっけないほどすなおな歓迎をもって迎えられました。前回は東京子ども図書館の建物が完成して一段落したときのことでしたが、今回は、その建物のための借金の返済が完了（来年二月）したあと、ということになります。それまでは、と気を張ってきたので、これでひとつ肩の荷がおろせます。職員もみな力をつけてきていますから、仕事の面でも安心です。よい機会です。

今回のサバティカルも、おそらく前回と同じように、本棚と、書類の山の整理が大仕事になるでしょう。また、少し長めの海外旅行も含まれるでしょう。でも、なにより、読むこと、書くこと、考えること、なかんずく書くことの時間をたっぷりとりたいというのが、いちばんの願いです。目の前のことに追われて、大事なことを先送り、先送りしてきたという自覚が、これ以上のストレスにならないうちに、ゆとりの時間をいただけたら、こんなにありがたいことはありません。

前回の休暇のとき、心配してお尋ねくださった方がいるので、前もって申し上げておきますが、「ランプシェード」は休載いたしません。講習会の講師は、最低限担当します。はじまったばかりの「3・11からの出発」事業は、つづけることになるでしょう。理事長のお役目はありますし、一年間まったく館に顔を出さないというわけではありませんから、「あら、お休みではなかったのですか?」といわれることになりそうですが、それでも気持ちのうえで、どんなにらくになることでしょう。

近頃は、わたしの健康を気遣ってくださる方が多くなりました。どこへいっても、「お大事に」とか「長生きしてください」とかいわれます。そうおっしゃる方のおっしゃりように、ただの社交辞令ではない真剣味がこもっていて、ハッとさせられることもたびたびです。このあいだいただいたお手紙には、「どうかどうかお身体を大切になさって、たまには『今日はやーめた! 休む!』と、わがままをおっしゃってください」とありました。(この方にしても、『一年間やーすむ!』といったら、驚かれるかもしれませんが。)

大勢の方が、このように思っていてくださるなら、お休み宣言も問題なく受け入れていただけるのではないでしょうか。

この前のお休みは、文庫行脚という新しい取り組みを生みましたし、講習会のやり方が、受講生の運営への全面参加という結果をもたらしました。(ご存じでしょうか、講習会で、受講生にノートをとることを禁じるようになったのも、わたしの休暇の実りのひとつなのです!)

こんどの休暇からはなにが生まれるか、たのしみです。

一三二号 二〇一二年・冬

幸せを疑わない

新しい年が明けました。ここ数日、世界のいたるところで、「おめでとう!」という声が言い交わされ、「幸せな一年でありますように!」という挨拶が地球上を飛び交ったことでしょう――電話で、手紙で、そしてメールで。

わたしひとりでも挨拶を交わす相手は、軽く百を超えます。この時期、世界中で交わされる挨拶の数をかぞえたら、全部でいくつになるでしょう。優に数百億を超えるのではないでしょうか。もちろん、そのなかには単なる儀礼上のものもあるでしょうが、でも、ほんとうに新しい年の平安と相手の幸福を願う、真心からの挨拶も半端な数ではないはずです。たしか「マザー・グース」に「もし、木が全部一本の木だったら、それはどんな大きな木になるだろう」という詩があったと憶えていますが、この新しい年に寄せられた人々の願いと祈りが、全部合わさったら、どんなに大きな思いになるでしょう。その思いはいったいどこへ行くのか……。いただいた賀状に記された、常の年にまさる真剣味のこもった新しい年への願いをたどりながら、そんなことを考えました。

去年のはじめにも、人々は同じように新年の平安と幸福を願ったはず。しかし、その願いとは裏腹に、その一年のあいだに、多くの人々から平安と幸福が失われてしまった。全部合わさって大きな総体となったに違いない二〇一一年への願いと祈りは、いったいどうなったのだろう。ことばに託された願いと祈りはなんの力にもならなかったのだろうか……。

世界を動かす力に、人の思いがどうかかわっているのか、それは所詮わたしたちにはわからないことかもしれません。その全体をとらえる大きな視座が、わたしたちにはもてないからです。でも、多くの人の願いや祈りが、まったくなんの働きもしないとは考えたくありません。わたしたちには見えないところで、なんらかの働きをしていると思いたい。しきりにそんなことを考えたお正月でした。

わたしのところに届けられた賀状のなかには、陸前高田市の子ども図書館「ちいさいおうち」の開館を喜ぶ文面のものがいくつかありました。本誌の読者や、賛助会員の方々にはすでにお知らせしたように、昨年十一月末、盛岡のNPO法人うれし野こども図書室が運営する子ども図書館が、震災で図書館も図書館員も失った陸前高田市に設置され、活動を開始しました。

わたしは開館式に参列し、その翌日、ほぼ丸一日を館内ですごしました。建物は、三・二×一〇メートルのトレーラーハウスで、文字通り「ちいさいおうち」です。まわりを本棚で囲われた室内は、二十畳足らずの広さしかありませんが、明るい照明と暖かい床暖房、木製の本棚に真新しい本たち、それに、開館祝いのお花が彩りをそえて、なんとも居心地のよい空間をつくっていました。十時の開館を待ちかねて、さっそく子どもたちがやってきました。四時の閉館まで、約二十組の親子連れが来て、二十九人が登録し、はやくも百十冊の本が貸し出されました。

訪れる子どもたちを見ていて、わたしが感心したことは、どの子も、なんのためらいもなくはいってきて、まっすぐに本棚にすすみ、だれの顔色をうかがうでもなく、気に入った本にさっと手を伸ばすことでした。ここに図書館があるのは当然のこと、図書館には本がたくさんあるのが当りまえ、その本はみんなぼくたちのもの、というふうです。これがおとなら、はいるときに少しためらい、戸口からそっとなかのようすをうかがったりするのではないでしょうか。また、口に出して尋ねないまでも、「へぇー、どうしてここにこんなものができたのだろう。だれがやってるのかしら。だれがお金を出しているのかしら」などと考えることでしょう。ところが、子どもたちときたら、まるで「いままでずっとここにきて本を読んだり、借りたりしていたんだよ」とでもいうように自然に、しかもたちまち本のなかにはいりこんでしまうのです。

東京に帰ってきて、同僚のWさんに、そんな子どもたちの様子にわたしがどんなに強い印象を受けたかを話すと、四十年近く小学校の先生をしてきたWさんのひとことは、「子どもは、幸せが目の前にあるとき、疑うことはしないのよ」でした！　ああ、そうなんだ、と思いました。いいものを受け取るのは子どもの生来の権利なんだ。だから、おとなは、子どもにいいものをさしだそうと努力する気になるんだし、それを受け取って喜ぶ子どもの姿に励まされるんだ、と。現に、わたし自身、この日、「ちいさいおうち」を訪れた親子の姿に、大震災以来心を締め付けていたこわばりが、ずいぶんゆるんだ気がしましたから。

ながいこと「おはなし」に親しんできた者の、たあいのない空想かもしれませんが、平安と幸福を願う人々の思いは、けっして消えてしまうわけではなくて、地球を大気のようにとりまいているのだと思います。そして、その思いは、開かれている心を見つけてはなかにはいりこみ、そこで平和と幸せを生み出そうとする働きのエネルギーになるのだ、と。心を全開させている子どもたちがそのエネルギーをいちばんたくさんもっているのは、だからごく当然のことなのです。

一三三号　二〇一二年・春

ある〝へんてこりん〟な人形のおはなし

東京子ども図書館で毎年勤労感謝の日にバザーをしていることはご存じの方も多いでしょう。バザーには、わたしも毎回作品を出しています。年によって、編物だったり、織物だったり、粘土細工（陶芸というのはおこがましい？）だったり……。でも、毎年必ず手がけるのは、ぬいぐるみです。バザーで大人気のぬいぐるみは、〝手づくりはたのし〟工房のボランティアの方々の丹精によるものですが、わたしも職人のひとりとして、この季節は、夜なべ仕事に精を出します。

工房のぬいぐるみは、すべて古セーターを材料にしています。ある年——記録を見ましたら、一九八〇年、もう三十年以上も前のことだとわかりました！——わたしが手にした材料の中に、一枚のベージュ色のカシミヤのセーターがありました。なんとも手ざわりのいい上ものです。なでたり、ほっぺたにあてたりしているうちに、ひとりでに手が動いて、くまともなんともいいがたい、おかしな人形ができあがりました。中に綿がはいると、ふっくらとして、なにか話しかけてきそうです。手にしているうちに、またひとりでに針が動いて、毛糸のステッチがうれしそうな顔を描いていました。自分でも笑いながらしばらくその顔を眺めていてから、ひょいとひっくりかえすと、こんどはかなしい顔が見えてきました。こうして、表から見ると笑顔、裏返すと泣き顔になる〝へんてこりん〟な人形が生まれました。興にのって、それ以後、わたしはこの人形をいくつ作ったことでしょう。

できたてのころは名まえがなく、「喜びも悲しみもあなたと共に」と称して、笑顔と泣き顔を交互に見せたあと、最後に胸に抱きしめたりしていました。そうこうしているうちに、この人形は、わたしの中で「うれしいさん　かなしいさん」という名まえになり、ときどき頭の中でちょこちょこ動きはじめました。二〇〇四年のバザーでは、この人形をミニペープサートに仕立て、短いお話を添えたものをマッチ箱に入れて、その年の目玉商品にしました。

「うれしいさん　かなしいさん」は、その後も、わたしの頭の中でひとり歩きをつづけ、いつのまにか絵本の形をとるようになりました。「今泣いたカラスがもう笑うた」といわれるように、子どもたちはちょっとしたことで、一日のうちでも「うれしいさん」になったり「かなしいさん」になったりします。でも、「かなしいさん」になったときは、いつも親切な人が現れて助けてくれ、最後にはみんな「うれしいさん」になる、というのが、わたしの願いが生んだストーリーです。

二〇一一年十一月の陸前高田市の「ちいさいおうち」の開館式では、大判のスケッチブックを使って、この「うれしいさん　かなしいさん」を紙芝居風の絵本にして、式に参列してくれた子どもたちに初めて披露しました。そのあと、子どもたちに、めいめい紙でできた小さい「うれしいさん」人形を「ちいさいおうち」

の写真の上に貼ってもらい、みんなで「としょかんできて　うれしいさん」と、お祝いの記念にしたのでした。

出版社を通じて、ふつうの絵本として刊行する道もなくはなかったのですが、よく考えた末、わたしたちは、この絵本を「3・11からの出発」*活動の資金を得るための手だてとして、東京子ども図書館から出版することに決めました。そうすれば、印刷費など必要最低限の制作コストを除いて、売り上げのほとんどを資金にくり入れることができるからです。

3・11基金には、多くの方々から、すでに千九百万円近いご寄付をいただいています。わたしたちのように小さな団体としては、これは驚くべき金額です。しかし、わたしたちが望んでいるように、今後少なくとも十年活動をつづけるとすれば、これで十分とはいえません。この仕事は、みなさまのご支援がなければつづけられないことは明らかですが、ご寄付に頼るだけではつづけられないことも、またはっきりしています。なんとか自分たちで道を開かねばなりません。

この間、わたしの耳には、長くわたしどもの理事、評議員を務めてくださった故布川角左衛門氏のことばがくりかえし響いていました。氏はいつもわたしにおっしゃっていました。「松岡さん、どんなに大きな基本財産があって利子がはいるとしても、どんなに大勢の人がご寄付をくださるとしても、それだけに頼っていると、仕事は必ず衰退します。志をもって仕事をしようとするなら、必要な資金を自分たちの働きで生み出すことを考えていかなければね。」

東京子ども図書館を発足させたとき、わたしたちにその覚悟と見通しがあったか、と問われると、はなはだ心もとないのですが、わたしたちが頑張って出版と講習という事業をつづけてこなかったら、館は今日まで持ちこたえられなかったでしょう。それは事実です。

三十余年前に生まれた〝へんてこりん〟な人形が、わたしたちの「3・11からの出発」活動を助けてくれるかどうか。どうかそうなりますように。そして、なにより、この絵本が大勢の「うれしいさん」を生んでくれますようにと願いつつ、七月の刊行を目指して頑張ります。

＊この絵本『うれしいさんかなしいさん』まつおかきょうこ さく・え 東京子ども図書館 二〇一二年

一三四号 二〇一二年・夏

いたずらは子どもの特権

さる五月二十二日、ウェッタシンハさんが来日されました。わたしは、ちょうど一年前に、彼女の自伝『わたしのなかの子ども』＊の翻訳・出版を記念して、スリランカに彼女をお訪ねしていたので（本誌一三二号参照）＊、まさか一年以内に、もういちど、それも日本で再会できようとは思ってもいませんでした。しかも、来日は、今年度、日経アジア賞・文化部門の受賞者に選ばれ、その授賞式に参加するためだというではありませんか。なんとすばらしいことでしょう。

日経アジア賞は、日本経済新聞社が創立百二十周年を記念して一九九六年に制定した賞で、経済発展、科学技術、文化の三部門があり、毎年各部門から一名「アジアの安定や発展に貢献し、域内の生活を豊かにした人」が表彰されるものです。今回は第十七回だそうですが、文化部門の歴代の受賞者を見ると、音楽、演劇、映画などの関係者、作家、建築家と並んで、遺跡の保存に尽くした人、古い言葉の辞書を編纂した人など、アと十一ヵ国にも及んでいます。でも、絵本作家の受賞は初めてですし、スリランカから受賞者が出たのも初めてです。

「文化」がカバーする領域が広いだけに実に多彩で、国も中国、韓国にはじまってラオス、ベトナム、サモアと十一ヵ国にも及んでいます。でも、絵本作家の受賞は初めてですし、スリランカから受賞者が出たのも初めてです。

だれによって推薦され、どういう経緯で選ばれたのか、くわしくはわかりませんが、授賞式では、文化部門の選考委員会の座長である中西進氏より、ウェッタシンハさんの代表作『かさどろぼう』の解釈を中心に、ていねいな講評がありました。きれいな色のかさに惹かれて、つぎつぎに失敬するおさるさんの気分で、単純に絵本をたのしんでいるわたしにとっては、やや哲学的すぎる（？）考察でしたが、子どものための絵本が、他の芸術活動と肩を並べて、その文化的価値がしっかり認識されるようになったと思うと、感慨深いものがありました。

授賞式のあと、せめて二、三日でも日本に滞在して、久しぶりの日本をおたのしみになりませんかとお誘いしたところ、三十日まで滞在できるとのことで、わたしは、その数日を、どのように過ごしていただこうか、八十三歳というお歳のことも考えて、無理のない日程づくりに頭をひねりました。その結果、ご希望もいれて、わたしが用意した日程は、彼女の作品の日本語版の版元・福音館書店訪問、東京子ども図書館で子どもとおとなの両方にお話をしていただくこと、鎌倉観光、歌舞伎見物、それにユネスコ・アジア共同出版計画時代の古いお友だちとの三十年ぶりの懇談会というものでした。

東京子ども図書館でのお話は、一日目がおとな、二日目が子ども対象でしたが、二日目にもおとなの参加が多く、そのほとんどがウェッタシンハさんの作品の愛読者、なかんずく『わたしのなかの子ども』に強い感銘を受けたという人たちだったので、話は自然に子ども時代のありようへと運ばれていきました。

『わたしのなかの子ども』を読んだ方はご存じのように、ウェッタシンハさんご自身は、非常に幸せな子ども時代を過ごされました。そして、その子ども時代の幸せこそが、自分のすべての作品のもとになっているとおっしゃっています。また作品を描いているときは、子どもの自分に戻る、とも。

二日間のお話で強調されたのは、子どもに対するとき、どうぞ自分の子どものときのことを思い出してください、ということでした。子どもの行動の背後には、必ず子どもなりの考え、論理、プライドがあるもの。おとなに都合が悪いからといって、いきなり叱りつけたりせず、子どもの身になってそれを理解しようとつとめてほしいと、熱を込めて訴えられました。お話のなかで、印象に残ったのは、「いたずらは子どもの特権」ということばです。いたずらこそ子どもの子どもらしさ、生命力の発露だというのです。

参加された方々からは、だいすきな絵本が生まれた背景がうかがえてうれしかった、お声の張りと全身からあふれるようなエネルギーに圧倒された、などという感想が寄せられました。子どものひとりは、「想像していたのとは違った人だった」といい、「どんな人だと思っていたの？」という問いに、「イギリスの人かと思ってた」という答えが返ってきたそうです。サリーに身を包んだ、色が黒くて、元気のいいおばあさんと、即興で絵を描きながらお話ししてくれたカシューナッツの物語は、長くこの子の記憶に残ることでしょう。

帰る前の日、画材店に立ち寄ったウェッタシンハさんは、欲しかった絵筆と絵具をたくさん買い込んで、ご満悦でした。とくに、扇形に先が広がった筆は、スリランカでは手に入らないのか、見つけたときは大喜び。「これで雨を描くと、とてもうまくいくの」と、にこにこ顔でした。

帰国後にいただいたお手紙には、「日本行きは、ほんとうに夢のようにたのしかった。おかげで、十歳も若返った気がする。今は、描きたいものがつぎつぎ浮かんできて、頭がはちきれそう。旅のあれこれを思い出しては、にっこりしています。Memories, memories, memories! 心はあれからずうっと思い出のなかに浮かんで、ふわふわとただよっています」と、ありました。きっとまた新しい作品が生まれることでしょう。

＊『わたしのなかの子ども』シビル・ウェッタシンハ著　松岡享子訳　福音館書店　二〇一一年
＊本誌一三一号「幸せな子ども時代をつくるもの――『わたしのなかの子ども』を読む」松岡享子　こどもとしょかん一三一号　二〇一一年・秋

一三五号　二〇一二年・秋

マーシャ、九十四歳

八月の後半、久しぶりにアメリカを訪れました。お休みをいただいたのを機に、古い友人たちを訪ねることにしたのです。ヒューストン、ラレー（ノース・カロライナ）、ワシントン、サンクレメンテ（カリフォルニア）の四ヵ所を二週間でまわる旅でした。一九七〇年代にユネスコの共同出版事業を通じて親しくなったラオスの友人、一九六〇年代の初め、留学したときのルームメイト、この前のサバティカルのとき、三ヵ月をともに学び、以後も文通をつづけてきた友人など、いずれも、十年、二十年ぶり、三十年ぶりの再会です。

遠く離れた場所で、それぞれの人生を生きてきた者同士。お互い、この年齢になったからこそわかりあえることがあり、友人たちとのおしゃべりは、思いのほか満ち足りた貴重な時間になりました。時をへだてて会っても、余分の前置きや飾り抜きに本音で人と話せるのはいいものだなあと、しみじみ思いました。この

「しみじみ」というのが、こんどの旅のあいだわたしが浸っていた気持ちにぴったりのことばでした。

この夏の日本ほどではなかったにせよ、かなり暑い最初の三ヵ所を経て、旅のおしまいは一転して過ごしやすいカリフォルニアでした。みどり文庫（千葉）の細谷みどりさんの別宅にお世話になり、のんびり、ゆっくり、休暇らしい四日間を過ごさせていただきました。

実は、ここにいるあいだに〝うまく行けば〟近くに住んでいらっしゃるマーシャ・ブラウンさんにお会いできるかもしれないというので、細谷さんとわたしは、旅の計画をたてる段階から、期待と心配交々、息をつめるようにしてマーシャからの連絡を待っていたのです。なんといっても九十四歳というお歳。その上、いくつかの健康上の問題をかかえていらっしゃるので、当日にならないと人に会えるような体調かどうかわからないということだったからです。

細谷さんが細心の注意を払って、何日も前からメールでご様子をたしかめていてくださったおかげで、とうとう八月の二十六日、午後三時にお訪ねしてもいいということになりました。直前にもお電話で確認して、大丈夫とわかって、それでもまだ少々心配しながら、マーシャの住むラグナヒルズに向かいました。細谷さんのお宅からは、車で三十分ほどのところです。

マーシャが住んでいるのは、いわゆるリタイアメント・コミュニティというのでしょうか、引退後を気候のいいところで暮らしたいという人たちのために開発された住宅地です。美しく整備された広大な敷地のなかに、こぢんまりとした住宅が並んでいます。マーシャは、ここに、住まいと、それとは別にアトリエももっているのですが、最近は、もうアトリエで仕事をすることはないとのことでした。

戸を開けてくれたのは、いっしょに暮らしているジャネット。元スクリブナー社の編集者で、マーシャの担当だった人です。マーシャより十歳年下で、頭の回転が速く快活、ユーモアのセンスに富んだジャネットは、文字通りマーシャのライフパートナーとして、マーシャを支えています。(作家と編集者のなんという稀有な、そして幸せな友情!)

いすに座ったまま待っていてくれたマーシャは、思っていたよりずっとお元気そうで、わたしたちの訪問をそれはそれは喜んでくださいました。まずは先にビジネスをと、現在東京子ども図書館で刊行を予定しているマーシャの講演録*について打ち合わせをしました。そのとき、表紙のデザインのことでご意見を伺うと、「近頃、夜、目がさめてしまったときなどに、手すさびで描いているの」といって、葉書大の紙に大胆な色使いで描かれた〝抽象画〟を何枚かくださって、よかったらこれを使ったら、といってくださいました。のっけから予想もしていなかったうれしいお話で、心が弾みました。

さあ、そのあとは、日本を訪ねたときの思い出話にはじまって、アフガニスタンの仏像破壊と地球温暖化の問題、さらにはオバマ政治批判、かと思うと、ニューヨーク時代の貧乏暮らしの話、図書館で、何もかも手づくりで「ディック・ウイッティントン」の人形劇を上演したこと等々、マーシャの連想のおもむくままに、つぎからつぎへと話題はとび、三人とも笑ったり、感嘆の声を上げたり、大いそがしでした。

驚いたのは、マーシャの記憶のよいこと! 人のこと、場所のこと、年代のこと、細かなことまでさっと出てくるのです。アフガニスタンに行ったのは、一九九六年。仏像の高さは二九〇フィート。貧乏時代の食事は、十セントの魚のフライに五セントのコーヒー、住んでいたアパートの壁は薄紫色……という具合に。図書館で知り合った利用者の家に招かれたとき、出された夕食がゆで卵ひとつきりだったエピソードなど、マーシャの暮らしぶりだけでなく、時代が浮かび上がってきて、とても面白く聞きました。興に乗ったおしゃべりが止まらなくて、結局、席を立ったのは、予定を大幅に上回った五時過ぎ。再会を願ってお別れしました。久しぶりの興奮のあと、どっとお疲れが出たのではないかと心配しましたが、後日ほんとうにたのしかったとメールが届き、安心しました。どうぞお元気で、マーシャさん！

＊講演録『庭園の中の三人／左と右』（レクチャーブックス◆マーシャ・ブラウン）マーシャ・ブラウン著　松岡享子、高鷲志子訳　東京子ども図書館　二〇一三年

一三六号　二〇一三年・冬

作家？　わたしが？

昨年十一月中旬、わたしは、思いがけずスウェーデンに行くことになりました。ストックホルム市立図書館の国際図書館から、同館が主催する「国際児童図書週間」の行事に参加するようお招きを受けたのです。国際図書館は、百ヵ国語以上の本を二十万冊も所有しているスウェーデン最大の国際図書館で、国内に住むスウェーデン以外の言語や文化の背景をもつ人々に、公共図書館システムを通して、その人たちの必要とする本を提供しています。図書館の存在自体、マイノリティの言語と文化を大事にしているこの国の方針を示していて、感心のほかありませんが、とくに子どもたちに向けて、母語を学ぶ意欲を高め、文化への関心を深めようと計画されたのが、国際児童図書週間です。

八年前にはじまったというこの行事では、毎年四ヵ国から招かれた児童作家が、国内に住む、それぞれの

国語を話す（あるいは学んでいる）子どもたちに直接話をすることになっています。わたしも、一週間の滞在中、五ヵ所で、ストックホルムとその近郊に住む日本人の子どもたち――ほとんどが国際結婚の家族の子どもたちですが――にお話を語りました。

それとは別に、子どもの本に関心をもつおとなのための催しも行われました。わたしが参加したのは、児童・学校図書館員を対象としたセミナーと、四ヵ国の代表全員による一般向けのシンポジウムです。図書館員の集まりは、ホームグラウンドにいるたのしさと安心感がありましたが、シンポジウムでは、いささか居心地の悪さを感じて緊張しました。というのは、そこでは、どのようにして作家への道を切り開いたかとか、自分の作品にどのようなメッセージをこめているかとかいった、作家としての発言が求められたからです。「作家？　わたしが？」というのが正直な気持ちでした。自分を作家として意識したことはあまりありませんでしたから。（職業欄には、いつも誇りをもって「図書館員」と記してきました。）それでも、いくつかのお話を書いたのは事実ですから、この機会に、自分の創作活動について、ふりかえってみるのもいいことかもしれないと考えました。

実際、わたしは、これまでお話を書こうと決意して、机に向かって座り、頭をひねってあれこれ考えたりしたことはありません。わたしの作品と呼ばれるものは、どこかから小鳥が飛んできて頭にとまるようにしてやってきます。だから、わたしが書いたという気はしないのです。（無責任ないいかたですが。）

ただ、図書館で、本を読んだり、お話を聞いたりしている子どもの様子を見ていて、「ああ、子どもたちは、こんなことがすきなんだな。こんなことをおもしろがるんだな。だったら、それがお話になっていればいいのに」と、考えることはよくあります。もしかしたら、それがお話の小鳥を呼び寄せる引力になっているのかもしれません。

たとえば、『くしゃみくしゃみ天のめぐみ』は、アメリカで働いていたとき、仲よしになった男の子の発したひとことから生まれました。その子は、ある日、わたしが、たまたまくしゃみをしたとき、すかさず「God bless you!（風邪をひかないようにというおまじないのようなものですね）」といい、つづいてすぐに、「こんなとき、日本ではなんていうの？」と、きいたのです。そのときうまく答えられなかったのが残念で、そのあとずっと、だれかがくしゃみしたときにいえる口調のいいことばがあればいいのに、そして、どうしてみんながそういうようになったかというお話があればいいのに、と思いつづけていました。どうやら、その思いが、小鳥にあのお話を運んでこさせたようです。日本に帰ってきてからずいぶん経ってのことですが。

また『とこちゃんはどこ』は、わたしの中では松の実文庫にきていたある三兄弟と結びついています。この兄弟は文庫にやってくると、いつも「えほん百科」*を広げて、その上に頭を寄せ合い、細かい絵をあかず眺めていました。子どもって、細かい絵を見るのがすきなんだなあ、と知ったことが、細かい絵の中に主人公を探す絵本につながりました。今でもわたしの目の中には、くっついた三つの黒い頭が見えています。

よく考えてみると、わたしの作品は、すべて児童図書館員としての仕事の副産物なのだ、というのが、このたび、わたしが出した結論でした。シンポジウムでは、わたしは、率直にそのことを述べ、曲がりなりにも「作家」としてのお役目を果たしました。このとき気がついたのは、これまでの作品のほとんどが、わたしが東京子ども図書館の仕事をはじめる以前に書かれていることです。小鳥は、こちらの頭がせわしく動いていないときに訪ねてくるもののようです。

〝わたしの辞書〟では、わたし自身は、到底「作家」の定義にあてはまりません。作家というのは、もっとすごい人のことをいうのです！　ことばを正確に使いたいと願うわたしは、これからさきも、自分を作家とは呼ばないでしょうし、おそらく意識的にお話を書こうと努力をすることもないでしょう。でも、おだやかに流れる時間が与えられて、小鳥が訪れてくれることがあれば、それは拒まないつもりです！

＊「えほん百科」全十二巻　岡田要、壺井栄監修　平凡社　一九六四〜六五年

一三七号　二〇一三年・春

お休みは終わりました

昨年の三月は、喜寿ということで、大勢の方から大がかりなお祝いをしていただきました。その上、四月から一年間、サバティカルと称して〝公式には〟図書館の仕事からお休みをいただくことになりました。わたしが図書館からまったく姿を消すとお思いになった方もおられたようで、館の催しなどでお会いすると、「あら、お休みじゃなかったんですか？」と、きかれたりしました。ぱっと海外へでも行ってしまえば、完全なお休みになったのかもしれませんが、そうではなかったので、用のあるときはちょくちょく館へ顔を出し、お休みとしては、やや中途半端な一年となりました。

それでも、気分はずいぶんらくでした。朝、時計を気にせずに新聞が読めたり、ゆっくり洗濯ものを干したりできるのは、週日に休日を味わう快さがありましたし、昼間本を読みながらうたた寝をするのも格別のたのしみでした。長いことやりたいと思いながらできなかったこと――たとえば、うち中のスリッパを洗う

ことや、ちょっとした修理、また、まったくする必要のないこと――たとえば使い古した軍手の指先の破れをつくろうことなどに、まるですることがなんにもない人のように、何時間もかけて取り組むのは、最高の贅沢に思えました。休み中のこの種の贅沢が、なにほどかわたしの精神にもよい影響を及ぼしたことを願っています。

休み中にしようと計画していたことのひとつは、書斎の大片付けでした。両親が亡くなって、ふたりが暮していた一階で寝起きするようになってから、三階にある書斎にはどうしても足が遠のき、このところ書斎は物置同然、整理のつかない本と書類をただ放り込むだけの場所になっていました。一大決心をして、この乱雑な紙の山に手をつけたのはよかったのですが、積年の無秩序な紙の堆積は、ちょっとやそっとでどうにかなるものでなく、床にあったものが、一時段ボール箱に所を移しただけという状態でストップしています。

それでも、まったくの無駄というわけではなかった……というのは、棚のすみから、「大事なポケット」と書いた茶封筒が見つかったからです。中から出てきたのは、書きかけのお話の原稿。何年そこで眠っていたのか、自分でもほとんど忘れかけていたものでした。読んでみると、もう一息というところまでいっています。それならなんとか頑張るべし、と決意して、どうにかおしまいまで辿りついたのが、『じゃんけんのすきな女の子*』でした。ですから、この本は、喜寿の休暇の贈り物というわけなのです。ここはひとつお休みにお礼をいわなければなりません。

お休みのもうひとつの贈り物は、海外旅行です。長い間、会いたいと思っていたアメリカの古い友人を、夏、冬の二度にわけて訪ね、心満たされるときを過ごしました。そのほか、七月にはモンゴルの大平原で壮大な競馬を見ることができましたし、十一月には、前号のこの欄でご報告したように、スウェーデンの国際児童図書週間に招かれて、貴重な経験をしました。これも休暇中なればこそ実現したことでした。

さて、お休みの一年はまたたくまに過ぎ、し残したことをたくさん抱えたまま、この四月から、再び仕事に戻ることになりました。でも、これまでどおりの全面復帰ではなく、少し荷を軽くしての復帰です。若い人たちが、ぐんぐん力をつけて、これまで館の運営上必要な仕事としてわたしがやっていたことの大きな部分を肩代わりしてくれるようになったからです。その分、ものを書く時間をとってください、という職員たちの配慮をたいへんありがたく思っています。

わたしには、今、書ければ書いておきたいと思う仕事がいくつかあります。ほんとうは、休暇のうちにもう少し前進できていればよかったのですが、思いどおりにはいきませんでした。でも、館での責任と負担を軽くしてもらった分、これからは、月のうち何日かを山の家で書きものに集中したいと思っています。また、いつかそのうちに……と思いつつ、「積ん読」になっている本も、読みたいと思っています。

古い読者の方は、あるいはご記憶かもしれませんが、そもそもこの欄に「ランプシェード」というタイトルがついたのは、わたしが寝る前の短い時間（このごろは、とみに短くなってきています！）に、本を読む枕元の明りから来ていて、その下でわたしが読んだ本についての感想を述べる、というのが当初の意図だったのです。でも、実際は、本について書くことはだんだん減っていき、館での出来ごとについての感想や、身辺雑記といった感じのものが増えていきました。

「こどもとしょかん」が届くと、まず「ランプシェード」を開きます、とおっしゃる方や、たまに休載するとがっかりした、などとおっしゃる方があります。そういう声を聞くと、この欄にわたしの近況報告を期待しておられるように思われ、となると、わたしのほうでも、読者のみなさまへお手紙を書くような気持ちで、身のまわりのあれこれを書くようになったからです。親しい気持ちで書けるのはうれしいのですが、これからは、本を読む時間を増やして、ときには「ランプシェード」本来の意図に戻って、本の話も復活させなくてはいけないかな、と思っています。

＊『じゃんけんのすきな女の子』松岡享子 さく　大社玲子 え　学研教育出版　二〇一三年

一三八号　二〇一三年・夏

記録と記憶

こういうことができる、あるいはたのしめるのは、年をとったればこそと思えることのひとつに、古い記録を読むことがあります。先日も、母校の同窓会から、「東京支部の記録」が送られてきたのを、大いにたのしんで読みました。わたしの母校神戸女学院は、一八七五年の創立で、同窓会の東京支部も一八九七（明治三〇）年に発足しています。冊子には、その支部の集まりの報告が、ほぼ百年分収められていました。当然のこととはいえ、わたしがまず驚いたのは、明治はもちろん、大正の記録も大部分が候文だったことです。

候文となると自然そうなるのでしょうか、全体がおそろしく美文調で、おそらくは着物姿で立居振舞いもおしとやかな執筆者が、毛筆で原稿を認めている姿が思い浮かびました。たいていの文章は、まず季節の挨拶にはじまっているのですが、「紅葉のにしき色深く菊のにほひ霜を經ていよ〳〵、くはゝれる此神戸女學院にはことしなん二十年に當れるをもてその祝のむしろを開かせらるゝとかや」とか、「櫻の花も早や散りはてて若葉のみどりなつかしき昨日今日、諸先生はじめ御一同様いよ〳〵御機嫌美はしく、日毎のわざを御いそしみ被遊御事と御めで度存じ上候」といった調子です。

なんとなくかしこまって読まざるを得ない気分になって読みすすむと、集会の際の余興に福引をした記録があり、「委員の方にても用意ハ致し置たれども、それでは興味少なからんとて集会の諸姉へ前以て一個づゝ御持参を願置きたれば、皆喜んで御持参被下、實に〳〵大愉快にて候ひき。時に面白きを一つ二つ記せば『疑いふかき夫婦中』との題にて、こは何ならんと首ひねり玉ふ所へ『双方からやいておる』とてカステラが出ずるやら……一同手を拍って大笑ひいたし申候」などという文章にぶつかります（明治三十八年の通信）。キャアキャアという笑い声までが聞こえてきて、百年前の同窓生諸姉が急に身近に感じられます。このように往時の情景をまざまざと思い浮かべることができるのも、記録があればこそ。そのときは何気なく記したであろう記録も、百年経てば思わぬところで、思わぬ効果を引き出すものなのですね。

百年には及びませんが、その半分の五十年前の記録を読み返す作業を、この間からはじめています。わたしが留学から戻り、念願叶って大阪市立中央図書館に就職したとき、励まして送り出してくださった石井桃子先生と東京の仲間たちに、わたしが書き送った手紙です。石井先生が、それを大事にとっておいてくださったおかげで、三年分三十通ばかりが手元に戻ってきたのです。

細かく綴られたそれらの手紙には、まったく記憶から消えていた事柄も多く記されており、読んでいるうちに、当時の小中学生室の空気、ブラインド越しの光の具合、それに子どもたちのだれかれの顔や声（もちろん、おぼろげにではあるのですが）がよみがえってきて、ただなつかしいというよりは、もっと深い感慨に陥りました。規則づくめで思うようなサービスができないことへの苛立ちを訴える文章は、勇ましいといいたいくらいの勢いがあって、記録のなかに、記憶にはない〝若いわたし〟を発見して驚いたりもしています。

細かいことはすっかり記憶から抜け落ちていて、手紙を見て思い出し、もういちど大笑いすることになったのは、図書館に実習に来た大学生たちに、課題として書いてもらった本の紹介文をめぐるエピソードです。ある紹介文は、あまりにもユニークだったので、わたしはそれを全文書き写し、さてこれは何の本かあててください、とクイズを出したのです。（みなさんも、ここでひとつ考えてみてください。）

「（この本は）……読書力、思考力を深めつつ正しい読書態度を養うと共に、実際的な事、情操的な事、教訓的な暗示から行動の敏捷性に関する事まで広範囲に渡る（ママ）。又、動物の面白い生態を折りまぜて、自然界に目を開かせ、人間と動物との相違を指摘しながら動物愛護の精神をも培う事のできる童話篇である。」……？

わたしの手元には、石井先生が、このときくださったお返事があるのですが、それには、「（あなたの手紙は）、私には、おなかの底からの笑いを提供してくれましたよ、学生さんの紹介文をあてるクイズは。このごろ、疲れ切ってトコトンまで自制する能力がなくなってしまったとみえ、思いがけないところで笑い出すと、ひとり部屋にかくれて大笑いするのです。こういう状態の時、世の中には笑いのタネがそこらじゅうにころがっていて、びっくりするくらいです。泣き上戸になるより、いいことだと思っています。」と、あります。わたしはわたしで、部屋にかけこんでひとり大笑いする先生を想像して、またまた大笑いをしたことでした。

クイズの答え？　それは今井誉次郎著『たぬき学校』（講学館　一九五八年刊）です！

過ぎ去った時と今を結ぶ記録、記憶を引き出し、助けてくれる記録は貴重です。最後にひとつ大事なおすすめ。手紙であれ、報告であれ、何であれ、文章を書いたときには必ず年月日を記しておくこと――のちの日のために。

一三九号　二〇一三年・秋

東京子供図書館？

日本語を学ぼうとする外国人にとって、いちばんの難題は表記でしょう。なかでも漢字の習得が難しいだろうことはよくわかりますが、漢字、ひらかな、カタカナと三種類の文字が混在しているのも、困惑の種ではないでしょうか。

でも、そのおかげで、わたしたち日本人は、微妙なニュアンスを表現するのに、この三種の文字を書き分けるという特別のたのしみをもっています。「気持ち、きもち、キモチ」、「可愛い、かわいい、カワイイ」、「嘘、うそ、ウソ」……同じことばでも、どの文字で書くかによって、訴えるものが違ってきます。一定の効果を期待しつつ、文字を選ぶのは、日本語ならではの「書くたのしみ」なのかもしれませんね。

文章を書くことが仕事の大きな部分を占めるようになっているわたしも、そのたのしみを味わっているひとりです。ただ、よく考えてみると、それがたのしみというよりこだわりになっているところもあって、そんなこだわり方はどこに根拠があるのかとふしぎに思うこともあります。

ひとついえることは、年とともに、ひらかなの分量が増えてきたこと。昔は自分のことは「私」と書いていましたが、いつのころからか「わたし」と書くようになりました。ふつうは漢字で表記される「始まる」「続く」「言う」「言葉」なども、ひらかなになりました。「必ず」「殆ど」「一番」「何故」「一緒」なども、ひらくようになりました。そのために、印刷したとき、紙面が全体にやわらかくなった気がします。

最近では、こうした自分なりの表記を、ややかたくなに守ろうとする向きがあって、別にどちらでもいいようなことばでも、自分としては、これはひらかなで書くと決めているものを、パソコンが勝手に漢字に変換してくれたりすると、妙に腹が立って、再変換のキーを乱暴に叩いたりしている自分に苦笑することがあります。表記方法も自分、乃至自分らしさの一部をなしている、おおげさにいえば、アイデンティティの問題だという感じがあるのですね。

と、こんなことを考えはじめたのも、先日、青森へ行ったとき、久しぶりに会った古い友人から「こんど文部科学省が子どもの表記を『子供』に統一すると決めたそうだけど、『東京子ども図書館』は『東京子供図書館』にならないでしょうね」と、きかれたからです。わたしは、うかつにも文科省のそのような決定はまったく知らなかったので、驚きながらも、半信半疑でした。帰京したわたしに、友人はさっそく九月十九日付の東奥日報の記事の切り抜きを送ってくれました。

それによると、今年三月の衆議院文部科学委員会で、自民党の木原稔氏が、「子ども」の表記が漢字、ひらかな交ぜ書きになっている根拠を文化庁に問いただしたのがはじまりで、交ぜ書きに反対する意見が寄せられていたこともあって、文科省が再検討し、公用文書は漢字表記との原則に従って「子供」に統一することにしたのだそうです。省内限りのルールで、教育委員会や他省庁に漢字表記を求めるつもりはないと、記事にはありましたが……。

記事を見た翌々日だったか、ある自治体の方と来年度に予定されている子ども読書推進活動関連の行事の打ち合わせをしていたとき、資料の表記がすべて「子供」になっているのに気がつきました。尋ねると、そう決められているとのこと。「子ども」とか「こども」では、文書として受け付けてもらえないと聞き、びっくりしました。

これはどういうことでしょう。最近「子供」があまり使われていないのは、供には従者の意味があるのを嫌ってのことだと考えられています。そのことはさておくとしても、公文書だからといって、すべての文書で表記を統一する必要があるのでしょうか。今後は、文科省へ提出する報告書も、漢字表記でなければ受け付けられなくなるのでしょうか。そもそも子どもを「子ども」と書いて、なんの不都合があるのでしょう。省内ルールだといっているにもかかわらず、地方自治体がすぐそれに「右へならえ」するのも、おかしなことだと思います。全体このような統一は、不自然な気がしてなりません。

わたしの書く文章の表記について、一々これはなぜ漢字で、これはなぜひらかな（あるいは、カタカナ）か、と問い詰められれば、はっきりと理由が述べられないものもあると思います。しかし、「なんとなく」としかいえないものにも、なんらかの理由はあり、もしかするとそこに大事な意味が、かくされていることがあるのかもしれません。「私」を「わたし」と書くようになったのは、わたしのなかのどういう変化だったのか？今、もし「私」と書くことを強制されるようなことになったとしたら、わたしのなかのなにかが変わってしまう気がします。少なくとも心おだやかではいられないでしょう。

三種の文字をもつことで、わたしたちは、より豊かな表現方法を手に入れ、そのことがより微妙な心の動きを生み出しているように思います。たとえ「なんとなく」であっても、自分の好みで文字を選ぶことが制限されることがあってはならないと思います。

「東京子ども図書館」は、「東京子供図書館」にはなりません！

一四〇号　二〇一四年・冬

Long Walk to Freedom

今、これを書いているのは二〇一四年一月三日です。一日と二日は、雪のなかの山の家で、ほとんどの時間をネルソン・マンデラの自伝『自由への長い道』（原題 *Long Walk to Freedom*　東江一紀訳　日本放送協会出版　一九九六年刊）を読んで過しました。こんなに集中して本が読める時間は、ふだんはまずとれません。お正月ならではの貴重な時間のお年玉でした。上下二冊、それぞれ四百ページを超す大著を一気に読み上げたあとは、さすがに頭が完全に南アフリカに行ってしまっていて、それを〝この世〟に呼び戻すためには、long walk in snow――雪道の長い散歩が必要でした。

わたしの本棚には、マンデラに関する本が何冊か並んでいます。二〇〇四年に南アフリカのケープタウンで開かれた国際児童図書評議会の子どもの本世界大会に参加した折、街の書店に並ぶたくさんのマンデラ関連書のなかから、記念に買い求めた数冊がもとになっている小さなコレクションです。

二〇一三年十二月五日、マンデラ死去のニュースに接したとき、わたしは、そのなかから、買ったまま読んでいなかった『ネルソン・マンデラ　私自身との対話』（長田雅子訳　明石書店　二〇一二年刊）を取り出して読むことにしました。わたしなりの追悼の意味をこめて。ところが、これがなかなか読みすすめられないのです。本の構成のせいか、ただでさえ落ち着かない暮れのさなかに読みはじめたせいか。

そこで、年が明けてから、こんどはもう一度自伝を読むことにしたのです。最初にこの本を読んだのは、ケープタウンから戻った直後でした。英語版で読みはじめたのですが、紙質の悪さと活字の細かさに閉口して、途中から日本語版に変えました。ほんとうにおもしろかった。彼が二十年近く収監されていたロベン島を、実際に訪ねたあとだったので、獄中生活の描写は身に迫りました。

『私自身との対話』の序文によると、この自伝は、長年の同志で、ロベン島で共に服役した友人たちとの、周到に練り上げられた共同作業だったとあります。それに対して、『対話』は、自伝を含め、彼についての多くの著作が差し出している、偉人、指導者、政治家としての表向きのマンデラ像ではなく、読者が生の人間ネルソンに触れられるように編纂したものだということです。内容は、日記、手紙、演説原稿、メモ、録音された会話等の資料からの抜粋です。大きく暦年順にまとめられてはいますが、ひとつひとつは記録の断片なので、背後の歴史的事実や、彼が置かれていた当時の状況などをよくわかっていないと、その意味や、おもしろさを充分味わうことができません。私が『対話』にはいりきれなかったのは、そこに問題があったようです。

その点、共同作業であるとはいえ、一人称で、時の流れにそって、しかも、直接読者に語りかけてくる口調で綴られている自伝は、すっと頭にはいってきます。「物語」の力です。（長年の訓練のおかげで、わたしの頭が物語形式以外は受け付けないほど、物語仕様になってしまっていることを、このたびつくづく感じました。）しかも、この物語が類を見ないほどドラマティックで、それが臨場感あふれる語り口で語られるのですから、帯の宣伝文句に「これはサスペンス小説か？」とあるのもうなずけます。長い本を途中で妨げられることなく読める幸せ！　おかげで前回にまさって堪能しました。

この本は、単にひとりの人間の伝記というだけでなく（もちろん、伝記として第一級の魅力をもっていますが）、同時に、アフリカの現代史でもあり、アパルトヘイトの何たるかを理解するための教科書でもあり、裁判や、政治のかけひきを描くドラマであり、人権活動家への指針の書であり、学問のすすめであり（マンデラは過酷な条件のなかでロベン島に〝大学〟の別名を与えたほど、多くの囚人に学習の機会をつくり、自身通信教育で釈放の前年に法学士の学位を得ました）、説得力のある読書案内でもあり（彼は読書家でした。引用や比喩のうまさから、蓄積された読書量がわかります）、さらには、人間味あふれる人生案内、記憶に残る格言集でもあります。なにより人間についてわたしたちがもっているプラスのイメージを強く豊かなものにしてくれる貴重な記録だと思います。今のわたしについていえば、自伝を再読して彼の人生をひととおり辿ったことで、『対話』を読む準備ができた気がします。

本の最後で、マンデラは、抑圧する側も、抑圧される側同様自由を必要としていると説いています。憎しみや偏見や、狭量さにとらわれているのはほんとうの自由とはいえないからだ、と。外側の制度であれ、内側の感情であれ、わたしたちから人間性を奪うあらゆるものからの解放を願うかぎり、わたしたちはみな自由へ向かって長い道を歩んでいるのだといえましょう。

同じ時代の空気をともに吸った人としてマンデラを知ることができたのは、わたしたちにとって大きな幸せでした。でも、その幸せにあずかれない、これから生まれてくる人たちにも、本は残されています。本があってよかった。本が読めてよかった。本を読むことを仕事にしてよかった、と、改めて感じた新年でした。

一四一号　二〇一四年・春

距離をとって見る

三月末の賛助会員の集いのとき、近辺の桜は、その後、二度の「雨ニモマケズ」持ちこたえて、今も最後の華やぎを見せています。このつぎの風には、まどさんの詩にあるように、「きれいだなあ／きれいだなあ／と　おもっているうちに／もう　ちりつくしてしまう」[*]のでしょうが。

二〇〇八年四月、石井桃子さんのご葬儀の折、斎場の窓から巨大な桜の木が数本見えていて、枝を埋め尽くしていた花が、文字通り吹雪と呼ぶしかないような勢いで風に舞い散っていたことを思い出します。そして、今年、お命日の四月二日、先生の七回忌が行われました。ごく近しい関係者と東京子ども図書館の役員、職員合わせて五十名足らずの参列者でしたが、静かに先生を想うひとときをもつことができました。

亡くなられてから六年という時間が経って、この春は、石井先生関連の本が相ついで出版される運びになっています。河出書房新社からは、すでに昨年から先生のエッセイ集[*]がつづいて出ていますが、このほど四冊目の『新しいおとな』が刊行されました。先生がお書きになったものを丹念に拾いだし、テーマごとに編集したこのエッセイ集は、わたしたちおそばで先生を存じ上げていた者にも、新しい先生を発見する機会となり、新鮮な喜びをもたらしてくれました。とくに身の回りの小さなことを題材にした文章は、時代の空気と、当時の人々の生活感をよくとらえていてなつかしいと、児童文学関係者以外の読者の方々からも歓迎の声を聞いています。

そして、新潮社からは、本年春号の「考える人」で「石井桃子を読む」[*]という小特集が組まれました。ここでは先生の遺志を継ぐ場として、東京子ども図書館の四十年の歩みも紹介されています。この号は、「海外児童文学ふたたび」という特集号ですので、本誌の読者の方々には、その他の記事も興味深くお読みいただけることでしょう。

五月には、同じ新潮社から『石井桃子のことば*』(とんぼの本)が出ます。こちらも、美しい写真をふんだんに配した魅力的な一冊になりそうでたのしみです。

さらには、尾崎真理子さんの手になる『ひみつの王国——評伝 石井桃子*』が、六月下旬に上梓される予定です。尾崎さんは、読売新聞の編集委員という激務のかたわら、何年もかけてこの仕事と取り組んでこられました。その一部が、雑誌「新潮」に「石井桃子と戦争*」「石井桃子の図書館*」として発表されましたので、お読みになった方もおありでしょう。力のこもった本格的な評伝になることと、これまた刊行が待たれます。

また、つい最近、若い研究者の竹内美紀さんから、博士論文をもとにしたご著書『石井桃子の翻訳はなぜ子どもをひきつけるのか——「声を訳す」文体の秘密*』(ミネルヴァ書房)が送られてきました。まだ目次に目を通しただけですが、わたし自身翻訳を手がける者として、興味深い項目が並んでおり、これもゆっくり読みたいと思っています。

ここにあげた本が準備されている段階では、東京子ども図書館としても、いろいろな形でお手伝いをしました。古い資料や写真を探したり、必要な情報をもっていそうな方を思い出して連絡をとったり、と。また、当然のことですが、そういう作業をしていると、自分自身の記憶を辿って、あれこれ思い出すことになります。そして、そのときは見えていなかったことが、今になって、ああ、こういう意味だったのかとわかることが多くありました。

わたしたちは、なにかを一所懸命しているときは、そのことだけしか見えないので、それがもっと長い時間の流れのなかで、あるいは、もっと広い背景のなかで、どのような位置を占め、どういう動きにつながっているのかをとらえることができません。たしかマリー・シェドロックのストーリーテリングの本のなかで、「掌を顔の前に近づけてごらんなさい。なにも見えないでしょう。でも、少し離してみると、全体がちゃんと見えてくるでしょう」とあったのを思い出します。どういう文脈でいわれたことだったか、すぐにはたしかめられないのですが、いろんなことについていえる、ひとつの真理だと思います。

ちょうど今、四月二十三日から一ヵ月間、銀座の教文館で開かれる「島多代の本棚から——絵本は子どもたちへの伝言」という展覧会のお手伝いもしているのですが、ここでも「五十年前コレクションをはじめたときには、一冊一冊自分の感性に訴えるものを選んでいたにすぎなかった本が、こうしてコレクションとしてまとまって、全体を見ることができるようになると、ある時代の絵本のもつ意味が、明らかになってきた」という島さんのお話を興味深くうかがいました。

折しも東京子ども図書館の四十周年ということで、これまでの歩みを思い返す機会が増えました。わたしたちがやってきた仕事も、当時はただ夢中。なにかを追っかけるような気持ちでやっていて、そのあとさきに注意を払う余裕は正直いってありませんでした。でも、今になると、このときこれをはじめたのは、こういう流れのなかでのことだったということがわかってきます。距離をおいて——とくに時間を隔ててものごとを見ることのおもしろさを味わっているところです。

＊きれいだなあ……「さくら」『風景詩集』まど・みちお　かど創房　一九七九年／『ぞうさん——まど・みちお詩集』田中和雄編　童話屋　二〇一九年　ほか

＊エッセイ集『家と庭と犬とねこ』『みがけば光る』『プーと私』『新しいおとな』石井桃子著　河出書房新社　二〇一三年〜二〇一四年／『同』（河出文庫）二〇一八年

＊「小特集　石井桃子を読む」季刊誌 考える人　二〇一四年春号　新潮社

＊『石井桃子のことば』（とんぼの本）中川李枝子ほか著　新潮社　二〇一四年

＊『ひみつの王国——評伝 石井桃子』尾崎真理子著　新潮社　二〇一四年／『同』（新潮文庫）二〇一八年

＊「石井桃子と戦争」新潮　二〇一三年一、二月号

＊「石井桃子の図書館」新潮　二〇一四年三月号

＊『石井桃子の翻訳はなぜ子どもをひきつけるのか——「声を訳す」文体の秘密』竹内美紀著　ミネルヴァ書房　二〇一四年

一四二号　二〇一四年・夏

よいことが生きつづけるために

本誌春号のこの欄で予告をした尾崎真理子さんの『ひみつの王国——評伝 石井桃子』（新潮社）が、いよいよ六月末に刊行されました。五百ページを超すこの労作を、もうすでに入手なさって、われを忘れて読みふけっていらっしゃる方も多いことでしょう。この本については、またあらためてゆっくり書く機会があるでしょうが、著者のご苦労を垣間見ることのできる立場にいた者としては、まずはその労をねぎらい、ご本が完成をみたことを喜び、心からお祝いせずにはいられません。

ひとりの人の生きた跡をたどるという作業がどんなものなのか、どんなにエネルギーの要ることなのか、尾崎さんのお仕事をちらとのぞいただけでも、そのたいへんさが察せられます。尾崎さんの場合は、石井さんに会ってもいらっしゃるし、長いインタビューもしていらっしゃるのですが、伝記作家が被伝者を個人的に知っている例は、一般にはそう多くはないのではないでしょうか。

とすれば、作家が頼りにするのは断片的な記録や、それを補足するさまざまな資料、そして、時間的に間に合えば、本人を知る人たちの証言です。それらをつないでひとつの物語に仕立てるのは、作家の想像力でしょう。いずれにしても、その仕事は、たえず被伝者との対話をつづけながらの力業だと思います。自伝の場合は、これが自身の記憶との対話になるのでしょう。『幼ものがたり』（福音館書店）を執筆中の石井先生が「頭の中をかきむしるようにして」とおっしゃっていたのを思い出します。

ひとりの人の生涯も物語ですが、東京子ども図書館のような活動も、誕生し、発展し、継続する過程は物語です。いずれ〝伝記〟が書かれるとすれば、今のうちに記録をきちんと整理しておかなければならないと感じています。だれもが知っていると思っていることも、書き残しておく必要がある、と。しきりにそんなことを考えるのは、今年が館の四十周年だということもありますが、わたしが一九七〇年から三十年近くにわたって関わったユネスコ・アジア共同出版計画の貴重な記録や資料が、ユネスコ・アジア文化センターの事業縮小にともなって散逸する危険があると知らされたからです。

Asian Copublication Programme の頭文字をとって、関係者の間ではＡＣＰと呼ばれてきたこの計画は、今では知る人も少なくなってきていますが、今考えると、当初途上国と呼ばれていたアジア諸国で、子どもの本の出版が今日の発達を見るに至った、ここ半世紀ほどの歴史のなかで、起爆剤のような役割を果した画期的な事業だったと思います。

ＡＣＰは、アジアの子どもたちが同じ本をともにたのしみながら理解を深めることができるように共働して本をつくろう。それが、それぞれの国で、できるだけ低価格で出版できるように民間の出版業者を援助し、その育成をはかろう、という大きな目的のもとにはじまりました。ユネスコ加盟国が、年二回の企画と編集会議にそれぞれ代表を送り、その人たちが協議、協力して、アジアの昔話、祭り、遺跡、伝承遊び、笑い話、短編、劇などのアンソロジー、さらにはエコロジーをテーマにした科学の本などを、つぎつぎに生み出しました。

残念ながら、これらＡＣＰの日本語版は、ほとんどが絶版になってしまいましたが、昔話だけは、『子どもに語るアジアの昔話』全二巻（こぐま社）として今も健在で、「小石投げの名人タオ・カム」や、「ドシュマンとドゥースト」をはじめ、いくつものお話が多くの語り手たちによって語られています。

それを耳にするたびに、不揃いの原稿を抱えて、イギリスに行き、コルウェルさんのお宅に通いつめて、ごいっしょにすべての物語を語りやすい形に整える作業をしたことを思い出します。あの濃密な時間が今につながって、ＡＣＰの果実である物語の数々がこうして実際に子どもたちに届けられていることをうれしく思わずにはいられません。

四月に出た新潮社のとんぼの本『石井桃子のことば』には、石井先生がヘレン・マストンさんから聞いたという「かつてあったいいことは、どこかで生きつづける。」ということばがあります。文化的背景の違う人たちが、子どものためにという一点で協力しあい、惜しみなく労力を注いで本をつくっていた一時期のユネスコ・アジア文化センターの活動は、たしかに奇跡のようなといってもいいほどの「よいこと」でした。

それがどこかで生きつづけることは疑いませんが、そのためには、あとにつづく人の心に火をつける記録が残されていなければなりません。それこそが資料=本の力です。

しかし、現実には、よいことの記録である大事な本や資料が、顧みられることなく捨てられています。ACPの数々の資料もそうですが、昨年、瀬田貞二先生のお仕事についての、荒木田さんの熱のこもった連続講座を聞いたあと、瀬田先生が精魂を傾けて編集された平凡社の「児童百科事典」*が、ある図書館で廃棄されたと聞き、いたたまれない思いでした。図書館こそ、〝よいことが生きつづける〟ために必要な資料を見極め、「後世へ価値あるものを伝承していく関所を預かっている」場所なのに。専門の図書館員の不在がもたらす損失はかくばかり大きい。

＊「児童百科事典」全二十四巻　児童百科事典編集部編　平凡社　一九五一～五六年

一四三号　二〇一四年・秋

花子さんと家庭文庫

村岡花子さんを主人公にしたNHKの朝の連続テレビ小説「花子とアン」が、九月の末に終わりました。子どもの本にとりたてて関心のない人たちにも、とても好評だったようですね。わたしは、連続ドラマを毎回見ているわけではないのですが、今回は主人公が主人公だけに興味をもって最後まで見ました。

わたしの周囲にいる人は、ほとんどが村岡花子さんが石井桃子さんといっしょに「家庭文庫研究会」をつくって活動していたことを知っているので、「文庫のことはドラマに出てくるのでしょうか?」とか、「石井先生も登場するんでしょう?」とか、はては「石井先生の役は、だれが演じるのかしら?」などと、たずねられたりしました。

「さあ、文庫のことはどうでしょうね。文庫が出てくるにしても、石井先生は出てはいらっしゃらないと思いますよ」などと答えていましたが、ドラマの終わりごろで、ちゃんと文庫が現れました! 劇中の「歩文庫ライブラリー」は、わたしが写真で知っている「道雄文庫ライブラリー」に雰囲気をよく似せてつくってあるように思いました。

石井先生が、土屋児童文庫の土屋滋子さん、浮田恭子さん、道雄文庫ライブラリーの村岡花子さんとみどりさん、それに国際文化会館の図書室長であった福田なをみさんを加えた六人で「家庭文庫研究会」を結成したのは、一九五七年八月のことでした。会の事務所は村岡さんのお宅におかれていましたし、村岡さんは、会報には、ほとんど毎号寄稿していらっしゃいます。

ドラマが終わった後、ふと思い立って、その家庭文庫研究会の会報を読み返してみました。わら半紙に謄写版刷りの会報は、もう茶色に変色し、さわると縁からポロポロと崩れそうです。何部刷って、どこへ配布していたのかしらと思うのですが、まだ文庫をしている人の少なかった時代、聞き伝えにニュースが広まっていったのでしょうか。創刊号につづいてすぐ、各地の文庫を紹介する記事が掲載されています。

第二号には、村岡さんの「質問をお寄せください」という呼びかけの記事があり、「みんなで研究してお答えするように努めます」とあります。マンガばかり読んでいる子にどうやって本をすすめればよいか、といった質問にまじって、文庫をしたいのだが、夫が賛成してくれないという悩みや、冬に向かって暖房（費）はどうすればよいかという質問があったのでしょう。先の悩みには、経験者から「夫の留守にはじめてしまえばよい」という知恵が授けられたことが石井先生のユーモラスなペンで記されていますし、後の質問には、花子先生の懇切な回答があります。文庫は二部屋なので、ガスストーブと練炭を使っている。ストーブは部屋の外に置いて、その前の障子を少し開けている。絶対に子どもにはさわらせない。子どもはそんなに寒がらないし、何人か集まるとすぐ暖かくなる。だから費用はあまりかからず、自宅の暖房費に繰りいれているなどと答えていて、ほほえましい限りです。総じてどの文章も、当時の生活の匂いが強く出ています。

会報に、石井先生は「ファンタジーについて」を連載していますが（河出書房新社刊『新しいおとな』に収録）、花子先生は「子どもへの話方」と題するコラムを連載しています。たった三四〇字の小さなコラムですが、語り手としての豊かな経験に基づいた親身なアドバイスが載っています。

第一回の題は「気軽に話しましょう」。ある話し方の研究会で、語り手たちが、やれ虎の吠え方が下手だったの、手の上げ方の恰好が悪いだのと批判されているのを聞いて、こう一々こまかいことをいわれてはたまらない。大聴衆の前で語るならいざ知らず、わたしたちの家庭文庫では、お話はもっと素朴な話し方で充分、というところからはじまります。でも、次から、それはいい加減でよいということではないと釘を刺し、自分の選んだ話を信じ、話の構造——はじまり、展開、クライマックス、結末——をよく理解して、言葉がらくに出てくるまで準備して本気で語るべきだと説いています。花子先生は、「憶える」ことが必要だとはいっていらっしゃいませんが、ご自身、話す前には、必ず話の筋を紙にメモしていたとのことです。

茶色くなった紙面には、このほかにも、はじまったばかりの瀬田文庫の様子を生き生きと綴った瀬田貞二先生の文章をはじめ、各地の文庫の飾らない記録が収められています。「親ばかの思いつきで」とか、「できる範囲で、低い姿勢で」とか、「田舎家の板の間に僅かの本を並べただけ」とか、おとなたちが気負わずにやっている一方で、文庫で見る子どもたちの元気のよさ、本への愛着の強さが印象的です。

ここに記録の残っている文庫は、その後どうなったのでしょう。なつかしいお名前が散見されるページを繰りながら、子どもたちに一ヵ所でも多く読書の場を増やそうと、希望をもって励んでいた当時のおとなたちの一所懸命さを思い、わたしたちは、こういう人たちの辿った道の延長線上を、今歩いているのだなあと、改めて思ったことでした。

一四四号　二〇一五年・冬

珍しい「事件」です

一年前の一四〇号のランプシェードには、お正月を雪に埋もれた山の家で、ひたすらネルソン・マンデラの自伝を読んで過ごしたことが書いてあります。今年も山の家は雪の中です。降っているときも、降り終わったあとも、空が曇っているときも、晴れわたっているときも、雪は美しい。

ストーブの火のそばで、静かな音楽を聞きながら、ただぼんやりと、一日中この白い世界を眺めていられたらどんなにいいかと思うのですが、そうはいきません。元日の朝からパソコンに向かう新年がはじまりました。いちばんの仕事は、二月に刊行される岩波新書*の「あとがき」を書くことでした。

ここ数年、正確には二〇〇八年からの六年間余り、新書の仕事はずっとわたしの大きなストレスになっていました。何度かお会いしてご相談し、テーマを五つ選び、それにそって行う架空の講演の講演録という形でした。新書担当のS氏から具体的にお話があったのは、かつら文庫50周年の「記念の集い」のすぐあと本文を書くというところまではすんなり決まったのですが、そのあとがいけません。どうして？　と、自分でも思うほど、筆が進まなくなったのです。思うに、岩波新書というのが重圧だったのですね。

高校時代から今まで、どれだけ岩波新書のお世話になってきたことでしょう。もちろん図書館員という仕事のために勉強で読んだものも何冊もありますが、まったく仕事とは関係なくおもしろく読んだものもたくさんあります。わたしの本棚には、今でもおそらく百冊以上新書があるはずです。

いちばん強烈な印象として残っているのは、堀田善衛の『インドで考えたこと』*です。堀田氏の作品もほとんど読んでいないのに、何故この本を手に取ったのかまったく憶えがありませんが、とにかくものすごい衝撃を受けました。著者が描写している古代から現代までが同時に存在しているようなインドという国や、そこに暮らす人間のありようが、わたしのそれまでもっていた人間のイメージの枠を大きくとっぱらったからでしょうか。その後しばらく、憑かれたようにインドと名のつく本を買いあさったものでした。

それはともかく、さっと題が思い浮かぶだけでも何冊にもなる「ご恩のある」岩波新書です。自分の書いたものがその中に入ると考えると、あまり品のいい表現ではありませんが、「ビビッて」しまい、なかなか筆が先へ進まないのでした。

何度も投げ出そうと思いながらそうできなかったのは、ひとえにS氏の忍耐強いお励ましと、ほどよく間をおいてくりかえされる、諦めを知らぬ督促のおかげでした！

申し訳ないことに、そんな氏のお気持ちに応えることができないまま、S氏は定年でお仕事から離れておしまいになりました。あとを継いでくださったのはUさん。読み聞かせ適齢期のお子さんをおもちの若いお母さんです。なんとしても、お子さんが子どもの本から卒業してしまうまでに仕事を終えなければと、ストレスの度はいっそう高まりました。

というのも、実はUさんは、この本の担当者としては四人目だったからです！　最初にお話をもってきてくださったのはIさんで、正式に社の企画会議を通り、企画カードに書き込まれた旨のお知らせをいただいたのが、なんと三十年前。手元にそのときのお手紙——一九八五年十二月十九日の消印つき——があるので確かです。それには、自分は他の仕事も抱えているので「つい最近新書の編集スタッフに加わった新人」と組んで担当することと、社長のM氏が「担当者はがんばって、松岡さんにいい仕事をしてもらってほしい」

と発言されたことが書かれています。

当時わたしは中野区の図書館協議会の委員を引き受けていて、協議会の議長を務めておられたM氏とそこで何度か同席したことがあります。でも、お目にかかるのは会議の席だけで、特別ゆっくりお話をした記憶はありません。ずっとあとになってうかがったところによると、企画会議のとき、M氏は東京子ども図書館や、わたしのことを企画提案者よりもむしろよくご存じで、ずいぶん強く推してくださったのだそうです。ありがたいことでした。

このとき以来、新書のことは常に頭のどこかにはありました。でも、なかなか具体的に考えるところまではいかず、年月だけがどんどん流れて、計画は立ち消えになるかと思われました。そこへ三人目の担当者のS氏が現れたのです。(岩波では企画がカードに記録されると、担当者が変わっても、後任のだれかが引き継ぐことになっているのだそうです。)おかげで、消えかかっていた企画が復活しました。

いくつかの山を越えて、ようやく昨年十月に本文が完成したあと、わたしは、一人目の担当者であったI氏にお手紙を書きました。三十年前のお約束がようやく果たせそうです、と。I氏からはすぐ驚きと喜びのお返事があり、「それにしても、三十年まえの企画が、何人もの担当引き継ぎを経て、いま実現するというのは、滅多にあることではない。一つの珍しい『事件』といえるかもしれませんね。うれしい事件です」とありました。

ええ、わたしにとって岩波新書はたしかに「事件」です。

＊岩波新書『子どもと本』松岡享子著　岩波書店　二〇一五年

＊『インドで考えたこと』(岩波新書)堀田善衞著　岩波書店　一九五七年

一四五号　二〇一五年・春

八十歳の誕生日

去る三月十三日に、東京の新しいよみうり大手町ホールで、東京子ども図書館四十周年を記念する講演会が行われ、一年にわたる記念事業がすべて無事終了しました。ほっと肩の荷をおろした気がしています。お力添えくださったみなさまおひとりおひとりに感謝申し上げます。

講演会の前日は、わたしの八十歳の誕生日でした。実は、十三日の講演は、そのことから話しはじめたのでした。そのためもあってか、講演の準備をするあいだ、ずっと年齢のことが頭にありました。さいわい、わたしは、加齢からくるからだの不調や不自由をさほど感じることなく過ごしてきたので、これまではあまり「年を取る」ことを意識しないできたのですが、大勢の方の前で、八十歳だと公表する（？）となると、やはり自分の年齢を考えざるを得なかったのです。

みなさんはどうかわかりませんが、わたしは、子どものころ、おとなというのは、まったく別人種だと思っていました。あの人たちは、向こう岸にいる人で、自分はこちら岸の住人。その間には深い隔絶があって、人は、なんらかの、おそらく意識的な方法でその隔たりを乗り越えておとなになるのだと信じていました。

ところが、向こう岸に渡るという大冒険であるはずの出来事を体験したという感激も自覚もないまま、あるときふと気がつくと向こう岸の住人になっていた、という感じでおとなになりました。ちょっとだまされた気分でした。

それでも、少し年上の人を見ると、自分はあの人たちとは違うと思うくせは抜けませんでした。二十代のころ、四十代以上の人を見て、あんな年になって生きているなんて気が知れないなどと思ったりしていました。そして、自分がその年齢になったときでさえ、六十、七十の人を別人のように眺めていました。ひとつには、わたしの知っている明治生まれの人たちは、知識や教養の面でも、人格の面でも、わたしたちより格段に上をいく人が多く、いくら年を重ねても、とても追いつけるものではないと感じていたからでしょう。

そして、今、八十にもなってしまうと、さすがにもう自分は九十、百の人とは違うとはいえなくなりました！おそまきながら、ようやく人生をひとつながりのものとしてとらえられるようになったということでしょうか。おとなになることも、老人になることも、別の人に変わることではない。人は、真ん中に子どものときの自分を保ったまま、そのまわりに、二十代の、三十代の、四十代の……自分を重ねつつ、年を取っていくのだということが、今はよくわかります。

このことは、いろんな人が、いろんないい方で述べています。「子どものとき自分はレモネードが好きだった。おとなになるというのは、レモネードを捨てることではない。ただ、その上に、ワインをたのしめるようになったということだ」という気の利いた譬えで、このことを説いたのは、C・S・ルイスだったでしょうか。[*]

ウェッタシンハさんは、『わたしのなかの子ども』（福音館書店　二〇一一年）の冒頭で、「わたしの心のどこか、子どものわたしが住んでいるところに」子どものころ見たふしぎな夢が今も生きている、といっています。そして、あなたのなかにいる子どもを目覚めさせよ、それが老いのけだるさと気疲れを和らげてくれる、と促しています。

自分のなかにいる子どもの存在を、よりたしかに感じられるのは、年齢を重ねることの喜びのひとつでしょう。

話は飛びますが、中学での英語の学習で最初に教わったのは、「おはよう」は「グッドモーニング」だということでした。わたしたち生徒は、この二つのことばをただ機械的にイコールで結んで憶えました。それからしばらくして、ある先生から、「グッドモーニング」は、I wish you a good morning つまり相手に対して「あなたによい朝が来ますように」と願うことなんだよ、と教えられました。それを聞いたときのふしぎな驚きを今も憶えています。一種のカルチャーショック、ちょっとした異文化体験だったんですね。

同様に、機械的にイコールで憶えていた「お誕生日おめでとう」の挨拶、「Many happy returns of the day も、頭に I wish you のつく「これから何度も幸せなお誕生日がめぐってきますように」との願いをこめた挨拶です。何年か前、ある人のお誕生日にこのことばを口にしようとして、ハッとそのことに思い至りました。気軽に、意味もよく考えずくりかえしてきた Many happy returns of the day――この日が何度も幸せな状態で戻ってきますように――ということばが、急に切ないほどの祈りとなって、胸に迫ってきたのです。

使い慣れたことばのなかに、隠れていた意味を見出すのも年取った者が手にすることのできる実りでしょうか。

いずれにせよ、わたしの八十歳の誕生日は、東京子ども図書館の四十年と重なって記念すべき日となりました。そして、四年前から、わたしの誕生日には「大震災の翌日」という冠がかぶさりました。以来、心を鎮め、身を正して、すべての被災者の方々に、再び幸せな日がめぐってきますようにと祈るのが、この日の憶え方となりました。

＊子どものとき自分は……　「児童書の三つの書きかた」『別世界にて――エッセー／物語／手紙』C・S・ルイス著　中村妙子訳　みすず書房　一九七八年

一四六号　二〇一五年・夏

事件につぐ事件

本誌一四四号のランプシェードの題は「珍しい事件です」というものでした。三十年まえに企画された岩波新書が四人の編集者のリレーを経てようやく実現の運びになったのは、「滅多にあることではない。一つの珍しい事件といえるかもしれない」という最初の担当者のことばを引いたものでした。

その一ヵ月後、問題の岩波新書『子どもと本』は刊行されました。わたしが岩波新書の著者になるのは、わたしにとっては十分事件といってよいことでしたが、刊行後に起こったいろいろなことも、また事件の連続といっていいことでした。

まず、たくさんの誤植の発見。本文にもいくつか見つかったのですが、巻末の注の部分に細かい間違いが数多く見つかりました。言い訳になるのですが、最後の最後までできた段階で、ページ数を十八ページも減らさなくてはならないことがわかり、青くなって急遽本文で六ページ、注で十二ページをけずったのです。急いだのと、校正する余裕がなかったことがこの結果につながりました。書名の表記が違っているなど、図書館員としてはあってはならない誤りを犯したり、土屋児童文庫の開設年が違っていたりなど、わたしとしては考えられない大きなミスもあり、ほんとうに恥ずかしく、申し訳なく思いました。今まで使ったことのない「汗顔の至り」などということばがしきりに頭に浮かびました。

幸い四月に二刷が決まりましたので、間違いをすべて訂正することができ、ほっとしました。ほっとしたのもつかの間、こんどは、ある方から、昔話の章に出てくる「一元性」は、わたしのもっている本では「一次元性」になっているのですが、というご指摘を受けました。何十年もくり返し読んでいる本です。読み間違えているはずはないと思い、すぐに調べてみましたが、わたしのもっている一九六九年刊の『ヨーロッパの昔話』*では、たしかに「一元性」です。訳者の小澤俊夫先生に確かめて、のちの版で、先生が訳語を改められたことがわかりました。これも印刷が迫っていた三刷に危うく間に合って訂正することができました。(もし、みなさまが、これから読書会をなさることがおありでしたら、三刷を一冊基本にしてくださるようにお願いします。)

こんなふうに、ひやっとする事件がつづいたのですが、なんといってもいちばんの大事件は、ある日、岩波の編集者にかかってきた一本の電話でした。その電話の主は、自分は『子どもと本』の二〇三ページにある写真に写っている少年だと名乗ったのだそうです。

問題の写真は、わたしが大阪市立中央図書館に勤めていたとき、初めて定期的に「おはなしのじかん」を開いたときのもの。なんの話をしていたのかわかりませんが、子どもたちがみなとてもうれしそうに笑っています。この写真については、「子どもたちの表情がほんとにいいですねえ」と感想を寄せてくださった方がひとりならずあり、児童図書館員を目指す若い人からは、「子どもたちのこんな笑顔を見るために、わたしたちは仕事をするんですよね」とまでいわれました。そういわれて改めて見直すと、当時の子どもたちのくったくのない笑顔もさることながら、五十年前の自分の一所懸命さが思い出されて、胸がいっぱいになりました。

そして、なんとこの六月二日、事件の主との再会が実現したのです！　わたしが大阪府子ども文庫連絡会の連続講座の第一回として、府立中央図書館で「『子どもと本』を書き終えて」と題してお話をしたとき、彼が会場へ姿を見せてくれたのです。「Iです」と名乗られた瞬間、わたしのなかに五年生のI君の姿がパアッと浮かび上がりました。小柄なI君は、図書館の常連で、「おはなしのじかん」のとき、なにくれとなくまめまめしく世話をやいてくれたわたしの助っ人だったのです。ポスターを見て、まっさきに「おはなしのじかんて、なにすんのん?」と、ききにきてくれたのはI君ではなかったでしょうか。そして、わたしが、これこれと説明すると、すぐ「あとで感想いわさへんか?」と、念を押したのも。

I君とはその場では話ができず、何日かあとに長電話をしました。その後もずっと図書館との縁がつづき、カメラマンとして出版関係の仕事をしてきた由。「感想いわさへんか」といったことは憶えていないけれど、いかにもぼくのいいそうなことだというので、これはI君の言とすることにしました。

五年生のI君の目に、当時のわたしがどんなふうに見えていたかきいてみると、「気負っていた感じがした」という返事が戻ってきたのに驚きました。たしかに石井先生や東京の文庫仲間の声援に送られて、公立の図書館で児童サービスをするのだと「気負って」いたのは事実ですが、それが五年生の子どもにもちゃーんと見抜かれていたとは!

そして、五十年後に再会した印象は? とたずねると、「いやあ、あのころは鬼子母神、今は慈母観音ですわ」というので、近頃にないほど大笑いしてしまいました。もう還暦をすぎ、今はちょっと体調を崩して休んでいるというI君と、一夕ゆっくりおしゃべりする日が近いことを願っています。

編集者は、この事件を「一冊の本が結ぶ縁の妙」と呼びました。まことに思いがけぬうれしい事件でした。

＊『ヨーロッパの昔話──その形式と本質』マックス・リュティ著　小澤俊夫訳　岩崎美術社　一九六九年／『ヨーロッパの昔話──その形と本質』(岩波文庫)　岩波書店　二〇一七年

一四七号　二〇一五年・秋

車内での〝お遊び〟

わたしは毎日電車やバスで通勤している身ではないので、乗物に乗る機会はそう多くはないのですが、車内でのおたのしみの第一は読書なので、出がけにあわてて読むものを持たずに出てしまうと、「しまった！」と悔やむことになります。このごろは車内で読むのは、家ではなかなか読む時間がない雑誌類ですが、通学・通勤していた若いころは、車内を第二の書斎と心得て、いつも分厚い本を持ち歩いて読んでいたものでした。読みふけっていて乗り過ごすということもまれではありませんでした。東京の環状線である山手線を目白から田町まで半周して慶應の図書館学科に通っていたころ、うまい具合に席がとれて読みはじめた本がおもしろくてやめられず、読み終えるまでぐるっと一周したこともありました。何の本だったかって？　憶えています、『名犬ラッド』でした！

ご存じのように、最近では車内で本を読むのは少数派になりました。圧倒的優勢を誇るのはスマホ派です。わたしも今は携帯を持ち、ときには車内でメールを送ったりもするのですが、それでも七人掛けの座席の一列が全員スマホ（か、それに類するもの）を手にして、小さな画面に目を凝らしているのを見ると、なんだか少しこわいような気がします。これは、江戸時代からタイムスリップしてきた人が見たら、まず「あれは何？」と、ふしぎがる光景ではないでしょうか。

そんななかにあって、ひとり静かにブックカバーをかけた本などを読んでいる人を見かけると、「おお、同士よ！」と、心のうちでひそかに声をかけてしまいます。それもあって、近頃では電車に乗ると、ぐるっとまわりを見まわして、本を読んでいる人と、スマホの人の数を比べるのが習慣になりました。そして、「あーあ、今日は八対ゼロで完敗！」とか、「うん、四対三。これはまずまず健闘といえるぞ」とか、「わーい、三対五・五で本派の勝ち！（ちなみに、〇・五は新聞です）」などと、つぶやいています。スマホで大事な仕事をしている人がいるかもしれず、本といっても、くだらない本を読んでいる人がいるかもしれないことを承知の上で、わたしとしては、どうしても絶滅危惧種になるおそれのある本派を応援しないではいられません。

先日、本を持たずに電車に乗り、スマホ派と本派の数比べをして相変わらずの劣勢を確かめた後、所在のなさにまかせて、昔、車内でよくやった〝お遊び〟を思い出しました。乗り合わせた人を観察して、その人の子どものときの顔を想像するのです。小さいとき、こんな顔をした、こんな子どもだったんだろうな、と想像しているとおもしろくて、逆に〇〇ちゃんは、こんなおばさんになるんだろうなと、今知っている子どものだれかれを思い浮かべて、ひとりクスクス笑いをしたり……。一見いやな奴と感じる人にも、子どものころがあったと思うと、なんだか気持ちがほぐれ、その人にも、そこにいるだれにでも、やさしくなれそうな気がしてくるのが、この遊びのいいところです。

そういえば、あんなこともしたな、と思い出した別の〝お遊び〟があります。昔——もう五十年以上前のことですが——練馬から新橋まで、小一時間かけて行くバスがあって、銀座に行くときなどよく利用したものでした。目白の日本女子大、市ヶ谷の新潮社や偕成社、四谷の迎賓館から、赤坂見附、虎ノ門と通って行くこの路線は、上京してきたばかりのわたしには、格好の観光バスでした。

都心からの帰り、夕方、長時間このバスに乗り、窓外がどんどん暗くなっていくのをぼんやり眺めていると、なんだかこのままどこかへ連れ去られるような気がすることがありました。そんなとき、発案したのがこの遊びです。「もし、人類が滅亡し（!·）、ここに乗り合わせた乗客だけが生き残って無人島に漂着し、そこで生き延びていかなければならないとしたら……」と、想像するのです。

なぜかわたしは村長になり、乗客のひとりひとりに役割を振り当てます。あのおじいさんは村の学校の校長先生。こちらの中年の男性は、からだつきががっしりしているから、さしずめ漁師になって、食料調達に励んでもらおう。あの長髪の紳士は、いい声をしていそう。村の音楽担当かな。美術担当はどの人に頼めるだろう。ここには子どもがいないけれど、子どもがいなければ未来はないので、このなかの若い人には、いやでも結婚してもらわねばならない。窓際のあの元気のよさそうな娘さんと、こちらの席でぶすっとしている三十過ぎの男の人は、組合せとしては悪くない。もう一組は、ちょっと髪は薄くなりかけているけれど、人のよさそうなあの男性と、さて、彼にお似合いなのは、えーっと……と、乗客をひとりひとり観察してお相手をさがす。

こんなふうにしていると、時間はすぐに過ぎ、バスは無人島に漂着するより先に、わたしの降りる停留所に着く、というわけでした。渋滞もそれほどなく、長距離の路線がまだ生きていて、車内の照明もさほど明るくなく、乗り合わせたお客たちの間に、なんとはない「同舟のよしみ」といった空気がただよっていた時代の話です。そう、だれもスマホをもっていないころでした。

一四八号 二〇一六年・冬

お正月

今年のお正月は、わたしにしては久しぶりの〝お正月らしい〟お正月でした。十年ほどまえ、山に家をつくってからは、暮れから新年にかけてのお休みはひとり山で過ごすようになっていて、お正月らしいことといえば、玄関に小さなお飾りをつるすぐらい。おせちもつくらず、気分によっては、おついたちからパンと紅茶の朝食をとったりして、ふだんとかわらない過ごし方をしていました。ときにはちらちらと舞う雪が、またときには裸木を通して地上の雪をきらめかせる日の光が、そしてなにより耳にさしこんでくるような、まったくの静けさが山のお正月のごちそうでした。

東京で迎えると決めた今年のお正月は、うってかわってにぎやかなものとなりました。大晦日からお客つづき。若い人たちが大掃除やお料理を引き受けてくれ、何年ぶりかで出番のきたお重におせちがつめられました。元旦には、わが家の丸餅、味噌仕立てのお雑煮もととのいました。

わたしが育った家は、格式などなにもない、つましい庶民の家庭でしたが、三が日は、ふだんのお箸でなく祝箸を使いました。その袋には、毎年、母が墨で家族の名まえを書いていました。姉が嫁いでいなくなってから数年あとのことだと記憶していますが、あるお正月、母は、わたしの名を書くはずの祝膳に「準子」と姉の名を書きいれました。わたしが「準子じゃないよ」というと、母はせきもあわてもせず、その下に「の妹」と書き加えたのでした！　おかげで、その年の三が日は「の妹」箸で食事をすることになりました。今年、箸袋の晴れやかな「寿」の文字の下に、ともにお正月の食卓を囲む人たちの名を書きいれながら、そんなことをなつかしく思い出したりしました。

わたしの子どものころ、お正月はたいへんなことでした。十二月にはいると、もうなんだかそわそわする空気がただよいはじめ、あちらでもこちらでも大片付け、大掃除。元旦にはなにもかもがピッカピカになっていなければいけないように思っていました。事実、年が明けると、うちのなかだけでなく、表の通りも、町も、見ちがえるほどきれいでした。

三が日の間お店は全部閉まりますから、空気までがピリッと新しくなった感じで、ほんとうに年が「改まる」という気がしたものです。ふだんとはまったく違うあのすがすがしい、晴れ晴れとした気分は、幼い心にも強い印象を残しました。

お正月に怒ると一年中怒っていなければならない、お正月に泣くと一年中泣いていなければならないといわれていたので、元旦は朝から怒るまい、泣くまい、ふくれっつらをすまい、転ぶまい、着物を汚すまい……と最大限注意して気分を引き締めていました。それなのに、なにかちょっとした失敗——クレヨンがぬりえの線からちょっとはみ出るとか、紙風船が破れるとかいった些細なことでも——をすると、一年分の不幸を背負いこんだような暗澹たる気分に陥ったものでした。子どもは、ことほどさように大真面目なのですね。

地域によって、家庭によって、お正月にはそれぞれ特有のしきたりがあるのでしょうが、ここ数十年の間に、それらは急激にすたれてきているように思います。面倒くさい、形骸化していて意味がない、一緒にする人がいなくてその気にならないなど、さまざまな理由で守られなくなってきたのでしょう。そして、やめてみると、別にどうってことない、ということになって、その傾向がどんどん進んだのだと思います。

ここで思い出すのは、わたしの生涯のうちでもっともお正月らしくないお正月のことです。アメリカに留学して一年目のお正月、わたしは知人に頼まれて、大晦日から元旦にかけて旅行にでかけるというその人の知り合いの家で留守番をすることになったのです。よく知らない人のうちで一夜を明かし、「なんでも食べておいて」といわれた冷蔵庫を開けて朝ごはんを食べたわたしは、「あけましておめでとう」をいい交わす相手もなく、その日は提出の迫ったレポートを書くため、一日中タイプライターを打って過ごしたのでした。こっちがなにもしなくても一月一日は一月一日なんだなあと、妙に拍子抜けしたような、空虚さを感じたことを憶えています。

しきたりというのは、それを守る人がいてこそしきたりなのですね。人は、それを守らないことで一種の解放感を味わうものの、代わりに、なにとはっきりいえない、もっと微妙な、大事なものを失うことになるように思います。

お正月のしきたりだけには限りません。わたしたちが大事だと思っているもの、価値があると信じているものも、わたしたちがそれを守らなければ存在しなくなるものだとわかってきました。美しさというようなものも、空中に抽象的な美が存在しているわけでなく、人がなにかを美しいと感じたとき、その都度、そこに生じるもの。慈しみとか、憐れみとかも、だれかがだれかをいとおしんで大事にする、手をさしのべて助けようとするという行為がなければ、存在しないもの。慎みとか節度というような美徳はなおさら、その態度を保つ人がいなければなくなってしまう価値なのだといえます。

ちょっぴりお正月らしいお正月を過ごして、そんなことを考えました。

一四九号　二〇一六年・春

このやさしさは　どこから？

この三月で、大震災から五年になります。何をするかの目途もたたぬまま、とにかく現地に行ってみなければと、盛岡の「うれし野こども図書室」の髙橋美知子さんのご案内で、三陸海岸ぞいに、陸前高田、大船渡、釜石、大槌、山田、宮古を見てまわったのは、瓦礫のあとそのままの二〇一一年六月のことでした。このとき、三階建ての校舎の一階まで津波に襲われた陸前高田の小友（おとも）小学校に立ち寄りました。すると、なんと全校生徒八十七名が図書室に集まって、わたしたちを待っていてくれたのです。まったく予定外のことだったのですが、子どもたちを前にして、髙橋さんに促され、わたしはその場で子どもたちにお話を語ることになりました。選んだのは「番ねずみのヤカちゃん」。くったくのない笑い声をあげる子どもたちは、どこの子どもとも少しも変わらず、途中でかなり強い余震があったそうなのですが、笑いの揺れに吸収されてか、語り手も聞き手もそれには気づかないままでした。

これが機縁で、以来毎学期、小友の子どもたちに本とお話を届けてきました。訪問は十六回を数えます。子どもたちがわたしたちの訪問をたのしみに待っていてくれることはわかっていますが、一年に数回お話を届けるだけで、被災地への支援といえるのだろうかと考えないでもありません。幸い震災当時在籍していた子どもたちには、ひとりの犠牲もありませんでした。でも、無事だったこの子たちのなかにも、家族や親戚を失った子がいたかもしれませんし、震災のために、父親や母親の仕事や、家庭環境に問題が生じた子もいたでしょう。今も仮設住宅で暮している子もいるかもしれません。

お話を聞こうとまっすぐな目をわたしに向けてくれる子どもたちの表情からは、ひとりひとりの事情を知ることはできません。ころころ転がっていく「ホットケーキ」のせりふに、のけぞって笑う子どもたちを見ながらも考えるのは、この子たちも、あの大震災によって、どこか深いところで衝撃を受け、たとえ無意識のうちにも、必死でそれを乗り越えようとしているのではないだろうか、そして、わたしたちのしていることは、とてもそうした子どもたちの心の深みにまで届くものとはいえないのではないか、ということです。

それでも、子どもたちのお話の聞き方、そのあとでぽつりぽつりもらしてくれる感想は、何かが子どもの心に届いていることを信じさせてくれます。インドネシアの昔話「やもめとガブス」（おはなしのろうそく12）は、語り手のわたしがぐいぐい引き込まれるほどの強い集中力で聞いてくれたお話ですが、そのあと、ある子がもらしたのは、「（干上がった川床で水を求めてあえいでいる魚を見て）やもめが、魚の気持ちがわかるといったところが心に残りました」という感想でした。（女が、自分の境遇と魚の置かれている状況とを重ね合わせ、ひとごととは思えなくなったところから、この物語は新しい展開を見せるのです。）

同じインドネシアの「りこうな子ども」*（アジアの昔話6・福音館書店）では、子どものりこうさに辟易して、いったんさらった子どもを返しにいった人さらいのことを「なんだ、いい人じゃん」と、ほっとしたようにつぶやいた子がいたことを、そばにいた人から聞きました！

グリムの「一つ目、二つ目、三つ目」*では、昔、さんざん自分をいじめ抜いた一つ目と三つ目が、物語の最後で落ちぶれて施しを乞いにきたとき、二つ目が親切にふたりをもてなしたところがいちばんよかった、と感想を述べた子がひとりならずいました。こうした感想を聞いていると、この子たちはやさしい、このやさしさは、どこから来るのだろう、と考えてしまいます。

ロシアの昔話「美しいワシリーサとババ・ヤガー」[*]では、人間のしゃれこうべと骨でできた垣根に囲まれた小屋に住み、ふたことめには「おまえをとって食う」と脅すババ・ヤガーのことを、「こわいだけではない。いい面もある」と、ことばを選び、選び一所懸命いってくれた子がいました。この恐ろしい魔女が、結局はワシリーサに火だねを与え、悪意（殺意）に満ちた継母から彼女を救いだしてくれたことを、ちゃんと感じとっていたのですね。昼と夜と太陽をしもべにもつババ・ヤガーは、大自然そのものといってもいいでしょう。災害をもたらすものと、恵みをもたらすものが大きな存在の相反するふたつの面であることを、この子は、自分でも意識していない深みで、受け止めていたのかもしれません。

元気いっぱいに見える子どもたちにも、大震災は、ときたまよそから訪ねていくだけのわたしたちには、到底うかがい知ることのできない重い負担を背負わせているに違いありません。それでも、訪問の回数を重ねて思うのは、あの大きな出来事は子どもたちにとって、きっとプラスになるだろうということです。わたしたちの心を何かを育くむ土地にたとえると、大震災は、その土地に深く打ちこまれた鋭く重いつるはしの一撃のようなもの。子どもたちは、自然にその一撃の深さにまで心を耕すように導かれ、おかげで、その分、地面はよく耕され、やわらかくなる……そんな気がするのです。

＊「りこうな子ども」『アジアの昔話 六』アジア地域共同出版計画会議企画　ユネスコ・アジア文化センター編　松岡享子訳　福音館書店　一九八一年／『りこうな子ども──アジアの昔話』松岡享子編訳　下田昌克絵　こぐま社　二〇一六年

＊「一つ目、二つ目、三つ目」『鉄のハンス』（グリム童話選 二）グリム兄弟編　相良守峯訳　岩波書店　一九六六年

＊「美しいワシリーサとババ・ヤガー」『なまくらトック』（愛蔵版おはなしのろうそく 二）東京子ども図書館編・刊　一九九八年

一五〇号　二〇一六年・夏

ロールプレイの試み

昨年からはじまった当館での『子どもと本』（岩波新書）の読書会は、一章、二章とすすんできて、去る四月には、第三章「昔話のもっている魔法の力」について話し合うことになりました。この会では、いつも参加者の方々に、その章を読んでの感想を、内容と呼応するご自身の体験を軸にお話しいただくことにしていますが、これがほんとうにおもしろい。ある方が、参加後、「本との出会いを思い返すうちに、いつか自分の今までは意識もしていなかったことに気づかされたり、記憶の奥のほうにしまいこんでいたことが鮮明になったりして、いわば自分さがしの旅をしてきた思いでした」というお手紙をくださいましたが、みなさんがそのようにして、引き出してきたエピソードを惜しげなくわかち合ってくださるのです。どの方にも、子ども時代に、必ず本との出会いをつくってくれた人や出来事があり、それらの物語を聞き合う読書会は、ほんとうに豊かな時間だと実感しています。

昔話がテーマの第三回は、参加者の昔話をめぐる体験を話し合うのに加えて、ちょっとおもしろい実験として、ロールプレイ（role playing）をやってみることにしました。簡単にいえば即興劇遊び。ただし、遊びを通して問題を深く考えるきっかけにする試みです。参加者は、数人ずつ四つのグループに分けられ、それぞれのグループに課題が提示されました。用意された課題は、一般の人が昔話について抱く疑問、懸念、批判にもとづくもので、実際にあった例から選びました。メンバーは、それについて話し合って大まかなシナリオ（?）を用意し、演者を選び、短い打ち合わせのあと、すぐに数分程度の寸劇を演じる……という流れです。

四つの課題――場面と人物――は、以下の通りです。

Aグループは、場面は小学校の校長室。登場人物は校長先生とお話のボランティア。「かしこいモリー」を語り終えて帰ってきたボランティアに、校長先生が「あの話は、教育上よくない」と、いいます。「何ひとつ悪いことをしていない大男の娘が父親に殺される。モリーが大男の持ち物を盗む。こんな話を子どもにしていいのか」と。さて、どうする……？

Bは、場面は小学校中学年から高学年の教室。先生と生徒が話し合っている。きっかけは「ねむりひめ」の話を聞いた生徒のひとりが、「王さまは、国中のつむを全部焼き捨てるように命令したが、そんなことをしたら、みんなが困るではないか。この王さまは悪い王さまだ」と、いったことから。さて、先生は……？

Cは、ある家庭。語り手である奥さんが「かちかち山」の練習をしている。そばで聞いていた旦那さんが、「おいおい、たぬきがばあさんを殺して、じいさんにばばあ汁を食わせるなんて話、子どもにしていいのか」と、疑問を呈する。さて、奥さんは、どう答える……？

Dは、短大の教室。保育科の学生と教師。寝太郎型の「桃太郎」を聞いた学生が、「怠けてばかりいるのに成功するのはおかしい。自分のものでもない宝物をもらうのは筋が通らない。この話の教訓は何か」と、教師に質す。さて、このあと授業は……？

ロールプレイをすると発表したときの参加者の第一反応は、「ええっ、即興で劇？　そんなことできない」「演じる役は、わたしには絶対無理。やりたくない」だったようです。それでも準備のための話し合いはにぎやかに行われ、二十分ほどのちには、四つのグループによる即興劇がはじまりました。

これがアメリカなら、もっと突拍子もないことをいう人が出て、思わぬ展開を見せるケースもあったのでしょうが、日本人はやはりおとなしい。常識を突き破る展開にはなりませんでしたが、それでも、Bグループでは、すっかり三年生になりきったメンバー全員が、つぎつぎに手をあげて「昔話は変だ」と、たくさんの例をあげて先生をやりこめる、Cでは予定になかった子どもたちが登場して、おかあさんの援護射撃をするなどの〝熱演〟がつづいて、観客は爆笑につぐ爆笑。会場は、大いに沸きました。

大方の人が「いやだ、はずかしい」と感じ、とくに演者の役を振り当てられた人には、かなりの心理的ハードルがあったと思いますが、あとになって、何人もの方から、とてもスリリングでたのしかった、印象に残る会だったという感想をいただきました。短い話し合いの時間のなかで、集中的にさまざまな観点からの異なった意見を出し合ったことも有益だったでしょう。さらに、即興という〝場〟の力も作用したのではないでしょうか。その力（ある種の強制力？）のおかげで、思いがけず自分のなかにあった考えの岩盤のようなものをさぐりあて、自分についても、昔話についても、より深く理解したことが、さきにあげた感想につながったのでは、と思われます。いずれにせよ、ロールプレイは、ただの講義にはない貴重な学びの機会になりました。

『子どもと本』の読書会をしているという報告は、あちこちから届いています。お話のグループで昔話の勉強をしているところも数多くあるでしょう。みなさんも、試しにこんなロールプレイで〝遊んで〟ごらんになってはいかがでしょうか。

一五一号　二〇一六年・秋

三つ子の魂　二十歳の意思

この夏、わたしが二十代のはじめに親しくしていただいたある方が亡くなられ、そのお別れの会で、当時の仲間たちと久しぶりに再会しました。その仲間というのは、わたしが学生時代に、多くの時間を割いて参加していたワークキャンプという活動を共にした人たちです。

今ではボランティアということばがふつうに使われるようになったので説明しやすくなりましたが、ワークキャンプというのは、若い人たちが、助けを必要としている場へ出かけていって、労働を提供するボランティア活動です。

そもそもは、一九二〇年夏、第一次世界大戦の戦禍で荒廃したフランスの村で、ヨーロッパ各地から集まった青年男女が、五ヵ月にわたって寝食を共にしながら村の復興再建のために働いたのがはじまりとされ、このときの指導者スイス人のピエール・セレゾールによって世界各地に広められました。

その後、数多くの団体が運動に参加するようになり、ユネスコにもワークキャンプ調整委員会が設けられ、一九五五年日本のユネスコ国内委員会発行の文書にも、「国際理解と協力によって永世平和を地上に実現しようとする方法はいろいろあろうが、これをツルハシとシャベルと汗によって黙々と行っているのがワークキャンプである」という記述が見えます。

わたしが関わるようになったのは、アメリカのクェーカーの団体、アメリカフレンズ奉仕団（ＡＦＳＣ）の主催するワークキャンプで、大学三年のとき、アジアを中心に、世界八ヵ国から三十名の学生を集めて行った二週間の国際ワークキャンプに参加したのがきっかけでした。それからの数年、休みや、週末には、いろんな大学の学生とフレンズ国際ワークキャンプ（ＦＩＷＣ）という組織をつくって、台風の被災地、児童養護施設、障害者施設、開拓農村など、さまざまな場所へ出かけていって、開墾、整地、ブロック積み、ペンキ塗りなど、さまざまな〝勤労奉仕〟に精を出しました。（今でも、ペンキ塗りには自信があります。）

当時は、それほどのこととは思わず、やり甲斐を感じて、ただたのしくやっていたキャンプ活動ですが、今になってみると、二十代のはじめにこのような経験をしたことが、のちの自分にどんなに大きな意味をもったかを思わずにはいられません。肉体労働の体験は貴重でしたし、キャンプ先で、自分とは境遇の違う人たちの生活に触れたことも、ものの見方を根本から動かす結果になりました。キャンプの仲間と、生涯にわたる友情を育くむこともできました。

お別れの会に参加するのに、なにか故人の思い出になるものをと思い、キャンプの資料をさがしていたとき、思いがけず六十年前にわたしが書いたメモが出てきました。記憶からはまったく消えているのですが、当時ＡＦＳＣから派遣されたアメリカ人のスタッフと、ＦＩＷＣの学生委員とのあいだに、なにか問題が起きていたらしく、両者の権限を定めた規約をつくろうという動きに関してのメモでした。

メモは、両者のあいだに齟齬が生じた原因を理路整然と分析した上で、こういうのです。「一番大事なのは、ひとりひとりの心のなかで、ワークキャンプの精神が生きて働いているかどうか」であり、「運動を継続するために、規約をつくらねばとか、理念を明文化しなければ、というような事態は、運動の成長ではなくて、むしろ精神の枯衰だと私は見る。」「ＡＦＳＣとＦＩＷＣの関係が曖昧であったことは認めるが、それは両者がワークキャンプの精神を暗黙のうちに十分理解していたことからくるハーモニーであって、むしろその曖味さが、暖かい交流を生み、関係を破綻から救っていたといえる。キャンプの精神に基づいた両者のあいだの理解と協力の精神を抜きにしては、制度上の改善や、取り決めは、死物でしかあり得ないと思う。」などなど。

若者らしい〃えらそうな〃口ぶりには苦笑させられますが、これは、どんな組織、どんな運動体にも通じる問題。自分が大事にしてきた考えが、こんなところに、こんなにはっきり出ていたことに驚くと同時に、ああ、わたしは、その後ずっと二十代のわたしに支えられてきたのだ、とも感じました。

三つ子の魂百までというとき、それは多分に気質的なもの、感性とか感受性など、もって生まれたものをさしますが、考え方や行動規準、ものごとに対する姿勢など、意識的、意志的なものは、二十歳前後につくられ、その後その人の生涯を貫くように思います。

それにしても、若いときには、贅沢な経験をさせてもらっても、さしてありがたがりもせず、自分の考えは自分で考え出したもののように思っていますが、実は、自分が選びとったと思う機会も、それを用意してくれた人がおり、自分の考えの裏には、それをつくりあげるのに力を貸してくれた人（実在の人も、書物から語りかけてくれた人も）がいるのだということが、今はよくわかります。そして、あのころ、〃根拠のない〃自信に満ちて行動するわたしたちを、まわりにいて、そっと見守ってくれたおとながいたことにも気がつきます。故人は、わたしたちにとって、そのようなおとなのひとりでした。改めて感謝の念を深くして、お別れを告げました。

一五二号　二〇一七年・冬

あのクマとの久しぶりの再会

二〇一七年が明けました。世界中で予想もしないことがつぎつぎに起こるので、この新しい年を、希望よりは大きな不安をもって迎えた人が多いのではないでしょうか。放っておけば暗い方へ向きがちな気持ちを、無理にも引き立てようと、なにか少しでも心がほぐれる話題をと考えて思いついたのが、昨年十一月十九日に行われた、ある授賞式のことです。

場所は、大阪府箕面市のメイプルホール。司会・進行から賞の贈呈まですべてを市内の小学校、中学校の生徒たちが行う「箕面・世界子どもの本アカデミー賞」の授賞式です。この賞は、二〇一〇年の国民読書年を機に、「子どもたちの読書意欲を高め、読書活動をさらに推進すること」を目的に市が創設したもので、子ども自身が選ぶという点がユニークです。箕面市では、一九九二年から市立小・中学校に学校図書館司書の配置をはじめ、一九九八年に完了。市を挙げて子どもたちの読書活動を推進してきたことが背後にあって実現した活動です。

毎年五月に学校・図書館司書、司書教諭らで構成された実務者会で「ノミネート」本を選定するところから活動ははじまります。賞には五部門――絵本賞、作品賞、ヤングアダルト賞、それに主演男優賞と、主演女優賞があり、それぞれに数点のノミネート作品が選ばれます。各市立図書館には「アカデミー賞コーナー」が設けられ、学校でも、読み聞かせなどにより、ノミネート本を読むよう促します。そして、七月には、子どもたちによる部門ごとの投票が行われるのです。

二〇一六年度の受賞作品は、以下の通りです。絵本賞『これはのみのぴこ』、作品賞『ハリー・ポッターと賢者の石』、ヤングアダルト賞『掟上今日子の備忘録』、主演女優賞『マチルダは小さな大天才』のマチルダ、そして、主演男優賞がなんと『くまのパディントン』のパディントンでした！

訳者であるわたしは、パディントンの代理として式に招かれ、市内の第六中学校の美術部が制作した「オスカー像」を受け取りました。これには一部ママレードを思わせるオレンジ色の彩色がほどこされ、一センチほどの楕円形の賞牌がのっています。一〇×二〇センチほどの板に、合成樹脂（？）製の、透明な厚み一センチそれとは別に、パディントンご愛用のスーツケースのミニアチュアが板の隅に鎮座しています。あまり手際よく作られたとはいえない出来なのが、中学生たちが、ああでもない、こうでもないと話し合いながら、制作に励んでいる情景を思い起こさせて、ほほえましい限りでした。

さて、受賞者は、十五分の「受諾演説」を行うように要請されていました。代理人としては、本人の意向を受け、このお役目を果たさなければなりません。考えているうちに、わたしの耳には、この知らせを聞いて大騒ぎしているブラウン家の人々の声が聞こえはじめました。「へぇっ、すごーい！」というジョナサン。「よかったわね、パディントン」というジュディ。「さっそくルーシーおばさんに知らせなきゃ」というブラウンさんの奥さん。そして、はや「お祝いに糖蜜のプディングを作らないと」と、急ぎ足で台所に向かうバードさんの姿も見えてきました。ブラウンさんだけは、「舞台に立ったわけでもないパディントンが主演男優賞とは」と、いささか懐疑的です。でも、「これはお芝居ではなくて、本の話」と、一同に説得されて納得せざるを得ません。親切なグルーバーさんは、もちろん「なんとなんと、すばらしい話じゃないか。ブラウンのだんな。世界広しといえども、アカデミー主演男優賞をもらったクマは、ほかにいないと思うよ。いやぁ、おめでとう！」と、祝福してくれます。そして、問題の多い隣人カリー氏は……？

想像しているうちにたのしくなって、わたしは、パディントンのゴーストライターになって、ご本人の受諾演説を書き上げました。そして、（舞台裏を明かせば）原書にある彼の署名をなぞって（左手で）署名をし、前足マークのハンコも押し、さらにはママレードの切れ端も貼り付けて、原稿を完成させました。

この演説のなかで、パディントンは、箕面の小中学生に、「ぼくが箕面に行ったら、どんなことが起こるか、想像してお話を書いてください。」と、提案するのですが、すでに演説を聞いている最中に、「紅葉見物をしていて滝に落ち、紅葉といっしょに流れて行った」と、つぶやいている生徒がいたとか。もしかしたら、著者のマイケル・ボンドさん顔負けのおもしろいお話が生まれるのではないでしょうか。

よく考えてみると、パディントンは「不法移民」です。救命ボートにかくれて密航してきたのですから。（不法移民といえば、それを防ぐため、国境に壁をつくる話が頭をよぎります。）思えば、異文化衝突をくりかえすこの厄介な不法移民を、ブラウンさんたち一家は、（そして、イギリスの社会は）、なんと寛大に受け入れていることでしょう！　自身のひらめきと幸運とで、いつも窮地を脱するパディントンですが、そこにはイギリス社会の特長であるユーモアのセンスが大きく働いていることも忘れてはならないでしょう。

一五三号　二〇一七年・春

皮肉と悪意のない世界

二月十八日の朝、うさこちゃんの生みの親、ディック・ブルーナさんがお亡くなりになったという知らせが届きました。ちょうどその日は、一月に亡くなった友人の追悼会がある日でした。静かにすごすはずだった一日が、取材や、原稿の依頼などで、思いがけずあわただしいものになりました。

ブルーナさんとは個人的なおつきあいはありませんでした。でも、考えてみれば、深いご縁があったというべきでしょう。うさこちゃんが日本に登場するきっかけとなった場に居合わせたのですから。一九六三年の秋、アメリカ留学を終えたわたしは、ヨーロッパ経由で帰国することになりました。当時、福音館書店の編集者であった松居直さんが、ヨーロッパの子どもの本の出版事情を視察する際の通訳をつとめることになったからです。この旅の途中、オランダの図書館で、最近子どもたちに愛されている本として「うさこちゃん」が紹介され、直感的にその特質を見抜いた松居さんが翻訳出版を決意。石井桃子さんの訳で翌年『ちいさなうさこちゃん』が出版されたのでした。その後、石井桃子さんから、あとはお願いといわれて、ブルーナ作品の翻訳を引き受けることになり、今日まで、五十点を超える絵本を訳してきました。訃報がはいったのも、ちょうど新しい二作品が印刷にまわった直後のことでした。

そのうちのひとつ『おうさま』*は、ちょっとユニークな作品です。なにしろ王さまが愛する人のために王位をすてるというストーリーなのです。松居直さんは、この絵本の背景には、一九三六年にイギリスで起きたエドワード八世の退位事件があるのではと推察していらっしゃいます（『絵本の時代に』大和書房一九八四年)。あるいは、そうかもしれません。

少し遅れて生まれたわたしには、その記憶も印象もないのですが、同時代のウェッタシンハさんは、自伝(『わたしのなかの子ども』福音館書店　二〇一一年）のなかで、当時ラジオもなかった村に、ニュースを伝えにくるカヴィコラカラヤーという伝達人が、涙ながらにこの退位事件を伝えたことを記しています。村の女の人たちは、エドワード八世に王位を諦めさせたシンプソン夫人のことを「女神のような方だわねえ」と話しては涙にくれていたとありますから、この出来事は、ヨーロッパから遠く離れたスリランカの田舎でも、村人たちの心を深く動かしたものだったのでしょう。

それはさておき、わたしが訳したブルーナの絵本のなかで、いちばんのお気に入りは「ぶたのうたこさん」の三冊*です。どこだったか、今思い出せないのですが、うたこさんのことを「ブルーナにしては珍しく中年の婦人が主人公」と書いてあるのを読んだ記憶があります！　たしかに、そうかもしれません。ただ、この上なく愛すべき中年のご婦人です！

登場人物がいつも正面を向いているのが、ブルーナの作品の特徴ですが、そのなかにあって、二度も後ろ姿を見せるうたこさんは、例外的といえるでしょう。でも、その後ろ姿の雄弁なこと！　そこからは、きりりとエプロンのひもを締め、せっせとたんすを磨いているうたこさんのからだの動き、力の入れ具合までが伝わってきます。

わたしがブルーナさんの絵本にいつも感じるのは、作品がオランダの人々の価値観や文化にしっかり根をおろしていることです。お掃除のあと、雑巾を洗って干すところまでが、きちんと描かれているうたこさんは、清潔や勤勉を大切にするオランダの人々の暮らしぶりを表わすよい例だと思います。絵の魅力はもちろんですが、お話が、そのように生活に深く根ざしていることが、作品の力を強くしていると思います。

訃報が伝えられた直後、翻訳の際、オランダ語の逐語訳をしてわたしを助けてくださる野坂悦子さんが、メールでオランダのデジタル版新聞記事を転送してくださいました。地元だけあって、くわしい年譜も含めた行き届いた記事ですが（オランダ語とあって、めぼしい単語を辞書の助けを借りて拾い読みするだけのことですが）、注目したのは、その見出しです。「ディック・ブルーナ（一九二七〜二〇一七）は、皮肉や悪意の存在しない世界を、ネインチェで創り上げた」というものです。ネインチェは、オランダ語の「うさこちゃん」です。

それに比べて、日本のメディアの取り上げ方が、まるでうさこちゃんグッズに焦点があっているようなのが気になりました。ブルーナさんの創造性と才能がもっともよく発揮されたのは、デザインと絵本の世界であったと思いますが、その点が前面に出されず、ミッフィーちゃんグッズの生みの親のように扱われるのは悲しいことでした。ぬいぐるみや文房具、カバンから毛布に至る数々のグッズは、多くの家庭で使われているとは思いますが、絵本を知らずに、それらに親しんでいる人たちに、本来のうさこちゃんを知ってもらうよい機会であったのに、と思わずにはいられませんでした。

想像力や技術力、そして努力によって創り出された芸術品が、商業主義の圧倒的な力で商品化され、普及するのは致し方のないことなのかもしれませんが、こんなときにこそ、ブルーナさんが絵本によって世界の子どもたちに届けてくれた贈りものの意味を、改めて考えてもよかったでしょうに。

＊『おうさま』ディック・ブルーナぶん・え　まつおかきょうこやく　福音館書店　二〇一七年

＊「ぶたのうたこさん」の三冊『ぶたのうたこさん』『うたこさんのにわしごと』『うたこさんのおかいもの』（ブルーナのう

たこさんのえほん）一〜三　ディック・ブルーナぶん・え　まつおかきょうこやく　福音館書店　一九九一年

一五四号　二〇一七年・夏

光は見えたが……

わたしは神戸生まれの神戸育ちですが、父の転勤にともなって東京に移り住んでからもう半世紀、東京暮らしのほうがずっと長くなりました。引っ越してきてすぐ、うちで文庫をはじめたときは、木造の昔ながらの日本家屋でしたが、二階にあるわたしの部屋に本がふえ、その重みで階下のふすまや障子の開け閉めに影響が出るようになったのを機に、建て替えを考えるようになりました。四十年前のことです。

二〇代の若い設計士たちにお願いした新しい家は、鉄筋コンクリート、一部三階建て、外壁はひよこのようなきれいな黄色の立派なものでした。一階が両親の寝室と家族の生活空間、二階は文庫と集会のための広間、三階がわたしの書斎という間取りでした。

三階の書斎は、最上階というだけでなく、四方に窓があってのびやかな空間。本棚もたっぷりあって、まことに贅沢なものでした。この書斎で、どんなにたくさんの時間を過ごし、どんなに一所懸命仕事をしたでしょう。長い間、ここはわたしの心の落着き場所でした。

ところが、二十年前に父と母があいついで亡くなってからは、わたしの生活空間は一階になり、書きものをするために小さな机を置くと、なんとなくそこで仕事も手紙書きもするようになってしまいました。何度も三階と往復しては、仕事に必要な辞書や、本などをつぎつぎに下へおろし、仕事が終われば、それに関係したものは上に戻すようにしていたのですが、それもいつのまにかめんどうになって、たいていのことは階下ですますようになってしまいました。

そのうち、階下におさまりきらないものを、三階に運んではそこいらに積んでおく、ということをくりかえしているうちに、もとの立派な書斎は、いつのまにか物置になりはて、文字通り足の踏み場もないほどの「紙の山」に埋もれてしまいました。なるだけ見ないように、考えないようにしていたこの書斎の惨状をなんとかしなければと一大決心をして、今年五月の連休に、頬かむり、マスク、てぶくろに身をととのえ、おそるおそる本と書類のただ中に足を踏み入れました。部屋の真ん中に立って、四方を見渡せば、紙、紙、紙の山。段ボールにはいったもの、紙袋にはいったもの、そのままのもの。床も見えない有様です。どこから手をつけたらいいものやら……。頭の中に作業の見取図もないまま、まずは机の上に何があるのかを確かめることからはじめました。

途中経過ははぶきますが、こうやって紙の山をくずしていくうちに、部屋を埋め尽くしている紙は、だいたいのところ四種類に大別できることがわかってきました。すなわち、図書館関係、著作関係、多様なメモ類、日誌・手紙など個人的な記録です。とりあえずそれぞれを分けて大きな箱や紙袋に放りこんでいくと決めると、この無秩序に光がさしてきたようで、急に気がらくになりました。とはいえ、部屋が片付いたというわけではありません。このことを「光は見えたが、床は見えない」と、ある人にメールをしたら、「それは名言」と、大いに興がられました。

実状は、ここでストップしていますが、あれこれ手にとって見ているうちには、思いもかけぬ収穫もありました。どこにいったか不明だった貴重な手紙のありかが判明したことです。その中には、パディントンの作者マイケル・ボンドさんからのお手紙もありました。一九七四年三月という古いものですが、几帳面なよく整った筆跡で、「こんどイギリスにいらっしゃることがあったら、ぜひご連絡ください。パディントン駅で落ち合って、駅のビュッフェでママレード・サンドイッチでもごいっしょにいかがでしょう！」とあります。先日の訃報のあとは、なおその機会を逸したことが悔やまれます。

バージニア・リー・バートンさんが、デザインの速成講座（ほんの数時間！）をしてくださったときのプリントも出てきました。菱形のモチーフを展開して連続模様をつくった練習用紙なども出てきてなつかしくなりました。これは、現在東京のギャラリーエークワッドでひらかれているバートンさんの「ちいさいおうち」展にまにあって、一部展示されています。

大片付けの手がしばし止まったのは、どこへしまったかどうしても思い出せなかった神谷美恵子先生からのお便りの束が見つかったときです。「こどもとしょかん」の創刊号に「想像力について」を寄稿してくださったあとの、五月五日付のおはがきには、久しぶりに信州へ行ったことが記されてあり、「まっ白なアルプスの峯々にかこまれて、娘時代、登山やスキーに行ったとき以上の感慨をおぼえました。この世もまた美しいと思い、心の中で山々や花々にさよならを言ってきました。あなたやあなたの同志たちが、私たち世代の果たしえなかったことをやってくださると心強く、また心安らかに思いつつ。どうぞしっかりお願いします。」と、結ばれています。先生が逝かれたのは、この五ヵ月あとでした。思えば、図書館設立時に感じていた重荷を、先生のお便りによって軽くしていただいたことがいくどあったことか。当時まだ二〇円だった官製はがきの束を掌にのせて、しばし瞑目したことでした。

一五五号　二〇一七年・秋

I Like Fairy Tales

ここ二年ばかり、わたしの頭のなかで大きな場所を占めてきたのは、ワンダ・ガアグです。彼女がドイツ語の原典から英訳・再話し、挿絵をつけて一九三六年に公刊した *Tales from Grimm* を日本語に訳す仕事をしてきたからですが、とくにここ数ヵ月は、頭のなかはワンダ一色という感じでした。というのも、七月に、のら書店から、原著を二分冊にして刊行することになったうちの一冊目『グリムのむかしばなしⅠ』が刊行されてから、「ワンダのグリム」についてお話をする機会が何度かあり、その準備のために、ずっといろいろな資料を読んで過ごしていたからです。

彼女の再話したお話にみなぎるエネルギーに触れたことがそもそものはじまりですが、彼女自身の若い日の日記『ワンダ・ガアグ若き日の痛みと輝き』（阿部公子訳　こぐま社）や、彼女の伝記、「ホーンブック」に掲載された関係資料などを読んでいると、ワンダがどんなに生活力、生命力にあふれた、すごい人だったかが感じられて、圧倒される思いでした。

ワンダとワンダのグリムについて調べていると、つぎつぎに興味深いことが出てきて、何度も驚いたり、感心したりさせられたのですが、ひとつ、とくにわたしの注意をひいたのは、彼女の本が出た一九三〇年代、アメリカの教育界や、出版界では、昔話は子どもによくないという考えが、広くいきわたっていたらしいことです。

その論点は、大きくいって二つあったようです。ひとつは、機械工業の時代に、非科学的な空想物語は必要ない、現代の子どもは、もっと現実的、実用的なものを求めている、というもの。そして、もうひとつは今につづく残酷性の問題でした。

　昔話に反対する意見は、今日わたしたちが想像するより、はるかに強力だったようで、グリムを刊行してから二年後に、ワンダは、ニューヨーク公共図書館で、昔話について講演をしています。その記録（要約？）が、翌年、「ホーンブック」に掲載されているのですが、そのタイトルがI Like Fairy Tales* ――「わたしは昔話がすき」です。（ここでは、昔話にFairy Taleということばを当てていますが、ワンダにしてみれば、ほんとうはMärchenメルヘンといいたかったところでしょう。）

　ワンダは、話す相手や場所によっていい方を変える人ではなく、いつでもどこでも率直で飾らない物いいをする人だったと思われますが、この講演も単刀直入、いいたいことをきっぱりと述べています。彼女の論拠は、子ども時代、まわりのおとなたちから毎晩のように聞かせてもらった昔話（メルヘン）と、それをこころゆくまでたのしんだ体験にあります。彼女のなかにはどっしりと根を下ろして動かない昔話への愛があり、それが発言のすべてに根拠を与えています。

　現代の子どもが科学的なものに興味をもつのは当然と認めながら、子どもはいろんな段階を経て発達していくもので、それぞれの段階にそれ特有の必要や興味があるものだと述べているのは、幼い日に昔話で培った智恵、道徳律、空想力、ユーモアが、貧しく、苦しい日々を生き抜くのにどれだけ支えになったかをよく知っているからこそのことばでしょう。

　残酷性についても、映画で見られる暴力、殺人、拷問（それには、うめき声や悲鳴がついてまわる）に比べて、昔話のなかで「昔々」大男が首を切られたとしても、そこには血も流れない、ごたごたもない、まるで丸太が真っ二つに割れたようではないか、どちらが残酷なのか、と問いかけています。

これを読むと、わたしたちは、すぐ昔話の登場人物は肉体をもたず、図形のようなものだといったマックス・リュティのことばを思い出しますが、リュティが『ヨーロッパの昔話』(小澤俊夫訳 岩崎美術社/岩波書店)を著わしたのは、ワンダが亡くなってから一年あとの一九四七年のことです。ワンダは、体験から、昔話の本質をちゃんと見抜いていたのですね。

ワンダは、昔話は、頼りないつくりごとではない、ある学派によってひと吹きで空中に吹き飛ばされるほど、軽い、ふわふわした、実体のないものではない、もっとずっと本質的で、実体のあるものなのだ、といいます。そして、それは、たとえていうと「どっしりと大地に根をおろして生きている大木のようなもの」だといっています。

わたしたちが聞いたり、読んだりする昔話の空想的な部分は、その木の幹、枝、葉、花で、そこに魔法はかかっているけれど、根の方は、しっかりと伸びて大地=人類の過去に届き、古代の神話、宗教、多くの民族の生活や習慣に入りこんで、そこから命を吸い上げているのだ、というのです。なんと適切で、力強い比喩ではありませんか。

ワンダは、昔話に対する反対論は、これからもむしかえされるかもしれないけれど、でも、自分は昔話の運命についてこれっぽっちも心配していない。なぜなら、「昔話は、それが人類に対してもっている意味を失うには、あまりにも豊かで深く、多くを与えてくれるものだし、なんといってもすばらしく、美しいものだからだ」といっています。ワンダに声をあわせて、わたしも叫びたい、昔話がすき! と。

＊ *Tales from Grimm* freely translated and illustrated by Wanda Gag, Coward McCann, 1936.

＊"I Like Fairy Tales" by Wanda Gag, *The Horn Book Magazine*, vol. 15, no. 2, March 1939.

一五六号　二〇一八年・冬

逝ってしまった人との対話

二〇一八年は、山の家で迎えました。大晦日の午後から白いものが舞いはじめたので、元旦の朝は一面の銀世界かと思って雨戸を開けたのですが、予想に反して、白い刷毛でさっと地面をはいたほどの雪でした。新しい年は、先を思い、新しい計画をたてるときですが、今年はそうはいきませんでした。十一月の末からたてつづけに届いた訃報。その衝撃は深く、後ろを振り返り、逝ってしまった人たちと無言の会話を交わしながら過ごしました。

十一月二十七日に帰天した島多代さんは、三十年近く東京子ども図書館の評議員を務めてくださいました。長い時間をかけて収集されたご自分の絵本コレクションをもとに、二十年にわたってわたしたちのために「絵本の歴史カレンダー」を作ってくださったことは、読者のみなさまもよくご存じのところです。お元気なころは、毎年、その年に取りあげた作家や作品をテーマに講演をしてくださいました。講演では、たびたびテーマから脱線して島さん流の人生論、世界観、時局観へと話が飛んだものでしたが、むしろそれをたのしみに参加された方が多かったのではないでしょうか。

島さんと親しくなったのは一九八六年、ＩＢＢＹ（国際児童図書評議会）の東京大会のときでした。同じ苗字のもうひとりの島さんとの人違いから生まれたご縁でした。それ以後、主にＪＢＢＹ（日本国際児童図書評議会）の活動をご一緒するようになりましたが、なんといっても忘れられないのは、一九九二年、わたしを国際アンデルセン賞の選考委員に引っ張り出そうとしたときの彼女の強引な説得ぶりです。「火砕流」というニックネームもむべなるかな、電話攻勢で「お願いッ！」とくり返した声は、今も耳に残っています。

選考委員の仕事は想像以上にきついものでしたが、貴重な経験でした。五〇代だからこそできたこと、以後は体力的にとても無理だったと思います。よい時期に得難い機会をつくってくれた彼女に、今となってはただ感謝あるのみです。

当館の評議員会では、ともすれば目の前の日常業務の課題にとらわれがちな理事や職員たちを前に、いつも気宇壮大な哲学的命題を提示して、わたしたちの目線を遠くへ運んでくれたものでした。長いスパンでものを見、常に社会現象や個人の行動の背後にあるものをつきとめようと情熱を燃やしつづけたダイナミックなパーソナリティの持ち主でした。

体調を崩されてからは、数えるほどしかお目にかかる機会はありませんでしたが、長いアメリカ生活を体験し、アメリカ社会のありように強い関心を抱いていた彼女のこと、昨今の、かの国のありようには、どんなに鋭い、過激な意見を述べただろうと、ニュースのたびに想像しています。

わたしがアンデルセン賞の選考委員を仰せつかったとき、助っ人のひとりとして、ドイツ語圏からの候補者についてレクチャーをしてくださったのが上田真而子さんでした。その「真而子先生」も十二月十七日に逝かれたとの知らせがありました。ご自宅にうかがって、講義を受けたときのことをなつかしく思い出します。それをご自分で「御進講」と呼んでおもしろがっていらっしゃったことも。

また、わたしたちが東京子ども図書館として活動をはじめたとき、だまってさっと多額のご寄付をくださったこと、それにどんなに励まされたかを忘れることができません。ふだんは、時折葉書のやりとりをするだけのおつきあいでしたが、気持ちのうえではいつも近くにいて、ご主人の閑照先生とともに、わたしの敬愛の対象でいてくださいました。

その真而子先生には、高野山で過ごした子ども時代をきめこまかく綴った『幼い日への旅』（福音館日曜日文庫）という作品があります。お亡くなりになったと知ったあと、手にとって再読し、ご両親の愛情に包まれて元気に遊ぶ子どものマニちゃんと出会うことができて、深く慰められました。文中のマニちゃんの〝和歌山弁〟がうれしく（実際にはお聞きしたことはありませんでしたが）、ひそかに「あんたもそんなことして遊んだん」などとお話したのでした。それにしても、こうしてことばが残されていることの幸せ。よくぞ書いておいてくださったと、改めて心のなかでお礼をいいました。

北海道からは、ふきのとう文庫の設立者小林静江さんが十二月九日に亡くなられたとの知らせが届きました。いぬいとみこさんとともに、岩波書店の児童書編集者であった小林さんは、妹さんが脊椎カリエスでからだが不自由だったことから、障害児のための文庫を設立されたと聞いています。遠く離れていましたから、たびたびお目にかかることはできませんでしたが、お互い慣れない法人運営に苦労をしていたことから、手紙や電話で愚痴をこぼしあったり、健闘を称えあったりして、励ましを受けていました。後継者を得て、文庫が順調に活動をつづけていることで、きっとご安心なさっていたでしょう。わたしにとっても、それはひとつの安堵です。

こうして同じ時間をともに生きた大事な人たちが去っていきます。でも、その人たちとの対話はつづきます。声をかけては、返ってくるはずのことばを聞き取ろうと努めながら、耳をすませて過ごしたお正月でした。

一五七号　二〇一八年・春

璆鏘？　澆季溷濁？　尺縑？

先日、熊本に行く機会があり、少しの時間の余裕を見つけて、地元の方が、漱石ゆかりの場所に連れていってくれました。市内では、漱石が熊本時代に住んだ家のひとつを見学し、そのあと「草枕」の舞台となった小天まで足を延ばしました。草枕交流館という観光案内を兼ねた小さな資料館で、展示やビデオを見てから、作中では〝那古井の宿〟となっている前田家別邸を訪れ、漱石が逗留したという部屋や、浴場を見学しました。

わたしは「草枕」をまだ読んでいなかったので、せっかくその場にいながらもったいない、この機会にぜひ読まずばなるまいと決心して帰宅し、すぐに「積ん読」してあった一九九〇年刊の岩波文庫を取り出して読みはじめました。

ところが、驚いたのは、のっけからおおよそわたしの辞書にはない難解なことばがたてつづけに出てきたことです。

璆鏘の音、塗抹、霊台方寸、澆季溷濁の俗界、尺縑、不同不二の乾坤、覊絆、千金の子、万乗の君、万斛の愁い、醇乎として醇なる詩境……？

数ページも進まないうちに、使ったことはおろか、見たこともないことばがつぎつぎに目に飛びこんできます。わたしは飛ばし読みが得意で、ふだんは、文中に註の印がついていても、たいていは一々参照せず、そのまま読んでしまうのですが、さすがにこれだけわからないことばがつづくのを全部飛ばしていては、読んだことにはならないのではないかと心配になってきました。

そればかりではありません。漢詩は出てくる、俳句は出てくる、シェレー（Shelley）の詩が引用される、王維、淵明、ファウスト、ハムレット、ダ・ヴィンチについての言及がある、能の演目が取り上げられる……というなかで、筆が進められるのです。それも、もちろん、語彙の豊富さや、知識の広さをひけらかすふうはまったくなく、ふだんの口調そのままという感じで。

いや、参った！　降参でした。「草枕」は、「新小説」という明治大正期の代表的な文芸誌に発表されたものだということですが、これが当時の読者の教養の程度だったのでしょうか。漱石が超エリートであったのは事実としても、これをふつうに読みこなす読者がいたのですね。

「草枕」が発表されたのは一九〇六年とのことですから、せいぜい百年とちょっとの昔。その間に、一般の読者の日本語がこんなに違ってきてしまったのかと、改めて驚いているうちに思い出した本がありました。そうそう……と、本棚から取り出したのは、丸谷才一氏の評論と随筆を集めた『日本語のために』（新潮社一九七四年）。

ありました、昭和三十九年三月号の「中央公論」に載ったという「未来の日本語のために」のなかに、つぎの文章が。

「昭和の知識人は明治の知識人にくらべて遥かに文章が下手になつてゐる。いや、上手下手の問題ではなくて、文章を書く力が無残に低下してゐる。ぼくにはさう思はれてならない。そして、もしさうならば、これはじつに重大なことだらう。なぜなら、それは日本の文化の低下を意味するのだから。あるひは、日本の知識人の精神と感覚がわづか百年たらずのうちに急激に貧しくなつたことを示すのだから。」（それなら、平成の知識人はどうなるの、といいたくなりますね。）

丸谷氏は、この低下を、大きくいえば、明治以降、ヨーロッパ文明を性急に移入する必要に迫られて、それまで日本がもっていた「秩序と均斉と優雅との感覚」を破壊せざるを得なかったことによると見ています。文章についていえば、漢文と文語文の素養が失われたこと、それに追い打ちをかけるように、戦後の国語改革があったと、氏は主張します。

文部省（この本が出た当時はまだ文科省ではなかった）や、国語の教科書、学校の国語教育を弾劾する丸谷氏の舌鋒は鋭く、八つ当りといいたい威勢のよさです。勢い余って、新聞や政治家の文章の愚を痛罵するときのユーモアまじりの口調は格別で、ちょっと手に取っただけのつもりが、おもしろくてやめられなくなり、おしまいまで読んでしまいました。

肝心の「草枕」の方は、冒頭の数ページを過ぎて、人物が登場して動きはじめると、わたしの頭も動きはじめ、なんとか読み通すことができました。難解な表現は、その後もいくつも出てきましたが、それほど苦にならなくなったのは、文体に内在するリズムの心地よさに助けられてのことでしょう。漢文と文語文の素養のない悲しさは十分味わいましたが。

丸谷氏は、わたしたちは、日本語を使っているからには日本語の専門家なのだから、日本語については、文部省や、教科書会社や、学校や、あるいは文士に任せっきりにせず、めいめいでよく考えなければならないと訴えています。氏が指摘するように、教科書や、学校教育が日本語を貧しくする方向に進んでいるなら、子どもたちには、学校の外で、うつくしく、力のある日本語に触れてもらうしかないでしょう。何よりよい文章で書かれた本をたくさん読んでもらわなければ。その機会をつくるのが児童図書館……と、考えると、改めて自分の土俵に立ち戻った気がして、武者震いしました。

一五八号　二〇一八年・夏

時代ということ

これを書いている今、ニュースは、九州から四国、中国、近畿と、刻々と広がる大雨の被害を伝えています。あちらでも、こちらでも、観測史上最大の雨量が記録されているとのことですが、気象台はじまって以来などということばさえ近年はもう耳新しくなくなった感があります。

今回の豪雨の原因は、梅雨前線と高気圧の動きがこれこれだからと説明をされても、それで気持ちが収まるわけでなく、地球温暖化の影響か、あるいは、昨今の世界各地での地震の頻発と合わせ、地球に異変が起きているのではといった不安がつのります。こうした大きな自然災害が度重なると（どうも、この先そうなりそうな気がしますが）、わたしたちの自然についての感覚も少しずつ変わっていくのかもしれません。

折も折、新聞にある俳人の記事があり、歳時記が自然環境の変化に合わなくなっている例として、春に台風が来るようになっても、野分が秋の季語でいいのか、マスクは冬の季語だけれど、花粉症の増えている現在では、春の季語にしてもいいのでは、といった話が載っていました。季節感も、時代によって微妙に変わってくるのですね。

自然環境だけではありません。社会状況といいますか、時代の空気というものも、わたしたちの感覚を大きく左右しているのではないかと、この間から、つくづく感じていたところでした。というのは、ここへ来てようやく自分のしてきたことをふり返ってみる余裕ができたのですが、そうしてみると、わたしがしてきたことができたのは、時代がそれをゆるした、可能にしたからだとしきりに思われてきたからです。

わたしは、敗戦のとき、小学校五年生だった世代です。戦後の窮乏と混乱の時期に思春期を過ごしたわけですが、生きること（具体的には食べるものを手に入れること）に必死のおとなたちを見ていたことは、基本的に子どもたちを真面目にしたといえます。ものごとに真剣に立ち向かうことを恥ずかしいとは思わない人生態度が養われたのです。

そこへもってきて、戦時中から一八〇度違う考え方が喧伝されます。当時は、民主主義、男女同権、戦争放棄、平和といったことばが、鋳造したての貨幣のように、ピカピカの輝きをもっていました。経済的にも、もはやどん底を経験したのだから、あとはよくなるだけという楽観的な見方が支配的でした。先行きが明るいというのが、時代の空気でした。今になって思うと、わたしの人生に対する基本的な姿勢は、この時代の空気のなかで養われたということができます。

その後のことを考えてみても、自分の生活のなかには図書館というものがまったく存在しない子ども時代を過ごしたわたしが、図書館の存在に目を開かれるのは、慶應の図書館学科に学んだからですし、その図書館学科は、戦後社会教育を重視するアメリカの占領政策として、アメリカ図書館協会の肝いりでつくられたもの。そこにも、時代が働いています。

アメリカへの留学も、この時代だからできたことですし、当時のアメリカの図書館が、とくに児童サービスの面で、二〇世紀前半の「古典的成功」といわれる水準の高さを保っていたぎりぎりの時期だったからこそ、いい学びを体験することができたのだと思います。

公立の図書館でキャリアを全うしたいという当初の願いはかないませんでしたが、これも、この時期の日本の図書館の状況ゆえで、ここでは時代はわたしを助けてくれませんでしたが、同じ時期、盛んになりつつあった子ども文庫が、代わりに働きの場を提供してくれました。

一九七〇年代を中心に大きな発展を見せた子ども文庫ですが、その動きを推進したのは、実は子どもでした。どこでも文庫を開けば子どもであふれかえった当時の状況が、おとなたちに力を与えたのです。文庫は、少子化を知らなかった時代が生んだ産物といってもいいのです。また、文庫の盛況ぶりに刺激されて、図書館設立運動を展開した当時三〇代、四〇代の文庫の女性たちは、戦後の民主主義教育を受けて、自分たちの手で行政を動かすことに意欲をもつ人たちでした。戦後の時代が育てた人材だったといっていいでしょう。

東京子ども図書館は、こうした文庫活動のなかから、押し出されるようにして生まれたものですが、それさえ、最初の十年から二十年を生き延びることができたのは、高度経済成長の時期に重なっていたからだといえます。わずかの基本財産でも、その利子だけで、一人一年分のお給料が払えるくらいだったときもあったのです。さまざまな問題を生んだ時代ではありましたが、この時代だからこそできたということもまた、事実なのです。

そのときどきを、ただ一所懸命働いてきただけですが、ふり返ってみると、その歩みは大きな時代の流れのなかで進められてきたことを思わないわけにはいきません。わたしたちは、所詮時代の子、時代の外では

生きられないのです。自然にも、社会にも急激な変化が訪れ、わたしの子ども時代と違い、時代をくるこ
とばが「希望」から「不安」へと移りつつあるこれからの時代を、若い人たちがどのように生きていくのか、
祈るような気持ちで見つめる年齢になりました。

一五九号　二〇一八年・秋

高知への旅

九月の半ば、高知への旅をしました。市の中心部に今年七月オープンしたオーテピア高知図書館の開館記念講演にお招きを受けたのです。オーテピアは、一階に「声と点字の図書館」、二、三、四階に図書館、五階にプラネタリウムを備えた「高知みらい科学館」を配した複合施設で、珍しいのは、図書館は県と市が合同で建築、運営していることです。どこもかもぴかぴかで、とびきり明るい館内は、大勢の人で賑わっていました。魅力ある施設の吸引力で、これまであまり読書に縁のなかった人も招き寄せているのではないかと思いました。

午後の講演会、夜の図書館職員たちとの懇談会、翌日のお話の語り手たちとのお話会と、盛りだくさんの日程で、体力的にはきつかったのですが、それぞれにとても充実した集まりだったので、疲労感を上回る満足感がありました。

けれども、こうした公のお役目のほかに、わたしが今回の高知行きでぜひ実現したいと願っていたことが

ありました。それは、十五年前に「文庫行脚」でお訪ねした文庫の方々――ホキ文庫の穂岐山禮さん、ひかり文庫の西川和子さん、出会い文庫の西内巳佳子さんとの再会です。ありがたいことに、高知の語り手、中内美江さんのおはからいで、なつかしいお三方とお会いする機会が用意されていました。

穂岐山さんは、元高校の数学の先生。ホキ文庫の一万数千冊の本をもとに、一九九九年にNPO法人として設立されたのが「高知こどもの図書館」です。その図書館の一隅で、十五年ぶりの感激の再会が叶いました。髪を短く切って、童女と呼びたいお顔になられた穂岐山さんは、とてもお元気で、短い時間の間にも、図書館の職員には、とにかく本の好きな人になってもらわなくては困ると力説されるのでした。「子どもはひとりひとり違う。惹かれる本も違う。本のなかのどこを喜ぶかも違う。だから、子どもの読む本については安易に口出しをしないのだ」とも。どれだけ多くの子どもたちが、ホキ文庫で、口出しされず、でも、あたたかく見守られて、存分に本をたのしんだことでしょう。穂岐山さんと一緒に、子どもの本を読む会に参加していた若いメンバーのひとりが、今、「高知こどもの図書館」の館長になっておられるのもうれしいことでした。

高知の子ども文庫といえば、本山町で一九六〇年に、せばやし子ども文庫を開いた瀬林杏子さんがまず思い浮かびます。移り住んだそれぞれの場所で文庫をつづけ、二〇〇七年に九十七歳で亡くなられるまで、文庫一筋に生きた方です。高知県立文学館を訪ねた折、とても丁寧にご案内くださった学芸員の方が、「わたし、子どものとき、瀬林さんを〝おばちゃん〟と呼んで、毎日のように文庫に通っていたんです」とおっしゃったときの驚き。こんなふうにしてまた瀬林さんにお会いできるとは！　胸がいっぱいになりました。

ひかり文庫の西川さんには、お話会で、お目にかかりました。これもまた手を取りあっての感激でした。

もう八十九歳になりましたとおっしゃるけれど、文庫にお訪ねしたときとお変わりなく、明るくお元気で、猫好き同士、お互いの飼い猫の近況報告を交わして、再会を喜びあいました。

西内さんには、入所中のホームでお会いしました。昔のことを驚くほどはっきり憶えていらして、しっかりしたお声で、目に見えるようにお話ししてくださるのですが、実は首から下は全く動かせないのです。ロビーでお話しをしていたのですが、「ちょっと、あのケースをもってきて」と、ご家族の方に運んできてもらったのは、キャスターのついた縦横三十センチ、高さ七十センチほどの木の本箱。三段に区切られた棚に、きっちり本が詰まっています。子どもの本も何冊か見えました。

東京にお住まいだったときから、高知に戻られるまで、いろんなところで文庫をしてこられた西内さん。この小さな本箱を指して、「これがわたしの八番目の文庫」と笑っておっしゃいました。この文庫から、周りの人——入居者の方たちから、ここで働く看護師さんたち、そのお子さんたち——に、本を貸し出していらっしゃるのです。

同室の九十九歳のおばあさんには、河出書房新社から出た石井桃子さんのエッセイ集*をおすすめになったとか。「その人はそれを二日で読んでしまったけれど、わたしは書見台に本をひろげておいても、自分でページを繰れないので、誰かが来て繰ってくれるまで、同じ所を何遍も読んで、読み終えるのに二ヵ月かかった」とのこと。

近く出版される『子ども文庫の100年』*には、西内さんの出会い文庫のケンちゃんのことが出てきます。『はたらくじどうしゃ』が大好きで、借りては返し、返しては借りた男の子です。そのことをお話ししたら、そのケンちゃんは、今、山北みかんの栽培農家になって、「働く自動車が好きだっただけあって、今じゃ自分のトラクターをもってるのよ」と、うれしそうに話してくださいました。

期待以上の「子どもBUNKOプロジェクト」全国行脚再訪の旅になった今回の高知行き。そこで再会したのは、「子ども文庫を生きた人びと」でした。

＊石井桃子さんのエッセイ集『家と庭と犬とねこ』『みがけば光る』『プーと私』『新しいおとな』石井桃子著　河出書房新社　二〇一三年～二〇一四年／『同』（河出文庫）二〇一八年

＊『子ども文庫の100年——子どもと本をつなぐ人びと』高橋樹一郎著　みすず書房　二〇一八年

一六〇号　二〇一九年・冬

日本語を母語としない子どもたちのために

数は多くありませんが、近年訪ねた図書館で気がついたことのひとつは、外国語の本がたくさん置かれるようになったことです。児童室にも、おなじみの絵本の原書をはじめ、いろんな国の、いろんな言語の本が並んでいるのを目にしました。どんな人たちにどんな利用のされ方をしているのかをたしかめることはできませんでしたが、日本に住む外国語を母語とする人たちのことが、きちんとサービスの対象としてとらえられているとしたら、うれしいことだと思いました。

もう半世紀以上も前のことになりますが、アメリカの図書館で働いていたとき、日本からの駐在員の家族が多く住むニューヨークのウェストチェスター地区の公共図書館で、日本人の子どもたちのために、日本語の本を揃え、日本語での「おはなしのじかん」を開いているところがあると聞いて、驚いたことがありました。翻って、日本の公共図書館でそうしたサービスをしているところがあるだろうかと思うと、アメリカの図書館の懐の深さというか、サービスに対する考え方の徹底していることに感心せずにはいられませんでした。

ご存じのように東京子ども図書館では、二〇〇八年から、豊橋市を中心に、日系ブラジル人の子どもたちのための読書支援活動を行ってきました。この活動を通して、わたしたちは、日本で育つ外国籍の子どもたちが遭遇するさまざまな困難について学ぶことができました。現場では市やＮＰＯの職員、ボランティアの方たちが、子どもたちのために献身的に働いてくださっていますが、国が外国人労働者の受け入れについて、はっきりした方針を打ち出していないために、その人たちのご苦労が正当に報われ、実を結ぶ方向に進んでいるとは思えず、腹立たしさを募らせてきました。

そこへ、昨年秋の突然の入国管理法の改正。外国人労働者なくしては成り立たない職場の現実に押し切られてのことでしょうが、ここへ来てもまだ「移民ではない」といっている政府に、腰の据わった方針を望むのは無理のようです。それでも、今回の改正で、外国から来る人が増えるのは間違いなく、従って子どもたちも増えるに違いありません。そうした子どもたちのために、わたしたちは何ができるでしょう？

それにつけても思い出すのは、数年前に訪ねたアメリカはハートフォードの図書館のことです。古くからの友人が、図書館協議会の委員をしていて、新しくなった図書館をぜひ見せたいと連れて行ってくれたのですが、ここでは全館挙げてといいたいほど熱心に、外国から来た人をアメリカ社会の一員とするためのサービスを行っていました。

まずは、英語以外のたくさんの言語の本が並ぶ大きな部屋があります。スペイン語、ポルトガル語、中国語、韓国語、ベトナム語……。本の数は市内に住む移民の数に比例しているらしく日本語の本はそう多くありませんでしたが、故郷から遠く離れた場所でも、母語の本が読めることは、文化のアイデンティティを守る力になるはずだと思いました。

部屋の一部は、移民の就労を支援する活動に当てられています。求人案内が掲示されたコーナーでは、履歴書の書き方や、面接の受け方を指南してくれますし、英語教室も開かれています。ボランティアによる個人レッスンもあるようです。

子どもたちへの支援にも力がはいっています。児童室は、ここでは家族室(ファミリールーム)と呼ばれ、部屋の一角はテーマパークのようなミニアチュアの街が作られていて、子どもたちが買い物などの市民生活を遊びながら体験できるようになっています。こうしてものの名前(英語)や、生活のルールを学べるように工夫されているのです。

室長のお話によると、小学校三年生までがカギ。このときまでに英語の基礎をつくっておかないと、その後ドロップアウトしたり、ドラッグに手を染めたり、非行に走ったりする子どもがどのくらいの割合で出てくるかを、一々細かい数字を挙げて説明してくれました。その話に説得力のあること! それもそのはず、この人は、テーマパークを作るために企業をまわって自分で寄付を募ってきたというのです。(日本人の描く図書館員のイメージからはおおよそかけ離れたバイタリティと実行力に圧倒されました。)

移民してきた人が社会に適応できず、反社会的な行動を重ねるようになれば、市としては治安の面でも、財政の面でも負担が大きくなります。でも、その人たちがよい市民となって定住し、働いて税金を払ってくれるようになれば、本人にとっても、市にとっても幸せなこと。将来を見越せば、子どもたちを大事にするのは当然のこと……という考えなのでしょう。こうして、新しく来た移民が、図書館の手厚いサービスを受けて、念願のアメリカの市民権を得たとき、その記念の式典も図書館のホールで行われるのだと聞きました。

わたしたちは、日本は単一言語、単一民族の国だなどといって、移民の問題にきちんと向き合ってこなかったように思います。これからは、それではすまないでしょう。図書館や文庫は、外国から移り住んでくる人を受け入れる最先端の場だと思います。その人たちの居場所となり、ことばの習得を助けるのに最上のサービスができる場所なのですから。

一六一号　二〇一九年・春

「ニューヨーク公共図書館」

めったにないことですが、招待券をいただいて映画の試写会に行ってきました。フレデリック・ワイズマン監督のドキュメンタリー「ニューヨーク公共図書館　エクス・リブリス」です。会場は、繁華街を外れた人通りのほとんどないビル街にありました。通りには看板も出ておらず、雨の日だったのでなんだか心細い気がしながら、住所をたよりにビルの地下にある会場に辿りつきました。二十席もあったでしょうか、小さな部屋に、大型テレビよりわずかに大きいくらいのスクリーン。試写を見に来るのはどんな人なのだろうと、まわりを眺めているうちに映画ははじまりました。

音響がとてもよくて、少し聴力の衰えかけたわたしにもことばがはっきりと聞き取れたのもうれしいことでしたが、カメラが連れていってくれる図書館の内部の興味深いこと！　すっかりひきこまれて、夢中で見てしまいました。

半世紀前のアメリカ滞在中、わたしは何度かここを訪れたことがあります。残念ながら、あのライオンがいる荘厳な正面玄関から入ったことも、豪華な読書室を利用したこともありません。いつも横の入口から入ってすぐの中央児童室に直行して、そこにとどまっていましたから。

もちろん、その当時とは館内の様子はすっかり変わっているでしょうけれど、ただ画面に映る図書館員の仕事ぶりや、図書館がかもし出している空気は、規模はここより小さいとはいえ、わたしが働いていたイーノック・プラット公共図書館と同じで、一気になつかしさがこみあげてきました。

映画は三時間二十五分の長編です。ニューヨーク公共図書館は、四つの研究図書館――黒人文化、舞台芸術、科学産業ビジネス、人文社会科学――と、八十八の地域分館を抱える巨大組織です。映画は、現場で行われている活動をつぎつぎに紹介していきますが、貸出やレファレンス、電話での問い合わせに対する応対、資料の整理など、わたしたちがふつう図書館業務として理解しているものはむしろ一部で、講演会、朗読会、読書会、コンサートなど文化センター的な数々の催しから、子どもたちへの学習支援、パソコン教室などの教育活動、低所得者への住宅支援の説明会といった福祉事務所がするような活動まで、その多彩なことに驚かされます。なかには高齢者のためのダンス教室もあれば、はなやかな図書館ディナーの準備作業もあるという具合で、図書の収集・保存と貸出だけを図書館の役割だと考えている人には、図書館イメージの大転換を促す衝撃的な体験になるでしょう。

紹介するプログラムは、ひとつひとつに十分な時間を割いて描いているので、単にそういう催しがあったという事実だけでなく、たとえば作家へのインタビューやレクチャーであれば、その内容のエッセンスをつかむことができ、その場に居合わせたような臨場感を味わうことができました。それが三時間を超す長編になった理由かもしれませんが、ドキュメンタリーのもつ力を感じました。

映画では、こうしたさまざまな活動の合間に幹部職員たちの会議の模様が何度も挿入されます。それを見て、日本人がおそらくいちばん驚くのは、この図書館が公的資金と寄付とで成り立っているNPO法人だということでしょう。New York Public LibraryのPublicは「公立」ではなく、一般に開かれたという意味の「公共」なのです。そのため会議ではどうやって運営に十分な寄付を集めてくるかが最大の課題として討議されます。民間から多額の寄付を得てくれば、それは事業の必要性と緊急性を証明するものとして、市からの予算を引き出すための説得材料になるのです。

また、全体を通して、登場する職員たちの、仕事への熱意と元気のよさには圧倒されました。幹部だけでなく、どの職員も自分たちの仕事の意義をよく理解していて、誇りをもって仕事にチャレンジしている印象を受けました。委託問題を抱え、予算の枠に縛られて、したい仕事もできないでいる、わたしのまわりの図書館員のだれかれの姿を思い浮かべて溜息が出ました。

ニューヨーク公共図書館は、本以外の資料を含むコレクションの膨大さでも、提供しているプログラムの多彩さでも、アメリカ図書館のなかで群を抜く存在であることは間違いありません。でも、だれにでも平等に開かれていること、文化的、教育的格差をなくすために努力していること、人々の知的、精神的向上心を援助していること等々の点では、決して例外ではないでしょう。ワイズマン監督がいうように、「(ニューヨーク)図書館は民主主義の実例であり、アメリカの最も優れた一面の象徴」なのです。映画は、そのことを強く実感させてくれました。

東京は五月十八日から岩波ホールで公開、その後各地でも上映されるとのことです。機会があればぜひご覧ください。

残念ながら中央児童室は出てきませんでしたし、子ども向けのサービスも大きく取り上げられているわけではありません。それでも、画面からあふれでる「図書館の空気」がなんともいえずなつかしく、「ああ、もういちど二十代に戻って、こんな図書館で働きたい!」と、痛切に思ったことでした。

一六二号　二〇一九年・夏

「ニューヨーク公共図書館」その後

前号の本欄で、ワイズマン監督のドキュメンタリー映画「ニューヨーク公共図書館　エクス・リブリス」の試写を観た感想を記しました。(強くお勧めしておきましたが、ご覧になりましたか?)わたしは、その後、映画についての原稿*を依頼されたこともあって、一般公開を待って再度映画館に足を運びました。最初観たときもそうでしたが、くり返して観ると、画面を満たす「図書館の空気」が、二十代の終わりに働いたイーノック・プラット公共図書館での日々の記憶を一層強く呼び覚まし、ほとんど忘れていた小さな出来事までがあれこれ思い出されて、なつかしさはつのるばかりでした。

映画のなかに、図書館員が高校生を相手に、熱をこめてピクチャー・コレクションを紹介する場面がありました。百年以上にわたって収集されてきた膨大な絵のコレクション。何万枚あるのかわかりませんが、どんな注文が来ても、さっとその絵を出してみせることのできるすばらしい資料の宝庫です。いろんなところから、いろんな絵を探し出してきて、将来の利用を見越して件名をつけ、大切に整理・管理してきた歴代の図書館員たちのたゆまぬ努力がしのばれます。

規模はまったく比較になりませんが、わたしの働いていた小さな分館——実際、プラットの組織のなかでは最小でした——にも、バーティカルファイルというものがあって、本になっていない資料——新聞・雑誌記事の切り抜き、パンフレット、写真、絵などを収集していました。地元の企業や団体、施設などの案内もあったように思います。ファイルは一般向けで、子どもが利用することはめったになかったのですが、一度だけこれに助けられたことがあります。

働きはじめて間もないころ、八、九歳くらいの男の子がやってきて、「鳥の本ありませんか?」と、いうのです。ノンフィクションには弱いわたしです。ひやひやしながら、動物の本のある書架に向かいました。ところが、なんとしたこと、鳥の本は見当たりません。あるのはたった一冊 *My First Book about Swans* という本だけ。「ごめんなさい、ここには白鳥の本しかないけど、あなたが知りたいのは何の鳥?」と、たずねると、返ってきた答えは「ピッチャーとか、キャッチャーとか」……?

まだ、市内に住みはじめたばかりのわたしが知らなかったのも無理はないのですが、ボルティモア市には「オリオールズ」というプロ野球チームがあり、地元の人はこれを愛情込めて Birds =鳥と呼んでいたのです! Oriole は辞書をひくと「コウライウグイス」とか「アメリカムクドリモドキ」とあります。全体が黄色だったり、胸毛が橙色だったりするスズメ科のかわいい鳥です。大きな英和辞書には、「The Orioles 米国大リーグ、アメリカン・リーグの球団、創設一九〇一年」と、ちゃんと出ています。

さあ、ピッチャーとかキャッチャーとかになれば、バーティカルファイルの出番です。本はなかったけれど、男の子はファイルのなかに、見たかった選手一覧や、そのほかの鳥の情報をちゃんと見つけることができました！　そこに資料があることを教えてわたしの窮地を救ってくれたのは、館長のCさんでしたが、役に立ちそうな記事を見つけて切り抜くのも、時折ファイルを点検して、古くなった資料を廃棄するのも、Cさんの仕事でした。こんなふうにして、いつか、だれかが利用するかもしれない資料を用意し、年月をかけてよりよいコレクションに作り上げていくのも図書館員の仕事だと教えられた出来事でした。

この一件で鳥が何であるかを肝に銘じたわたしでしたが、このあと、熱烈な鳥ファンだった同僚のRさんに連れられて、何度かナイターを見物し、この目で本物の鳥たちを見たのでした。この鳥、最近、日本選手の活躍のおかげでよく実況放送されるメジャーリーグの試合にもあまり登場しないところをみると、目下低迷気味なのかもしれません。

映画にはまた、電話でユニコーンに関する質問に熱心に答えている図書館員の姿が出てきます。それを見て、思い出したことがあります。プラット図書館では、職員向け館内報を出していました。職員が全部で六百人ほどいましたから、全員に関連のある情報を伝達したり、分館や各セクションで起こっていることを知らせたりする必要があったのでしょう。（ちなみにニューヨーク公共図書館のスタッフは三千人だそうです。）館内報には、ちょっとした面白い出来事を伝えるコラムがありましたが、あるときそこに、ニューヨーク公共図書館での〝実話〟と称するこんな話が載っていました。

――ある日、「あのー、象の妊娠期間は何ヵ月ですか？」という問い合わせの電話がかかってきました。レファレンスの担当者が念のため「どうしてそれが知りたいんですか？」とたずねたところ、返ってきた答えは「今ここにいるんだけど、どうも様子がおかしいんで」だったとか。

さすがニューヨーク、うちで象を飼ってる人もいるんだ、と感心もしましたが、それにしてもレファレンス担当の守備範囲のなんと広いことかと、ため息が出たのを憶えています。

ああ、なつかしいボルティモアの日々……。

＊映画についての原稿「公共図書館という存在——映画「ニューヨーク公共図書館」を観て」松岡享子　図書八四八号　二〇一九年八月　岩波書店

一六三号　二〇一九年・秋

プラット図書館について学ぶ

この欄で二回つづけて取り上げたドキュメンタリー映画「ニューヨーク公共図書館　エクス・リブリス」は、ずいぶん好評だったらしく、八月の末に訪れた塩尻市でも、地元の映画館で上映していますと言われて驚きました。この種の映画にしては、記録的な観客動員数だったのではないでしょうか。新聞、雑誌にも関連の記事がいくつも出ていました。すぐではなくても、これが刺激となって日本の公共図書館になんらかのよい影響が見られるように願っています。

実は、かねてから自分が児童図書館員としての一歩を踏み出したイーノック・プラット公共図書館での体験を記録しておきたいと願っていましたが、映画があまりにも生き生きとその頃のことを思い出させてくれたものですから、いよいよ本気になってその仕事に取り組もうという気になりました。

まず手はじめに取り上げたのは、P. A. Kalisch の *The Enoch Pratt Free Library : A Social History*（一九六九年刊）という本です。プラット図書館の成り立ちと一九六〇年代——ちょうどわたしが働いた頃——までの歴史を記述した本で、自分が働いた図書館がどんなふうにしてつくられたのか、イーノック・プラットという人がどんな人物だったのか知っておきたいと思って、もう何年も前から「積ん読」にしていたものです。

ようやくこれを読む時間ができたことを喜びながら、わたしとしては珍しく、きちんとノートをとりながら読みはじめました。今はまだ半分近く、年代にすると一九一〇年代にさしかかったばかりですが、A Social History——社会史というだけあって、図書館の誕生と発展を社会全体の大きな流れのなかにおいて見ているので、納得させられることが多く、なるほどと何度も感心しながら読んでいます。

話は四百年前の英国植民地時代からはじまるのですが、ニューイングランドに住みついたピューリタンたちは、狂信的と言えるほど教育に熱心だったことが述べられています。五十家族のいる町では必ず読み書きを教える教師をおくことという法律が早くから各地に成立し、一七〇〇年にはこの地方の識字率は九五パーセントだったとか。（ちなみにハーバード大学の設立は一六三六年）

教育重視の考えは無料の公立学校の設置運動を促し、無料の公共図書館設置運動は、それと密接に呼応しつつ進められたと著者はいいます。図書館は people's university——人民の大学と呼ばれ、最初からはっきりと教育機関として認識されていたことがわかります。

プラット図書館の設立者イーノック・プラットは、一八〇八年、教育尊重の気風をもつマサチューセッツの生まれ。一九世紀の初め、産業の急速な発展にともなって、ニューイングランドから大勢の人材が南下した「ヤンキー・エクソダス」と呼ばれる大移動の波に乗って、二三歳のときポケットに百五十ドルもってボルティモアへやってきます。そして、代理業、卸売業、運送業から、銀行、保険、海運、鉄道と数多くの事業を手掛けて巨万の富を得ます。

ビジネスマンとしては非常に堅実で抜け目のない人だったようで、のちに市に図書館を寄付するときも、市が図書館を存続・運営するために年五万ドルの年賦金を出すことを約束させています。こういうところに、ただのチャリティとは違う、商人としての手堅さが現れています。(とはいっても、プラットは、本館の二五万ドル相当の土地・建物および、分館を四つ建てるための五万ドルのほかに、市に八三三、三三三ドル三三セントの現金を寄付していて、これは年六パーセントの利子で五万ドルになるよう計算されていたのです!)

こうしたやり方が、かの鋼鉄王カーネギーをして「プラット氏は、わたしのパイオニアだ」と言わせ、二千五百を超える図書館の寄贈へと導くのです。カーネギーは、一八九〇年にプラット図書館を訪れ、プラットの案内で館内を見学。将来の増築に備えて隣接の土地を購入するよう勧めています。

プラットとカーネギーの親密な関係を知ったことも興味深かったのですが、ちょっとおもしろかったのは、わたしが働いていた第六分館が、旧ボルティモア市の境界の外につくられた初めての図書館だったと知ったことです。当時新興住宅地として発展しつつあったところから、この地が選ばれたもののようで、予想通りたいへん繁盛したとあります。

第七分館は、のちに篤志家の大口寄付によって建てられ、こちらはジョージアン・スタイルの瀟洒な建物で、それまでの「ロマネスク風の醜い建物」とは大いに違っていたとの記述があり、それじゃ、わたしは一八九六年に建ったままの〝醜い〟分館で働いていたんだ、とおかしくなりました。

ピルグリム・ファーザースにはじまり、独立戦争、産業革命、雪崩れこむ移民……と、大きな時代の流れのなかで、アメリカの人たちが、万人に開かれた無料の図書館を実現するためにどんなに努力してきたか、また、一九世紀には公共図書館運動の先頭に立っていたとされるイーノック・プラット公共図書館の発展に、どれだけ多くの人が力を注いだかを学び、その図書館に、設立後七六年を経て、日本から行ったわたしが働くことになった……そのふしぎを思っています。

一六四号　二〇二〇年・冬

1＋1＋1……＋1＝500

二〇一九年十二月二十四日、当館で一九七二年からつづけてきたおとなのための月例お話の会が五〇〇回を迎えました。ちょうどクリスマスイブになりましたが、これは計画したことではありません。毎月第四火曜日と決めて開いてきたのが、たまたまこの日になったのです。七月には、夜の月例の会には出られないという方のためにはじめた昼のお話会も一〇〇回を迎えたので、この年は、東京子ども図書館のお話会が、ともに区切りの数を刻んだ記念すべき年になりました。

記念の会は、午後と夜の二回、クリスマスツリーの飾られた当館のホールで開かれました。カラフルなプログラムも用意されました。五本の木を、それぞれ百個のリンゴ、百本のろうそく、百羽の小鳥、百枚の葉っぱ、百のプレゼントが飾る、五〇〇回を祝うデザインです。

二七四名のお申込みのなかから抽選でお招きしたお客さまがホールを埋め、いつもよりたっぷりした二時間近いプログラムをたのしんでくださいました。語り手には、今回は館でお話を語っている職員・役員全員がオールスターキャストで当たり、それぞれ大事にしている話、長く語りつづけている話を心をこめて語りました。自画自賛になりますが、ひとりひとりの個性が生きた、いい語りだったと思います。

毎年十二月の会には、おたのしみに、何名かの〝運のいい方〟にちょっとしたプレゼントをさしあげています。今年のプレゼントは、親指の先ほどの小さなねずみの人形でした。これは、十一月に刊行されたわたしの訳書『あたまをつかった小さなおばあさんがんばる』*のなかのクリスマスの話にちなんで、わたしがせっせと夜なべをして作りました。お話にある通り、赤と黄と青のビーズの首飾りをつけ、銀色のしっぽに赤いリボンを結んだ、これらのおしゃれなねずみたちは、来年年女になる〝運のいい方〟たちに贈られました！

また、記録のために、この二つの会の様子は、石井桃子さんのフィルムを制作した森英男さんにお願いして撮影していただきました。こんなことも初めての経験でした。五〇〇回だからできたことかと思います。

二回とも、お帰りになるときのお客さまのお顔を見れば、みなさんが心からこの会をたのしんでくださったことがわかりました。その様子を見ていると、無事に終わった安堵だけではない、もっとずっと深い感慨を覚えました。五〇〇回記念のお話会は、東京子ども図書館の歴史に大きく記録されるひとつの出来事であることに違いありませんが、それ以上に、わたし個人にとっては、人生のひとつの culminating moment ——人の一生を山並みにたとえるなら、ひときわ抜きんでてそびえる峯の頂ともいうべき瞬間——でした。

もちろん、ここへ来るまでには三〇〇回、四〇〇回の記念の会があったわけですけれど、そのときは、こんなにその区切りを強く心に刻んではいませんでした。今回の格別の思いに捉えられたのは、五〇〇という回数もあるでしょうし、わたしが年をとったということもあるでしょうが、この機会に五〇〇回分のプログラムを収めた記念誌*が刊行されたことが大きいと思います。

この記念誌は、ボランティアの助けをお借りして、館を挙げて大車輪で完成したものです。おかげで、五百回分の記録が読みやすい形にまとめられました。記録を辿っていくと、そのときどきのお話、語り手、会場の様子がつぎつぎに浮かんできました。まだ設立準備委員会だった時代に、2DKのアパートで開いていたときは、聞き手は床に座布団を敷いて座り、端の人はキッチンの流しにもたれていたことや、中野サンプラザを借りていたときは、いつも終わりの時間がのびるのを気にしていたことなど（時間が来ると電話が鳴るのです）が思い出されました。とりわけ胸を打ったのは、他界した語り手たちのことでした。お話の題を見ていると、ひとりひとり、その声が甦ってきます。語られたお話は、こうして聞き手のなかで生きつづけるのだと教えられました。

子どもにお話を語ってくれる人を増やしたい、そのためにはまずお話がどんなものか知ってもらいたい、と願ってはじめたお話会でした。先の事は考えもせず、ただひたすらその思いだけで、一回、一回、やってきたのです。それが、ここまで来るとは！

1＋1＋1……＋1＝500

ですね。そして、初めの1から終りの1までの間に四十七年の時間が流れました。その間に、子どもにお話を届けてくれる人はずいぶん増えました。事実お話の会に参加してくださる方のほとんどは、ご自身が語り手です。さらに、その輪は全国に広がっています。お話がここまで広がったのは、なんといってもお話そのもののもつ、ふしぎな力のおかげです。その力に支えられての半世紀でした。

お話の会は、この先もつづいていくことでしょう。つづいてほしい——一〇〇〇回に向かって！　また1＋1＋1……と——その間に子どもたちにお話を届けてくれる人がますます増え、一〇〇〇回を迎えた暁には、日本中で、お話を聞かずに育つ子どもが一人もいなくなっていることを夢見て。

＊『あたまをつかった小さなおばあさんがんばる』ホープ・ニューウェル作　松岡享子訳　降矢なな絵　福音館書店　二〇一九年

＊記念誌『おはなし聞いて語って——東京子ども図書館 月例お話の会500回記念プログラム集』東京子ども図書館編・刊　二〇一九年

一六五号　二〇二〇年・春

山暮らしの日々

二〇二〇年のお正月、たくさんの年賀状が交わされました。そのどれにも、来るべき年が平和であるように、健康で平穏な生活が守られるように、との願いがこめられていました。それから三ヵ月、突然出現した新型コロナウイルスのために、世界中が日常を乱され、有効な手段をもたぬまま、目に見えない脅威に立ち向かわざるを得ない状況に立ち至っています。だれが、このような春を予想したでしょう。

あなたはどうしていらっしゃいますか、と読者のみなさまおひとりおひとりにお尋ねしたいところです。わたしのところにも、同じ問いが何人もの方から届いていますので、とりあえずわたしの近況をお知らせしたいと思います。

十五年ほどまえに、八ヶ岳のふもと蓼科の地に、山の家をつくったことは、何かの折に、この欄でも記したことがあったかと思います。集中してものを書くのにこの上ない環境で、以来、月の半分を山で過ごすことを目標に、東京と往ったり来たりをくりかえしてきました。

この二月にも、いくつかの仕事を抱えて、山に来ました。数日の滞在を予定していましたが、ご存じの事情で、そのまま今も山での暮らしをつづけています。

来た当初、まず片づけなければならなかったのは、ある本*の原稿についてのコメントを書く仕事でした。その本というのは、アメリカ議会図書館の児童文学センター長シビル・ヤグッシュさんが、「アメリカの子どもの本に見る日本」をテーマに、長年研究・執筆をつづけ、やっと出版にまでこぎつけた労作です。テキストの部分だけで四〇〇ページ、彼女の厖大なコレクションからの図版を加えると、おそらく辞書のように分厚く、ずっしりと重い大型本になるのでしょう。

わたしが読んだのはテキスト部分のみですが、Ａ４で厚さ四センチの原稿を前にしたときは、さすがにひるみました。ところが、勇を鼓して読みはじめてみると、これがすこぶるおもしろい。コメニウスにはじまって二十一世紀まで、日本や日本人が西欧の人たちの目にどう映ったか、それを、アメリカでは、どんな人がどんなふうに子どもたちに伝えようとしたかが、出版された本に即して、まるで一つの物語のように語られていたのです。視力に加えて英語力も衰えた今、この仕事はけっして楽ではありませんでしたが、内容の興味深さに助けられて楽しく終えることができました。

コメントを書き上げて編集者に送り、ほっと一息つくまもなく、さあ、つぎは高松の児童図書館研究会の全国大会香川学習会での講演のレジュメつくり……と、頑張っていたところへ、中止の知らせが入りました。実は、この講演では、「児童図書館員の仕事」を、自分のこれまでの歩みに添って整理してみようともくろんでいて、それがどうやっても九十分に収まりきらないのに四苦八苦していたのです。献身的に準備をしてきてくださった関係者の方々の落胆を思って胸の痛むことしきりでしたが、一方、中止と聞いてほっとしたのも事実です。時間の制限を外せば、このテーマでもっと十分に書ける、書きたいという気持ちが生まれていたからです。

とはいえ、さきの大仕事の疲れと緊張から、三月に入るとぐったり疲れてしまいました。何をするでもなくぼんやり過ごすうちにも、東京での仕事や約束がつぎつぎに中止・延期となり、これは長期戦になるということがはっきりしてきました。それならそれで、山での暮らしの日課を決めないとと思い、とりあえず午前中は〝勉強〟ということにしました。

まず途中までで止まっていたイーノック・プラット公共図書館の本（本誌一六三号の本欄で紹介）を最後まで読み、そのあと、マリー・L・シェドロックの *The Art of the Story-Teller**（語り手のわざ 一九一五年刊）の翻訳に取り組んでいます。シェドロック（一八五四〜一九三五）は、今や伝説となったイギリス人の語り手で、二度にわたってアメリカを旅し、各地に語りの種をまき、多くの児童図書館員や教師たちを語り手に育てあげた功労者として、広く慕われている人です。

問題の本は、彼女が教え子たちの要請に応えてその経験をまとめたもので、わたしが図書館学校でストーリーテリングを学んだときの教科書でした。この英文がなかなかの難物で、訳業は遅々として進みませんが、日本の語り手たちも喜んで読んでくれるに違いないと思い、読者のだれかれの顔を思い浮かべながら、これまた楽しんで作業をつづけています。

勉強と読書以外には、編み物にいちばん時間を費やしているでしょうか。編み物なら一日中でもしていたいくらいです。いろんな方からいただいた半端な残り毛糸を、あれこれ組み合わせて帽子やチョッキを編んでいます。もう明日バザーになっても大丈夫なくらい製品がたまりました。(十一月には、密閉空間に、密集し、密接するバザーができるでしょうか!)

山は静かです。いったんはこの冬の見納めかと思った夢のような雪景色を、その後三度も見ることができました。自己隔離はほぼ完全。胸いっぱいに空気を吸って深呼吸することもできます。ありがたい限りですが、なんとなく島流しにあったような心もとなさを感じています。ニュースに不安をつのらせつつ、ひたすらみなさまのご無事を祈っています。

＊ある本　*Japan and American Children's Books : a Journey* by Sybille A. Jagusch, Rutgers University Press, 2021.「アメリカの児童書は日本をどう描いてきたか――ヤグッシュさんの著書から」阿部公子　こどもとしょかん一七六号　二〇二三年・冬 参照
＊ *The Art of the Story-Teller* by Marie L. Shedlock, Appleton, 1915.

一六六号　二〇二〇年・夏

シェドロック 中間報告

どちらを向いてもコロナの毎日、今号のランプシェードでは、コロナに関係のないこと、それも何か笑えることを取り上げようと心に決めていたのですが、笑える材料が見つからないまま締め切りの日が迫って来てしまいました。（そういえば、この四ヵ月、笑い転げるということはいちどもありませんでした！）心底笑える材料は、これからも探すよう努めることにして、今回は、前号でお話ししたシェドロックの *The Art of the Story-Teller*（語り手のわざ）の翻訳作業の進捗状況をお伝えしようと思います。

著者マリー・シェドロックは、フランス生まれのイギリス人（一八五四〜一九三五）。アメリカの児童図書館員のあいだでは「フェアリー・ゴッドマザー」と呼ばれて尊敬されているストーリーテラーです。二十世紀の初頭、二回にわたってアメリカとカナダの各地でストーリーテリングを教え、滞在は計十二年に及んだといいます。わたしがイーノック・プラット公共図書館で働いていた一九六〇年代には、直接教えを受けた人はもういなかったと思いますが、ニューヨーク公共図書館の初代ストーリーテリング部長のアンナ・C・タイラーや、『ストーリーテラーへの道』*の著者ルース・ソーヤーなど、語りに心を寄せている児童図書館員ならだれもが尊敬する語り手たちが、そもそも語り手を目指したのがシェドロックの語りに刺激を受けてのことだと知れば、この伝説の語り手への興味がいや増すのも無理のないことでした。

原著は一九一五年（百年以上も前！）の刊行ですが、わたしがテキストに使っているのは、改訂三版、一九五一年、ドーバー社から出ているペーパーバック*です。全部で二九〇ページですが、後半分はシェドロックのレパートリーから選んだお話集（「京の蛙、大阪の蛙」もはいっている！）で、今回わたしが訳そうと思っているのは、前半の本文のみです。

本文は、七つの章――話のむずかしさ、話の本質、語りの技術、テキストを選ぶとき避けなければならない要素、同じく求めなければならない要素、いかにして話の効果を獲得し、維持するか、教師たちから受けた質問――から成っていて、今、ようやく六章のなかほどまで訳が進んだところです。

ここで仮に「話」としたのは、the story と、定冠詞のついたことばで、子どもに生き生きとしたドラマティックな表現で物語を語る行為全体を指しています。このように、シェドロックは一つのことばに幅広い内容を含ませていることが多く、それをどう訳せばよいかと考えていると、作業がしばしばストップしてしまいます。第一稿では、とにかく一通りおしまいまで行くことを心がけて、仮の訳語を当てて先へ進んでいますが、第二稿以降は頭が痛いだろうと今から心配です。

さらなる難関は、彼女の縦横無尽の引用です。引用が多いのは、具体的な例によって論を進めるという執筆方針によるのですが、彼女のレパートリーや知識が並外れて広いのと、時代の差があって、出てくる作品名、主人公名、著者名はなじみのないものがほとんど。わたしに見当がつくのは、せいぜいシェイクスピア、ミルトン、バルザック、ドン・キホーテ、フローベル、アンデルセン、キップリングくらい。

ラシーヌの『訴訟狂』、サー・フィリップ・シドニーの『詩の擁護』にはじまって、ポリペーモス、ケイラット、ベランジェ、リボー、キーティング、スターン、エリザベス・マックラッケン、ジェインウエイ、ベロック、ヘンリー・モーレイ、ジョン・ボロウ、R・G・モウルトン、フェリックス・アドラー、フィオナ・マックレオド、P・A・バーネット、フランソワ・フェヌロン、テレマック、サリー、ジェイムズ・トムソン、エルミート、ゴッス、R・L・ゲイルス、アーノルド・グローバー……と、まあ、つぎつぎときりがありません。それがわからないと、彼女の主張が十分理解できないと思い、調べ出すとこれが一仕事。これまであまりしたことのなかったネットを使っての検索をはじめてみると、藪に分け入るような感じではありますが、ものが古いだけに、無料で読める資料もいろいろと出てきて、びっくりしたり、喜んだり……。

幸い、今はレファレンスを引き受けてくれる有能な助っ人が現れて、大いに助けられています。シェドロックのいわんとするところを理解しようとしてわたしが辿った道筋を、ていねいに註にしようとすれば、註の分量が厖大になりそうですが、今は時間に縛られずに仕事ができるのですから、本文の訳業と合わせて、註にも力を注ぎたいと欲張っています。

それにしても、シェドロックの目が遠くまで届いているのには感心します。アイスランド・サガが出てくるかと思えば、日本の能が取り上げられる。インドの寓話に仏教説話。孟母三遷の話が例にあがるかと思えば、プエブロ・インディアンの習俗に触れる。自説を援用するのに学者の論文も使えば、流行歌も取り入れる、という具合です。それもあまり綿密にではなく、自由自在にという感じ。彼女は、文章の人でなく、あくまでも語りの人だとわかります。読んでいるうちに、〝シェドロックさん〟のお人柄が見えてきて、ぐんぐん親しみがわいてきました。こんなふうに著者とおつきあいできるのは、訳者の役得というものでしょう。

＊『ストーリーテラーへの道――よいおはなしの語り手となるために』ルース・ソーヤー著　池田綾子、上條由美子、間崎ルリ子ほか訳　日本図書館協会　一九七三年

＊ドーバー社から出ているペーパーバック　*The Art of the Story-Teller* by Marie L. Shedlock, third ed., revised, Dover, 1951.

一六七号　二〇二〇年・秋

紙で読むこと VS パソコン画面で読むこと

そういえば、ワープロというものがありましたっけ。出現した当時は、その利便性が喧伝されたものでした。でも、わたしはそれをよそ目に、原稿を鉛筆で書くことをやめませんでした。肩がこるようになって、鉛筆はFからBに、2Bから4Bへと進み、原稿用紙の上をこする右手の小指側が真っ黒になり、机のまわりは消しゴムのカスだらけ。当時は、「原稿を書く」といわずに、「消しゴムカスを製造する」といっていたくらいです。それを聞いた小野かおるさんが、カスの出ない消しゴムをくださいました。絵を描く方が使うものでしょう。なるほどよく消えて、カスは出ません。その代わり、消しゴムがどんどん黒くなっていきました。

そんなわたしが、ワープロを飛び越えてパソコンを使うようになったのは、二〇〇二年に石井桃子さんが国際アンデルセン賞の候補になり、英文でその推薦資料を作成しなければならなくなったときでした。スミスコロナの電動タイプライター（なつかしい！）を使って仕事をしていたのですが、困ったのがミスタイプです。打っている最中に誤りに気がつけばいいのですが、すっかり出来上がってから気がついたときは悲惨です。別にbとかmとかを打ち出して、それを3ミリ四方にナイフで切り取って間違ったところに糊で貼り付ける。そんなことを何度もくり返すうちに、とうとう、もうやってられない！　となって、乗り換えたのがパソコンでした。誤りの訂正のなんとらくなこと！　感激して、以来日本文もすべてパソコンで書くようになってしまいました。

でも、推敲するときは、紙でないとできないのはどういうわけでしょう？　自分が書いた文章でさえ、紙に印刷されたものを読まないと読んだ気がしない。それに、パソコンの画面では見えなかった間違いや欠点が、紙になると見えてくる。どうしてなのか、ずっとふしぎに思っていました。

そこへ、先日ある方が、デジタル媒体と紙媒体の違いを論じたメアリアン・ウルフ氏の新聞記事のコピーを送ってくれました。(読売新聞二〇二〇年七月十二日、「あすへの考」欄)。ウルフ氏によれば、デジタル端末画面では、視線はジグザグに飛びながら動く。従って飛ばし読み、速読になりがち。結果として考え方が短絡になる。ことばを吟味し、考えながら「深く読む」には紙の本が適している、とありました。

筆者紹介に主著は『プルーストとイカ』*とあったのを見て、あらっ、と思いました。本棚のいちばん高いところに、長いあいだ〝積ん読〟してあるあの本だと思い出したからです。自分で注文して手に入れたのに違いないのですが、すっかり忘れて、ときどきおかしな題の本だなあと眺めていたのです。副題は「読書は脳をどのように変えるのか?」(原著では *The Story and Science of the Reading Brain*)。急に興味が湧いて、読みはじめました(このところ読書はもっぱらベッドのなかでしたが、久しぶりにきちんと机の前に座って)。

著者の専門は認知神経科学、小児発達学とのこと。息子さんに読字障害(ディスレクシア)があることから、その方面の研究でも知られている方のようで、この本でも、ディスレクシアに多くの部分が割かれています。内容の重い本で、一度通読しただけで理解したとはとてもいえないのですが、それでも、例によって我田引水方式の読み方でおもしろく読み、いろいろなことを教えられました。

まず読み書き能力は遺伝子のなかには組み込まれていないこと。脳の視覚、認知、言語の三システムが接続して作られた回路によって、後天的に生まれた能力だということです。専門の神経科学の知見を駆使して語られる、読字や文字の起源と歴史を辿る物語は、実にスリリングです。

人類が二千年かけて手にした読字能力を、現在の子どもたちは二千日で身につけるよう強いられていると著者はいいますが、子どもの読み書き能力の発達を辿る著者の記述には、わが意を得たりと思うところが多々ありました——親の膝での読み聞かせの大切さ、早くから字を読ませるのは逆効果、韻律のあることばを聞くことの意味、等々。

読んでいくうちに『赤ちゃんの本棚』*のなかのドロシー・バトラーさんのことばを思い出しました。近年の脳科学、神経生理学の研究によって、幼い日に本に触れることが、脳に新しい回路をつけ、脳が有効に働く器官に成長するのを助けると知って、経験と直感に根をおいた自分の信念が裏付けられたと感激したバトラーさんに、改めて共感を覚えました。

人が読み書きで獲得したのは、時間をかけて深く考える能力でした。それを可能にしたのは奇跡的ともいえる脳の柔軟性だと著者はいいますが、その柔軟性は、脳がデジタル媒体一色に染まるとマイナスの方向に働くと著者は怖れています。

ソクラテスは「生きたことば（話しことば）」に対して「書字（書きことば）」は柔軟性に欠け、記憶や知識を活用する能力を破壊するといって、読み書きに反対したそうですが（知らなかった!）、同様の怖れが紙媒体とデジタル媒体の脳に及ぼす影響についてもいえるというのです。これについてもっと深く考えるには同じ著者の『デジタルで読む脳 × 紙の本で読む脳』*も読まずばなるまいと、早速注文したところです。

*『プルーストとイカ——読書は脳をどのように変えるのか?』メアリアン・ウルフ著　小松淳子訳　インターシフト　二〇〇八年
*『赤ちゃんの本棚——0歳から6歳まで』ドロシー・バトラー著　百々佑利子訳　のら書店　二〇〇二年
*『デジタルで読む脳×紙の本で読む脳』メアリアン・ウルフ著　大田直子訳　インターシフト　二〇二〇年

一六八号　二〇二一年・冬

いや重け吉事

年が明けました。すなおに「おめでとう」と、声をあげて迎えるには、やや気の重い年明けとはなりましたが。それでも「いいことがありますように」、「また会えますように」との、いつもよりは切実味を帯びた願いが、たくさんの賀状に託されて、わたしたちのあいだを行き交いました。

わたしは、昨年の二月からずっと、八ヶ岳のふもとの山の家で過ごしており、新年もここで迎えました。何日も前から大寒波襲来の予報があり、大雪警報も出ていましたから、お正月は雪に埋もれて過ごすことになるだろうと思っていました。図書館から年始のメッセージを配信したいから何か映像を送ってほしいと頼まれていたので、元日には、深い雪にすっぽり包まれた外の景色を撮るつもりでした。

ところが、予想に反して雪はほんの少ししか降らず、地面は落葉の茶色のまま。思い描いたような映像は得られませんでした。そのため、映像にそえようと思って、わざわざ入念に墨をすって書初めをした万葉の一首も、宙ぶらりんになってしまいました。万葉集の最後に置かれた大伴家持の、

新しき　年の始の　初春の
今日降る雪の　いや重け吉事

です。

この歌を知ったのは、ちょっとした迂回路を経てのことでした。二〇〇三年の秋、国際アンデルセン賞作家賞の受賞者、イギリスのエイダン・チェンバーズさんが来日された折り、京都への旅のお供をしたことが

ありました。そのご縁でその後もときどきメールのやりとりをしていましたが、彼が日本文学に並々ならぬ興味をもっていることを知っていたので、ある年、リービ英雄の英訳した万葉集を見つけて贈ったことがありました。そうしたら、すぐ翌年のお正月に、お返しにとこの歌が贈られてきたのです。イギリス経由、英語経由で届いた吉事――good fortunes でした。

この歌が詠まれたのは天平宝字三年（七五九）のことで、この年は暦日の元日と、二十四節気の立春とが同じになる、十九年に一度しかめぐってこない特別にめでたい年だったそうです。そこへもってきて元日の雪は豊年の瑞祥だといいますから、重ね重ねめでたい新年だったのですね。今日降る雪のように、いいこと（吉事）がいやが上にも重なり（いや重け）ますようにという年の初めの願いです。

今年一年にわたしたちが望むいちばんの吉事は、なんといっても新型コロナの終息でしょう。これを書いている今も、感染者は増えつづけ、先はまったく見えていません。

実は、年が明けて最初に手にとった本は『武漢日記*』でした。どういうわけかコロナに関する本は読みたくなくてずっと避けてきたのですが、暮に立ち寄った町でたった一軒の書店で、平積みにされているのを見たとき、なぜか読まなければいけないと促された気がしたのです。

この本や、著者の方方（ファンファン）については、すでに広く報道されているのでご存じの方も多いでしょう。新型コロナの最初の発症地に住む女性作家が、七十六日に及ぶ封鎖下の生活を日記に綴ってブログで配信。大きな反響を呼んだものです。

このところ目の調子がよくないので、読むのは楽ではなかったのですが、やはり読んでよかったと思いました。共感すること、考えさせられることは多々ありましたが、なによりも方方さんの「記録する」ことへの情熱に打たれました。記録することの前には、観察することと考えることがあります。そうやって日常生活の小さなひとつひとつの事柄を捉えていくことによって、パンデミックのような大問題を考える筋道のひとつが開けてくることを教えられました。

「ある国の文明度を測る唯一の基準は、弱者に対して国がどういう態度を取るかだ」という日記のなかのことばは、名言として独り歩きしているようですが、方方さんが弱者の筆頭に子どもをおいていたことは、いくつかの個所でうかがい知ることができます。なかでも、妊娠している人たちを気遣い、お腹の子どもたちに「ここは感染症地区だけれど、勇気があるなら生まれておいで」と呼びかけるところは心にささり、複雑な思いを誘いました。感染の危険だけではないこの世界。方方さんのように「信じてほしい。あなたたちを迎え入れるのはきっと清潔で温かいところだから」と生まれてくる子どもたちすべてに約束できるだろうか、と？

封鎖解除が決まった後の最後のほうの日記には、まったく久しぶりに窓の外で子どもたちの笑い声が聞こえたという記述があります。どこでも、いつでも聞こえてほしい声です。

この機関誌がみなさまのお手元に届くころに状況はどうなっているでしょうか。事態が吉事へと進んでいることを切に祈っています。武漢の人たちが、封鎖から五十七日目に、新たな感染確認者ゼロとの知らせを歓喜して迎えたように、世界中で、テレビが同じニュースを流す日が来るのを待ちましょう。方方さんのいう「自制心と忍耐力」をもって。

＊『武漢日記——封鎖下60日の魂の記録』方方著　飯塚容、渡辺新一訳　河出書房新社　二〇二〇年九月刊

一六九号　二〇二一年・春

二〇二一年三月

コロナということばがわたしたちの意識にはっきり刻まれてから、ほぼ一年が経過しました。思えば、昨年の三月は、一日、二日に香川県高松市で行われる児童図書館研究会全国学習会で幕を開けるはずでした。その準備のために山の家に来たところへ、中止の知らせが届いたのでした。そのときは、開催準備のため献身的に働いてきた人たちにとって、その決定はあまりにもむごいと感じられたのでしたが、その後の展開は、とても開催を許す状況ではなくなりました。

香川のあと、わたしの手帳に書きこまれていたすべての予定は消えてなくなり、わたしはそのまま山での自己隔離生活にはいりました。一年経った今も、その規則正しい……というか、変化に乏しい、もっといえば少々退屈な生活がつづいています。

四方八方に大きく窓の開いたこの家では、差し込んでくる光の加減で、太陽の動きを刻々と追うことができます。時計を見なくても、雨戸を開けたときの太陽の位置で朝の時刻がわかり、夕日の位置で、日没までの時間を予測することができます。暗くなって雨戸を閉じれば一日は終わり。月曜日のつぎには火曜日が、火曜日のつぎには水曜日、そのつぎには木曜……と、ここにいれば一日がカタン、カタンと音をたてて過ぎていきます。

若いころは日記をつけるという習慣をもたなかったわたしですが、記憶の危うさと、記録の大切さを知った今は、ごく簡単なメモ風の日記をつけています。昨今のカタン、カタンのコロナ隠棲の日々では、一日つけ忘れると、その日なにがあったか、翌日にはもう思い出せないありさまです。それでも、手帳の空白が、そのまま記憶の空白に、ひいては生きた時間の雲散霧消にならないように、小さな出来事でも、同じことのくり返しでも、努めて数行は書くようにしています。

それでいいこともありました。三月一日、「3月1日」と日付を書きこんだところで、思わずDear March, come in! ということばが口をついて出ました。エミリー・ディキンソンの詩です。(バーバラ・クーニーの『エミリー』*という絵本がありましたね)わたしにディキンソンの詩集をくれたのは、ビルマ(当時)の友人キン・キンでした。一九六二年、アメリカに留学していたときのことです。図書館学科に在籍していた海外からの留学生は、キン・キンとわたしの二人だけだったので、わたしたちはなにかにつけて行動をともにし、助け合っていました。そのキン・キンが誕生日にプレゼントしてくれたのが、この小さなペーパーバックでした。

残念ながら、ほとんどの詩はわたしには難解で、親しめるものにはなりませんでした。唯一、三月をうたったこの詩だけは、自分の誕生月ということもあって、折りにふれて読み返す一篇になりました。とはいっても、最後の二行は、いまだに意味をとりかねているのですが。

毎日のように会って、あんなになかよくしていたのに、キン・キンとはその後まったく音信不通になりました。今、しきりに彼女のことが思いだされるのは、ミャンマーと名を変えた彼女の国で起きたクーデターと、それ以後の軍の暴虐ぶりが、連日のように報じられているからです。彼女は、軍の図書館から派遣されて来ていたのです。帰国後、キン・キンはどんなふうにこの年月を過ごしたのでしょうか。

さきの詩に話を戻せば、「さあ、入って!」と、三月を喜び迎え入れた詩人は、つもる話もしないうちに、「だれ、ドアをノックするのは? 四月なの! かぎをかけて! わたしはまだつかまらない!」と、叫びます。

ことほどさように、三月はあっというまに過ぎ、たちまち四月が追いついてくるのですね。わたしの三月も「一月行く、二月逃げる、三月去る」のことば通り、さっさと去っていきました。でも、去り際にいくつか、これからも思いおこすことになるだろう出来事を残していってくれました。

そのひとつは、東京子ども図書館の賛助会員の集いがZoom（ズーム）で開催されたことです。おそらくこれからはこうした形のコミュニケーションはふつうのことになるのでしょうが、国内各地はいうに及ばず、海外からも参加者を得て、ネット上で会員同士の交流ができるなんて、わたしには驚きのほかない新体験でした。

つづいて、『がんばれヘンリーくん』の作者ベバリー・クリアリーの訃報が届きました。享年一〇四歳。アメリカの図書館に就職して最初のオリエンテーションのとき、中央児童室で、室長のCさんから、クリアリーのCの棚のまえで、「なんといっても今子どもたちにいちばんの人気は、このヘンリーくんなのよ」と、教えられたことを思い出します。そこには、いかにもよく読まれたとわかる、気持ちよく手擦れしたヘンリーくんが何冊も並んでいました。それが、その後につづいた、この本との長いおつきあいのはじまりでした。

コロナ隠遁生活が一年に及んだこと、ミャンマーでクーデターがあったこと、Zoomを初めて体験したこと、クリアリーさんが亡くなられたこと、わたしの二〇二一年三月は、そんな三月として記憶されることになるのでしょう。

＊『エミリー』マイケル・ビダードぶん　掛川恭子やく　バーバラ・クーニーえ　ほるぷ出版　一九九三年

一七〇号　二〇二一年・夏

さようなら　おだんごさん

　前回、この欄で、コロナ下の隠遁生活では毎日が同じように過ぎ、いささか退屈だ……と記したのでしたが、その後、四月も終わりになって、退屈どころではない出来事が起きました。つくづく人生、同じ毎日がくり返されるわけではないと思い知らされました。

　その出来事というのは、室内で転倒して、腰椎の圧迫骨折を体験したことです。これが事件直後だったら、とても今この原稿を書くどころではなかったのですが、幸い二ヵ月という時間が経過し、その間、とてもよい治療を受けたことで、状態は落ち着き、用心しながらではありますが、ほぼふだん通りの生活ができるようになりました。

　想定外も想定外のこの事件は、わたしのからだにも、精神にも大きな衝撃であったに違いなく、自分ではそれと気づかないものも含めて、わたしに大小数々の変化をもたらした、あるいは今後もたらすであろうと感じています。

　そのひとつ、すでに起こったのは髪型の変化です。長い髪をまとめて後ろで髷をつくるというわたしのヘアスタイルは、もう六十年来のもので、子どもたちにも「おだんごおばさん」と親しまれ、わたしのトレードマークになっていたのですが、それを今回短く切りました。

　髪は黒々、一本一本の髪の毛は太くて、量もたっぷりあった時代からみると、今は色はほとんど白、長さこそ腰まであるものの、量もすっかり減って、おだんごもどんどん小さくなってきていました。それでも、毎朝のおだんごづくりは、わたしの変わらぬ日課だったのですが。

それをばっさり切るのは、さぞ決心がいっただろうと思われるかもしれませんが、それがぜんぜんそうではありませんでした。ちょんまげを落とすときは、涙を流すお相撲さんもいるというのに……。わたしの場合は、あっけないほど簡単で、自分でもちょっとびっくりしたくらいでした。

ひとつには、いずれ切るつもりでいたからです。実は、わたしは、昔から、なぜか「刀自（とじ）」ということばと、そのイメージに憧れていて、いつか自分の髪が真っ白になったら、きっぱりと短く切り揃えて、刀自と呼ばれるようなおばあさんになりたいものだと、ずっと思っていたのです。もし、長生きするようだったら、八十八とか、九十を記念して切るのもいいかな、と。

考えてみれば、髪にも歴史がありますね。小学校のころはもちろん短くしていたと思いますが、中学からは伸ばしはじめていて、高校のときは、三つ編みにした二本のおさげがもうずいぶん長くなっていました。ほとんど腰まであったその髪を惜しげもなく切ったのは、大学に入って寮生活をすることになり、長い髪の洗髪がたいへんだろうと思ったからでした。このとき、初めて美容院なるところに行ったのですが、わたしがおさげをほどいて垂らすと、助手の女の子が「わぁー、紫式部みたい！」と叫んだことを今も憶えています！

こうしていったん短くしたものの、美容院に行くのが面倒で、結局すぐまたもとに戻り、そのままおだんごになって、今に至ったというわけです。

ところで、そもそも刀自というのは、どういう意味のことばなのかと疑問に思い、この機会に少し調べてみました。

辞書によれば、これはト（戸）ヌシ（主）が、トヌシ→トンジ→トジと転じたもので、戸口を支配する者、家のなかの仕事を司る人という意味。刀自は当て字だそうです。もともとは主婦一般を指し、老人とは限らなかったようですが、いつのまにか年配の女性、それもとくに身分の高い婦人に対して、尊敬と親しみをこめて用いるようになったとか。わたしが勝手に思い描いていた「上品で、凛としていて、頼り甲斐のある老婦人」のイメージは、時代劇に出てくる武家の奥方などから来ていたのでしょうか。

辞書というのはありがたいもので、刀自をめぐってあれこれ繰っているうちに、古典のなかの用例の一つとして、万葉集からつぎの一首が引用されているのを見つけました。

真木柱(まけばしら)ほめて造れる殿(との)のごといませ母刀自(ははとじ)面変(おめかは)りせず

防人のうたです。遠い任地へ旅立つ若者が母、あるいは母と慕う親しい婦人に呼びかけたものでしょう。真木は檜や杉などの立派な木のこと。その木を祝福して中心に据えた御殿のように、おかあさん、どうかお元気でいらしてください。こんどお会いしたときも、お顔立ちが変わっていることのありませんように、というのですね。

こうことばを交わしたのは、どんな若者と母だったのか。素朴なやりとりからその場の情景が浮かび、通い合う情のあたたかさに、涙が出そうになりました。とても千三百年のへだたりは感じられません。刀自ということばと辞書のおかげで、万葉まで心が運ばれたことをうれしく思いました。

さて、わたし自身のことをいえば、刀自の風格にはほど遠く、とくに起きてすぐの寝癖のついた髪は、さながらライオンのたてがみのようで、「おだんごおばさん、さようなら。ライオンおばさん、こんにちは」といったところです！

東京子ども図書館は、子どもの本と読書を専門とする私立の図書館です。1950年代から60年代にかけて、東京都内4ヵ所ではじめられた家庭文庫が母体となり1974年に設立、2010年に内閣総理大臣より認定され、公益財団法人になりました。子どもたちへの直接サービスのほかに、“子どもと本の世界で働くおとな”のために、資料室の運営、出版、講演・講座の開催、人材育成など、さまざまな活動を行っています。くわしくは、当館におたずねくださるか、ホームページをご覧ください。 URL　https://www.tcl.or.jp

本書の製作にあたっては、佐藤苑生さん、山田純子さんにご協力いただきました。心よりお礼申し上げます。

ランプシェード　「こどもとしょかん」連載エッセイ　1979～2021

2023年3月12日初版発行

著　者　松岡享子

発行者　張替惠子

発行所　公益財団法人 東京子ども図書館
〒165-0023　東京都中野区江原町1-19-10
Tel. 03-3565-7711　Fax. 03-3565-7712

印刷・製本　磯崎印刷株式会社

デザイン　**ジャケット・表紙**　古賀由紀子　**本文**　吉田真理

編　集　綿引淑美　護得久えみ子

Printed in Japan　ISBN 978-4-88569-018-1

■ 著者略歴

岩手県大船渡市にて　2011 年

松岡享子（まつおか きょうこ）

1935 年、神戸市生まれ。神戸女学院大学文学部英文学科、慶應義塾大学文学部図書館学科を卒業。米国、ウェスタン・ミシガン大学大学院で児童図書館学を学んだのち、ボルティモア市のイーノック・プラット公共図書館に勤務。帰国後、大阪市立図書館勤務をへて、家庭文庫「松の実文庫」を開く。1974 年に石井桃子氏らと財団法人東京子ども図書館を設立、2015 年まで同館理事長。その後、名誉理事長。
絵本、児童文学の創作、翻訳を多数手がける。創作に『とこちゃんはどこ』『おふろだいすき』『なぞなぞのすきな女の子』、翻訳に『しろいうさぎとくろいうさぎ』「ゆかいなヘンリーくん」「くまのパディントン」シリーズ、大人向けには『えほんのせかい こどものせかい』『ことばの贈りもの』『子どもと本』等。2022 年逝去。

年譜

松岡享子／東京子ども図書館

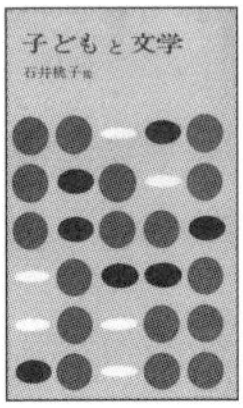

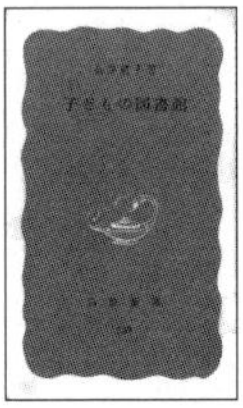

1935年　3月12日　神戸市生まれ

1955年　子どもの本研究会[*]発足（～1974年）

1957年　神戸女学院大学文学部英文学科卒業

家庭文庫研究会[**]発足（～1965年）

1960年　慶應義塾大学文学部図書館学科卒業

石井桃子ほか著『子どもと文学』刊行

1961年　米国留学　ウェスタン・ミシガン大学大学院図書館学科修士課程入学（1963年修了）

1962年　米国メリーランド州ボルティモア市立イーノック・プラット公共図書館勤務（9月～1963年10月）

1964年　大阪市立中央図書館勤務（6月～1966年7月）

1965年　訳書『しろいうさぎとくろいうさぎ』『町かどのジム』刊行

石井桃子著『子どもの図書館』刊行

1966年　子どもの本研究会編『私たちの選んだ子どもの本』刊行

1967年　東京都中野区に家庭文庫「松の実文庫」開設

訳書『くまのパディントン』『がんばれヘンリーくん』刊行

1968年　『くしゃみくしゃみ天のめぐみ』刊行

（1969年サンケイ児童出版文化賞受賞）

1970年　ユネスコ・アジア共同出版計画（のちに「ユネスコ・アジア太平洋地域共同出版計画」に改称）中央編集委員（～1995年）

『とこちゃんはどこ』刊行

1971年　児童福祉文化賞奨励賞受賞（「ゆかいなヘンリーくん」シリーズおよび『とこちゃんはどこ』に対して）

東京子ども図書館設立準備委員会発足

1972年　『えほんのせかい　こどものせかい』刊行

『お話のリスト』（たのしいお話シリーズ1）刊行　月例お話の会はじまる

1973年　「おはなしのろうそく」シリーズ刊行開始

『なぞなぞのすきな女の子』刊行

1974年　東京都教育委員会より認可され、財団法人東京子ども図書館設立（中野区江原町3丁目 富士ビル）

東京子ども図書館理事長就任

機関紙「おしらせ」発行開始　お話の講習会はじまる

1975年　『アジアの昔話1』（アジア地域共同出版計画編集委員会編）刊行

1976年　アイリーン・コルウェル氏招聘

1978年　練馬区豊玉北のフォレストハイツ311号へ移転

新版『私たちの選んだ子どもの本』刊行

1979年　機関誌「こどもとしょかん」発行開始

1981年　月例お話の会100回を迎える

『昔話を絵本にすること――ホフマンの『七わのからす』をめぐって』刊行

1984年　財団設立10周年・記念事業および募金実施

1986年　児童室開室（松の実文庫閉室）

1987年　子ども文庫功労賞受賞

1991年　月例お話の会200回を迎える
訳書「ブルーナのうたこさんのえほん」1〜3刊行

1992年　国際アンデルセン賞選考委員（1992年と1994年の2期務める）

1994年　財団設立20周年・記念事業および募金実施

1995年　石井桃子奨学研修助成金制度発足

1996年　『お話について』（レクチャーブックス1）刊行

1997年　新館完成（中野区江原町1丁目）、移転
『エパミナンダス』（愛蔵版おはなしのろうそく1）刊行
日本絵本賞翻訳絵本賞受賞（『ダチョウのくびはなぜながい』に対して）

1998年　連続講座「子どもの図書館講座」はじまる

2000年　月例お話の会300回を迎える
サバティカル（1年間の長期休暇）

2001年　子どもBUNKOプロジェクトはじまる（〜2003年）

2002年　研修生制度はじまる

2004年　財団設立30周年・記念事業および募金実施

2005年　「おばあさんのいす」事業発足

2008年　「かつら文庫の50年」記念行事開催
在日日系ブラジル人の子どもたちへの読書支援活動（〜2018年）

2010年　内閣総理大臣より認定され公益財団法人となる　月例お話の会400回を迎える

2011年　「3.11からの出発」事業（東日本大震災復興支援活動）開始（〜2021年）
訳書『わたしのなかの子ども』刊行

2012年　Happy77——松岡享子理事長の喜寿を祝うお話会開催
『絵本の庭へ』（児童図書館基本蔵書目録１）刊行
『うれしいさんかなしいさん』刊行

2014年　財団設立40周年・記念事業および募金実施
かつら文庫リニューアル・オープン
『新装版 お話のリスト』刊行

2015年　東京子ども図書館名誉理事長就任
『子どもと本』（岩波新書）刊行

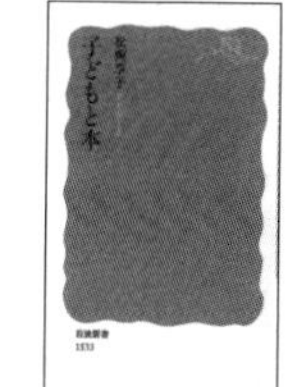

2016年　神戸女学院大学より名誉学位（教育文化博士）授与

2017年　『物語の森へ』（児童図書館基本蔵書目録２）刊行

2019年　月例お話の会500回を迎える
『おはなし聞いて語って——東京子ども図書館月例お話の会500回記念プログラム集』刊行

2021年　文化功労者に選出

2022年　1月25日逝去
『知識の海へ』（児童図書館基本蔵書目録３）刊行

＊子どもの本研究会
石井桃子、瀬田貞二を中心とする私的な勉強会で、研究成果として『子どもと文学』やブックリスト『私たちの選んだ子どもの本』を刊行した。ブックリストの編纂・刊行は東京子ども図書館に受けつがれている。

＊＊家庭文庫研究会
文庫を主宰していた村岡花子、土屋滋子、石井桃子らが結成し研究会を開いた。会報を発行し、会友は全国に広がった。

■ 索引

▶ 書名／話名

▶ 人名／団体名／事項

▶ おまけ（松岡享子の……）

- 本文で言及した、主な本・お話を「書名／話名」、人・団体・事項を「人名／団体名／事項」の２項に分け、それぞれ50音順に配列しました。英字はその後にアルファベット順に配列しました。
- 末尾の数字は「こどもとしょかん」の号数を示します。
  例：幼い子の文学 .... 47, 96 → 47号、96号
- 「書名／話名」内の「話名」および「人名／団体名／事項」内の「事項」は、ゴシック体で表記しました。
- 人名の特定に必要な情報は、適宜［ ］に入れて補記しました。
  例：アンデルセン，［ハンス］
- 同一人物に複数の表記がある場合は（ ）で並記しました。

書名／話名

あ

ま

や

ら

わ

■

人名／団体名／事項

あ

か

さ

た

な

は

ま

や・ら・わ

■

おまけの索引

松岡享子の